BASTEI
LÜBBE

Larry Niven

Die Ringwelt-Ingenieure

Science Fiction-Roman

BASTEI LÜBBE

BASTEI-LÜBBE-TASCHENBUCH
Science Fiction Special
Band 24 028

1. Auflage: Februar 1982
2. Auflage: März 1982

Deutsche Lizenzausgabe 1982
Bastei-Verlag Gustav H. Lübbe, Bergisch Gladbach
Originaltitel: THE RINGWORLD ENGINEERS
Ins Deutsche übertragen von: Bodo Baumann
Titelillustration: David Hardy/Agentur Thomas Schlück
Umschlaggestaltung: Quadro-Grafik, Bensberg
Druck und Verarbeitung:
Mohndruck Graphische Betriebe GmbH, Gütersloh
Printed in Western Germany
ISBN 3-404-24028-6

Widmung

Die »Ringwelt« ist inzwischen zehn Jahre alt; aber ich erhalte noch heute Briefe, die dazu Stellung nehmen. Da haben sie die »Ringwelt« gelesen und geben nun ihr Kommentar über die versteckten oder offenkundigen Voraussetzungen ab, über ihre mathematischen und ökologischen Probleme und die philosophischen Implikationen, als handelte es sich hier um einen echten Architektenwettbewerb und würden sie für ihr Gutachten bezahlt.

Ein Mann schickte mir aus Washington, D. C., einen umfassenden Korrekturlesebogen zu meiner ersten Ausgabe der »Ringwelt«, die unter dem Titel »Die Niven-McArthus-Papiere, Band I« erschien. Er hat mir damit sehr geholfen. (Wenn Sie die erste Taschenbuchausgabe der »Ringwelt« besitzen, finden Sie noch alle Fehler darin. Die Erstausgabe ist inzwischen Gold wert.)

Eine Oberschulklasse in Florida erkannte die Notwendigkeit eines Drainage-Systems.

Von einem Professor in Cambridge erhielt ich eine statische Berechnung, wie groß die Reißfestigkeit des Scrithmaterials der Ringwelt sein müsse.

Freeman Dyson (Freeman Dyson!) sah keinen Grund, nicht an die Existenz der Ringwelt zu glauben, obwohl er nicht einzusehen vermag, warum die Architekten an ihrer Stelle nicht viele kleinere Welten erbauten. Zudem viel sicherer. Ich glaube, ich habe ihm in diesem Buch die Antwort auf seine Frage geliefert.

Als ich in Philadelphia einen Vortrag hielt, wies mich ein Zuhörer darauf hin, daß man die Ringwelt mathematisch als eine Hängebrücke ohne Auflagepunkte betrachten könne. Im Konzept einfacher, aber schwieriger zu bauen.

Aus allen Himmelsrichtungen empfing ich Warnungen, daß Steuerdüsen für die Ringwelt unentbehrlich seien; aber Ctein und Dan Alderson, die unabhängig voneinander arbeiteten, brauchten ein paar Jahre dazu, um mir eine quantitative Analyse ihrer Instabilität zu erstellen. Ctein berechnete auch die Daten, die erforderlich sind, um die Ringwelt »von der Stelle zu rücken«.

Dan Alderson war so liebenswürdig, mir die Parameter für die Meteor-Verteidigungsanlage der Ringwelt auszuarbeiten. Das war übrigens die einzige Hilfestellung, um die ich tatsächlich gebeten habe.

Euch allen, die ihr euch so viel Mühe gemacht und mir so viele Briefe geschrieben habt, möchte ich die Warnung vorausschicken, daß ohne eure unerbetene Mitarbeit dieses Buch niemals entstanden wäre. Ich hatte nämlich überhaupt nicht daran gedacht, der »Ringwelt« eine Fortsetzung folgen zu lassen. Deshalb sei dieses Buch euch gewidmet.

EINFÜHRUNG

Die Geschichten des »unbekannten Universums« umfassen inzwischen acht Bände mit zusammenhängenden Geschichten. Falls Sie die *Ringwelt* nicht gelesen haben, werden Ihnen diese Bemerkungen nützlich sein:

Vor Jahrhunderten erkannte eine fremde Rasse, die Piersons Puppetiers, daß unsere Milchstraße eine Seyfert-Galaxis geworden war. Die Strahlungswellen des explodierenden Kerns unserer Milchstraße werden in ungefähr zwanzigtausend Jahren unseren Teil der Galaxis unbewohnbar machen.

Die Puppetiers sind bekannt für ihre Vorsicht, um nicht zu sagen für ihre Feigheit. Sie gaben ihr Handelsimperium auf – das menschliche Universum war ein Teil davon – und begannen mit ihrem Exodus zu den Magellanschen Wolken, indem sie ihre fünf Heimatplaneten fast bis zur Lichtgeschwindigkeit beschleunigten. In den darauffolgenden 204 Jahren hörte man so gut wie nichts von ihnen.

Dann erschien Nessus, ein Manisch-Depressiver, verrückt genug, einen Auftrag zu übernehmen, dem kein geistig gesunder Puppetier auch nur in Gedanken näher treten würde. Auf der Erde stellte er eine Mannschaft aus sorgfältig ausgesuchten fremden Lebewesen zusammen: den zweihundert Jahre alten erfahrenen Abenteurer, Louis Gridley Wu; Teela Brown, Sprößling einer Familie, die seit sechs Generationen in der irdischen Geburtsrecht-Lotterie gewonnen hatte; Dolmetscher-der-Tiere, ein frisch gebackener Diplomat von der Rasse der kriegerischen, katzenähnlichen Kzinti. Laut Nessus hatten die Puppetiers einen seltsamen und furchterregenden Artefakten entdeckt: einen Ring, der eine Million Meilen breit war, einen Durchmesser von 190 Millionen Meilen besaß und sich um einen Stern der Kategorie G2 drehte. Nessus' Mannschaft sollte diesen Artefakten erforschen. Ihre Belohnung: ein Raumschiff-Antrieb, mit dem man eine bisher im bekannten Universum ungeahnte Schnelligkeit erreichen konnte. Der verrückte Puppetier konnte sich bei diesem Unternehmen das Recht zur Fortzeugung verdienen – falls er das Abenteuer überlebte.

Die Ringwelt erwies sich als ein Kunstplanet mit der drei Millionenfachen Oberfläche der Erde, in Drehung versetzt, um Schwerkraft zu erzeugen, auf der Innenseite terraformiert, wobei die Oberflächen-Strukturen in das Bodenmaterial eingeprägt waren.

Der vorsichtige Erkundungsflug des Forschungsteams fand ein jähes Ende, als ein Geschoß ihr Raumschiff aus dem Himmel herunterholte. Die *Lying Bastard* machte in der Nähe eines tausend Meilen hohen Berges eine Bruchlandung, der von den Eingeborenen »Faust Gottes« genannt wurde. Nur der Rumpf des Schiffes, seine lebenserhaltenden Systeme und der Überlicht-Geschwindigkeits-Antrieb überstanden die Bruchlandung. Aber ein Außenseiter-Hyperdrive-Motor ist im Bereich des Schwerkraftfeldes einer Sonne nicht verwendungsfähig.

Auf einsitzigen Flugrädern erforschte die Mannschaft Hunderttausende von Meilen der terraformierten Landschaft auf der Suche nach Hilfe. Sie entdeckten mehrere menschenähnliche Rassen. Die hochentwickelte Zivilisation, die einmal die Ringwelt beherrscht hatte, lag in Trümmern.

Schließlich stießen Louis und der Dolmetscher auf einen tausend Jahre Überlebenden der früheren Hochkultur. Halrloprillalar Hotrufan, Mitglied einer Raumschiffbesatzung, mußte nach ihrer Rückkehr von einem benachbarten Stern entdecken, daß ihre Zivilisation zusammengebrochen war, vermutlich, weil ein mutierter Schimmelpilz den Superleiter zerstört hatte, auf dem sich ihre fortgeschrittene Technologie gründete. Die Mehrzahl der bisher herrschenden technischen und politischen Elite war bei dem Zusammenbruch der Städte getötet worden, als die fliegenden Gebäude aus dem Himmel herunterstürzten. Die Zivilisation hatte sich von dieser Katastrophe nie mehr erholt. Seit ihrer Heimkehr lebte Halrloprillalar in einem fliegenden Gefängnis, ernährte sich von den Opfergaben der Eingeborenen, die sie als Göttin verehrten, und erreichte mit Hilfe eines Lebenselixiers ihr hohes Alter.

Mit Halrloprillalars Unterstützung gelang es Louis, dem Dolmetscher und Nessus, die Rotationsgeschwindigkeit der Ringwelt zu einem Notstart ihres beschädigten Raumfahrzeuges auszunützen, die sie in den interstellaren Raum hinauskatapultierte, wo sie ihren Hyperdrive-Motor wieder einschalten konnten. Nur Teela Brown zog es vor, auf der Ringwelt zu bleiben.

Seither sind dreiundzwanzig Jahre vergangen . . .

Teil 1

KAPITEL 1

IM WONNEFELD

Louis Wu stand unter Strom, als die beiden Männer in seine Privatsphäre eindrangen.

Er saß in tadelloser Lotus-Position auf dem üppigen gelben Innen-Gras-Teppich. Sein Lächeln war verträumt, wonnetrunken. Die Wohnung war klein, bestand nur aus einem großen Raum. Er konnte beide Ausgänge zugleich sehen. Aber in dem Wonnerausch, der nur dem Süchtigen vertraut ist, sah er sie nicht hereinkommen. Plötzlich standen sie vor ihm: zwei blasse junge Männer, beide fast zwei Meter zwanzig groß, die Louis mit verächtlichem Lächeln musterten. Der eine schnaubte und ließ einen wie eine Waffe geformten Gegenstand in die Tasche gleiten. Sie rückten noch einen Schritt vor, als Louis sich aus dem Gras erhob.

Es war nicht allein dieses glückselige Lächeln, das sie täuschte. Vielmehr verließen sich auf den faustgroßen Wonnestecker, der aus dem Scheitel von Louis Wus Kopf hervorschaute wie eine schwarze Plastikgeschwulst. Sie hatten mit einem Strom-Süchtigen zu tun und wußten, was sie von ihm zu erwarten hatten. Seit Jahren mußte dieser Mann sein Gehirn abgeschaltet und sein ganzes Bewußtsein von diesem Stromleiter abhängig gemacht haben, der das Wollust-Zentrum in seiner Gehirnrinde mit elektrischen Impulsen anregte. Die Süchtigen verwahrlosten und verfielen körperlich. Man konnte es ihm ansehen: Er war schmächtig und fast einen halben Meter kleiner als die beiden. Er . . .

Als sie sich Louis greifen wollten, lehnte sich dieser weit zur Seite, um die richtige Hebelwirkung zu erreichen, und schlug einmal, zweimal, dreimal mit dem Bein zu. Der eine von den beiden Eindringlingen lag auf dem Boden, um sich selbst gewickelt, atemlos, ehe der andere seine Geistesgegenwart wiederfand und zurückwich.

Louis folgte ihm.

Was den jungen Mann fast lähmte, war diese fast wollüstige Andacht, mit der Louis ihn in den Tod schicken wollte. Zu spät griff er nach dem Lähmungsstrahler, den er wieder in die Tasche gesteckt hatte. Louis schlug ihm die Waffe mit dem Fuß aus der Hand. Mit einem wuchtigen Faustschlag traf er die Kniescheibe, noch einmal die Kniescheibe (der blasse Riese blieb mit betäubten Nerven stehen), die Leistengegend, das Herz (der Riese knickte mit einem pfeifenden Schrei nach vorne), die Kehle (der Schrei riß ab).

Der andere Eindringling kauerte auf Händen und Knien im Gras und holte gurgelnd Luft. Louis schlug ihm zweimal mit der gestreckten Hand ins Genick.

Beide Eindringlinge lagen jetzt regungslos im üppigen gelben Gras.

Louis Wu ging zur Wohnungstür, um sie wieder abzusperren. Nicht einen Moment hatte sich der wonnetrunkene Ausdruck seines Gesichts verändert, auch jetzt nicht, als er feststellen mußte, daß die Tür zweimal abgesperrt und der Alarm eingeschaltet war. Er überprüfte die Balkontür. Sie war ebenfalls verriegelt und alarmgesichert.

Wie in aller Welt waren sie in das Zimmer gekommen?

Verwirrt versank er an Ort und Stelle wieder in seine Lotus-Stellung und bewegte sich über eine Stunde lang nicht von der Stelle.

Dann schaltete eine Zeituhr den Wonnestecker ab.

*

Die Wonnestrom-Sucht gehört zu den jüngsten Lastern der Menschheit. Fast alle Kulturen des vom Menschen besiedelten Universums haben irgendwann in ihrer Geschichte dieses Laster zu einer gefährlichen Seuche erklärt. Die Süchtigen gingen dem Arbeitsmarkt verloren und fielen ihrer Verwahrlosung zum Opfer.

Aber die Zeiten ändern sich. Einige Generationen später betrachteten dieselben Kulturen dieses Laster als eine problematsiche Errungenschaft. Suchtgewohnheiten aus historsich älterer Zeit – Alkoholismus, Rauschgifte und Wettleidenschaften – können nicht damit konkurrieren. Leute, die für Drogen anfällig sind, kommen mit dem Wonnestrom viel besser auf ihre Kosten. Die Lebensspanne eines Wonnesüchtigen war viel größer, und sie neigten zur Kinderlosigkeit.

Und die Droge kostete praktisch nichts. Ein Ekstase-Händler könnte natürlich den Preis seiner Ware erhöhen, aber wozu? Der Wonnesüchtige wird erst von dem Laster abhängig, wenn der Stromleiter in das Lustzentrum seines Hirnes eingepflanzt worden ist. Und dann hat der Händler keine Gewalt mehr über ihn, denn der Süchtige kann sich seinen Rausch aus der Steckdose zu Hause in seiner Wohnung holen.

Und das Wonneerlebnis ist absolut rein, ohne nachteilige Nebenwirkung und ohne Kater.

Und so kam es, daß zu Louis Wus Lebzeiten alle Vertreter der menschlichen Rasse, die sich von der Wonnestrom-Sucht oder anderen selbstmörderischen Lastern versklaven ließen, kraft Vererbungsgesetze bereits seit achthundert Jahren ausgestorben waren.

Heute gibt es sogar schon Geräte, mit denen man aus der Entfernung das Wollustzentrum eines Opfers erregen kann. Tasps oder Wonnegeißeln sind auf den meisten Welten gesetzwidrig. Zudem sind sie teuer herzustellen, aber es gibt sie. (Ein verbittert aussehender Fremder kommt an dir vorbei. Zorn oder Depression sind auf sein Gesicht geschrieben. Du stehtst hinter einem Baum und drückst auf einen Knopf. Pling! Sein Gesicht verklärt sich und strahlt. Einen Moment lang vergißt er alle seine Sorgen . . .) Die Lustgeißel führt in der Regel nicht zu einer verheerenden Abhängigkeit. Die meisten Menschen sind widerstandsfähig genug, sie ertragen zu können.

*

Die Schaltuhr unterbrach den Stromkreis.

Louis schien in sich zusammenzusinken. Er griff unter den langen schwarzen geflochtenen Zopf auf seinem kahlgeschorenen Schädel und zog den Wonnestecker aus der Fassung heraus. Er hielt ihn auf der Handfläche und betrachtete ihn. Und dann ließ er ihn wie gewöhnlich in eine Schublade fallen und versperrte sie. Die Schublade verschwand. Der Schreibtisch, anscheinend ein antikes Stück aus massivem Holz, bestand in Wahrheit aus papierdünnem Raumschiffmetall, in dem unendlich viele Geheimfächer Platz fanden.

Es war natürlich immer verlockend, die Schaltuhr neu aufzuziehen. Er hatte das in den ersten Jahren seiner Sucht routinemäßig getan, bis er zum Skelett abgemagert und in seinem eigenen Schmutz fast erstickt war. Schließlich hatte er die Reste seiner vormals sprichwörtlichen Zielstrebigkeit dazu verwendet, eine Schaltuhr zu bauen, die man nur mit einer zwanzigminütigen konzentrierten Fummelei einzustellen vermochte. Zur Zeit schaltete sie nach fünfzehn Stunden Wonnestrom für zwölf Stunden ab, damit er zwölf Stunden schlafen und sich, wie er es nannte, regenerieren konnte.

Die Leichen lagen immer noch im Zimmer. Louis hatte keine Ahnung, was er mit ihnen anstellen sollte. Hätte er die Polizei sofort verständigt, wäre es nicht ohne unerwünschtes Aufsehen abgegangen; aber was sollte er ihnen jetzt sagen, anderthalb Stunden nach der Tat? Daß er von den Eindringlingen bewußtlos geschlagen worden war? Dann würden sie mit Tiefenradar seinen Schädel nach Brüchen absuchen.

Jedenfalls konnte er in der abgrundtiefen Depression, die der Wonnephase folgte, keine Entscheidungen treffen. Er befolgte die Regenerationsanweisungen wie ein Roboter. Selbst sein Essen war vorprogrammiert.

Er trank ein ganzes Glas Wasser. Er stellte die Küche neu ein. Er ging in das Badezimmer. Er machte zehn Minuten Freiübungen und verausgabte sich dabei, bekämpfte die Depression mit Erschöpfung. Er vermied es, die Toten anzusehen, bei denen bereits die Leichenstarre eintrat. Das Essen war fertig, als er seine Freiübungen beendete. Er aß, ohne Geschmack daran zu finden, und erinnerte sich an die Zeit, als er auch beim Essen und bei seinen Leibesübungen unter Wonnestrom gestanden hatte, allerdings nur mit einem Zehntel der normalen Stärke. Eine

Zeitlang hatte er mit einer Frau zusammengelebt, die ebenfalls unter der Wonnestrom-Sucht litt. Sie hatten sich mit eingeschaltetem Stecker geliebt – und dabei Denk- und Freizeitsport getrieben . . . bis sie nur noch ihrer Sucht lebten und jedes andere Interesse verloren. Damals hatte er wenigstens noch so viel Geistesgegenwart besessen, sich rechtzeitig von der Erde abzusetzen.

Und auch jetzt würde es leichter sein, von dieser Welt zu flüchten, als sich dieser zwei großen ungeschlachten Leichen zu entledigen. Aber wenn seine Wohnung bereits beobachtet wurde?

Sie sahen nicht aus wie ARM-Agenten. Dafür waren sie zu groß, zu weich in den Muskeln, hatten unter einer Sonne gelebt, die mehr orange als gelb war. Vermutlich eine Rasse von einem Planeten mit niedriger Schwerkraft, vermutlich Canyoiten. Sie hatten nicht gekämpft wie ARM-Agenten, aber sie hatten seinen Alarm umgangen. Diese Männer konnten Söldner der ARM sein und Freunde haben, die draußen warteten.

Louis Wu schaltete den Alarm an seiner Balkontür ab und trat ins Freie hinaus.

*

Canyon paßt nicht ganz in das übliche Schema der Planetengesetze.

Der Planet ist nicht viel größer als Mars. Vor einigen hundert Jahren war die Atmosphäre gerade dicht genug, um photosynthetische Pflanzen am Leben zu erhalten. Die Luft enthielt zwar Sauerstoff, doch dessen Prozentsatz war zu gering für menschliche oder Kzinti-Wesen. Die heimische Flora war so primitiv und genügsam wie Flechten auf der Erde. Tiere hatten sich hier nie entwickeln können.

Aber es gab magnetische Kräfte in dem kometenartigen Ring, der die orangegelbe Sonne von Canyon umgab. Der Planet selbst verfügte über radioaktive Stoffe. Das Kzinti-Imperium hatte den Planeten besetzt und mit Hilfe von luftdichten Kuppelhäusern und Kompressoren besiedelt. Sie nannten ihn

»Speerspitze«, da er an der Grenze des noch uneroberten Pierin-Planetensystems lag.

Tausend Jahre später traf das expandierende Kzinti-Imperium auf das menschliche Universum.

Die Kriege mit den Kzintis waren längst vorüber, als Louis Wu auf die Welt kam. Die Menschen gewannen sie alle. Die Kzinti hatten schon immer eine verhängnisvolle Neigung, ihre Gegner anzugreifen, ehe sie ausreichend für einen Krieg vorbereitet waren. Zivilisation auf Canyon ist das Vermächtnis des Dritten Kzin-Menschheit-Krieges, als der Planet Wunderland eine Vorliebe für esoterische Waffen entwickelte.

Wunderlands Wunderwaffe wurde nur ein einziges Mal eingesetzt. Es handelte sich um die ins riesenhaft vergrößerte Version eines ganz gewöhnlichen Bergwerkgerätes: ein sogenannter elektronischer Stampfer, der vermittels eines Energiestrahles die Ladung eines Elektrons unterdrückt. An der Stelle, wo der Strahl des Elektronenstampfers auftrifft, wird Materie plötzlich und gewaltsam positiv geladen. Sie löst sich dann in einen Nebel aus einatomigen Partikeln auf.

Die Welt Wunderland baute also einen gigantischen elektronischen Stampfer und transportierte ihn in das Planetensystem von »Speerspitze«. Der Riesenstampfer schoß seinen Energiestrahl parallel zu einem anderen Richtstrahl ab, der allerdings die Ladung des Protons unterdrückte.

Die beiden Strahlen trafen mit einem Abstand von dreißig Meilen gleichzeitig auf der Oberfläche von Canyon auf. Felsen, Fabriken und Häuser der Kzinti wirbelten als Staub davon, während sich ein Lichtbogen zwischen den beiden Einschlagstellen bildete. Die Waffe drang mit ihrem Energiestrahl zwölf Meilen tief in die Kruste des Planeten ein und legte auf einer Fläche von der Größe und Form wie der Kaliforniens das Magma auf diesem Planeten frei. In diesem Bereich befand sich die gesamte Industrie der Kzinti, die sich in Sekundenschnelle in Rauch auflöste. Die wenigen Kuppelbauten, die durch Stasisfelder geschützt waren, wurden von der Magma verschluckt, die in der Mitte des Grabens viel höher aufwallte als an den Rändern, ehe das Gestein sich wieder verhärtete.

Die Narbe, die davon zurückblieb, war ein langgestreckter See, der von steilen, mehreren Meilen hohen Klippen eingeschlossen wurde und in dessen Mitte sich eine langgestreckte, schmale Felsinsel erhob.

So manche irdischen Welten mochten ihre Zweifel hegen, daß dieses Monstrum den Krieg beendete. Die Kzinti-Patriarchie läßt sich normalerweise von bloßem Gigantmus nicht schrecken. Die Bewohner von Wunderland teilen diese Zweifel nicht. »Speerspitze« wurde nach dem Dritten Kzin-Menschheit-Krieg annektiert und in Canyon umgetauft. Die einheimischen Lebensformen litten natürlich unter den Kriegshandlungen, wurden unter Gigatonnen Staub begraben, die aus der Atmosphäre herunterkam, während das Grundwasser sich in den Canyon ergoß und dort einen gewaltigen Binnensee bildete. In der Schlucht baute sich ein ausreichender Luftdruck auf und schuf die nötigen Voraussetzungen, daß sich dort eine blühende Zivilisation entwickeln konnte.

Louis Wus Wohnung befand sich auf der zwölften Terrasse an der Norwand des Canyon. Die Nacht verhüllte bereits den Grund der Schlucht, als er auf den Balkon hinaustrat, aber die Südwand lag noch im hellen Tageslicht. Hängende Gärten aus einheimischen Gewächsen verdeckten den Rand der Klippe. Stillgelegte Aufzugstürme ragten meilenweit an den geglätteten Felswänden empor, als wäre der Stein von blanken Silberadern durchzogen. Transportkabinen hatten inzwischen die Aufzüge ersetzt, doch die Touristen bedienten sich immer noch dieses alten Verkehrsmittels, wenn sie einen Blick auf diese künstlich geschaffenen Naturwunder werfen wollten.

Der Balkon blickte auf die Parklandschaft hinaus, die den Kern der Inseln bedeckte. Die Vegetation erinnerte an den bizarren Wildwuchs eines Kzinti-Jagdreviers, wobei sich helles Rosa und Orange mit dem bedeckten Grün der importierten irdischen Biosphäre mischte. Kzinti-Lebensformen waren in diesem Canyon alltägliche Erscheinungen.

Auf der Insel tummelten sich genausoviele Kzinti wie menschliche Touristen. Die Kzinti-Männchen glichen fetten orangefarbenen Katzen, die auf ihren Hinterpfoten liefen. Doch ihre Ohren breiteten sich wie pinkfarbene chinesische Pergamentschirme aus, und ihre Schwänze waren nackt. Ihre breiten Hände und geraden Beine verrieten, daß sie zu einer Rasse von Werkzeugmachern gehörten. Ihre Größe war enorm, fast zwei Meter fünfzig, und obwohl sie es sorgfältig vermieden, mit den menschlichen Touristen zusammenzustoßen, fuhren sie doch ihre sorgfältig manikürten Klauen an den Fingerspitzen aus, sobald ihnen ein menschliches Wesen zu nahe kam. Vielleicht waren das nur Reflexe.

Zuweilen fragte sich Louis, welche Impulse die Kzinti veranlaßten, eine Welt zu besuchen, die sie vor Jahrhunderten hatten aufgeben müssen. Vielleicht hatten ihre Vorfahren auf dieser Welt gelebt, die nun in den Kuppelbauten unter dieser Lavainsel begraben waren. Eines Tages würde man sie wieder ausgraben müssen . . .

Es gab so viele Dinge, die er auf Canyon hinterlassen hatte, weil er sich nie weit von seinem Wonnestecker entfernen wollte. Menschen und Kzinti kletterten in der niedrigen Schwerkraft an den Klippen empor. Es war ein sportlicher Zeitvertreib.

Nun, jetzt hatte er eine letzte Chance, selbst dieses Vergnügen auszuprobieren. Es war eine von drei möglichen Fluchtrouten. Die zweite waren die Aufzüge; die dritte war die Transportkabine zu den hängenden Gärten. Er hatte sie kein einziges Mal besichtigt.

Dann würde er in einem Druckanzug weiterreisen, der sich zusammengefaltet leicht in einer großen Aktentasche unterbringen ließ.

Bergwerke waren über die Oberfläche des Planeten verstreut, und es gab auch einen großen, etwas verwahrlosten Naturpark für die überlebenden Gattungen der Canyon-Flechten. Doch zum größten Teil bestand diese Welt aus einer öden Kraterlandschaft. Ein umsichtiger Mann konnte unbemerkt auf diesem Planeten mit einem Raumfahrzeug landen und es an einer Stelle verstecken, wo man es nur mit einem Tiefenradar entdecken vermochte. Ein umsichtiger Mann hatte das bereits getan. Seit neunzehn Jahren wartete jetzt ein Raumschiff schon auf Louis Wu. Er hatte es in einer Höhle in der Nordwand eines Berges versteckt, der aus minderwertigem Eisenerz bestand. Der Eingang der Höhle lag im ewigen Schatten der atmosphärelosen Oberfläche.

Die Transportkabinen, die Aufzüge oder eine Kletterpartie. Sobald er den Canyon verlassen hatte, würde ihn niemand mehr aufhalten können. Doch er mußte damit rechnen, daß die ARM alle drei Ausgänge überwachte.

Aber vielleicht machte er sich übertriebene Sorgen. Woher konnte die irdische Polizei wissen, daß er sich hier aufhielt? Er hatte sein Gesicht verändert, seinen Haarstil, seine Lebensweise. Er hatte seine Lieblingsgewohnheiten aufgegeben und verwendete jetzt ein Bett statt der Schlafplatten, aß keinen Käse mehr, als bestünde er aus verdorbener Milch, und seine Wohnung war mit Massenfabrikaten und Wegwerf-Schnickschnack ausgestattet. Seine Kleider bestanden aus teurer Naturfaser und Stoffen ohne optische Effekte.

Er hatte die Erde als abgemagerter und verträumt blickender Wonnestrom-Süchtiger verlassen. Seither hatte er sich einer rationalen Diät unterzogen. Er hatte sich mit Leibesübungen gemartert und einem wöchentlichen Kurs in der Kunst der Selbstverteidigung (eine von Staats wegen nicht gern gesehene Leibesertüchtigung, die, falls er dabei ertappt wurde, ihm bei der örtlichen Polizei einen Vermerk eintragen würde, allerdings nicht unter seinem richtigen Namen!), so daß er heute ein hinreichendes Erscheinungsbild von strotzender Gesundheit bot, mit harten, gut entwickelten Muskeln, die er als jüngerer Mann immer verschmäht hatte. Wie wollte die ARM ihn in dieser Maske erkennen?

Und *wie waren sie in seine Wohnung gekommen?* Kein gewöhnlicher Einbrecher hätte Louis' Alarmvorrichtungen umgehen können.

Sie lagen tot im Gras, und bald würde der Geruch der Verwesung stärker sein als die Klimaanlage. Ein bißchen verspätet empfand er die Reue eines Menschen-Killers. Aber sie waren in sein Territorium eingedrungen, und so lange man unter dem Wonnestrom-Einfluß stand, war man für seine Taten nicht verantwortlich. Wenn man unter Strom stand, ist sogar der

Schmerz ein Gewürz, das das Wonngegefühl noch pikanter macht, und die Wollust – für den Menschen ist auch das Töten eines Diebes, den man in flagranti ertappt, eine Lustempfindung – noch erheblich steigert. Sie hatten gewußt, daß er süchtig war, und das hätte ihnen eine Warnung sein müssen. Zugleich war es ein schlimmer Affront für Louis Wu gewesen.

Die Touristen, Kzinti wie Menschen, und die Einheimischen, die unten durch die Straßen flanierten, sahen unschuldig genug aus und waren es vermutlich auch. Falls ihn die ARM beschattete, geschah das wahrscheinlich mit Hilfe von Ferngläsern durch ein Fenster in einem dieser schwarzäugigen Häuser. Keiner von den Touristen sah zu ihm hoch . . . aber dann blieb Louis Wus Blick auf einem Kzin haften.

Er war acht Fuß hoch, drei Fuß breit, und das dichte orangefarbene Fell wurde an manchen Stellen schon grau. Oberflächlich betrachtet, unterschied er sich kaum von den anderen Kzinti, die unten dutzendweise an ihm vorbeimarschierten. Was Louis vor allem ins Auge sprang, war die Art, wie sein Fell wuchs. Es glich einem zusammengestoppelten Flickenteppich und hatte zu fünfzig Prozent seine Farbe verloren, als wäre die Haut darunter mit Narben bedeckt. Schwarze Ringe lagen um seine Augen, die nicht die Landschaft betrachteten, sondern die Gesichter der menschlichen Passanten musterten.

Louis gab sich große Mühe, diesen Kzinti nicht anzustarren, sondern er drehte sich um, als habe er nur frische Luft schnappen wollen, und ging langsam zur Balkontür zurück. Er versperrte sie hinter sich und schaltete wieder den Alarm ein. Er holte den Wonnestecker aus seinem Versteck im Schreibtisch hervor. Seine Hände zitterten.

Es war der Dolmetscher – Speaker-To-Animals, den er seit zwanzig Jahren nicht mehr gesehen hatte. Speaker-To-Animals war damals als Botschafter seiner Rasse auf der Erde gewesen. Er hatte zusammen mit Louis Wu, einem Pierson-Puppetier und einer sehr ungewöhnlichen jungen Dame einen winzigen Sektor der Ringwelt erforscht, eines gigantischen Artefakten. Als Belohnung für den Schatz, den der Dolmetscher auf seinen Heimatplaneten zurückgebracht hatte, wurde er von den Patriarchen der Kzinti mit seinem vollen Namen geehrt. Man hätte ihn jetzt nicht mehr mit seiner Berufsbezeichnung anreden dürfen, wenn man nicht Selbstmord begehen wollte. Aber was war das für eine Name, den er sich damals verdient hatte? ER begann mit einem Aspiranten, der sich wie ein deutsches *Ch* anhörte, oder wie das warnende Fauchen eines Löwen: *Chmeee!* Ja, jetzt wußte er es wieder. Aber was suchte sein alter Bekannter hier auf Canyon? Wenn er sich einen echten Namen verdient, ein Lehen bekommen und sich einen Harem zugelegt hatte, der vermutlich mit trächtigen Weibchen vollgestopft war, mußte er sich doch auf seinem Heimatplaneten pudelwohl fühlen. Es entsprach nicht seinem Charakter, als Tourist einen Planeten zu besuchen, der früher den Kzinti gehört und dann von den Menschen annektiert worden war.

Sollte er vielleicht erfahren haben, daß Louis Wu in Canyon lebte?

Er mußte hier raus. Er mußte die Klippe hinauf zu seinem Raumschiff.

Und so beschäftigte sich Louis Wu jetzt mit dem Mechanismus der Schaltuhr an seinem Wonnestecker, arbeitete mit winzigen Werkzeugen an winzigen Schaltkreisen, die er durch eine Lupe betrachtete. Seine Hände machten ihn nervös. Sie wollten nicht stillhalten . . . Aber die Schaltzeiten mußten auf jeden Fall verändert werden, da er beabsichtigte, Canyon und seinen Siebenundzwanzig-Stunden-Tag hinter sich zu lassen. Er wußte, wohin er fliegen würde. Es gab noch einen Planeten im menschlichen Universum, dessen Oberfläche zum größten Teil aus einer öden Kraterlandschaft bestand. Er konnte mit seinem Raumschiff unbemerkt in Vakuum auf der westlichen Hemisphäre von Jinx landen . . . und bereits *jetzt* seinen Wonnestekker auf die neuen Verhältnisse einstellen . . . und sich auch *jetzt* ein paar Stunden unter Strom setzen, um sich Mut zu holen für dieses Abenteuer. Es war alles ganz vernünftig überlegt. Er stellte den Wecker so ein, daß er nach zwei Stunden abschaltete.

*

Fast zwei Stunden vergingen, ehe der nächste Eindringling in seiner Wohnung auftauchte. Ganz vertieft in seiner Verzückung hätte sich Louis auf keinen Fall in seiner Trance stören lassen. Zudem war der Eindringling diesmal ein angenehmer Besuch.

Das Wesen stand fest auf einem Hinterbein und zwei weit auseinandergesetzten Vorderbeinen. Zwischen den Schultern erhob sich ein dicker Höcker: das Gehirngehäuse, bedeckt von einer dichten, goldfarbenen Mähne, die in Locken gedreht und mit Edelsteinen geschmückt war. Zwei lange, bewegliche Hälse wuchsen zu beiden Seiten aus diesem Höcker heraus, die in einem flachen Kopf endeten. Die gummiartigen Lippen der beiden Münder dienten den Puppetiers als Greifwerkzeuge. Im Augenblick hielt er in einem Mund einen Betäubungsstrahler irdischer Provenienz – eine lange, gegabelte Zunge hatte sich um den Abzug gewickelt.

Louis Wu hatte seit zweiundzwanzig Jahren keinen Pierson-Puppetier mehr gesehen. Er hielt diese Wesen für reizende Geschöpfe.

Und das Wesen schien aus dem Nichts gekommen zu sein. Louis hatte genau gesehen, wie es plötzlich mitten auf seinem gelben Grasteppich materialisierte. Er hatte sich grundlos Sorgen gemacht. Die ARM hatte nichts mit seinem Erscheinen zu tun. Das Rätsel der beiden ersten Eindringlinge war gelöst.

»Transportscheiben!« rief Louis wonnetrunken aus. Er warf sich auf den Eindringling. Diesmal würde es ein Kinderspiel sein. Puppetiers waren erklärte Feiglinge . . .

Der Betäubungsstrahler glühte orangefarben auf. Louis Wu stürzte auf den Teppich, und alle seine Muskeln waren weich wie Wachs. Sein Herz schlug mühsam. Schwarze Kreise bildeten sich vor seinen Augen.

Der Puppetier stieg vorsichtig über die beiden Leichen hinweg. Er blickte aus zwei verschiedenen Richtungen auf Louis hinunter. Dann griff das Wesen nach ihm. Vier Reihen von flachen Zähnen klammerten sich um seine Handgelenke, doch nicht so fest, daß es wehtat. Der Puppetier zog ihn über den Teppich und ließ ihn dann wieder fallen.

Die Wohnung verschwand.

Man konnte nicht sagen, daß sich Louis Wu vielleicht jetzt Sorgen gemacht hätte. Er hatte überhaupt keine unangenehmen Empfindungen. In absoluter Gemütsruhe (der von dem elektrischen Feld ausgelöste Wonnezustand verlieh zugleich ein Abstraktionsvermögen, das Sterblichen sonst verwehrt war) nahm er eine Korrektur an seinem Weltbild vor.

Er hatte das System der Transportscheiben auf der Heimatwelt der Puppetiers kennengelernt. Es war ein offenes Teleportationssystem, das dem Verkehrsmittel auf den irdischen Welten in geschlossenen Kabinen weit überlegen war.

Offenbar hatte ein Puppetier eine Transportscheibe in Louis' Wohnung eingebaut; und zuerst zwei Canyoniten vorausgeschickt, um ihn zu entführen. Als dieser Versuch fehlschlug, war er selbst gekommen. Die Puppetiers verlangten offenbar dringend nach ihm.

Das war doppelt beruhigend. Die ARM hatte offensichtlich nichts damit zu tun. Und die Puppetiers konnten auf eine Tradition des Friedens zurückblicken, die sich seit einer Million Jahre bewährt hatte. Sie lebten nach dem Grundsatz einer aufgeklärten Feigheit. Deshalb trachteten sie ihm bestimmt nicht nach dem Leben. Sie hätten ihn risikolos und billig töten können.

Er lag immer noch auf der gelben Grasmatte. Der Puppetier mußte ihn an der Stelle des Teppichs abgeladen haben, unter der die Transportscheibe versteckt gewesen war. Auf der anderen Seite des Raumes konnte er jetzt ein riesiges mit orangefarbenem Fell überzogenes Kissen erkennen . . . nein, es war ein Kzin, der mit offenen Augen auf dem Teppich lag, entweder gelähmt oder tot – auch ein alter Bekannter, der »Dolmetscher". Louis freute sich über ihr Wiedersehen.

Sie befanden sich in einem Raumschiff, einer General-Product-Zelle. Hinter den durchsichtigen Wänden wurde das grelle, nicht durch eine Atmosphäre getrübte Sonnenlicht von einem scharfkantigen Felsen reflektiert. Eine grün-violette Verfärbung auf dem Stein, der mit Flechten bewachsen war, verriet ihm, daß er sich immer noch auf Canyon befand.

Immer noch kein Grund zur Sorge.

Der Puppetier gab seine Handgelenke wieder frei. Ornamente

glitzerten in seiner Mähne: keine in der Natur vorkommenden Edelsteine, sondern etwas Künstliches, das ihn an schwarze Opale erinnerte. Ein flacher hirnloser Kopf beugte sich zu ihm hinunter und zog ihm den Wonnestecker aus dem Schädel. Dann trat der Puppetier auf eine rechtwinklige Platte und verschwand mit Louis' Wonnestecker.

KAPITEL 2

PRESS GANG

Die Augen des Kzin hatten ihn schon eine Weile lang beobachtet. Nun räusperte sich die betäubte Riesenkatze und fauchte dann: »Loo-ii Wuu.«

»Ja«, erwiderte Louis. In seinem deprimierten Zustand hatte er daran gedacht, sich selbst umzubringen, aber dazu fehlte ihm jedes Mittel. Er konnte ja kaum einen Finger bewegen.

»Louis, bist du wonnesüchtig?«

»Hmm, hmm«, erwiderte Louis, um Zeit zu gewinnen. Es half. Der Kzin bemühte sich nicht mehr um ihn. Und Louis, dessen ganze Sorge der Wonnestecker war, den man ihm weggenommen hatte – Louis folgte einem alten Reflex. Er blickte sich um, ob seine äußere Lage genauso schlimm war wie seine innere Verfassung.

Das Sechseck der Grasmatte unter ihm markierte den Transportscheiben-Empfänger. Ein schwarzer Kreis vor ihm mußte der Sender sein. Abgesehen von der Grasmatte war der Boden durchsichtig. Auch der Rumpf an Backbord und das Achterschott.

Unter dem Boden befand sich der Hyperdrive-Shunt-Motor, der sich fast über die ganze Länge des Rumpfes erstreckte. Louis mußte sich erst wieder klarmachen, wie das Ding funktionierte. Der Motor war keine iridsche Konstruktion; er hatte dieses verschwommene Aussehen, das so typisch war für die Puppetier-Erzeugnisse. Er glich einer halb geschmolzenen Riesenkerze. Jedenfalls war dieses Raumschiff schneller als das Licht. Offenbar sollte es eine weite Reise werden.

Hinter dem Achterschott sah Louis einen Gepäckraum mit einer gewundenen Luke an der linken Seite. Der Frachtraum war fast vollkommen von einem schiefen Kegel ausgefüllt, der ungefähr zehn Meter hoch und fast doppelt so lang war. Die Spitze des Kegels hatte Luken für Waffen und/oder Ortungsgeräte. Unter dem Turm befand sich ein Panoramafenster. Noch eine Etage tiefer eine Luke, die sich beim Öffnen zu einer Rampe auseinanderfaltete.

Dieses kegelförmige Ding war ein Landefahrzeug, ein Raumaufklärer. Ein irdisches Produkt, dachte Louis, und ein handelsübliches Modell. Es hatte klare Linien, nicht die verschwommenen Konturen wie der Raumschiffantrieb. Hinter dem Landefahrzeug entdeckte er eine silberglänzende Wand, vermutlich ein Treibstofftank.

Bisher hatte er noch keine Tür in seiner Kabine entdecken können.

Mit einiger Mühe legte Louis seinen Kopf auf die andere Seite. Nun sah er das Vorschiff mit dem Kommandostand. Ein großer Teil der Schiffswand war dort grünlich eingefärbt, aber er vermochte doch dahinter die gewölbte Wand mit den Monitoren auszumachen, die Meßskalen mit den winzigen Zahlen darauf, und die Bedienungshebel, die mundgerecht für einen Puppetier geformt waren. Der Pilotensitz war eine gepolsterte Bank mit Sicherheitsnetzen und den Körperformen eines Puppetiers angepaßt. Im Querschott fehlte hier ebenfalls die Tür.

Auf der Steuerbordseite – nun, wenigstens war ihre Kabine so groß, daß man sich darin bewegen konnte. Er sah eine Dusche, Schlaf-Platten, einen Fellüberzug, der vermutlich zum Wasserbett des Kzin gehörte, und dazwischen ein recht sperriges Gerät, das Louis als Nahrungs-Aufbereiter identifizierte und das auf Wunderland hergestellt worden sein mußte. Hinter den Betten entdeckte er wieder die grünlich schillernde Zellenwand und keine Luftschleuse. Sie befanden sich also in einer Schachtel ohne Ausgänge.

Das Raumschiff selbst war ein Puppetier-Erzeugnis: ein General-Products-Rumpf, Mark 3 – ein unten etwas abgeflachter Zylinder, der rund auslief. Das Handelsimperium der Puppetiers hatte Millionen solcher Schiffszellen verkauft. Laut Werbung waren sie mit Ausnahme der Schwerkraft und des sichtbaren Lichtes vor allen im Weltall drohenden Gefahren sicher. Als Louis Wu auf die Welt kam, waren die Puppetiers auf der Flucht aus dem bekannten Universum und steuerten die Magellanschen Wolken an. Jetzt, mehr als zweihundert Jahre später, sah man die General-Products-Schiffsrümpfe immer noch auf allen Raumflughäfen. Manche hatten schon ein Dutzend Generationen von Besitzern überlebt.

Vor zweiunddreißig Jahren war das von den Puppetiers gebaute Raumschiff *Liar* auf der Oberfläche der Ringwelt notgelandet und hatte mit einer Geschwindigkeit von siebenhundertsiebzig Meilen pro Sekunde aufgesetzt. Ein Stasisfeld hatte Louis und die anderen Passagiere bei diesem enormen Aufprall geschützt – und die Außenhaut des Raumschiffes hatte nicht einmal einen Kratzer davongetragen.

»Du bist ein Kzin-Krieger«, sagte Louis. Seine Lippen waren geschwollen und pelzig. »Kannst du ein Loch in die Wand einer General-Products-Schiffszelle schlagen?«

»Nein«, sagte der Dolmetscher. *(Nicht* Dolmetscher. *Chmeee!)*

Es lohnte sich trotzdem, diese Frage zu stellen. »Chmeee, was suchst du überhaupt auf Canyon?«

»Ich erhielt eine Botschaft. Louis Wu lebt als Wonnestrom-Süchtiger im Canyon von ›Speerspitze‹. Hologramme waren als Beweisstücke dem Schreiben beigelegt. Weißt du, wie du aussiehst, wenn du unter Strom stehst? Wie eine Meerespflanze, die sich willenlos in der Strömung bewegt.«

Louis spürte, wie die Tränen über seinen Nasenrücken liefen. »Tanj! Dieser Zustand ist grausam. Warum bist du hierhergekommen?«

»Ich wollte dir sagen, was für ein nutzloses Wesen du geworden bist.«

»Wer schickte dir die Botschaft?«

»Keine Ahnung. Es muß der Puppetier gewesen sein. Er wollte uns alle beide. Louis, ist dein Verstand schon so gestört, daß dir nicht aufgefallen ist . . .«

». . . daß dieser Puppetier nicht Nessus ist? Durchaus. Aber hast du bemerkt, war für eine gepflegte Mähne er hat? Er braucht mindestens eine Stunde pro Tag, um sich die Locken aufzudrehen. Wenn ich einem so prächtig aufgeputztem Geschöpf auf der Welt der Puppetiers begegnete, würde ich meinen, er nimmt einen hohen Rang ein.«

»Und?«

»Kein vernünftiger Puppetier würde sein Leben in einem Raumschiff riskieren. Deswegen sind die Puppetiers ja auch mit ihrem Heimatplaneten und ihren vier landwirtschaftlichen Satelliten geflüchtet; ihre Reise wird mindestens ein paar hunderttausend Jahre dauern, da sie sich langsamer als das Licht durch den Weltraum bewegen. Sie kriechen durch das Universum, weil sie ihr Leben keinem Raumschiff anvertrauen wollen. Also muß dieser Puppetier verrückt sein wie alle seine Artgenossen, die sich mit menschlichen Wesen einlassen. Folglich ist es ein unberechenbares Individuum«, sagte Louis Wu. »Immerhin ist er ins Raumschiff zurückgekehrt.«

Der Puppetier stand auf einer sechseckigen Transportscheibe auf dem Kommandodeck und beobachtete sie durch das durchsichtige Querschott. Er sprach mit einer Frauenstimme, einem wohlklingendem Alt: »Können Sie mich hören?«

Chmeee rollte von der Wand weg, wölbte den Rücken und sprang auf den Puppetier los. Er rollte mit einem ekelhaften Geräusch vom Querschott ab. Jeder andere Puppetier hätte vor Schreck die Köpfe eingezogen, aber dieser nicht. Er sagte mit seiner melodischen Altstimme: »Unsere Mannschaft ist fast vollständig. Es fehlt nur noch ein Besatzungsmitglied.«

Louis nahm seine ganze Kraft zusammen und rollte sich auf den Bauch. »Vielleicht könnten Sie etwas weiter ausholen. Wir sind in einer Schachtel eingesperrt. Sie haben es also nicht nötig, uns etwas zu verheimlichen. Wer sind Sie?«

»Sie können mir jeden beliebigen Namen geben.«

»*Was* sind Sie? Wofür benötigen Sie uns?«

Der Puppetier zögerte. Dann sagte er: »Ich war der Hinterste auf meiner Heimatwelt und der Geschlechtspartner eines Puppetiers, den Sie unter dem Namen Nessus kennen. Inzwischen bin ich beider Funktionen beraubt worden. Ich brauche Sie als Raumschiffbesatzung für eine zweite Expedition zur Ringwelt, um meinen früheren Status zurückzuerobern.«

Chmeee sagte: »Dazu geben wir uns nicht her.«

Louis fragte: »Geht es Nessus gut?«

»Ich danke Ihnen für Ihre freundliche Nachfrage. Nessus ist gesund an Geist und Körper. Der Schock, den er auf der Ringwelt erlitten hat, war das richtige Heilmittel. Er hat ihn wieder zur Vernunft gebracht. Er ist zu Hause und hütet unsere beiden Kinder.«

Jeder andere hätte an Nessus' Stelle ebenfalls einen Schock davongetragen, dachte Louis. Die Bewohner der Ringwelt hatten ihm einen seiner beiden Köpfe abgeschnitten. Wenn Louis und Teela nicht sofort den Hals des Puppetiers mit einer Aderpresse abgebunden hätten, wäre Nessus verblutet. »Vermutlich haben Sie ihm einen neuen Kopf aufgepflanzt.«

»Selbstverständlich.«

Chmeee sagte: »Ihre Gegenwart beweist, daß Sie verrückt sein müssen. Wie kommt es, daß Billiarden von wahlberechtigten Puppetiers einen Verrückten zu ihrem Herrscher bestimmen?«

»Ich betrachte mich nicht als einen Verrückten.« Das Hinterbein des Puppetiers bewegte sich nervös. (Seine beiden Gesichter waren vollkommen ausdruckslos. Seinen Schwachsinn hätte man höchstens an seinen beweglichen Lippen ablesen können.) »Bitte unterlassen Sie in Zukunft solche Bemerkungen. Ich habe meiner Rasse nach besten Kräften gedient, und das gleiche gilt für meine vier Vorgänger. Doch dann kam die Konservative Partei an die Macht und setzte uns ab. Ihre Politik ist falsch. Ich werde es beweisen. Wir reisen zur Ringwelt und entdecken dort Schätze, die diese Kleinkrämer sich nicht einmal vorstellen können.«

»Aber Sie haben einen Fehler dabei gemacht«, fauchte Chmeee. »Sie haben einen Kzin gekidnappt.« Er fuhr seine langen Krallen aus.

Der Puppetier betrachtete sie hinter dem durchsichtigen

Querschott. »Sie wären nicht freiwillig gekommen. Louis ebenfalls nicht. Sie haben beide einen Status und einen Namen. Louis hatte dazu noch seinen Wonnestecker. Unser viertes Besatzungsmitglied war eine Gefangene. Meine Agenten meldeten, daß sie jetzt wieder frei ist und auf dem Weg hierher.«

Louis lachte bitter. Jeder Humor war bitter ohne seinen Wonnestecker. »Sie haben wohl nicht sehr viel Phantasie, nicht wahr? Es wird keine neue Expedition, sondern die Kopie der ersten. Ich, Chmeee, ein Puppetier und eine Frau. Wer ist diese Frau? Etwa Teela Brown?«

»Nein! Nessus hatte entsetzliche Angst vor Teela Brown – begründete Angst meiner Meinung nach. Ich habe Halrloprillalar aus den Fängen der ARM befreit. Nun steht also eine Eingeborenen der Ringwelt als Führer zur Verfügung. Und was den Charakter unserer Expedition angeht – warum sollte ich eine erfolgreiche Strategie aufgeben? Sie beide sind heil und gesund aus der Ringwelt entronnen.«

»Aber Teela nicht.«

»Teela blieb freiwillig zurück.«

Der Kzin sagte: »Damals wurden wir für unsere Dienste bezahlt. Wir brachten ein Raumschiff nach Hause, das die Entfernung eines Lichtjahres in eins komma fünfundzwanzig Minuten überbrücken kann. Dieses Schiff brachte mir meinen Namen und meinen Status ein. Was können Sie uns jetzt für einen vergleichbaren Lohn bieten?«

»Eine Reihe von Dingen. Können Sie sich jetzt bewegen, Chmeee?«

Der Kzin stand auf. Er schien die lähmende Wirkung des Betäubungsstrahles vollkommen überwunden zu haben. Louis hatte immer noch Sehstörungen, und seine Glieder waren ohne Gefühl.

»Sind Sie gesund? Spüren Sie einen Schwindel, Kopfweh oder einen Brechreiz?«

»Was sollen diese Fragen, Wurzelfresser? Sie haben mich doch über eine Stunde lang im Autodoc behandelt. Die Koordination meiner Reflexe läßt noch zu wünschen übrig. Außerdem habe ich Hunger. Sonst ist alles in Ordnung mit mir.«

»Sehr gut. Die Substanz zeigt also Wirkung. Damit haben Sie bereits Ihren Lohn als Vorauszahlung erhalten, Chmeee. Boosterspice hat Louis Wu zweihundertdreiundzwanzig Jahre lang jung und stark erhalten. Mein Volk hat eine analoge Verjüngungsdroge für die Kzinti entwickelt. Sie bekommen die chemische Formel der Droge als Geschenk für das Patriarchat der Kzinti, wenn unsere Mission beendet ist.«

Chmeee war wie von den Socken. »Ich werde wieder jung?« Dieses Zeug steckt schon in meinem Körper?«

»Ja.«

»Wir hätten selbst so eine Droge entwickeln können. Aber wir wollten sie nicht haben.«

»Aber ich brauche einen jungen und starken Kzin, Chmeee. Obwohl unsere Mission nicht besonders gefährlich sein wird. Ich beabsichtige auf dem Raumhafen-Gürtel zu landen, nicht auf dem inneren Ring des Kunstplaneten. Wir werden alle Entdeckungen gemeinsam ausbeuten, gemeinsam verwerten. Auch für Sie habe ich jetzt schon eine Belohnung, Louis . . .«

Und dann wie durch Zauberhand, erschien Louis Wus Wonnestecker auf der Transportscheibe in der Kabine. Das Gehäuse war geöffnet und wieder versiegelt worden. Louis' Herz machte einen Satz.

»Laß das Ding noch liegen«, fauchte Chmeee.

»Okay. Hinterster, wie lange haben Sie mich beobachten lassen?«

»Vor fünfzehn Jahren entdeckten wir Sie in Canyon. Meine Agenten waren bereits auf der Erde und versuchten Halrloprillalar aus dem Gefängnis zu befreien. Sie hatten allerdings wenig Erfolg damit. Ich ließ Transportscheiben in Ihrer Wohnung einbauen und wartete auf den richtigen Zeitpunkt. Ich werde jetzt unseren einheimischen Führer in das Raumschiff holen.« Der Puppetier bewegte die Lippen über der Instrumentenkonsole, machte einen Schritt vorwärts und war verschwunden.

»Verwende ja nicht den Wonnestecker«, sagte Chmeee.

»Jawohl, Eure Hoheit.« Louis drehte ihm den Rücken zu. Er wußte, daß er vollkommen den Verstand verloren hatte, falls er wegen dieses Wonnesteckers einen Kzin angreifen würde. Jedenfalls würde die Expedition auch ihre angenehmen Seiten haben. Er klammerte sich an diesen Gedanken.

Aber für Halrloprillalar würde er nichts tun können.

Halrloprillalar was schon ein paar tausend Jahre alt gewesen, als sie sich Louis, Nessus und dem Kzin-Dolmetscher anschloß auf ihrer Suche nach einer Möglichkeit, die Ringwelt wieder zu verlassen. Die Eingeborenen, die unter ihrer schwebenden Polizeistation wohnten, hatten sie verehrt wie eine Göttin, die den Himmel bewohnte. Die ganze Raumschiffbesatzung hatte dieses Spiel mitgemacht. Sie hatten sich mit Halrloprillalars Hilfe als Götter vor den Eingeborenen ausgegeben. Auf diese Weise gelang es ihnen, unbehelligt zu ihrem beschädigten Raumschiff, der *Liar* zurückzukehren. Und unterwegs hatte sie sich in Louis verliebt.

Die Eingeborenen der Ringwelt – jedenfalls die drei arttypischen Familien, denen die Raumschiffbesatzung begegnet war – waren mit der Menschheit verwandt, wenn auch nicht identisch. Halrloprillalar war fast vollkommen kahl gewesen und ihren Lippen so flach wie bei einem Affen. Manchmal suchen die hundertjährigen nur Abwechslung in ihren Liebesaffären. Louis hatte sich gefragt, ob das auch für ihn zutraf. Er hatte sich in Prill verliebt, obwohl ihm ihre Charakterfehler bewußt gewesen waren . . . aber, tanj, er sollte lieber vor seiner eigenen Tür kehren!

Und Halrloprillalar war ihm hörig gewesen. Sie hatten ihre Hilfe gebraucht, und Nessus hatte einen für Puppetiers typischen Zwang auf sie ausgeübt. Nessus hatte sie mit einer Lustgeisel gezähmt – mit dem Tasp. Louis hatte ihn gewähren lassen.

Sie war mit Louis in das irdische Universum zurückgekehrt. Sie hatte mit ihm das UN-Gebäude in Berlin besucht und es nie mehr verlassen. Wenn der Hinterste sie jetzt aus ihrem Gefängnis befreien und auf ihren Heimatplaneten zurückbringen konnte, hatte er mehr für sie getan als Louis Wu für sie hätte tun können.

Chmeee sagte: »Meiner Meinung nach belügt uns der Puppetier. Er leidet an Größenwahn. Eine so intelligente Rasse wie die

Puppetiers würde sich nie von einem Verrückten regieren lassen.«

»Weshalb nicht? Als Feiglinge scheuen sie das Risiko. Das Regieren ist ein sehr hohes Risiko. Hat nicht früher der Kopf der gekrönten Häupter sehr locker auf ihrem Hals gesessen? Es wäre nur logisch, wenn die Puppetiers sich den Intelligentesten aus einer kleinen Gruppe von Größenwahnsinnigen als Herrscher erwählen . . . Oder betrachte es einmal von der anderen Seite: Eine lange Reihe von Hintersten unterwies die übrige Bevölkerung in der Kunst, seine Köpfe bedeckt zu halten – nicht nach zuviel Macht zu streben, weil das gefährlich ist. Beide Möglichkeiten sind denkbar.«

»Du glaubst, er sagt uns die Wahrheit, Louis?«

»Bisher wissen wir noch nicht genug. Und wenn er uns belügt? Er hat uns in seiner Gewalt.«

»Er hat dich in seiner Gewalt«, sagte der Kzin. »Er hat dich am Wonnestrom. Warum schämst du dich eigentlich nicht?«

Louis schämte sich. Er kämpfte gegen sein Schamgefühl, damit es nicht seinen Verstand blockierte und ihn vollends in tiefste Verzweiflung trieb. Er war in dieser Zelle eingeschlossen: die Wände, der Boden und die Decke waren Bestandteil eines General-Products-Rumpfes. Aber es gab Elemente . . .

»Wenn du immer noch daran denkst, aus diesem Gefängnis auszubrechen«, sagte Louis, »dann überlege dir folgendes. Du wirst doch jetzt jünger. In diesem Punkt wird er dich kaum belogen haben. Das hätte keinen Sinn. Was passiert, wenn du jünger wirst?«

»Mein Appetit wird größer. Mehr Ausdauer. Eine größere Streitlust, weswegen du dich eigentlich eher in acht nehmen müßtest, Louis.«

Chmeee hatte mit den Jahren auch an Gewicht zugelegt. Die schwarzen »Brillenränder« um seine Augen waren fast grau geworden, auch sonst entdeckte man überall in seinem Fell die Silberfäden. Harte Muskeln zeichneten sich unter dem Fell ab, wenn er sich bewegte. Kein vernünftiger junger Kzin würde sich mit ihm anlegen. Aber die vielen Narben verrieten sein Alter. Der Pelz und mehr als die Häfte von Chmeees Haut waren bei ihrer ersten Expedition zur Ringwelt verbrannt worden. Dreiundzwanzig Jahre später war das Fell wieder gewachsen, noch dürftig, unregelmäßig und mit kahlen Stellen dazwischen.

»Mit der Verjüngungsdroge heilen auch deine Narben ab«, sagte Louis. »Dein Pelz wird wieder glatt und dicht werden. Auch die weißen Stellen werden verschwinden.«

»Nun, dann wird ja mein Aussehen besser.« Der Schwanz peitschte die Luft. »Ich muß diesen Laubfresser töten. Narben sind wie Erinnerungen. Narben sind für uns Ehrenabzeichen.«

»Wie wirst du beweisen können, daß du Chmeee bist, wenn du wieder nach Hause kommst?«

Der Schwarze hielt wieder still.

Chmeee sah ihn an.

»Er hat mich mit dem Wonnestromstecker an die Kette gelegt«, sagte Louis. Er sprach es zögernd aus. Schließlich konnten sie von einem Mikrofon überwacht werden. Ein Puppetier hatte selbstverständlich Angst vor einer Meuterei. »Und dich hat er ebenfalls unter der Fuchtel. Mit deinem Harem, deinen Ländereien, deinen Privilegien und dem Namen, der Chmeee, dem alternden Helden, gehört. Der Patriarch wird dich wahrscheinlich für einen Lügner halten – für eine ganz andere Person –, wenn du ihm nicht die Formel der Verjüngungsdroge vorweisen kannst, die der Hinterste dir einflößte.«

»Sei still!«

Plötzlich war es Louis Wu zuviel. Er griff nach dem Wonnestecker, und der Kzin sprang los. Chmeee drehte das schwarze Plastikgehäuse in einer schwarz-orangefarbenen Pfote.

»Kann mir auch recht sein«, sagte Louis und warf sich auf den Rücken. Nach seinem alten Schaltuhr-Plan hätte jetzt sowieso seine Ruhezeit begonnen.

»Wie bist du süchtig geworden? Wie?«

»Ich? Das kannst du nur verstehen, wenn du dich an unser letztes Zusammensein erinnerst.«

»Nichts leichter als das. Wenige Menschen sind bisher auf unseren Heimatplaneten eingeladen worden. Und damals verdientest du diese Ehrung.«

»Vielleicht, vielleicht. Erinnerst du dich, wie du mir das Haus der Patriarchen gezeigt hast?«

»Ja. Du versuchtest mir deine Vorstellungen zu verkaufen, wie man die Beziehungen zwischen unseren beiden Rassen verbessern könnte. Du sagtest, wir bräuchten nur einem menschlichen Reporterteam die Genehmigung zu erteilen, in unserem Museum mit Holokameras Aufnahmen zu machen.«

Louis lächelte, als er daran zurückdachte. »Das stimmt.«

»Ich hatte meine Zweifel.«

Das Haus der Patriarchen war großartig und weitläufig: ein riesiger Gebäudekomplex, aus dicken Quadern vulkanischen Gesteins, die an den Kanten verschweißt waren. Alles in diesem Gebäude war eckig und kantig, und die vier hohen Ecktürme des Palastes waren mit Laserkanonen bestückt. Die Räume reihten sich endlos aneinander. Chmeee hatte zwei Tage gebraucht, um Louis alles zeigen zu können.

Die offizielle Abstammung des Patriarchen ging bis in die graue Vorzeit zurück. Louis hatte uralte Sthondat-Schenkelknochen gesehen, griffig zurechtgeschnitzt, damit sie von den Steinzeit-Kzinti als Keulen verwendet werden konnten. Er hatte Waffen gesehen, die man als Handkanonen bezeichnen konnte; sie waren so schwer, daß ein Mensch sie wohl kaum vom Boden zu lüpfen vermochte. Er hatte eine mit Silber ausgelegte Rüstung besichtigt, die so dick war wie die Tür eines Geldschrankes. Und ein Zweihänder-Schwert, mit dem man eine kalifornische Riesenföhre mit einem Streich hätte fällen können. Da war ihm die Idee gekommen, daß man ein menschliches Kamerateam hierher schicken sollte, als er auf den ausgestopften Harvey Mossbauer stieß.

Harvey Mossbauers Familie war im Vierten Menschheits-Kzin-Krieg getötet und aufgefressen worden. Viele Jahre nach dem Waffenstillstand und nach umfangreichen Vorbereitungen war Mossbauer schwer bewaffnet alleine auf dem Heimatplaneten der Kzin gelandet. Er hatte vier erwachsene Kzinti umgebracht und eine Bombe im Harem des Patriarchenpalastes gezündet, ehe die Wachen ihn überwältigen und töten konnten. Sie hatten seine Haut unbeschädigt haben wollen, erklärte ihm damals Chmeee, und das hatte ihren Kampfeswillen beeinträchtigt.

»Das nennst du eine unbeschädigte Haut?«

»Aber er kämpfte wie ein Löwe! Wir haben Tonbandaufzeichnungen davon im Archiv. Wir wissen, wie man einen tapferen und mächtigen Feind ehren muß, Louis.«

Die ausgestopfte Haut war aus so vielen Einzelstücken zusammengesetzt, daß man das Museumstück zweimal genau ansehen mußte, ehe man es als menschliches Wesen wiedererkannte. Doch es hatte einen hohen Denkmalsockel bekommen mit einer Widmungstafel aus Metall und den ganzen Raum für sich allein. Möglicherweise hätte ein gewöhnlicher menschlicher Reporter die Ausstellung dieses zusammengestückelten ausgestopften Mossbauer nicht verstanden, aber Louis erfaßte sofort den tieferen Sinn. Jetzt, zwanzig Jahre später, sagte er als entführter Süchtiger nachdenklich: »Ja, für mich war es damals ein erhebendes Gefühl, daß dieser ausgestopfte Mossbauer ein Mensch gewesen ist.«

»Es ist gut, sich zu erinnern, aber wir reden jetzt von der Gegenwart. Von deiner Sucht.«

»Glückliche und zufriedene Leute werden nicht zu Wonnestrom-Süchtigen. Man muß sich einer Operation unterziehen, ehe man den Stecker in seinem Kopf befestigen kann. Ich fühlte mich wohl damals in dem Museum. Ich kam mir wie ein Held vor. Weißt du, wo Halrloprillalar sich damals aufhielt?«

»Wo?«

»Die Regierung hatte sie kassiert. Die ARM. Sie hatten endlose Listen von Fragen für sie vorbereitet. Verdammt, ich konnte es nicht verhindern, daß man sie in Gewahrsam nahm. Ich hatte für sie gebürgt, sie auf die Erde gebracht . . .«

»Sie hatte Gewalt über deine Drüsen, Louis. Es ist von großem Vorteil, daß die Weibchen der Kzinti einer primitiveren Entwicklungsstufe angehören. Du hättest alles getan, was sie von dir verlangte, und du warst ihr hörig. Sie wollte das menschliche Universum besichtigen.«

»Natürlich. Und ich sollte ihr eingeborener Führer sein. Aber dazu kam es nicht. Chmeee, wir brachten die *Long Shot* und

Halrloprillalar nach Hause. Wir übergaben unsere Mitbringsel unseren miteinander verbündeten Regierungen, und seither haben wir sie nicht mehr gesehen. Wir durften nicht einmal mehr davon reden.«

»Der Quantum-II-Hyperantrieb wurde zum Staatsgeheimnis der Patriarchie erklärt.«

»Es ist auch ein Staatsgeheimnis der Vereinten Nationen. Ich bezweifle sogar, daß die anderen Regierungen des menschlichen Universums in dieses Geheimnis eingeweiht wurden. Und sie schärften mir ein, daß ich nicht darüber sprechen dürfte. Selbstverständlich gehörte auch die Ringwelt zu diesem Staatsgeheimnis, denn wie hätten wir ohne dieses geheime Raumfahrzeug, ohne die *Long Shot,* überhaupt dort hinkommen können? Und deshalb wundere ich mich«, fuhr Louis fort, »wie sich der Hinterste die Reise zur Ringwelt vorstellt. Zweihundert Lichtjahre von der Erde entfernt – noch weiter von Canyon – und mit diesem Schiff schaffen wir ein Lichtjahr in drei Tagen. Glaubst du, er hat noch eine *Long Shot* irgendwo versteckt?«

»Du wirst mich nicht vom Thema ablenken können. Warum hast du dir ein Wonnestromnetz einpflanzen lassen?« Der Chmeee duckte sich und fuhr die Klauen aus. Vielleicht war es ein Reflex, eine Reaktion motorischer Nerven – vielleicht.

»Ich verabschiedete mich von dir und flog wieder nach Hause«, sagte Louis. »Trotz aller Bitten ließ die ARM mich nicht zu Prill. Ja, wenn ich eine Expedition zur Ringwelt hätte organisieren können, hätte man sie mir als Dolmetscherin und Fremdenführerin mitgegeben. Aber, tanj, darüber durfte ich doch nur mit der Regierung sprechen . . . und mit dir. Aber du hattest kein Interesse an der Expedition.«

»Wie hätte ich mitkommen sollen? Ich hatte eben erst mein Lehen, einen Namen und einen Harem voll schwangerer Frauen bekommen. Die weiblichen Kzinti sind sehr schutzbedürftig. Man muß sie pflegen und darf sie während der Schwangerschaft nicht allein lassen.«

»Und was geschieht jetzt mit ihnen?«

»Mein ältester Sohn wird sich um meine Liegenschaften und meinen Besitz kümmern. Wenn ich ihn zu lange alleine lasse, wird er mit mir kämpfen, um das, was er nur verwaltet, behalten zu können. Falls ich . . . *Louis! Warum bist du ein Wonnestromsüchtiger geworden?«*

»Irgendein Clown schlug mich mit der Lustgeißel!«

»Wie bitte?«

»Ich besichtigte ein Museum in Rio, als jemand, der sich, hinter einer Säule versteckt hielt, mir den Tasp zu schmecken gab.«

»Aber Nessus hatte doch auch eine Lustgeißel bei sich, als wir zur Ringwelt flogen, um seine Besatzung unter Kontrolle behalten zu können. Er wendete sie gegen uns beide an.«

»Richtig. Und der Hinterste verwendet nun das gleiche Druckmittel. Er hat den Wonnestecker so manipuliert, daß er ihn mit einer Fernbedienung ein- und abschalten kann. Und dir hat er das Geschenk der ewigen Jugend gegeben. Zu welchem Zweck? Damit wir alles tun, was er uns anschafft.«

»Nessus verwendete auch die Lustgeißel gegen mich; trotzdem bin ich nicht süchtig geworden.«

»Auch ich war das damals nicht. Aber ich konnte mein Gedächtnis nicht abschalten. Ich kam mir vor wie eine Laus, wie ein Verräter, wenn ich an Prill dachte – ich dachte an Urlaub, an eine Flucht ins Weltall. Das war meine Methode, eine Krise zu meistern; alleine mit einem Raumschiff bis zum Rand des bekannten Universums zu fliegen, bis ich den Anblick meiner Mitmenschen wieder zu ertragen vermochte. Bis ich mich selbst wieder ertragen konnte. Aber damit hätte ich nur Prill noch mehr verraten. Und da stand dieser Clown hinter einer Säule und schaltete die Lustgeißel ein. Ich spürte sie nur eine Sekunde lang, aber dieser Luststrom erinnerte mich an die Geißel, mit der Nessus uns zur Vernunft brachte, und die war zehnmal stärker als dieses Ding. Ich . . . sträubte mich fast ein Jahr gegen die Versuchung, und dann ließ ich mir den Stromleiter implantieren.«

»Ich sollte dir den Draht wieder aus dem Kopf reißen.«

»Das hätte unangenehme Nachwirkungen zur Folge.«

»Und wie bist du in den Canyon von ›Speerspitze‹ gekommen?«

»Nun, vielleicht war ich verrückt, aber ein Körnchen Vernunft steckt trotzdem darin: Halrloprillalar verschwand für immer im Gebäude der ARM. Und Louis Wu wurde süchtig und wußte nicht mehr, ob er seine Beherrschung verlor und irgendeinem strohköpfigen Flachlandbewohner das Geheimnis der Ringwelt ausplauderte. Deshalb dachte ich, ich sollte lieber von der Erde flüchten. Canyon ist ein Planet, auf dem man problemlos unentdeckt landen kann.«

»Vermutlich hatte der Hinterste das ebenfalls entdeckt.«

»Chmeee, gib mir jetzt den Wonnestecker oder laß mich schlafen. Oder du bringst mich um.«

»Gut, dann schlafe lieber.«

KAPITEL 3

DER GEIST UNTER DER BESATZUNG

Es war gut, wieder zwischen den Schlafplatten aufzuwachen, im freien Fall schwebend, bis Louis sich wieder erinnerte.

Chmeee nagte an einem rohen Knochen. Wunderland baute seine Küchen so, daß sie verschiedenartige Rassen mit Nahrungsmitteln versorgen konnten. Der Kzin unterbrach einen Moment seine Mahlzeit, um Louis mitzuteilen: »Alle Geräte an Bord wurden von Menschen hergestellt. Oder sie hätten wenigstens von Menschen hergestellt sein können. Sogar der Rumpf scheint mit auf einer irdischen Welt in Lizenz gebaut zu sein.«

Louis schwebte zwischen den Schlafplatten wie ein Embryo im Mutterleib – mit geschlossenen Augen und angezogenen Knien. Aber seine Erinnerungen stürmten jetzt wieder auf ihn ein. »Das Landefahrzeug scheint mir in stilistischer Hinsicht eher ein Erzeugnis der Jinxianer zu sein. In Lizenz gebaut, aber trotzdem auf Jinx. Und wie steht es mit deinem Bett? Ein Kzin-Bett?«

»Ein künstliches Fell. Es sieht nur so aus, als wäre es die echte Haut eines Kzin. Zweifellos wurde dieses Machwerk heimlich in die irdischen Welten transportiert, als ein Zeichen von schwarzem Humor. Ich hätte den Herstellern mit Vergnügen selbst die Haut abgezogen.«

Louis schaltete das Kondensatoren-Feld ab. Das beendete seinen Schwebezustand. Er wurde so sanft wie in einem Fahrstuhl hinuntergetragen.

Draußen war es Nacht: Die scharfen Konturen weißer Sterne waren über ihm, und um ihn herum breitete sich eine Landschaft aus schwarzem Samt aus. Auch wenn er sich einen Raumanzug beschaffen konnte, hätte er vielleicht den halben Planeten durchqueren müssen, ehe er wieder auf den Canyon stieß. Oder befand er sich gleich hinter diesem schwarzen Riff, das wie ein Messer in das Sternenlicht hinaufragte? Er wußte es nicht.

Der Nahrungsaufbereiter hatte zwei Tasten, die eine mit einer Interworld-Inschrift, die andere mit den Symbolen der Heldensprache. Es gab auch getrennte Toiletten, die seitlich an den Wänden der Kabine angeordnet waren. Louis hätte eine nicht so deutliche Trennung zwischen ihren verschiedenen Rassen bevorzugt. Er wählte auf der Scheibe des Küchengerätes ein Frühstück. Hoffentlich war wenigstens der Speisenzettel reichhaltig.

Der Kzin fauchte: »Hast du außer deinem leiblichen Wohl auch noch andere Interessen?«

»Sicher. Du brauchst nur auf den Boden der Kabine zu blicken.«

Der Kzin ließ sich auf die Knie fallen. »Hmmm . . . ja. Die Puppetiers haben diesen Hyperdrive-Shunt-Motor gebaut. Das muß das Schiff sein, in dem der Hinterste von der Planetenflotte der Puppetiers flüchtete.«

»Du hast die Transportscheiben vergessen. Die Puppetiers verwenden dieses Transportmittel nur auf ihrem eigenen Planeten. Bisher wenigstens. Doch dann tauchen plötzlich zwei menschliche Agenten auf dieser Scheibe in meinem alarmgesicherten Appartement auf.«

»Dann muß der Hinterste sie gestohlen haben. Vermutlich auch das Schiff und die übrigen Geräte. Vielleicht waren ihm die General-Products-Hersteller verpflichtet und halfen ihm aus der Patsche. Louis, ich glaube nicht, daß der Hinterste die Unterstützung einer politischen Partei hinter sich hat. Wir sollten lieber versuchen, die Flotte der Puppetiers zu erreichen.«

»Chmeee, wir müssen damit rechnen, daß hier Wanzen eingebaut sind.«

»Sollte ich wegen einem Pflanzenfresser meine Gedanken verleugnen?«

»Also gut. Betrachten wir die Sache nüchtern.« Die Depression, die ihn wieder überkommen hatte, äußerte sich als bitterer Sarkasmus. Und weshalb auch nicht? Chmeee hatte jetzt seinen Wonnestecker. »Ein Puppetier hatte sich erlaubt, Kzinti und Menschen zu kidnappen. Selbstverständlich werden die ehrenwerten Puppetiers seines Heimatplaneten darüber entsetzt sein. Würden sie uns dann gestatten, wieder auf die Erde oder in das Patriarchat zurückzukehren, damit wir unseren Artgenossen von dieser verbrecherischen Tat berichten? Zweifellos hat inzwischen das Patriarchat nicht geschlafen und sich mächtig angestrengt, noch mehr Raumschiffe von der *Long-Shot*-Serie zu bauen. Die Flotte dieser Schiffe könnte die Puppetier-Planeten in etwa vier Stunden wieder einholen. Selbstverständlich kostet es seine Zeit, bis man die Geschwindigkeit der beiden Flotten wieder angeglichen hat. Das bedeutet, man muß drei Monate hinzurechnen bei einer Schwerkraft von drei g. . .«

»*Es reicht,* Louis!«

»Tanj, wenn du einen Krieg vom Zaun brechen willst, hättest du hier eine Chance! Hast du vergessen, was Nessus uns berichtete? Die Puppetiers manipulierten den Ersten Menschheits-Kzin-Krieg. Zu unseren Gunsten. Nun sag' bloß, du hättest dieses Geheimnis für dich behalten.«

»Sprich nicht weiter davon!«

»Sicher. Nur ist mir gerade eingefallen . . .« Louis sprach besonders deutlich, weil er überzeugt war, daß ihr Gespräch aufgezeichnet wurde – »,daß du, der Hinterste und ich die einzigen Personen im bekannten Universum sind, die von dieser Schandtat der Puppetiers wissen. Dazu kommen noch die Leute, denen wir das im Vertrauen mitgeteilt haben.«

»Das bedeutet, der Hinterste wäre nicht todunglücklich, falls wir auf der Ringwelt verlorengingen. Jetzt verstehe ich deinen Einwand. Aber der Hinterste weiß vielleicht gar nichts von der Indiskretion seines Geschlechtspartners.«

Er wird es spätestens erfahren, wenn er das Band zurückspult, dachte Louis. Er fiel mit vorgetäuschtem Heißhunger über sein Frühstück her. Er hatte es nach Gesichtspunkten der Einfachheit, aber auch Reichhaltigkeit zusammengestellt: eine halbe Grapefruit, ein Schokoladen-Soufflé, gekochte Moa-Brüstchen, Jamaika-Kaffee (aus blauen Bergbohnen) mit einem Schuß Schlagsahne obenauf. Das meiste davon war recht gut gelungen. Nur die Schlagsahne war nicht zufriedenstellend. Aber was sollte er zu den Moa-Brüstchen sagen? Ein Genetiker des vierundzwanzigsten Jahrhunderts hatte den Moa rückgezüchtet, wie er behauptete, und der Nahrungsspender hatte eine Imitation des rückgezüchteten Moas geliefert. Das Fleisch sah gut aus. Es schmeckte wie ein saftiger Fasan.

Aber das Frühstück war nichts im Vergleich zu seinen Wonnestrom-Sitzungen.

Er hatte sich inzwischen daran gewöhnt, den halben Tag mit Depressionen zu verbringen. Vermutlich war die Depression nur ein Kontrast zu den Wonneperioden. Louis vermutete, daß die Depression der Normalzustand der Menschheit war. Daß er zudem noch von einem verrückten Fremdwesen gefangen gehalten wurde, machte seine Depression nicht viel schlimmer.

Als er mit seinem Frühstück fertig war, warf er das schmutzige Geschirr in die Toilette. »Was verlangst du von mir, damit du mir den Wonnestecker wieder zurückgibst?« fragte er.

Chmeee fauchte: »Was hast du denn anzubieten?«

»Versprechen, die ich mit einem Ehrenwort abgebe. Und ein paar Pyjamas.«

Chmeees Schwanz schnitt durch die Luft. »Früher warst du mal ein recht zuverlässiger Kamerad. Und was wirst du jetzt sein, wenn ich dir den Wonnestecker zurückgebe? Eine vertrottelte Bestie. Ich behalte den Stecker.«

Louis begann mit seinen Freiübungen.

Einhändige Liegestütze waren bei einer halben Schwerkraft kein Problem. Aber einhundert Liegestütze auf jeder Hand waren bereits eine Leistung. Die Kajüte eignete sich nicht für gewisse Übungen. Zum Beispiel konnte er keine Weitsprünge machen, wobei er die Zehen mit den Fingerspitzen berühren mußte.

Chmeee beobachtete ihn neugierig. »Wie kann es dazu gekommen sein, daß der Hinterste seine Bürgerrechte verlor?«

Louis antwortete ihm nicht. Er hatte die Zehen unter die untere Schlafplatte geklemmt und ein Brett unter seine Waden. Er übt das Aufsitzen in Zeitlupe.

»Und was hofft er eigentlich auf der Raumschiffseite der Ringwelt zu finden? Was fanden wir bei der ersten Expedition? Die Verzögerungsringe sind viel zu schwer. Wir können sie weder abmontieren, noch mit dem Raumschiff fortbringen. Hat er vielleicht irgendein Instrument in den Raumschiffen der Ringwelt im Auge?«

Louis wählte zwei Moa-Schenkel. Er wischte das Fett ab und begann dann, mit ihnen zu jonglieren. Sie waren so groß wie Holzkeulen. Der Schweiß lief ihm über Gesicht und die Arme.

Chmeees Schwanz zuckte über den Boden. Er legte seine großen rosenfarbenen Ohren zurück. Chmeee ärgerte sich. Aber das war sein Problem.

Im gleichen Moment materialisierte der Puppetier hinter einer undurchdringlichen, durchsichtigen Wand. Er hatte inzwischen seine Mähnentracht verändert, die Opale gegen Glitzersteine ausgetauscht. Er betrachtete einen Moment seine beiden Gefangenen und sagte dann: »Sie werden jetzt Ihren Stecker brauchen. Louis.«

»Leider steht er mir nicht zur Verfügung«, erwiderte Louis und hörte auf, Gewichte zu stemmen. »Wo ist Prill?«

Der Puppetier sagte: »Chmeee, geben Sie Louis seinen Stekker zurück.«

»Wo ist Halrloprillalar?«

Ein mächtiger, muskelbewehrter Arm in orangefarbenem Pelz legte sich quer vor Louis Hals. Louis schlug mit dem Bein aus, legte seine ganze Kraft hinein. Der Kzin grunzte nur. Mit ungewohnter Sanftheit drückte er den Wonnestecker in den Kontakt auf Louis' Schädel.

»Okay«, sagte Louis. Der Kzin ließ ihn wieder los und setzte sich auf seine Couch. Louis hatte bereits begriffen, was mit Prill geschehen sein mußte. Erst jetzt kam ihm zu Bewußtsein, wie sehr er sich nach ihr gesehnt hatte . . . sich gewünscht hätte, daß sie aus den Klauen der ARM befreit wurde . . . sie bei sich zu haben.

»Halrloprillalar ist tot. Meine Agenten haben mich absichtlich getäuscht«, sagte der Puppetier. »Sie wußten, daß die Eingeborene der Ringwelt schon seit achtzehn Standardjahren tot ist. Ich könnte jetzt hierbleiben, um die beiden in ihrem Versteck aufzustöbern; aber das könnte vielleicht noch einmal achtzehn Jahre dauern. Oder achtzehnhundert Jahre! Das Universum der Menschen ist zu groß. Sie sollen das Geld behalten, das sie sich erschwindelt haben.«

Louis nickte lächelnd. Er wußte, daß ihn die Nachricht schmerzlich treffen würde, sobald er den Wonnestecker wieder entfernte. Er hörte Chmeee fragen: »Woran starb sie?«

»Sie hat die Verjüngungsdroge nicht vertragen. Die Vereinten Nationen sind inzwischen der Meinung, daß sie doch, physiologisch betrachtet, kein Mensch sein konnte. Sie alterte sehr rasch. Ein Jahr und fünf Monate lebte sie noch auf der Erde. Dann starb sie.«

»Schon tot«, dachte Louis laut. »Sie starb, als ich auf dem Planeten Kzin war . . .« Aber ganz zufrieden war er nicht mit der Auskunft des Puppetiers. »Sie hatte ihr eigenes Lebenselexier bei sich. Es war viel besser als unsere Verjüngungsdroge. Wir hatten eine Flasche davon an Bord, als wir sie zur Erde brachten.«

»Es wurde gestohlen. Mehr weiß ich auch nicht.«

Gestohlen? Aber Prill hätte doch niemals den Fuß auf eine Straße des Planeten Erde gesetzt, wo sie mit gewöhnlichen Dieben hätte zusammenkommen können. Vielleicht hatten die Wissenschaftler der Vereinten Nationen den Flakon geöffnet, um das Elixier zu analysieren. Doch dazu hätten sie nicht mehr benötigt als ein Mikrogramm . . . Vermutlich würde er die Wahrheit nie erfahren. Sie hatten jedenfalls alles Wissenswerte aus ihr herausgequetscht, bevor sie starb.

Es würde weht tun. Ganz sicher. Aber noch stand er unter dem Einfluß des Wonnesteckers.

»Wir werden sofort aufbrechen.« Der Puppetier setzte sich auf die gepolsterte Pilotenbank. »Sie werden in einem Stasisfeld reisen, damit Ihre Kräfte geschont werden. Ich habe noch einen Reservetreibstoff-Tank, den ich abwerfe, ehe wir in den Hyperraum überwechseln. Wir werden mit vollen Tanks bei der Ringwelt eintreffen. Chmeee, wie würden Sie unser Schiff taufen?«

Chmeee fragte: »Haben Sie noch keine feste Vorstellung von unserem Reiseziel?«

»Doch. Wir erforschen die Raumhafenseite der Ringwelt. Weiter werden wir nicht vordringen. Haben Sie die Güte, unser Schiff zu taufen?«

»Ich nenne es *›Heiße Nadel‹*.«

Louis lächelte wieder. Er fragte sich, ob der Puppetier den Doppelsinn des Namens erkannte. Die Kzinti verwendeten weißglühende Nadeln beim Verhör von Gefangenen. Der Puppetier ergriff mit den Lippen zwei Schaltknöpfe und brachte sie zusammen.

KAPITEL 4

AUS DEM GLEICHGEWICHT

Louis sackte in sich zusammen, als sich sein Gewicht plötzlich verdoppelte. Die schwarze Canyon-Bergsilhouette war verschwunden. Auch die Sternenkulisse hatte sich verändert. Da war nur noch ein ganz heller Stern direkt unter dem Rumpf. Der Hinterste löste sich aus dem Sicherheitsnetz und stieg von seiner Pilotenbank herunter. Auch der Puppetier schien wie ausgewechselt. Er bewegte sich wie ein müder alter Mann, und seine Mähne – inzwischen anders gekämmt – schien seit geraumer Zeit nicht mehr mit Lockenwicklern in Berührung gekommen zu sein.

Der Wonnestrom trübte nicht das Denkvermögen. Louis erkannte sogleich das Augenscheinliche: Er und Chmeee mußten zwei Jahre in der Stasis-Starre verbracht haben, während der Puppetier mit *»Heißer Nadel«* allein durch den Hyperraum geflogen war. Das bekannte Universum, eine Blase erforschter Sternensysteme, deren Radius ungefähr vierzig Lichtjahre betrug, mußte weit hinter ihnen liegen. *Heiße Nadel* mußte also so gebaut sein, daß nur ein Puppetier die Kontrollen bedienen konnte, während alle Passagiere im Betäubungsschlaf lagen und damit auch der Willkür eines Puppetiers ausgeliefert, der in dieser Zeit Herr über Leben und Tod war. Halrloprillalar war tot, weil er, Louis Wu, seine Aufsichtspflicht verletzt hatte. Er würde sich schrecklich einsam fühlen, wenn man den Stecker wieder aus seinem Kopf entfernte. Das würde jetzt bald geschehen. Aber solange sein Gehirn noch unter Wonnestrom stand, berührte ihn das alles nicht.

Er sah keine Rückstoßflamme. *Heiße Nadel* bewegte sich jetzt nur noch mit einem reaktionslosen Antrieb.

Die Architekten der *Liar* hatten die Schiffsmotoren in einem großen Deltaflügel angebracht. Als sie über die Ringwelt hinwegflogen, waren sie vermutlich von einer großkalibrigen Laserkanone beschossen worden, die ihnen die Motoren verbrannte. Wahrscheinlich hatte der Hinterste dafür gesorgt, daß sich dieser Fehler nicht wiederholen konnte. Die Schubmotoren waren jetzt im Rumpf untergebracht, geschützt vor solchen Geschossen.

Chmeee fragte: »Wie lange dauert es noch, bis wir landen können?«

»Wir können in fünf Tagen andocken. Ich konnte leider nicht das modernste Antriebssystem einbauen lassen, das wir bei unserer Planetenflotte verwenden. Unsere Schubmotoren sind irdische Fabrikate. Damit können wir nur mit zwanzig g verzögern. Ist die künstliche Schwerkraft Ihrer Kabine ausreichend?«

»Ein bißchen leicht, würde ich sagen. Eine irdische Schwerkraft?«

»Eine Ringwelt-Schwerkraft. Das entspricht null komma neun neun zwei einer irdischen Schwerkraft.«

»Behalten Sie diesen Wert ein. Sie haben uns keine Instrumente gegeben, Hinterster. Ich würde mir gern die Ringwelt aus der Entfernung betrachten.«

Der Puppetier dachte über das Gesuch nach. »Ihr Landefahrzeug hat ein Teleskop an Bord, aber damit kann man nicht senkrecht nach unten sehen. Warten Sie einen Moment.« Der Puppetier wandte sich seiner Instrumentenkonsole zu. Der eine Kopf drehte sich nach hinten und sprach mit den nasalen Zischlauten der Heldensprache.

Chmeee sagte: »Verwenden Sie bitte Interworld. Louis sollte wenigstens zuhören können.«

Der Puppetier befolgte den Rat des Kzin: »Ich war einsam. Es tut mir wohl, wieder sprechen zu können, egal, in welcher Sprache. Ich gebe Ihnen jetzt eine Projektion der Ringwelt, wie ich sie durch das Teleskop der *Heißen Nadel* sehe.«

Ein Bild erschien auf dem Boden zwischen Louis Wus Füßen: ein Rechteck, in dem die Sonne der Ringwelt und die Sterne in ihrer Nachbarschaft plötzlich viel größer aussahen. Louis deckte die Sonne mit einer Hand zu und suchte in ihrer Nähe. Da war die Ringwelt: ein babyblaues Band, das einen Halbkreis bildete.

Man stelle sich ein hellblaues Seidenband vor, das ungefähr zweieinhalb Zentimeter breit ist und siebzehn Meter lang. Man lege es hochkant auf den Boden, bilde daraus einen Kreis und stelle eine Kerze in die Mitte des Kreises. Nun muß man nur noch den Maßstab vergrößern:

Die Ringwelt war so ein Band, nur aus einem unvorstellbar widerstandsfähigem Material hergestellt, dessen Breite tausend Meilen und dessen Länge sechshundert Millionen Meilen betrug. Dieses Band war zu einem Kreis auseinandergezogen, dessen Radius fünfundneunzig Millionen Meilen betrug und sich um eine Sonne in seinem Mittelpunkt drehte. Die Rotationsgeschwindigkeit betrug siebenhundertsiebzig Meilen pro Sekunde. Diese Geschwindigkeit reichte aus, um die Zentrifugalkraft eines g zu erzeugen. Die Ringwelt-Ingenieure, über deren Abkunft man nichts wußte, hatten Innenseite des Rings mit Erde, Ozeanen und Atmosphäre ausgestattet. Sie hatten die Außenränder dieses gigantischen Bandes tausend Meilen hoch gezogen, damit die Atmosphäre nicht verlorenging. Trotzdem schäumte vermutlich die Luft über den Rand des konkaven Bandes hinweg; nicht in großen Mengen und auch nur sehr langsam. Ein innerer Ring aus zwanzig rechteckigen Sonnenblenden bewegte sich auf einer Bahn, die ungefähr dem Orbit des Merkurs im Sonnensystem entsprach. Mit Hilfe dieser Sonnenblenden hatten die Ringwelt-Ingenieure einen Tag- und Nacht-Zyklus von dreißig Stunden erzeugt.

Die Ringwelt verfügte über eine bewohnbare Fläche von sechshundert Millionen Quadratmeilen. Ihre bewohnbare Fläche war also drei Millionen mal größer als die der Erde.

Louis, der Dolmetscher, Nessus und Teela Brown hatten die Ringwelt fast ein Jahr lang bereist. Dabei hatten sie zweihunderttausend Meilen quer zur Längsachse der Ringwelt zurückgelegt und waren dann zu der Stelle zurückgekehrt, wo sie mit der *Liar* notgelandet waren. Das war nur ein Fünftel der Breite dieses Kunstplaneten gewesen. Dieser winzige Ausschnitt, den sie kennengelernt hatten, qualifizierte sie wohl kaum zu Experten. Konnte überhaupt ein denkendes Wesen jemals behaupten, daß es die Ringwelt kennengelernt hätte?

Dabei hatten sie auch den Raumflughafen am oberen Rand der Außenhaut besichtigt. Angeblich wollte der Hinterste mit ihnen nur auf der Außenhaut im Raumhafenbereich landen, dort etwas an Bord nehmen und dann wieder verschwinden. Rasch verschwinden. Denn . . .

Denn es war ganz deutlich zu sehen auf dem Bild, das durch das Teleskop des Raumschiffes auf den Boden projeziert wurde: das babyblaue Band der Ringwelt – die Farbe von drei Millionen erdähnlichen Welten, die noch zu weit entfernt waren, als daß man Einzelheiten hätte unterscheiden können, obwohl die Schatten der Sonnenblenden sich von den hellen Flecken deutlich abgrenzten – bewegte sich mehr konzentrisch um ihre Sonne. Sie war aus ihrem Gleichgewicht geraten.

*

»Das haben wir nicht gewußt«, sagte Chmeee. »Wir verbrachten fast ein Kzin-Jahr auf dieser Kunstwelt und merkten es nicht. Wie konnte uns das nur entgangen sein?«

Der Puppetier sagte: »Die Ringwelt konnte sich noch nicht exzentrisch bewegt haben, als Sie zum erstenmal hiergewesen sind. Das liegt immerhin schon zweiundzwanzig Jahre zurück.

Louis nickte. Nur der Wonnestrom, der sein Gehirn noch beherrschte, hielt das Entsetzen nieder, wenn er an das Schicksal der Bewohner der Ringwelt dachte. Der Hinterste fuhr fort: »Die Ringwelt-Struktur ist in der Ebene ihres Orbits instabil. Das wußten Sie doch, oder?«

»Nein!«

Louis sagte: »Ich wußte es nicht, bis ich wieder auf der Erde war und gewisse Überlegungen anstellte. Ich habe mich mit dem Problem eingehend befaßt.«

Die beiden fremden Wesen sahen ihn jetzt an. Er hatte wirklich nicht so viel Aufmerksamkeit erregen wollen. Nun, auch gut. »Es ist recht einfach nachzuweisen, daß die Ringwelt sich auf einer instabilen Kreisbahn bewegt. Zwar stabil um ihre Längsachse, aber instabil in ihrer Neigungsebene. Früher muß irgend etwas die Sonne auf der Achse festgehalten haben.«

»Aber *jetzt* ist sie nicht mehr im Mittelpunkt des Kreises!«

»Was sie dort auch festgehalten haben mag – es funktioniert nicht mehr.«

Chmeee scharrte mit seinen Klauen auf dem unsichtbaren Boden der Raumschiffzelle. »Aber dann müssen sie alle sterben! Milliarden von Wesen, zehn Milliarden – oder gar Billionen?« Er wandte sich Louis zu. »Ich kann dein sattes Lächeln nicht mehr sehen. Könntest du nicht ohne deinen Wonnestecker mit mir reden?«

»Ich rede klar und deutlich.«

»Okay, dann rede. Warum ist die Ringwelt instabil? Es liegt nicht an ihrem Orbit?«

»Nein, die Umlaufbewegung muß konstant sein. Dieser unglaubliche Drall hält das Band straff. Aber wenn du die Ringwelt aus ihrer Bewegungsebene heraushebst, wird sie sich immer mehr von ihrem ursprünglichen Mittelpunkt entfernen. Doch die Gleichungen, um das nachzuweisen, sind ziemlich kompliziert. Ich habe sie mit einem Computer erarbeitet, doch die Zahlen, die ich bekam, erschienen mir nicht ganz glaubhaft.«

Der Hinterste sagte: »Wir trugen uns einmal mit dem Gedanken, unsere eigene Ringwelt zu bauen. Aber die Instabilität ist zu groß. Schon eine starke solare Fackel würde soviel Druck auf den Artefakten ausüben, daß er aus dem Gleichgewicht gerät. Nur noch fünf Jahre kann es dauern, bis der Kreis mit seiner Sonne in Berührung kommt.«

»Fünf Jahre. Das ist das Ergebnis meiner Berechnung gewesen«, sagte Louis.

Chmeee scharrte wieder auf dem Boden. »Ausgleichsdüsen! Die Ringweltingenieure haben den Artefakten doch ganz bestimmt mit Ausgleichsdüsen ausgerüstet!«

»Vielleicht. Wir wissen, daß sie die Bussard-Rammdüsen entwickelten. Sie benützten sie zum Antrieb ihrer Sternenschiffe. Okay, wenn die Außenseite des Ringplaneten mit einer ausreichenden Anzahl von Rammdüsen bestückt war, konnte man die Ringwelt stabil halten. Die Motoren würden den Wasserstoff den Solarwinden entnehmen. Es würde ihnen also nie der Treibstoff ausgehen.«

»Aber wir sahen nichts dergleichen. Überleg doch nur, wie groß diese Motoren sein müßten!«

Louis kicherte: »Was nennst du hier groß? Im Vergleich mit der Ringwelt? Wir haben sie einfach übersehen. Das ist alles.« Aber er mochte es nicht, wenn Chmeee sich vor ihm aufrichtete und die Krallen ausfuhr.

»Du nimmst das einfach so hin? Auf diesem Artefakten leben vielleicht so viele Wesen, daß man damit die Planeten des bekannten Universums tausendmal bevölkern könnte. Und zudem sind sie mit deiner Rasse viel näher verwandt als mit meiner.«

»Du bist ein rücksichtsloser, erbarmungsloser Fleischfresser. Ich würde das nicht vergessen«, entgegnete Louis. »Erstens: es wird mir weh tun. Es wird mir sogar ziemlich weh tun, sobald der Hinterste meinen Wonnestecker vom Netz trennt. Aber es wird mich nicht umbringen, weil ich mich inzwischen ein wenig mit dem Gedanken an diese Katastrophe vertraut gemacht haben werde. Und weißt du vielleicht ein Heilmittel dagegen? Hast du eine Idee, wie wir ihnen helfen können? Irgend eine Idee?«

Der Kzin wandte sich ab. »Hinterster, wieviel Zeit bleibt ihnen noch?«

»Ich werde versuchen, das herauszufinden.«

*

Die Sonne hatte sich schon ein erhebliches Stück vom Zentrum der Ringwelt entfernt. Louis schätzte, daß sie vielleicht siebzig Millionen Meilen von einem Halbkreis und hundertzwanzig Millionen Meilen vom anderen entfernt war. Der eine Halbkreis bekam ungefähr dreimal soviel Sonnenenergie als der entferntere Halbkreis, und der Artefakt rotierte in einem Zyklus von siebeneinhalb Dreißig-Stunden-Tagen. Die Wetterveränderung mußte enorm sein. Pflanzen, die sich den veränderten klimatischen Bedingungen nicht anpassen konnten, würden aussterben. Desgleichen die Tiere und die Menschen.

Der Hinterste hatte seine Besichtigung durch das Teleskop beendet. Nun arbeitete er am Computer, versteckt hinter den dicken grünen Schottwänden. Louis fragte sich, was er sonst noch in diesem, seinen Blicken verborgenen Teil des Schiffes versteckt hielt.

Der Puppetier trottete wieder in sein Blickfeld. »In einem Jahr und fünf Monaten wird die Ringwelt mit ihrer Sonne in Berührung kommen. Vermutlich wird sie dann zerschellen. Wenn man die Rotationsgeschwindigkeit berücksichtigt, werden die Bruchstücke in den interstellaren Raum hinausfliegen.«

»Die Sonnenblenden«, murmelte Louis.

»Wie bitte? Ja, die Sonnenblenden kollidieren noch vor der Sonne mit der Ringwelt. Trotzdem können wir ihr noch eine Frist von mindestens einem Jahr geben. Diese Zeit reicht für uns aus«, fuhr der Hinterste energisch fort. »Wir werden nicht mit der Innenseite der Ringwelt in Berührung kommen. Unser Expeditionsziel ist, die Außenhaut zu untersuchen, den Raumhafen auf ihrem Rand. Bei der ersten Expedition haben Sie die Außenhaut aus einer Entfernung von mehreren zehntausend Meilen beobachtet, ohne von der Meteor-Verteidigungsanlage der Ringwelt beschossen worden zu sein. Ich glaube deshalb, daß der Raumhafen aufgegeben worden ist. Wir können sicher dort landen.«

»Und was erwarten Sie sich von der Landung? Was suchen Sie auf dem Raumhafen?«

»Ich bin überrascht, daß Ihr Gedächtnis in diesem Punkt versagt.« Der Hinterste wendete sich wieder seiner Instrumentenkonsole zu. »Louis, Sie haben sich lange genug in Wonne gebadet.«

»Noch nicht . . .«

Das Wonnefeld in seinem Gehirn brach zusammen.

KAPITEL 5

ENTZUGSERSCHEINUNGEN

Louis beobachtete durch das Querschott, wie der Puppetier an seinem Wonnestecker arbeitete. Er dachte an den Tod solcher Massen, daß ihm der Kopf schwindelte, an den Tod als eine sehr eigene persönliche Erfahrung, an den Tod, den er fremden Wesen zudachte, die den Strom für die Lustzentren seines Gehirnes kontrollierten.

Zwei flache Köpfe drehten und schraubten an einem kleinen schwarzen Gehäuse herum, als wäre es ein Happen von zweifelhaftem Geschmack. Lange bewegliche Zungen und tastempfindliche Lippen arbeiteten in dem Gehäuse. In ein paar Minuten hatte der Puppetier die Schaltuhr neu eingestellt, sie auf einen Tageszyklus von dreißig Stunden eingerichtet und die Stromstärke um fünfzig Prozent reduziert.

Der nächste Tag war eitel Wonne. Kein menschliches Trübsal war ihr beigemischt. Nichts konnte ihn jetzt mehr stören, aber . . . Louis vermochte seine Gefühle nicht mehr richtig zu definieren. Als an diesem Abend der Strom zu früh abgeschaltet wurde, überfiel ihn die Depression wie eine Wolke von Senfgas.

Alsdann fiel der Schatten Chmeees über ihn, der den Stecker aus seinem Schädel entfernte und ihn auf die Transportscheibe stellte, damit er hinüberglitt auf das Flugdeck. Für eine Neueinstellung. Schon wieder.

Louis schrie und sprang das Tigerwesen an. Er zog sich an dem Fell an seinem Rücken hinauf und versuchte ihm die Ohren abzureißen. Der Kzin wirbelte herum. Louis hielt sich an einem fellbedeckten Arm fest, doch der Arm schleuderte ihn herum, und er fand sich an einer Wand wieder. Halb betäubt und mit tiefen Kratzwunden auf der Haut ging Louis erneut zum Angriff über.

Diesmal wich Chmeee zurück und sprang auf die Transportscheibe, während der Hinterste in der Kommandozentrale die Schalter mit dem Mund bediente.

Chmeee kauerte sich auf der schwarzen Scheibe zusammen. Er sah gefährlich und lächerlich zugleich aus.

Der Hinterste sagte: »Eine so schwere Masse kann von diesen Scheiben nicht bewegt werden. Halten Sie mich für einen Idioten, daß Sie von mir erwarten, ich würde mir einen Kzin in den Leitstand holen?«

Chmeee fauchte: »Wie intelligent kann ein Wesen sein, das die Blätter von den Bäumen frißt?« Er warf Louis den Wonnestecker wieder zu und trottete zu seinem Wasserbett.

Ein Scheinmanöver. Chmeee hatte den Wonnestecker aus Louis' Schädel herausgerissen, als der Wonnestrom gerade abgeschaltet wurde. Er hatte Louis Wus Jähzorn herausgefordert, um die Aufmerksamkeit des Puppetiers abzulenken. Und dann hatte er sich auf die Transportscheibe gestellt.

Der Hinterste sagte: »Das nächstemal ändere ich die Schaltzeit, ehe Sie den Stecker bekommen. Ist Ihnen das lieber?«

»Sie wissen ganz genau, daß mir das lieber ist!« Louis hielt den Stecker mit beiden Händen fest umklammert. Aber der Stecker war tot – erst wenn die Schaltuhr ihn wieder aktivierte, erwachte er zum Leben.

»Ihre Lebenserwartung ist doch fast so groß wie unsere. Wie vergänglich ist der Genuß dieser Droge«, fuhr der Hinterste fort. »Und bald werden Sie so reich sein, als würde ein Märchen

Wirklichkeit. Die Ringwelt-Raumschiffe verfügten über Werkzeuge, mit denen sie Materie in großen Mengen billig umwandeln konnten. Nach dem gleichen Verfahren müssen sie die Ringwelt gebaut haben!«

Louis blickte überrascht auf.

»Ich wünschte mir nur, wir würden die Masse und den Umfang dieser Maschinen kennen«, fuhr der Puppetier fort. »Die Raumfahrzeuge der Ringwelt waren riesige Flugapparate. Aber wir müssen diese Maschinen nicht transportieren. Es genügt, wenn wir ein Hologramm mit Hilfe von Tiefenradar anfertigen und Hologramme von der Arbeitsweise dieser Maschinen. Das würde genügen, meine Untertanen zu überzeugen. Dann brauchen wir nur noch einen Mark 4 General-Products-Raumer, um so eine Maschine auf der Ringwelt zu bergen.«

Der Fremdling konnte nicht erwarten, daß ein Mann, der sich in Wonnestrom-Verzückung befand, auf jede kleine Bemerkung reagierte. Louis beobachtete lediglich den Kzin, wie er sich zu dem Vortrag des Puppetiers stellte.

Der Kzin verhielt sich bewundernswert. Einen Moment war er wie erstarrt. Dann sagte er: »Sie sprachen eben von Ihren Untertanen. Aber ich dachte, Sie haben Ihre Vorrechte verloren?«

»Das stimmt.«

»Wie konnte das geschehen?«

»Wir haben eine Strecke von elf Milliarden Meilen im freien Fall zurückzulegen und müssen unterwegs eine Geschwindigkeit von zweiundfünfzigtausend Meilen pro Sekunde kontinuierlich verzögern. Bisher ist nur ein Tag im freien Fall vergangen. Wir haben also sehr viel Zeit.«

»Das ist richtig. Wir können die Zeit auch nicht mit nützlicher Arbeit ausfüllen. Also gut. Man muß wissen, daß das Zweiparteiensystem der Konservativen und Experimentalisten eine sehr lange Tradition besitzt. Meistens waren die Konservativen die regierende Partei. Doch als unsere Welt sich zu sehr als Folge ausgedehnter Industrialisierung erhitzte, schoben die Experimentalisten unsere Welt weiter nach außen in den Kometenring hinein. Ein Regime der Experimentalisten beendete und kolonisierte zwei Ackerbau-Planeten. Eine spätere Regierung bewegte zwei weitere Welten von einer äußeren Umlaufbahn, wo sie sich als Monde eines weit entfernten Eisgiganten entwickelt hatten, in unser Planetensystem hinein . . .«

Inzwischen hatte Chmeee genügend Zeit gehabt, seine Erregung zu unterdrücken und sich seine nächste Frage zu überlegen. Sehr gut. Vielleicht hatte der Kzin sogar die Position verdient, die er einst ausfüllte: Vermittler zu sein zwischen den Kzin und den Menschen, »Dolmetscher« seiner Rasse, Gesandter auf der Erde.

». . . wir tun, was nötig ist, und dann werden wir wieder entmachtet. Das war ein historisches Gesetz. Die Experimentalisten kamen an die Macht, als unsere Sonden das Imperium der Kzinti entdeckten. Ich glaube, Nessus hat Ihnen bereits berichtet, wie wir das Problem gelöst haben.«

»Sie unterstützten die Menschheit.« Chmeee verhielt sich seltsam ruhig. Louis hätte eigentlich erwartet, daß er jetzt die Wände hochging. »Die vier Kriege mit der Menschheit vernichteten vier Generationen unserer besten Krieger, damit die friedfertig Veranlagten unserer Rasse sich um so besser vermehren konnten.«

»Wir hofften, Sie damit in die Lage zu versetzen, mit anderen intelligenten Lebewesen besser zurechtzukommen. Meine Partei errichtete auch ein Handelsimperium in dieser Region. Trotz unserer Erfolge verloren wir stetig an Autorität. Dann entdeckten unsere Sonden, daß der Kern unserer Galaxis explodiert war. Die Schockwelle würde in zwanzigtausend Jahren unser Planetensystem erreichen. So blieb unsere Partei an der Macht, um den Exodus unserer Planeten zu organisieren.«

»Wir vorteilhaft für Sie! Doch trotzdem hat man Sie abgesetzt?«

»Ja.«

»Warum?«

Der Puppetier blieb eine Weile die Antwort schuldig. Dann: »Eine Vielzahl meiner Entscheidungen waren nicht populär. Ich manipulierte das Schicksal zweier Rassen – das der Kzinti und der Menschen. Irgendwie sickerte unser Geheimnis durch, wie wir die Geburtenregelung auf der Erde sabotiert hatten, um mehr glückliche Menschen heranzuzüchten. Wie wir den Verlauf des Ersten Menschheits-Kzin-Krieges manipulierten, um mehr vernünftige Kzinti heranzuzüchten. Meine Vorfahren gründeten General Products, das interstellare Handelsimperium. Dadurch geriet meine Partei in den Verruf, daß sie aus dem Wahnsinn eine Tugend machte, denn nur die Wahnsinnigen unter meinen Artgenossen riskieren ihr Leben mit der Raumfahrt. Als ich Ihre Expedition zur Ringwelt organisierte, wurde ich selbst für verrückt erklärt, daß ich eine Kontaktaufnahme mit so einer fortgeschrittenen Technologie riskierte. Aber man darf nie die Augen vor einer Gefahr verschließen!«

»Deshalb hat man Sie also entmachtet.«

»Das mag ein . . . ein willkommener Vorwand gewesen sein.« Der Hinterste schritt ruhelos im Leitstand hin und her: clopclopclop, clopclopclop. »Sie wissen bereits, daß ich mich bereit erklärte, Nessus als Geschlechtspartner anzunehmen, wenn er von der Ringwelt zurückkehren würde. Er verlangte, daß ich mein Versprechen einlöste. Als er zurückkehrte, wurden wir kopuliert. Dann vereinigten wir uns noch einmal, diesmal aus Liebe. Es war verrückt, und viele Puppetiers, die den Rang des Hintersten einnahmen, waren verrückt gewesen. Und . . . so verfügten sie meine Absetzung.«

Louis fragte plötzlich: »Wer von euch beiden ist das Männchen?«

»Ich wundere mich, warum Sie diese Frage nicht schon Nessus stellten. Aber er würde es euch nicht gesagt haben, nicht wahr? Nessus ist sehr schüchtern, wenn man mit ihm ein heikles Thema besprechen will. Wir haben zwei Arten von Männchen. Louis. Meine Art legt sein Sperma in das Fleisch des Weibchens, und die Gattung von Männchen, zu der Nessus gehört, implantiert ihr Ei in das Weibchen mit einem sehr ähnlich geformten Organ.«

Chmeee fragte: »Sie haben drei verschiedene Gen-Paare?«

»Nein, nur zwei. Das Weibchen steuert kein Gen bei. Tatsächlich kopulieren die Weibchen miteinander, um neue Weibchen zu erzeugen. Sie gehören nicht eigentlich zu unserer Spezies, obgleich sie schon seit geraumer Vorzeit mit uns symbiotisch zusammenleben.«

Louis zuckte zusammen. Die Puppetiers vermehrten sich wie die Schlupfwespen: ihre Nachkommenschaft fraß das Fleisch eines hilflosen Wirtes. Nessus hatte sich geweigert, über sein Geschlecht zu reden. Nessus hatte recht gehabt. Es war eine scheußliche Art, sich fortzupflanzen.

»Aber ich hatte recht«, sagte der Hinterste. »Ich tat recht daran, eine Mission zur Ringwelt zu schicken, und wir werden das jetzt beweisen. Noch fünf Tage im freien Fall und dann höchstens zehn Tage, bis wir auf dem Raumhafen der Ringwelt landen. Dann rechne ich noch fünf Tage hinzu, bis wir mit Hyperantrieb wieder in das Weltall entweichen können. Die Innenseite des Ringes, die kultivierte und bewohnte Fläche des Kunstplaneten, brauchen wir überhapt nicht zu betreten. Halrloprillalar erzählte Nessus, daß die Raumschiffe der Ringwelt mit Blei ausgekleidet wurden, um sie kompakter zu machen. Dieses Metall wurde dann während des Raumfluges in Luft, Wasser und Treibstoff umgewandelt. Eine konservative Regierung würde niemals mit den komplexen Problemen, die mit einer solchen Technologie verbunden sind, fertig werden. Deshalb werden sie mich wieder in mein früheres Amt berufen.«

Die Depression, die dem Entzug des Wonnestroms folgte, tötete Louis' Lachreiz ab. Trotzdem war diese Geschichte ziemlich lustig. Besonders deswegen, weil er an dieser Geschichte schuld war.

*

Am nächsten Morgen reduzierten die beiden fremden Wesen den Wonnestrom noch einmal um fünfzig Prozent. Aber das machte nicht sehr viel Unterschied. Solange er überhaupt noch Strom bekam, war er zufrieden. Aber jahrelang hatte er sich nun durch die Depressionen gequält, wenn die Schaltuhr den Wonnestrom abstellte. Doch er wußte, daß die depressiven Phasen ein Ende fanden, sobald das Kraftfeld in seinem Gehirn wieder aufgebaut wurde. Seine Depressionen waren nun viel schlimmer, denn es gab keine Sicherheit mehr für ihn. Die fremden Wesen konnten den Strom jederzeit abschalten . . . und wenn sie das auch nicht taten, blieb er von ihnen abhängig.

Was die beiden fremden Wesen in den vier Tagen des freien Falles besprachen? Er wußte es nicht. Er versuchte sich auf die Ekstase seines Wonnefeldes zu konzentrieren. Verschwommen erinnerte er sich daran, daß sie aus dem Computerspeicher Hologramme abriefen. Dazu gehörten die Gesichter der Ringwelt-Eingeborenen: gedrungen, fast zierlich, vollkommen bedeckt mit goldfarbenen Haaren (nur einer, ein Priester, war rasiert); und die gigantischen Drahtskulpturen in den schwebenden Palais (eine kurze Stubsnase, ein kahler Schädel und messerdünne Lippen); und Halrloprillalar (die vermutlich der gleichen Rasse angehörte); und Sucher, der wandernde Held, der Teela unter seinen Schutz gestellt hatte (fast menschlich, doch muskelbewehrt wie ein Jinxianer und ohne Bartwuchs). Da waren die Städte, die der Zahn der Zeit in Ruinen verwandelt hatte, und die fliegenden Wolkenkratzer, die auf die Erde gestürzt waren, als die Energiezufuhr versagte. Da waren die Hologramme von der *Liar*, die sich den Sonnenblenden näherte, und eine Stadt, die unter einer rauchgrauen Smogschicht zu liegen schien, obwohl dieser Smog nur aus hauchdünnen Sonnenblendendraht bestand.

Die Sonne wuchs von einem Punkt zu einem schwarzen Fleck mit einem hellen Rand darum herum. Seine gleißende Helle wurde von der Innenbeschichtung der Rumpfzelle absorbiert. Die blaue Aura um die Sonne dehnte sich kontinuierlich aus.

In seinen Träumen kehrte Louis auf die Ringwelt zurück. In einem großen schwebenden Gefängnis hing er mit dem Kopf nach unten in seinem ausgebrannten Flugrad, dreißig Meter über dem betonharten Boden, auf dem die Gebeine der früheren Häftlinge verstreut lagen. Nessus' Stimme dröhnte in seinen Ohren und versprach ihm die Rettung aus dieser prekären Lage. Doch er wartete vergeblich darauf.

Als er wieder erwachte, nahm er zur Routine Zuflucht . . . bis er am Abend des vierten Tages sein Abendmenü betrachtete, es in die Toilette warf und Brot und verschiedene Käsesorten verlangte. Vier Tage hatte es gedauert, bis ihm bewußt wurde, daß die ARM ihm nichts mehr anhaben konnte. Er durfte wieder Käse essen!

Und welche Genüsse standen ihm neben dem Wonnestecker noch zur Verfügung? fragte sich Louis. *Käse. Die Schlafplatten, Liebe (nicht praktizierbar). Körperfarben-Orgien. Freiheit, Sicherheit, Selbstachtung. Erfolgsgefühle. Tanj, ich habe fast vergessen, in solchen Kategorien zu denken. Ich habe das alles verloren. Freiheit, Sicherheit, Selbstachtung. Ein bißchen Geduld, und ich kann den ersten Schritt in diese Richtung machen. Was gibt es noch Gutes? Brandy, mit Kaffee vermischt. Filme.*

*

Vor dreiundzwanzig Jahren hatte der Kzin-Dolmetscher das Raumschiff *Lying Bastard* an den Außenrand der Ringwelt heranmanövriert. Nun beobachteten Chmeee und der Hinterste die Aufzeichnungen dieses Ereignisses.

Aus der Nähe betrachtet, zu einem Gebilde mit parallelen Linien, die sich in einem Fluchtpunkt vereinigten. Und dann, als das Raumschiff lotrecht über der Innenkante der Ringwelt zu schweben schien, so daß die bemusterte Innenfläche des Artefakten im toten Blickwinkel lag, schienen die Ringe des Raumschiff-Verzögerungssystems direkt in die Kamera hineinzufliegen, wiederholten sich endlos, in Infrarot, im sichtbaren Spektrum und im ultravioletten Licht. Auch auf den Bildern des Tiefenradars flogen sie in die Kamera hinein oder sie krochen in Zeitlupe vorüber – riesige Elektromagnete, sich aufs Haar gleichend, sich endlos wiederholend.

Aber Louis Wu betrachtete mit zunehmender Trunkenheit die acht Stunden dauernde Vorführung wie ein Fantasie-Epos über die Verwandlung einer Welt. Zuerst trank er Kaffee mit Branntwein, dann Branntwein mit Soda und schließlich Brandy pur. Es war ein Film, den er sich ansah, nicht eine Reportage: Von den Darstellern waren nur zwei mit menschlichen Empfindungen ausgestattet. Die anderen zwei entsprachen nicht der Wirklichkeit.

Einmal versuchte er Chmeee in eine Diskussion über Saberhagens Verwendung von optischen Täuschungen zu verwikkeln. Aber er war noch genügsam genug, sich im letzten Moment jede Bemerkung zu verkneifen. Er wagte nicht, sich in betrunkenem Zustand mit Chmeee zu unterhalten. *Die Puppetiers haben versteckte Ohren, versteckte Ohren . . .*

Die Ringwelt wurde immer größer.

Zwei Tage lang war sie nur ein feingestrichelter blauer Reifen gewesen, schmal, zerbrechlich aussehend, um eine exzentrische Sonne gelegt. Der Reifen wuchs in dem Maße, wie der schwarze Kreis seiner Sonne sich ausdehnte. Allmählich ließen sich größere Einzelheiten unterscheiden. Ein innerer Ring von schwarzen Rechtecken, von Sonnenblenden. Eine Ringmauer, nur tausend Meilen hoch, aber stetig anwachsend, so daß sie den Blick auf die terraformierte Innenseite der Ringwelt versperrte.

Am Abend des fünften Tages war die Eigengeschwindigkeit der *Heißen Nadel* fast auf Null reduziert worden, und die Ringmauer war eine große schwarze Wand vor den Sternen.

Louis stand nicht unter Strom. Heute hatte er sich dazu gezwungen, auf den Wonnestecker zu verzichten; und dann hatte ihm der Hinterste mitgeteilt, daß der Wonnestrom abgeschaltet blieb, bis sie sicher gelandet waren. Louis hatte nur mit den Achseln gezuckt. Das würde nicht mehr lange dauern.

»Die Sonne fackelt«, sagte der Hinterste.

Louis blickte hoch. Das Meteorenschutzschild blockierte den Blick auf die Sonne. Er sah nur die Sonnenkorona, ein flammender Kreis um eine schwarze Scheibe. »Geben Sie uns ein Bild davon«, sagte er.

Er sah sie jetzt in dem rechtwinkeligen »Bullauge« durch einen Dunkelfilter als riesige, gemusterte Scheibe. Diese Sonne war etwas kleiner und kälter als Sol, die irdische Sonne. Es gab keine Sonnenflecken, keine Schlieren, nur einen helleren Streifen in der Nähe ihres Mittelpunktes. »Der Blickwinkel ist nicht günstig«, sagte der Hinterste. »Wir sehen die Sonnenfackel direkt von oben.«

»Vielleicht ist die Sonne seit einigen Jahren instabil«, sagte

Chmeee. »Das könnte eine Erklärung sein, warum sie nicht mehr die Mittelachse der Ringwelt bildet.«

»Möglich. Die Aufzeichnungen der *Lying Bastard* registrierten ebenfalls eine Sonnenfackel bei ihrem ersten Anflug auf die Ringwelt; aber dann blieb sie fast das ganze Jahr über, das sie auf dem Artefakten verbrachten, ruhig und stabil.« Die Köpfe des Hintersten schwebten über der Schaltkonsole. »Seltsam. Die magnetischen Ströme . . .«

Die schwarze Scheibe versank hinter dem schwarzen Rand der Ringmauer.

»Die Magnetmuster dieses Sternes sind sehr ungewöhnlich«, sagte der Hinterste.

Louis sagte: »Dann ändern Sie den Kurs, damit wir noch eine Messung vornehmen können.«

»Das gehört nicht zu unserem Expeditionsauftrag. Wir sammeln keine Meßdaten.«

»Sind Sie nicht neugierig?«

»Nein.«

*

Der Abstand betrug keine zehntausend Meilen mehr. Aus dieser Entfernung schien die schwarze Wand so gerade, als wäre sie mit einem Lineal gezogen. Die Dunkelheit und die Geschwindigkeit löschte alle Details. Der Hinterste hatte den Teleskopschirm auf den Empfang von infrarotem Licht eingeschaltet, aber das half nicht viel . . . oder etwa doch? Da waren Schatten, die sich am Fuß der Ringmauer abzeichneten – kühle Dreiecke, die zwischen dreißig und vierzig Meilen hoch waren, als ob irgend etwas auf der inneren Seite der tausend Meilen hohen Ringwand das Sonnenlicht reflektieren würde. Und da war noch eine dunklere, kühlere Linie, die sich am Fuß der Ringmauer entlangzog und sich von links nach rechts bewegte.

Chmeee fragte höflich: »Docken wir an oder schweben wir nur?«

»Wir schweben, um die Lage zu erkunden.«

»Der Schatz gehört Ihnen. Sie können ihn lassen, wo er ist, wenn Ihnen die Sache nicht geheuer ist.«

Der Hinterste war ruhelos. Mit seinen Beinen klammerte er sich an die Pilotenbank. Muskeln zuckten auf seinem Rücken. Chmeee war ganz entspannt; er schien sich in seiner Haut wohl zu fühlen. »Nessus hatte einen Kzin als Piloten. Es gab Zeiten, wo er sich vollkommen auflöste in seiner Angst. Sie dürfen sich das nicht erlauben. Oder haben Sie eine automatische Landevorrichtung, während Sie sich im Stasisfeld verstecken?«

»Aber wenn unvorhersehbare Ereignisse eintreten sollten? Nein. Ich kann mich nicht auf die Automatik verlassen.«

»Dann müssen Sie das Schiff schon selbst steuern. Also landen Sie, Hinterster!«

Heiße Nadel drehte die Nase nach unten und beschleunigte.

Es dauerte fast zwei Stunden, ehe das Schiff die Umdrehungsgeschwindigkeit der Ringwelt von siebenhundertsiebzig Meilen pro Sekunde erreicht hatte. Inzwischen waren mehrere hunderttausend Meilen der dunklen Wand an ihnen vorbeigerast. Der Hinterste näherte sich vorsichtig dieser Wand, so vorsichtig, daß Louis schon zweifelte, ob er die Landung überhaupt wagen würde. Er verfolgte das Manöver mit großer Gelassenheit. Er stand nicht unter Wonnestrom, hatte diesmal freiwillig darauf verzichtet. Trotzdem gab es für ihn immer noch nichts Wichtigeres auf der Welt als den Wonnestecker.

Aber woher nahm Chmeee seine Geduld? Spürte er seine zurückkehrende Jugend? Ein menschliches Wesen, das noch keine hundert Jahre alt war, hatte das Gefühl, als könnte er sich für alles unglaublich viel Zeit lassen. Reagiert ein Kzin genauso wie ein jugendlicher Mensch? Oder . . . Chmeee war Berufsdiplomat. Vielleicht konnte er seine Gefühle meisterhaft verbergen.

Die *Heiße Nadel* balancierte nun auf ihren Schubdüsen unter dem Rumpf. Der Schub von Null komma 992 g paßte ihren Kurs der Kurve der Ringwelt an; wenn man das Schiff sich selbst überließ, würde es jetzt auf einer Tangente in den interstellaren Raum hinausgeschleudert werden. Louis beobachtete, wie die Köpfe des Puppetiers über der Konsole hin- und herzuckten, wie sie Meßanzeigen und Monitoren überprüften, die Louis nicht zu entziffern vermochte.

Die schwarze Linie war jetzt zu einer Reihe von Ringen geworden, die in gleichen, großen Abständen voneinander entfernt lagen. Jeder Ring, der an ihnen vorbeihuschte, hatte einen Durchmesser von hundert Meilen. Bei ihrer ersten Expedition hatten sie sich eine Aufzeichnung ansehen können, wie diese Landehilfe funktionierte. Da hatten sich die Raumschiffe fünfzig Meilen von der Ringmauer entfernt in Warteposition begeben, bis die Ringe sie aus dem freien Fall herausfischten und sie so lange beschleunigten, bis sie die Rotationsgeschwindigkeit der Ringwelt erreicht hatten. Dann hatten die Ringe sie am anderen Ende auf der Rampe des Raumflughafens abgesetzt.

Links und rechts dehnte sich die Mauer bis zu ihren Fluchtpunkten aus. Sie waren jetzt ganz nahe, nur noch ein paar tausend Meilen entfernt. Der Hinterste drückte die Nase der *Heißen Nadel* noch weiter nach unten, bis sie sich auf gleicher Höhe mit dem Ring-Beschleunigungssystem befand. Hunderttausende von Meilen nichts als Ringe . . . aber die Bewohner der Ringwelt kannten keine Schwerkraftgeneratoren. Ihre Schiffe und Mannschaften konnten also keine hohen Beschleunigungskräfte aushalten.

»Die Anlage ist stillgelegt. Die Ringe sind ohne Energie. Ich kann auch keine Sensoren für anfliegende Schiffe entdecken«, sagte der Puppetier, einen Kopf in ihre Richtung gedreht. Dann beugte er sich rasch wieder über seine Instrumente.

Und jetzt kam auch die Rampe des Raumhafens in Sicht.

Sie hatte eine Breite von siebzig Meilen. Riesige Kräne wölbten sich anmutig in den Himmel hinauf. Kuppelförmige Gebäude standen am Rand der Landefläche und breite, langestreckte Tieflader. Auch Schiffe waren zu erkennen: vier flachnasige Zylinder, von denen drei beschädigt waren. Ihre Zellen waren aufgebrochen.

»Ich hoffe, Sie haben auch Lichter und Scheinwerfer mitgebracht«, sagte Chmeee.

»Ich möchte noch nicht bemerkt werden.«

»Entdecken Sie Anzeichen dafür, daß unser Schiff beobachtet wird? Wollen Sie ohne Lichter landen?«

»Nein und nein«, erwiderte der Hinterste. Das Buglicht an der Nase der *Heißen Nadel* flammte auf. Es war ein scharfgebündelter kräftiger Strahl: natürlich auch als Waffe zu verwenden.

Die Raumschiffe auf dem Flugfeld waren riesig. Eine offene Luftschleuse war nur ein schwarzer Punkt auf dem Rumpf. Tausende von Fenstern glitzerten auf den Zylindern wie kandierter Zucker auf einem Honigkuchen. Ein Schiff schien noch unversehrt zu sein. Die anderen hatte man aufgeschnitten und ausgeschlachtet. Ihre Eingeweide waren dem Vakuum und dem Blick fremder Spione hilflos ausgeliefert.

»Nichts warnt uns, nichts greift uns an«, sagte der Puppetier. »Die Temperatur der Gebäude und Maschinen ist genau so hoch wie die der Rampe und der Schiffe – 174° absolut. Der Raumhafen ist schon seit vielen Jahren nicht mehr benützt worden.«

Ein paar massive, kupferfarbene Spiralen waren über die Außenhaut des unverletzten Raumschiffes geschoben. Sie mußten mindestens ein Drittel der Masse des Schiffes besitzen oder sogar noch mehr. Louis deutete auf diese Kupferspiralen: »Das könnten Ramscoop-Generatoren sein. Ich habe einmal die Geschichte der Raumfahrt studiert. Eine Bussard-Rammdüse erzeugt ein elektromagnetisches Feld, mit dem interstellarer Wasserstoff aufgefangen und in eine Verdichtungszone geleitet wird, wo die Kernverschmelzung stattfindet. Ein Ramscoop-Generator sorgt für eine unterbrochene Kraftstoffzufuhr. Aber wenn die Geschwindigkeit für diesen Generator zu gering ist, braucht man einen zusätzlichen Tank für den Raketenhilfsmotor. Dort!« Er deutete auf die Treibstofftanks unter der geborstenen Außenhaut eines ausgeschlachteten Raumschiffes.

Er konnte an diesen ausgeschlachteten Raumschiffen auch keine massiven Ramscoop-Toroide erkennen. Das war seltsam, dachte Louis. Aber Bussard-Rammdüsen verwendeten in der Regel magnetische Monopole, und Monopole waren auch für andere Zwecke unentbehrlich.

Den Hintersten plagten andere Sorgen.

»Sie verwendeten Tanks, um das Blei zu transportieren? Warum legten sie nicht einfach eine Bleihaut um die Schiffszelle, wo sie als Schutzschild dienen konnte, bevor das Metall in Treibstoff verwandelt wurde?«

Louis blieb still. Die Schiffe hatten gar kein Blei mitgeführt.

»Vielleicht wurden diese Raumschiffe in Gefechte verwikkelt«, sagte Chmeee. »Das Blei konnte man von dem Rumpf abkochen, und dann wäre das Schiff ohne Treibstoff gewesen. Landen Sie, Hinterster, und wir werden in dem unbeschädigten Schiff die Antworten auf Ihre Fragen finden.«

Die *Heiße Nadel* schwebte noch über dem Raumhafen.

»Wir könnten auch wieder wegfliegen«, drängte Chmeee, »richten Sie die Nase nach oben und schalten Sie die Schubdüsen ab. Dann fliegen wir in den Raum hinaus und können den Hyperantrieb zünden.«

Die *Heiße Nadel* ließ sich auf das Landefeld hinunter. Der Hinterste sagte: »Steigen Sie auf die Transportscheiben.«

Chmeee folgte der Aufforderung zuerst. Er schnurrte leise, ehe er verschwand. Louis trat nach ihm auf die Scheibe und befand sich in einem anderen Raum.

KAPITEL 6

»SO LAUTET MEIN PLAN . . .«

Der Raum kam ihm vertraut vor. Er hatte Ähnlichkeit mit dem Flugdeck eines kleinen interplanetarischen Raumschiffes. Sie waren alle gleich ausgestattet: mit einer künstlichen Schwerkraft, einem Computer, den Steuervorrichtungen für die Schubmotoren und für die Ausgleichsdüsen und einem Massedetektor. Die drei Sitze für die Besatzung waren zurückklappbar, mit Sicherheitsnetzen ausgerüstet, mit Kontrollhebeln in den Armlehnen, mit Harnableitern und Ausgabeschlitzen für Nahrungsmittel und Getränke. Einer der drei Stühle war viel größer als die anderen beiden Modelle. Das war alles. Louis hatte das Gefühl, er könnte das Landefahrzeug mit verbundenen Augen bedienen.

Ein breites Panoramafenster befand sich über einem Halbkreis von Monitoren und Meßanzeigen. Durch das Fenster beobachtete Louis, wie der Bauch der *Heißen Nadel* nach oben und außen schwang. Das Landefahrzeug befand sich jetzt außerhalb der Frachtluke.

Chmeee überflog mit einem Blick die größeren Schaltknöpfe und -hebel vor seinem Stuhl. »Wir haben auch Waffen«, sagte er leise.

Ein Monitor blinkte auf und zeigte das verkleinerte Bild eines Puppetierkopfes, der die Lippen bewegte. »Ihre Vakuum-Ausrüstung befindet sich in der Kabine unterhalb der Treppe.«

Die Treppe des Landefahrzeugs war breit und flach, den Tatzen eines Kzin angepaßt. Der Raum, den sie jetzt betraten, war viel größer als das Flugdeck, ausgerüstet mit einem Wasserbett, Schlafplatten und einem Nahrungsmittel-Aufbereiter, der genauso aussah wie das Modell, mit dem sie bisher versorgt worden waren. Außerdem befand sich noch ein Autodock-Gerät in der Wohnkabine, groß genug, um auch einen Kzin darin unterzubringen. Louis hatte eine Ausbildung als Chirurg genossen. Vielleicht wußte der Hinterste davon.

Chmeee hatte seinen Raumanzug in einem der zahlreichen Wandschränke entdeckt. Als er das Ding angezogen hatte, schien er in mehreren miteinander verschweißten Ballons zu stecken. Der Kzin drängte ungeduldig: »Louis! Mach dich fertig zum Aussteigen!«

Louis zog sich den hautengen, einteiligen Raumanzug an, befestigte den Helm darauf und schnallte sich das Tornistergerät auf den Rücken. Der Raumanzug gehörte zur Standardausrüstung. Er war schweißdurchlässig und benötigte daher kein Kühlsystem. Und Louis zog noch eine dünne Außenhaut aus Silber über. Es mußte ziemlich kalt dort draußen auf dem Raumhafen sein.

Die Luftschleuse war für drei Personen gebaut. Gut: Louis konnte sich durchaus eine Situation vorstellen, wo er nicht draußen vor dem Raumschiff warten wollte, bis ein anderer die Luftschleuse passiert hatte. Wenn der Hinterste auch nicht mit einem Notfall rechnete, hatte er doch dafür vorgesorgt. Als die Luft durch Vakuum ersetzt wurde, dehnte sich Louis' Brust aus. Er zog den »Gürtel« straff, das breite elastische Band um seine Hüften, das ihn beim Ausatmen unterstützte.

Chmeee verließ das Landefahrzeug, ging über die Ausstiegsrampe hinaus in die Nacht. Louis nahm eine Werkzeugkiste auf und folgte ihm in leichtem Trab.

Das Gefühl der Freiheit war schwindelerregend, gefährlich. Louis erinnerte sich noch rechtzeitig daran, daß die Sprechfunkanlage in seinem Raumanzug auch mit dem Leitstand der *Heißen Nadel* verbunden war. Einige Dinge mußten jetzt bald gesagt werden, aber nicht, wenn der Puppetier zuhörte.

Die Proportionen waren auf dem Sims der Ringwelt verzerrt. Die zur Hälfte ausgeschlachteten Raumschiffe wirkten viel zu groß. Der Horizont war zu nahe und viel zu scharf. Eine schwarze Mauer, die sich bis in die Unendlichkeit auszudehnen schien, schnitt die ihm vage vertraute, gleißend helle Sternenlandschaft in zwei Hälften. Wenn man die entfernten Gegenstände durch das Vakuum beobachtete, zeichneten sie sich noch klar und deutlich auf eine Entfernung von mehreren hunderttausend Meilen vom Hintergrund ab.

Das unversehrte Ringwelt-Raumschiff lag ihnen am nächsten. Es schien ungefähr eine halbe Meile entfernt zu sein. Aber der Weg bis dorthin betrug fast eine Meile. Schon bei ihrer ersten Expedition hatte er Entfernungen und Maße der Gegenstände nicht richtig schätzen können. Dreiundzwanzig Jahre hatten ihn von diesem Fehler nicht kuriert.

Keuchend erreichten sie den Bauch des riesigen Schiffsrumpfes. Sie entdeckten einen Aufzug in einer der Landestützen. Die uralte Maschine hatte natürlich längst ihren Geist aufgegeben. Sie mußten mit Hilfe einer Leiter an Bord steigen.

Chmeee versuchte, die Schalthebel an einer riesigen Luftschleuse zu bedienen. Er ließ sich von Louis einen Greifschlüssel zureichen. »Es wäre nicht ratsam, so ein Ding mit einem Schweißbrenner zu öffnen«, sagte er. »Vielleicht stehen sie noch unter Strom.« Er öffnete die Abdeckung der Schaltanlage und arbeitete an den Relais.

Die äußere Tür schloß sich, die innere schwang auf. Tintenschwarzes Vakuum hüllte sie ein. Chmeee schaltete seinen Taschenlampen-Laser ein.

Louis kam sich plötzlich klein und unscheinbar vor. Dieses

Raumschiff war so groß, daß man in ihm die Bevölkerung einer kleinen Stadt unterbringen konnte. In so einem Schiff konnte man sich leicht verirren. »Wir sollten zuerst die Inspektionsröhren aufsuchen«, sagte er. »Ich würde gerne das Schiff mit Preßluft füllen. Mit diesem große Ballonhelm bleibst du in jedem Gang stecken, der für Menschen gebaut wurde.«

Sie gingen in einen Korridor hinein, der an dem gebogenen Schiffsrumpf entlangführte. Rechts gingen Türen ab, die knapp über Louis' Scheitel reichten. Louis öffnete ein paar von diesen Türen. Dahinter entdeckte er Wohnkajüten mit Schlafkojen und zusammenklappbaren Stühlen. Die Möbel waren für humanoide Wesen eingerichtet, die ungefähr seine Größe hatten.

»Ich würde behaupten, daß Halrloprillalars Artgenossen diese Raumschiffe gebaut haben.«

»Damit sagst du nichts Neues«, erwiderte Chmeee. »Ihr Volk baute die Ringwelt.«

»Das taten sie nicht«, gab Louis zurück. »Es ist auch gar nicht sicher, daß sie diese Raumschiffe selbst gebaut haben. Vielleicht haben sie sie von einem anderen Volk übernommen.«

Die Stimme des Hintersten meldete sich in ihren Helmen: »Louis? Halrloprillalar hat Ihnen doch erzählt, daß ihre Artgenossen die Ringwelt erbaut hätten. Glauben Sie, daß sie log?«

»Ja.«

»Warum?«

Sie hatte ihn auch in anderen Dingen belogen. Louis behielt das aber für sich.

Er sagte: »Ich erkenne es an dem Stil. Wir wissen, daß ihre Artgenossen die Städe erbaut haben. All diese schwebenden Wolkenkratzer. Protzobjekte. Monumente, die ihre Macht und ihren Reichtum unter Beweis stellen sollten. Erinnern Sie sich noch an das Luftschloß, an das schwebende Gebäude mit dem Kartenraum? Nessus hat davon holografische Aufzeichnungen gemacht.«

»Ich habe sie studiert«, erwiderte der Puppetier.

»Darin befand sich ein Thronsessel und eine monumentale Drahtskulptur von einem Kopf, die so groß war wie ein Haus. Wer setzte sich ein Luftschloß zum Denkmal, wenn er die Ringwelt bauen konnte? Das ist doch lächerlich. Ich glaube es nicht. Ich habe nie daran geglaubt.«

»Chmeee?«

Der Kzin sagte: »Wir müssen Louis' Urteil akzeptieren. Schließlich weiß er über das Wesen seiner Artgenossen am besten Bescheid.«

Sie bogen jetzt in einen radialen Korridor ein. Hier befanden sich noch mehr Schlafkabinen. Louis nahm eine von ihnen genau unter die Lupe. Der Druckanzug war interessant. Er war wie eine Jagdtrophäe an der Wand befestigt: aus einem Stück wie ein gegerbtes Tigerfell. Reißverschlüsse liefen kreuz und quer über den Anzug hin. Sie waren alle offen, leicht erreichbar, falls das Vakuum den Träger des Anzugs bedrohte.

Der Kzin wartete ungeduldig, während Louis die Reiverschlüsse zuzog und einen Schritt zurücktrat, um auf die Wirkung zu warten. Die Gelenke bauschten sich. Knie, Schultern und Ellenbogen quollen zu Würsten auf, die Hände glichen Walnüssen, die mit einer Schnur zu Ketten verbunden waren. Das Gesicht wölbte sich nach vorn. Unter der Gesichtsplatte befanden sich Meßanzeigen für Energie- und Luftreserven.

Der Kzin fauchte: »Nun?«

»Noch nichts. Ich brauche weitere Beweise. Gehen wir!«

»Mehr Beweise wofür?«

»Ich glaube, ich weiß jetzt, wer die Ringwelt gebaut hat . . . und weshalb die Eingeborenen so sehr dem Menschen ähnlich sind. Aber warum bauten sie etwas, das sie nicht verteidigen konnten? Das ergibt keinen Sinn.«

»Aber wenn wir darüber diskutieren . . .«

»Nein, noch nicht. Gehen wir weiter!«

An der Achse des Schiffes fanden sie, was sie suchten. Ein halbes Dutzend radialer Korridore gingen von diesem Punkt ab, und ein Rohr mit einer Leiter führte nach oben und nach unten. Vier Wandsegmente zwischen den Korridoröffnungen waren mit Schaltskizzen versehen. Die Erklärungen waren winzige, sehr ausführliche Piktogramme.

»Wie hilfreich«, sagte Louis. »Als hätten sie geahnt, daß wir eines Tages hier vorbeikommen würden.«

»Die Sprachen wandeln sich«, sagte der Kzin. »Diese Leute waren noch den Gesetzen der Relativität unterworfen; ihre Mannschaften trennte vermutlich der Altersunterschied von einem Jahrhundert. Also brauchten sie solche Hilfen. Auch wir hielten vor den Kriegen mit der Menschheit unser Imperium mit ähnlichen Symbolen zusammen. Louis, ich kann auf dieser Beschreibungstafel keine Waffenkammer entdecken.«

»Ich sah auch keine militärischen Einrichtungen auf dem Raumflughafen. Wenigstens nichts, was mir ins Auge gesprungen wäre.« Louis fuhr mit dem Finger an den Diagrammen entlang. »Kombüse, Krankenstation, Wohnbereiche – wir befinden uns hier in einem Wohnbereich. Drei Kommandozentralen. Das erscheint mir ein wenig übertrieben.«

»Eine für die Bussard-Rammdüse und den interstellaren Raum. Eine für den Fusionsantrieb und das Manövrieren in einem bewohnten Planetensystem; und ein Waffenleitstand, falls vorhanden. Und eine Kommandozentrale für die Versorgungssysteme. Hier sehe ich ein Bildsymbol, eine Windströmung durch einen Korridor.«

Der Hinterste meldete sich über Funk. »Wenn sie über einen Materienumwandler verfügten, benützten sie auch einen Konversionsantrieb.«

»Oh, nicht unbedingt. Die gewaltigen radioaktiven Abgase hätten in einem bewohnten Planetensystem eine schreckliche Verwüstung angerichtet«, sagte Louis. »Hah! Dort sind unsere Zugänge zu den Ramscoop-Generatoren, zu den Fusionsmotoren, zur Brennstoffzufuhr. Wir wollen zuerst in die Komanndozentrale des Versorgungssystems. Es liegt zwei Decks über uns auf dieser Seite . . .«

*

Der Kontrollraum des Versorgungssystems war verhältnismäßig klein: eine gepolsterte Bank vor drei Wänden, die mit Schaltern und Skalen bedeckt waren. Eine Druckplatte am Türpfosten tauchte die Wände in ein gelb-weißlich indirektes Licht. Auch die Skalen leuchteten auf. Sie waren natürlich nicht zu entziffern. Piktogramme teilten die Schalter in verschiedene Gruppen ein; anhand der Symbole ließen sich sechs Kategorien unterscheiden: Unterhaltung, Schwerkraftausgleich, Wasser, Abfallbeseitigung, Lebensmittelversorgung, Luftversorgung.

Louis begann die Schalter auszuprobieren. Logischerweise mußten die Schaltelemente, die am häufigsten bedient wurden, besonders handlich und am leichtesten zu erreichen sein. Als er ein pfeifendes Geräusch hörte, trat er von der Schaltwand zurück.

Die Druckanzeige an seinem Kinn stieg stetig an.

Der Luftdruck war niedrig, der Sauerstoffgehalt 40 Prozent. Keine schädlichen Substanzen, geringe Luftfeuchtigkeit.

Chmeee hatte bereits die Luft aus seinem Raumanzug entweichen lassen und zog ihn jetzt wieder aus. Louis schraubte seinen Helm ab, legte das Tornistergerät auf die Bank und schälte sich ebenfalls aus seinem Anzug. Die Luft war trocken und roch etwas muffig.

Chmeee sagte: »Ich schlage vor, wir beginnen mit der Kraftstoffzufuhr. Soll ich vorangehen?«

»Okay.« Eine Ungeduld und Erregung schwang in diesem Wort mit, die er eigentlich hatte unterdrücken wollen. Hoffentlich war das dem Hintersten nicht aufgefallen. Er folgte dem orangefarbenen Rücken des Kzin.

Wieder durch die Tür, dann nach rechts in einen radialen Korridor bis zur Mittelachse des Schiffes. Dann eine Treppe hinunter bis zum nächsttieferen Deck, wo eine große haarige Hand Louis beim Oberarm packte und in einen anderen Korridor hineinzog.

»Wir müssen etwas besprechen«, fauchte der Kzin.

»Ja, es ist höchste Zeit dafür! Wenn er uns jetzt hören kann, können wir gleich aufgeben. Also reiß dich zusammen . . .«

»Der Hinterste wird uns jetzt nicht zuhören. Louis, wir müssen die *Heiße Nadel* in unsere Gewalt bringen. Hast du auch schon daran gedacht?«

»Selbstverständlich habe ich das. Aber so ein Plan wäre zum Scheitern verurteilt. Dein erster Versuch war nicht schlecht; aber was würdest du tun, wenn du das Schiff in deine Gewalt bringst? Du kannst mit dem Ding nicht fliegen. Du hast die Kontrolleinrichtungen ja selbst gesehen.«

»Ich kann den Hintersten dazu zwingen, das Schiff nach meinen Befehlen zu manövrieren.«

Louis schüttelte den Kopf. »Vielleicht gelingt es dir, ihn zwei Jahre lang zu bewachen. Aber ich glaube nicht, daß die Versorgungssysteme so lange durchhalten werden. Sie sind nicht dafür gebaut, zwei Piloten zwei Jahre lang am Leben zu erhalten. Der Hinterste hat das alles im voraus geplant.«

»Also willst du dich widerstandslos ergeben?«

Louis seufzte.

»Also gut, gehen wir unsere Möglichkeiten der Reihe nach durch. Wir können den Hintersten mit einer glaubwürdigen Bestechung oder einer glaubwürdigen Drohung konfrontieren. Oder wir können ihn töten, falls wir hinreichend davon überzeugt sind, daß wir auch ohne ihn mit der *Heißen Nadel* manövrieren können.«

»Ja.«

»Wir können ihn aber nicht mit einem imaginären Materienumwandler bestechen. Dieses Gerät existiert nicht.«

»Ich fürchtete schon, du würdest mit der Wahrheit herausplatzen.«

»Ich bin doch nicht verrückt. Sobald er weiß, daß er uns nicht braucht, sind wir tot. Und wir haben keine anderen Bestechungsmittel. Wir können nicht auf das Flugdeck vordringen. Vielleicht gibt es irgendwo Transportscheiben, die uns dorthin bringen würden; aber wo sind sie im Raumschiff versteckt? Und wie bringen wir den Hintersten dazu, sie anzustellen? Angreifen können wir ihn auch nicht. Die Kugeln durchschlagen keinen General-Products-Rumpf. Die Raumschiffzelle ist mit einer Strahlenschutzschicht überzogen, und das Zwischenschott ist vermutlich genauso gesichert. Ein Puppetier hätte so etwas bestimmt nicht übersehen. Also können wir nicht mit einem Laserstrahl auf ihn schießen, weil sich die Wand in einen Spiegel verwandeln und den Strahl auf uns zurückwerfen würde. Was bleibt uns noch? Solarwaffen? Er brauchte nur die Mikrofone abzuschalten. Habe ich noch etwas ausgelassen?«

»Antimaterie. Du mußt mich nicht erst daran erinnern, daß wir darüber nicht verfügen.«

»Also können wir ihm nicht drohen, ihn nicht verletzen und auch den Kommandostand der *Heißen Nadel* nicht betreten.«

Der Kzin kraulte sich nachdenklkich die Mähne an seinem Hals.

»Und ich bin mir gar nicht so sicher«, fuhr Louis fort, »daß *Heiße Nadel* in unser besiedeltes Universum zurückkehren soll.«

»Was soll das nun wieder heißen?«

»Wir wissen zuviel. Wir wären eine schlechte Werbung für die Rasse der Puppetiers. Es ist durchaus möglich, daß der Hinterste uns gar nicht mehr zu unserem Heimatplaneten zurückbringen möchte. Warum sollte er auch? Er will doch nur wieder die Flotte der Puppetier-Planeten erreichen, die jetzt ungefähr zwanzig oder dreißig Lichtjahre von der Ringwelt entfernt ist. Selbst wenn wir die *Heiße Nadel* in den Griff bekommen, reichen vermutlich unsere Versorgungssysteme nicht aus, mit diesem Raumschiff unsere Galaxis zu erreichen.«

»Sollen wir uns dann ein Ringwelt-Raumschiff unter den Nagel reißen? Dieses hier?«

Louis schüttelte den Kopf. »Wir können es uns genau ansehen. Aber wir werden es vermutlich nicht fliegen können, auch wenn es in gutem Zustand ist. Halrloprillalars Volk brauchte tausend Leute für den Betrieb dieser Raumschiffe, und dabei kamen sie gar nicht weit damit, wenn man Prills Angaben Glauben schenken kann. Aber die Ringwelt-Ingenieure konnten damit weite Räume überbrücken.«

Der Kzin stand regungslos vor ihm, als fürchtete er, bei der kleinsten Bewegung könnte er explodieren. Louis bemerkte erst jetzt, wie wütend Chmeee war. »Läuft deine Logik darauf hinaus, daß ich mich ergeben soll? Können wir uns nicht einmal für die erlittene Schmach rächen?«

Louis hatte auch darüber nachgedacht, als er unter dem Einfluß des Wonnestroms stand. Der Optimismus, der ihn dabei beseelt hatte, wollte sich jetzt nicht mehr einstellen. »Wir verzögern, halten ihn hin, durchsuchen den Raumhafen. Wenn wir nichts Geeignetes finden, suchen wir auf der Ringwelt weiter.

Wir sind für so ein Unternehmen ausgerüstet. Wir zwingen den Hintersten, die Mission nicht eher zu beenden, bis wir die Lösung für unser Problem gefunden haben. Was immer das auch sein mag.«

»Du hast uns das eingebrockt, Louis.«

»Ich weiß. Das ist ja der Witz an der Sache.«

»Warum lachst du nicht?«

»Gib mir meinen Wonnestecker zurück, und ich lache, bis mir die Tränen kommen.«

»Deine idiotischen Theorien haben uns jetzt zum Sklaven eines verrückten Pflanzenfressers gemacht. Du hast dich als Autorität in Dingen ausgegeben, von denen du gar nichts weißt.«

Louis setzte sich mit dem Rücken zur beleuchteten Schaltwand. »Es erschien mir alles so logisch. Tanj, es *war* logisch. Hör zu: die Puppetiers hatten die Ringwelt schon jahrelang studiert, ehe wir etwas von ihrer Existenz erfuhren. Sie kannten ihre Rotationsgeschwindigkeit, ihre Größe und ihre Masse, die etwas größer ist als die Masse unseres Sol-Planeten Jupiter. Und nun betrachte dir den Himmel über diesem System. Er ist leergefegt. Da gibt es keine anderen Planeten mehr, keinen Mond, keinen Asteroid. Da gab es doch gar keine andere Lösung: die Ringwelt-Ingenieure suchten sich einen Planten von der Größe und Beschaffenheit des Jupiters aus und verwandelten ihn in Baumaterial. Sie verarbeiteten auch den übrigen planetarischen Müll und fügten ihn in der Ringwelt ein. Auch die Masse der Ringwelt entspricht ungefähr dem Planetensystem unserer Sonne.«

»Das war alles nur reine Theorie!«

»Mit der ich euch beide überzeugte. Vergiß das bitte nicht. Und Gasriesenplaneten«, fuhr Louis hartnäckig fort, »bestehen zum größten Teil aus Wasserstoff. Also mußten die Ringwelt-Ingenieure den Wasserstoff in das Ringwelt-Bodenmaterial verwandelt haben – aus welchem Stoff dieses Zeug auch immer bestehen mag. Es ist mit nichts vergleichbar, was wir auf unseren Planeten jemals erzeugt haben. Sie mußten dieses Material mit einer Geschwindigkeit umgewandelt haben, die sogar eine Supernova übertrifft. Chmeee, du mußt zugeben, wer die Ringwelt einmal gesehen hat, traute ihren Ingenieuren alles zu.«

»Auch Nessus ließ sich von dir überzeugen«, schnaubte der Kzin und vergaß, daß er ebenfalls an diese Theorie geglaubt hatte. »Und Nessus fragte Halrloprillalar Löcher in den Bauch, wie sie das Problem der Materieumwandlung gelöst hätten, und sie dachte, unser zweiköpfiger Reisebegleiter wäre ein bezaubernd leichtgläubiges Wesen. Sie band ihm den Bären von den Ringwelt-Sternenschiffen auf, die angeblich Blei transportiert hätten, um es in Treibstoff zu verwandeln. Blei! Warum denn nicht Eisen? Eisen besitzt zwar eine größere Masse, doch seine Molekularstruktur ist viel kräftiger.«

Louis lachte. »Daran dachte sie gar nicht.«

»Hast du ihr vielleicht gesagt, daß die Theorie der Materieumwandlung deinem Kopf entsprungen ist?«

»Was erwartest du von mir? Sie hätte sich nur über mich totgelacht. Und es war schon zu spät, Nessus wieder von dieser Theorie abzubringen. Denn Nessus lag damals schon im Autodock, mit einem amputierten Kopf.«

»Hmmm.«

Louis rieb sich die schmerzenden Schultern. »Einer von uns hätte es besser wissen müssen. Ich sagte dir doch schon, daß ich nach meiner Rückkehr den Computer mit dem Problem fütterte. Weißt du überhaupt, wieviel Energie man braucht, um die Masse der Ringwelt in eine Rotationsgeschwindigkeit von siebenhundertsiebzig Meilen pro Sekunde zu versetzen?«

»Warum fragst du mich?«

»Man braucht eine *Menge* Energie dazu. Die tausendfache Menge der jährlichen Energieabstrahlung einer Sonne, wie wir sie hier in der Ringwelt vorfinden. Wo wollten die Ringwelt-Ingenieure so viel Energie hernehmen?« Dafür hätten sie mindestens ein Dutzend Planeten von der Größe des Jupiter zerlegen müssen oder einen Super-Jupiter Planeten, der die Masse des Jupiter mindestens ein Dutzend Male übertraf. Eine Masse, die vorwiegend aus Wasserstoff bestehen mußte. Dann mußten sie einen Teil dieses Wasserstoffes zu Kernenergie verschmelzen, um die nötige Energie für dieses Bauprojekt aufzubringen, und einen Teil von ihm sogar in magnetischen Flaschen lagern. Denn nachdem sie die Ringwelt aus den festen Bestandteilen der ausgeschlachteten Planeten erbaut hatten, mußten sie noch genügend Energiereserven übrig haben, um mit Hilfe von Fusionsraketen die Ringwelt in ihre Rotationsgeschwindigkeit zu versetzen.«

»Einsicht im nachhinein ist eine wunderbare Sache.« Chmeee rannte im Korridor auf seinen Hinterbeinen auf und ab wie ein Mensch, der tief in Gedanken versunken ist. »Wir wurden von einem verrückten fremden Wesen versklavt, um nach einer Maschine zu suchen, die nie existiert hat. Was wird deiner Meinung nach in diesem Jahr geschehen, das uns noch bleibt?«

Es war schwierig, sich optimistisch auszudrücken, wenn man nicht unter dem Wonnestrom stand. »Wir forschen. Materieumwandlung mag ja eine feine Sache sein, aber da gibt es bestimmt noch andere wertvolle Dinge auf der Ringwelt zu entdecken. Vielleicht finden wir etwas. Vielleicht ist auch schon ein Raumschiff der Vereinten Nationen hier gelandet. Vielleicht finden wir eine Raumschiffbesatzung der Ringwelt, die bereits tausend Jahre alt ist. Vielleicht fühlt sich der Hinterste einsam und lädt uns auf sein Flugdeck ein.«

Der Kzin schritt mit zuckendem Schwanz auf und ab. »Kann ich dir vertrauen? Der Hinterste kontrolliert den elektrischen Strom deines Wonnesteckers.«

»Ich werfe diese Sucht über Bord.«

Der Kzin schnaubte.

»Bei Finagles stinkenden Hoden! Chmeee, ich bin zweihundertfünfundzwanzig Jahre alt. Ich bin schon alles gewesen! Ich war erst der Küchenchef. Ich habe mitgeholfen, eine Raumstation über Down zu errichten. Ich habe mich auf Home niedergelassen und dort eine Weile wie ein Kolonist gelebt. Jetzt bin ich ein Wonnestrom-Süchtiger. Nichts ist von Dauer. Man kann nicht einen Beruf oder ein Laster zweihundert Jahre lang durchhalten. Eine Ehe, eine Karriere, ein Hobby – das alles ist nur gut für zwanzig Jahre, und vielleicht wiederholt man auch einmal eine Phase seines Lebens. Ich habe mich auch mit experimenteller Medizin beschäftigt. Ich schrieb ein dickes Buch, eine

Dokumentation über die Trinoc-Kultur, und gewann damit einen . . .«

»Die Wonnestrom-Sucht beeinträchtigt das Gehirn. Das ist ganz etwas anderes, Louis.«

»Ja, es ist ganz etwas anderes.« Louis spürte, wie die Depression ihn überkam, als würde eine schwarze Wand aus Gelee über ihm zusammenbrechen. »Die Welt ist entweder schwarz oder weiß. Der Draht ist tot oder gibt Strom ab. Es gibt keine Zwischentöne. Ich habe es satt. Ich hatte es schon satt, ehe der Hinterste die Kontrolle über meinen Wonnestromstecker übernahm.«

»Aber du hast ihn noch nicht aufgegeben.«

»Ich möchte den Hintersten im Glauben lassen, daß ich ohne ihn nicht auskommen kann.«

»Und du möchtest mich davon überzeugen, daß du ohne ihn auskommen kannst.«

»Ja.«

»Und was denkst du von dem Hintersten? Ich habe noch nie von einem Puppetier gehört, der sich so seltsam benommen hätte.«

»Ich weiß. Ich habe mir schon überlegt, ob nicht alle verrückten Händler Geschlechtsgenossen von Nessus gewesen sind. Ob nicht die beherrschenden Vertreter dieser Gattung sogenannte Spermaträger sind, also Männchen . . .«

»Hmmm . . .«

»Es muß nicht unbedingt so sein. Der Wahnsinn, der einen Puppetier auf die Erde treibt, weil er mit den anderen Puppetiers nicht mehr zurechtkommt, ist nicht von gleicher Qualität wie der Wahnsinn eines Joseph Stalin. Was verlangst du von mir, Chmeee? Ich kann dir keine Antwort geben, wie er reagieren wird. Wenn wir ihm die Intelligenz nicht absprechen, wird er die Verhandlungstechnik der General-Products-Gesellschaft anwenden. Es ist die einzige Methode, die nachweisbar bei Vertretern unserer Rassen zum Erfolg führt.«

Die Konservenluft war kühl und schmeckte nach Metall. In diesen Schiffen war viel zu viel Metall eingebaut, dachte Louis. Es war schon seltsam, daß Halrloprillalars Artgenossen keine fortschrittlicheren Materialien verwendet hatten. Die Konstruktion einer Bussard-Rammdüse war nichts für Primitive.

Die Luft roch komisch, und das diffuse, gelb-weiße Licht in den Schaltwänden zeigte eine schwankende Helligkeit. Es war wohl besser, wenn sie wieder ihre Druckanzüge anlegten.

Chmeee sagte: »Da draußen steht das Landefahrzeug. Es könnte uns auch als Raumflugzeug dienen.«

»Und was verstehst du dann unter einem Raumschiff? Ein Verkehrsmittel zwischen Planeten? Ein solches Schiff brauchen wir, wenn wir auf der Ringwelt herumkommen wollen. Aber ich bezweifle, daß wir damit einen anderen Stern erreichen können.«

»Ich dachte daran, die *Heiße Nadel* zu rammen. Wenn wir schon nicht mehr entrinnen können, sollten wir uns wenigstens rächen.«

»Das würde ziemlich komisch aussehen, wenn du mit diesem Ding eine General-Products-Rumpfzelle rammst.«

Der Kzin ragte über ihm auf. »Du betrachtest mir die Dinge zu oft von der lächerlichen Seite, Louis. Was wäre ich wohl auf der Ringwelt ohne Geschlechtspartner, ohne mein Leben, ohne Namen? Mit einer Lebenserwartung von einem Jahr?«

»Wir werden die Zeit gründlich nützen. Wir werden schon einen Ausweg finden. Inzwischen« – Louis erhob sich von der gepolsterten Bank – »suchen wir offiziell immer noch nach einem nicht existierenden Materieumwandler. Tun wir wenigstens so, als würden wir nach ihm suchen.«

KAPITEL 7

EIN ENTSCHEIDENDER AUGENBLICK

Louis erwachte mit einem Bärenhunger. Er wählte sich ein Cheddar-Käse-Soufflé, Irish Coffee und Blutorangen und aß davon eine doppelte Portion.

Chmeee schlief, zusammengerollt wie eine Wagenburg. Er sah irgendwie anders aus. Hübscher – ja, weil das Narbengewebe verschwunden war. Es war von einem neuen, frisch gewachsenen Pelz überzogen.

Seine Ausdauer war beeindruckend. Sie hatten zunächst alle vier Ringwelt-Sternschiffe durchsucht und waren weitergeeilt zu einem langgestreckten niedrigen Gebäude am Rande der Unendlichkeit, das sich als Leitstelle für die Ringmagnetanlage entpuppte. Zuletzt hatte sich Louis vor Erschöpfung kaum noch bewegen können. Er wußte, daß *Heiße Nadel* ein viel lohnenderes Objekt für ihre Ermittlungen darstellte. Er mußte sich die Einzelheiten ihrer Konstruktion vergegenwärtigen, nach Schwachpunkten suchen, nach Möglichkeiten, um auf das Kommandodeck zu gelangen. Statt dessen hatte er Chmeee begleitet, ihn schließlich mit seinem Haß verfolgt. Der Kzin hatte auch nicht eine Pause eingelegt.

Der Hinterste erschien plötzlich wie aus dem Nichts. Seine Mähne war gekämmt und geföhnt, mit Kristallen geschmückt, die bei jedem Schritt ihre Spektralfarben wechselten. Louis war fasziniert davon. Der Puppetier war schlechter Laune gewesen, als er das Raumschiff alleine steuern mußte. Wechselte er seine Garderobe nur, um seine Gefangenen mit seiner Eleganz zu beeindrucken?

Der Puppetier fragte: »Louis, möchten Sie den Wonnestecker haben?«

Louis wollte ihn haben, aber . . . »Noch nicht.«

»Sie haben elf Stunden geschlafen.«

»Vielleicht habe ich mich bereits der Planetenzeit der Ringwelt angepaßt. Haben Sie inzwischen etwas erreicht?«

»Ich habe Laser-Spektogramme von den Schiffsrümpfen angefertigt. Sie bestehen größtenteils aus Eisenlegierungen. Zudem fertigte ich Tiefenradar-Bilder an, je zwei Ansichten von den vier Schiffen. Ich unternahm auch einen Erkundungsflug mit *Heißer Nadel*, während Sie schliefen. Ich entdeckte noch zwei Raumschiff-Rampen auf der Ringwelt; ihre Winkelentfernung auf dem Kreis beträgt einhundertzwanzig Grad. Dort entdeckte ich noch elf weitere Raumschiffe aufgrund der Spektralanalyse ihrer Schiffshaut. Auf diese Entfernung konnte ich natürlich keine Einzelheiten feststellen.«

Chmeee erwachte, streckte sich und trat neben Louis vor das durchsichtige Zwischenschott. »Wir haben bisher nur gelernt, noch mehr Fragen zu stellen«, sagte er. »Ein Schiff war unversehrt, drei ausgeschlachtet. Warum?«

»Vielleicht hätte uns Halrloprillalar darüber Auskunft geben können«, erwiderte der Hinterste. »Aber behandeln wir zunächst die dringenden Probleme. Wo ist der Materie-Umwandler?«

»Wir haben keine Instrumente in unserer Kabine. Transportieren Sie uns zum Landefahrzeug zurück, Hinterster. Wir werden die Monitore auf dem Flugdeck verwenden.«

*

Acht Monitore schimmerten an der hufeisenförmig angeordneten Instrumentenwand. Chmeee und Louis betrachteten die geisterhaften Schemaskizzen der Bussard-Rammdüsen-Schiffe, die vom Computer aus den Tiefenradar-Bildern zusammengesetzt wurden.

»Es sieht so aus, als hätte ein Team alle drei Schiffe geplündert«, sagte Louis. »Sie montierten zunächst alles ab, was ihnen am wichtigsten erschien. Und dann müssen sie bei ihrer Arbeit unterbrochen worden sein: vielleicht ging ihnen die Luft aus. Das vierte Schiff scheint erst später hinzugekommen zu sein. Hmmm . . . warum hat die vierte Besatzung nicht ihr eigenes Schiff geplündert?«

»Nebensächlichkeiten. Wir suchen nur den Materie-Umwandler. Wo steckt er?«

»Wir konnten ihn nicht identifizieren«, erwiderte Chmeee.

Louis studierte die Geisterskizzen der vier Raumschiffe. »Gehen wir methodisch vor. Untersuchen wir zunächst, was der Materie-Umwandler nicht sein kann.« Er fuhr mit einem Leuchtstab an dem Röntgenbild des unversehrten Raumschiffes entlang. »Hier, diese paarweise angeordneten Toroid-Spiralen am Rumpf müssen zu dem Ramscoop-Feldgenerator gehören. Das hier sind Treibstofftanks. Hier sind die Zugänge, und hier . . .« Während er die Skizze erklärte, schaltete der Hinterste alle

Bauelemente ab, die als Materie-Umwandler nicht in Frage kamen. »Hier sind die Fusionsantriebe, die diesen ganzen Abschnitt umfassen. Dann die Motoren zum Einziehen der Landebeine. Schalten Sie auch die Beine ab. Hier sind die Steuerdüsen, und hier die Plasmazufuhr aus diesem kleinen Fusionsgenerator. Hier sind die Akkumulatoren. Dieses Ding mit der Schnauze, das aus der Mitte des Rumpfes herausschaut – wie hatte Prill es genannt?«

»*Cziltang brone*, fauchte Chmeee. »Ein Osmose-Generator, der vorübergehend das Ringwelt-Material aufweicht, um es durchgängig zu machen. Sie benützten Osmose-Generatoren anstelle von Luftschleusen.«

»Richtig.« Louis fuhr mit versteckter Schadenfreude fort: »Vermutlich haben sie diesen geheimnisvollen Materie-Umwandler bestimmt nicht in den Wohnkajüten versteckt, trotzdem . . . das sind die Wohndecks, das sind die Leitstände der Versorgungseinrichtungen, hier ist die Kombüse . . .«

»Könnte nicht das vielleicht der Materie-Umwandler sein?«

»Nein, daran dachten wir auch schon. Aber es ist nur ein automatisiertes chemisches Laboratorium.«

»Weiter.«

»Hier sind die Gewächshäuser. Das ist die Zuleitung der behandelten Abwässer. Hier sind die Luftschleusen . . .«

Als Louis seinen Vortrag beendet hatte, war die Schiffsskizze von den Monitoren verschwunden. Der Hinterste ließ sie noch einmal auf den Schirmen aufleuchten. »Was haben wir beim erstenmal übersehen? Wäre es nicht möglich, daß der Materie-Umwandler abgebaut und in irgendeinem Lagerraum untergebracht wurde?«

Jetzt wurde die Sache lustig. »Aber wenn sie wirklich ihre Kraftstoffreserve an der Außenhaut befestigten – in der Form eines Bleimantels um den Schiffsrumpf – dann kann das doch nicht ein Innenbord-Wasserstofftank sein, nicht wahr? Vielleicht haben sie diesen geheimnisvollen Materie-Umwandler hier aufbewahrt. Er setzte eine starke Pufferung oder wenigstens eine sehr dichte Abschirmung voraus . . . oder ein Kühlsystem mit flüssigem Wasserstoff.«

Chmeee fragte, ehe der Hinterste einen Einwand erheben konnte: »Wie konnten sie diesen Materie-Umwandler überhaupt entfernen?«

»Vielleicht mit Hilfe eines *Cziltang brone* von einem anderen Raumschiff. Waren denn alle Treibstofftanks leer?« Er blickte auf die Geisterskizzen der anderen Schiffe. »Ja. Okay, dann werden wir die Materie-Umwandler auf der Ringwelt wiederfinden . . . und sie werden nicht mehr funktionieren. Die Seuche wird sie zersetzt haben.«

»Halrloprillalars Geschichte von den Bakterien, die von Superleitern leben, haben wir aufgezeichnet«, sagte der Hinterste.

»Nun, so besonders viel konnte sie uns davon ja nicht berichten«, entgegnete Louis. »Ihr Raumschiff hatte eine lange Reise hinter sich. Als sie zurückkam, gab es keine Ringwelt-Zivilisation mehr. Alles, das mit Superleitern ausgerüstet war, hatte seinen Betrieb eingestellt.« Er hatte sich schon damals gewundert, inwieweit Prills Geschichte von dem Verfall der Städte tatsächlich der Wahrheit entsprach. Aber irgend etwas mußte ja die herrschende Zivilisation der Ringwelt zerstört haben. »Superleiter sind eine wunderbare Sache. Am Ende gibt es kein Gerät mehr, das nicht einen Superleiter enthält.«

»Dann können wir die Materie-Umwandler wieder reparieren«, sagte der Hinterste.

»Wie bitte?«

»Sie werden in der Ladebucht Ihres Landefahrzeugs Superleiter-Draht und Superleiter-Druckschaltungen finden. Sie sind nicht aus dem gleichen Material hergestellt, das die Ringwelt benützte. Also ist das Material auch immun gegen diese Bakterien. Ich dachte mir, daß wir dieses Material für einen Tauschhandel anbieten können.«

Louis bewahrte sein Pokersgesicht; aber der Hinterste hatte diesmal doch überrascht. Wie konnten die Puppetiers nur so viel von der Mutanten-Plage wissen, die die Ringwelt-Maschinen zerstört hatte? Plötzlich hatte Louis keinen Zweifel mehr, daß diese Bakterien tatsächlich existierten.

Chmeee hatte es noch nicht begriffen: »Womit haben die Diebe denn die Apparate fortgeschafft? Wenn das Transportsystem auf dem Sims der Ringmauer versagte, können sie mit dem Materie-Umwandler nicht weit gekommen sein. Vielleicht liegen sie gleich hinter der Mauer, wurden dort liegengelassen, weil sie nicht mehr funktionierten.«

Louis nickte. »Möglich. Wenn nicht, müssen wir ein riesiges Territorium absuchen. Ich schlage vor, wir suchen zunächst nach einem Reparaturzentrum.«

»Louis?«

»Es muß doch irgendwo eine Leitungs- und Wartungszentrale eingerichtet worden sein. Die Ringwelt ist doch kein autonomes technisches System. Da gibt es Anlagen zur Abwehr von Meteoren, zur Reparatur der Schäden, die durch Meteore entstanden, dann die Ausgleichsdüsen zur Korrektur des Orbit . . . die Ökologie konnte aus dem Gleichgewicht geraten . . . das alles mußte beobachtet werden. Natürlich kann das Reparaturzentrum überall auf der Ringwelt liegen. Aber es muß eine große Anlage sein. Es dürfte uns also nicht schwerfallen, sie wiederzufinden. Und vermutlich ist sie ebenfalls längst außer Betrieb wie dieser Raumhafen, denn wenn sich jemand um die technische Aufsicht gekümmert hätte, würde die Sonne der Ringwelt immer noch im Zentrum des Artefakten liegen.«

Der Hinterste sagte: »Sie haben sich ja gründlich mit dieser Materie beschäftigt.«

»Dazu hatten wir beim erstenmal nicht die Gelegenheit. Wir kamen als Forscher. Irgendeine Laserwaffe schoß uns vom Himmel herunter, und dann waren wir vorwiegend damit beschäftigt, uns wieder lebend von dieser Welt fortzustehlen. Wir haben an einer Stelle der Ringwelt ein Fünftel ihrer Breite erkundet und dabei fast nichts erfahren. Wir hätten schon damals nach der Reparaturzentrale suchen sollen. Dort werden wir die Wunder dieser Welt finden.«

»Ich hätte nicht so viel Ehrgeiz von einem Wonnestrom-Süchtigen erwartet.«

»Wir werden behutsam vorgehen.« Was die Menschen darunter verstanden, dachte Louis bei sich, nicht die Puppetiers. »Chmeee hat recht: die Materie-Umwandler könnten auf der anderen Seite der Ringmauer liegen, wo man sie wegwarf, sobald man sie durch die Mauer transportiert hatte. Dort wurden sie dann von Bakterien zerfressen.«

Chmeee sagte: »Wir sollten nicht versuchen, mit unserem Landefahrzeug die Ringmauer zu durchstoßen. Ich habe kein Zutrauen zu einer fremden Maschine, die schon mindestens tausend Jahre alt ist. Wir müssen die Ringmauer überfliegen.«

Der Hinterste fragte: »Dann kommen Sie in den Schußbereich der Meteor-Kanonen. Wie wollen Sie diesen ausweichen?«

»Wir müssen sie zu überlisten versuchen. Louis, glaubst du immer noch, daß wir damals von einer automatischen Meteor-Abwehranlage abgeschossen wurden?«

»Ich glaube es bis heute. Es passierte alles so verdammt schnell.« *Sie fielen auf die Sonne zu, alle ein bißchen nervös, eingeschüchtert von der überwältigenden Wirklichkeit der Ringwelt. Alle, bis auf Teela natürlich. Und dann gab es plötzlich einen violett-weißen Bl t , u e »Liar r in eine dichte violett-glühende Gaswolke eingehüllt. Teela hatte durch ein Bullauge im Rumpf geschaut. »Unser Flügel ist verschwunden«, hatte sie gesagt.*

»Wir wurden nicht eher unter Feuer genommen, bis unser Schiff sich auf Kollisionskurs mit der Oberfläche der Ringwelt befand. Also mußte es sich um eine automatische Anlage handeln. Und ich sagte dir vorhin bereits, weshalb ich annehme, daß das Reparaturzentrum längst aufgegeben wurde.«

»Schön. Dann wird also niemand mit Absicht auf uns schießen. Louis, wenn die Abwehranlage automatisch funktioniert, wird sie doch nicht aufs Ringmagnet-Transportsystem schießen, oder?«

»Chmeee, wir wissen nicht, wer dieses Transportsystem gebaut hat. Vielleicht gehört es nicht zu den Werken der Ringwelt-Ingenieure. Vielleicht wurde es erst später errichtet, von Prills Artgenossen . . .«

»Das trifft zu«, sagte der Hinterste.

Seine beiden Gefangenen drehten sich um, sahen das Bild des Puppetiers auf den Monitoren.

»Ich sagte doch bereits, daß ich mich mit dem Teleskop auf der Ringwelt umgeschaut habe. Dabei stellte ich fest, daß das

Magnetring-Transportsystem nur zum Teil fertiggestellt wurde. Es bedeckt nur 40 Prozent der Mauerkrone. Auf dem Abschnitt des Artefakten, wo wir uns jetzt befinden, fehlen diese Magneten. Auf dem Ringwall an der Backbordseite ist das System nur zu 15 Prozent vervollständigt. Die Ringwelt-Ingenieure hätten so ein nebensächliches System auch niemals halb vollendet gelassen, nicht wahr? Vermutlich verwendeten sie das gleiche Raumschiff als Transportmittel, mit dem sie den Bau der Ringwelt überwachten.«

»Prills Volk kam erst später auf diese Welt«, sagte Louis. »Wahrscheinlich sehr viel später. Vielleicht wurde ihnen das Ringmagneten-Transportsystem zu teuer. Möglicherweise ist ihnen sogar die Eroberung der Ringwelt nicht ganz gelungen . . . aber warum bauten sie dann Sternenschiffe? Oh, was soll's. Vielleicht werden wir das nie erfahren. Aber welche Schlüsse können wir daraus ziehen?«

»Wir überlegten uns gerade, wie wir die Meteor-Abwehranlage überlisten können«, sagte Chmeee.

»Ja. Ich gebe dir recht. Falls die Meteor-Kanonen die Krone der Ringmauer unter Feuer genommen hätten, wäre dort nie ein Transportsystem errichtet worden.« Louis dachte einen Moment darüber nach. Es steckten noch ein paar Löcher in seiner Annahme, doch dann wäre nur noch die Möglichkeit gegeben, das Landungsschiff mit Hilfe des *Cziltang brone* durch die Wand der Ringwelt zu schleusen. Das Ding war uralt und vermutlich nicht mehr sehr zuverlässig. »Okay. Wir fliegen über die Krone der Ringwelt-Mauer.«

Der Puppetier sagte: »Sie schlagen ein gefährliches Abenteuer vor. Ich bereitete Sie so gründlich wie möglich auf diese Expedition vor. Aber ich mußte mich auf die menschliche Technologie verlassen. Nehmen wir an, Ihr Fluggerät versagt den Dienst? Ich möchte meine Vorräte nicht noch mehr erschöpfen. Sie säßen auf der Ringwelt fest. Sie wissen, daß der Artefakt zum Untergang verurteilt ist.«

»Das habe ich nicht vergesseen«, erwiderte Louis.

»Zunächst müssen wir die elf Raumschiffe untersuchen, die ich auf den anderen Flughäfen auf der Ringmauer entdeckte.

Vielleicht finden wir noch mehr auf der anderen Hälfte der Ringwelt . . .«

Und so konnte es noch Wochen dauern, ehe der Hinterste sich damit abfinden würde, daß an Bord dieser Schiffe keine Materien-Umwandler existierten. Oh, zum Teufel . . .

»Wir sollten sofort aufbrechen«, sagte Chmeee. »Vielleicht liegt die Lösung des Geheimnisses schon hinter der nächsten Mauer.«

»Wir haben genügend Treibstoff und Vorräte an Bord. Wir können noch warten.«

Chmeee streckte einen Arm aus und legte ein paar Schalter um. Er mußte sich die Sequenz der Schaltvorgänge genau überlegt und die Arbeitsweise des Landungsschiffes eingehend studiert haben, während Louis, von den Anstrengungen des vergangenen Tages erschöpft, wie ein Toter schlief. Das kleine kegelförmige Flugzeug erhob sich dreißig Zentimeter über den Boden, drehte sich um neunzig Grad, und dann füllte der Rückstoß eines Fusionsmotors die Ladeluke mit einem weißen Feuer.

»Das ist töricht von Ihnen«, sagte die melodische Altstimme des Hintersten mit leisem Tadel, »ich könnte Ihren Antrieb sofort abschalten.«

Das Landefahrzeug glitt aus der Ladebucht heraus und stieg mit der brutalen Kraft von vier g in das All hinauf. Als der Hinterste seine Warnung beendete, wären sie jetzt bei einem Absturz bereits getötet worden. Louis verfluchte sich, daß er das nicht vorausgesehen hatte. Chmeee war verjüngt, er hatte unruhiges Blut in den Adern. Die Hälfte aller Kzinti wurden nie erwachsen – sie starben im Kampf . . .

Und Louis Wu, der sich zu sehr mit sich selbst und seinen Entzugserscheinungen beschäftigt hatte, hatte eine seiner Optionen aus der Hand gegeben.

*

Er fragte kühl: »Wollten Sie die Ringwelt auf eigene Faust erkunden, Hinterster?«

Die Köpfe des Puppetiers zuckten unentschlossen über seiner Instrumentenkonsole.

»Nein? Dann müssen Sie uns schon überlassen, wie wir die Erkundung durchführen wollen. Vielen Dank.« Louis wandte sich dem Kzin zu und sagte: »Versuche auf dem Ringwall zu landen.« Erst jetzt fiel ihm die eigentümlich starre Haltung des Tigerwesens auf, dessen blanke Augen und ausgefahrene Krallen. Hatte er den Verstand verloren? Wollte er tatsächlich versuchen, mit dem Landungsboot das Raumschiff zu rammen?

Der Kzin heulte in der Heldensprache.

Der Puppetier antwortete mit der Stimme eines Kzin, änderte seine Meinung und wiederholte auf Interworld: »Zwei Fusionsraketen, eine im Achterschiff, eine unter dem Rumpf. Keine Schubmotoren. Sie brauchen die Fusionsmotoren auf dem Boden nicht zu zünden, es sei denn, Sie müssen sich verteidigen. Sie können mit Hilfe der Repulsionsdüsen abheben, die das Schiff von dem Bodenmaterial der Ringwelt wegdrückt. Sie können damit fliegen, als würden Sie einen negativen Gravitationsgenerator benützen, aber die Repulsionsdüsen sind einfacher gebaut und leichter zu reparieren und zu warten. Aber schalten Sie jetzt diese Düsen nicht ein. Sie würden Sie von der Ringmauer abdrücken und in das Weltall hinausstoßen.«

Das erklärte auch Chmeees offensichtliche Panik. Er hatte Schwierigkeiten, mit dem Fluggerät zu fliegen. Das war nicht sehr ermutigend. Aber die Rampe des Raumhafens lag jetzt schon tief unter ihnen, und das entsetzliche Rütteln beim Start hatte sich fast vollkommen gelegt. Sie flogen mit einer stetigen Schubkraft von vier g in das Universum hinauf . . . und plötzlich stand der Fusionsmotor still. Louis sagte: »Autsch!«, als das Fluggerät in den freien Fall überging.

»Wir dürfen uns nicht zu hoch über die Ringmauer erheben. Schau mal in den Wandschränken nach, Louis. Mache eine Bestandsaufnahme unserer Ausrüstung.«

»Du sagst mit Bescheid, ehe du wieder ein- oder abschaltest, ja?«

»Ja.«

Louis löste sich aus dem Sicherheitsnetz und schwebte den Niedergang hinunter.

Hier befand sich der Wohnbereich, der von Wandschränken

und der Luftschleuse umgeben war. Louis fing an, die Türen zu öffnen. Der größte Schrank enthielt ein zusammengelegtes, feines, seidenartiges schwarzes Gewebe, das vermutlich eine Quadratmeile bedeckte, wenn man es auf dem Boden ausbreitete. Daneben lagen Zwanzig-Meilen-Spulen, an denen ein dünner schwarzer Draht aufgewickelt war. Wenn man die Drähte abspulte, hatten sie eine Länge von mehreren hundert Meilen. Der nächste Schrank erhielt Fluggeschirre verschiedener Größen mit Repulsionsdüsen an den Schultern und einen kleinen Schubmotor am Tornister. Zwei große und ein kleines Geschirr. Eines war natürlich für Halrloprillalar angefertigt worden. Louis fand auch noch Taschenlampen-Laser, Betäubungsstrahler und einen mit zwei Händen zu bedienenden, schweren Zerstäuber. Er entdeckte drei Boxen, die ungefähr die Größe von Chmeees Faust hatten, mit einer Halte-Vorrichtung, einem Mikrofon-Gitter und Ohrstöpseln (zwei kleine und ein großer). Das waren offenbar Übersetzungsmaschinen mit einem eingebauten Computer. Wenn sie die Dinger an den Bordcomputer angeschlossen hätten, hätten sie sich diese Boxen ersparen können.

Und da waren große rechteckige Repulsionsplatten – sollten diese Dinger als Lastenschlepper dienen? Und er sah Rollen mit Sinclair-Molekularketten, die aussahen wie sehr dünner und sehr fester Draht. Dann eine Kiste mit sehr kleinen Goldbarren. Sollten sie diese als Währung beim Tauschhandel benützen? Schutzbrillen mit eingebauten Linsen und Lichtverstärkern. Schutzpanzer. Louis murmelte: »Er hat an alles gedacht.«

»Vielen Dank.« Der Hinterste sprach auf einem Monitor, den Louis bisher noch nicht entdeckt hatte. »Ich hatte viele Jahre Zeit, diese Expedition vorzubereiten.«

Louis hatte es satt, in allen Ecken und Enden des Schiffes auf den Hintersten zu stoßen. Seltsam. Er konnte auch die Geräusche zweier sich raufender Katzen im Niedergang hören. Der Hinterste redete also mit zwei Köpfen in zwei verschiedenen Sprachen auf einmal und gab Chmeee Unterweisungen in den Instrumenten des Landefahrzeuges. Er hörte den Ausdruck für »Steuerraketen« –

Chmeees Stimme brüllte, ohne sich des Mikrofons zu bedienen: »Louis, halt dich fest!«

Louis schoß wieder durch den Niedergang nach oben. Kaum saß er im Stuhl, als Chmeee bereits die Fusionsmotoren zündete. Das Landefahrzeug wurde abgebremst und schwebte dann knapp über den Rand der Ringmauer.

Der Sims war breit genug für das Landefahrzeug, aber mehr hätte nicht darauf Platz gehabt. Und wie nahm die automatische Meteor-Abwehranlage der Ringwelt dieses Manöver auf?

Sie hatten sich damals innerhalb des Kreises der Ringwelt befunden und fielen auf den inneren Ring der Schattenblenden zu, als dieses violette Licht das Raumfahrzeug »Lying Bastard« *einhüllte. Der Rumpf der* »Liar« *hatte sich im selben Augenblick in einer Null-Zeit-Blase abgekapselt. Als die Zeit wieder einsetzte, hatten der Rumpf und seine Besatzung keinen Schaden davongetragen. Aber der Delta-Flügel der* »Liar« *mit ihren Schubdüsen und Fusionsmotoren und Sonden hatte sich in ionisierten Dampf aufgelöst. Und der flügellose Rumpf fiel auf die Ringwelt zu.*

Später hatten sie darüber nachgedacht, was dieses Attentat zu bedeuten hatte. Sie mutmaßten, daß der violette Laser zu einem automatischen Meteor-Abwehrsystem gehörte. Sie glaubten, daß der Laser sich auf einer der Sonnenblenden befand. Aber das war alles nur Theorie; sie hatten auf der Ringwelt nichts über deren Waffensysteme erfahren.

Das Magnetring-Transportsystem war eine viel spätere Errungenschaft. Die Ringwelt-Ingenieure hatten es nicht in ihre Berechungen einbezogen, als sie die Meteor-Verteidigungsanlage programmierten. Aber Louis hatte alte Aufzeichnungen von der Arbeitsweise dieses Transportsystems in einem von Halrloprillalars Spezies aufgegebenem Gebäude gesehen. Das Transportmittel hatte funktioniert; und die Meteor-Verteidigungsanlage hatte nicht auf die linearen Magnetbeschleuniger geschossen oder auf die Raumschiffe, die von diesem Magnetstrom aufgenommen wurden. Louis klammerte sich an die Armstützen seines Sessels und wartete auf eine violette Flamme, als Chmeee das Landungsschiff über den Rand der Ringweltmauer hinweggleiten ließ.

Aber die Flamme blieb aus.

KAPITEL 8

RINGWELT

Wenn man die Erde aus einer Höhe von tausend Meilen betrachtet – von einer Raumstation in einer Zwei-Stunden-Kreisbahn –, gleicht die Erde einer großen Kugel. Die Königreiche dieser Welt drehen sich im Blickfeld. Einzelheiten verschwinden hinter dem gekrümmten Horizont, andere, bisher verborgene Details schieben sich in einen günstigen Blickwinkel hinein. Nachts markieren die Lichter der Städte die Umrisse der Kontinente.

Wenn man jedoch die Ringwelt aus einer Höhe von tausend Meilen betrachtet, ist die Welt flach, und man sieht die Königreiche dieses Planeten alle auf einen Blick. Die Mauer der Ringwelt war aus demselben Stoff gemacht wie ihr Boden. An manchen Stellen war infolge der Bodenerosion bereits dieses künstliche Material zutage getreten. Louis hatte bei ihrer ersten Expedition darauf zu gehen versucht – doch dieses graustichige, durchsichtige Material war schrecklich schlüpfrig gewesen. Aber hier war die Oberfläche durch Reibungskräfte aufgerauht worden. Jedoch der Druckanzug und das Tornistergerät machten Chmeee und Louis kopflastig. Sie bewegten sich sehr vorsichtig.

Am Fuß dieser glasartigen, tausend Meilen hohen Klippe hing eine dünne, nicht ganz geschlossene Wolkendecke und Wasserflächen. Gewässer in einer Ausdehnung von zehntausend bis ein paar Millionen Quadratmeilen waren mehr oder weniger gleichmäßig über das Land verteilt und mit einem Netzwerk von Flüssen verbunden. Als Louis das Gesicht hob, wurden diese Wasserflecken mit wachsender Entfernung immer kleiner . . . kleiner und sogar ein bißchen dunstig . . . so klein, daß man ihre Umrisse nicht mehr zu erkennen vermochte und das Wasser, die Wüste und das fruchtbare Land mit den Wolken zu einem blauen Bleistiftstrich verschmolzen, der wie ein Messer durch das schwarze All schnitt.

Links und rechts davon war auch dieses schwarze Vakuum,

bis das Auge das blaue Band wiederfand, das aus der Unendlichkeit hinter dem Horizont hervorzukommen schien. Es stieg wie ein Bogen in den Himmel hinauf, verengte sich wieder, lief in einer Kurve in sich selbst zurück, ein helles Babyblau, das sich mit dunklem Blau in regelmäßiger Folge ablöste, bis es sich hinter einer zusammengeschrumpften Sonne verlor.

Dieser Teil der Ringwelt hatte soeben seinen sonnenentferntesten Punkt durchschritten, aber ein Stern von der Beschaffenheit der irdischen Sonne konnte einem trotzdem auf diese Distanz die Augen ausbrennen. Louis blinzelte und schüttelte den Kopf. Seine Augen waren geblendet und sein Geist verwirrt. Diese weiten Entfernungen übten eine hypnotische Macht auf seinen Verstand aus und hielten ihn fest, so daß man stunden- oder tagelang in die Unendlichkeit hinausstarrte. Man konnte seine Seele an diese Entfernungen verlieren. Was war ein einzelner Mensch, wenn man ihn einem so gewaltigen Artefakten gegenüberstellte?

Er war Louis Wu. Es gab nichts auf dieser Ringwelt, das sich mit ihm vergleichen ließ. Daran hielt er fest. Vergiß die Unendlichkeiten; konzentriere dich auf das Detail.

Hier, ungefähr fünfunddreißig Grad bogenaufwärts, bemerkte er einen etwas helleren blauen Fleck.

Louis stellte die Vergrößerung an seiner Schutzbrille ein. Sie hafteten auf der Gesichtsplatte, aber man mußte schon seinen Kopf sehr still halten, wenn man was durch diese Linsen erkennen wollte. Dieser helle Fleck war ein Ozean, eine Ellipse, die sich fast über die ganze Breite der Ringwelt erstreckte.

Er konnte auch Gruppen von Inseln hinter einer dünnen Wolkenschicht ausmachen. Auf der anderen Seite des Bogens, nur etwas höher, entdeckte er noch so einen großen Ozean. Er glich einem etwas unregelmäßigen vierzackigen Stern, der gleichfalls mit Gruppen von winzigen Inseln bestreut war – winzig natürlich nur aus dieser Entfernung, in der man die Erde mit dem nackten Auge vielleicht gerade noch hätte erkennen können.

Die Größe dieses Artefakten überwältigte ihn von neuem. Er mußte den Blick aus der Entfernung zurücknehmen und Gegenstände in seiner nächsten Umgebung betrachten.

Fast senkrecht unter ihm, ein paar hundert Meilen spinnwärts, lehnte ein halber Bergkegel betrunken gegen die Ringmauer. Er schien seltsam regelmäßig geformt zu sein. Man konnte drei Schichten an ihm unterscheiden, die sich farblich voneinander absetzten: oben ein kahler, schmutziggrauer Gipfe; ein ganzes Stück tiefer ein weißes Band, das vermutlich aus Schnee und Eis bestand; dann ein grünes Band, das sich bis in die Hügel am Fuße des Berges ausdehnte.

Dieser Berg stand ganz isoliert in der Landschaft. Wenn man spinnwärts blickte, bildete die Ringmauer eine flache senkrechte Klippe, so weit man mit den binokularen Schutzbrillen zu sehen vermochte. Nein. Wenn diese Beule am äußersten Rand des Sichtfeldes noch so ein Berg war, dann war er verdammt weit von seinem Standort entfernt. Dort stieg die Ringwelt schon in einer schlanken Kurve zu einem Bogen an.

Da war noch so eine Beule, wenn man antispinnwärts blickte. Louius runzelte die Stirn. *Merke dir das für zukünftige Studien vor.*

Wenn man nach Backbord blickte (geradeaus) und dann den Blick ein wenig nach rechts verschob (spinnwärts), konnte man eine glitzernde weiße Fläche erkennen, viel heller als das Land und das Wasser. Ein mitternachtsblauer Schatten näherte sich dieser Region. Salz, war Louis' erster Gedanke. Dieser helle glitzernde Fleck mußte eine gewaltige Ausdehnung haben. Er schloß bereits ein paar Dutzend Wasserflächen der Ringwelt ein, die kleinste davon ein Binnenmeer von der Größe eines Lake Huron, die größte dem Mittelmeer auf der Erde vergleichbar. Grelle Punkte wanderten über dieses Feld und erloschen wieder . . .

Ah! »Ein Sonnenblumenfeld.«

Chmeee blickte nach Backbord. »Das Feld, über dem ich bei unserer ersten Expedition fast verbrannt wäre, war größer.«

Slaver-Sonnenblumen waren so alt wie das Slaver-Imperium, das vor mehr als einer Milliarde Jahren zugrunde gegangen war. Die Slaver-Rasse schien diese Sonnenblumen zum Schutz ihres Eigentums am Rand ihrer Grundstücke angepflanzt zu haben. Heute noch konnte man auf einigen Welten des bekannten Universums auf diese Pflanzen stoßen. Es war sehr schwierig, sie auszurotten. Man konnte sie nicht einfach mit Laserkanonen abbrennen. Die Silberblüten der Pflanzen warfen den Strahl auf den Schützen zurück.

Was diese Sonnenblumen auf der Ringwelt zu suchen hatten, war ein Rätsel. Chmeee, der damals noch Dolmetscher hieß, war über die Ringwelt hinweggeflogen, als eine Wolkenbank unter ihm aufriß und sich die parabolspiegelartigen Blüten der Pflanzen auf ihn ausrichteten. Die Narben, die von diesen gebündelten Lichtstrahlen zurückgeblieben waren, waren jetzt fast verheilt . . .

Louis verkleinerte den Bildausschnitt, holte diesen glitzernden Fleck näher heran. Eine geschwungene, glatte Grenzlinie trennte das blaugrüne, erdähnliche Terrain von dem silbernen Sonnenblumenfeld. Die Linie schob sich wie eine Zunge in das Feld hinein, wo das Land in ein Gewässer überging.

»Louis? Links hinter dem Sonnenblumenfeld kann ich eine kurze schwarze Linie erkennen.«

»Ich sehe sie.« Ein kleiner schwarzer Strich auf einer unendlich ausgedehnten Mittags-Landschaft, vielleicht hunderttausend Meilen von ihrem Standort entfernt. Nun, was konnte das sein? Eine riesige Teergrube? Nein, petrochemische Stoffe hätten sich niemals auf der Ringwelt entwickeln können. Ein Schatten? Was konnte unter der ewigen Mittagssonne der Ringwelt einen Schatten werfen?

»Chmeee, ich glaube, es ist eine schwebende Stadt.«

»Ja . . . Schlimmstenfalls ist es irgendein Zentrum einer Zivilisation. Wir sollten uns dorthin wenden.«

Bei ihrem ersten Besuch der Ringwelt waren sie in alten, verfallenden Städten auf vereinzelte schwebende Gebäude gestoßen. Warum sollte es hier nicht eine Stadt geben, die nur aus fliegenden Gebäuden bestand? Es ließ sich aus dieser Perspektive natürlich nicht erkennen. »Ich schlage vor«, sagte Louis, »daß wir in sicherer Entfernung von diesem Zivilisationszentrum landen und uns bei den Eingeborenen über diese Stadt erkundigen. Ich möchte nicht wie ein Fallschirmspringer mitten zwischen diesen Leuten landen. Wenn es ihnen gelungen ist, ihre Stadt vor dem allgemeinen Verfall der Zivilisation zu retten, müssen wir mit bösen Überraschungen rechnen. Es muß sich um eine zähe Rasse handeln. Am besten gehen wir gleich am Rand des Sonnenblumenfeldes nieder . . .«

»Warum ausgerechnet dort?«

»Die Sonnenblumen haben eine verheerende Wirkung auf die Ökologie der Ringwelt. Vielleicht können die Einheimischen unsere Hilfe sehr gut gebrauchen. Deshalb werden sie uns dort auch wohlwollend empfangen. Hinterster, was sagen Sie dazu?«

Die Lautsprecher blieben stumm.

»Hinterster? Ich rufe den Hintersten . . . Chmeee, ich glaube, er kann uns nicht hören. Die Mauerkrone der Ringwelt blockiert seine Signale.«

Chmeee sagte: »Ich glaube, daß unsere Freiheit nicht lange dauern wird. Ich habe ein paar Sonden in der Ladebucht hinter unserem Landungsboot entdeckt. Der Puppetier wird die Sonden als Relaisstationen verwenden. Gibt es noch etwas Wichtiges, das du mir jetzt im Vertrauen sagen möchtest?«

»Ich würde sagen, wir haben das alles schon gestern abend besprochen.«

»Nicht alles. Unsere Motive decken sich nämlich nicht, Louis. Wie ich dich verstanden habe, möchtest du vor allem dein Leben retten. In zweiter Linie verlangst du eine freie Verfügung über den Wonnestrom. Ich hingegen möchte nicht nur mein Leben und meine Freiheit retten, sondern verlange auch Satisfaktion. Der Hinterste hat einen Kzin gekidnappt. Er soll mir das büßen.«

»Einverstanden. Er hat mich ebenfalls gekidnappt.«

»Hat ein Wonnestrom-Süchtiger überhaupt noch eine Vorstellung von gekränkter Ehre? Also versuche mir ja nicht in den Arm zu fallen, wenn ich Satisfaktion verlange, Louis.«

»Dürfte ich dich vielleicht daran erinnern«, erwiderte Louis, »daß ich dir bei unserer ersten Expedition auf der Ringwelt das Leben rettete? Ohne mich hättest du nie die *Long Shot* auf deinen Heimatplaneten entführen und dir einen Namen verdienen können.«

»Damals warst du aber kein Wonnestrom-Süchtiger.«

»Ich bin auch jetzt kein Wonnestrom-Süchtiger. Behaupte jetzt bloß nicht, ich würde dich belügen.«

»Das habe ich gar nicht . . .«

»Still.« Louis deutete mit dem Finger durch das Panoramafenster. Aus den Augenwinkeln hatte er eine Bewegung am Sternenhimmel bemerkt. Eine Sekunde später kam die Stimme des Hintersten aus dem Lautsprecher.

»Bitte verzeihen Sie mir die Funkpause. Was haben Sie inzwischen beschlossen?«

»Wir werden erkunden«, gab Chmeee knapp zurück. Er wandte sich wieder dem Fenster zu.

»Übermitteln Sie mir Einzelheiten. Ich riskiere nicht gerne eine meiner Sonden, um mich mit Ihnen unterhalten zu können. Sie sind eigentlich zur Brennstoffergänzung des Raumschiffes gedacht.«

»Dann holen Sie Ihre Sonde wieder zum Schiff zurück«, sagte Chmeee zum Puppetier. »Wenn wir von dem Erkundungsflug zurückkehren, werden wir ausführlich Bericht erstatten.«

Die Sonde ging mit Hilfe mehrerer Düsen auf der Ringwand nieder. Es war ein plumper, ungefähr sechs Meter hoher zylindrischer Körper. Der Hinterste meldete sich wieder: »Sie führen eine leichtfertige Sprache. Es ist schließlich mein Landungsboot, das Sie aufs Spiel setzen. Beabsichtigen Sie, die Basis der Ringmauer abzusuchen?«

Generationen von Puppetier-Händlern hatten Sprachunterricht genommen, bis sie sich mit dieser betörenden, melodischen Frauen-Altstimme artikulieren konnten. Vermutlich lernten sie eine andere Sprache, mit der sie Frauen zum Kaufen verführten. Für Männer war es eine Stimme, der sie kaum zu widerstehen vermochten. Louis bäumte sich dagegen auf. Er sagte: »Wir haben doch Kameras an Bord des Landungsbootes. Damit können Sie uns doch aus der Ferne beobachten.«

»Ich habe Ihren Wonnestecker, Louis. Ich verlange eine Erklärung.«

Weder Louis noch Chmeee gaben dem Hintersten diesmal eine Antwort.

»Also gut. Ich habe die Transportscheiben-Verbindung zwischen dem Landeboot und dem Raumschiff hergestellt. Die Sonde wird auch dafür als Relaisstation fungieren. Was Ihren Wonnestecker anbelangt, Louis, gebe ich Ihnen das Gerät nicht eher zurück, bis Sie gehorchen gelernt haben.«

Damit war sein Problem kurz und bündig ausgedrückt, dachte Louis.

Chmeee sagte: »Es freut mich, zu erfahren, daß wir fliehen können, wenn wir Fehler machen. Ist die Reichweite der Transportscheiben beschränkt?«

»Ihre Beschränkungen liegen im Energiebereich. Die Transportscheiben können nur eine beschränkte kinetische Energiedifferenz absorbieren. Das Raumschiff und das Landungsboot sollten sich nicht mit unterschiedlichen Geschwindigkeiten bewegen, wenn Sie in das Raumschiff zurückkheren wollen. Außerdem sollten Sie sich immer auf der Steuerbordseite der *Heißen Nadel* aufhalten.«

»Das können wir mit unseren Plänen vereinbaren.«

»Wenn Sie vorhaben, das Landungsboot zu verlassen, möchte ich Sie darauf aufmerksam machen, daß nur ich Ihnen die Flucht von der Ringwelt ermöglichen kann. Hören Sie mich, Chmeee, Louis? Die Ringwelt wird nach einem irdischen Jahr mit den Sonnenblenden zusammenstoßen.«

Chmeee hob mit Hilfe der von den Puppetiers entwickelten Repulsionsdüsen ab. Dann schaltete er kurz den Fusionsmotor im Heck des Landungsbootes ein und löste sich vom Rand der Ringweltmauer.

Zunächst war es gar nicht so einfach, mit den Repulsionsdüsen über den Ringweltboden zu fliegen. Da sie sowohl von der Mauer, die den Rand der Ringwelt bildete, als auch von der Landschaft, die unter ihnen lag, abgestoßen wurden, bewegte sich das Landungsboot in einer schrägen Kurve nach unten. Chmeee fing den Sturzflug auf einer Höhe von vierzig Meilen wieder auf.

Louis koppelte das Teleskop mit einem Monitor. Das Landungsboot glitt jetzt auf dem Schubstrahl seiner Repulsionsdüsen über die Atmosphäre dahin. Das Boot lag so still und ruhig im Raum wie ein Ballon. Es eignete sich vorzüglich als Weltraumstativ für ein Teleskop.

Lehmerde, mit Steinen vermischt, türmte sich zu Hügeln, die sich bis zum Fuß der Ringmauer ausbreiteten. Louis bewegte das Teleskop mit starker Vergrößerung an dieser Grenzlinie entlang. Nackte braune Erde vor glasigem Grau. Eine Unregelmäßigkeit würde er mühelos entdecken.

»Was suchst du denn dort?« fragte Chmeee.

Louis hätte antworten können, daß sie unter der Beobachtung des Puppetiers standen, der glaubte, sie suchten nach einem ausgebauten Materieumwandler. Statt dessen sagte er: »Eine Raumschiffbesatzung, die durch die Osmose-Schleuse kam, muß ungefähr hier die Ringwelt betreten haben. Aber ich kann nichts Sperriges entdecken, das auf eine weggeworfene Maschine hindeutet. Kleine Gegenstände interessieren uns doch nicht, oder? Denn sie haben bestimmt alles mitgenommen, was ihnen wertvoll erschien, und nur notgedrungen zurückgelassen, was sie nicht mehr zu schleppen vermochten.« Er hielt das Teleskop an. »Was sagst du dazu?« fragte er.

Auf dem Monitor zeichnete sich ein kegelförmiges Gebilde ab, das sich, ungefähr dreißig Meilen hoch, gegen die Ringmauer gestützt hatte. Wind und Wetter schienen hundert Millionen Jahre an diesem Gebilde gearbeitet zu haben, hatten alle Kanten von seiner Oberfläche abgeschliffen. Ein breiter Eisgürtel bedeckte den Fuß des Kegels; die Eisschicht war sehr dick und schien in einer Gletscherzunge zu enden.

»Die Ringwelt kopiert die Topographie erdähnlicher Planeten«, sagte Chmeee. »Aber dieser Berg paßt nicht in das Muster erdspezifischer geologischer Erscheinungen.«

»Ja. Man könnte diesen Halbkegel als Stilbruch bezeichnen. Berge treten in Ketten auf, und das trifft für dieses Gebilde nicht zu. Berge sind auch nicht so regelmäßig geformt. Aber da ist noch etwas, das mich stutzig macht. Alles auf dieser Welt ist vorgeprägt wie eine gedruckte Schaltung. Erinnerst du dich noch an unsere erste Expedition, als wir mit der *Liar* unter den Boden der Ringwelt flogen? Meeresböden zeigten sich im Hochrelief als Beulen oder Kuppeln. Berge als Kerben oder Beulen im versenkten Relief. Flüsse wie Adern auf dem Arm eines Gewichthebers. Selbst die Deltas der Flußmündungen waren im Ringweltmaterial vorgeprägt. Dieser Kunstplanet ist nicht dick genug, daß sich die Natur ihre eigenen Formen bilden könnte.«

»Hier gibt es auch keine tektonischen Prozesse, die die Landschaft umformen könnten.«

»Dann hätten wir also diesen Bergkegel dort drüben auf der Rückseite der Ringwelt vom Raumhafen aus sehen müssen. Ich sah ihn nicht. Du etwa?«

»Ich fliege etwas näher heran.«

Das war ein schwieriges Manöver. Der Kzin mußte die Fusionsmotoren einschalten, weil die Repulsionsdüsen das Schiff wieder von der Ringmauer abgedrängt hätten.

Sie kamen bis auf fünfzig Meilen an den Bergkegel heran – nahe genug, um auch die Stadt zu entdecken. Große graue Felsen ragten aus den Eisschichten heraus, und einige dieser Felsen zeigten Myriaden von schwarzen Schatten markierte Türen und Fenster. Als er das Teleskop darauf einstellte, zeigten sich auf den Monitoren Balkone mit Markisen und Hunderte von schmalen Hängebrücken, die sich wie Lianen kreuz und quer zwischen den Häusern spannten. Treppen waren in den Felsen gehackt; sie verzweigten sich zu seltsam geformten Spiralen, die mindestens eine halbe Meile lang waren. Eine Treppe reichte bis zur Baumgrenze in den Vorbergen hinunter.

Im Zentrum der Stadt hatte sich ein flaches Plateau gebildet, halb Stein, halb Permafrost. Die Einwohner der Stadt benützten das Plateau als Marktplatz. Blaßgoldene, winzige Gestalten bewegten sich dort unten, waren gerade noch im Teleskop zu erkennen. Trugen sie einen goldenen Pelz? Oder Kleider in dieser Farbe? Ein mächtiger Findling an der Schmalseite des Marktplatzes war zu einer Skulptur umgewandelt worden. Sie zeigte das Gesicht eines haarigen, pausbäckigen, wohlwollend blikkenden Menschenaffen.

Louis sagte: »Versuche nicht, noch näher heranzukommen. Wir jagen ihnen einen tödlichen Schrecken ein, wenn wir mit unserem Fusionsantrieb landen. Eine andere Möglichkeit gibt es nicht.«

Eine vertikal angelegte Felsenstadt, in der schätzungsweise zehntausend Leute leben. Das Tiefenradarbild zeigte, daß man sie nicht sehr tief in den Felsen gegraben hatte. Tatsächlich schienen diese Steinkegel, in denen sich die Wohnhöhlen aneinanderdrängten wie Waben in einem Bienenstock, aus schmutzigem Permafrost zu bestehen.

»Wollen wir sie nicht befragen, was es mit diesem seltsamen Berg auf sich hat?«

»Ich würde nur zu gerne mit ihnen reden«, erwiderte Louis ehrlich. »Aber schau dir mal die beiden Monitoren des Spektographen und des Tiefenradars an. Sie verwenden weder Metalle noch Plastik, ganz zu schweigen von monokristallinen Stoffen. Ich möchte gar nicht wissen, woraus diese Brücken gebaut sind. Die Bewohner dieser Stadt sind Primitive. Sie glauben wohl, sie leben auf einem Berg.«

»Ich bin der gleichen Meinung. Es ist zu schwierig, mit ihnen Kontakt aufzunehmen. Wohin fliegen wir jetzt? Zur schwebenden Stadt?«

»Ja, wir orientieren uns nach dem Sonnenblumenfeld.«

*

Eine Schattenblende schob sich vor die Sonnenscheibe.

Chmeee zündete wieder den Heckmotor, beschleunigte auf zehntausend Meilen pro Stunde und stellte den Schub erneut ab. Sie flogen nicht so schnell, daß sie keine Einzelheiten mehr ausmachen konnten, aber die Geschwindigkeit war schnell genug, daß sie ihr Ziel ungefähr in zehn Stunden erreichen mußten. Louis betrachtete die Landschaft, die unter ihnen dahinraste.

Nach ihrem Bauprinzip hätte die Ringwelt ein endloser Garten sein müssen. Es war keine zufällig entstandene Welt, sondern ein Artefakt.

Was sie bei ihrer ersten Expedition von dieser Kunstwelt gesehen hatten, konnte man nicht als typisch bezeichnen. Sie hatten sich damals zwischen zwei markanten Punkten der Ringwelt bewegt, die durch Meteoreinschläge entstanden waren: Zwischen dem Orkanauge, einem Luftstrudel über einem Leck im Ringweltboden und einem mächtigen Bergkegel, der ebenfalls durch eine Meteoreinschlag entstanden war und den sie »Faust Gottes« getauft hatten. Selbstverständlich war dort die Ökologie gestört gewesen. Das sorgfältig berechnete Windmuster der Ringwelt-Ingenieure war dort vollkommen aus dem Gleichgewicht geraten.

Und wie stand es hier? Louis suchte vergeblich nach dem Muster eines Vulkanauges, nach einem Hurrikan, dessen Kegel vertikal verlief und an seiner Unterseite abgeflacht war. Hier gab es keine Meteor-Lecks im Ringweltboden. Aber er unterschied Wüstengebiete, so groß wie die Sahara und noch größer. Und die Sättel und Gipfel der Bergketten zeigten den perlgrauen Schimmer des Ringwelt-Basismaterials. Der Wind hatte den Fels, der früher die Gipfel bedeckte, abgetragen.

Hatte sich das Wettermuster so schnell zum Schaden der Ringwelt verändert? Oder hatten die Ringwelt-Ingenieure eine Vorliebe für Wüstengebiete gehabt? Das Reparaturzentrum muß schon sehr lange verwaist sein, dachte Louis. Halrloprillalars Artgenossen hatten es vermutlich nie entdeckt, nachdem die Ringwelt-Ingenieure von ihrem Kunstplaneten verschwunden waren. Und das waren sie ganz bestimmt, wenn Louis' Theorie stimmte.

»Ich möchte jetzt drei Stunden schlafen«, sagte Chmeee. »Kannst du das Landeboot bedienen, falls ein Notfall eintreten sollte?«

Louis bewegte die Achseln. »Sicher kann ich das. Aber was soll schon passieren? Wir fliegen zu niedrig für das Meteoren-Abwehrsystem. Selbst wenn sich diese Anlagen auf der Ringmauer befänden, würden sie nicht auf das tiefer gelegene Land hinunterschießen. Wir werden eine Weile lang in dieser Höhe kreuzen.«

»Ja. Weck mich in drei Stunden.« Chmeee stellte die Rückenlehne nach hinten und schlief ein.

Louis schaltete jetzt das Bug- und Heck-Teleskop gleichzeitig ein. Die Nacht hatte sich über die Sonnenblumen gesenkt. Er verfolgte im Teleskop den aufstrebenden Bogen der Ringwelt bis zu einem der Großen Ozeane.

Dort, vom Ozean aus spinnwärts und fast auf der Medianlinie der Ringwelt, ragte dieser mächtige, schiefe Vulkankegel auf, der in Wirklichkeit eine Verwerfung durch einen Meteoreinschlag darstellte und den sie »Faust Gottes« getauft hatten. Er war von einer marsfarbenen Wüste umgeben, die größer war als der Mars. Weiter drüben auf der Backbordseite leckte eine Zunge des Großen Ozeans in das Land hinein, in der mehrere Planeten Platz gefunden hätten.

Sie hatten damals die Küste dieser Meeresbucht erreicht und waren wieder umgekehrt.

Die Inseln waren in Gruppen über diese blaue Ellipse verteilt. Er sah auch eine einzelne Insel von kontinentaler Größe, geformt wie eine Schüssel, gefärbt wie eine Wüste. Da war eine Scheibe im Ozean, die von einem Kanal durchschnitten wurde. All die anderen Inseln in diesem gewaltigen Meer schienen wie von der Natur geschaffen . . . dort, da hatte er die Landkarte der Erde wiedergefunden: Amerika, Grönland, Eurasien und Afrika, Australien, die Antarktis – alle unter dem gleißend weißen Nordpol angeordnet, wie er sie auf dem Globus in dem schwebenden Palais bei ihrem ersten Besuch betrachtet hatte.

Waren alle diese Inseln in den Großen Ozeanen Nachbildungen der Landkarten im Weltall vorkommender Planeten? Prill hätte ihm darüber keine Auskunft geben können. Diese Inselgruppen waren lange vor der Zeit erschaffen worden, als ihre Spezies auf der Ringwelt in Erscheinung trat.

Er hatte Teela und den Sucher dort irgendwo zurückgelassen. Sie mußten sich immer noch im Bereich des Großen Ozeans befinden. Wenn man die riesigen Entfernungen der Ringwelt berücksichtigte und den Rückfall in eine primitive Technologie, konnten die beiden in dreiundzwanzig Jahren nicht weit gekommen sein. Sie waren jetzt fünfunddreißig Grad bogenaufwärts auf dem Riesenrad der Kunstwelt – achtundfünfzig Meilen von ihrem Flugboot entfernt.

Louis hatte keine Sehnsucht nach einem Wiedersehen mit Teela.

Drei Stunden waren vergangen. Louis streckte die Hand aus und rüttelte Chmeee sacht an der Schulter.

Ein kräftiger, mit orangenem Fell bewachsener Arm schwang nach außen. Louis wich erschrocken zurück, doch nicht weit genug.

Chmeee sah ihn blinzelnd an. »Louis, so darfst du mich nie mehr wecken. Brauchst du den Autodock?«

Er hatte zwei tiefe Schnittwunden dicht hinter der Schulter. Er spürte, wie sein Hemd das Blut aufsaugte. »Das kann noch eine Weile warten. Schau dorthin!« Er deutete auf die Weltkarte der Erde – winzige Inseln, die durch eine breite Wasserfläche von den anderen Inselgruppen getrennt waren.

Chmeee starrte auf das Projektionsbild des Teleskops. »Kzin!«

»Wie bitte?«

»Das ist die Weltkarte von Kzin! Dort! Louis, ich glaube, wir irrten uns, als wir annahmen, es handelte sich um Miniaturkarten uns bekannter Planeten. Sie sind originalgetreu nachgebildet. Im Verhältnis eins zu eins!«

Eine halbe Million Meilen von der Weltkarte der Erde entfernt konnten sie eine andere Inselgruppe ausmachen. Wie bei der Erdkarte waren auch bei dieser Inselgruppe die Ozeane durch die Polarprojektion verzerrt. Aber die Kontinente zeigten sich in ihrer wahren Gestalt. »Das *ist* Kzin«, sagte Louis, »warum ist mir das nicht gleich aufgefallen? Und diese Scheibe mit dem Kanal, der sie in zwei Hälften trennt – das ist Jinx. Dieser kleine, rotorange gefärbte Klumpen muß der Mars sein.« Louis zwinkerte ein paarmal, um das Schwindelgefühl zu vertreiben. Sein Hemd war klatschnaß vom Blut. »Wir können später noch darüber sprechen. Hilf mir hinunter zu dem Autodock.«

KAPITEL 9

DIE HERDENMENSCHEN

Er schlief im Autodock.

Vier Stunden später – nur noch das Gefühl einer etwas zu straffen Haut über und unter dem Schulterblatt erinnerte ihn daran, daß er einen schlafenden Kzin nicht anfassen durfte – nahm Louis wieder seinen Sitz auf dem Flugdeck ein.

Draußen war es immer noch Nacht. Chmeee hatte den Großen Ozean auf dem Monitorschirm. Er fragte: »Wie geht es dir?«

»Gesund und munter wie ein Fisch. Dank der Errungenschaften unserer modernen Medizin.«

»Die Verletzung lenkte deine Aufmerksamkeit keine Sekunde ab. Aber du mußt einen Schock erlitten und einen scharfen Schmerz gespürt haben.«

»Oh, ich glaube, Louis Wu wäre wahrscheinlich noch in seinem fünfzigsten Lebensjahr in ein hysterisches Geschrei ausgebrochen. Aber was soll's. Ich wußte, daß der Autodock griffbereit in der Nähe war. Weshalb fragst du?«

»Zunächst nahm ich an, du hättest die Courage eines Kzin. Doch dann schob ich deine Reaktion auf deine Wonnestrom-Sucht. Vermutlich hat sie dein Gehirn für kleinere Reize unempfindlich gemacht.«

»Bleiben wir lieber bei der ersten Version. Es war Courage. Okay? Wie bist du allein zurechtgekommen?«

»Ausgezeichnet.« Der Kzin deutete auf den Monitor. »Erde. Kzin. Jinx – die zwei Kegel, die sich bis über die Atmosphäre hinaufschieben, entsprechen dem Ost- und Westpol des Planeten Jinx. Das gilt auch für den Mars. Das ist Kdat, der Sklaven-Planet . . .«

»Das stimmt nicht mehr.«

»Die Kdatlyno waren unsere Sklaven. Die Pierin ebenfalls. Das dort drüben ist ihre Heimatwelt, glaube ich. Diese Inselgruppe dort solltest du eigentlich kennen: ist das nicht der Heimatplanet der Trinocs?«

»Ja, und sie haben auch ihren Nachbarplaneten besiedelt, soviel ich weiß. Wir können ja den Hintersten fragen, ob er eine Weltkarte des Kolonialplaneten besitzt.«

»Unsere Theorie ist hinreichend bewiesen.«

»Einverstanden. Okay, was ist der Sinn des Ganzen? Ganz gewiß ist es nicht eine Liste von erdähnlichen Welten. Außerdem befinden sich ein halbes Dutzend Inselgruppen im Ozean, die ich nicht zu identifizieren vermag.«

Chmeee schnaubte: »Selbst die primitivste Intelligenz sieht den Sinn des Ganzen sofort ein, Louis. Es ist ein Bilderverzeichnis der potentiellen Gegner, intelligenter oder fast intelligenter Wesen, die eines Tages die Ringwelt bedrohen könnten. Pierin, Kzinti, Martianer, Menschen, Trinocs.«

»Aber die Jinx passen nicht in dieses Bild. *Oh.* Chmeee, sie haben doch nicht angenommen, daß die Bandersnatchi eines Tages mit Kriegsschiffen hier landen würden. Sie sind so groß wie Dinosaurier und besitzen keine Hände. Und Down hat ebenfalls intelligente Wesen. Wo ist Down?«

»Dort!«

»Ja. Das ist schon beeindruckend. Die Grogs erscheinen mir allerdings keine Bedrohung darzustellen. Sie verbringen ihr ganzes Leben im Sitzen auf einem Felsen.«

»Die Ringwelt-Baumeister haben auf ihrem Streifzug durch das Universum alle diese Gattungen entdeckt und sie hier als Landkarten im Großen Ozean festgehalten, um ihre Nachkommen vor ihren möglichen Feinden zu warnen. Stimmst du mir soweit zu? Aber ich kann die Welt der Puppetier auf dem Ozean nicht finden.«

»Oh?«

»Und wir wußten, daß sie auf Jinx gelandet sind. Bei unserer ersten Expedition entdeckten wir das Skelett eines Bandersnatch.«

»Richtig. Vermutlich sind sie auf allen diesen Welten gelandet.«

Die Lichtqualität änderte sich, und Louis sah, daß die Schattenblende sich antispinnwärts entfernte. »Wir können bald landen«, sagte er.

»Und wo?«

Das Sonnenblumenfeld vor ihnen füllte sich mit Sonnenlicht. »Drehe nach links ab und folge der Linie des Terminators. Fliege so weit, bis du wieder Land unter dir siehst. Wir wollen noch vor der Morgendämmerung niedergehen.«

Chmeee lenkte das Raumfahrzeug in eine weite Kurve. Louis deutete nach vorn. »Siehst du, wie sich dort das Sonnenblumenfeld an den Ufern des Sees voranschiebt? Diese Pflanzen haben offenbar Mühe, ein Gewässer zu überqueren. Wir landen auf dem anderen Ufer.«

Das Fahrzeug tauchte in die Atmosphäre ein. Eine Flammenschicht zog sich um die Zelle des Raumfahrzeuges und verdeckte die Aussicht mit gleißendem Licht. Chmeee blieb in großer Höhe, verzögerte die Geschwindigkeit nur allmählich und ging tiefer, wenn die Reibungshitze nachließ. Der See blieb unter ihnen zurück. Wie alle Gewässer der Ringwelt besaß er eine reich gegliederte Küste mit vielen Buchten und Stränden, die sacht hinunterfielen zum Seeboden, der überall die gleiche Tiefe aufwies. An der Küste entdeckten sie Wälder aus Seetang und zahllose Inseln mit reinem weißen Sand am Ufer. Eine weite Grasebene reichte antispinnwärts bis an diesen See heran.

Die Sonnenblumenplage hatte an zwei Seiten zur Attacke angesetzt, um den See zu umzingeln. Ein Fluß schlängelte sich in S-Kurven durch die Sonnenblumen bis zu einem Delta, wo er in den See mündete. Auf der Backbordseite säumten die Sonnenblumen bereits das Ufer eines sumpfigen Flusses, der offenbar das Wasser wieder aus dem See ableitete. Die Pflanzen waren unerbittlich auf dem Vormarsch wie die Zunge eines Gletschers.

Die Sonnenblumen entdeckten das Landungsboot.

Licht explodierte unter ihnen. Die Fenster wurden sofort schwarz, ließen Louis und Chmeee geblendet auf ihren Sitzen.

»Keine Angst«, sagte Chmeee, »in dieser Höhe können wir mit nichts zusammenstoßen.«

»Die blöden Pflanzen verwechselten uns vermutlich mit einem Vogel. Kannst du schon wieder etwas sehen?«

»Ja. Die Instrumente.«

»Geh auf eine Höhe von fünf Meilen. Häng die Dinger ab!«

Fünf Minuten später wurden die Fenster wieder klar. Hinter ihnen war der Horizont gleißend hell erleuchtet; die Sonnenblumen versuchten immer noch, sie abzuschießen. Vor ihnen . . . ja, das war es! »Ein Dorf.«

Chmeee ging noch tiefer, damit sie die Anlage deutlicher sehen konnten. Das Dorf bestand aus einem geschlossenen Doppelring von Hütten. »Wollen wir genau in der Mitte landen?«

»Nicht ratsam. Landen wir am Rand, obwohl ich mir wünschte, ich wüßte, wovon sie sich ernähren.«

»Ich werde schon nichts anbrennen.«

Eine Meile über dem Dorf bremste Chmeee das Landungsboot mit dem Fusionsantrieb ab. Er landete auf diesem hohen grasartigen Zeug, das auf dieser Ebene wuchs. Im letzten Augenblick sah Louis, wie sich das Gras bewegte – sah drei Objekte, die grünen Zwergelefanten ähnelten, sich aus dem Gras erheben. Sie reckten kurze, flache Rüssel in die Luft und warnten sie mit schmetternden Trompetenstößen. Dann galoppierten sie davon.

»Die Bewohner des Dorfes müssen Hirten sein«, sagte Louis. »Wir haben eine Stampede ausgelöst.«

Noch mehr grüne Elefanten schlossen sich der flüchtenden Herde an. »Nun, gute Flucht, Captain.«

Die Instrumente zeigten eine erdverwandte Atmosphäre an. Das war keine Überraschung. Louis und Chmeee zogen sich die Schutzpanzer an: ein lederartiges Zeug, nicht so steif, daß es der Haut unangenehm gewesen wäre. Aber das Zeug wurde hart wie Stahl, sobald es von einem Speer, einem Pfeil oder einer Kugel getroffen wurde. Sie bewaffneten sich mit solaren Betäubungsstrahlern, Übersetzungsgeräten, Binokular-Brillen. Die Rampe trug sie hinunter in hüfthohes Gras.

Die Hütten lagen dicht beieinander und waren durch Zäune verbunden. Die Sonne stand senkrecht über ihnen. Eine Selbstverständlichkeit auf der Ringwelt. Die Dämmerung brach gerade herein, und die Eingeborenen stiegen vermutlich gerade aus ihren Betten. An der Außenseite der Hütten vermochten sie keine Fenster zu entdecken – bis auf eine Ausnahme. Es befand sich in einer Hütte, die doppelt so groß war wie die anderen, und zu diesem Fenster gehörte sogar noch ein Balkon. Vielleicht hatte man sie bereits entdeckt.

Als Chmeee und Louis auf das Dorf zugingen, zeigten sich die Eingeborenen.

Sie kamen in einer geballten Horde über den Zaun und riefen sich etwas mit Falsettstimmen zu. Sie waren klein, rothäutig und von menschlichem Aussehen. Sie rannten wie die Teufel.

Sie hatten sich mit Netzen und Speeren bewaffnet. Louis sah, wie Chmeee seinen Strahler aus dem Gürtel zog und folgte seinem Beispiel. Die roten Humanoiden rasten an Louis und Chmeee vorbei, ohne sie zu beachten.

Chmeee sagte: »Hat man uns soeben beleidigt?«

»Nein. Sie rennen natürlich den Elefanten hinterher, um die Stampede aufzuhalten. Zweifelsohne haben sie einen gesunden Sinn für die Reihenfolge von Dringlichkeiten. Gehen wir in das Dorf. Vielleicht ist jemand zu Hause geblieben.«

*

Jemand war zu Hause geblieben. Ein paar Dutzend rothäutige Kinder beobachteten sie durch die Zaunlatten, als sie näher kamen. Es waren magere Kinder; selbst die Babys waren so schlank wie Windhund-Welpen. Louis blieb am Zaun stehen und lächelte auf sie hinunter. Sie beachteten ihn kaum. Die meisten hatten nur Augen für Chmeee.

Der freie Platz im Rundling bestand aus nackter, gestampfter Erde. Ein paar rußige Steine markierten ein ausgebranntes Lagerfeuer. Ein einbeiniger rothäutiger Mann kam aus einer Hütte heraus und näherte sich ihnen mit Hilfe einer Krücke. Er hüpfte wie ein Känguruh. Er trug einen Kittel aus Wildleder, der mit dekorativen Fransen besetzt war. Seine großen Ohren standen vom Kopf ab, und eines seiner Ohrläppchen mußte schon vor langer Zeit verstümmelt worden sein. Seine Zähne waren spitz zugefeilt: waren sie das? Die Kinder lachten jetzt, und ihre Zähne waren auch spitz. Sogar die Babys hatten Haifischzähne. Nein. Sie mußten von Natur aus so gewachsen sein.

Der alte Mann hielt am Zaun. Er lächelte und stellte eine Frage.

»Ich beherrsche eure Sprache noch nicht«, erwiderte Louis.

Der Alte nickte. Er hob den Arm und bewegte ihn im Kreis. Was das eine Einladung?

Eines von den älteren Kindern faßte Mut und machte einen Anlauf. Er (sie; die Kinder trugen keine Kittel) landete auf Chmeees Schulter, ließ sich darauf nieder und untersuchte sein

Fell. Chmeee stand ganz still. Er fragte: »Was soll ich jetzt machen?«

»Das Mädchen ist nicht bewaffnet. Sage ihm nur nicht, wie gefährlich du bist.« Louis stieg über den Zaun. Der alte Mann machte für ihn Platz. Chmeee folgte ihm vorsichtig, damit das Mädchen nicht von seinen Schultern herunterfiel. Sie hielt sich an seiner dicken Halskrause fest.

Sie ließen sich in der Nähe der offenen Feuerstätte nieder – Louis, Chmeee, der einbeinige rote Mann und die Kinder. Sie schlossen einen Kreis um die Gruppe der Erwachsenen. Sie fingen an, den Übersetzungsgeräten ihre Sprache beizubringen. Für Louis war das Routine. Seltsamerweise schien es auch für den alten Mann Routine zu sein. Auch die Kunststimmen der Übersetzer überraschten ihn nicht.

Sein Name war Shivith Hooki-Furlaree soundso. Er hatte eine hohe Piepsstimme. Seine erste verständliche Frage lautete: »Was eßt ihr? Ihr müßt es mir nicht sagen.«

»Ich esse Pflanzen und Meeresfrüchte und gekochtes oder gebratenes Fleisch. Chmeee ißt unbehandeltes Fleisch«, sagte Louis, und ihm erschien das eine hinreichende Auskunft zu sein.

»Auch wir essen unbehandeltes Fleisch. Chmeee, du bist ein außergewöhnlicher Gast.« Shivith zögerte. »Ich muß euch sagen, daß wir nicht *Rishathra* pflegen. Seid deswegen nicht ärgerlich.« Bei dem Wort *Rishathra* streikte der Übersetzer.

Chmeee fragte: »Was ist *Rishathra?*«

Der alte Mann sah ihn überrascht an. »Wir dachten, dieses Wort wäre überall gleich.« Er begann zu erklären. Chmeee hüllte sich in ein tiefes Schweigen, als sie sich mit dem Begriff abmühten und ihn zu umschreiben versuchten:

Rishathra bedeutete Sex mit einer anderen Spezies.

Jeder kannte dieses Wort. Viele Spezies praktizierten diesen Brauch. Für einige Rassen war es eine Technik der gegenseitigen Geburtenkontrolle. Für andere wieder die Einleitung eines Handelsabkommens. Für einige war es tabu. Für dieses Volk war es kein Tabu. Sie konnten diesen Brauch einfach nicht ausüben. Die sexuellen Signale waren falsch; es konnte daran liegen, daß sie andere Pheromone – Lockstoffe – ausschieden. »Ihr müßt von weither kommen, weil ihr das Wort nicht kennt«, sagte der alte Mann.

Louis berichtete von sich, daß er von den Sternen hinter dem blauen Himmelsbogen gekommen sei. Nein, weder er noch Chmeee hätten bisher *Rishathra* getrieben, obgleich es auch von seiner Gattung viele verschiedene Familien gäbe. (Er erinnerte sich an ein Wunderland-Mädchen, das dreißig Zentimeter größer und fünfzehn Pfund leichter gewesen war als er – eine Feder in seinen Armen.) Er sprach von der Vielfalt der Welten im Universum, die mit intelligentem Leben bestückt waren, wobei er allerdings das Thema Krieg und Waffen aussparte.

Die Stämme des »Volkes« hatten sich Herden aus verschiedenartigen Tieren zugelegt. Sie liebten die Abwechslung, aber hungern mochten sie nicht, und es war in der Regel nicht möglich, sich Herden verschiedener Tierarten gleichzeitig zu halten. Die Stämme des »Volkes« blieben miteinander in Verbindung, um Tausch-Feste zu feiern. Manchmal tauschten sie ganze Herden aus. Das war gleichbedeutend mit dem Wechsel eines kompletten Lebensstils: manchmal brauchte man einen halben *Falan* dazu, um sich gegenseitig in der Tierhaltung zu unterrichten, ehe man sich wieder trennte. (Ein *Falan* waren zehn Umdrehungen der Ringwelt, also siebenundfünfzig Tage zu je dreißig Stunden.)

Würden die Hirten sich keine Sorgen machen, wenn Fremde sich in ihrem Dorf aufhielten? Shivith verneinte das. Zwei Fremde waren noch keine Bedrohung.

Wann würden sie zurückkommen? Mittags, antwortete Shivith. Sie hatten es sehr eilig gehabt wegen der Stampede. Sonst wären sie am Zaun stehengeblieben und hätten mit ihren Besuchern geredet.

Louis fragte: »Müßt ihr das Fleisch gleich essen, das ihr getötet habt?«

Shivith lächelte: »Nein. Es kann einen halben Tag liegenbleiben. Aber ein Tag und eine Nacht sind zu lange.«

»Habt ihr . . .«

Chmeee stand plötzlich auf. Er setzte das Mädchen vorsichtig ab und schaltete den Übersetzer aus. »Louis, ich brauche Bewegung und Einsamkeit. Ich war so lange eingesperrt, daß ich fast davon wahnsinnig geworden wäre. Brauchst du mich?«

»Nein. He . . .«

Chmeee war schon über den Zaun gesprungen. Er drehte sich noch einmal um.

»Behalte deine Kleider an! Aus der Entfernung wird man dich vermutlich nicht für ein intelligentes Wesen halten. Und töte keinen von den grünen Elefanten!«

Chmeee winkte noch einmal und tauchte dann in dem grünen, wogenden Gras unter.

»Dein Freund ist sehr schnell zu Fuß«, sagte Shivith.

»Ich sollte mich ebenfalls verabschieden. Ich habe heute noch etwas Wichtiges vor.«

*

Die Flucht und das Überleben waren ihre Hauptsorgen gewesen, als sie zum erstenmal die Ringwelt besuchten. Erst später, in der sicheren und vertrauten Umgebung von Resht auf der Erde, hatte das Gewissen bei Louis Wu angeklopft. Da war es ihm wieder eingefallen, daß er eine Stadt zerstört haben mußte.

Die Schattenblenden bildeten einen konzentrischen Ring in der Ringweltebene. Es waren zwanzig von ihnen, die vermittels eines dünnen unsichtbaren Drahtes zu einem Kreis zusammengebunden waren und ihre Breitseite der Sonne zukehrten. Der Draht blieb straff, weil die Schattenblenden mit einer größeren Geschwindigkeit rotierten, als nötig war, um in ihrer Umlaufbahn stabil zu bleiben.

Liar, die in einen freien Fall überging, als ihre Antriebsmotoren sich in ionisierte Wolken auflösten, hatte bei ihrem Sturz einen Draht der Schattenblenden zerrissen und aus seiner Verankerung gelöst. Dieser Draht, hauchdünn, aber ein paar zehntausend Meilen lang, hatte sich wie eine Rauchwolke auf einer bewohnten Stadt niedergelassen.

Louis hatte den Draht gebraucht, um damit die notgelandete *Liar* über den Ringweltboden zu schleppen.

Sie hatten ein Ende des Drahtes gefunden und ihn an dem improvisierten Schleppfahrzeug – Halrloprillalars schwebendes Gefängnis – befestigt. Dann hatten sie den Draht hinter sich hergezogen. Louis wußte nicht genau, was aus dieser Stadt geworden war, aber es war unschwer zu erraten. Das Zeug war so fein wie Altweibersommer-Fäden und so stark und widerstandsfähig, das es sogar Rumpfmetall zu zerschneiden vermochte. Es mußte die Gebäude der Stadt zu Sand zermahlen haben, als die Schleifen des Drahtes sich zusammenzogen.

Diesmal sollten die Eingeborenen nicht darunter leiden, daß Louis Wu zu ihnen gekommen war. Er litt noch an den Wonnestrom-Entzugserscheinungen; er wollte sich nicht auch noch Schuldgefühle aufladen. Er hatte seinen Besuch damit eingeleitet, daß er eine Massenflucht auslöste. Das verlangte nach Wiedergutmachung.

Es war schwere körperliche Arbeit.

Zwischendurch legte er eine Pause ein und stieg zum Flugdeck hinauf. Der Kzin machte ihm Sorgen. Sogar ein menschliches Wesen – ein Flachlandbewohner vor fünfhundert Jahren, der sich im mittleren Jahren auf seinem Erfolg ausgeruht machte – mochte aus den Latschen kippen, wenn er sich plötzlich in sein achtzehntes Lebensjahr zurückversetzt fühlte, sein kontinuierliches Fortschreiten zum Tod jählings unterbrochen wurde, sein Blut sich wieder mit mächtigen und beängstigenden Säften füllte, seine ganze Identität fraglich geworden war: das Haar fülliger wurde, die Farbe wechselte, alte Narben verschwanden . . .

Nun, wo steckte Chmeee bloß?

Es war ein sonderbares Gras. Hier, in der Nachbarschaft des Dorfes war es hüfthoch. Spinnwärts war ein weites Areal der Ebene bis auf die Wurzeln abgeweidet. Louis sah, wie die Herde sich am Rande des hüfthohen Graslandes bewegte, gehütet und gelenkt von den schmächtigen roten Humanoiden. Hinter der Herde blieb eine Schneise zurück, die fast vegetationslos erschien.

Das mußte man ihnen lassen: die kleinen grünen Elefanten waren tüchtige Weidetiere.

Die roten Männer mußten vermutlich ihr Lager recht häufig verlegen.

Louis bemerkte eine Bewegung im Gras in seiner unmittelbaren Nähe. Er wartete geduldig, bis sich dort wieder etwas bewegte . . . und plötzlich wurde daraus ein orangefarbener Blitz. Louis bekam Chmeees Beute niemals zu Gesicht. Zum Glück waren keine Humanoide in seiner Nähe. Louis beendete seine Pause und setzte seine Arbeit fort.

*

Als die Hirten zurückkehrten, fanden sie ein Fest vor.

Sie kamen in einer geschlossenen Gruppe zum Dorf zurück, sich angeregt miteinander unterhaltend. Sie hielten kurz an, um das Landungsboot zu betrachten, wagten sich aber nicht zu nahe heran. Ein paar von ihnen führten einen grünen Elefanten mit. (Das Mittagessen?) Es mochte ein Zufall sein, daß die Speerträger die Nachhut bildeten, als die Horde den Doppelkreis der Hütten durchquerte.

Sie blieben überrascht stehen, als sie Louis und Chmeee mit einem anderen Mädchen auf den Schultern und einer halben Tonne Fleisch vor sich sahen, das bereits zu Portionen geschnitten, auf einer sauberen Lederunterlage ausgebreitet war.

Shivith stellte die fremden Wesen vor und gab seinen Stammesgenossen einen kurzen und recht zutreffenden Bericht ihres Anliegens. Louis war darauf vorbereitet, der Lüge bezichtigt zu werden, aber das geschah nicht. Er wurde auch dem Häuptling vorgestellt: eine Frau, die ihm nicht einmal bis zu den Brustwarzen reichte und ihn mit beunruhigenden spitzen Zähnen anlächelte. Louis versuchte, ihre Verbeugung nachzuahmen. Die Frau hieß Ginjerofer.

»Shivith erzählte uns, daß ihr die Abwechslung liebt«, sagte Louis und deutete auf das Ergebnis seiner stundenlangen Bemühungen in der Bordküche. Drei der Eingeborenen schwenkten den grünen Elefanten herum, gaben ihm einen Schlag mit den Speergriffen und trieben ihn zurück zur grasenden Herde. Der Stamm fiel über sein Mittagessen her. Auch aus den Hütten, die Louis für leer gehalten hatte, kamen noch Dorfbewohner zum Essen: ein Dutzend sehr alter Männer und Frauen. Louis hatte Shivith schon für einen alten Mann gehalten. Er war an den Anblick von faltiger Haut, arthritischen Gelenken und alten Narben nicht mehr gewöhnt. Er fragte sich, warum sich diese Leute bisher versteckt gehalten hatten. Vermutlich hatten sie mit Pfeilen auf ihn und Chmeee gezielt, während sie mit Shivith und den Kindern plauderten.

In eine paar Minuten waren vom Fleisch nur noch kahle Knochen übrig. Sie redeten nicht beim Essen und schienen dabei auch keine protokollarische Ordnung einzuhalten. Ihre Tischsitten unterschieden sich kaum von jenen der Kzinti. Chmeee nahm die Einladung an, an dem Fest teilzunehmen. Er aß den Moa, den die Eingeborenen nicht haben wollten. Sie hielten sich an das rote Fleisch.

Louis hatte das Fleisch mit Hilfe der großen Repulsionsplatten vom Schiff zum Dorfplatz tranportiert. Seine Muskeln schmerzten von der anstrengenden Arbeit. Er sah zu, wie die Eingeborenen sich das Fleisch schmecken ließen. Das tat ihm wohl. Er fühlte sich wohl, obwohl kein Wonnestecker in seinem Schädel befestigt war.

Die Mehrzahl der Eingeborenen verließ das Dorf nach der Mahlzeit, um die Herde zu bewachen. Shivith, Ginjerofer und noch ein paar von den älteren Bewohnern blieben auf dem Dorfplatz zurück. Chmeee fragte Louis: »Ist dieser Moa ein organisches Kunstprodukt oder ein Vogel? Der Patriarch möchte bestimmt so einen Vogel in seiner Fasanerie unterbringen.«

»Es gibt so einen Vogel«, erwiderte Louis. »Ginjerofer, ich hoffe, damit habe ich mich für die Stampede heute morgen revanchiert.«

»Wir danken dir«, sagte sie. Frisches Blut war an ihren Lippen und an ihrem Kinn. Ihre Lippen waren voll und viel roter als ihre Haut. »Vergessen wir die Stampede. Es gehört mehr zum Leben als das Gefühl, satt zu sein. Wir freuen uns, wenn wir Leute treffen, die anders sind als wir. Sind eure Welten wirklich so viel kleiner als unsere? Und noch rund dazu?«

»So rund wie ein Ball. Wenn meine Welt dort oben auf dem

Ringbogen liegen würde, würde man sie von hier aus nur als einen weißen Punkt erkennen können.«

»Werdet ihr zu diesen kleinen Welten zurückkehren und von uns berichten?«

Die Übersetzungsgeräte übermittelten dieses Gespräch vermutlich zum Raumschiff, wo es auf Band aufgenommen wurde. Louis sagte: »Eines Tages kehren wir zu unseren Planeten zurück.«

»Ihr werdet bestimmt manches von uns wissen wollen.«

»Ja. Vernichten die Sonnenblumen eure Weidegründe?«

Er mußte mehrmals deuten, ehe sie ihn verstanden. »Dieses helle Licht dort drüben am Horizont? Darüber können wir euch nichts erzählen.«

»Habt ihr euch nicht darüber gewundert? Habt ihr keine Späher dorthin geschickt?«

Sie runzelte die Stirn.

»Was ich weiß, habe ich von meinen Vätern und Müttern erfahren. Sie waren schon als kleine Kinder immer antispinnwärts gezogen. Sie erinnern sich noch daran, daß sie einem großen See ausweichen mußten, aber dem Ufer nicht zu nahe kamen, weil unsere Tiere die Pfanzen verschmähten, die dort am Ufer wuchsen. Damals sahen wir ein helles Licht spinnwärts, das jetzt aber stärker ist als zu jener Zeit. Was die Kundschafter betrifft: Eine Abteilung junger Männer zog aus, um sich das Licht zu betrachten. Unterwegs trafen sie auf Riesen. Die Riesen töteten ihre Tiere. Deshalb mußten sie umkehren. Sie hatten keinen Reiseproviant mehr.«

»Es scheint, daß sich die Sonnenblumen schneller bewegen als ihr.«

»Okay. Wir können uns auch schneller bewegen, falls das nötig ist.«

»Was wißt ihr von den schwebenden Städten?«

Ginjerofer hatte die fliegende Stadt schon als Kind gesehen. Sie war ein Wahrzeichen wie der blaue Himmelsbogen. Nachts konnte man sogar bei bedecktem Himmel noch den gelben Fleck wiederfinden, wo sich die Stadt befand. Doch das war alles, was sie darüber wußte. Die Stadt war so weit von ihnen entfernt, daß nicht einmal Gerüchte über die Lebensverhältnisse der Stadt bis zu ihnen vorgedrungen waren.

»Aber es werden uns Geschichten aus großer Entfernung zugetragen, falls ihr euch vielleicht dafür interessiert. Es ist möglich, daß sie entstellt oder verzerrt wurden, ehe sie uns erreichten. Aber man erzählte uns von den Leuten der Schüttberge, die zwischen der kalten weißen Ebene und den Hügeln wohnen, wo die Luft viel zu dick ist. Sie fliegen zwischen den Schüttbergen hin und her. Dazu verwenden sie Himmelsschlitten, wenn sie diese Geräte bekommen können, doch es werden keine neuen Himmelsschlitten mehr gebaut, so daß sie sich seit ein paar hundert Jahren mit Ballons begnügen müssen. Könnt ihr mit euren Sehgeräten bis zu den Schüttbergen blicken?«

Louis schnallte ihr die binokularen Schutzbrille um und zeigte ihr, wie sie die Vergrößerung einstellen mußte. »Warum nennt ihr sie Schüttberge? Ist das das gleiche Wort, das ihr verwendet, wenn ihr Wasser ausschüttet?«

»Ja. Ich habe keine Ahnung, warum wir sie Schüttberge nennen. Dein Sehgerät zeigt mir nur die größeren Berge . . .« Sie drehte sich spinnwärts. Die Brille bedeckte fast ihr ganzes Gesicht. »Ich kann das Ufer des Wassers sehen und dahinter ein Leuchten.«

»Was habt ihr sonst noch für Geschichten gehört?«

»Wenn wir anderen Stämmen begegnen, reden wir meistens über die Gefahren, die uns bedrohen. Antispinnwärts wohnen gehirnlose Fleischfresser, die auch Menschen töten. Sie sehen uns ähnlich, sind aber kleiner, haben eine schwarze Haut und jagen nur nachts. Und sie sind . . .« Sie runzelte wieder die Stirn. »Wir wissen nicht, ob es wahr ist, was man sich von ihnen erzählt. Da gibt es gehirnlose Wesen, die einen Menschen zwingen, mit ihnen *Rishathra* zu begehen. Aber man überlebt den Liebesakt nicht.«

»Ihr könnt doch nicht den Brauch des *Rishathra* ausüben, hörte ich. Also können sie euch auch nicht gefährlich werden.«

»Selbst uns werden sie gefährlich, habe ich gehört.«

»Wie steht es mit Krankheiten? Parasiten?«

Keiner von den Eingeborenen wußte, was diese Worte bedeuteten! Flöhe, Hakenwürmer, Moskitos, Masern, Wundbrand – all diese Plagen waren unbekannt auf der Ringwelt. Das hätte er sich allerdings denken können. Die Ringwelt-Ingenieure hatten diese Plagen gar nicht erst aus dem Weltall mitgebracht. Trotzdem erschrak er, als Ginjerofer mit diesen Begriffen nichts anzufangen wußte. Es bestand ja die Möglichkeit, daß er Keime dieser Krankheiten, nach denen er sich erkundigte, auf die Ringwelt eingeschleppt haben konnte . . . nein, höchstwahrscheinlich nicht. Der Autodock würde alle gefährlichen Keime abgetötet haben.

Trotzdem waren die Eingeborenen den zivilisierten Menschenwesen sehr ähnlich. Sie wurden alt, aber nicht krank.

KAPITEL 10

DAS GEWAGTE SPIEL, SICH ALS GOTT AUSZUGEBEN

Die Abenddämmerung war noch nicht hereingebrochen, als Louis vor Erschöpfung die Augen nicht mehr offen halten konnte.

Ginjerofer bot ihnen eine Hütte zum Schlafen an; aber Chmeee und Louis zogen das Landungsboot als Ruhestätte vor. Louis warf sich sofort zwischen die Schlafplatten, während Chmeee noch das Landungsboot in Verteidigungszustand versetzte.

Er erwachte mitten in der Nacht.

Chmeee hatte die Bildschirme der Teleskope eingeschaltet, ehe er sich schlafen legte. Die Landschaft zeichnete sich so hell auf dem Bildschirm ab wie an einem regnerischen Tag. Die von der Sonne beschienenen Rechtecke des Himmelsbogens glichen brennenden Deckenleuchten: sie waren so hell, daß man nur einen Blick darauf zu werfen vermochte. Aber der größte Teil des Großen Ozeans auf dem ihnen näher liegenden Himmelsbogen war in Dunkelheit getaucht.

Die Großen Ozeane faszinierten ihn. Sie wirkten barock. Und genau das hätten sie nicht sein sollen. Wenn Louis' Theorie von den Ringwelt-Ingenieuren zutraf, gehörte Prahlerei nicht zu ihrem Wesen. Das Barocke war kein Stil, der ihnen gemäß sein konnte. Was sie bauten, mußte einfach, von langer Dauer und zweckmäßig sein. Und sie hatten Kriege ausgefochten.

Aber die Ringwelt war an sich selbst schon ein barockes Gebilde, das unmöglich zu verteidigen war. Warum hatten sie nicht an Stelle dieses gigantischen Artefakten viele kleine Ringwelten gebaut? Und warum hatten sie die Großen Ozeane erschaffen? Das paßte auch nicht zu ihrem Stil.

Vielleicht ging er von einer grundfalschen Prämisse aus. Das war ihm schon früher passiert. Die Beweise jedoch . . .

Bewegte sich da nicht etwas im Gras?

Louis stellte den Infrarot-Sucher ein.

Sie verrieten sich durch ihre Körperhitze. Sie waren größer als Hunde, erschienen ihm als ein Zwitterwesen aus Mensch und Schakal: schrecklich übernatürliche Wesen in diesem unnatürlichen Licht. Louis brauchte eine gewisse Zeit, bis er die solare Betäubungskanone im Turm des Landungsfahrzeuges auf dem Instrumentenbrett gefunden und sie auf die Eindringlinge gerichtet hatte. Es waren vier, die sich auf allen vieren durch das Gras bewegten.

Sie hielten vor dem Zaun des Dorfes an. Dort verharrten sie einige Minuten. Dann zogen sie sich wieder zurück, diesmal nur in halbgebückter Stellung. Louis schaltete den Infrarot-Sucher wieder ab.

Das Licht des Himmelsbogens reichte aus, ihm den Zweck ihres Erscheinens zu erklären: sie schleppten den Müll des Tages weg, die Überreste des Festes. Aasfresser wahrscheinlich. Das Fleisch war noch reif genug für ihren Geschmack.

Gelbe Augen in seiner nächsten Nachbarschaft: Chmeee war hellwach. Louis sagte: »Die Ringwelt ist alt. Sie existiert mindestens schon hunderttausend Jahre.«

»Wie kommst du jetzt auf diesen Gedanken?«

»Die Ringwelt-Ingenieure hatten niemals Schakale hierher gebracht. Also blieb genügend Zeit für die biologische Entwicklung eines Zweiges der menschenähnlichen Wesen, diese ökologische Nische zu besetzen.«

»Für diese Evolution reichen hunderttausend Jahre nicht aus«, sagte Chmeee.

»Vielleicht doch. Ich frage mich nur, was die Ingenieure noch vergaßen, mitzubringen. Moskitos zum Beispiel.«

»Du bist ein Witzbold. Sie hüteten sich wohlweislich davor, Blutsauger mitzubringen.«

»Richtig. Sie ließen auch Haifische und Pumas vermutlich zu Hause.« Louis lachte. »Stinktiere ebenfalls. Was noch? Giftschlangen? Säugetiere könnten nicht so leben wie Schlangen. Ich kann mir nicht vorstellen, daß ein Säugetier Gift durch die Zähne spuckt.«

»Louis, es würde viele Millionen von Jahren dauern, bis menschenähnliche Wesen sich biologisch so entwickeln, daß sie einen Ersatz für diese fehlenden Gattungen stellen. Wir müssen zunächst fragen, ob auf der Ringwelt überhaupt eine Evolution stattgefunden hat?«

»Das hat sie, wenn ich nicht von *vollkommen* verkehrten Voraussetzungen ausgehe. Wie lange es dauert, bis sich ein Evolutionsprozeß vollzieht, ist eher ein mathematisches Problem. Nehmen wir an, es gab eine homogone Urbevölkerung als Grundlage der Evolution, die vor hunderttausend Jahren einsetzte . . .« Louis beendete den Satz nicht.

Trotz ihrer Last bewegten sich die Schakalmenschen ziemlich schnell und waren schon ein gutes Stück vom Landeboot entfernt. Plötzlich hielten sie an, kehrten wieder um, schienen einen Moment lang Witterung aufzunehmen und ließen sich dann ins Gras fallen. Als Louis den Infrarot-Sucher wieder einschaltete, zeigte er vier glühende Punkte, die sich fluchtartig über die Ebene bewegten.

»Wir bekommen Gesellschaft«, sagte Chmeee ruhig.

Das waren kolossale Burschen, die sich von spinnwärts her näherten. Sie waren so groß wie Chmeee und versuchten erst gar nicht, sich zu verstecken. Vier bärtige Riesen marschierten durch die Nacht, als gehörte sie ihnen. Sie waren bewaffnet und gepanzert. Sie bewegten sich in Keilformation. Bogenschützen voran, dahinter die Schwertträger, und an der Spitze des Dreiecks ein Mann in voller Rüstung. Andere hatten nur Lederkoller und Armschützer aus dem gleichen Material, doch der Mann an der Spitze, der größte von allen, war in schimmernde Wehr gehüllt: eine glitzernde Metallschale, die an den Ellbogen, den Knöcheln, den Schultern, den Knien und den Hüften ausgebeult war. Das vorspringende Visier hatte er geöffnet, und im Ausschnitt des Helms zeigte sich ein heller Bart und eine breite Nase.

»Ich hatte recht. Ich hatte von Anfang an recht. Aber warum eine Ringwelt? Warum bauten sie eine Ringwelt? Wie, in Finagles Namen hofften sie, diesen Artefakt verteidigen zu können?«

Chmeee stellte den Turm mit der Strahlerkanone neu ein. »Louis, *wovon* redest du eigentlich?«

»Die Rüstung. Schau dir die Rüstung an. Bist du schon einmal im Smithsonian Institute gewesen? Hast du dir nicht die Druckanzüge im Ringwelt-Raumschiff angesehen?«

»Hmmm . . . ja. Aber ich fürchte, wir haben uns mit wichtigeren Problemen zu befassen.«

»Noch nicht schießen. Ich möchte erst mal sehen . . . Ja, ich hatte recht. Sie marschieren an dem Dorf vorbei.«

»Glaubst du, daß die kleinen roten Wesen unsere Verbündeten sind? Es war doch nur ein Zufall, daß wir sie als erste kennenlernten.«

»Ich würde behaupten, sie sind unsere Verbündeten. Vorläufig wenigstens.«

Das Mikrophon fing einen hellen Schrei auf, der von einem Trompetenstoß unterbrochen wurde. Die Bogenschützen legten alle zugleich einen Pfeil an die Sehnen. Zwei kleine rothäutige Wachposten liefen mit beeindruckender Geschwindigkeit zu den Hütten zurück. Aber die Riesen beachteten sie nicht.

»Feuer!« sagte Louis leise.

Viele Pfeile schwirrten jetzt ziellos in den Nachthimmel hinauf. Die Riesen knickten zusammen. Zwei oder drei grüne Elefanten gaben schmetternde Trompetenstöße von sich und versuchten sich im Gras aufzurichten. Auch sie gingen wieder in die Knie. In der Haut des einen Elefanten steckten zwei Pfeile.

»Sie hatten es auf die Herde abgesehen«, sagte Chmeee.

»Ja. Wir können nicht zusehen, wie sie die Herde abschlachten. Du bleibst hier und bedienst die Kanone, während ich mit diesen Leuten verhandle.«

»Ich nehme von dir keine Befehle entgegen, Louis.«

»Hast du einen anderen Vorschlag?«

»Nein. Aber laß wenigstens einen von den Riesen übrig, damit wir ihn verhören können.«

*

Dieser Riese lag auf dem Rücken. Er hatte nicht nur einen Bart, sondern eine Bartmähne: nur seine Augen und seine Nase schauten aus der goldenen Haarflut heraus, die Gesicht, Kopf und Schultern bedeckte. Ginjerofer kauerte neben ihm und zwang ihm mit ihren kleinen Händen die Kiefer auseinander. Die Kieferknochen des Kriegers waren gewaltig. Das Gebiß bestand durchweg aus flachkronigen Mahlzähnen, die erheblich abgenützt waren.

»Siehst du«, meinte Ginjerofer, »er ist ein Pflanzenfresser. Sie wollten unsere Herde töten, um ihnen das Gras wegnehmen zu können.«

Louis schüttelte den Kopf. »Ich hätte nicht geglaubt, daß der Konkurrenzkampf um das Grünfutter hier so groß ist.«

»Wir wußten es selbst nicht. Aber sie kommen von spinnwärts, wo unsere Herden das Gras abgeweidet haben. Ich danke dir, daß du sie für uns getötet hast, Louis. Wir müssen ein großes Fest veranstalten.«

Louis' Magen drehte sich um bei diesem Gedanken. »Sie schlafen nur. Und es sind intelligente Wesen wie du und ich.«

Sie blickte ihn groß an. »Aber ihr Verstand war doch auf unser Verderben ausgerichtet!«

»Aber wir überwältigten sie. Und deshalb bitten wir, sie am Leben zu lassen.«

»Und was sollen wir tun, wenn wir sie aufwachen lassen?«

Das war tatsächlich ein Problem. Louis improvisierte: »Wirst du sie am Leben lassen, wenn ich dafür eine Lösung finde? Vergiß nicht, daß es unsere Kanone war, die sie einschläferte.« Das war eine versteckte Drohung an Ginjerofer, daß Chmeee die Kanone auch gegen das Dorf verwenden konnte.

»Wir werden darüber beraten«, erwiderte Ginjerofer.

Louis wartete. Vierzig pflanzenfressende Riesen würden niemals im Landungsboot Platz finden. Man konnte sie natürlich entwaffnen . . . Louis mußte grinsen, als er das Schwert in der breiten Pranke des Riesen betrachtete. Die lange gebogene Klinge war eine vorzügliche Sichel.

Ginjerofer kam zu ihm zurück. »Sie dürfen am Leben bleiben, wenn wir ihren Stamm nie mehr zu Gesicht bekommen. Kannst du uns das versprechen?«

»Du bist eine intelligente Frau. Ja, sie könnten Verwandte haben, die der Blutrache verpflichtet sind. Ja, und ich kann dir versprechen, daß du diesen Stamm nie wieder sehen wirst.«

Chmeee meldete sich im Ohrstöpsel: »Louis? Vielleicht mußt du den ganzen Stamm ausrotten!«

»Nein, das kostet viel Zeit, und schau dir doch diese Riesen einmal an! Es sind Bauern. Sie können uns nichts anhaben. Schlimmstenfalls werde ich sie dazu zwingen, ein großes Floß zu bauen, und wir werden es mit dem Landungsboot auf den See hinausschleppen. Die Sonnenblumen haben die Flußgrenze noch nicht überquert. Wir werden sie in sicherer Entfernung der Sonnenblumen an einer Stelle wieder an Land setzen, wo Gras wächst.«

»Weshalb? Auch das wird uns ein paar Wochen Zeit kosten!«

»Für Informationen, Chmeee.« Louis drehte sich wieder Ginjerofer zu. »Ich brauche den Burschen, der die Rüstung trägt. Und ich möchte alle ihre Waffen haben. Du darfst ihnen nicht einmal ein Messer lassen. Such die von den Waffen aus, was du gerne haben möchtest. Aber alles andere verladen wir in unserem Schiff.«

Sie betrachtete unschlüssig den gepanzerten Riesen. »Wie sollen wir ihn von der Stelle bewegen?«

»Ich habe dafür ein Transportmittel. Eine Repulsionsplatte. Wenn wir den Riesen fortgeschafft haben, fesselt ihr die anderen Pflanzenfresser. Laßt sie nur paarweise wieder frei. Erzähl ihnen, wie die Sache steht. Und schicke sie nach spinnwärts, wenn es hell geworden ist. Wenn sie zurückkommen und dein Dorf ohne Waffen angreifen, gehören sie euch. Aber ich bin sicher, sie werden das nicht tun. Eure Herden haben nur Grasstoppeln übriggelassen, und sie haben keine Waffen. Sie werden sich beeilen, damit sie so rasch wie möglich wieder eine Futterstelle erreichen.«

Sie erwiderte nachdenklich: »Dein Vorschlag scheint vernünftig zu sein. Wir werden uns daran halten.«

»Und wir werden sie an ihrer neuen Lagerstelle erwarten, wo sie auch sein mag. Wir werden lange vor ihnen dort sein, Ginjerofer.«

»Wir werden ihnen nichts tun. Ich verspreche es im Namen meines Volkes«, erwiderte sie kalt.

*

Der gepanzerte Riese erwachte kurz nach Tagesanbruch. Er öffnete die Augen, blinzelte und starrte dann den Koloß aus orangefarbenem Fell an, der seinen Blick aus gelbglitzernden Augen erwiderte. Er blieb ganz still liegen, während er seine Augen umherschickte . . . sah die Waffen seiner dreißig Kameraden neben sich aufgeschichtet . . . sah die Luftschleuse, deren Schotts geöffnet waren, sah den Horizont vorbeifliegen; spürte den Wind auf seinem Gesicht.

Er versuchte, sich auf den Bauch zu rollen.

Louis grinste. Er beobachtete den Riesen durch eine Kamera, die in der Decke der Kabine eingebaut war, während er das Landeboot steuerte. Die Rüstung des Riesen war an den Knien, den Fersen, den Handgelenken und den Schultern mit dem Deck verlötet. Man brauchte es nur ein bißchen aufzuheizen, und der Riese war wieder frei. Aber mit den Muskeln würde er es nicht schaffen.

Der Riese forderte und drohte. Er bettelte nicht. Louis achtete kaum auf ihn. Wenn das Übersetzungsprogramm des Computers aus diesem Kauderwelsch einen vernünftigen Text zusammenstellte, würde er sich um den Riesen kümmern. Im Augenblick war er damit beschäftigt, das Lager der Riesen in Augenschein zu nehmen.

Das Landungsboot schwebte eine Meile über dem Boden und

war inzwischen fünfzig Meilen von dem Dorf der rothäutigen Fleischesser entfernt. Er drosselte die Geschwindigkeit. Das Gras war hier schon etwas nachgewachsen, aber die Riesen hatten ebenfalls eine große, breite, kahlgeschlagene Schneise hinterlassen, die bis zum Seeufer reichte und dem hellen Lichtstreifen über den Sonnenblumenfeldern am jenseitigen Ufer. Die Riesen waren beim Futterschneiden: Tausende von ihnen hatten sich über der Grasebene verstreut. Louis sah die Lichtreflexe der mähenden Sichelschwerter.

In der Nähe des Lagers hielten sich keine Riesen auf. Eine Reihe von Wagen waren im Lager abgestellt, aber er konnte nirgends Zugtiere entdecken. Also zogen die Riesen diese Wagen selbst. Oder vielleicht hatten sie auch ein paar Motore erbeutet, als vor tausend Jahren die welterschütternde Katastrophe eintrat, die Halrloprillalar den »Fall der Städte« genannt hatte.

Louis konnte das Lager mühelos überblicken. Nur das Zentralgebäude wurde durch einen schwarzen rechteckigen Fleck auf dem Panoramafenster verdeckt. Überlastung durch zu starke Lichtquellen, dachte Louis und grinste. Die Riesen hatten sich offenbar mit seinen Feinden verbündet.

Ein Monitor leuchtete auf. Eine verführerische Altstimme sagte: »Louis?«

»Hier.«

»Ich gebe Ihnen den Wonnestecker zurück«, sagte der Puppetier.

Louis drehte sich um. Das kleine schwarze Kätzchen stand auf der Transportscheibe. Louis wandte sich wieder ab, als drehte er einem Feind den Rücken zu, und sagte: »Da Sie sich gerade melden, Hinterster, möchte ich Sie bitten, etwas für uns auszukundschaften. Am Fuße der Ringmauer haben wir Berge entdeckt, die . . .«

»Ich habe Sie und Chmeee zur Ringwelt gebracht, damit Sie das Risiko der Erkundung übernehmen.«

»Können Sie sich vorstellen, daß ich dieses Risiko möglichst gering halten möchte?«

»Selbstverständlich.«

»Dann hören Sie mich bitte an. Ich glaube, daß wir uns diese

Schüttberge aus der Nähe betrachten sollten. Doch vorher müssen wir einige Punkte klären, die die Ringmauer betreffen. Sie müssen nur . . .«

»Louis, warum verwenden Sie den Ausdruck Schüttberge?«

»Weil die Eingeborenen sie so nennen. Ich weiß nicht, warum, und sie wissen es auch nicht. Interessant, nicht wahr? Und sie erscheinen nicht als versenktes Relief auf der Unterseite der Ringwelt. Warum nicht? Alle anderen Formationen sind in den Ringweltboden eingestanzt – die Meere, die Berge und die Flüsse. Aber diese Schüttberge sind keine Reliefs. Sie haben *Masse!*«

»Interessant, durchaus. Sie müssen die Lösung dieses Rätsels schon selbst herausfinden. Ich werde Hinterster genannt, und das gilt für alle Anführer des Unisversums«, erwiderte der Puppetier. »Denn die Führer leiten ihre Völker von einer sicheren Stelle aus. Sicherheit ist das Privileg des Herrschers. Er ist verpflichtet, sich von allen Gefahren fernzuhalten, denn sein Tod oder seine Verwundung bedeutet eine Katastrophe für alle seine Untertanen. Louis, Sie haben doch Erfahrung mit meiner Rasse.«

»Tanj, ich habe Sie doch nur gebeten, eine Sonde zu riskieren, nicht Ihre kostbare Haut! Wir brauchen doch nur einen Hologrammfilm von der Ringweltwand. Jagen sie die Sonde durch die Magnetringe auf der Mauerkrone, bis sie die normale Umlaufgeschwindigkeit um die Ringwelt-Sonne erreicht hat. Schließlich ist die Anlage ja zu diesem Zweck gebaut worden. Jedenfalls ist die Sonde dort vor dem Beschuß der Meteorverteidigungsanlage sicher . . .«

»Louis, Sie versuchen, ein Waffensystem zu überlisten, das vor mehreren hunderttausend Jahren programmiert wurde. Zudem sind Ihre Voraussetzungen nur hypothetisch. Und zudem könnte das Ringmauer-Transportsystem blockiert oder fehlerhaft sein. Dasselbe könnten wir auch für die Feuerleitstellen der Laserkanonen annehmen.«

»Und was würden Sie im schlimmsten Fall dabei verlieren?«

»Die Hälfte meiner Kraftstoff-Ergänzungsanlage«, erwiderte der Puppetier. »In den Sonden sind Transport-Scheiben-Sender eingebaut, hinter einem Filter, der nur für Schweres Wasser durchlässig ist. Der Empfänger befindet sich im Treibstofftank. Zur Treibstoffgewinnung brauche ich die Sonde nur in einem Ringwelt-Meer zu versenken. Aber wenn ich die Sonden verliere, wie will ich dann die Ringwelt wieder verlassen? Und warum sollte ich dieses Risiko auf mich nehmen?«

Louis würgte seinen Zorn hinunter. »Diese Berge haben Masse, Hinterster! Was befindet sich in diesen Schüttbergen? Es muß ein paar hunderttausend von diesen dreißig bis vierzig Meilen hohen Halbkegeln auf der Ringwelt geben, und die Rückseite des Kunstplaneten ist an diesen Stellen flach! Einer dieser Berge könnte das Kontroll- und Wartungszentrum sein. Vielleicht gibt es eine ganze Kette von solchen Zentren. Ich zweifle zwar daran, aber ich möchte es genau wissen, ehe ich mir die Dinger aus der Nähe anschaue. Außerdem muß die Ringwelt mit Steuerdüsen bestückt sein, und der ideale Platz für diese Steuerdüsen ist ebenfalls die Ringmauer. Aber wo sind sie, und warum arbeiten sie nicht?«

»Sind Sie sicher, daß es sich bei den Steuerdüsen um Raketenmotoren handelt? Es gibt auch noch andere Lösungen. Gravitationsgeneratoren könnten ebensogut die Ringwelt im Gleichgewicht halten.«

»Ich glaube es nicht. Die Ringwelt-Ingenieure hätten ihren Kunstplaneten nicht in Drehung versetzt, wenn sie über Gravitations-Generatoren verfügt hätten. Das wäre doch eine viel einfachere Lösung dieses Problems gewesen.«

»Ein Ausgleich magnetischer Kräfte zwischen der Sonne und dem Ringweltboden zum Beispiel.«

»Mmm . . . vielleicht. Tanj, ich bin mir nicht sicher. Deswegen sollen Sie es für mich herausfinden!«

»Wie können Sie es wagen, in solchem Ton mit mir zu verhandeln?« Die Stimme des Puppetiers klang eher gekränkt als zornig. »Es hängt von meinem Willen ab, ob Sie die Ringwelt wieder verlassen können, ehe sie mit ihren Sonnenblenden zusammenstößt. Und Ihr Wonnestecker funktioniert nur, wenn ich es will.«

Der Übersetzer meldete sich endlich. »Schalten Sie sich aus«, sagte Louis. Er konnte mit dem Lautstärkeregler die Stimme des

Puppetiers nicht ausblenden, aber der Hinterste hörte tatsächlich zu sprechen auf.

Der Übersetzer sagte: »Friedlich? Weil ich Pflanzen esse, muß ich friedlich sein? Hilf mir aus meinem Panzer, und ich kämpfe nackt mit dir, du orangehaariges Ungetüm! Die Dielen in meinem Langhaus könnten einen neuen Teppich gut gebrauchen.«

»Und was sagst du dazu?« erwiderte Chmeee und zeigte seine polierten schwarzen Krallen.

»Ich brauche nur einen kleinen Dolch gegen deine acht Messer. Oder gib mir gar nichts, und ich werde dich mit bloßen Händen besiegen.«

Louis lachte leise in sich hinein. Er verwendete die Gegensprechanlage: »Chmeee, hast du schon mal einen Stierkampf miterlebt? Offenbar haben wir den Patriarchen der Herde gefangengenommen, den König der Riesen!«

Der Riese fragte: »Wer oder was war das?«

»Das war Louis.« Chmeee senkte die Stimme. »Du mußt dich in acht nehmen, dich respektvoller verhalten. Louis ist . . . furchtgebietend.«

Louis verging das Grinsen. Was sollte das nun wieder sein? Ein Possenspiel, in dem die Stimme von Louis Wu die Rolle eines Gottes spielen sollte? Es konnte funktionieren, wenn Chmeee, das furchtgebietende Tigerwesen, sich offensichtlich vor einer Geisterstimme fürchtete . . . Louis sagte: »König der Pflanzenesser, sage mir, warum du meine Jünger angegriffen hast.«

»Ihre Bestien fressen uns das Futter weg«, erwiderte der Riese.

»Gibt es nicht woanders Futter genug für dich? Mußtest du meinen Zorn auf dich lenken?«

Unter den männlichen Tieren einer Herde von Rindern oder Büffeln gibt es nur Sieger oder Verlierer, keine Zwischenpositionen. Der Riese rollte die Augen, suchte eine Stelle, wohin er sich flüchten konnte, und sah keinen Ausweg. Wenn er Chmeee nicht beherrschen konnte, wie wollte er sich da gegen eine unsichtbare Stimme behaupten?

»Wir hatten keine andere Wahl«, erwiderte er. »Spinnwärts

versperren uns die Feuerpflanzen den Weg. Links von uns herrscht das Maschinen-Volk. Rechts von uns ragt ein Gebirge auf, das aus nacktem *Scrith* besteht, und auf *Scrith* wachsen keine Pflanzen mehr, und das Zeug ist so glatt, daß man nicht einmal darauf stehen kann. Nur antispinnwärts wächst noch Gras, und nichts hätte uns dort aufhalten können außer diesen zwergwüchsigen Wilden, bis du gekommen bist! Über welche Macht verfügst du, Louis? Sind meine Männer noch am Leben?«

»Ich ließ deine Männer leben. In« – fünfzig Meilen, nackt, zu Fuß und hungrig – ». . . in zwei Tagen werden sie wieder bei dir sein. Ich kann sie alle töten, ich brauche nur einen Finger krumm zu machen.«

Die Augen des Riesen suchten die Decke ab. »Wenn du die Feuerpflanzen töten kannst, werden wir dich anbeten«, sagte er eingeschüchtert.

Louis lehnte sich in seinem Pilotensitz zurück und dachte nach. Plötzlich war es keine Groteske mehr, sondern ein ernstes Problem.

Er hörte, wie der Riese Chmeee über »Louis« ausfragen wollte. Chmeee tischte ihm faustgroße Lügen auf. Sie hatten dieses Theater schon einmal aufgeführt. Das Spiel mit Gott und seiner Geisterstimme hatte ihnen bei ihrem ersten Besuch auf der Ringwelt das Leben gerettet. Als sie damals ihren langen, beschwerlichen Rückmarsch zu der Stelle antraten, wo die *Liar* notgelandet war, hatte der Ruf des Kzin als Kriegsgott die Eingeborenen so beeindruckt, daß sie ihm Opfer gebracht hatten. Diese Opfer hatten sie vor dem Hungertod bewahrt. Louis hatte gar nicht gewußt, daß Dolmetscher/Chmeee an seiner Rolle als Gott so großen Gefallen gefunden hatte.

Doch diesmal machte ihm die Sache offensichtlich Spaß. Aber der Riese bat um Hilfe, und was vermochte Louis gegen die Sonnenblumen auszurichten? Eigentlich war das ja gar nicht sein Problem. Die Riesen hatten ihn beleidigt, oder etwa nicht? Die Götter standen in dem Ruf, rachsüchtig zu sein. Louis öffnete schon den Mund, um seinen göttlichen Zorn zu verkünden, schloß ihn aber wieder und dachte noch ein paar Sekunden nach. Schließlich sagte er: »Beim Leben deines Volkes – sage mir die Wahrheit. Eßt ihr auch Feuerpflanzen, wenn sie euch nicht vorher verbrennen?«

Der Riese antwortete bereitwillig: »Ja, Louis. Wenn wir großen Hunger haben, pirschen wir uns nachts an die Grenze ihres Reiches heran und mähen sie um. Bei Tagesanbruch müssen wir wieder weit weg sein! Denn diese Pflanzen können meilenweit sehen und uns auch auf große Entfernung verbrennen. Dazu drehen sie uns alle gleichzeitig die Köpfe zu und verwenden die Sonnenstrahlen als Waffe, bis wir verbrannt sind!«

»Aber ihr könnt sie essen, wenn die Sonne nicht scheint.«

»Ja.«

»Weißt du, wie die Winde dort wehen?«

»Winde? . . . In der Nähe der Sonnenblumen blasen sie spinnwärts. Gleichgültig, aus welcher Richtung man sich dem Reich der Sonnenblumen nähert, alle Winde scheinen sich über dem Reich der Sonnenblumen zu vereinigen.«

»Weil die Pflanzen die Luft erhitzen?«

»Bin ich ein Gott, daß ich so etwas wüßte?«

Nicht alle Teile der Pflanzen kamen in den Genuß des Sonnenlichtes. Sie fingen zwar die Sonnenstrahlen mit ihren Blüten ab und erhitzten damit die Luft über und neben den Blütenständen. Doch das Sonnenlicht konnte niemals die silbernen Blüten passieren und den Boden oder die Wurzeln erreichen. Tau bildete sich auf dem kalten Boden unter den Blüten. So versorgten sich die Pflanzen mit dem nötigen Wasser. Und die aufsteigende heiße Luft sorgte dafür, daß neue, feuchtigkeitsgesättigte Luft von allen Seiten nachströmte.

Die Pflanzen verbrannten alles, was sich bewegte, und verwandelten Vögel und pflanzenfressende Tiere in Dünger für ihre Felder.

Er konnte es schaffen. Ja, da gab es eine Möglichkeit.

»Den größten Teil der Arbeit mußt du selbst leisten«, sagte Louis. »Schließlich gehört der Stamm dir, und du willst ihn ja retten. Später wirst du und dein Stamm das Reich der sterbenden Feuerpflanzen durchwandern. Ihr könnt sie entweder essen oder unterpflügen und auf dem Boden, den sie bisher beherrscht haben, alles anbauen, war ihr gerne eßt.« Louis grinste, als er Chmeees betroffenes Gesicht sah, und fuhr fort: »Aber du darfst niemals meine Jünger, das rote Volk der Hirten, belästigen.«

Der gepanzerte Riese strahlte über sein ganzes bärtiges Gesicht: »Das alles ist für mich eine hochwillkommene Botschaft. In Zukunft kannst du auch uns zu deinen Anbetern zählen. Wir müssen das heilige Bündnis mit *Rishathra* besiegeln.«

»Du hast wohl nicht alle Tassen im Schrank!«

»Wie bitte? Nein, das habe ich vorhin schon erwähnt, aber Chmeee wollte mich einfach nicht verstehen. Alle Verträge müssen mit *Rishathra* besiegelt werden, auch die Bündnisse zwischen den Menschen und Göttern. Chmeee, das ist überhaupt kein Problem. Für meine Frauen hast du genau die richtige Größe.«

»Ich bin dir nicht ganz so ähnlich, wie du glaubst«, erwiderte Chmeee.

Soweit das Louis durch sein optisches Guckloch an der Decke feststellen konnte, schien Chmeee jetzt seinem Gefangenen zu zeigen, daß er an einer bestimmten Stelle doch ganz anders gebaut war. Denn sonst hätte der Riese nicht so ein dämliches Gesicht gemacht. Louis konnte es egal sein. *Tanj, dachte er, ich hab' doch tatsächlich eine Lösung für unser Problem gefunden. Und nun das. Ihm mußte noch etwas einfallen . . .*

Ja. »Ich werde ein Wesen erschaffen, das stellvertretend für mich den Bund besiegelt«, sagte Louis. »Da ich in Eile bin, reicht es nur zu einem Zwerg, der eurer Sprache nicht mächtig ist. Nenne ihn Wu. Chmeee, ich brauche dich, um dich mit meinem göttlichen Rat zu erleuchten.«

KAPITEL 11

DIE GRAS-RIESEN

Als das Landungsboot niederging, wurde es von einem bösartigen weißen Licht empfangen. Der gleißende weiße Lichtkegel, der von dem Langhaus ausging, hielt noch eine Minute an, als das Landungsboot schon unbeweglich auf dem abgemähten Grasboden stand. Dann verlosch es endlich. Sofort ging die Rampe nieder. Der König der Riesen ließ sich in voller Rüstung von der Rampe auf die Erde hinuntertragen. Er hob den Kopf und brüllte. Seine Stimme mußte man noch in fünf Meilen Entfernung hören können.

Riesen trabten von allen Seiten auf das Landungsboot zu.

Chmeee kam die Rampe herunter, dann Wu. Wu war klein, größtenteils unbehaart und sah recht harmlos aus. Er lächelte nach allen Seiten; er blickte mit bezauberndem Enthusiasmus um sich, als sähe er die Welt zum ersten Mal . . .

Das Langhaus war ein beträchtliches Stück vom Landeplatz entfernt. Es bestand aus einem Tragegerüst aus Holz, dessen Zwischenräume mit Lehm und Gras ausgefüllt waren. Die Sonnenblumen, die auf dem Dach des Langhauses gepflanzt waren, bewegten ihre Köpfe ruhelos hin und her, richteten ihre konkaven Spiegel-Blüten mit den grünen photosynthetischen Stempeln bald auf die Sonne, bald auf die Riesen, die aus allen Richtungen zusammenströmten.

Chmeee fragte: »Was geschieht, wenn ein Gegner das Dorf am Tag angreift? Wie könnt ihr dann noch rechtzeitig das Langhaus erreichen? Oder bewahrt ihr eure Waffen woanders auf?«

Der Riese bewegte nachdenklich den Kopf hin und her, ehe er das Geheimnis ihrer Verteidigung ausplauderte. Aber Chmeee war Louis Prophet, und es war nicht ratsam, ihn zu beleidigen . . . »Siehst du den Holzstapel antispinnwärts vom Langhaus? Wenn Gefahr droht, muß sich ein Mann gebückt dem Holzstoß nähern und mit einem Laken winken. Dann setzen die Sonnenblumen das feuchte Holz in Brand. Im Schutz der starken Rauchentwicklung eilen wir dann zum Langhaus und bewaffnen uns.« Er warf einen Seitenblick auf das Landungsboot und fügte hinzu: »Wenn uns ein Feind beim Wettlauf zu unseren Waffen schlägt, ist er sowieso zu stark für uns. Vielleicht sind dann noch die Sonnenblumen für ihn eine unangenehme Überraschung.«

»Darf Wu sich seine Partnerin selbst aussuchen?«

»Hat er denn soviel Willensfreiheit? Ich hatte daran gedacht, ihm meine Frau Reeth zu leihen, die schon früher *Rishathra* ausgeübt hat. Sie ist klein, und die Maschinen-Menschen unterscheiden sich kaum von Wu.«

»Akzeptiert«, erwiderte Chmeee, ohne Wu eines Blickes zu würdigen.

Ungefähr hundert Riesen waren jetzt um sie versammelt. Sie schienen keinen Zulauf mehr zu bekommen. Der Kzin fragte: »Sind das alle?«

»Es fehlen noch meine Krieger. Sie und diese Leute bilden meinen Stamm. In diesem Lager wohnen sechsundzwanzig Stämme. Die Stämme bleiben an einem Ort zusammen, soweit das möglich ist –; aber keiner spricht für alle«, erläuterte der Riesenkönig.

Von den hundert Gaffern waren acht männlichen Geschlechtes. Man konnte alle acht als Krüppel bezeichnen; denn sie hatten kaum noch eine heile Stelle an ihrem Körper oder alle ihre Glieder beisammen. Doch keiner von ihnen zeigte schon die Spuren des Alters wie ihr König. Nur er hatte eine faltige Gesichtshaut und weiße Strähnen im Haar.

Die restlichen vierundneunzig waren Damen; Frauen vielmehr. Keine von ihnen war unter zweieinhalb Meter; wirkten aber neben ihren Männern immer noch zierlich. Sie hatten eine braune Haut, die nirgends von einem Kleidungsstück bedeckt war und trugen ihr goldenes Haar, das bis zu ihren Pobacken hinunterfiel, mit Würde. Die Haarflut war so groß, daß sie als Kleidung durchaus genügte. Keine von den Frauen trug Schmuck. Ihre Beine waren so dick wie Säulen, ihre Füße so groß wie Gehsteigplatten und mit dicker Hornhaut überwachsen. Ein paar von den Frauen hatten auch weiße Haare. Ihre schweren Brüste hingen mehr oder weniger durch und gaben einen Hinweis auf ihr Alter. Sie betrachteten ihre Gäste mit wohlwollender Neugier, während der gepanzerte Riese berichtete, was er von ihnen wußte.

Und Chmeee, der den Übersetzer abgeschaltet hatte, sprach mit leiser Stimme: »Wenn du dir eine andere Partnerin aussuchen möchtest, mußt du es gleich sagen.«

»Nein, sie sind ungefähr alle gleich . . . attraktiv.«

»Wir können trotzdem diese Situation abrupt beenden. Du mußt verrückt gewesen sein, als du ihnen Hilfe gegen die Sonnenblumen versprachst!«

»Ich kann mein Versprechen einlösen. He, möchtest du dich nicht an ihnen für deinen verbrannten Pelz rächen?«

»Rache an einer *Pflanze*? Du bist wirklich plemplem. Unsere Zeit ist kostbarer als Geld, und in einem Jahr sind sie sowieso alle tot . . . Sonnenblumen, Riesen, kleine rote Fleischfresser, alle!«

»Ja . . .«

»Deine Hilfe ist also gar keine Hilfe, wenn sie wüßten, was ihnen blüht. Wie lange wird dieses Projekt dauern? Einen Tag? Einen Monat? Du sabotierst dein eigenes Projekt.«

»Vielleicht bin ich verrückt. Chmeee, ich muß zu meinem Wort stehen. Seit ich die Ringwelt vor dreiundzwanzig Jahren verließ, hatte ich keinen . . . Anlaß mehr, auf mich stolz zu sein. Ich muß beweisen . . .«

Der Riesenkönig fiel ihm ins Wort: »Louis wird euch selbst verkünden, daß die Tage der Feuerpflanzen gezählt sind. Er wird uns sagen, was für eine Rolle wir bei seinem Feldzug spielen müssen.«

Wu zog sich nun, wie es seiner untergeordneten Stellung entsprach, hinter den Rücken des großen Kzin zurück. Keiner von den Riesen beachtete ihn. Sie bemerkten nicht, daß er mit seiner Hand redete. Eine halbe Minute später kam die zeitverzögerte Stimme von Louis durch die Lautsprecher des Landungsbootes: »Hört mich an, denn der Tag ist gekommen, wo ihr das Reich der Feuerpflanzen für die Menschenstämme erobern werdet. Ich werde in einer Wolke vor euch herwandeln, um das große Werk zu verrichten. Folgt ihr mir mit Säcken voller Saatgut, damit auf dem Boden der Feuerpflanzen wieder ein Gras wächst, das euch satt macht . . .«

*

Beim ersten Licht der Dämmerung, als die Sonne gerade mit einer winzigen Ecke hinter der Schattenblende hervorspitzte, waren die Riesen abmarschbereit.

Sie schliefen auch wie Herdentiere, einer an den anderen gekuschelt. Der König lag in einem Kreis von Frauen, Wu zu seinen Füßen, den kleinen, halbkahlen Kopf auf die Schulter einer Frau gebettet. Seine Beine hatte er um die Knöchel eines Mannes gehakt. Der schmutzige Boden war von einer Wand zur anderen mit nacktem Fleisch und Haaren bedeckt.

Nach dem Aufwachen verließen sie das Langhaus in umgekehrter Reihenfolge, wie sie es betreten hatten. Die Schläfer, die der Tür am nächsten waren, lösten sich von ihren Hintermännern, nahmen ihr Gepäck und ihre Sichelschwerter auf und traten hinaus ins Freie. Sobald der äußerste Kreis das Langhaus verlassen hatte, kam die nächste Windung der Schläfer an die Reihe. Und so spulten sich die Riesen nach und nach durch die Tür des Langhauses, bis die Prozession mit Wu und dem Riesenkönig endete.

Draußen beim Landungsboot verabschiedete sich ein einarmiger Riese mit narbenbedecktem Gesicht hastig von Chmeee und kam im schnellen Trab zum Morgenappell vor dem Langhaus. Die Wachen der vergangenen Nacht durften im Langhaus bleiben und sich ausschlafen. Ein paar von den älteren Frauen blieben ebenfalls zu Hause.

Die Riesen starrten Wu mit offenem Mund an, als er an der Wand des Langhauses hinaufkletterte.

Das Gras und der Lehm zwischen den Holzstützen bröckelte unter seinen Füßen ab, aber das Dach lag nur dreieinhalb Meter über der Erde. Louis schob sich zwischen die Sonnenblumen hinein.

Die Pflanzen waren ungefähr dreißig Zentimeter hoch, hatten einen grünen, knotigen Stengel und eine einzige ovale Blüte, die etwa neun bis zwölf Zoll im Durchmesser haben mochte und eine spiegelnde Oberfläche besaß. Ein kurzer Blütenstengel ragte im Zentrum des Konkavspiegels hervor, der in einem dunkelgrünen Stempel endete. Die Unterseite der Blüte bestand aus einem zähen, faserigen Gewebe, einer pflanzlichen Analogie des Muskelfleisches. Und alle Blüten versuchten sofort, Louis Wu mit gebündeltem Sonnenlicht zu überschütten; aber das Sonnenlicht der heraufziehenden Dämmerung reichte noch nicht aus, um ihm auch nur leichte Brandwunden zuzufügen.

Louis packte den Stengel einier großen Sonnenblume und rüttelte daran. Das zeigte keine Wirkung. Die Wurzeln der Pflanze hatten sich im Dachgebälk des Hauses verankert. Er zog sein Hemd aus und hielt es zwischen die Blüte und die Sonne. Die silberglänzende Blüte bewegte sich unschlüssig und faltete sich dann wie ein Schirm über dem grünen Blütenstengel zusammen.

Dann kletterte Wu wieder vom Dach herunter. Er tat es mit Geschick und Anstand, weil ihm hundert Riesen dabei zusahen. Ein weißer Lichtkegel folgte ihm bis zum Raumschiff, wo Chmeee ihn erwartete.

Der Kzin sagte: »Ich habe die halbe Nacht damit verbracht, mich mit den Wachen zu unterhalten.«

»Hast du etwas Wichtiges erfahren?«

»Sie haben grenzenloses Vertrauen zu dir, Louis. Es ist eine leichtgläubige Rasse.«

»Das traf auch für die Fleischfresser zu. Aber vielleicht taten sie nur so, als glaubten sie mir. Aus Höflichkeit.«

»Das bezweifle ich. Die Pflanzen- und Fleischfresser sind darauf vorbereitet, daß jeden Moment ein Wunder am Horizont auftauchen kann. Sie wissen, daß Wesen mit gottähnlichen Kräften in den eigenartigsten Gestalten auftreten. Ich frage mich nun, welchen Wesen wir als nächsten gegegnen werden. Und die Wachen wußten, daß wir nicht der Rasse angehören, die diesen Planeten baute. Ist das ein interessanter Hinweis für uns?«

»Vielleicht. Was hast du noch erfahren?«

»Mit den anderen Stämmen wird es keine Probleme geben. Vielleicht haben sie Ähnlichkeit mit Rindviechern, aber in ihren Köpfen steckt etwas mehr Gehirn. Alle Pflanzenfresser, die im Lager zurückbleiben, werden Saatgut für jene sammeln, die das eroberte Reich der Sonnenblumen besiedeln wollen. Sie werden

den jungen erwachsenen Männern, die mit dir in den Krieg ziehen, Frauen mitgeben. Etwa ein Drittel der Pflanzenfresser wird sich auf den Sonnenblumenfeldern niederlassen, wenn du deinen Zaubertrick durchgeführt hast. Die übrigen zwei Drittel werden hier auf der Ebene bleiben, weil sie dann genug Gras zu fressen haben. Soviel jedenfalls, daß sie den Elefantenherden der rothäutigen Hirten keine Konkurrenz mehr machen.«

»Okay.«

»Ich fragte ihn nach den langfristigen Wetterbedingungen.«

»Gut! Und?«

»Der Wächter ist ein betagter Mann. Er sagte mir, als er noch jung war und beide Beine hatte – ehe ihm ein ›Ogre‹ – wie sich der Übersetzer ausdrückte, das linke bis zum Schenkel amputierte –, hatte die Sonne immer die gleiche Helligkeit und jeder Tag die gleiche Länge. Und nun scheint die Sonne manchmal heller und manchmal schwächer zu sein, und wenn die Sonne sehr hell ist, scheinen auch die Tage kürzer zu sein und umgekehrt. Er kann sich auch noch genau daran erinnern, wie diese Unregelmäßigkeiten anfingen. Vor zwölf *Falans,* was gleichbedeutend ist mit einhundertundzwanzig Rotationen dieser Kunstwelt, gab es plötzlich eine Sonnenfinsternis. Zwei oder drei Tage lang blieb gewissermaßen die Dämmerung aus. Sie sahen damals nur die Sterne und eine Geisterflamme, die sich über ihren Köpfen ausbreitete. Und dann ging es wieder ein paar *Falans* so weiter, als wäre nichts geschehen. Als die Unregelmäßigkeiten eintraten, wurden sie erst viel später darauf aufmerksam. Schließlich besitzen sie keine Uhren.«

»Das klingt alles recht plausibel. Nur . . .«

»Aber, Louis, drei Tage lang soll die Sonne nicht aufgegangen sein. Klingt das vielleicht vernünftig?«

Louis nickte. »Es gab vermutlich eine Sonneneruption. Die Schattenblenden zogen sich dann zusammen und bildeten einen geschlossenen Ring, um die Welt vor diesen Eruptionen abzuschirmen. Vermutlich können sich die Drähte, mit denen die Sonnenblenden verbunden sind, automatisch aufspulen.«

»Dann muß der Sonnensturm, der bei den Eruptionen entstanden ist, die Ringwelt aus dem Gleichgewicht gebracht haben. Und nun werden die Tage immer unregelmäßiger. Alle Rassen, mit denen die Riesen Handel treiben, sind über diese Tatsache zutiefst beunruhigt.«

»Bei Gott, nicht ohne Grund.«

»Ich wünschte mir nur, wir könnten ihnen helfen.« Der Schwanz des Kzin zuckte hin und her. »Aber wir haben natürlich Wichtigeres zu tun. Wir kämpfen mit Sonnenblumen. Hattest du eine angenehme Nacht?«

»Ja.«

»Dann solltest du eigentlich jetzt lächeln.«

»Du glaubst, ich hätte Grund dazu? Du hättest ja zuschauen können. Außer dir haben das alle getan. In diesem großen Gebäude gibt es keine Wände. Das ist wie ein einziges großes Bett. Jedenfalls schauen sie gerne dabei zu.«

»Ich kann den Geruch nicht ausstehen.«

Louis lachte. »Es ist ein starker Geruch. Stark, nicht streng. Und ich mußte mich auf einen Stuhl stellen. Und die Frau war . . . gefügig.«

»Frauen sollen so sein.«

»Aber doch nicht menschliche Frauen! Und sie sind nicht einmal dumm. Ich konnte natürlich nicht mit ihnen reden, aber ich hörte zu.« Louis deutete mit dem Zeigefinger auf den Knopf an seinem Ohr. »Ich hörte, wie Reeth die Putzabteilung organisierte. Sie ist gut. He, du hattest recht. Sie sind genau so organisiert wie eine Rinderherde. Die Frauen sind alle die Gattinen des Riesenkönigs. Kein anderer Mann darf sie vernaschen, nur manchmal stiftet der Riesenkönig einen Feiertag und nimmt dann Urlaub, so daß er nicht zuzuschauen braucht. Kommt er vom Urlaub zurück, ist der Spaß vorbei und offiziell war nichts. Jeder ist natürlich ein bißchen verschnupft, weil wir den König von dem Kommandounternehmen vor zwei Tagen wieder lebend nach Hause brachten.«

»Wie ist das eigentlich so mit den menschlichen Frauen?«

»Oh . . . Orgasmus. Die Männchen aller Säugetiere haben einen Orgasmus. Die Weibchen in der Regel nicht. Aber menschliche Frauen haben ihn. Doch diese Riesenfrauen nehmen es nur hin. Sie nehmen gewissermaßen nicht daran teil.«

»Hat es dir Spaß gemacht?«

»Natürlich. Schließlich ist es ja Sex, nicht wahr. Aber man muß sich schon ein bißchen daran gewöhnen, daß ich Reeth nicht dazu bringen konnte, es so zu genießen wie ich, da sie das gar nicht *kann.*«

»Ich kann es ihr nachempfinden«, erwiderte Chmeee, »zumal keine meiner Frauen unter zweihundert Jahren von mir entfernt ist. Was müssen wir jetzt tun?«

»Auf den Riesenkönig warten. Vielleicht ist er ein bißchen groggy heute morgen. Er mußte sich heute nacht bei seinen Frauen wieder in Erinnerung bringen. Und da ich ja seine Sprache nicht verstehe, konnte er sie mir nur auf diese Weise vorstellen. Er ist . . . zum Fürchten. Er bediente – oder sollte ich lieber abfertigen sagen? – mindestens ein Dutzend Frauen, und ich versuchte bei der Vorstellung mit ihm Schritt zu halten, aber es tat meinem Ego natürlich nicht gut, daß ich . . . ach, lassen wir das.« Jetzt grinste Louis.

»Louis?«

»Mein Zeugungsorgan entspricht meinen Körpermaßen.«

»Der Wächter erzählte mir, daß die Frauen anderer Gattungen von den Riesenmännchen zutiefst beeindruckt wären. Die Riesenmännchen praktizieren *Rishathra,* so oft sie können. Deswegen schätzen sie Friedensverhandlungen über alles. Der Wächter war sehr enttäuscht davon, daß Louis dich nicht als Weibchen erschuf.«

»Louis hatte es eilig«, sagte Wu und betrat das Landungsboot.

*

Am Abend zuvor hatten die Schnitter des Stammes große Säcke voll Gras in der Nähe des Langhauses ausgeleert. Die Wächter und der Riesenkönig hatten den größten Teil dieses Grashaufens aufgezehrt; die Schnitter selbst futterten offenbar bei der Arbeit. Louis sah, wie der König einen Umweg zur Futterstelle machte, ehe er zum Raumschiff kam. Er verspeiste den Rest des Haufens zum Frühstück.

Pflanzenesser zu sein, hatte entschiedene Nachteile, dachte Louis. Man verbrauchte die meiste Zeit seines Lebens für das Essen. Wie hatten die Humanoiden nur ihre Intelligenz bewahren können? Chmeee hatte recht – man brauchte nicht viel Grütze dazu, um sich an einen Grashalm heranzupirschen. Vielleicht gehörte Intelligenz dazu, sich davor zu hüten, daß man gefressen wurde. Oder es gehörte schon eine kräftige Portion Schläue dazu, sich an eine Sonnenblume heranzupirschen.

Louis fühlte sich beobachtet. Er drehte sich um. Nichts.

Es wäre schon peinlich gewesen, wenn der Riesenkönig entdeckt hätte, daß Louis ihm einen Bären aufgebunden hatte. Aber Louis war alleine auf dem Flugdeck, wenn man die elektronischen Augen des Puppetiers nicht berücksichtigte. Aber weshalb klingelten ihm die Ohren? Er drehte sich noch einmal um und traute seinen Augen nicht. Der Wonnestecker starrte ihn an. Das schwarze Plastikgehäuse lag auf der Transportscheibe.

So ein kurzer Wonnestrom-Stoß hätte ihm wirklich das Gefühl gegeben, Gott zu sein. Aber er würde ihm auch gründlich den Auftritt verpatzen. Er erinnerte sich, was Chmeee gesagt hatte. Er sähe mit eingeschaltetem Wonnestecker aus wie eine »hin- und herpendelnde Unterwasserpflanze«. Er drehte dem Stecker wieder den Rücken zu.

Der Riesenkönig trug heute keinen Panzer. Sobald Chmeee mit ihm die Raumschiffkabine betrat, hob der Kzin beide Hände zur Decke, legte die Handflächen zusammen und rezitierte: »Louis, Louis!« Der Riese ahmte alles nach, was Chmeee tat.

»Besorge mir eine von den Repulsionsplatten«, sagte Louis. »Lege sie auf den Boden. Gut. Nun hole ein Stück von dem Superleiter-Tuch. Drei Türen tiefer, der große Schrank. Ja. Wickle das Tuch um die Repulsionsplatte. Ganz einwickeln, aber die Falte über die Kontrollknöpfe legen, damit du daran drehen kannst. Chmeee, wie stark ist das Tuch?«

»Einen Moment, Louis . . . Siehst du, man kann es mit einem Messer zerschneiden. Aber ich bezweifle, daß man es mit den Hände zerreißen kann.«

»Gut. Nun besorge mir zwanzig Meilen Superleiter-Draht. Wickle ein Ende um die Repulsionsplatte. Aber du mußt den Draht gründlich befestigen, mit mehreren Schleifen. Knauser nicht damit. So ist es gut. Und jetzt wickle den Rest des Drahtes um die Platte, daß er sich nicht verheddert, wenn er sich abspulen muß. Ich brauche das andere Ende. Chmeee, du machst das. König der Grasesser, ich brauche den größten Stein, den du gerade noch tragen kannst. Du kennst dieses Land. Finde ihn, und bringe ihn hierher.«

Der Riesenkönig starrte an die Decke, senkte dann die Augen und verließ wortlos das Raumschiff. Chmeee sagte: »Mir dreht sich der Magen um, weil ich deine Befehle so widerspruchslos hinnehmen muß.«

»Aber du hast dir doch das Spiel ausgedacht. Zudem stirbst du vor Neugierde, wie die Sache weitergeht. Aber . . .«

»Ich könnte dich zwingen, mir deinen Plan zu verraten.«

»Ich kann dir etwas Besseres anbieten. Komm bitte zu mir herauf.«

Chmeee kam durch den Niedergang auf das Flugdeck. Louis fragte: »Was siehst du auf der Transportscheibe?«

Chmeee nahm den Wonnestecker hoch.

Louis Stimme sagte heiser: »Zerquetsche das Ding!«

Der Kzin schmetterte das kleine Gehäuse gegen die Wand. Doch es bekam nicht einmal eine Delle davon. Er öffnete die Plastikschale und wühlte mit einem Rumpfmetallmesser in den Eingeweiden des Wonnesteckers. Dann sagte er: »Jetzt kann man ihn nicht mehr reparieren.«

»Gut.«

»Ich werde unten auf den Grasfresser warten.«

»Nein, ich komme mit. Ich möchte mich davon überzeugen, ob du meine Vorschriften befolgt hast. Und ich habe Hunger.« Er war sich seiner anderen Gefühle nicht so sicher. *Rishathra* hatte seine Erwartungen nicht ganz erfüllt, und die reine Seligkeit des Wonnestromes war für immer vorbei. Aber . . . Käsefondue? Richtig. Und Freiheit. Und Stolz. In ein paar Stunden würde er die Invasionsarmee der Sonnenblumen vernichten und Chmeee das Fürchten lehren. Louis Wu, der Ex-Süchtige, dessen Gehirn sich doch noch nicht in Haferbrei verwandelt hatte.

*

Der Riesenkönig kam mit einem mächtigen Felsblock herbei, den er kaum mit beiden Armen zu fassen vermochte. Chmeee wollte ihm den Stein abnehmen, zögerte jedoch einen Moment, als er dessen Größe sah, und griff dann doch zu. Er drehte sich um, den Riesenstein auf den Armen, und fragte mit gepreßter Stimme: »Was muß ich mit diesem Stein tun, Louis?«

Louis spielte mit dem Gedanken, Chmeee zappeln zu lassen. *Oh, es gibt so viele Möglichkeiten . . . Laß mich mal nachdenken . . .* Aber Götter zaudern nicht zu lange, und er konnte nicht dulden, daß Chmeee der Stein auf die Zehen fiel, während der Riese zusah.

»Setze ihn auf das Superleitertuch ab und wickle ihn darin ein. Binde ihn mit Superleiterdraht fest. Geize nicht mit dem Draht, damit der Stein nicht herunterfallen kann. Okay, nun brauche ich noch einen stärkeren Draht, der Hitze vertragen kann.«

»Wir haben die Sinclair-Molekularkette.«

»Aber sie muß kürzer sein als der Superleiterdraht. Also keine Länge von zwanzig Meilen.« Louis war jetzt ganz froh, daß er die Arbeit überprüft hatte. Er hatte die Möglichkeit übersehen, daß der Superleiterdraht vielleicht reißen könnte, wenn er die Repulsionsplatte hinter sich herschleppte. Aber diese Sinclair-Molekularkette war eine fantastische Sache. Die Kette hielt etwas aus.

KAPITEL 12

SONNENBLUMEN

Louis flog in großer Höhe und hohem Tempo spinnwärts. Die Prärie unter ihm war viel zu braun: das Gras, das zuerst von den grünen Elefanten abgeweidet und dann von den Riesen gemäht worden war, hatte Mühe, nachzuwachsen. Vor ihm zeigte sich ein gleißendes Licht am entfernten Ufer. Der Riesenkönig beobachtete den See durch die durchsichtigen Luftschleusenschotts.

»Vielleicht hätte ich doch meinen Panzer mitnehmen sollen«, sagte er.

»Um mit Sonnenblumen zu kämpfen?« schnaubte Chmeee. »Metall wird heiß.«

»Woher hast du deine Rüstung?« fragte Louis.

»Wir bauten eine Straße für das Maschinen-Volk. Dafür schenkten sie uns das Gras, durch das die Straße führte, und als sie fertig war, schmiedeten sie eine Rüstung für die Stammeskönige. Wir zogen weiter. Die Luft behagte uns nicht.«

»Was störte euch an der Luft?«

»Sie schmeckt schlecht und riecht schlecht, Louis. Sie riecht nach dem Zeug, das die Maschinen-Leute manchmal trinken. Sie gießen dasselbe Zeug manchmal in ihre Maschinen, aber sie verdünnen es vorher nicht.«

Chmeee sagte: »Es fiel mir auf, daß dir die Rüstung gar nicht paßt. Ich meine, sie ist dir nicht auf den Leib geschmiedet. Weshalb nicht?«

»Sie soll Angst und Ehrfurcht erwecken. Tut sie das nicht?«

»Nicht ganz«, erwiderte Chmeee. »Hatte diese Rüstung vielleicht den Leuten gepaßt, die diese Planeten bauten?«

»Wer weiß?«

»Ich weiß es«, sagte Louis. Der Blick des Riesen ging nervös zur Kabinendecke.

Gras, das wieder nachgewachsen war, wich plötzlich einem Wald. Die Sonnenblumen richteten schon ihre Blüten auf. Louis ließ das Raumschiff bis auf eine Höhe von dreißig Metern absakken und drosselte die Geschwindigkeit erheblich.

Der Wald endete vor einem breiten Sandstrand. Louis schlich jetzt förmlich über dem Boden dahin und ging so tief herunter, daß er mit dem Rumpfboden fast das Wasser berührte. Die Sonnenblumen verloren ihr Interesse an ihm.

Er flog auf das erlöschende Licht zu. Das Wasser war ruhig, seine Oberfläche von einer sanften Brise, die von achtern kam, mit flachen Rillen überzogen. Der Himmel war blau und wolkenlos. Sie flogen an Inseln vorbei, deren Ufer ebenfalls reich gegliedert waren. Weißer Sand fiel sanft zum Wasser ab. Die Kuppeln der Inseln waren schwarz verkohlt. Zwei von ihnen waren von Sonnenblumen erobert worden.

Fünfzig Meilen vor dem Ufer, das die Sonnenblumen besetzt hielten, erwachte wieder das Interesse der silbernen Pflanzen. Louis hielt das Landungsboot in der Luft an. »Sie können sich doch nicht einbilden, daß sie uns als Dünger verwenden könnten«, sagte er. »Wir sind viel zu weit von ihnen entfernt und fliegen viel zu tief.«

»Diese Pflanzen haben kein Hirn«, meinte Chmeee mit einem verächtlichen Hüsteln.

Der Riesenkönig sagte: »Sie sind gerissen. Sie lösen sogar Buschbrände aus. Und auf den verbrannten, mit Asche bedeckten Boden versprühen sie ihre Samen.«

Aber sie waren doch jetzt über dem Wasser! . . . Was soll's. »König der Grasesser-Riesen, jetzt ist deine Stunde gekommen! Wirf den großen Stein über Bord. Paß auf, daß sich der Draht nicht verheddert.« Louis öffnete die Luftschleuse und ließ die Rampe hinunter. Der Riesenkönig trat hinaus in das gleißende Licht. Der Stein fiel in das sechs Meter tiefe Wasser, nahm den schwarzen und den silbernen Draht mit hinunter auf den Grund.

Scheinwerfer schienen vom Ufer aus nach ihnen zu greifen. Einzelne Pflanzengruppen versuchten, das Landefahrzeug zu verbrennen, gaben dann aber wieder auf. Die Bewegung reizte sie, aber sie würden doch nicht auf laufendes Wasser zielen. Oder doch? Etwa auf einen Wasserfall? Seines Wissens entwickelten sich diese Pflanzen am besten auf halbtrockenen Planeten . . . »Chmeee. Du stellst jetzt die Repulsionsplatte auf achtzehn Meilen ein und wirfst sie über Bord. Paß auf, daß die Drähte sich nicht verhedddern.«

Das schwarze Rechteck stieg in den Himmel hinauf. Schwarzer und silberner Draht spulte sich ab. Die Sinclair-Molekularkette hätte eigentlich unsichtbar dünn sein müssen, aber sie glitzerte im gleißenden Licht, und ein greller Lichthof bildete sich um die rasch kleiner werdende Repulsionsplatte. Jetzt war die Platte nur noch ein schwarzer Fleck am Himmel, kaum noch zu erkennen, wenn nicht dieser helle Lichthof ihren Standort markiert hätte. Auf dieser Höhe bildete sie ein gutes Ziel für Tausende von Sonnenblumenblüten.

Ein Superleiter läßt Strom ohne Widerstand passieren. Deswegen ist er ja so wertvoll für die Industrie. Und er hat noch eine zweite, außerordentlich wertvolle Eigenschaft. Ein Superleiter behält überall die gleiche Temperatur bei.

Die Luft, Staubpartikel und die Sinclair-Kette glühten im Licht der Sonnenblumen auf. Aber das Superleiter-Tuch und der Superleiter-Draht blieben schwarz. Gut. Louis blinzelte, weil ihm das grelle Licht die Tränen in die Augen trieb, und blickte dann hinunter auf das Wasser. »König der Grasesser«, sagte er, »komm zurück ins Schiff, weil du dir sonst die Füße verbrennst.«

Wo die beiden Drähte im See verschwanden, fing das Wasser an zu kochen. Dampf stieg auf und zog auf das weiße Licht zu, das spinnwärts über den Sonnenblumen glitzerte. Louis ließ das Landungsboot nach Steuerbord abdriften. Schon kochte das Wasser auf einer Länge von mehreren hundert Metern.

Die Ringwelt-Ingenieure hatten nur zwei tiefe Ozeane auf dem Kunstplaneten angelegt. Diese beiden Weltmeere balancierten sich gegenseitig aus. Die übrigen Binnenseen der Ringwelt hatten eine Standardtiefe von acht Metern. Wie die Menschen, hatten die Ringwelt-Ingenieure offenbar nur die Meeresoberfläche benützt. Das war ein Vorteil, den Louis jetzt für sich ausnützte. Es war verhältnismaßig leicht, so einen Binnensee zum Kochen zu bringen.

Die Dampfwolken erreichten die Küste.

Götter lachen nicht schadenfroh. Das war bedauerlich. »Wir werden jetzt zuschauen, bis du zufriedengestellt bist«, sagte er zu dem Riesenkönig.

»Ahem«, sagte Chmeee.

»Ich beginne zu verstehen«, sagte der Riesenkönig, »aber . . .«

»Sag, was dich bedrückt.«

»Die Feuerpflanzen verbrennen die Wolken.«

Louis schluckte seine Nervosität hinunter. »Wir werden weitersehen. Chmeee, du darfst unserem Gast Salat anbieten. Vielleicht wollt ihr beide etwas essen, allerdings durch eine Tür voneinander getrennt.«

*

Der Felsblock, an dem der Superleiter-Draht im Wasser befestigt war, befand sich jetzt fünfzig Meilen an der Backbordseite von ihnen entfernt. Das Raumschiff versteckte sich hinter einer hohen, kahlen Insel, die wie ein Schirm einen Teil der gleißenden Strahlen aus dem Sonnenblumenfeld abfing. Die Pflanzen hatten immer noch die Absicht, das Landungsboot in Asche zu verwandeln . . . doch die meisten Sonnenblumen hatten Wichtigeres zu tun. Einige richteten ihre gebündelten Strahlen auf das schwarze Rechteck am Himmel, andere wieder auf die Dampfwolken.

Inzwischen kochten ein paar Quadratmeilen Wasser um den versenkten Felsblock herum. Der Dampf wallte in dicken Wolken über den See, erreichte fünfzig Meilen weiter das Ufer, und fing dort Feuer. Fünf Meilen rückten sie noch auf das Sonnenblumenfeld vor, leuchtend wie Kugelblitze, ehe sie sich in Luft auflösten.

Louis richtete das Teleskop auf die Dampfwolken. Er konnte das Wasser kochen sehen. Bald mußten die ersten Sonnenblumen sterben. Ein fünf Meilen breiter Streifen des Feldes bekam kein Sonnenlicht mehr. Andere Pflanzen vergeudeten ihre Energie damit, gebündelte Lichtstrahlen auf Dampfwolken zu richten, statt damit Zucker herzustellen. Aber ein fünf Meilen breiter Streifen war ein Nichts, ein gar Nichts. Das Feld nahm die halbe Breite der Ringwelt ein.

Und da sah er noch etwas, das ihn veranlaßte, das Teleskop fast senkrecht zu stellen.

Der Silberdraht stürzte, trieb spinnwärts mit dem Wind ab. Die Sonnenblumen hatten die Sinclair-Molekularkette durchgebrannt. Louis zerbiß einen Fluch zwischen den Zähnen. Aber der Draht des Superleiters war immer noch schwarz.

Der Draht würde halten. Er würde nicht reißen.

Er konnte nicht heißer werden als das kochende Wasser, und überall hatte er die gleiche Temperatur. Und wenn die Pflanzen noch mehr Licht zu ihm hinaufschickten, würde das nichts an dieser Tatsache ändern. Der Draht würde nur das Wasser schneller zum Kochen bringen, und der Draht hing in einem gewaltigen Binnensee. Und Wasserdampf verschwindet nicht so einfach. Er erhitzt sich und steigt höher in den Himmel hinauf.

»Gott speist gut«, sagte der Riesenkönig. Er verzehrte einen zarten Salatkopf von der Marke Boston butter lettuce. Es war sein zwanzigster Salatkopf oder vielleicht sogar schon sein dreißigster. Er stand hinter Chmeee und betrachtete die Dampfwolken. Aber im Unterschied zu Chmeee stellte er keine Spekulationen an, was sich dort draußen abspielte.

Das Wasser kochte jetzt wie der Teufel. Die Sonnenblumen wollten unbedingt diesen schwarzen Vogel abschießen, der wahrscheinlich Sonnenblumen fraß und deshalb zu Dünger verwandelt werden sollte. Sie konnten weder die Höhe noch die Entfernung abschätzen. Aber die Evolution hatte dafür gesorgt, daß sie ihren blinden Fanatismus nicht übertrieben. Ehe sie an Auszehrung sterben konnten, richteten sie ihre Strahlen wieder auf den grünen photosynthetischen Stempel, während andere für sie den Kampf gegen den schwarzen Vogel aufnahmen.

Chmeee sagte mit ruhiger Stimme: »Louis, die Insel.«

Etwas Großes, Schwarzes stand bis zur Hüfte im Wasser, nahe beim Ufer. Das Wesen war nicht ganz Mensch und nicht ganz Otter, hatte von beiden etwas. Das Wesen wartete geduldig, beobachtete das Landungsboot mit großen braunen Augen.

Louis sprach mit mühsam bewahrter Ruhe: »Ist dieser See mit Menschen bevölkert?«

»Das wußten wir nicht«, sagte der König der Riesen.

Louis glitt mit dem Landungsboot auf den Strand zu. Der Humanoide wartete furchtlos. Seine Haut war mit einem kurzen ölig schwarzen Pelz bewachsen, und er schien den Verhältnissen des Wassers hervorragend angepaßt: gedrungener Hals, scharf abfallende Schultern, eine breite Nase, die ganz flach auf seinem kinnlosen Gesicht lag.

Louis aktivierte die Mikrofone: »Verstehst du die Sprache der Grasriesen?«

»Ich kann mich in ihr verständlich machen. Aber sprich langsam. Was suchst du hier!«

Louis seufzte. »Ich erhitze das Meer.«

Die Selbstbeherrschung der Kreatur war bemerkenswert. Die Vorstellung, daß das Wasser zu kochen anfangen könnte, brachte sie nicht aus der Ruhe. Das Wesen fragte das schwebende Gebäude: »Wie heiß?«

»Sehr heiß an dieser Seite des Meeres. Wie viele seid ihr?«

»Im Augenblick vierunddreißig«, erwiderte das amphibische Wesen. »Wir waren zu achtzehn, als wir vor einundfünfzig *Falans* hierher kamen. Wird das Wasser auf Steuerbordseite deines Schiffes sehr heiß werden?«

Louis sank erleichtert in den Pilotensitz zurück. Er hatte sich mehrere hunderttausend gekochte Wasserleichen vorgestellt, weil Louis Wu Gott spielte. Er krächzte: »Du mußt dir sagen, wie heiß es werden darf. Auf dieser Seite ist auch der Fluß, durch den das Wasser wieder abfließt. Wieviel Wärme könnt ihr vertragen?«

»Eine ganze Menge. Wir werden besser essen. Fische lieben die Wärme. Aber gestatte mir eine Frage, ehe du einen Teil unseres Hauses zerstörst: Warum tust du das?«

»Wir wollen damit die Feuerpflanzen töten.«

Der Amphibien-Mensch dachte nach. »Gut. Wenn die Feuerpflanzen sterben, können wir einen Boten flußaufwärts zu dem Meer von Fuboobishes Sohn schicken. Sie glauben wohl, daß wir schon längst tot sind.« Er fügte hinzu: »Aber ich vergaß meine guten Manieren. *Rishathra* ist uns angenehm, wenn du uns dein Geschlecht offenbarst und auch unter Wasser zu kopulieren vermagst.«

Louis benötigte eine Sekunde, seine Stimme wiederzufinden: »Keiner von uns kopuliert im Wasser.«

»Wenige tun das«, erwiderte das Amphibien-Wesen. Offensichtlich war er von der Antwort nicht enttäuscht.

»Wie seid ihr hierhergekommen?«

»Wir erkundeten den Fluß, als uns Stromschnellen in das Gebiet der Feuerpflanzen trugen. Dort konnten wir nicht ans Ufer, um den Rückweg zu Fuß anzutreten. Wir mußten mit der Strömung bis zu diesem Binnensee schwimmen, den ich Tuppugops Meer taufte. Es ist keine üble Heimstätte, obwohl man sich vor den Feuerpflanzen in acht nehmen muß. Kannst du sie tatsächlich mit Nebel töten?«

»Ich glaube ja.«

»Ich muß mit meinen Leuten umziehen«, erwiderte das Amphibien-Wesen. Er tauchte ohne einen Spritzer im Wasser unter.

»Ich dachte schon, du würdest ihn töten«, sprach Chmeee, den Blick zur Decke gerichtet, »für seine Unverschämtheit.«

»Es ist seine Heimat«, erwiderte Louis. Er schaltete die Gegensprechanlage ab. Er hatte dieses Spiel satt. Da vertreibe ich Menschenwesen mit kochendem Wasser aus ihrem Haus, dachte er, und weiß nicht einmal, ob die Sache funktioniert! Er sehnte sich nach dem Wonnestecker. Nichts half gegen die Depression außer diesem vegetativen Glückszustand, wenn sein Gehirn unter Strom stand. Nichts sonst konnte diese gewitterschwarze Wut eindämmen, die ihn dazu trieb, mit den Armen auf die Sessellehnen zu schlagen und mit zusammengepreßten Augen tierische Geräusche auszustoßen.

Aber die Zeit heilt alle Schmerzen. Die Zeit verging und mit ihr der Anfall. Er öffnete die Augen.

Nun vermochte er weder den schwarzen Draht noch das kochende Wasser zu sehen. Da war nur eine einzige riesige Nebelwand, die nach spinnwärts trieb, Feuer fing, sobald sie die Küste erreicht hatte, zehn Meilen weit landeinwärts vordrang und dann verschwand. Dann blieb nur noch das gleißende Licht der Sonnenblumen . . . und ein paar parallele Linien am Horizont.

Eine weiße Linie über einer schwarzen Linie, die ungefähr fünfzig Grad des Horizontes bedeckte.

Wasserdampf verschwindet nicht so einfach. Er war bis in die Stratosphäre hinaufgestiegen und hatte sich dort rekondensiert. Eine weißrandige Wolke, die unter der Strahlenattacke der Sonnenblumen aufglühte: ein schwarzer Schatten über einem beträchtlichen Bereich des Sonnenblumen-Gebietes. Dieser Schatten mußte fünfhundert oder gar tausend Meilen entfernt sein, wenn man ihn mit der Wolke über dem Feld verglich, und besaß eine Breite von mehreren hundert Meilen. Und dieser Schatten dehnte sich stetig aus – aufreizend langsam zwar, aber stetig.

In der Stratospähre wurde die Luft vom Zentrum des Sonnenblumenfeldes weggedrückt. Selbstverständlich würde ein Teil der kondensierten Flüssigkeit abregnen, aber ein Teil des Wasserdampfes würde sich wieder mit dem Dampf vereinigen, der von der kochenden See in die Höhe stieg, und mit dem Wind auf das Feld zutreiben. Der Dampf zirkulierte stetig über dem Reich der Sonnenblumen.

Seine Arme taten ihm weh. Louis lockerte den schraubstockartigen Griff um die Sessellehnen und schaltete die Gegensprechanlage ein.

»Louis hat sein Versprechen gehalten«, sagte der König der Riesen soeben, »aber die sterbenden Pflanzen scheinen so weit vom Ufer entfernt zu sein, daß wir sie nicht mähen können. Ich weiß nicht . . .«

»Wir werden die Nacht hier verbringen«, unterbrach Louis ihn. »Morgen früh werden wir es genau wissen.«

*

Es ging mit dem Landungsboot antispinnwärts von der Insel nieder. Seetang war in großen Mengen an den Strand gespült worden. Chmeee und der König der Riesen schaufelten eine Stunde lang Seetang in eine Luke am Rumpf des Landungsbootes, um die Grundstoffreserven des Nahrungsmittel-Zubereiters aufzufüllen. Louis nahm die Gelegenheit wahr, um *Heiße Nadel* über Funk zu rufen.

Der Hinterste befand sich nicht auf dem Flugdeck. Er mußte sich im versteckten Teil des Raumschiffes aufhalten. »Sie haben Ihren Wonnestecker demoliert«, sagte er.

»Ich weiß. Haben Sie inzwischen etwas . . .«

»Ich habe einen Ersatzstecker.«

»Und wenn Sie ein paar Dutzend Ersatzstecker hätten, würde mich das nicht interessieren. Ich verzichte darauf. Wollen Sie immer noch den Materie-Umwandler der Ringwelt-Ingenieure haben?«

»Selbstverständlich.«

»Dann müssen wir auch ein bißchen zusammenarbeiten. Die Leitstation der Ringwelt muß irgendwo auf diesem Kunstplaneten sein. *Falls* sie in einem der Schüttberge untergebracht wurde, müssen die Materieumwandler, die aus den Raumschiffen ausgebaut wurden, auch in diesen Schüttbergen sein. Ich möchte eine genaue Lageerkundung, ehe ich mich in einen dieser Berge wage.«

Der Hinterste dachte über seinen Vorschlag nach.

Hinter seinen flachen, sich wiegenden Köpfen sah Louis beleuchtete Wolkenkratzer, eine breite Straße mit Transportscheiben an den Kreuzungen, die sich auf einen Fluchtpunkt hin bewegten. Die Straße wimmelte nur so von Puppetiers. Ihre gekämmten oder gelockten Mähnen waren mit glitzernden Steinen geschmückt. Die Puppetiers schienen sich immer nur in Gruppen zu bewegen. Da war ein schmaler Himmelsstreifen zwischen den hohen Gebäuden, in dem zwei Landwirtschaftsplaneten über dem Horizont schwebten, jeder von einer rotierenden Lichterkette umgeben. Ein sanftes melodiöses Geräusch kam aus dem Hintergrund, als würden sich Millionen Puppetiers miteinander unterhalten, knapp außer Hörweite, so daß man die Worte nicht mehr zu verstehen mochte.

Der Hinterste hatte ein Stück seiner verlorenen Zivilisation bei sich: Bänder und eine Hologramm-Wand. Vermutlich umgab er sich ständig mit dem Geruch seiner Artgenossen. Die Möbel seiner Wohnkabine hatten nicht eine scharfe Kante, wo man sich ein Knie anstoßen konnte. Sie bestanden nur aus weichen Kurven, und eine seltsam geformte Vertiefung auf dem Kabinenboden war vermutlich ein Bett.

»Die Rückseite der Ringmauer ist vollkommen flach«, sagte der Hinterste. »Mein Tiefenradar vermag das Material nicht zu durchdringen. Ich kann es mir nicht leisten, eine meiner Sonden zu riskieren. Sie dient immer noch als Relaisstation zwischen der *Heißen Nadel* und Ihrem Landungsboot. Tatsächlich wird die Verbindung noch besser, wenn die Sonde noch etwas höher über der Mauer steht. Deswegen werde ich eine der beiden Sonden im Magnetschleifen-Transportsystem unterbringen.«

»Das ist zufriedenstellend.«

»Glauben Sie wirklich, die Reparaturzentrale ist . . .«

»Nein, nicht eigentlich. Aber wir werden dort genug Überraschungen entdecken, daß wir uns nicht langweilen. Diese Schüttberge müssen genau untersucht werden.«

»Eines Tages müssen wir uns entscheiden, wer diese Expedition leitet«, erwiderte der Puppetier und verschwand vom Monitorschirm.

*

In dieser Nacht sah er keine Sterne.

Der Morgen war ein lichterwerdendes Chaos. Vom Flugdeck aus sah man nur ein formloses milchiges Glühen: kein Himmel, kein Wasser, kein Strand. Louis fühlte sich versucht, Wu neu zu erschaffen, damit er den Leitstand verlassen und nachsehen konnte, ob die Welt dort draußen noch existierte.

Statt dessen stieg er mit dem Landungsboot senkrecht in den Himmel hinauf. Auf hundert Meter Höhe sah er die Sonne wieder. Unter ihm war eine weiße Wolke, die sich nach spinnwärts hin mit Licht füllte. Der Nebel hatte sich ein beträchtliches Stück landeinwärts ausgedehnt.

Die Repulsionsplatte hing immer noch über dem Sonnenblumenfeld, ein schwarzer Punkt am blauen Himmel.

Zwei Stunden nach Einbruch der Morgendämmerung blies ein Wind den Nebel auseinander. Louis ging mit dem Landungsboot wieder bis knapp über den Wasserspiegel herunter, ehe der Nebel sich über dem Sonnenblumenfeld verflüchtigt hatte. Minuten später bildete sich wieder ein greller Lichthof um die Repulsionsplatte.

Der König der Riesen hatte den ganzen Morgen über in der offenen Luftschleuse gestanden und mit geistesabwesendem Gesicht Salatblätter gekaut. Chmeee hatte sich ebenfalls recht still verhalten. Sie blickten an die Kabinendecke, als Louis sich räusperte.

»Es wird funktionieren«, sagte er und glaubte nun selbst an seine Prophezeihung. »Bald wirst du eine Allee von toten Sonnenblumen finden, die dich zu einem viel größeren Feld der Feuerpflanzen bringen wird, die sich unter einer dicken, dauerhaften Wolkenschicht befinden. Säe deinen Grassamen. Wenn du lieber lebende Feuerpflanzen essen möchtest, dann ernte sie nachts zu beiden Seiten des Nebelstreifens. Vielleicht brauchst du dafür eine Basis auf einer Insel in diesem See. Vielleicht werdet ihr auch Boote für eure Ernte-Streifzüge brauchen.«

»Von jetzt an werden wir uns schon selbst helfen können«, erwiderte der König der Riesen. »Ich bin froh, daß auch Wasser-Leute in unserer Nähe sind, wenn auch nur in bescheidener Anzahl. Sie tauschen ihre Arbeitskraft gegen Metallwerkzeuge ein. Die Wasser-Leute werden unsere Boote bauen. Wächst denn auch Gras, wenn es Tag und Nacht regnet?«

»Ich weiß nicht. Du solltest auch auf den verbrannten Inseln deinen Grassamen ausstreuen.«

»Gut . . . Den Heroen unseres Volkes setzen wir ein Denkmal, indem wir ihr Ebenbild in einen Stein ritzen und ein paar Worte hinzusetzen. Wir sind Nomaden; wir können keine großen Standbilder mit uns herumschleppen. Genügt dir eine Felszeichnung?«

»Absolut.«

»Und wie sollen wir dich darstellen?«

»Ich bin ein bißchen größer als Chmeee, habe mehr Haare an den Schultern, deren Farbe sich mit deiner deckt. Dazu ein Gebiß wie die Fleischfresser mit Stoßzähnen. Keine externen Ohren. Und verschwende nicht so viel Mühe auf mein Ebenbild. Wohin soll ich dich jetzt bringen?«

»Zu unserem Lager. Ich denke, ich werde ein paar Frauen mitnehmen müssen, ehe ich das andere Seeufer erkunde.«

»Wir können es sofort erkunden.«

Der König der Riesen lachte. »Vielen Dank, Louis; aber meine Krieger werden in einer schrecklichen Laune sein, wenn sie ins Lager zurückkommen. Nackt, hungrig und besiegt. Ich sollte ihrer Stimmung schon ein wenig aufhelfen, indem ich sie ein paar Tage lang allein lasse. Ich bin kein Gott. Ein Held kann sich nur auf seine Gefolgsleute verlassen, wenn sie mit seiner Herrschaft zufrieden sind. Er kann nicht zu jeder wachen Stunde seine Stellung mit dem Schwert verteidigen.«

TEIL ZWEI

KAPITEL 13

URSPRÜNGE

Das Landungsboot flog knapp unter Mach 1 auf einer Höhe von fünf Meilen.

Dreizehntausend Meilen waren für das kleine Raumschiff keine Affäre. Louis' Vorsicht machte den Kzin ganz hippelig: »In zwei Stunden könnten wir aus der Stratosphäre auf die fliegende Stadt hinunterstoßen oder uns von unten nach oben pirschen! Sogar in einer Stunde, ohne daß unsere Bequemlichkeit darunter leiden müßte!«

»Sicher. Wir kämen vom Himmel herunter wie eine Sternschnuppe, zögen den glühenden Schweif unseres Fusionsantriebes hinter uns her. Hast du vergessen, wie wir Halrloprillalars fliegendes Gefängnis erreichten? Mit dem Kopf nach unten und einem Kurzschluß im Motor unserer Flugräder?«

Chmeees Schwanz peitschte die Rückenlehne seines Copiloten-Sitzes. Er erinnerte sich nur zu gut daran.

»Wir wollen uns diesmal nicht mit irgendeiner alten Maschine verdächtig machen. Die Superleiter-Bakterienplage scheint ein paar von diesen Dingern verschont zu haben.«

Die Grasebene wurde von Kulturland abgelöst und dann von einem sumpfigen Dschungel. Das senkrechte Sonnenlicht spiegelte sich im Wasser unter blühenden Bäumen.

Louis fühlte sich großartig. Er hatte nicht einsehen wollen, daß sein Krieg mit dem Sonnenblumenfeld ein vergebliches Bemühen sei. Und er hatte sich nicht umsonst gegen das scheinbar Unlösbare aufgelehnt. Er hatte sich energisch in diese Aufgabe hineingekniet. Er hatte mit Intelligenz und den Werkzeugen, die ihm zur Verfügung standen, ein schwieriges Problem gemeistert.

Das Sumpfland schien kein Ende zu nehmen. Einmal machte Chmeee Louis auf eine kleine Stadt aufmerksam. Sie war nicht leicht auszumachen, da die Gebäude fast im Wasser ertranken und Lianen und Buschwerk die Mauern von oben zu erdrücken versuchten. Die Häuser hatten einen seltsamen Baustil. Jede Mauer und jedes Dach, sogar die Türen, waren nach außen gewölbt, so daß die Straßen von dieser Kropfarchitektur arg eingeengt wurden. Diese Stadt konne unmöglich von Halrloprillalars Artgenossen erbaut sein.

Als die Sonne genau zwischen zwei Schattenblenden stand, hatte das Landungsboot mehr Meilen zurückgelegt, als Ginjerofer oder der König der Riesen ihr ganzes Leben lang wandern würden. Wie dumm von mir, dachte Louis, diese Wilden nach der Stadt zu fragen. Sie waren so weit von der schwebenden Metropole entfernt wie nur irgend zwei Punkte auf der Erde.

Der Hinterste meldete sich.

Heute war seine Mähne ein schimmernder Regenbogen, streifenweise in den Grundfarben des Spektrums getönt. Hinter ihm flitzten Puppetiers auf langen Reihen von Transportscheiben dahin, drängten sich vor Schaufenstern, stießen mit den Hälsen aneinander, ohne sich dafür zu entschuldigen oder gar deswegen aufzuregen. Nein, sie waren eingehüllt von einer Wolke harmonischer Melodien, in denen sich vor allem Flöten und Klarinetten hervortaten: Puppetier-Sprache. Der Hinterste fragte: »Was haben Sie inzwischen erfahren?«

»Sehr wenig«, erwiderte Chmeee. »Wir haben Zeit vergeudet. Tatsächlich hatte vor siebzehn *Falans* eine große Sonneneruption stattgefunden – ungefähr vor dreieinhalb Jahren, um es in unsere Zeitbegriffe zu übersetzen –; aber soweit waren wir mit unseren Vermutungen ja auch schon gekommen. Die Sonnenblenden schlossen sich, um die Ringwelt vor gefährlicher Strahlung zu schützen. Das Sonnenblenden-Leitsystem muß unabhängig von der Ringwelt operieren.«

»Das deduzierten wir ebenfalls schon. Was noch?«

»Louis' hypothetisches Reparaturzentrum ist zweifellos nicht mehr in Betrieb. Der Sumpf, den wir gerade überfliegen, war nicht von den Architekten geplant. Wahrscheinlich hat ein größerer Fluß so viel Land angeschwemmt, daß er damit den Abfluß eines Meeres blockierte. Wir entdeckten eine Vielzahl von Hominiden, teils mit Intelligenz begabt, teilweise nicht. Von den Baumeistern der Ringwelt nicht eine Spur; falls sie nicht Halrloprillalars Vorfahren gewesen sind. Ich bin geneigt, letzteres für wahrscheinlich zu halten.«

Louis öffnete den Mund . . . und blickte nach unten, auf eine Schmerzschwelle in seinen Beinen. Vier Kzintikrallen hakten sich in seinen Unterschenkel. Er schloß wieder den Mund. Chmeee fuhr fort: »Bisher sind wir noch auf keinen Vertreter von Halrloprillalars Rasse gestoßen. Vielleicht war ihre Gattung von vorneherein auf diesem Planeten sehr dünn gesät. Wir vernahmen Gerüchte von einer anderen menschlichen Gattung, dem Maschinen-Volk, die offenbar im Kommen ist und Halrloprillalars Artgenossen verdrängt. Wir sind gerade unterwegs zu diesen Leuten.«

»Das Reparaturzentrum arbeitet nicht mehr«, sagte der Hintereste energisch. »Ja, das habe ich inzwischen auch festgestellt. Ich schickte eine Sonde dorthin . . .«

»Sie haben doch zwei Sonden«, unterbrach Chmeee den Hintersten. »Warum verwenden Sie nicht beide?«

»Eine halte ich in Reserve, damit ich den Treibstoff der *Heißen Nadel* ergänzen kann. Mit der anderen habe ich das Rätsel der Schüttberge gelöst. Sehen Sie mal . . .«

Der äußerste rechte Schirm zeigte einen Ausschnitt der Ringwelt, durch das Auge der Sonde gesehen. Die Sonde raste an der Ringmauer entlang, passierte etwas so schnell, daß man Einzelheiten nicht zu erkennen vermochte. Die Sonde wurde langsamer, wendete, flog auf ihrer Spur zurück.

»Louis riet mir zu einer Erkundung der Ringmauer. Die Sonde hatte kaum mit ihrer Verzögerung begonnen, als sie auf das dort stieß. Ich dachte, es lohnte sich, das da näher zu betrachten.«

Da war eine Schwellung auf der Ringmauer – eine Röhre, die über die Mauerkrone gehängt war. Die Röhre war der Form der Ringmauer angepaßt, etwas flachgedrückt, und bestand aus dem gleichen durchsichtigen grauen *Scrith* wie der Ringweltboden. Die Sonde flog auf diese Röhre zu, bis die Kamera in die Mündung einer ovalen Öffnung schaute, die einen Durchmesser von einer Viertelmeile besaß.

»Viele architektonische Einzelheiten auf der Ringwelt zeigen Züge von primitiver, roher Gewalt«, erläuterte der Hinterste. »Die Sonde bewegte sich an dieser Röhre entlang, über die Mauerkrone hinweg und dann an der Außenseite des Artefakten bis zu der Stelle, wo das Rohr im Schaumstoff verschwand, der als Schutz gegen Meteore auf der Unterseite der Ringwelt aufgetragen war.«

»Ich verstehe«, sagte Louis. »Und diese Röhre war ebenfalls außer Betrieb?«

»Richtig. Ich versuchte, die Röhre weiter zu verfolgen und hatte auch einigen Erfolg damit.«

Die Szene wechselte abrupt. Jetzt zeigte sie rasche schattenhafte Konturen, als die Sonde in einiger Entfernung außen an der Ringwelt vorbeiraste. Landschaften im versenkten Relief glitten über der Sonde im infraroten Licht dahin. Die Sonde verzögerte wieder, hielt an, bewegte sich nach oben.

Wenn ein Meteor in diesen Artefakten einschlug, kam er zunächst aus dem interstellaren Raum; und er prallte mit dieser Geschwindigkeit auf der Ringwelt auf, wobei man noch die Eigengeschwindigkeit des Artefakten, nämlich siebenhundertsiebzig Meilen pro Sekunde, hinzuzählen mußte. Hier war ein Meteor mit dieser brutalen Gewalt eingeschlagen. Die Plasmawolke hatte eine tiefe Narbe über mehrere hundert Meilen Meeresboden gezogen, indem sie den schützenden Schaumstoff verdampft hatte. Und in dieser Narbe vermochte man eine Röhre zu erkennen, die vielleicht einen Durchmesser von hundert Metern hatte. Diese Röhre führte durch den *Scrith* auf die andere Seite des Meeresbodens.

»Ein Recycling-System«, murmelte Louis.

Der Puppetier sagte: »Ohne ein Gegengewicht zur Erosion hätte sich in ein paar tausend Jahren die Humusschicht der Ringwelt vollkommen im Meer aufgelöst. Ich vermute, daß diese Röhren durch den Meeresboden an der Außenseite der Ringwelt entlangführen und dann an der Mauerkrone enden. Sie lagern den Schlamm, der sich auf dem Meeresboden aufhäuft, jenseits der Mauer als Schüttberge ab. Das im Schlamm enthaltene Wasser verdunstet in dem Beinah-Vakuum am Gipfel dieser Aufschüttung, die dreißig Meilen hoch ist. Der Berg bricht nach und nach unter seinem eigenen Gewicht zusammen. Das aufgeschüttete Material wird von Winden und Flüssen wieder von der Ringmauer weggetragen, zurück zu der Stelle, wo es herkam.«

Chmeee sagte: »Reine Hypothese, aber glaubhaft. Wo befindet sich zur Zeit Ihre Sonde, Hinterster?«

»Ich will sie wieder aus dem Vakuum vor der Ringweltschale zurückholen und in das Ringmagnetensystem eingliedern.«

»Tun Sie das. Verfügt die Sonde über Tiefenradar?«

»Ja, aber der Sender ist nicht besonders stark.«

»Führen Sie eine Tiefenradar-Erkundung der Schüttberge durch. Die Schüttberge sind . . . ich vermute, sie liegen zwanzig- bis dreißigtausend Meilen auseinander. Also müssen wir mit ungefähr fünfzigtausend Schüttbergen an den Ringmauern beider Halbkreise rechnen. Eine Handvoll davon könnte sich vortrefflich als Versteck für das Reparaturzentrum eignen.«

»Aber warum sollte man denn das Reparaturzentrum verstecken?«

Chmeee machte ein unhöfliches Geräusch. »Was wäre, wenn die Untertanen revoltierten? Was geschähe bei einer Invasion? Selbstverständlich ist das Reparaturzentrum versteckt und befestigt dazu. Lassen Sie jeden Schüttberg genau untersuchen.«

»Schön. Ich werde die Ringmauer an Steuerbord eine Ringwelt-Umdrehung lang von der Sonde beobachten lassen.«

»Aber vergessen Sie dann die andere Seite der Mauer nicht.«

Louis sagte: »Und halten Sie die Kameras eingeschaltet. Wir suchen immer noch nach den Steuerdüsen . . . obgleich mir inzwischen Bedenken gekommen sind, daß sie auch noch andere Möglichkeiten einer Orbit-Korrektur realisiert haben könnten.«

Der Hinterste schaltete sich wieder ab. Louis wandte sich dem Panoramafenster zu. Er hatte etwas bemerkt, das ihn von dem Gespräch mit dem Hintersten erheblich ablenkte: ein blasser Faden, der sich am Rande des Sumpfgebietes befand, viel zu gerade für einen Fluß. Nun sah er auch zwei kaum noch wahrnehmbare Punkte, die sich auf diesem Faden bewegten. »Ich denke, das müßten wir uns etwas näher anschauen. Wir müssen mit dem Landungsboot bis auf Baumwipfelhöhe hinuntergehen.«

*

Es war eine Straße. Aus einer Höhe von dreißig Metern sah der Belag etwas grob und steinig aus. Offenbar hatte man das Zeug auf die Trasse gegossen. Louis sagte: »Vermutlich ein Werk der Maschinen-Leute. Sollen wir diese Fahrzeuge dort unten verfolgen?«

»Warten wir noch damit, bis wir etwas näher an die schwebende Stadt herangekommen sind.«

Eine so günstige Gelegenheit auszulassen, war unklug. Trotzdem widersprach der Kzin nicht. Die Erregung des Tigerwesens war so stark, daß man sie förmlich riechen konnte.

Die Straße vermied die tiefgelegenen, sumpfigen Bereiche. Sie schien in gutem Zustand zu sein. Chmeee folgte ihr auf einer Höhe von dreißig Metern mit stark gedrosselter Geschwindigkeit.

Sie kamen an einer Handvoll Gebäude vorbei, deren größtes eine chemische Fabrik zu sein schien. Ein paarmal beobachteten sie kastenartige Fahrzeuge, die unter ihnen die Straße passierten. Sie selbst wurden nur ein einziges Mal entdeckt. Ein Kastenwagen hielt plötzlich an, menschenähnliche Gestalten kamen zum Vorschein, rannten im Kreis herum und richteten stockähnliche Gebilde auf das Landungsboot. Einen Moment später waren sie nicht mehr zu sehen.

Da waren auch große blasse Gestalten im morastigen Dschungel. Das konnten keine von Gletschern zugeschliffene Findlingsblöcke sein. Nicht hier auf dieser Kunstwelt. Louis überlegte sich, ob es sich bei diesen blassen Gebilden um Riesenpilze handeln könne. Doch diese Überlegungen hörten kurzschlußartig auf, als er eines dieser Gebilde sich bewegen sah. Er versuchte, den Kzin auf das Wesen aufmerksam zu machen. Doch Chmeee ignorierte ihn.

Die Straße schwang in weitem Bogen nach antispinnwärts, als sie sich einer Bergkette näherten. Louis sah, daß die Straßenbauer darauf verzichtet hatten, sich eine ideale Trasse über das Gebirge zu suchen. Die Straße folgte dem Bergrücken, bis er von einer tiefen Kerbe durchbrochen wurde. Nachdem sich die Straße dort hindurchgefädelt hatte, kehrte sie in weitem Bogen wieder bis zum Rand des Sumpfwaldes zurück.

Chmeee schwenkte jedoch mit dem Landungsboot nach links und beschleunigte. Das Raumschiff raste an der Backbordseite des Gebirgszuges entlang, einen langen Kometenschweif hinter sich herziehend. Dann ließ der Kzin plötzlich das Landungsboot rotieren, bremste und setzte es am Fuß der Granitsteilwand auf den Boden.

»Gehen wir hinaus und vertreten wir uns die Beine«, sagte er.

Der *Scrith*-Kern des Berges schirmte sie gegen die Radiowellen ab, so daß der Hinterste sie nicht belauschen konnte. Trotzdem fühlten sie sich nur vor einem Lauschangriff sicher, wenn sie das Landungsboot verließen. Louis folgte dem Kzin ins Freie.

Es war ein schöner, sonniger Tag – viel zu hell, da sich dieser Bogen der Ringwelt auf seinem exzentrischen Kurs der Sonne immer mehr näherte. Ein steifer warmer Wind blies ihnen ins Gesicht. Der Kzin sagte: »Louis, wolltest du dem Hintersten die Wahrheit über die Ringwelt-Ingenieure berichten?«

»Vielleicht. Warum nicht?«

»Ich vermute, wir sind zu dem gleichen Schluß gekommen.«

»Das bezweifle ich. Was weiß ein Kzin schon von den Pak-Protektoren?«

»Ich weiß alles, was darüber in den Unterlagen des Smithsonian-Institutes berichtet wird, so wenig das auch sein mag. Ich habe die Bekenntnisse des Asteroidengürtel-Bergwerksunternehmers, Jack Brennan gelesen und die Hologramme der mumifizierten Überreste des fremdartigen Phssthpok gesehen. Desgleichen die Aufnahmen der Ladeduchten seines Raumschiffes.«

»Chmeee, wie bist du an dieses Zeug herangekommen?«

»Spielt das jetzt eine Rolle? Schließlich hatte ich den Status eines Diplomaten. Die Existenz des Pak ist schon seit Generationen ein Staatsgeheimnis der Patriarchie; aber für jeden Kzin, der sich mit den Menschen auseinandersetzen muß, sind diese Dokumente eine Pflichtlektüre. Wir müssen doch unseren Feind kennenlernen. Vielleicht weiß ich sogar mehr über deine Vorfahren als du selbst. Und ich bin zu dem Schluß gekommen, daß die Ringwelt von den Pak erbaut wurde.«

*

Sechshundert Jahre vor Louis Wus Geburt war ein Pak-Protektor als Missionar der Barmherzigkeit auf das Planetensystem von Sol gekommen. Von diesem Phssthpok, durch die Vermittlung von Jack Brennan, erfuhren die Historiker von den Ursprüngen ihrer Entstehung.

Die Pak waren Eingeborene einer Welt im galaktischen Kern. Ihr Leben verlief in drei Phasen: Kindheit, Fruchtbarkeit, Beschützer. Die Erwachsenen oder Fortpflanzungsfähigen waren gerade intelligent genug, um eine Keule schwingen oder einen Stein werfen zu können.

In mittleren Jahren, wenn sie dieses Alter überhaupt erreichten, entwickelte sich bei den Pak-Fortpflanzungsfähigen ein Zwang, von einer Pflanze zu essen, die Lebensbaum genannt wurde. Ein symbiotischer Virus in dieser Pflanze löste eine Verwandlung aus. Der fortpflanzungsfähige Pak verlor seine Geschlechtsorgane und Zähne. Sein Schädel und sein Gehirn dehnten sich aus. Lippen und Gaumen vereinigten sich zu einem harten, stumpfen Schnabel. Seine Haut wurde faltig und erhielt eine schuppenartige Konsistenz. Seine Gelenke vergrößerten sich erheblich, so daß die Glieder mit größerer Muskelkraft bewegt werden konnten. Damit nahm auch ihre Stärke zu. In den Lenden entwickelte sich ein Herz mit zwei Kammern.

Phssthpok folgte den Spuren eines Pak-Kolonialschiffes, das die Erde vor mehr als zwei Millionen Jahren erreicht hatte.

Die Pak befanden sich in einem konstanten Kriegszustand. Kolonien, die auf Welten in der Nähe des galaktischen Kerns errichtet worden waren, wurden alsbald von einer neuen Welle von Raumschiffen überrannt. Das mag der Grund gewesen sein, daß dieses Kolonialschiff sich so weit vom galaktischen Kern entfernt hatte.

Diese Kolonie war groß, hervorragend ausgerüstet und von Wesen regiert worden, die viel zäher und intelligenter waren als die Menschen. Trotzdem war diese Kolonie gescheitert. Der Lebensbaum entwickelte sich zwar in irdischer Erde, aber nicht der Virus. Und so waren die Protektoren ausgestorben und hinterließen eine verlorene Schar von Pak-Zeugungsfähigen, die nun für sich selbst sorgen mußten . . . und hinterließen auch Dokumente von einem Notschrei, der dreißigtausend Lichtjahre die Galaxis durchquerte, bis er auf der Heimatwelt der Pak aufgefangen wurde.

Phssthpok entdeckte diese Dokumente von dem Notschrei in einer uralten Pak-Bibliothek. Und Phssthpok durchquerte nun dreißigtausend Lichtjahre lang das Universum, ganz allein in einem Raumschiff, das langsamer war als das Licht, um das Planetensystem Sol zu suchen. Die geistigen und materiellen Mittel, die ihm den Bau seines Raumschiffes und die Ausrüstung seiner Expedition ermöglichten, gehörten zu der Beute eines Kriegszuges. Seine Ladeduchten waren mit den Wurzeln und Samenkapseln des Lebensbaumes vollgestopft, und außerdem fand man Säcke voller Thalliumoxyd. Die Entdeckung dieses ungewöhnlichen, dem Erdreich beizugebenden Düngemittels verdankte er seiner eigenen Forschung.

Dabei mochte es ihm auch geschwant haben, daß die fortpflanzungsfähigen Paks sich inzwischen durch Mutation erheblich verändert hatten.

Bei den Pak selbst hatte ein Mutant nicht die geringste Chance. Wenn die Enkelkinder für die Protektor-Großeltern nicht den richtigen Körpergeruch ausströmten, wurden sie getötet. Auf der Erde – vielleicht hatte Phssthpok mit einer viel geringeren Mutations-Rate gerechnet, da dieser Planet doch so weit von der mörderischen Dichte kosmischer Strahlen der galaktischen Kern-Sonnen entfernt war. Deshalb versprach er sich wahrscheinlich etwas von seinem gewagten Alleingang.

Die geschlechtsreifen Paks hatten sich in der Tat durch Mutationen verändert. Zu Lebzeiten von Phssthpok hatten sie nur noch eine geringe Ähnlichkeit mit den zeugungsfähigen Paks – wenn man von gewissen Veränderungen im mittleren Lebensalter absah, die Produktion von Eiern aufhörte und beide Geschlechter Falten bekamen, die Zähne verloren, ihre Glieder anschwollen und sie eine Ruhelosigkeit und Unzufriedenheit überkam – offenbar Symptome des ursprünglichen Hungers nach den Lebensbaum-Pflanzen. Mit fortschreitendem Lebensalter kam es dann zu einem Herzversagen, weil ihnen kein zweites Herz gewachsen war.

Phssthpok sollte allerdings die Wahrheit, was aus der Nachkommenschaft der ehemaligen Kolonie geworden war, niemals erfahren. Er, der als Heiland einem uralten Notruf gefolgt war, starb fast schmerzlos und nur mit einem leisen Verdacht, daß diejenigen, die er hatte retten wollen, inzwischen zu Monstern entartet waren und seiner Schirmherrschaft gar nicht bedurften.

So lautete die Geschichte, die Jack Brennan den Vertretern der Vereinten Nationen erzählte, ehe er verschwand. Aber Phssthpok war damals bereits tot, und Jack Brennans Bericht wenig glaubwürdig. Er hatte selbst von dem Lebensbaum gegessen. Er war zu einem Monster geworden. Sein Schädel hatte sich ungewöhnlich erweitert und war seltsam mißgestaltet. Vielleicht war er durch diese Verwandlung verrückt geworden.

*

Die Bergflanke sah aus, als wäre ein Flugzeug mit einer Ladung Spinatnudeln an der Felswand zerschellt. Dort, wo sich Erdreich in den Felsspalten angesammelt hatte, klebten länglichgrüne Streifen, die sich klebrig anfühlten. Wolken von Insekten summten in Knöchelhöhe um sie herum, hielten sich immer wenige Zentimeter über dem Boden auf.

»Pak-Protektoren«, sagte Louis. »Das war das Endprodukt meiner Überlegungen, obwohl ich Mühe hatte, mich mit dieser Theorie anzufreunden.«

»Die Raumanzüge«, erwiderte Chmeee, »und die Rüstung des grasessenden Riesen: sie zeigten die gleiche Form. Die Form eines Humanoiden, aber mit vergrößerten Gelenken und einem vorgewölbten Gesicht. Und ich habe noch mehr Beweise gefunden. Betrachten wir nur die vielen verschiedenartigen menschenähnlichen Wesen, denen wir bisher begegnet sind. Sie mußten von einem gemeinsamen Ahnherren abstammen: deinem eigenen Ahnherrn, den Pak-Geschlechtswesen in der zweiten Phase ihres Lebenszyklus.«

»Das ist richtig. Das gibt uns auch Aufschluß, wie Prill ihren Tod fand.«

»Tatsächlich?«

»Boosterspice, unsere Verjüngungsdroge, war auf den Stoffwechsel von *Homo Sapiens* abgestimmt. Für Halrloprillalar war diese Droge wirkungslos. Sie hatte ihr eigenes Lebenselexier, das für eine Reihe von Spezies wirksam war. Da kam mir der Gedanke, daß Prills Artgenossen ihr Lebenselixier vielleicht aus Pflanzenteilen des Lebensbaumes herstellten.«

»Wieso?«

»Nun, die Protektoren lebten mehrere Jahrtausende. Es läßt sich denken, daß irgend ein Faktor dieser Lebensbaum-Pflanze oder eine subkritische Dosis davon genügt, um das Leben eines Hominiden zu verlängern. Und der Hinterste behauptet doch, daß man Prills Vorrat an Lebenselixier gestohlen hätte.«

Chmeee nickte. »Ja, ich erinnere mich jetzt. Eines von euren Transportschiffen, die für die Bergwerksgesellschaft auf dem Asteroidengürtel Erze abholen wollte, inspizierte das aufgegebene Pak-Raumschiff. Der älteste Mann von der Besatzung bekam den Geruch des Lebensbaumes in die Nase und wurde davon verrückt. Er aß so viel von dem Zeug, bis sein Magen platzte, und starb daran. Seine Kollegen konnten ihn selbst mit Gewalt nicht daran hindern, von dem Zeug zu essen.«

»Ja. Läßt sich nicht analog dazu vermuten, daß einen Laboranten der Vereinten Nationen die gleiche Versuchung überkam? Prill betritt die Zentrale der Vereinten Nationen und hat eine Flasche des Ringwelt-Lebenselixiers bei sich. Die Vereinten Nationen wollen eine Probe von dem Lebenselixier haben. Ein junger Mann, der vielleicht gerade das Alter für seine erste Dosis Verjüngungsdroge erreicht hat – vierzig oder fünfundvierzig Jahre alt – öffnet die Flasche. Er möchte eine Pipette eintauchen, und der Geruch des Elixiers steigt ihm in die Nase. Sofort trinkt er die ganze Flasche aus.«

Chmeees Schwanz peitschte die Luft. »Ich möchte nicht so weit gehen, zu behaupten, daß ich Halrloprillalar mochte. Aber sie war eine Verbündete.«

»Ich mochte sie.«

Der heiße Wind hüllte sie jetzt mit Staub ein. Louis wurde nervös. Sie würden nicht noch einmal die Gelegenheit bekommen, sich unter vier Augen zu unterhalten. Die Sonde, die als Relaisstation diente, würde bald hoch oben auf dem Bogen der Ringwelt stehen, so daß der Hinterste im Raumschiff ihr Gespräch mithören konnte.

»Kannst du dich mir zuliebe in die Situation eines Pak versetzen, Chmeee?«

»Ich kann es versuchen.«

»Sie haben ihre Großen Ozeane mit den Landkarten aller Welten ausgestattet. Statt nun die Heimatplaneten der Kzinti, Downs, den Mars und Jinx in ihren Weltmeeren nachzugestalten, hätten sie doch einfach die Kzinti, Grogs, Marsianer und Bandersnatchi ausrotten können, oder etwa nicht?«

»Hmm. Warum nicht? Die Pak kannten wohl keine Skrupel, wenn man Brennans Berichten Glauben schenken darf. Sie rotteten rücksichtslos alle fremden Rassen aus.«

Chmeee ging auf und ab, während er über dieses Problem nachdachte.

Dann fuhr er fort: »Vielleicht rechneten sie damit, daß andere Paks ihnen nachfolgten. Vielleicht hatten sie einen Krieg verloren. Vielleicht erwarteten sie, daß die Sieger sie durch das Unsiversum verfolgten. Für einen Pak bedeutete ein Dutzend zerstörter Welten im Umkreis von einem Dutzend Lichtjahren, daß ein anderer Pak in der Nähe war.«

»Hmm . . . vielleicht. Aber nun sage mir mal, warum sie überhaupt die Ringwelt erbauten. Wie, zum Kuckuck, hätten sie denn dieses Kunstprodukt gegen Invasoren verteidigen wollen?«

»Ich würde so ein gebrechliches Gebilde nicht zu verteidigen versuchen. Vielleicht lernen wir noch dazu. Ich wunderte mich auch, warum die Pak sich in diese Region des Universums zurückgezogen haben. Zufall?«

»Unmöglich! Dafür liegt die Ringwelt zu weit entfernt.«

»Nun?«

»Oh . . . wir verlegen uns aufs Raten. Nehmen wir an, ein Haufen von diesen Pakwesen wollte so schnell und so weit wie möglich flüchten. Nehmen wir weiter an, daß sie einen Krieg verloren und von der Pak-Welt vertrieben wurden. Nun, da gab es eine sichere Fluchtroute in die galaktischen Arme, die durch Planeten markiert war. Die erste Expedition, die die Erde besiedelte, erreichte das Planetensystem von Sol, ohne nennenswerte Gefahren bestehen zu müssen. Jedenfalls keine, die sie nicht zu meistern vermochten. Sie schickten entsprechende Nachrichten an ihre Heimatwelt. So kam es, daß die Verlierer der folgenden Kriege ihren Spuren folgten. Dann errichteten sie in einer sicheren Entfernung vom Planetensystem unserer Sonne ihre Werkstatt.«

Chmee dachte über diese Hypothesen nach. Dann sagte er: »Wie die Pak auch hierher gekommen sein mögen, sie waren intelligente und wehrhafte Fremdenhasser. Das erlaubt gewisse Rückschlüsse. Die Waffe, die die Tragflächen der *Liar* in Dampf auflöste – die Waffe, die deiner und Teelas Meinung nach eine Meteorverteidigungsanlage sein sollte – war meiner Meinung nach dafür programmiert, auf einfallende Raumschiffe zu feuern. Sie wird deshalb auch auf *Heiße Nadel* oder unser Landungsboot schießen, wenn sie eine Gelegenheit dazu bekommt. Zweitens darf der Hinterste niemals erfahren, wer die Ringwelt erbaute.«

Louis schüttelte den Kopf. »Sie müssen schon lange ausgestorben sein. Wenn wir Brennan Glauben schenken dürfen, gibt es für einen Protektor nur ein Motiv, nämlich, seine Nachkommenschaft zu schützen. Sie würden nie erlaubt haben, daß sich hier Mutationen entwickeln. Sie hätten niemals zugelassen, daß die Ringwelt von ihrem Kurs abkommt und auf die Sonne zugleitet.«

»Louis . . .«

»Tatsächlich müssen sie schon seit mehreren hunderttausend

Jahren ausgestorben sein. Schau dir doch nur die Vielfalt der menschenähnlichen Gattungen an, die wir bisher registrierten.«

»Ich würde sagen, sie sind schon seit Millionen von Jahren ausgestorben. Sie müssen ihre Heimatwelt bereits verlassen haben, nachdem das erste Kolonialschiff einen Hilferuf aussendete, und schon bald nach der Erschaffung dieses Artefakten den Tod gefunden haben. Denn sonst hätten sich unmöglich so viele Mutationen von menschenähnlichen Wesen entwickeln können. Aber . . .«

»Chmeee, hör mir zu! Nehmen wir an, sie haben die Ringwelt vor einer halben Million Jahren erbaut. Rechnen wir eine Viertelmillion Jahre dazu, in denen sich die zeugungsfähigen Pak-Wesen auf der Kunstwelt ausbreiteten und die Protektoren sich nicht gegenseitig bekriegten, weil das Territorium ihres Artefakten praktisch unbegrenzt ist. Erst danach starben die Protektoren aus.«

»Woran starben sie?«

»An einem Mangel an Daten.«

»Theoretisch möglich. Weiter?«

»Also nehmen wir an, daß die Protektoren vor einer Viertelmillion Jahren ausstarben. Geben wir den Pak-Geschlechtswesen ein Zehntel der Zeit, die die Menschen auf der Erde für ihre Entwicklung brauchten. Ein Zehntel der Zeit und eine Vielzahl von Nischen in der Ökologie, weil die Protektoren keine Lebewesen mitbrachten, die ihre Nachkommenschaft als Beute betrachteten. Nehmen wir an, die Nachkommen, mit denen sie diese Kunstwelt bevölkerten, zählten mehrere Billiarden von Lebewesen.

Vergleichen wir das mit den Verhältnissen auf der Erde. Dort lebte vielleicht eine halbe Million fortpflanzungsfähiger Pak-Wesen, als die Protektoren ausstarben. Auf der Ringwelt, wo drei Millionen mal soviel Raum zur Verfügung steht als auf der Erde, und viel Zeit, sich darauf auszubreiten, ehe die Protektoren ausstarben, konnten sich die Mutanten fast ungestört entwickeln.«

»Diesmal kann ich deiner Theorie nicht ganz folgen«, erwiderte Chmeee mit ruhiger Stimme. »Ich habe das Gefühl, daß du etwas übersiehst. Aber geben wir zu, daß die Protektoren fast vollkommen ausgestorben sind, fast, sagte ich. Was würde geschehen, wenn der Hinterste erfährt, daß die Ringwelt ihr Eigentum oder ihre Heimat war?«

»Du liebe Güte! Er würde sofort flüchten. Mit oder ohne uns.«

»Aber wir haben doch unseren offiziellen Auftrag noch nicht erfüllt, das Geheimnis der Ringwelt-Konstruktion zu ergründen. Stimmst du mir da zu?«

»Ja.«

»Und wir suchen immer noch das Reparaturzentrum, nicht wahr? Der Geruch der Lebensbaum-Pflanze könnte für dich tödlich sein. Du bist schon zu alt, um noch ein Protektor zu werden.«

»Ich würde mir das auch nicht wünschen. Befindet sich ein Spektroskop im Landungsboot?«

»Ja.«

»Der Lebensbaum kann sich nicht richtig entwickeln, wenn dem Erdreich, auf dem er wächst, ein Spurenelement fehlt, nämlich Thallium-Oxyd. Thallium muß im galaktischen Kern viel häufiger vorgekommen sein als hier am Rand der Milchstraße. Folglich werden wir überall dort, wo die Protektoren sich längere Zeit aufgehalten haben, Thallium-Oxyd als Düngemittel für die Pflanzen finden. Wenn wir Thallium-Oxyd suchen, werden wir auch das Reparaturzentrum finden. Und wir werden dieses Gebäude nur in Raumanzügen betreten, wenn wir jemals dorthin gelangen sollten.«

KAPITEL 14

DER GERUCH DES TODES

Die Stimme des Hintersten schrie sie an, als sie die Straße erreichten ». . . LANDUNGSBOOT! CHMEEE, LOUIS, WO VERSTECKT IHR EUCH? HINTERSTER RUFT LANDUNGSBOOT . . .«

»Hören Sie auf, Tanj, verdammt noch mal! Drehen Sie den Lautstärkenregler herunter, oder uns platzt das Trommelfell!«

»Könnt ihr mich noch hören?«

»Wir können Sie nur zu gut hören«, erwiderte Louis. Chmeee hatte seine Ohren in die Felltaschen zurückgezogen. Louis wünschte sich, er hätte die gleiche Schutzvorrichtung. »Die Berge müssen den Sender blockiert haben.«

»Und was habt ihr diskutiert, während wir unterbrochen wurden?«

»Wir probten den Aufstand, entschieden uns aber gegen ihn.«

Einen Moment Funkstille. Dann: »Sehr klug. Ich möchte von Ihnen eine Interpretation dieses Hologramms.«

Auf einem der Schirme zeigte sich eine Konsole oder Stütze, die aus der Ringwand herausragte. Das Bild war leicht verzerrt und seltsam beleuchtet: vom Vakuum aus aufgenommen in das Sonnenlicht hinein, das rechts von der Kamera von der Landschaft dieses Kunstplaneten reflektiert wurde. Diese Konsolen schienen aus einem Stück zusammen mit der Ringmauer gegossen zu sein, als hätte man an dieser Stelle das *Scrith*-Material auseinandergezogen wie eine Bonbonmasse. Aber dieses vorspringende Gußstück enthielt zwei Dichtungsscheiben oder Wulste, die durch ihren eigenen Durchmesser voneinander getrennt waren. Außer diesem Gußfortsatz auf der Ringmauer war keine andere Unregelmäßikeit an der Mauerkrone zu erkennen. Es war unmöglich bei dieser Frontalansicht, die Ausmaße dieses Gußstückes zu erraten.

»Die Aufnahme stammt von der Sonde«, erklärte der Puppetier. »Ich habe, Ihrem Vorschlag folgend, die Sonde in das Ringmagnetensystem auf der Ringmauer eingeschleust. Die Sonde beschleunigt inzwischen antispinnwärts.«

»Ja. Was hältst du davon, Chmeee?«

»Es könnte sich hier um den Träger einer Steuerdüse handeln. Das Ding scheint aber noch nicht gezündet zu haben.«

»Vielleicht. Es gibt sehr viele Möglichkeiten, eine Bussard-Rammdüse zu gestalten. Hinterster, haben Sie irgendwelche magnetischen Kräfte in der Nähe dieses Gebildes registriert?«

»Nein, Louis, die Maschine scheint inaktiv zu sein.«

»Aber die Superleiter-Seuche würde keine Geräte im Vakuum angegriffen haben. Und es sieht mir nicht beschädigt aus. Allerdings können die Steuereinrichtungen für diese Anlage irgendwo anders untergebracht sein. Vielleicht auf der Oberfläche der Ringwelt. Möglicherweise können sie repariert werden.«

»Aber dazu müssen Sie die Steuereinrichtungen zuerst finden. Ob sie im Reparaturzentrum untergebracht sind?«

»Möglich.«

*

Die Straße setzte sich zwischen dem Sumpfgebiet und einer steinigen Hochebene fort. Sie kamen an einer Anlage vorüber, die eine chemische Fabrik zu sein schien. Offenbar hatte man sie entdeckt; denn sie hörten das Blöken eines Nebelhorns und das schrille Pfeifen einer Dampfsirene. Chmeee brauste mit unverminderter Geschwindigkeit über die Dächer dieser Anlage.

Von den kastenartigen Fahrzeugen vermochten sie keines mehr auf der Straße zu entdecken.

Louis hatte etwas Großes, Blasses unter den Bäumen gesehen, das sich langsam auf den Sumpf zubewegte. Sie pirschten sich so vorsichtig heran wie Nebel über einem Wasser oder wie ein Ozeandampfer, der an einer Mole anlegt. Dann bewegte sich weit vor ihrem Bug eine weiße Gestalt unter den Bäumen hervor und hielt auf die Straße zu.

Über einem gewaltigen, langgestreckten weißen Leib wölbte sich ein schlanker Hals mit den Sinnesorganen dieser Bestie. Seine Kiefer befanden sich auf gleicher Höhe mit dem Boden; der Rachen pflügte wie ein Schneepflug durch die Sumpfpflanzen und das moorige Wasser, während die Bestie auf mächtigen muskulösen Beinen bergauf lief. Das Monster war größer als die gewaltigsten Dinosaurier, die auf der Erde gelebt hatten.

»Ein Bandersnatch«, sagte Louis. Was zum Kuckuck, *suchten* sie hier? Die Heimat der Bandersnatch war Jinx. »Flieg langsamer, Chmeee, der Bandersnatch will mit uns reden.«

»Und wenn schon?«

»Sie haben ein sehr langes Gedächtnis.«

»Und woran wollen sich die Bandersnatchi erinnern? Sie sind Sumpfbewohner, Moorfresser, die nicht einmal Hände besitzen, um sich Waffen anzufertigen. Nein.«

»Warum nicht? Vielleicht können Sie uns verraten, wie die Bandersnatchi auf die Ringwelt gekommen sind.«

»Das ist doch kein Geheimnis. Die Protektoren haben vermutlich ihre Landkarten im Großen Ozean mit Mustern aller Spezies versehen, die sie als mögliche Widersacher betrachteten.«

Chmee versuchte wieder, sich die Rolle des Führers anzumaßen. Das gefiel Louis ganz und gar nicht. »Was hast du nur? Wir könnten ihn doch wenigstens fragen.«

Der Bandersnatch schrumpfte hinter ihnen zu einem gewöhnlichen Lindwurm zusammen. Chmeee fauchte: »Du vermeidest jede Konfrontation wie ein Pierson-Puppetier. Aber Schlammfresser und Primitive möchtest du ausfragen! Und dann tötest du Sonnenblumen! Der Hinterste verschleppte uns hierher auf diesen dem Untergang geweihten Artefakten, und du verzögerst unsere Rache damit, daß du Sonnenblumen umbringst. Spielt es denn für die Eingeborenen der Ringwelt in einem Jahr eine Rolle, daß Louis, der göttliche Louis, auf seinem Weg über diesen Planeten einen Tag lang pausierte, um Unkräuter auszuzupfen?«

»Ich werde sie retten, soweit ich kann.«

»Wir können gar nichts tun. Es sind die Straßenbauer, mit denen wir reden wollen. Sie sind noch zu primitiv, um uns gefährlich werden zu können, aber schon so weit fortgeschritten, daß sie die Antwort für ein paar unserer Fragen wissen. Sobald wir ein Fahrzeug entdecken, stoßen wir auf das Vehikel hinunter.«

*

Am Nachmittag übernahm Louis den Pilotensitz.

Der Sumpf wurde zu einem Fluß, der sich nach spinnwärts hin schlängelte, weit von seinem ursprünglichen Bett entfernt.

Die grob gefertigte Straße folgte dem neuen Flußlauf. Das ursprüngliche Flußbett wand sich in sorgfältig angelegten S-Kurven nach Backbord, zeigte hier und dort eingebaute Stromschnellen oder Wasserfälle. Es war jetzt knochentrocken und mündete in einer knochentrockenen Wüste. Der Sumpf mußte ein Meer gewesen sein, ehe er verlandete.

Louis verzögerte und folgte dann dem ursprünglichen Flußbett.

»Ich glaube, unsere Zeittabelle ist richtig«, sagte er zu Chmeee. »Prills Spezies entwickelte sich lange nach dem Aussterben der Ringwelt-Ingenieure. Von allen intelligenten Rassen, die sich auf dieser Kunstwelt entwickelten, waren sie die Ehrgeizigsten. Sie bauten die großen Wolkenkratzer-Städte. Und dann kam diese seltsame Plage über diese Welt und vernichtete die meisten ihrer Maschinen. Und jetzt haben wir es mit Maschinen-Leuten zu tun, die vielleicht derselben Rasse entstammen. Die Maschinen-Leute bauten diese Straße. Diese Straße wurde angelegt, nachdem sich der Sumpf längst gebildet hatte. Ich glaube, der Sumpf ist erst entstanden, nachdem die Herrschaft von Prills Spezies bereits zusammengebrochen war.«

»Folglich halte ich jetzt Ausschau nach einer alten Prill-Volk-Stadt. Vielleicht haben wir Glück und finden dort eine alte Bibliothek oder einen Kartenraum.«

Bei ihrer ersten Expedition hatten sie festgestellt, daß Städte knapp waren auf der Ringwelt. Heute waren sie schon seit dem frühen Morgen über das Land geflogen und hatten bisher nur zweimal eine Ansammlung von Zelten gesehen und vor etwa zwei Stunden einen Sandsturm von der Größe eines Kontinents.

Die fliegende Stadt lag noch vor ihnen. Sie zeigte ihnen die Seitenansicht, so daß sie keine Einzelheiten auszumachen vermochten. Ein paar Dutzend Türme ragten am Stadtrand empor; dort, wo das Zentrum sein mußte, konnte man auch schwebende Kegel unterscheiden.

Der trockene Fluß verlor sich in einem trockenen See. Louis folgte in einer Höhe von zwanzig Meilen der Küstenlinie. Der Seeboden war seltsam flach, wenn man von den Inseln absah, die sich als erhabenes Relief mit buchtenreichen Ufern in sorgfältiger Gruppierung über dem Boden erhoben.

Chmeee rief: »Louis, stell den Autopiloten ein!«

»Was hast du entdeckt?«

»Einen Schlammbagger.«

Louis trat neben Chmee an das Teleskop.

Er hatte den Bagger für einen Teil einer Insel gehalten. Er war groß und flach, geformt wie eine Scheibe, und zeigte die gleiche Farbe wie der Modder auf dem ausgetrockneten Seeboden. Der Bagger war so dimensioniert, daß er wahrscheinlich bis knapp unter die Wasseroberfläche reichte. Der Rand der Baggerscheibe war so geformt wie die Schneide eines Schlichthobels. Die Maschine war von der Insel blockiert worden, die sie selbst aus dem Schlamm des Meeresgrundes aufgetürmt hatte.

So hatten die Ringwelt-Ingenieure also den Schlamm vom Boden ihrer Meere abgeräumt. Es war kein automatisches Überlaufsystem, weil dazu das Gefälle des Meeresbodens nicht ausreichte. Der Schlamm wurde also in die Röhren hineingepreßt. »Offenbar war die Abflußröhre verstopft«, dachte Louis laut nach. »Aber der Bagger arbeitete weiter, bis irgendein Teil seinen Dienst versagte oder die Kraftzufuhr unterbrochen wurde – vielleicht durch die Superleiter-Seuche. Soll ich den Hintersten verständigen?«

»Ja. Damit er zufrieden ist . . .«

Aber der Hinterste hatte wichtigere Neuigkeiten.

»Schauen Sie sich das an«, sagte er. Hologramme lösten sich in rascher Folge auf den Schirmen ab. Ein Rammdüsen-Halter schob sich schräg aus der Ringmauer heraus, an dessen Spitze ein paar Kupferschlangen-Toroide befestigt waren. Dann kam eine zweite Halterung, die aus größerer Entfernung aufgenommen worden war; auf diesem Bild konnte man auch einen Schüttberg am Fuß der Ringmauer erkennen. Der Schüttberg war nur halb so groß wie die Halterung der Rammdüse. Dann kam eine dritte Halterung ins Bild. Eine vierte, neben der ein Gerüst aufgebaut war. Eine fünfte – »Moment!« rief Louis. »Schalten Sie auf das vierte Bild zurück!«

Die fünfte Halterung verharrte noch einen Moment auf dem

Schirm. An ihr war nichts befestigt. Dann brachte der Hinterste wieder das vierte Hologramm auf die Schirmwand.

Das Hologramm war etwas verzerrt, was an der hohen Geschwindigkeit der aufnehmenden Sonde liegen mußte. Schweres Hebegerät war auf der Ringmauer in der Nähe der Rammdüsen-Halterung befestigt: ein grobschlächtiger Fusionsgenerator; eine Kraftwinde; eine Kabeltrommel und ein Haken, der scheinbar ohne Verbindung unter der Trommel schwebte. Das Kabel, das sich von der Trommel abspulte, mußte unsichtbar dünn sein, dachte Louis. Möglicherweise handelte es sich dabei um Sonnenblenden-Draht.

»Ein Reparaturtrupp bei der Arbeit? Hmmm. Bauen sie nun Steuerdüsen ein, oder bauen sie die Dinger ab? Wie viele von diesen Düsen befinden sich noch in den Halterungen?«

»Die Sonde wird es uns verraten«, erwiderte der Hinterste. »Ich möchte jetzt Ihre Aufmerksamkeit auf ein anderes Problem lenken. Denken Sie wieder an die Kupferschlangen, die um den Rumpf des einen noch intakten Ringwelt-Raumschiffes gewikkelt waren. Wir vermuteten, daß mit diesen Toroiden die elektromagnetischen Schöpffelder für die Bussard-Rammdüsen erzeugt wurden.«

Chmeee betrachtete die Schirmwand. »Die Ringwelt-Raumschiffe hatten alle die gleiche Form. Ich wunderte mich schon darüber. Sie mögen recht haben, Hinterster.«

Louis sagte: »Ich begreife nicht, worauf Sie hinauswollen. Was haben die Toroiden . . .«

Zwei einäugige Schlangen blickten ihn aus dem Schirm an. »Halrloprillalars Spezies baute das Ringmauer-Transportsystem, das ihnen nach seiner Fertigstellung den fast grenzenlosen Raum des Artefakten für die Erforschung und Kolonisation erschlossen hätte. Warum haben sie das System nicht zu Ende gebaut? Die ganze Ringwelt gehörte ihnen doch dank dieses Transportsystems. Warum ließen sie es unvollendet und unterzogen sich statt dessen der Mühe, mit Raumschiffen andere Sterne zu erreichen?«

Ja, diese Alternative gefiel ihm nicht. Louis wollte es nicht glauben, aber es paßte zu gut zusammen. »Sie bekamen die Motoren für ihre Raumschiffe umsonst. Sie bauten ein paar von den Ringwelt-Steuerdüsen aus, umgaben sie mit Schiffsrümpfen und flogen damit zu anderen Sternen. Und offensichtlich hatte das keine unangenehmen Folgen. Also bauten sie noch mehr von diesen Düsen aus. Ich frage mich nur, wie viele.«

»Die Sonde wird uns das zu gegebener Zeit beantworten«, erwiderte der Puppetier. »Jedenfalls schienen sie noch ein paar dieser Düsen auf der Mauer übrig gelassen zu haben. Warum haben sie aber nichts unternommen, die Ringwelt wieder auf richtigen Kurs zu bringen, ehe die Abweichung zu groß wurde? Chmeees Frage war klug gestellt. Werden die Motore jetzt wieder in ihren Halterungen befestigt oder gestohlen, um in Schiffen verwendet zu werden, damit noch ein paar von Halrloprillalars Spezies dem Untergang der Welt entrinnen können?«

Louis' Lachen klang bitter. »Und wie hört sich das Folgende an: Sie ließen fast alle Düsen in den Halterungen an der Ringwelt-Mauer. Dann kam eine Seuche und raffte fast alle ihre Maschinen hinweg. Ein paar von Halrloprillalars Artgenossen gerieten in Panik. Sie flohen mit den Schiffen, die ihnen zur Verfügung standen, und bauten neue Schiffe, so rasch sie nur konnten. Damit es schneller ging, montierten sie fast alle Steuerdüsen ab und verwendeten sie als Antrieb für ihre neuen Raumschiffe. Sie sind immer noch fieberhaft dabei, sich etwas zusammenzubasteln, mit dem sie flüchten und die Ringwelt ihrem Schicksal überlassen können.«

Chmeee sagte: »Diese Dummköpfe haben sich ihre Falle selbst gegraben.«

»Bist du so sicher? Ich bezweifle es.«

»Einige Umstände lassen mich an dieser Möglichkeit ebenfalls zweifeln«, sagte der Puppetier. »Hätten sie auf ihrer Flucht nicht soviel wie möglich von ihrer Zivilisation mitgenommen? Jedenfalls hätten sie um keinen Preis die Materie-Umwandler zurückgelassen.«

Diesmal war Louis seltsamerweise nicht versucht, zu lachen. Aber was für eine Antwort konnte er darauf geben?

Der Kzin fand etwas Passendes: »Sie würden alles auf die Flucht mitnehmen, was in ihrer Reichweite liegt. Jedenfalls alles, was sich in der Nähe der Raumhafen-Rampe befindet. Alles in der Nachbarschaft der Mauerkrone, wo das Magnetring-Transportsystem zur Verfügung stand. Wir müssen das Innere des Planeten absuchen und nach dem Reparaturzentrum forschen. Wenn wir dort noch Artgenossen von Prill antreffen, werden sie bestimmt versuchen, die Ringwelt zu retten, nicht, sie zu verlassen.«

»Möglich.«

Louis sagte: »Es würde uns weiterhelfen, wenn wir den Zeitpunkt genau bestimmen könnten, als die Seuche anfing, die Superleiter zu zerstören.«

Wenn er jetzt erwartete, daß der Hinterste zusammenzuckte, täuschte er sich. Der Puppetier sagte nur: »Sie werden das vermutlich noch vor mir herausfinden.«

»Ich dachte, Sie wüßten es bereits.«

»Rufen Sie mich, wenn Sie etwas Neues erfahren.« Die beiden Schlangenköpfe verschwanden von den Schirmen.

Chmeee blickte Louis seltsam an, sagte aber nichts. Louis setzte sich wieder in den Pilotenstuhl.

*

Die Terminator-Linie war ein breiter Schatten, der sich nach spinnwärts bewegte, als Chmeee die Stadt entdeckte. Sie waren einem mit Sand gefüllten Flußbett auf der Steuerbordseite des ausgetrockneten Meeres gefolgt. Hier gabelte sich das Flußbett, und dort, im Innenwinkel, der durch die Zuflüsse gebildet wurde, befand sich die Stadt.

Prills Artgenossen hatten auch dort großzügig gebaut, wo gar kein Anlaß dafür bestand. Die Stadt hatte sich zwischen den beiden Ufern nicht sehr weit ausbreiten können, aber dafür hatte sie in der Vertikalen um so mehr Platz gefunden. Und so waren auf enger Grundfläche riesige Wolkenkratzer entstanden, die sogar noch in der Luft schwebten und unter sich kleineren, mit der Erde verhafteten Gebäuden genügend Raum ließen, bis die Schwebemaschinen versagten und die Wolkenkratzer wieder auf die Erde zurückholten. Dabei hatten sie die Gebäude unter ihnen zerstört. Nur ein einziger schlanker Turm stand noch etwas verkantet über den Schutthalden. Er hatte sich wie ein Speer in ein anderes Gebäude hineingebohrt. Eine Straße kam von Backbord her, folgte dem äußeren Rand der linken Flußgabel und überquerte dann eine Brücke, die so massive Stützpfeiler hatte, daß sie nur von den Maschinen-Leuten gebaut sein konnte.

Halrloprillalars Artgenossen hätten entweder stabileres Material verwendet oder den Fluß mit einer Fähre überquert.

Chmeee sagte: »Die Stadt wird längst geplündert worden sein.«

»Nun, ja, vorausgesetzt, daß die Straße gebaut wurde, damit man sie plündern konnte. Warum gehst du mit dem Landungsboot nicht tiefer?«

»Die angeborene Neugierde des Affen?«

»Vielleicht. Du brauchst dieses Ding ja nur zu umkreisen, damit wir es aus der Nähe betrachten können.«

Chmeee befolgte die Aufforderung so heftig, daß fast ein freier Fall daraus wurde. Der Pelz des Kzin hatte sich inzwischen sehr stark verändert, war zu einem schimmernd-neuen, hübschen sehr orangefarbenen Fell geworden, ein Indiz für Chmeees neuerwachte Jugend. Diese Jugend wirkte sich nicht gerade günstig auf sein Temperament aus. Vier Menschheits-Kzin-Kriege plus ein paar »Zwischenfälle« . . . Louis hielt lieber den Mund.

Das Landungsboot sackte unter ihnen weg. Louis wartete, bis der schreckliche Andruck sich milderte und begann dann das Okular der Außenkameras einzustellen. Er entdeckte es auf Anhieb.

Ein Kastenwagen war neben dem schiefen Turm geparkt. Der Wagen war groß genug für ein rundes Dutzend Fahrgäste. Das Motorgehäuse am Heck war so reichlich bemessen, daß man damit ein Raumfahrzeug von der Erde abheben konnte . . . aber das war ja noch ein sehr rückständiges Volk. Louis konnte an der Form des Motorgehäuses nicht erkennen, nach welchem Prinzip der Antrieb dieses Vehikels funktionierte. Er deutete nach unten und sagte:

»Sobald wir ein isoliertes Fahrzeug entdecken, stürzen wir uns darauf, nicht wahr?«

»Das sagte ich.« Chmeee ging mit dem Landungsboot neben dem Fahrzeug nieder. Während des Landemanövers peilte Louis die Lage:

Der Wolkenkratzer-Turm hatte ein rechteckiges, erdverhaftetes Gebäude durchbohrt, das Dach durchschlagen, drei Stockwerke und vermutlich auch die Kellerdecke. Es war die Außenschale des kleineren, erdverhafteten Gebäudes, die den Wolkenkratzer-Turm aufrecht hielt. Weiße Dampf- oder Rauchwölkchen kamen in unregelmäßigen Intervallen aus zwei Fenstern des Turmgebäudes. Blasse, menschliche Gestalten tanzten vor dem breiten Eingang des erdverhafteten Gebäudes – tanzten oder hielten dort Springwettbewerbe ab. Zwei von ihnen lagen vor der Fassade. Das sah allerdings nicht nach Ausruhen aus . . .

Ehe die Fassade eines sonst bereits eingestürzten Hauses ihm den Blick versperrte, hatte Louis die Impressionen bei der Landung zu einem logischen Ganzen zusammengesetzt. Die bleichen Gestalten versuchten, den Eingang des Gebäudes über eine schuttbestreute Straße zu erreichen. Jemand in dem Turm schoß auf die bleichen Gestalten, um diesen Versuch zu vereiteln.

Das Landungsboot ruhte auf seinen Stützen. Chmeee stand auf und streckte sich. »Du scheinst auch der Glückslotterie deine Existenz zu verdanken, Louis. Wir können von der Annahme ausgehen, daß die Leute mit den Gewehren zu dem Volk der Maschinenbauer gehören. Es gehört zu unserer Strategie, diesen Leuten zu helfen.«

Das schien vernünftig. »Weißt du über Waffen Bescheid, die Projektile verwenden?«

»Wenn wir von der Annahme ausgehen, daß die Projektile mit chemischen Mitteln angetrieben werden, dann werden diese Projektile unseren Schutzanzug nicht durchschlagen können. Wir können daher unsere Fluggeschirre benützen, um den Turm zu erreichen. Bewaffne dich mit Betäubungsstrahlern. Wir wollen schließlich keinen Ärger mit unseren zukünftigen

Verbündeten haben, indem wir sie schon bei unserer ersten Begegnung umbringen.«

*

Als sie das Landungsboot verließen, herrschte draußen schon Nacht. Der Himmel hatte sich mit Wolken überzogen. Trotzdem vermochte man hinter der Wolkendecke den Bogen der Ringwelt als schwachschimmerndes, weites Band zu erkennen. Die schwebende Stadt war eine eng beieinander stehende Sternengruppe backbords. Sie konnten sich also schwerlich verirren.

Louis Wu hatte ein unbehagliches Gefühl. Der Schutzpanzer war zu steif; und die Kapuze verdeckte fast sein ganzes Gesicht. Die gepolsterten Tragriemen des Fluggeschirres beengten ihn beim Atmen, und seine Füße schleppten hinter ihm her. Doch nichts, und sei es noch so bequem, würde ihm jemals wieder so ein harmonisches Gefühl vermitteln wie der Wonnedraht. Wenigstens fühlte er sich relativ sicher.

Er hing zwischen Himmel und Erde und benützte die Schutzbrille mit den restlichtverstärkenden Gläsern.

Die Angreifer schienen wahrhaftig nicht furchterregend. Sie waren vollkommen nackt und besaßen keine Waffen. Ihre Haare waren silberfarben; ihre Haut außerordentlich blaß. Sie waren schlank und hübsch anzusehen; selbst die Männer hatten glatte, bartlose Gesichter.

Sie hielten sich in dem Schatten der Schutthalden, lösten sich nur daraus, wenn sie im Zickzack paarweise oder einzeln auf den breiten Eingang des rechteckigen Gebäudes zuliefen. Louis hatte zwanzig silberhaarige Gestalten gezählt. Elf davon waren Frauen. Fünf weitere Gestalten lagen tot auf der Straße. Andere mochten sich bereits im Gebäude aufhalten.

Die Verteidiger hatten inzwischen mit dem Schießen aufgehört. Vielleicht war ihnen die Munition ausgegangen. Sie hatten zwei Fenster als Schießscharten verwendet, die sich auf der nach vorn geneigten Seite des Turmes befanden, und zwar im sechsten Stockwerk, soweit Louis das beurteilen konnte. Alle

Fenster in dem Wolkenkratzer-Turm waren zerbrochen.

Louis lenkte ganz dicht an die schwebende Tigergestalt des Kzin heran. »Wir dringen von der Rückseite in das Gebäude ein. Wir stellen die Handscheinwerfer auf die geringste Energie und breiteste Öffnung. Ich gehe zuerst, weil ich ihnen zum Verwechseln ähnlich sehe. Okay?«

»Okay«, erwiderte Chmeee.

Die Fluggeschirre arbeiteten nach dem gleichen Repulsionsprinzip wie das Landungsboot. Im Tornistergerät befanden sich kleine Repulsionsdüsen, die mit dem *Scrith* reagierten. Louis schwebte in einer Kurve auf die Rückseite des Wolkenkratzers zu, bewegte den Kopf zur Seite, um sich zu vergewissern, daß Chmeee ihm folgte. Hoffentlich habe ich auch das richtige Stockwerk erwischt, dachte er, als er durch ein offenes Fenster das Gebäude enterte.

Er befand sich in einem großen, leeren Zimmer. Als er die Luft einatmete, reizte sie seine Schleimhäute. Da waren Polstermöbel, die aus Gurten bestanden, doch die Gurte waren längst zu Staub zerfallen. In der Mitte des Raumes stand ein langer Glastisch. Das Glas war zersprungen. Auf dem abschüssigen Fußboden lag etwas Formloses, das sich als Tornister mit Tragriemen entpuppte. Sie waren also hier gewesen. Und dieser Geruch . . .

»Kordit«, sagte Chmeee. »Chemischer Treibstoff. Wenn sie auf uns schießen, bedeckst du deine Augen.« Der Kzin bewegte sich auf die Tür zu. Er preßte sich gegen die Wand und stieß die Tür auf. Dahinter war eine Toilette. Leer.

Eine größere Tür hing in den Angeln, zeigte in die Richtung, in die das Gebäude verkantet war. Den Betäubungsstrahler in der einen Hand, den Handstrahler-Laser in der anderen, bewegte sich Louis durch diese offene Tür. Er spürte eine wachsende Erregung, die seine Furcht verdrängte.

Hinter der prächtig geschnitzten Holztür befand sich eine breite spiralförmig angelegte Treppe, die sich unter ihm im Dunklen verlor. Louis leuchtete an den Windungen der Treppe entlang, bis die Spirale sich im Erdgeschoß des Gebäudes in Schutt auflöste. Der Lichtstrahl brach sich an einer Waffe mit

Schulterstütze, die man mit zwei Händen bedienen mußte, an einer Schachtel, um die herum winzige goldene Zylinder verstreut lagen. Etwas tiefer lag noch eine Waffe. Ein Rock, der mit Tragschlaufen versehen war. Noch mehr Kleidungsstücke auf der Spirale darunter. Eine menschliche Gestalt ganz unten, wo die Treppe abgeknickt war – ein nackter Mann, der offenbar dunkelhäutiger und muskulöser war als die Angreifer.

Louis' Aufregung hatte sich ins Unerträgliche gesteigert. War es das, was er die ganzen Jahre über gesucht hatte? Nicht den Wonnestecker, sondern Lebensgefahr, um sich selbst bestätigen zu können? Louis stellte die Düsen seines Fluggeschirrs neu ein und sprang über das Geländer in die Tiefe. Er fiel langsam nach unten. Da war nichts Menschliches auf den Treppenstufen, nur Gegenstände, die offenbar auf der Flucht weggeworfen worden waren: anonyme Kleidungsstücke, Waffen, Stiefel, noch ein Tornister. Louis sank von Stockwerk zu Stockwerk und wußte plötzlich, daß er das Richtige gefunden hatte. Eine rasche Drehung an dem Regler seines Fluggeschirrs, und er flog waagrecht durch einen Korridor, einen Geruch verfolgend, der sich radikal von dem Gestank unterschied, den Chmeee als *Kordit* bezeichnet hatte.

Er befand sich jetzt außerhalb des Wolkenkratzers. Fast wäre er mit voller Wucht gegen eine Wand geflogen. Er schwebte durch das niedrige, erdgebundene Gebäude, das dem Wolkenkratzer als Stütze diente. Irgendwo mußte er sein Licht verloren haben. Er drehte an dem Binokular seiner Schutzbrille und wandte sich nach rechts, dem Licht zu.

Da lag eine tote Frau auf der Schwelle einer breiten Tür: sie gehörte zu den Angreifern. Blut war aus einer Projektilwunde in ihrer Brust geflossen. Louis empfand eine tiefe Trauer für sie . . . und eine Erregung, die ihn mit sich fortriß, so daß er über sie hinwegflog, durch zwei weitere Türen und dann durch ein Fenster ins Freie.

Der durch den Restlichtverstärker betrachtete Bogen der Ringwelt schimmerte hell durch die Wolkendecke. Er hatte endlich die Angreifer gefunden, und auch die Verteidiger. Sie waren paarweise beisammen – die schlanken, blassen Gestalten mit den stämmigen Dunkelhäutigen, die immer noch Reste einer Bekleidung trugen – einen Stiefel, eine Mütze oder ein zerrissenes Hemd. In dem Taumel der Paarung beachteten sie den fliegenden Mann überhaupt nicht.

Doch eine von den silberhaarigen Frauen hatte noch keinen Partner gefunden. Als Louis knapp über dem Boden schwebte, streckte sie den Arm aus und faßte ihn am Fußknöchel. Sie tat es mit einer ungezwungenen, fast anmutigen Bewegung, ohne die geringste Furcht zu zeigen. Sie war sehr blaß, und das von den silbernen Haaren eingerahmte feingemeißelte Gesicht war unglaublich schön.

Louis schaltete sein Fluggeschirr ab und ließ sich neben ihr auf die Erde fallen. Er nahm sie in seine Arme. Ihre Hände tasteten suchend über seine seltsame Kleidung. Louis ließ den Lähmungsstrahler fallen, zog seine Weste und sein Fluggeschirr aus – seine Finger waren viel zu plump, dünkte ihm – seinen Schutzpanzer, seine Unterwäsche. Er nahm sie ohne Finesse. Sein Trieb war viel stärker als jedes Gefühl der Rücksichtnahme. Aber ihre Begierde war genauso stark wie seine.

Er achtete nicht mehr auf seine Umgebung, spürte nur noch seinen Körper und ihren. Jedenfalls hatte er keine Ahnung, daß Chmeee inzwischen Zeuge ihres Geschlechtsaktes geworden war. Er erkannte es erst – blitzartig –, als der Kzin seiner neuen Geliebten mit seinem Laser heftig über den Kopf schlug. Das pelztragende fremde Wesen packte mit seinen Klauen seine Geschlechtspartnerin bei den silbernen Haaren und riß ihren Kopf zurück, zog ihre Zähne aus Louis Wus Hals heraus.

KAPITEL 15

DIE MASCHINEN-LEUTE

Der Wind blies Staub in Louis Wus Nasenlöcher. Er schlug ihm die eigenen Haare um das Gesicht. Louis schob das Haar hinter die Ohren zurück und öffnete die Augen. Das Licht war gleißend hell. Seine tastenden Hände entdeckten ein Plastikpflaster am Hals. Die Schutzbrille mit den Restlichtverstärkern saß immer noch auf seiner Nase. Er zog sie zum Kinn herunter. Er rollte sich von der Frau weg und setzte sich auf.

Jetzt herrschte Zwielicht. Die Morgendämmerung brach herein: die Terminatorlinie teilte die Welt in hell und dunkel. Louis taten alle Muskeln weh. Ihm war, als hätte man ihn fürchterlich verprügelt. Paradoxerweise fühlte er sich großartig. Viel zu lange hatte er den Sex nur sparsam ausgeübt, dazu noch unlustig, als Tarnung, weil Wonnestrom-Süchtige bekanntermaßen kein Interesse an solchen Dingen haben. In der vergangenen Nacht war seine ganze Seele darin aufgegangen.

Die Frau? Sie hatte ungefähr Louis' Größe und war eher eine kompakte Schönheit. Nicht gerade flachbrüstig, aber auch nicht vollbusig. Ihr Haar war in einen langen Zopf geflochten, und da war ein etwas zu langer Flaum am Kinn und unter den Jochbeinen. Sie schlief den Schlaf der Erschöpfung, und den hatte sie auch verdient. Beide hatten sie das. Jetzt kam die Erinnerung an die vergangene Nacht zurück. Aber seine Rückblende machte ihn ganz konfus.

Er hatte gebumst – nein, er hatte sich Hals über Kopf auf diese schlanke blasse Frau mit den roten Lippen gestürzt und sich mit ihr vereinigt. Als er sein Blut auf ihren Lippen sah, den Stachel in seinem Hals fühlte, hatte er nur ein Bedauern gespürt, als erlitte er einen schrecklichen Verlust. Er hatte geheult vor Wut, als Chmeee ihren Kopf nach hinten drehte, bis ihr Genick zerbrach. Er hatte sogar mit dem Kzin gekämpft, als er ihn von der toten Frau wegriß. Der Kzin hatte ihn unter den Arm geklemmt, obwohl er immer noch wütend mit Armen und Beinen auf ihn eindrosch. Chmeee hatte ihn mit den Ellenbogen festgehalten, während er das Sanitätskästchen aus Louis' Weste holte und ihm das Pflaster auf den Hals drückte. Anschließend hatte er das Sanitätskästchen wieder im Raumanzug verstaut.

Dann hatte Chmeee sie getötet, alle diese hübschen silberhaarigen Männer und Frauen. Er hatte ihnen die gleißende Rubinnadel seines Handscheinwerfer-Lasers akkurat und sauber durch den Kopf gebohrt. Louis erinnerte sich wieder, wie er Chmeee daran hindern wollte und dann, von einem wuchtigen

Schlag getroffen, über die geborstenen Gehsteigplatten rollte. Er hatte sich benommen wieder aufgerappelt und in seiner Nähe ein weibliches Wesen entdeckt, das sich ebenfalls noch bewegte. Er war auf sie zugegangen. Sie, eine dunkelhaarige Frau, war die einzige Überlebende der Verteidiger. Sie waren sich gegenseitig in die Arme gefallen.

Warum hatte er das getan? Und Chmeee hatte versucht, seine Aufmerksamkeit auf sich zu lenken . . . oder etwa nicht? Louis erinnerte sich auch an ein fauchendes Heulen, das ihn an das Kriegsgeschrei von Tigern gemahnte.

»Pheromone«, sagte er, »und sie sahen so harmlos aus.« Er stand auf und blickte sich mit blankem Entsetzen um. Die Toten waren alle um ihn herum versammelt: die Dunkelhäutigen mit den zerbissenen Hälsen, die Blassen mit dem Blut auf den Lippen und dem Brandloch in den Silberhaaren.

Die Waffen hatten da nicht ausgereicht. Was die Vampire besaßen, war viel schlimmer als eine Lustgeißel. Sie schickten eine superstimulierende Wolke von Pheromonen aus, die menschlichen Geruchssignale der sexuellen Bereitschaft. Einer von den den Vampiren oder ein paar mußte den Wolkenkratzer-Turm erreicht haben. Und die Verteidiger waren nur zu gerne herausgekommen, waren ihnen entgegengerannt, hatten unterwegs ihre Waffen und ihre Kleider abgeworfen. Einer hatte es so eilig gehabt, daß er sogar über das Geländer sprang und in den Tod stürzte.

Aber warum hatten er und die dunkelhaarige Frau sich gepaart, obwohl die Vampire bereits tot waren?

Der Wind spielte mit Louis' Haaren. Ja. Die Vampire waren tot, aber er und die dunkelhaarige Frau waren noch von einer Wolke von Pheromonen umgeben gewesen. Sie hatten sich gepaart wie brünstige Tiere . . . »Wenn der Wind nicht aufgekommen wäre, klebten wir immer noch aneinander. Ja. Wo, zum Henker, habe ich denn meine Sachen gelassen?«

Er fand die Panzerweste und das Fluggeschirr. Unterhose und Unterhemd waren nur noch Fetzen. Wie stand es mit der Weste? Er sah, daß die Frau jetzt die Augen aufgeschlagen hatte. Sie setzte sich plötzlich auf, mit einem Horror in den Augen, den Louis nur zu gut verstehen konnte. Er sagte zu ihr: »Ich muß meine Weste wiederfinden, denn darin befindet sich mein Übersetzungsgerät. Ich hoffe nur, Chmeee vergrault Sie nicht, ehe ich . . .«

Chmeee! Was für einen Eindruck hatte dieses hemmungslose, ektatische Verhalten auf ihn gemacht?

Chmeees große Hand schloß sich um Louis' Schädel und zwang ihn rückwärts. Louis klammerte sich mit seinem ganzen Körper und mit seiner ganzen Seele an diese Frau. Er stieß sie, er bumste; aber seine Augen waren ausgefüllt von diesem orangefarbenen Tiergesicht, und seine Ohren gellten von schrecklichen Flüchen. Es mußte für den Kzin niederschmetternd gewesen . . .

Chmeee war nicht in seiner Nähe. Er konnte ihn nirgends entdecken. Louis fand seine Weste ein gutes Stück von sich entfernt, umklammert von der Hand eines toten Vampirs. Aber seinen Betäubungsstrahler konnte er nicht wiederfinden. Inzwischen machte er sich ernsthafte Sorgen. Irgend etwas Häßliches regte sich in seiner Erinnerung. Er rannte nun zu der Stelle, wo das Landungsboot niedergangen war.

Er fand dort nur einen Felsblock, der so groß und so schwer war, daß ihn drei Männer nicht hätten von der Stelle rücken können. Er beschwerte ein großzügig bemessenes Stück schwarzen Superleiter-Tuches. Chmeees Abschiedsgeschenk. Das Landungsboot war weg.

*

Ich muß früher oder später darüber hinwegkommen, dachte Louis. *Und warum nicht jetzt gleich?* Ein Freund hatte ihm diesen Trick beigebracht, diese magische Suggestion, mit der man sich rasch von einem Schock oder Kummer erholte. Manchmal funktionierte es sogar.

Er setzte sich auf eine Stange, die früher einmal zu einem Verandageländer gehört haben mußte, nur daß diese Veranda jetzt wie ein gestrandetes Floß auf einem mit Sand bedeckten Gehsteig lag. Er hatte seinen Panzer wieder angelegt und die Weste mit den vielen Taschen. Er hatte diese Kleidung zwischen sich und eine riesige, ihn vergessende Welt gestellt. Er hatte sich nicht aus Schamgefühl bekleidet, sondern aus Furcht.

Damit war sein ganzer Ehrgeiz aufgezehrt. Nun saß er da, während die Gedanken ziellos durch sein Bewußtsein trieben. Er dachte an einen heilen Wonnestecker, der nun so weit von ihm entfernt war wie die Erde von ihrem Mond, und an einen zweiköpfigen Verbündeten, der niemals seine Haut riskieren würde, um auf der Ringwelt zu landen, nicht einmal, wenn er Louis Wu retten mußte. Er dachte an die Ringwelt-Ingenieure und ihre idealisierte Ökologie, die solche lästigen Wesen wie Moskitos oder Vampir-Fledermäuse nicht in ihre Fauna aufgenommen hatten. Seine Lippen zuckten, der geisterhafte Ansatz eines Lächelns. Dann ruhten sie wieder, als sein Gesicht den Ausdruck eines Toten annahm, der gar kein Ausdruck ist.

Er wußte sehr wohl, wohin Chmeee mit dem Landungsboot geflogen war. Er lächelte wieder bei dem Gedanken, wie wenig ihm das nützte. Hatte Chmeee ihm vorher noch gesagt, was er vorhatte? Es spielte keine Rolle mehr. Der Selbstbehauptungstrieb oder der Geschlechtstrieb oder der Rachetrieb – alle drei Impulse würden Chmeee in dieselbe Richtung weisen. Aber würde eines von diesen Motiven ihn zurückbringen, um Louis Wu zu retten?

Und er dachte daran, wie wenig doch der Tod eines Menschen bedeutete, wenn Billiarden Bewohner der Ringwelt dem Untergang geweiht waren, sobald ihr Kunstplanet mit der Sonne zusammenstieß.

Nun, vielleicht kam Chmeee zurück. Louis mußte sich jetzt schon selbst rühren und etwas unternehmen, um die fliegende Stadt zu erreichen. Schließlich waren sie dorthin unterwegs gewesen; Chmeee würde ihn wahrscheinlich dort vermuten, wenn irgendeine Laune den Kzin zu seinem Verbündeten zurückbrachte, der ihn so schmählich im Stich gelassen hatte. Oder Louis mochte in der Stadt etwas Wichtiges entdecken. Oder . . . irgendwo mußte er ja in dem einen oder den beiden Jahren überleben, die ihm noch vergönnt waren. *Ich muß irgendwann darüber hinwegkommen. Warum nicht jetzt?*

Jemand schrie.

Die schwarzhaarige Frau hatte sich inzwischen mit Shorts und einem Hemd bekleidet und einen Tornister umgeschnallt. Sie hielt eine Projektil-Waffe in der Hand, die auf Louis Wu zielte. Mit dem anderen Arm gestikulierte sie und schrie zum zweitenmal.

Der Urlaub war vorüber. Louis wurde sich jetzt überdeutlich bewußt, daß seine Schutzkappe locker um seinen Hals hing. Wenn sie ihm einen Kopfschuß verpassen wollte – nun, vielleicht ließ sie ihm noch soviel Zeit, daß er die Kapuze überstreifen konnte, und dann spielte es keine Rolle mehr, ob sie auf ihn schoß oder nicht. Der Schutzanzug würde die Kugeln auffangen, während er über die Straße rannte. Was er jetzt am nötigsten brauchte, war das Fluggeschirr. Oder vielleicht doch nicht?

»Okay«, sagte Louis, lächelte und hob die Hände bis zu den Schultern. Was er wirklich brauchte, war ein Verbündeter. Dann griff er langsam mit einer Hand in seine Weste, holte die Übersetzer-Box heraus und klemmte sie unter seinem Kinn fest. »Das wird für uns sprechen, sobald es deine Sprache beherrscht.«

Sie deutete mit der Waffe: *Geh vor mir her.*

Louis ging bis zu der Stelle, wo sein Fluggeschirr lag, bückte sich dann und hob es auf. Er vermied jede hastige Bewegung dabei. Es donnerte hinter ihm. Ein Stein, der zehn Zentimeter von Louis' rechtem Fuß entfernt war, hüpfte davon.

Er ließ das Geschirr wieder fallen und wich einen Schritt zurück.

Tanj, sie wollte gar nicht reden! Für sie stand fest, daß er ihre Sprache nicht beherrschte, und dabei beließ sie es. Wie sollte da der Übersetzer irgend etwas lernen?

Mit beiden Händen an der Schulter sah er zu, wie sie mit der freien Hand an dem Fluggeschirr herumfummelte, während sie mit ihrer Waffe mehr oder weniger direkt auf ihn zielte.

Wenn sie den falschen Knopf bediente, würde er das Geschirr verlieren und auch das Superleiter-Tuch. Aber sie legte das Fluggeschirr wieder auf den Boden zurück, ohne ein Unheil angerichtet zu haben, blickte Louis eine Weile lang prüfend an und trat zurück. Sie deutete.

Louis nahm das Geschirr auf. Als sie jetzt auf ihren Kastenwagen deutete, schüttelte er den Kopf. Er ging zu der Stelle, wo Chmeee das Superleiter-Tuch zurückgelassen hatte, das von einem unglaublich schweren Felsblock befrachtet war. Er schätzte die Menge des Tuches auf einen Morgen.

Die Mündung der Waffe verfolgte ihn überall hin, während er das Fluggeschirr an dem Felsblock befestigte und den Energieschalter betätigte. Er umfaßte auch den Block mit beiden Armen – und das Geschirr, aus Angst, es könnte von dem Stein abgleiten – und hob an. Der Felsblock bewegte sich. Louis drehte sich um hundertachtzig Grad und ließ den Block wieder los. Er setzte sanft auf der Erde auf.

Sah er Respekt in ihren Augen? Galt er seiner Technologie oder seiner Stärke? Er schaltete die Energiezufuhr wieder ab, nahm das Fluggeschirr unter den Arm, klemmte das Superleiter-Tuch unter den rechten Ellenbogen und bewegte sich vor ihr her auf den Kastenwagen zu. Sie öffnete die Doppeltüren an der Seitenwand. Er legte seine Last wieder ab und sah sich um.

Je eine Bank an den Seitenwänden und der Hinterwand; ein winziger Ofen in der Mitte. Im Dach eine Luke als Rauchabzug. Hinter dem Rücksitz Gepäckstapel. Noch eine Bank an der Vorderseite, die in Fahrtrichtung blickte.

Rückwärts gehend, verließ er das Fahrzeug wieder. Er machte einen Schritt auf den Wolkenkratzer-Turm zu und blickte sie fragend an. Sie begriff, was er wollte. Sie zögerte einen Moment und gab ihm dann mit einem Handzeichen ihre Erlaubnis.

Die Toten begannen bereits zu riechen. Er fragte sich, ob sie die Leichen verbrennen oder bestatten wollte. Aber sie ging durch die Reihen der Toten hindurch, ohne anzuhalten. Nur Louis blieb stehen, bückte sich und untersuchte mit den Fingern das Silberhaar einer toten Frau.

Da war zuviel Haar, zuwenig Schädel. Sie war schön, aber ihr Gehirn war kleiner als das eines Menschen. Er seufzte und ging weiter.

Die Frau begleitete ihn durch das erdverhaftete Gebäude, dann zu der Spiraltreppe des Wolkenkratzers, das von diesem Gebäude gestützt wurde. Er ging die Treppe hinunter in den

Keller. Dort lag ein toter Mann ihrer Spezies, und neben ihm lag der Handscheinwerfer-Laser. Als er auf die Frau zurücksah, entdeckte er Tränen in ihren Augen.

Er hob den Handscheinwerfer-Laser auf, und sie schoß knapp daneben. Der Querschläger traf ihn an der Hüfte, und er zuckte heftig in seinem Schutzanzug zusammen, der plötzlich so steif war wie Eisen. Dann wich er bis zur Wand zurück, während sie den Laser aufhob.

Sie entdeckte den Schalter, und das Licht tanzte im breiten Kegel um sie her. Sie entdeckte, wie man den Brennpunkt einstellen mußte. Sie nickte und schob das Gerät in die Tasche ihrer Hose.

*

Auf dem Rückweg zum Kastenwagen ließ Louis wie beiläufig die Maske des Schutzanzuges über sein Gesicht fallen, als würde ihn sonst die Sonne blenden. Vielleicht hatte sie mehr als genug von Louis Wu und wollte nicht mit ihm zusammen verreisen.

Sie schoß nicht auf ihn. Sie kletterte in den Wagen und sperrte die Tür mit einem Schlüssel ab. Einen Moment lang sah Louis sich in dieser verfallenen Stadt gestrandet – ohne Wasser, ohne Werkzeuge. Aber sie winkte ihm zu, daß er an das Fenster des rechten Wagenschlages treten sollte, wo sich die Armaturen befanden. Sie zeigte ihm mit Gesten, wie er den Wagen in Gang setzen und lenken konnte.

Das war der Durchbruch, den Louis sich erhofft hatte. Er wiederholte die Worte, die sie ihm durch das Fenster zurief, und fügte die Übersetzung in seiner Sprache hinzu: »Steuerring. Wender. Anlasser. Schlüssel. Gashebel. Gashebel rückwärts.« Sie beherrschte die Zeichensprache ganz gut. Eine Hand, die durch die Luft fuhr, und ein Finger, der ein Nadelventil andeutete war ein »Luftdruck-Geschwindigkeitsmesser«.

Sie erschrak, als die Übersetzungsbox plötzlich zu reden begann. Dann setzte sie den Sprachunterricht eine Weile lang fort. Schließlich sperrte sie die Seitentür auf, rutschte auf der Bank zur Seite, zielte mit ihrer Waffe auf ihn und sagte: »Steig ein. Fahre.«

Der Motor war laut, und das Fahrgestell hatte noch nie etwas von Federn gehört. Es übertrug die kleinste Unebenheit direkt auf den Fahrersitz, bis Louis um jedes Schlagloch, jeden Stein und jede Sandverwehung herumkurvte. Die Frau beobachtete ihn schweigend. War sie denn gar nicht neugierig? Er dachte daran, daß sie mindestens ein Dutzend Freunde an die Vampire verloren hatte. Unter diesen Umständen bewahrte sie eine bewundernswerte Fassung.

Endlich sagte sie: »Ich bin Valavirgillin.«

»Ich bin Louis Wu.«

»Du hast seltsame Werkzeuge. Den Sprecher, den Lift, das verstellbare Licht – was hast du noch?«

»Tanj, verdammt noch mal! Ich habe meine Schutzbrille vergessen!«

Sie zog die Brille mit den Binokularen aus ihrer Tasche. »Das habe ich gefunden.«

Vielleicht hatte sie auch den Betäubungsstrahler gefunden. Aber Louis fragte nicht danach. »Gut. Setz das Ding auf, und ich werde dir zeigen, wie es funktioniert.«

Sie schüttelte lächelnd den Kopf. Vermutlich befürchtete sie, er wollte sie nur ablenken, damit er sie überwältigen konnte. Sie fragte: »Was hattest du in der alten Stadt zu suchen? Wo hast du diese Werkzeuge gefunden?«

»Sie gehören mir. Ich brachte sie von einem weit entlegenen Stern hierher.«

»Mach dich nicht über mich lustig, Louis Wu.«

Louis blickte sie an. »Haben denn die Leute, die die Städte bauten, nicht solche Werkzeuge?«

»Sie hatten Geräte, die sprachen. Sie konnten ein Gebäude in die Luft heben. Vermutlich konnten sie das auch mit ihrem eigenen Körper.«

»Was sagst du zu meinem Begleiter? Hast du schon seinesgleichen auf der Ringwelt gefunden?«

»Er schien enorm groß zu sein.« Sie errötete. »Ich hatte keine Gelegenheit, ihn näher kennenzulernen.«

Nein, sie war abgelenkt worden. Verrückt. »Warum zielst du dauernd mit der Waffe auf mich? Die Wüste ist unser gemeinsamer Feind. Wir sollten uns gegenseitig unterstützen.«

»Ich habe keinen Anlaß, dir zu vertrauen. Jetzt frage ich mich sogar, ob du verrückt bist. Nur die Städtebauer reisten zwischen den Sternen hin und her.«

»Das ist ein Irrtum.«

Sie bewegte die Schultern. »Mußt du unbedingt so langsam fahren?«

»Ich brauche erst Übung.«

Aber Louis wurde rasch mit der Maschine vertraut. Die Straße war schnurgerade, ihre Oberfläche nicht sehr uneben, und kein einziges Fahrzeug kam ihnen entgegen. Hin und wieder trafen sie auf Sandverwehungen. Aber Valavirgillin hatte ihm gesagt, daß er deswegen nicht mit dem Tempo heruntergehen mußte.

Und so kamen sie verhältnismäßig rasch seinem eigentlichen Ziel näher. Er fragte: »Was kannst du mir über die fliegende Stadt erzählen?«

»Ich bin nie dort gewesen. Die Kinder der Städtebauer wohnen dort. Aber heutzutage bauen sie nichts mehr. Sie herrschen auch nicht mehr über das Land. Aber es ist Tradition, daß sie die Stadt behalten. Sie haben viele Besucher.«

»Touristen? Leute, die die Stadt besichtigen wollen?«

Sie lächelte. »Das ist einer von mehreren Gründen. Aber man muß eingeladen sein. Warum willst du das alles wissen?«

»Ich muß in die fliegende Stadt. Wie weit kann ich in deinem Wagen mitfahren?«

Nun lachte sie. »Ich fürchte, daß man dich niemals in die Stadt einladen wird. Du bist weder berühmt, noch mächtig.«

»Mir wird schon etwas einfallen.«

»Ich fahre bis zur Schule beim Umkehr der Flüsse. Dort muß ich berichten, was geschehen ist.«

»Was ist geschehen? Was suchtest du denn hier in der Wüste?«

Sie sagte es ihm. Es war nicht einfach zu verstehen, weil das Vokabular des Übersetzers noch große Lücken aufwies. Sie überbrückten die Lücken mit anderen Worten und füllten sie so allmählich auf.

*

Die Maschinen-Leute herrschten über ein mächtiges Imperium.

Unter einem Imperium verstand man auf der Ringwelt einen Zusammenschluß von mehreren fast unabhängigen Königreichen. Diese Königreiche mußten Steuern bezahlen und waren an die Weisungen des Imperators gebunden, wenn es um Krieg und Frieden ging, um die Bekämpfung des Verbrecherunwesens, um Verkehr und Fernmeldewesen und manchmal sogar um religiöse Bekenntnisse und Einrichtungen. In allen anderen Dingen hatten sie sich nach ihrer eigenen Tradition gerichtet.

Innerhalb des Maschinen-Imperiums war das gar nicht so einfach, wenn man zum Beispiel bedachte, daß der Lebensstil eines Hirten-Fleischessers in Konkurrenz stand zu dem Lebensstil der Grasesser; ersterer nützte wieder den Händlern, die von den Fleischessern Lederwaren einkauften; beide, Hirten wie Grassammler, hatten wiederum ein neutrales Verhältnins zu den Kobolden. In manchen Territorien gab es eine reibungslose Zusammenarbeit der verschiedenartigen Gattungen, und alle Territorien gewährten den Kobolden Bewegungsfreiheit. Die verschiedenen Spezies hielten sich deswegen an ihre eigenen Traditionen, weil sie biologisch dafür geschaffen waren.

Kobolde war der Begriff, den Louis Wu sebst geprägt hatte. Denn Valavirgillin gab diesen Riesen einen Namen, den man als *Nacht-Volk* übersetzen konnte. Sie waren Müllbeseitiger und Totengräber, weshalb auch Valavirgillin die Toten nicht bestattet hatte. Die Kobolde hatten eine eigene Sprache. Man konnte sie in den Bestattungsriten unterweisen, die von den verschiedenen Religionsbekenntnissen beachtet wurden. Sie bildeten eine vorzügliche Nachrichtenquelle für die Maschinen-Leute. Angeblich hatten sie früher den Städtebauern den gleichen Dienst geleistet, als dieses Volk noch über die Ringwelt herrschte, wenn man den Sagen glauben durfte.

Und wenn man Valavirgillin glauben durfte, war das Maschinen-Imperium im Prinzip nur eine Handelsmacht, die ausschließlich ihre eigenen Kaufleute besteuerte. Je mehr sie davon erzählte, um so fragwürdiger erschien Louis der Herrschaftsanspruch dieses Imperiums. Die Königreiche mußten die Straßen unterhalten, welche die Territorien des Imperiums miteinander verbanden, falls die Bewohner dieser Königreiche dazu in der Lage waren. Das galt (zum Beispiel) nicht für die Hängenden Leute, die auf Bäumen lebten. Zudem stellten die Straßen die Grenzen zwischen den Territorien dar, die von verschiedenartigen hominiden Spezies beherrscht wurden. Straßenüberschreitende Eroberungskriege waren verboten. Und daher verhinderten die Straßen (manchmal) durch ihre bloße Existenz den Ausbruch eines Krieges.

Das Imperium war ermächtigt, Armeen auszubilden, um Banditen oder Diebe zu bekämpfen. Ländereien von erheblichem Umfang, die das Imperium für sich beanspruchte, um dort Handelsposten zu errichten, wurden in der Regel zu eigenständigen Kolonien. Weil die verschiedenen Königreiche des Imperiums durch Straßen und Fahrzeuge miteinander verbunden waren, waren diese Königreiche auch verpflichtet, den für die Fahrzeuge nötigen chemischen Treibstoff herzustellen und für diese bereitzuhalten. Das Imperium kaufte Bergwerke (durch Zwangsverkäufe?), beutete die Bodenschätze selbst aus und vergab Lizenzen, die den Lizenznehmer ermächtigten, Maschinen nach den Spezifikationen des Imperiums herzustellen.

Für die Händler gab es eigene Schulen. Valavirgillin und ihre jetzt toten Freunde waren Studenten an der Hochschule am Umkehr der Flüsse. Auch ein Lehrer war unter den Toten gewesen, unter dessen Leitung sie einen Ausflug zu einem Handelszentrum gemacht hatten, das an der Grenze des Dschungellandes errichtet war, wo die Hängenden Leute – menschliche Kletterwesen, vermutete Louis, die gegen Nüsse und getrocknete Früchte andere Waren eintauschten – und die Hirten, die Fleischesser, wohnten, die Lederwaren und Handarbeiten verkauften. (Nein, sie waren nicht klein und rothäutig. Es handelte sich um eine andere Spezies.) Von dort aus hatten sie einen Abstecher in die uralte Wüstenstadt gemacht.

Auf Vampire waren sie nicht gefaßt gewesen. Wo wollten die Vampire in dieser Wüste Wasser finden? Wie kamen sie überhaupt dorthin? Vampire waren ausgestorben, bis auf . . .

»Bis auf was? Ich habe da, glaube ich, ein Wort überhört.«

Valavirgillin errötete. »Ältere Leute halten sich zuweilen zahnlose Vampire für . . . zum Zwecke des *Rishathra*. So können diese Vampire sich wieder vermehrt haben. Ein zahmes Paar ist irgendwo ausgebrochen. Oder ein schwangeres Weibchen.«

»Vala, das ist ja widerlich.«

»Das ist es«, stimmte sie ihm kalt zu. »Ich habe noch nie gehört, daß jemand offen zugegeben hätte, daß er sich Vampire wie Haustiere hielte. Aber gibt es dort, wo du herkommst, nicht auch ein paar Leute, die etwas tun, was andere vielleicht widerlich oder abscheulich finden?«

Dieser Schuß saß. »Ich werde dir einmal etwas von der Wonnestrom-Sucht erzählen. Aber nicht jetzt.«

Sie betrachtete ihn über die Metallschnauze ihrer Waffe hinweg. Trotz dieses Bartflaumes, der sich von einem Ohr zum anderen über den Kiefer hinzog, sah sie menschlich genug aus; nur etwas breit. Ihr Gesicht bildete fast ein perfektes Quadrat. Louis hatte Mühe, in ihrem Gesicht zu lesen. Das war kein Wunder; denn auf der Erde hatte sich das menschliche Antlitz zu einem Signalmittel entwickelt. Valas Spezies hatte diese Evolution nicht mitgemacht.

Er fragte: »Was wirst du jetzt unternehmen?«

»Ich muß die Toten melden . . . und die Artefakten aus der Wüstenstadt den Behörden übergeben. Dafür gibt es eine Belohnung. Aber das Imperium besteht darauf, daß ihr alle Artefakten der Städtebauer gehören.«

»Ich versichere noch einmal, daß sie mein Eigentum sind.«

»Fahr weiter!«

*

In der Wüste zeigten sich schon hin und wieder grüne Oasen, und die Sonnenblende schnitt bereits wieder ein Segment aus der Sonne, als Valavirgillin ihn zum Anhalten aufforderte. Er war froh darüber. Er war erschöpft von den Stößen, die die Straße ihm versetzt hatte, und der endlosen, ununterbrochenen Lenkarbeit, weil dieses Fahrzeug sich nicht selbst zu steuern vermochte.

Vala sagte: »Du wirst . . . essen.«

Sie waren inzwischen daran gewöhnt, daß der Übersetzer Worte ausließ. »Ich habe wieder etwas überhört, scheint mir.«

»Kannst du Nahrungsmittel erhitzen, bis man sie essen kann? Louis, kannst du – ?«

»Kochen.« Vermutlich hatte sie weder Pfannen dabei, in denen nichts anbrannte, noch einen Mikrowellenofen, oder etwa doch? Und wie stand es mit den Meßbechern, der Zuckerraffinade, der Butter, Gewürzen, die er kannte – »Nein.«

»Dann werde ich kochen. Du machst Feuer. Was ißt du?«

»Fleisch, gewisse Pflanzen, Früchte, Eier, Fisch. Früchte esse ich auch ungekocht.«

»Dann ißt du fast das gleiche wie mein Volk, von dem Fisch einmal abgesehen. Gut. Steig aus dem Wagen und warte.«

Sie sperrte die Türen ab, als er den Wagen verlassen hatte, und kroch hinter die Rückbank. Louis streckte sich. Seine Muskeln schmerzten. Die Sonne war jetzt nur noch ein gleißender Splitter, aber es war immer noch gefährlich, direkt in dieses Licht zu blicken. Die Wüste lag bereits im Schatten. Ein breites blaues Band mit reichgegliederter Landschaft glitzerte antispinnwärts über dem Horizont. Bräunliches, stacheliges Gras umgab ihn. In einiger Entfernung standen ein paar hohe, trokkene Bäume beisammen. Einer der Bäume war kahlgrau. Er sah tot aus.

Sie kam jetzt ebenfalls ins Freie. Sie warf ihm etwas Schweres vor die Füße. »Fälle Holz und mach daraus ein Feuer.«

Louis hob den Gegenstand auf: ein längliches Holz mit einem Keil aus grobem Eisen am oberen Ende. »Vielleicht bin ich ein bißchen blöd – aber was ist das?«

Sie gab ihm die Bezeichnung dieses Gegenstandes. »Du schlägst mit dem scharfen Ende des Keils gegen den Baumstamm, bis er umfällt, kapiert?«

»Axt.« Louis erinnerte sich wieder an die Kriegsäxte, die er in dem Museum auf dem Kzin-Planeten gesehen hatte. Er betrachtete die Axt, dann den toten Baum . . . und plötzlich hatte er es satt. Er sagte: »Es wird rasch dunkel.«

»Siehst du nachts schlecht? Hier.« Sie warf ihm den Handscheinwerfer-Laser zu.

»Genügt dieser eine tote Baum dort drüben?«

Sie drehte sich um, zeigte ihm ein hübsches Profil, und ihre Handfeuerwaffe drehte sich mit ihr. Louis stellte rasch das Licht auf einen gebündelten Strahl mit hoher Intensität ein. Dann drückte er auf den Auslöser. Ein greller Lichtfaden schnitt über ihre Waffe. Die Waffe stieß eine Stichflamme aus und zerfiel in ihre Einzelteile.

Sie stand mit offenem Mund da und starrte auf den Kolben, der ihr noch in der Hand geblieben war.

»Ich bin gerne bereit, Anregungen von einem Freund oder Bundesgenossen entgegenzunehmen«, belehrte er sie, »aber ich habe es satt, mich herumkommandieren zu lassen. Mein pelzbewehrter Begleiter hatte das auch ständig mit mir versucht. Also laß uns Freunde sein.«

Sie ließ den Kolben der Waffe fallen und hob die Hände über den Kopf.

»Du hast noch mehr Kugeln und Waffen im Laderaum deines Fahrzeuges. Also bewaffne dich damit.« Louis drehte ihr gelassen den Rücken zu. Er ließ den Strahl im Zickzack über den toten Baumstamm gleiten. Ein paar Dutzend Scheite fielen brennend zu Boden. Louis ging zu dem zerlegten Baum und schob mit dem Fuß die brennenden Scheite zu einem Kreis um den Baumstumpf zusammen. Er setzte das Ganze mit einem Laserstrahl in Brand und sah zu, wie die Flammen sich über dem Baumstumpf schlossen.

Irgend etwas traf ihn zwischen die Schulterblätter. Eine Sekunde lang wurde sein Schutzanzug steif wie ein Brett. Er hörte einen Knall hinter seinem Rücken.

Louis wartete einen Moment, aber es fiel kein zweiter Schuß. Er drehte sich um und ging zurück zu dem Kastenwagen. Er sagte zu Vala: »Tu das nie, nie, nie mehr wieder.«

Sie blickte ihn bleich und furchtsam an. »Nein, ich werde es nie wieder tun.«

»Soll ich dir helfen, die Kochutensilien zum Feuer zu tragen?«

»Nein, ich kann das . . . habe ich dich verfehlt?«

»Nein.«

»Wie kommt es dann, daß du . . .?«

»Eines meiner Werkzeuge rettete mich. Ich brachte es über eine Strecke, die tausendmal größer ist als die Entfernung, die das Licht in einem *Falan* reist, und dieses Werkzeug gehört *mir*.

Sie bewegte die Arme wie Flügel und wandte sich ab.

KAPITEL 16

DIE STRATEGIE DES HANDELS

Da war eine Pflanze, die über den Boden kroch und aussah wie eine endlose Kette von grün-gelbgestreiften Würsten mit kleinen Luftwurzeln an den Gelenken. Valavirgillin schnitt ein paar von diesen Würsten ab und warf sie in einen Topf. Sie goß Wasser dazu, fügte ein paar Samenkapseln hinzu, die sie einem Sack aus ihrem Kastenwagen entnahm. Sie stellte den Topf auf die brennenden Scheite.

Tanj, das hätte Louis auch fertiggebracht. Das Essen würde bestimmt nicht in einem Rezeptbuch für Feinschmecker aufgenommen werden.

Die Sonne war inzwischen vollkommen hinter der Schattenblende verschwunden. Eine dichte Gruppe von Sternen backbords mußten die Lichter der fliegenden Stadt sein. Der Ringwelt-Bogen stieg, blau-weiß gestreift, senkrecht in den schwarzen Himmel hinauf. Louis hatte das Gefühl, als befinde er sich auf einem unglaublich großen Spielzeugreifen.

»Ich wünsche nur, ich hätte auch ein Stück Fleisch«, sagte Vala.

Louis sagte: »Gib mir meine Schutzbrille.«

Er drehte sich vom Feuer fort, ehe er die Brille aufsetzte. Er schraubte den Lichtverstärker höher. Das Augenpaar, das ihn von einer Stelle jenseits des Lichtkreises beobachtet hatte, löste sich auf. Louis war froh, daß er nicht blindlings darauf geschossen hatte. Zwei größere Gestalten und eine kleinere entpuppten sich als eine Familie von Kobolden.

Aber ein helläugiger Schatten war klein und trug ein Fell. Louis köpfte sie mit einem langen hellen Faden seines Lasers. Die Kobolde zuckten zusammen. Sie flüsterten miteinander. Der weibliche Kobold bewegte sich auf das tote Tier zu, blieb aber dann stehen, um Louis den Vortritt zu lassen. Louis hob das tote Tier auf und beobachtete dann wieder den weiblichen Kobold.

Die Kobolde schienen keine Furcht zu haben. Das lag wohl daran, daß ihr Platz in der Ökologie respektiert wurde. Vala hatte ihm gesagt, was geschah, wenn ein Volk sich der beträchtlichen Mühe unterzog, seine Toten zu begraben oder zu verbrennen. Die Kobolde griffen dann die lebendigen Vertreter dieses Volkes an. Ihnen gehörte die Nacht. Aus zahllosen örtlichen Religionen hatte sich der allgemein verbreitete Aberglaube herauskristallisiert, daß Kobolde sich unsichtbar machen könnten. Selbst Vala glaubte an ihre magischen Kräfte.

Aber warum hinderten sie jetzt nicht Louis daran, den Kadaver zu bergen? Warum sollten sie? Louis würde dieses Tier essen, und eines Tages würde auch Louis sterben, und die Kobolde würden dann ihren Tribut fordern.

Während sie ihn seinerseits beobachteten, untersuchte er seine Beute: ein kaninchenähnliches Wesen mit langem abgeflachten Schwanz und ohne Vorderpfoten. Kein Hominide. Gut.

Als er aufsah, entdeckte er eine schwach fluoreszierende violette Flamme weit drüben auf Backbord.

Er hielt den Atem an und wagte kaum den Kopf zu bewegen, während er sowohl die Vergrößerung wie auch die Lichtverstärkung höher schraubte. Selbst der Pulsschlag in seinen Schläfen verzerrte nun das Bild, das er mit seinen Okularen einfing, doch er wußte, was er sah. Die vergrößerte Flamme wurde zu einem tränendrüsenreizenden Violett, und es breitete sich aus wie ein Raketen-Feuerschweif im Vakuum. Das Ende dieses Schweifes wurde von einer geraden schwarzen Linie durchschnitten: Die Mauerkrone der Ringwand an Backbord.

Er nahm die Brille ab. Nachdem sich seine Augen wieder an die Dunkelheit gewöhnt hatten, war die violette Flamme gerade noch sichtbar. Doch sie hielt sich hartnäckig . . . und riesenhaft.

Louis kehrte zum Lagerfeuer zurück und warf Vala die Beute vor die Füße. Er ging hinüber nach Steuerbord und setzte wieder die Brille auf.

Die Flamme an Steuerbord schien in der Vergrößerung viel gewaltiger zu sein; aber das war selbstverständlich. Dort war die Ringmauer viel näher.

Vala häutete das kleine Pelzwesen und warf es in den Topf, ohne die Eingeweide zu entfernen. Als sie sich wieder am Feuer aufrichtete, faßte Louis sie am Arm und führte sie aus dem Kreis des Feuers hinaus. »Warte ein wenig, und dann sag mir, ob du dort drüben am Horizont eine blaue Flamme erkennen kannst.«

»Ja, ich sehe sie.«

»Weißt du, was das ist?«

»Nein, aber ich glaube, mein Vater weiß es. Es gibt Dinge, über die er nicht gerne spricht. Das letztemal, als er aus der Stadt zurückkam, schien er sehr bedrückt zu sein. Dort drüben sind noch mehr Flammen. Du mußt nur nach spinnwärts sehen, wo der Bogen sich über dem Horizont erhebt.«

Ein greller blau-weißer waagerechter Streifen über dem Horizont blendete seine Augen. Louis deckte ihn mit der ausgestreckten Hand ab . . . und jetzt, während er die Schutzbrille zu Hilfe nahm, konnte er noch zwei kleine Kerzenflammen am Rand des Himmelspfeilers ausmachen. Darüber sah er noch zwei, winzig wie Stecknadeln.

Valavirgillin sagte: »Die erste Flamme bemerkten wir schon vor sieben *Falans*. Sie befand sich knapp über der Basis des Himmelspfeilers spinnwärts. Dann kamen noch ein paar Flammen dazu, diese großen dort drüben an Backbord und Steuerbord. Dann noch welche auf dem Bogen antispinnwärts. Inzwischen sind es einundzwanzig Fackeln. Man sieht sie nur zwei Tage lang, wenn die Sonne am heißesten ist.«

Louis seufzte hörbar. Es war ein Seufzer der Erleichterung.

»Louis, ich habe keine Ahnung, was es bedeutet, wenn du solche Geräusche machst. Bist du dann böse, erschrocken oder erleichtert?«

»Ich weiß es selbst nicht genau. Sagen wir, ich sei erleichtert. Wir haben doch mehr Zeit, als ich glaubte.«

»Zeit, wofür?«

Louis lachte. »Hast du denn nicht schon genug von meiner Verrücktheit?«

Sie ging nicht auf den Scherz ein. Sie entrüstete sich: »Schließlich bleibt es mir überlassen, ob ich dir glaube oder nicht!«

Das nahm ihr nun Louis wiederum übel. Er haßte diese Frau nicht, aber sie besaß einen dornigen Charakter und hatte schon einmal versucht, ihn umzubringen. »Schön. Wenn dieses ringförmige Gebilde, auf dem du lebst, sich selbst überlassen bleibt, wird es gegen die Schattenblenden stoßen – diese rechteckigen Gebilde, die die Sonne verdecken, wenn es Nacht wird. In fünf oder sechs *Falans* wird es soweit sein. Dann wird alles auf dieser Welt sterben. Nichts Lebendiges wird sich noch auf dieser Welt bewegen, wenn sie mit der Sonne selbst zusammenstößt . . .«

Sie schrie: »Und du seufzt erleichtert?«

»Gemach, gemach. Die Ringwelt ist sich nicht selbst überlassen. Diese Flammen stammen von Motoren, die die Ringwelt bewegen. Wir befinden uns jetzt fast am sonnennächsten Punkt, und sie benützen Bremsdüsen –, die ihren Schub nach innen richten, gegen die Sonne. Das wirkt sich folgendermaßen aus.« Er zeichnete ihr mit einem Stock eine schematische Skizze in den Sand. »Verstehst du jetzt? Sie versuchen, die Ringwelt von der Sonne wegzubringen.«

»Bedeutet das jetzt, daß wir *nicht* sterben werden?«

»Die Motoren werden nicht ausreichen. Aber sie werden die Katastrophe hinauszögern. Wir können noch mit zehn oder fünfzehn *Falans* rechnen.«

»Ich hoffe jetzt inbrünstig, daß du verrückt bist, Louis. Du weißt zuviel. Du weißt, daß diese Welt ein Ring ist, und das ist ein streng gehütetes Geheimnis.« Sie bewegte die Schultern, als wollte sie ein Gewicht verlagern. »Ja, ich habe genug davon.

Kannst du mir sagen, warum du mir nicht das *Rishathra* angeboten hast?«

Das überraschte ihn. »Ich hätte gedacht, du hättest bis zum Ende deines Lebens genug vom *Rishathra.*«

»Das ist kein Spaß. *Rishathra* ist die feierliche Besiegelung eines Waffenstillstandes!«

»Oh. Also gut. Zurück zum Feuer?«

»Natürlich. Wir brauchen Licht dafür.«

Sie hob den Topf aus der Flamme und stellte ihn an den Rand des Feuers, damit das Essen nur noch langsam weiterkochte. »Wir müssen uns über die Bedingungen unterhalten. Bist du bereit, mir zu versichern, daß du mir nichts antun wirst?« Sie setzte sich ihm gegenüber auf den Boden.

»Ich bin bereit, dir nichts anzutun, solange du mich nicht angreifst.«

»Ich mache die gleiche Konzession. Was verlangst du noch von mir?«

Sie war jetzt sachlich und nüchtern, und Louis paßte sich ihrem Ton an. »Du wirst mich mit deinem Wagen so weit mitnehmen, wie sich das mit deinen eigenen Pflichten vereinbaren läßt. Ich würde sagen, du nimmst mich mindestens bis – ja – bis zum Umkehr der Flüsse mit. Du wirst die Artefakten als mein Eigentum betrachten. Du wirst weder sie noch mich den Behörden übergeben. Du wirst mir nach bestem Wissen und Gewissen helfen, daß ich die fliegende Stadt betreten kann.«

»Und was bietest du mir als Gegenleistung?«

Moment mal – war diese Frau ihm nicht vollkommen ausgeliefert? Nun, wenn schon. »Ich werde herauszufinden versuchen, ob ich die Ringwelt retten kann«, sagte er, und dabei stellte er mit leichter Verwunderung fest, daß das sein innigster Wunsch war. »Wenn ich es kann, werde ich es tun, ganz gleich, was es kostet. Wenn ich überzeugt bin, daß die Ringwelt nicht gerettet werden kann, werde ich versuchen, mich zu retten und dich, falls das möglich ist.«

Sie stand auf. »Das ist ein Versprechen, das überhaupt keine Bedeutung hat. Du bietest mir deine Verrücktheit an, als hätte sie einen Wert!«

»Vala, hast du noch nie mit Verrückten zu tun gehabt?« erwiderte Louis belustigt.

»Ich habe bisher nicht einmal mit vernünftigen fremden Wesen verhandelt! Schließlich bin ich immer noch Studentin an der Handelsschule!«

»Beruhige dich. Was kann ich dir noch anbieten? Wissen? Meine Kenntnisse teile ich freiwillig mit dir. Ich weiß, weshalb die Maschinen der Städtebauer versagten und wüßte auch ein Heilmittel dagegen.« Er durfte wohl von der gesicherten Erkenntnis ausgehen, daß die Städtebauer zu Halrloprillalars Gattung gehörten.

»Noch mehr Verrücktheiten?«

»Darüber mußt du dir schon dein eigenes Urteil bilden. Und . . . ich kann dir mein Fluggeschirr und meine Brille überlassen, wenn ich meinen Auftrag erfüllt habe.«

»Und *wann* sollte das sein?«

»Ich könnte sie entbehren, wenn und sobald mein Begleiter zu mir zurückkehrt.« Das Landungsboot war noch mit einem Fluggeschirr und einer Schutzbrille ausgerüstet, die eigentlich für Halrloprillalar gedacht waren. »Oder du kannst beides haben, falls ich sterbe. Ich könnte dir sofort die Hälfte meines Tuchvorrates geben. Mit Streifen von diesem Tuch könntest du die Maschinen der Städtebauer reparieren, die vor langer Zeit ihren Geist aufgegeben haben.«

Vala dachte über seine Worte nach. »Ich wünschte mir nur, ich hätte ein größeres mechanisches Geschick. Nun, dann erkläre ich mich mit allen deinen Forderungen einverstanden.«

»Und ich mit deinen.«

Sie begann, ihre Kleider und ihren Schmuck abzulegen. Langsam, offensichtlich kokett . . . bis Louis sah, was sie wirklich tat: sie legte alles ab, was man als Waffe benützen konnte. Er wartete, bis sie ganz nackt vor ihm stand, und imitierte sie dann, legte zuerst den Laser beiseite, die Schutzbrille und den Schutzpanzer. Selbst seine Uhr entfernte er vom linken Handgelenk.

Dann liebten sie sich. Aber es war nicht das Wahre. Die brünstige Tollheit der vergangenen Nacht war mit den Vampiren gestorben. Sie fragte ihn nach seiner bevorzugten Technik, beharrte sogar darauf, und er wählte die Missionars-Stellung. Es war zu sehr eine Formsache. Vielleicht war es auch so gemeint. Danach, als sie wieder im Kochtopf rührte, achtete er darauf, daß sie nicht zwischen ihn und seine Waffen geriet. Die Situation war alles andere als entspannt.

Sie kam wieder zu ihm zurück, und er erklärte, daß seine Rasse den Liebesakt öfter vollziehen konnte als einmal.

Er saß mit gegrätschten Beinen auf der Erde, Vala auf dem Schoß. Ihre Beine waren um seine Hüften geschlungen. Sie streichelten sich gegenseitig, erregten sich, lernten wieder den anderen kennen. Sie liebte es, wenn er ihr den Rücken kratzte. Ihr Rücken war sehr muskulös, ihr Oberkörper breiter als seiner. Ein Haarstreifen lief über das Rückgrat bis zum Popo. Sie hatte eine vorzügliche Kontrolle über ihre Scheidenmuskeln. Der Flaumkranz auf ihrem Kinn war sehr weich, dünn wie Seide.

Louis Wu hatte eine Plastikscheibe unter dem Haar auf der Scheitelkrone.

Dann lagen sie sich in den Armen, und sie wartete.

»Selbst wenn ihr nicht über Elektrizität verfügt, mußt du darüber Bescheid wissen«, sagte Louis. »Die Städtebauer benützten Elektrizität, um damit ihre Maschinen anzutreiben.«

»Ja. Wir können mit der Strömung eines Flusses Elektrizität erzeugen. In unseren Sagen heißt es, daß ein unbegrenzter Strom von Elektrizität aus dem Himmel herunterkam, ehe die Städtebauer die Macht über diese Welt verloren.«

Das entsprach wohl ziemlich genau den Tatsachen. Es gab solare Elektrizitätswerke auf den Sonnenblenden, und diese strahlten die Energie hinunter auf die Kollektoren auf der Ringwelt. Selbstverständlich benützten diese Kollektoren Superleiter-Kabel, und selbstverständlich waren sie deswegen längst außer Betrieb.

»Nun denn. Wenn du einen ganz dünnen Draht an der richtigen Stelle in mein Gehirn steckst – was ich getan habe – dann kann ein winziger elektrischer Strom die Nerven der Lustempfindungen erregen.«

»Wie fühlt man sich dann?«

»Als wäre man betrunken, aber ohne Kater oder unangenehme Nebenerscheinungen der Trunkenheit. Wie *Rishathra* oder eine echte Liebespaarung, ohne daß man jemand anderen lieben muß außer sich selbst. Und ohne, daß man aufhören muß. Aber ich hörte auf.«

»Warum?«

»Ein fremdes Wesen nahm meine elektrische Kraftquelle in Besitz. Er wollte mir Befehle erteilen. Aber schon vor diesem Eingriff in meine Privatsphäre schämte ich mich meiner Wollustgefühle.«

»Die Städtebauer hatten nie elektrische Drähte in ihren Köpfen. Wir hätten sie gefunden, als wir die verfallenen Städte durchsuchten. Welches Volk praktiziert so etwas?« fragte sie. Dann rollte sie sich von ihm weg und starrte ihn entsetzt an.

Es war die Sünde, die er am meisten bereute: daß er nie den Mund halten konnte. »Es tut mir leid.«

»Du sagtest, Streifen von diesem Tuch würden – was ist das für ein Tuch?«

»Es leitet elektrische Ströme und magnetische Felder ohne Energieverlust. Wir nennen es Superleiter.«

»Ja, das war es, was den Städtebauern verlorenging. Ihr . . . der Superleiter verfaulte. Und auch dein Tuch wird verfaulen, nicht wahr? Wie lange wird es sich halten können?«

»Nein. Es ist von anderer Art.«

Sie schrie ihn wieder an: »Woher weißt du denn das, Louis Wu?«

»Der Hinterste sagte es mir. Der Hinterste ist ein fremdes Wesen, das uns gegen unseren Willen hierherbrachte. Er ließ uns hier zurück ohne ein Mittel, wieder nach Hause zurückkehren zu können.«

»Dieser Hinterste – er nahm dich zum Sklaven?«

»Er versuchte es. Aber die Menschen und die Kzinti eignen sich nicht für die Sklaverei.«

»Kann man sich auf sein Wort verlassen?«

Louis schnitt eine Grimasse. »Nein. Aber er brachte den Superleiter-Stoff und den Superleiter-Draht mit seinem Raumschiff hierher, als er von seiner Welt flüchtete. Er hatte keine Zeit, es selbst herzustellen. Er mußte gewußt haben, wo es aufbewahrt wurde. Vermutlich in einer Lagerhalle. Wie auch die anderen Dinge, die er hierher brachte – zum Beispiel die Transportscheiben. All diese Gegenstände mußten längst für ihn bereitliegen.« Und sofort wußte er, daß irgend etwas nicht in Ordnung war; aber es dauerte einen Moment, bis er begriff, was es war.

Der Übersetzer hatte zu früh mit dem Reden aufgehört.

Dann sprach er mit einer anderen Stimme: »Louis, ist es klug, alle diese Dinge zu erzählen?«

»Zum Teil hat sie sie bereits erraten«, entgegnete Louis. »Sie wollte schon mich für den Fall der Städte verantwortlich machen. Gib mir meinen Übersetzer zurück.«

»Wie könnte ich so einen häßlichen Verdacht schweigend übergehen? Warum sollte mein Volk etwas so Boshaftes tun?«

»Verdacht? Du Hundesohn.« Vala kniete vor ihm und betrachtete ihn mit großen Augen, während er offenbar sinnloses Zeug mit sich selbst redete. Sie konnte die Stimme des Hintersten nicht in ihren Ohrstöpseln hören. Louis sagte: »Sie haben dich als Hintersten abgesetzt, und du bist von deiner Welt geflüchtet. Du rafftest zusammen, was du konntest, und flüchtetest damit ins Weltall. Mit Transportscheiben, Superleitern und einem Raumschiff. Die Transportscheiben konntest du dir leicht beschaffen. Diese Dinger stellt ihr vermutlich auf eurer Welt zu Millionen her. Aber wo lag das Superleiter-Tuch, daß du nur zugreifen mußtest? Und woher wußtest du, daß es nicht auf der Ringwelt verrotten würde?«

»Louis, warum sollten wir so etwas Boshaftes tun?«

»Um euch Vorteile beim Handel zu verschaffen. Gib mir meinen Übersetzer zurück!«

Valavirgillin stand auf. Sie zog den Kochtopf vom Feuer, rührte darin um, kostete. Sie ging zum Kastenwagen und kam mit zwei Schalen aus Holz zurück, die sie mit einer hölzernen Schöpfkelle füllte.

Louis wartete bang auf eine Reaktion. Der Hinterste konnte ihm jetzt auch den Computer, mit dem sein Übersetzer arbeitete, abschalten. Louis tat sich schwer mit Fremdsprachen . . .

»Also gut, Louis. Es war nicht so geplant, und es passierte auch vor meiner Zeit. Wir suchten nach einer Möglichkeit, unser Territorium bei minimalem Risiko auszuweiten. Die Außenseiter verkauften uns die Lage der Ringwelt.«

Die Außenseiter waren kalte, zerbrechliche Wesen, die auf Schiffen, die langsamer waren als das Licht, durch den Weltraum vagabundierten. Die Außenseiter verkauften wertvolle Informationen. Sie konnten sehr wohl die Ringwelt gekannt und ihren galaktischen Standort an die Puppetiers verkauft haben. Aber . . . »Moment mal – die Puppetiers fürchten sich vor der Raumfahrt.«

»Ich überwand diese Furcht. Wenn die Ringwelt sich als geeignet erwiesen hätte, dann wäre ein Raumflug im Leben eines Puppetiers kein sehr großes Risiko. Wir wären natürlich in Stasis geflogen. Nach allem, was wir von den Außenseitern hörten und selbst durch unsere Teleskope und automatischen Sonden erfuhren, schien die Ringwelt ein idealer Platz für uns zu sein. Wir mußten sie näher untersuchen.«

»Ein Beschluß der Experimentalisten-Partei?«

»Selbstverständlich. Trotzdem schreckten wir noch davor zurück, mit so einer mächtigen Zivilisation in Berührung zu kommen. Aber wir hatten durch Laser-Spektroskope die Ringwelt-Superleiter analysiert. Wir stellten ein Bakterium her, das sich von diesem Material ernährte. Sonden säten dann diese Superleiter-Bakterien auf der Ringwelt aus. Das hatten sie bereits erraten, nicht wahr?«

»Das ja.«

»Wir wollten den Sonden dann mit unseren Handelsschiffen folgen. Unsere Händler wären dann gerade zur rechten Zeit als Retter gekommen. Sie hätten auf der Ringwelt alles erfahren, was wir wissen mußten, und sogar Bundesgenossen für uns geworben.« Die klare, musikalische Stimme des Puppetiers enthielt kein Spurenelement Schuldbewußtsein, nicht einmal Verlegenheit.

Vala stellte die Schüssel auf die Erde und kniete sich vor ihm nieder. Ihr Gesicht lag im Schatten. Von ihrem Standpunkt aus betrachtet, hätte der Übersetzer in keinem schlimmeren Moment ausfallen können.

Louis sagte: »Und dann gewannen vermutlich die Konservativen die Wahl.«

»Unvermeidlicherweise. Eine Sonde entdeckte die Steuerdüsen. Wir wußten natürlich von den instabilen Verhältnissen der Ringwelt; aber wir hofften, es gäbe auch ein etwas technologisch fortgeschritteneres Mittel, um die Instabilität in den Griff zu bekommen. Als die Bilder der Ringwelt veröffentlicht wurden, stürzte die Regierung. Wir hatten keine Chance, zur Ringwelt zurückzukehren, bis . . .«

»Wann? Wann vernichteten die Bakterien die Superleiter der Ringwelt?«

»Vor elfhundertvierzig Jahren, nach irdischen Zeitbegriffen gerechnet. Die Konservativen herrschten sechshundert Jahre lang. Dann brachte die Bedrohung der Kzinti die Experimentalisten wieder ans Ruder. Als die Zeit günstig erschien, schickte ich Nessus und seine Raumschiffbesatzung zur Ringwelt. Wenn der Artefakt elfhundert Jahre nach dem Fall der Kultur, die für seine Instandhaltung sorgte, immer noch existierte, lohnte es sich immer noch, diese Welt zu untersuchen. Ich hätte immer noch eine Handels- oder Hilfsmission entsenden können. Unglücklicherweise . . .«

Valavirgillin hielt jetzt den Scheinwerfer-Laser in ihrem Schoß.

Er zielte auf Louis Wu.

»– unglücklicherweise war der Artefakt beschädigt. Sie fanden Meteorlöcher im Ring und breite Landstriche, die bis auf das Bodenmaterial abgetragen waren. Es schien nun . . .«

»Das ist ein Notfall. Das ist ein Notfall«, sagte Louis mit ruhiger, sachlicher Stimme. Wie hatte sie sich nur diese Waffe aneignen können? Eben noch hatte sie auf dem Boden gekniet, eine Schüssel mit dampfendem Essen in jeder Hand. Hatte sie das Ding vielleicht mit einem Klebeband auf ihrem Rücken befestigt? Müßig, darüber jetzt nachzudenken. Wenigstens hatte sie noch nicht auf den Auslöser gedrückt.

»Ich höre Sie«, erwiderte der Hinterste.

»Können Sie die Handscheinwerfer-Laser durch Fernsteuerung abschalten?«

»Ich kann noch mehr als das. Ich kann ihn zur Explosion bringen, so daß derjenige, der ihn gerade in der Hand hält, getötet wird.«

»Können Sie ihn nicht einfach abschalten?«

»Nein.«

»Dann geben Sie mir meinen Übersetzer zurück, Tanj, rasch!«

Die Box redete jetzt wieder in der Sprache des Maschinen-Volkes. Vala antwortete sofort. »Mit wem oder was hast du eben geredet?«

»Mit dem Hintersten, dem Wesen, das mich hierherbrachte. Darf ich annehmen, daß du mich noch nicht angegriffen hast?«

Sie zögerte, ehe sie antwortete: »Ja.«

»Dann ist unsere Vereinbarung also immer noch in Kraft, und ich sammle auch noch Daten für meine Mission, diese Welt zu retten. Hast du irgend einen Grund, daran zu zweifeln?«

Die Nacht war warm, aber Louis kam sich schrecklich nackt vor.

Das tote Auge des Scheinwerfer-Lasers blieb tot. Vala fragte: »Hat die Rasse des Hintersten den Fall der Städte verursacht?«

»Ja.«

»Dann brich die Verhandlung ab«, befahl Vala.

»Aber er besitzt fast alle Maschinen, mit denen ich die notwendigen Daten sammle.«

Vala dachte darüber nach, und Louis blieb ganz still sitzen. Zwei Augenpaare glühten dicht hinter ihrem Rücken im Dunkeln. Louis fragte sich, wieviel die Kobolde mit ihren großen Koboldohren mitgehört hatten und wieviel sie davon verstanden.

»Dann mußt du diese Maschinen auch weiter verwenden. Aber ich möchte hören, was er sagt«, gab Vala zurück. »Ich habe noch nicht einmal seine Stimme gehört. Vielleicht existiert sie nur in deiner Einbildung.«

»Hinterster, haben Sie mitgehört?«

»Ja.« Louis Ohrstöpsel sprachen Interworld, aber die Box an seinem Hals redete in Valavirgillins Sprache. So weit, so gut.

»Ich hörte, was du der Frau versprachst. Wenn du eine Möglichkeit finden kannst, diesen Artefakten zu stabilisieren, dann tue es.«

»Sicher, aber dein Volk könnte diesen Raum sehr gut gebrauchen.«

»Wenn es dir gelänge, mit Hilfe meiner Ausrüstung die Ringwelt zu stabilisieren, möchte ich dafür belohnt werden.«

Valavirgillin fauchte und unterdrückte dann, was sie sagen wollte. Louis rief rasch: »Du wirst bekommen, was dir zusteht.«

»Es war meine Regierung, geschah unter meiner Führerschaft, daß wir elfhundert Jahre nach der Superleiter-Seuche der Ringwelt zu Hilfe kommen wollten. Du wirst dafür Bürge sein.«

»Das werde ich, wenn auch mit Einschränkungen«, erwiderte Louis. Dann sagte er, was nur für Vala bestimmt war: »Laut unserer Abmachung gehört das, was du jetzt auf deinem Schoß hältst, zu meinem Eigentum.«

Sie warf ihm den Scheinwerfer-Laser zu. Er legte ihn neben sich auf den Sand und fühlte sich wie zerschlagen vor Erleichterung, Erschöpfung oder Hunger. Aber für keines davon hatte er jetzt Zeit. »Hinterster, berichte uns von den Steuerdüsen.«

»Bussard-Rammdüsen waren in den Halterungen am Rand der Ringmauer montiert. Sie hingen dort in regelmäßigen Abständen, drei Millionen Meilen voneinander getrennt. Wir sollten deshalb zweihundert Halterungen auf jedem Halbkreis der Ringmauer finden. Sobald sie in Betrieb sind, sammeln sie den Sonnenwind im Umkreis von vier- bis fünftausend Meilen ein, komprimieren ihn elektromagnetisch, bis eine Kernverschmelzung eintritt, und stoßen ihn dann nach dem Raketenprinzip wieder aus, so daß eine Bremswirkung entsteht.«

»Wir haben beobachtet, daß einige von ihnen in Betrieb sind. Vala sagte mir, sie habe insgesamt einundzwanzig Raketenflammen gezählt.« Vala nickte zustimmend. »Das bedeutet, daß 95 Prozent der Bussard-Rammdüsen demontiert wurden. Scheiße.«

»Diese Zahl ist vermutlich zutreffend. Ich habe Hologramme von vierzig Düsenhalterungen empfangen, seit wir zuletzt miteinander sprachen. Alle diese Halterungen sind leer. Soll ich den Schub ausrechnen lassen, der entsteht, wenn alle Düsen gezündet haben?«

»Ja.«

»Ich vermute, daß nicht genügend Düsen montiert sind, daß dieser Artefakt gerettet werden kann.«

»Richtig.«

»Würden die Ringwelt-Ingenieure noch ein zweites, davon unabhängiges System eingebaut haben, das den Artefakten stabilisiert?«

Pak-Protektoren dachten nicht in Sicherheitskategorien, oder? Sie neigten dazu, sich auf ihre Improvisationsfähigkeit zu verlassen. »Unwahrscheinlich. Aber wir werden trotzdem danach suchen. Hinterster, ich bin hungrig und schläfrig.«

»Gibt es noch etwas, das gesagt werden muß?«

»Behalte die Steuerdüsen im Auge. Stelle fest, wieviel davon funktionieren und errechne ihre Schubkraft.«

»Das werde ich tun.«

»Versuche, mit der fliegenden Stadt Kontakt aufzunehmen. Sage . . .«

»Louis, ich kann keine Botschaft über die Ringmauer schikken.«

Natürlich nicht. Sie bestand aus reinem *Scrith.* »Dann bewege das Raumschiff.«

»Das wäre nicht sicher.«

»Und wie steht es mit der Sonde?«

»Die Sonde im Orbit ist zu weit entfernt, um auf einer beliebigen Frequenz senden zu können.« Mit großer Reserve fügte der Hinterste hinzu: »Ich kann Botschaften über die andere Sonde vermitteln. Ich muß sie ja in jedem Fall über die Ringmauer schicken, damit sie die Brennstoffvorräte ergänzt.«

»Ja. Schicke sie zuerst auf die Ringmauer als Relaisstation. Versuche, Kontakt mit der fliegenden Stadt aufzunehmen.«

»Louis, ich hatte schon Schwierigkeiten, deinen Übersetzer anzupeilen. Ich entdeckte das Landungsboot fast fünfundzwanzig Grad antispinnwärts von deiner Position. Wie kommt das?«

»Chmeee und ich setzen unsere Bemühungen getrennt fort.

Ich bin unterwegs zur schwebenden Stadt. Er ist unterwegs zum Großen Ozean.« Soviel durfte er wohl sagen. Das schadete nichts.

»Chmeee beantwortet aber meine Signale nicht.«

»Kzinti sind miserable Sklaven. Hinterster, ich bin müde. Ruf in zwölf Stunden wieder an.«

Louis nahm seine Holzschüssel hoch und aß. Valavirgillin hatte nicht ein einziges Gewürz für dieses Gericht verwendet. Das gekochte Fleisch und die gebruzzelten Wurzeln kitzelten nicht einen seiner Geschmacksnerven. Ihm war es egal. Er leckte sogar noch die Schüssel aus und hatte noch genügend Geistesgegenwart, eine Allergie-Pille einzunehmen. Dann gingen sie beide zum Fahrzeug und legten sich im Kastenwagen zum Schlafen nieder.

KAPITEL 17

DIE SONNE REGT SICH

Die gepolsterte Bank war ein schlechter Ersatz für Schlafplatten, und sie hüpfte unter ihm. Louis war immer noch müde. Er schlief und wurde wachgerüttelt, schlief und wurde wieder wachgerüttelt . . .

Doch diesmal war es Valavirgillin, die ihn an der Schulter rüttelte. Ihre Stimme hatte einen seidenweichen, sarkastischen Klang: »Dein Diener wagt es, deine wohlverdiente Ruhe zu unterbrechen, Louis.«

»Äh. Okay. Warum?«

»Wir haben schon ein gutes Stück Weges zurückgelegt; aber hier in der Nähe gibt es Banditen von der Läufer-Rasse. Einer von uns muß jetzt die Transportsicherung übernehmen.«

»Essen die Maschinen-Leute eigentlich etwas nach dem Aufwachen?«

Sie kam etwas aus der Fassung. »Wir haben nichts mehr zu essen. Es tut mir leid. Wir essen einmal am Tage, und dann schlafen wir.«

Louis zog seinen Schutzpanzer an und die Weste darüber. Dann schob er mit Valas Hilfe eine Metallplatte über den Herd. Louis stellte sich darauf, und als er sich streckte, befand er sich mit dem Kopf und den Schultern im Rauchabzug über dem Wagendach. Er rief zu Vala hinunter: »Wie sehen diese Läufer-Banditen aus?«

»Längere Beine als ich, breitere Brust, lange Finger. Sie sind oft mit Gewehren bewaffnet, die sie uns gestohlen haben.«

Das Kastenfahrzeug setzte sich wieder in Bewegung.

Sie fuhren jetzt durch gebirgiges Land. Die Hügel waren an den Flanken mit trockenen Büschen bewachsen. Das Zeug sah wie Chaparral aus. Der Ringweltbogen war auch bei Tageslicht sichtbar, wenn man sich erinnerte, wo man ihn suchen mußte. Sonst ging er nahtlos in das Blau des Himmels über. Am dunstigen Horizont konnte Louis bereits die schwebende Stadt ausmachen. Man hätte glauben können, sie wäre eine Fata Morgana.

Aber sie war echt. Noch war sie es. Aber in zwei oder drei Jahren mochte man sie wieder zum Tagtraum eines Verrückten erklären.

Er holte den Übersetzer aus seiner Weste. »Ich rufe den Hintersten. Ich rufe den Hintersten . . .«

»Hier, Louis. Deine Stimme ist seltsamen Schwankungen unterworfen.«

»Wir haben eine sehr unruhige Fahrt. Hast du Neuigkeiten für mich?«

»Chmeee antwortet immer noch nicht auf meine Signale. Das gleiche gilt für die Bürger der fliegenden Stadt. Ich habe die zweite Sonde ohne Zwischenfälle in einem Binnensee landen lassen können. Ich bezweifle, daß jemand die Sonde auf dem Meeresgrund entdecken wird. In ein paar Tagen wird die *Heiße Nadel* wieder volle Treibstofftanks haben.«

Louis verspürte keine Neigung, dem Hintersten etwas von der Existenz der See-Leute zu verraten. Je sicherer sich der Puppetier fühlte, um so geringer war die Wahrscheinlichkeit, daß er sein Projekt aufgab, die Ringwelt und seine Besatzungsmitglieder. »Ich wollte dich etwas fragen. Du hast doch auch die Transportscheiben in den Sonden. Wenn du mir eine Sonde schicken würdest, könnte ich mit ihrer Hilfe sofort auf die *Heiße Nadel* umsteigen. Habe ich recht?«

»Nein, Louis. Diese Transportscheiben sind nur mit dem Treibstofftank der *Heißen Nadel* verbunden, und zwar durch einen Filter, der nur für Schwere Wasserstoffatome durchlässig ist.«

»Wenn du den Filter entfernen würdest, könnte dann ein Mensch diese Transportscheiben benützen?«

»Du würdest dann immer noch im Treibstofftank landen. Warum fragst du mich danach? Du könntest damit doch höchstens Chmeee eine Reise von einer Woche ersparen.«

»Auch das wäre schon etwas. Aber es könnten ja jederzeit unvorhergesehene Umstände eintreten.« Weswegen verbarg er eigentlich den Abfall des Kzin vor dem Hintersten? Zugegeben, Louis Wu war von dem Verrat des Kzin außerordentlich enttäuscht. Er wollte tatsächlich nicht darüber reden . . . zudem konnte er damit einen Puppetier nur nervös machen. »Sorge für ein Notrettungsverfahren, falls wir vielleicht doch in eine Notlage kommen sollten.«

»Das werde ich tun. Louis, ich habe das Landungsboot geortet. Es ist nur noch eine Tagreise vom Großen Ozean entfernt. Was erwartet Chmeee dort zu finden?«

»Zeichen und Wunder. Neuartige und verschiedene Dinge. Tanj, er hätte schließlich nicht dorthin reisen zu brauchen, wenn wir wüßten, was sich dort befindet.«

»Aber natürlich«, erwiderte der Puppetier mit skeptischer Stimme. Er schaltete ab, und Louis steckte den Übersetzer wieder in die Westentasche. Er grinste. Was erwartete Chmeee im Großen Ozean zu finden? Kzin-Weibchen für die Liebe und Kzin-Männchen für eine Armee! Wenn die Landkarte von Jinx mit Bandersnatchi bestückt war, dann galt das gleiche wohl auch für die Landkarte von Kzin!

Selbstbehauptungstrieb, Sexualtrieb oder Rache – jeder dieser drei Gründe würde Chmeee veranlaßt haben, die Landkarte von Kzin zu besuchen. Für Chmeee waren Sicherheit und Rache ein Paar Stiefel. Wenn Chmeee nicht die Oberhand über den Hintersten gewinnen konnte, wie wollte er dann in das bekannte Universum zurückkehren?

Aber selbst wenn Chmeee über eine Armee von Tigerwesen verfügte – was erwartete er damit gegen den Hintersten auszurichten? Glaubte er etwa, die Tigerwesen auf der Ringwelt verfügten über Raumschiffe? Da würde er wohl eine Enttäuschung erleben, dachte Louis.

Aber ganz gewiß würde er auf der Landkarte im Großen Ozean weibliche Tigerwesen finden.

Doch es gab etwas, mit dem Chmeee den Hintersten in die Knie zwingen konnte. Chmeee würde jedoch vermutlich nie auf diese Idee kommen, und Louis konnte sie ihm zur Zeit auch nicht mitteilen. Er war sich auch nicht sicher, ob er das wollte. Noch nicht. Es war ein zu drastisches Mittel.

Louis runzelte die Stirn. Der skeptische Ton des Puppetiers störte ihn. Wieviel hatte er bereits erraten? Dieses fremde Wesen war ein überragender Linguist; aber da er eben ein fremdes Wesen war, konnten sich solche Nuancen niemals in seine Stimme einschleichen. Er hatte also absichtlich mit skeptischen Untertönen gesprochen.

Die Zeit würde Klärung bringen. Inzwischen war dieser Zwergbuschwald so dicht geworden, daß sich darin gebückte Menschen zu verstecken vermochten. Louis hielt die Augen ständig in Bewegung, suchte die Hügelflanken und die Arroyos nach einer Bewegung ab. Sein Panzer schützte ihn vor den Kugeln von Heckenschützen, aber wenn ein Bandit nun auf den Fahrzeuglenker schoß? Louis konnte dann in einem verbogenen Metallgehäuse eingeklemmt werden, während der Treibstoff Feuer fing.

Deshalb war es nicht ratsam, auch nur einen Moment seine Aufmerksamkeit von der Landschaft abzulenken.

Und dann bemerkte er plötzlich, daß es eine sehr schöne Landschaft war. Kerzengerade Bäume trugen in einer Höhe von anderthalb Metern wundervolle Blüten. Louis beobachtete einen gewaltigen Vogel, der sich in einer Blüte niederließ. Der Vogel erinnerte ihn an einen großen Adler, nur daß dieser Vogel statt eines gebogenen Schnabels einen spitzen langen Saugrüssel hatte. Er sah die Ellenbogenwurzeln, eine viel größere Abart dieser Pflanze, die ihm schon bei seinem ersten Besuch auf der Ringwelt, ungefähr neunzig Meilen entfernt von hier, aufgefallen war. Und sie bildeten ein dichtes Gestrüpp willkürlich angeordneter Zäune. Hier wuchs auch die Leberwurstpflanze, von der sie gestern nacht gegessen hatten. Und dann stieg plötzlich eine Wolke von Schmetterlingen auf, die auf diese Entfernung große Ähnlichkeit mit den Schmetterlingen der Erde hatten.

Es sah alles so wirklich aus. Die Pak-Protektoren hatten keinen Sinn für grazile, schmächtige Gebilde, nicht wahr? Aber die Pak hatten auch ein enormes Vertrauen zu ihren Werken und zu ihrer Fähigkeit, alles zu reparieren, sogar aus dem Nichts neue Werkzeuge zu erfinden.

Und all seine Spekulationen ergründeten sich auf die Aussage eines einzigen Mannes, der bereits siebenhundert Jahre tot war: auf das Zeugnis von Jack Brennan, dem Goldsucher auf dem Asteroidengürtel, der auch die Pak nur in einem einzigen Vertreter zu Gesicht bekommen hatte. Die Lebensbaumpflanze hatte Brennan selbst in menschliche Protektoren-Gestalt versetzt – mit Schuppenhaut, einem zweiten Herzen, vergrößertem Gehirnkasten und ähnliches. Vielleicht war er durch diese Metamorphose wahnsinnig geworden. Oder Phssthpok war ein atypischer Vertreter seiner Rasse gewesen. Und Louis Wu, der sich auf Jack Brennans Urteil über Phssthpok, den Pak, stützte, versuchte jetzt wie ein Wesen zu denken, das zugegebenermaßen intelligenter war als er.

Aber es *mußte* ja ein Mittel geben, um das alles zu retten.

Der Chaparral wurde jetzt spinnwärts von den Leberwurstpflanzen abgelöst, während antispinnwärts sich ein kahles weitflächiges Hügelland ausbreitete. Plötzlich sah Louis die Tankstelle vor sich auftauchen. Es war ein ziemlich großer Betrieb, eine chemische Fabrik mit einer Siedlung, die sich an manchen Stellen schon zu einer kleinen Stadt auswuchs.

Vala rief vom Fahrersitz zu ihm hinauf: »Schließe den Rauchabzug. Bleibe im Wagen und laß dich nicht sehen.«

»Bin ich illegal?«

»Du bist ungewöhnlich. Es gibt Ausnahmen, aber ich muß

zuerst eine Erklärung liefern, warum du mein Fahrgast bist. Meine Erklärung wird nicht sehr glaubwürdig klingen.«

Sie hielten neben der fensterlosen Wand der Fabrik. Durch das Wagenfenster beobachtete Louis, wie Vala mit langbeinigen, breitbrüstigen Leuten verhandelte. Die Frauen waren sehr eindrucksvoll mit ihren großen Titten auf ihren großen Brüsten; aber Louis hätte ihnen keinen Schönheitspreis gegeben. Alle Frauen hatten lange dunkle Haare, die ihre Stirnen und Wangen bedeckten, und ein winziges, T-förmiges Gesicht einrahmten.

Louis duckte sich hinter der Rückenlehne des Fahrersitzes, während Vala Päckchen durch die Ladetür schob. Bald waren sie wieder unterwegs.

Eine Stunde später, weit weg von jeder menschenähnlichen Behausung, lenkte Vala den Wagen über die Straßenböschung. Louis kletterte von seinem Ausguck herunter. Er war heißhungrig. Vala hatte Lebensmittel eingekauft, einen großen, geräucherten Vogel und Nektar von den Riesenblüten. Louis schlug die Zähne in das Fleisch des Vogels. Dann fragte er: »Ißt du nichts?«

Vala lächelte. »Nicht bis heute abend. Aber ich werde etwas mir dir zusammen trinken.« Sie trug eine Flasche aus buntem Glas zum Heck des Fahrzeuges und schüttete daraus eine klare Flüssigkeit in den Nektar. Sie trank und gab das Trinkgefäß anschließend an ihn weiter. Louis trank ebenfalls.

Es war natürlich Alkohol. Auf der Ringwelt konnte es unmöglich Ölquellen geben; aber eine Alkoholbrennerei konnte man überall bauen, wo es Pflanzen gab, die sich fermentieren ließen. »Vala, haben die – ah – die Untertanen deines Imperiums manchmal einen zu großen Durst auf dieses Zeug?«

»Manchmal.«

»Und was tut ihr dagegen?«

Diese Frage überraschte sie. »Sie lernen. Manchmal werden sie vom Trinken wertlos. Sie überwachen sich gegenseitig, falls das nötig ist.«

Das war das Wonnestrom-Problem *en miniature,* mit der gleichen Lösung: die Zeit und die natürliche Auslese sorgten für

Heilung. Es schien kein Problem für Vala zu sein . . . Louis konnte es sich nicht leisten, sich mit diesem Problem zu beschäftigen. Er fragte: »Wie weit ist es noch bis zur Stadt?«

»Drei oder vier Stunden bis zur Luftstraße. Aber dort würden wir angehalten. Louis, ich habe mir deinetwegen Gedanken gamacht. Warum kannst du nicht einfach in die Stadt hinauffliegen?«

»Du sagst es. Ich bin ganz dafür, wenn niemand auf mich schießt. Was glaubst du – würde jemand auf einen fliegenden Mann schießen? Oder würden sie mich erst anhören, ehe sie schießen?«

Sie nippte von dem mit Alkohol vermischten Nektar. »Die Regeln sind ziemlich streng, und niemand, der nicht zu den Städtebauern gehört, darf die Stadt betreten, wenn er nicht eingeladen ist. Aber bisher ist auch noch niemand in die Stadt geflogen!«

Sie reichte ihm wieder die Flasche. Der Nektar war süß, vergleichbar mit einem in Wasser aufgelösten Grenadin-Sirup, mit einem kräftigen Rachenputzer, der mindestens achtzig Prozent Alkohol enthalten mußte.

Er sah senkrechte Türme, die wie eine Lilienblüten-Rosette beisammenstanden, sich aber im Stil miteinander überhaupt nicht vertrugen: blockartige Gebäude, nadelförmige Strukturen, die sich unten und oben verjüngten . . . durchsichtige, plattenartige Gebilde, polyedrische Zylinder, eine schlanker Kegel, der mit der Spitze nach unten zeigte. Manche Türme schienen nur aus Glas zu bestehen; andere wieder nur aus Balkonen. Anmutig geschwungene Brücken oder breite schnurgerade Rampen verbanden die Gebäude im unmöglichsten Winkel. Wenn man auch einräumte, daß die Baumeister dieser architektonischen Gebilde nicht hundertprozentige Menschen waren, mußte Louis sich trotzdem noch wundern, wie überhaupt jemand sich so etwas als sinnvolle Architektur vorstellte. Es war grotesk.

»Sie müssen sich hier aus einem Umkreis von mehreren tausend Meilen versammelt haben«, sagte er. »Als die Energieversorgung zusammenbrach, gab es immer noch Gebäude mit unabhängigen Kraftstationen. Sie sammelten sich dann hier zu einem letzten Aufgebot und wurden von Prills Leuten zu einer Kommune vereinigt. So muß diese Stadt entstanden sein, nicht wahr?«

»Niemand weiß es Aber Louis, du redest, als wärest du ein Augenzeuge gewesen!«

»Du bist von Geburt an an diese Stadt gewöhnt. Du siehst sie nicht so wie ich.« Er wandte nicht einen Moment den Blick von der Stadt.

Da war eine Brücke, die von einem niedrigen, fensterlosen Gebäude auf der Kuppe eines Hügels ausging und sich in einer anmutigen Kurve hinaufschwang zu dem Fundament einer riesigen kannelierten Säule. Eine gegossene Steinstraße lief von dort zurück und mündete wieder vor dem Gebäude auf der Kuppe.

»Ich vermute, daß die geladenen Gäste sich zuerst in dem Gebäude auf der Hügelkuppe melden müssen, ehe sie die Brücke betreten dürfen.«

»Selbstverständlich.«

»Was passiert in diesem Gebäude?«

»Man durchsucht sie nach verbotenen Gegenständen. Dann werden sie verhört. Wenn die Städtebauer sich das Recht herausnehmen, nur ausgewählte Leute in die Stadt zu lassen, nun, so gilt das Recht auch für uns. Zuweilen versuchen terroristische Elemente, Bomben in die Stadt zu schmuggeln. Söldner, die von den Städtebauern gemietet wurden, hatten heimlich versucht, Ersatzteile für die magischen Wasserzisternen in die Stadt zu schmuggeln.«

»Wie bitte?«

Vala lächelte.

»Einige dieser Zisternen funktionieren sogar noch. Sie sammeln Wasser aus der Luft. Aber nicht genügend Wasser. Wir pumpen Wasser aus dem Fluß in die Stadt hinauf. Wenn wir uns über politische Grundsätze streiten, müssen sie in der Stadt dursten; und wir müssen ohne die Informationen auskommen, die sie in der Stadt zusammenstellen, bis wir uns auf einen Kompromiß geeinigt haben.«

»Informationen? Wie beschaffen sich die Stadtbewohner diese Informationen? Mit Teleskopen?«

»Mein Vater hat mir mal etwas davon erzählt. Sie haben einen Saal, in dem sie alles beobachten können, was auf dieser Welt geschieht. Viel besser als du mit deiner Schutzbrille. Schließlich haben sie ja aus ihren Gebäuden eine viel größere Weitsicht als wir.«

»Ich sollte mich mit deinem Vater darüber unterhalten. Wie . . .«

»Das wäre keine sehr gute Idee. Er ist sehr . . . er gibt sich nicht . . .«

»Ich habe nicht die richtige Gestalt und Hautfarbe, wie?«

»Ja, er würde dir nicht glauben, daß du die Dinge herstellen kannst, die sich in deinem Besitz befinden. Er würde sie dir wegnehmen.«

Tanj! »Was geschieht, wenn die Touristen das Gebäude auf dem Hügel passieren dürfen und die Stadt betreten?«

»Mein Vater kommt von diesen Besuchen mit einer Tätowierung auf dem linken Arm nach Hause. Sie ist in einer Sprache verfaßt, die nur die Städtebauer verstehen. Diese Tätowierung glitzert wie Silberdraht. Sie läßt sich nicht abwaschen, aber sie verblaßt in ein oder zwei *Falans*.«

Das hörte sich nicht nach einer Tätowierung an, sondern nach einer gedruckten Schaltung. Die Städtebauer hatten vielleicht eine viel größere Macht über ihre Gäste, als diese glaubten. »Okay. Was machen die Gäste in der Stadt?«

»Sie diskutieren über Politik. Sie machen sich Geschenke: große Mengen Nahrungsmittel und zuweilen auch Werkzeuge. Die Städtebauer zeigen ihren Besuchern die Wunder der Stadt und praktizieren *Rishathra* mit ihnen.« Vala stand abrupt auf. »Es ist besser, wenn wir jetzt wieder weiterfahren.«

Sie hatten die Gefahrenzone, die von Banditen beherrscht wurde, längst hinter sich gelassen. Louis saß jetzt auf dem Beifahrersitz neben Vala. Das Motorengeräusch war genauso lästig wie die schlechte Federung; sie mußten sehr laut sprechen, um sich verständlich zu machen. Louis rief: *»Rishathra?«*

»Nicht jetzt. Nicht jetzt, wenn ich am Steuer sitze.« Vala entblößte breite, kräftige Zähne. »Die Städtebauer sind sehr gut, was *Rishathra* anbetrifft. Sie können es mit fast jeder Rasse treiben. Das half ihnen früher, ihr Imperium zusammenzuhalten. Wir benützen *Rishathra* nur, um Handelsverträge abzuschließen und um eine Schwangerschaft zu vermeiden bis wir uns ernsthaft paaren und eine Familie gründen wollen. Aber die Städtebauer üben *Rishathra* bei jeder Gelegenheit aus.«

»Kennst du jemand, der mir eine Einladung als Gast beschaffen kann? Vielleicht unter dem Vorwand, weil ich wertvolle Maschinen besitze?«

»Das könnte nur mein Vater erreichen. Und er würde es nicht tun.«

»Dann muß ich in die Stadt hinauffliegen. Okay, was befindet sich unter der Stadt? Kann ich nicht einfach unter die Stadt gehen und dann zu einem Haus hinaufschweben?«

»Unter der Stadt befindet sich die Schatten-Farm. Du könntest als Farmer gelten, wenn du deine Werkzeuge zurückläßt. Farmer werden aus allen Rassen rekrutiert. Es ist eine schmutzige Arbeit. Über der Farm befinden sich die Abflußröhren der Stadt, und die Abwässer werden als Dünger für die Pflanzen verwendet. Die Pflanzen sind ausschließlich Höhlenbewohner, also Gewächse, die im Dunkeln gedeihen.«

»Aber . . . Oh, sicher, ich verstehe jetzt. Die Sonne bewegt sich ja nie, also ist es immer dunkel unter der Stadt. Höhlenbewohner, wie? Pilze?«

Sie starrte ihn an.

»Louis, wie kannst du nur erwarten, daß sich die Sonne bewegt?«

»Ich vergaß, wo ich bin.« Er schnitt eine Grimasse. »Entschuldigung.«

»Wie kann sich die Sonne bewegen?«

»Selbstverständlich ist es nicht die Sonne, die sich bewegt, sondern der Planet. Unsere Welten sind rotierende Bälle, verstehst du? Wenn ich auf einem Punkt einer Kugel lebe, die sich bewegt, dann scheint die Sonne an einer Seite in den Himmel aufzusteigen und auf der anderen Seite wieder hinunter. Dann ist es Nacht, bis die Sonne wieder aufgeht. Weshalb, glaubst du wohl, haben die Ringwelt-Ingenieure die Sonnenblenden erfunden?«

Der Wagen begann zu schlingern. Valas Gesicht war blaß, und sie zitterte am ganzen Körper. Louis fragte mit sanfter Stimme: »Habe ich dir wieder zuviel zugemutet?«

»Das nicht.« Sie gab einen seltsam bellenden Laut von sich. War das ein verlegenes Lachen? »Die Sonnenblenden. Selbst die dümmsten Leute begreifen das. Die Sonnenblenden sollen auf künstliche Weise einen Nacht-und-Tag-Zyklus erschaffen, an den die Bewohner der sphärischen Welten gewohnt sind. Louis, ich wollte wirklich, du wärst verrückt. Louis, was können wir *tun*?«

Er mußte ihr irgendeine Antwort darauf geben. Er sagte: »Ich dachte daran, ein Loch in den Boden eines der Großen Ozeane zu bohren, ehe er den sonnennächsten Punkt erreicht. Dann könnte eine Wassermasse von der Größe mehrerer Planeten in das Vakuum entweichen. Die dabei freiwerdenden Kräfte würden die Ringwelt wieder von der Sonne wegdrücken und sie in ihre ursprüngliche Umlaufbahn zurückbringen. Hinterster, hörst du mir zu?«

Die zu perfekte Altstimme erwiderte: »Das scheint mir nicht machbar zu sein.«

»Natürlich ist es nicht machbar. Wie sollten wir nämlich dann, wenn die Ringwelt wieder auf Kurs liegt, das Loch im Meeresboden verstopfen? Außerdem käme die Ringwelt bei dieser Operation furchtbar ins Schlingern. Das Schlingern würde so kräftig sein, daß wahrscheinlich alle Lebewesen auf der Ringwelt dabei getötet würden und der Kunstplanet noch dazu seine Atmosphäre verliert. Aber ich muß mir etwas einfallen lassen. Vala, ich werde nicht locker lassen.«

Sie wiederholte diesen seltsamen, bellenden Laut und schüttelte dazu heftig den Kopf. »Eines muß man dir lassen. Kleinkariert bist du nicht bei deinen Überlegungen!«

»Was hätten die Ringwelt-Ingenieure an meiner Stelle getan? Was wäre geschehen, wenn feindliche Invasoren die Steuerdüsen von der Ringwand heruntergeschossen hätten? Sie können doch unmöglich die Ringwelt gebaut haben, ohne an solche

Eventualitäten zu denken. Ich muß mehr über die Ringwelt-Ingenieure wissen. Verschaffe mir Zutritt zur schwebenden Stadt, Vala!«

KAPITEL 18

DIE SCHATTEN-FARM

Sie passierten jetzt andere Fahrzeuge: große oder kleine Kastenwagen, die alle noch einen kleineren Kasten am Heck mit sich führten. Die Straße wurde breiter und der Belag besser. Auch die Tankstationen waren jetzt dichter gesät und zeigten alle die gleiche kantige, solide Architektur der Maschinenleute. Als der Verkehr auf der Straße zunahm, mußte Vala mit der Geschwindigkeit heruntergehen. Louis hatte das Gefühl, daß er unangenehm auffiel.

Die Straße führte über einen Hügel, hinter dem sich die Stadt öffnete. Vala betätigte sich als Fremdenführer, als sie wieder hügelwärts fuhren und der Straßenverkehr zu einem Gewühl wurde.

Umkehr der Flüsse führte seine Entstehung auf ein paar Docks zurück, die am spinnwärtigen Ufer des breiten braunen Schlangenflusses errichtet wurden. Die Geburtsstätte der Stadt sah jetzt verwahrlost aus. Die Stadt hatte sich mit dem Bau zahlreicher Brücken auf das andere Ufer vorgeschoben und sich dort kreisförmig ausgebreitet. Nur im Zentrum des Kreises war ein Stück ausgespart worden. Dieses Stück war der Schatten, den die fliegenden Gebäude der Städtebauer warfen.

Sie schwammen jetzt in einem Strom von Kastenwagen. Die Luft war verpestet mit Alkohol. Vala kroch im ersten Gang dahin. Louis kroch fast unter das Armaturenbrett. Die anderen Fahrer hatten jetzt großzügigen Einblick in das Führerhaus und konnten sich den sonderbaren Mann von den Sternen genau betrachten.

Aber sie taten es nicht. Sie sahen weder Louis noch die anderen Wagenlenker. Sie schienen nur Augen für die anderen Fahrzeuge zu haben. Und Vala fuhr weiter bis zum Mittelpunkt der Stadt.

Hier standen die Häuser dicht gedrängt, drei oder vier Stockwerke hoch, schmale Kragen, zwischen denen kein Millimeter Platz blieb. Oben ragten sie über die Straße vor und blockierten das Tageslicht. Einen scharfen Kontrast zu diesen Wohngebäuden bildeten die öffentlichen Gebäude, klotzige, langgestreckte Kästen, die sich auf großzügigen Grundstücken breitmachen konnten. Hier wurde immer nur um den Boden gerangelt, nicht der Höhe nach gewetteifert. Das überließen sie der fliegenden Stadt, die über diesem Gemeinwesen schwebte.

Vala deutete auf die Handelsschule, ein weiter Komplex aufwendiger Steingebäude. Einen Block weiter deutete sie auf eine Nebenstraße. »Meine Wohnung befindet sich dort in der Häuserzeile, die aus pinkfarbenen gegossenen Steinen. Siehst du es?«

»Hat es Sinn, dort hinzufahren?«

Sie schüttelte den Kopf. »Ich habe gründlich darüber nachgedacht. Nein. Mein Vater würde dir niemals glauben. Er findet, daß selbst die Behauptungen der Städtebauer größtenteils nur Angeberei und Lügen sind. Auch ich war dieser Meinung, aber was du mir von dieser . . . Dieser Halrloprillalar erzählt hast . . .«

Louis lachte.

»Sie war eine Lügnerin. Aber ihre Artgenossen regierten tatsächlich einmal über die Ringwelt.«

Sie verließen die Umkehr der Flüsse und fuhren in Richtung Backbord weiter. Vala ließ die Häuser ein paar Meilen hinter sich, ehe sie die letzte der Brücken überquerte. An der Backbordseite des großen Schattens bog sie in eine fast unsichtbare Seitenstraße ein und parkte an deren Ende.

Sie traten in das viel zu grelle Sonnenlicht hinaus und gingen schweigend an die Arbeit. Louis hob mit Hilfe seines Fluggeschirres einen tonnenschweren Felsblock an. Valavirgillin hob an der Stelle, wo er gelegen hatte, eine flache Grube aus, in die sie fast den ganzen Vorrat von Louis Superleiter-Tuch hineinlegte. Dann schüttete sie wieder die Grube mit Erde zu, und

Louis verschloß schließlich das Versteck mit dem Felsblock, den er an die alte Stelle rückte.

Er verstaute das Fluggeschirr in Valas Tornister und schnallte ihn über die Schulter. Der Tornister enthielt bereits seine Panzerweste, seine Schutzbrille mit den Okularen, den Handscheinwerfer-Laser und die Flasche voller Nektar. Der Tornister war schwer und sperrig. Louis setzte ihn zurück auf die Erde und stellte das Fluggeschirr so ein, daß es ihm beim Tragen half. Den Übersetzer legte er ganz obenauf, ehe er den Reißverschluß zuzog und schwang das Gepäckstück dann wieder auf den Rücken.

Er trug eine paar von Valas Shorts, die er mit einem Strick um die Hüften befestigt hatte. Sie waren viel zu groß für ihn. Sein haarloses Gesicht würde nicht auffallen. Man würde es für ein natürliches Merkmal seiner Rasse halten. Nichts an ihm deutete auf den Weltraum-Reisenden hin, wenn man einmal von dem Ohrstöpsel seines Übersetzers absah. Das wollte er riskieren.

Er vermochte fast nichts in seiner Umgebung zu erkennen. Das Tageslicht war viel zu grell, und als sie in den Schatten hineingingen, war es dort wiederum zu dunkel. Sie schritten förmlich vom Tag in die Nacht hinein.

Vala schien mühelos ihren Weg zu finden. Louis folgte dichtauf. Allmählich gewöhnten sich seine Augen an die Dunkelheit, und er sah, daß sie auf einem schmalen Pfad zwischen Beeten voller Gewächsen gingen.

Die Pilze reichten von Knopfgröße bis zu asymetrischen Gebilden, die Louis über den Kopf reichten. Deren Stengel waren so dick wie seine Hüften. Manche ähnelten den irdischen Pilzen, andere wieder hatten überhaupt keine Form. Ein Geruch von Verwesung hing in der Luft. Manchmal schossen die Sonnenstrahlen senkrecht durch die Lücken zwischen den schwebenden Gebäuden nach unten. Diese Strahlenbündel waren so grell, daß sie aussahen wie Säulen aus solidem, spiegelndem Metall.

Gekräuselte gelbe Pilze mit scharlachroten Rändern wucherten auf einem Block aus grauem Schiefer. Mittelalterliche Lanzen standen kerzengerade, weiße Schäfte mit blutroten Spitzen.

Ein Fell mit orangefarbenen und gelben Mustern überzog einen morschen Baumstamm.

Die Leute, die hier arbeiteten, waren fast so bunt gemischt wie die Pilze. Da waren Angehörige des Läufer-Volkes, die mit einer Zwei-Hand-Säge einen großen elliptisch geformten Pilz mit orangefarbener Halskrause fällten. Wesen mit breiten Gesichtern und mächtigen Händen füllten weiße Knopfpilze in einen Korb. Gras-Riesen trugen die gefüllten Körbe zu einem Sammelbehälter. Vala gab flüsternd Erläuterungen: »Die meisten Arten ziehen es vor, sich in Gruppen zu vermieten, um sich gegen den Kulturschock abzuschirmen. Sie wohnen auch in getrennten Unterkünften.«

Da war ein halbes Hundert Leute bei der Arbeit und harkten Kompost und Mist auf die Beete; Louis konnte den Dünger schon aus großer Entfernung riechen. Waren das Arbeiter von Valas Spezies? Ja, es waren Maschinen-Leute, aber zwei von ihnen standen abseits, sahen zu und waren mit Gewehren bewaffnet. »Was sind denn das für Leute? Gefangene?«

»Gefangene, die wegen kleiner Delikte verurteilt wurden. Zwanzig oder fünfzig *Falans* lang dienen sie der Gemeinschaft in diesem . . .« Sie unterbrach sich. Einer der Wächter kam auf sie zu.

Er begrüßte Vala. »Lady, Sie sollten sich hier nicht aufhalten. Diese Misthändler finden vielleicht Gefallen an Ihnen und nehmen Sie zur Geisel.«

Vala klang erschöpft: »Mein Wagen streikte. Ich muß zur Akademie und Bescheid sagen, was passiert ist. Bitte, darf ich durch die Schatten-Farm gehen? Wir wurden alle umgebracht. Alle wurden von Vampiren getötet. Sie müssen das erfahren. Bitte!«

Der Wächter zögerte. »Also gut. Sie dürfen passieren. Aber nicht ohne eine Eskorte.« Er pfiff ein paar Töne. Es hörte sich an wie ein Leitmotiv. Dann wandte er sich Louis zu: »Und was ist mit dir?«

Vala antwortete an Louis' Stelle: »Ich mietete ihn, damit er mein Gepäck tragen soll.«

Der Wächter sprach langsam und deutlich: »Du gehst mit der

Lady so lange mit, wie sie dich braucht. Aber du bleibst in den Grenzen der Schatten-Farm. Dann kehrst du wieder zu deinem Arbeitsplatz zurück. Was hast du zuletzt gearbeitet?«

Louis war ohne seinen Übersetzer zur Stummheit verurteilt. Er dachte an den Handscheinwerfer-Laser, den er in seinem Tornister vergraben hatte. Er legte die Hand auf einen Felsblock, der mit lavendelfarbenen Pilzen bewachsen war. Dann deutete er auf einen Schiefer, auf dem ähnliche Pilze wucherten.

»Okay.« Der Wächter blickte über Louis Schulter. »Ah.«

Der Geruch sagte Louis schon alles, ehe er sich umdrehte. Er wartete mit stoischer Ruhe, während der Wächter zwei Kobolde instruierte: »Bringt die Lady und ihren Gepäckträger zum anderen Ende der Schatten-Farm. Paßt auf, daß ihnen nichts zustößt.«

Sie gingen in einer Reihe den Pfad hinunter, der zum Zentrum der Schattenfarm führte. Der männliche Kobold ging an der Spitze, der weibliche bildete den Schluß. Der Geruch der Verwesung wurde strenger. Schlitten, die mit Düngemittel beladen waren, glitten auf anderen Wegen an ihnen vorüber.

Tanj! Wie sollte er jetzt die Kobolde wieder loswerden?

Louis blickte zurück. Das Koboldweibchen grinste ihn an. Ihr machte dieser strenge Geruch bestimmt nichts aus. Ihre Zähne waren mächtige Dreiecke, ausgezeichnet dafür geeignet, rohes Fleisch zu zerreißen. Ihre Koboldohren standen aufrecht. Wie ihr Geschlechtspartner trug sie eine große Tasche an einem Tragriemen über der Schulter. Sonst war sie nackt. Fast alle Partien ihres Körpers waren mit einem dichten Haarkleid bedeckt.

Sie erreichten einen großen, kreisförmigen Bezirk, wo alle Pilze abgeerntet waren. Dahinter war eine Grube. Dünger häufte sich hinter der Grube, so daß man das Gelände dahinter nicht mehr zu überschauen vermochte. Aus einem Rohr ergoß sich Jauche in die Grube. Louis blickte an dem Rohr entlang nach oben. Es verlor sich am schwarzen, von hellen Flecken durchbrochenen Himmel.

Das Koboldweibchen beugte sich zu ihm und sprach so laut in sein Ohr, daß Louis zusammenzuckte. Sie verwendete die

Sprache der Maschinen-Leute: »Was würde der König der Riesen wohl dazu sagen, wenn er wüßte, daß Louis und Wu eine Person sind?«

Louis starrte das Koboldweibchen an.

»Bist du stumm ohne dein kleines Kästchen? Keine Angst. Wir stehen dir zu Diensten.«

Das Koboldmännchen sprach inzwischen mit Valavirgillin. Sie nickte. Sie gingen weiter den Pfad hinunter. Louis und das Weibchen folgten ihnen um ein breites Beet mit weißen Pilzen herum, das auf einer schrägen Platte aus Schiefer angelegt war.

Vala schien sehr nervös. Vielleicht irritierte sie der Gestank. Louis wurde er allmählich unerträglich. »Kyeref sagte mir, das wäre ganz frischer Dünger. Erst in einem *Falan* ist er reif genug, und dann wird das Rohr über eine andere Grube geschoben und der Mist auf die Beete verteilt. Bis dahin kommt niemand hierher zu der Jauchegrube.«

Sie nahm den Tornister von Louis' Schulter und kippte ihn aus. Louis bückte sich nach dem Übersetzer (die Ohren des Kobolds richteten sich sofort auf, als sich seine Hand dem Scheinwerfer-Laser näherte). Er schaltete auf größere Lautstärke und fragte: »Wieviel weiß das Volk der Nacht?«

»Mehr, als wir ahnten.« Vala sah so aus, als wollte sie ihm noch mehr verraten; aber sie tat es nicht.

Das Koboldmännchen antwortete an ihrer Stelle: »Die Welt ist zum Flammentod verurteilt. Der Untergang wird in nicht zu weiter Ferne stattfinden. Nur Louis Wu kann uns noch vor der Vernichtung retten.« Der Kobold lächelte und zeigte eine breite Fülle weißer dolchartiger Zähne. Sein Atem erinnerte an einen Basilisken.

»Ich bin mir nicht sicher, ob du das ironisch gemeint hast«, sagte Louis. »Glaubst du auch an deine Worte?«

»Seltsame Ereignisse vermögen in dem geistig Verwirrten die Gabe der Prophezeiung zu erkennen. Wir wissen, daß du Werkzeuge bei dir trägst, die nirgends sonst bekannt sind. Auch deine Rasse ist hier unbekannt. Aber diese Welt ist groß, und wir kennen nicht alle Rassen, die auf ihr leben. Dein behaarter Freund ist noch viel seltsamer als du.«

»Aber das ist keine Antwort auf meine Frage.«

»Rette uns! Wir werden es nicht wagen, dein Handeln zu stören.« Der Kobold sah jetzt viel ernster aus, obwohl seine Lippen beim Sprechen immer noch nicht zusammenkamen. (Dazu gehörte wohl eine bewußte Anstrengung. Diese großen spitzen Zähne . . .) »Und weshalb sollte es uns stören, wenn du ein Verrückter bist? Die Tätigkeiten anderer Rassen stören nur sehr selten unsere Kreise. Und am Ende gehören sie uns alle.«

»Ich frage mich, ob ihr nicht die wirklichen Herrscher dieser Welt seid.« Louis sagte das aus diplomatischer Höflichkeit und überlegte dann voll Unbehagen, ob er damit nicht die Wahrheit gesagt hatte.

Das Weibchen antwortete: »Viele Rassen mögen den Anspruch erheben, diese Welt zu beherrschen oder wenigstens einen Teil von ihr. Wollten wir etwa die Baumwipfel der Hängenden Leute beanspruchen? Oder die luftlosen Höhen der Schüttberg-Leute? Und welche Rasse möchte wohl unser Territorium beanspruchen?« Sie lachte ihn jetzt aus. Das war sicher.

Louis sagte: »Irgenwo auf dieser Welt muß es ein Reparaturzentrum geben. Wißt ihr etwas darüber?«

»Du hast zweifellos recht«, erwiderte das Männchen. »Aber wir wissen nicht, wo es sich befinden könnte.«

»Was wißt ihr von der Ringmauer? Und den Großen Ozeanen?«

»Hier gibt es zu viele Meere. Ich weiß nicht, von welchem du sprichst. Aber auf der Ringmauer herrschte große Unruhe, ehe sich die großen Flammen zum erstenmal zeigten.«

»*Tatsächlich?* Was für eine Art von Unruhe?«

»Viele Geräte, die man zum Heben benötigt, wurden noch über dem Reich der Schüttberg-Leute aufgebaut. Städtebauer und Leute von den Schüttbergen waren in großer Anzahl an dieser Bautätigkeit beteiligt. Auch viele andere Rassen, jedoch in geringerer Zahl. Sie kletterten bis zum obersten Rand der Welt hinauf. Vielleicht vermagst du uns die Bedeutung dieser Tätigkeit zu verraten.«

Louis war tief beeindruckt: »Tanj, das müssen die Leute gewesen sein . . .« Die die Steuerdüsen wieder in die Halterungen einhängten, fuhr er in Gedanken fort. Er sollte es nicht laut sagen. So viel Macht und Ehrgeiz in der nächsten Umgebung konnten vermutlich die Nerven eines Puppetiers überstrapazieren. »Das ist aber ein langer Weg für aasessende Meldegänger.«

»Das Licht wandert weiter als wir. Hat diese Neuigkeit vielleicht Einfluß auf deine Prophezeiung vom Untergang der Welt?«

»Ich fürchte leider nein.« Es mochte wahr sein, daß ein Reparaturtrupp jetzt irgendwo an der Arbeit war; aber sie würden bald keine Bussard-Rammdüsen mehr haben, die sie in die Halterungen am Rande der Ringwelt einhängen konnten. »Aber so lange diese großen Flammen am Himmel stehen, zögern sie den Untergang der Welt hinaus. Ich hatte mit einer Galgenfrist von sieben oder acht *Falans* gerechnet. Ich glaube, wir haben noch etwas mehr Zeit.«

»Eine gute Nachricht. Was wirst du jetzt unternehmen?«

Einen Moment lang war Louis versucht, die fliegende Stadt aufzugeben und sich nur noch mit den Kobolden zu befassen. Aber er hatte viele Mühen auf sich genommen, um hierher zu kommen, und Kobolde gab es überall. »Ich warte die Nacht ab und fliege dann in die Stadt hinauf. Vala, dein Anteil an dem Superleiter-Tuch befindet sich im Kastenwagen. Ich wäre dir dankbar, wenn du eine Weile lang niemandem etwas von diesem Tuch verrätst oder von mir . . ., bis sich diese Welt ein paarmal um die Sonne gedreht hat. Meinen Anteil an dem Tuch kannst du in einem *Falan* wieder ausgraben, wenn niemand es beansprucht. Und ich habe auch etwas von dem Tuch bei mir.« Er schlug mit der Hand auf eine Westentasche, wo er einen Quadratmeter von dem Superleiter-Tuch zu der Größe eines Taschentuchs zusammengefaltet hatte.

»Ich wollte, du würdest das Tuch nicht mit in die Stadt nehmen«, sagte Vala.

»Sie werden es nur für einfaches Tuch halten, bis ich sie aufkläre«, erwiderte Louis. Das war fast eine Lüge. Louis hatte vor, das Tuch als Superleiter zu verwenden.

Die Kobolde starrten ihn an, als er die Shorts auszog – prägten sich vermutlich Einzelheiten ein, die ihnen helfen konnten, die Heimat seiner Rasse auf der Ringwelt zu finden. Er zog die Panzerweste an.

Das Koboldweibchen fragte plötzlich: »Wie hast du die Frau von den Maschinen-Leuten davon überzeugt, daß du ein vernünftiges Wesen bist?«

Vala erläuterte es ihnen, während Louis auch noch die Schutzbrille aufsetzte und den Handscheinwerfer-Laser in die Tasche steckte. Die Kobolde behielten ihr Lächeln nur noch mühsam bei. Das Weibchen fragte: »Kannst du diese Welt wirklich retten?«

»Verlaßt euch nicht auf mich. Versucht lieber, das Reparaturzentrum wiederzufinden. Streut meine Bitte über die ganze Welt aus. Versucht auch die Bandersnatchi danach zu fragen – die großen weißen Bestien, die in den Sümpfen spinnwärts leben.«

»Wir kennen sie.«

»Gut. Vala . . .«

»Ich gehe jetzt, um zu berichten, wie meine Freunde starben. Vielleicht treffen wir uns nie wieder, Louis.« Valavirgillin nahm den leeren Tornister auf und entfernte sich rasch.

»Wir wollen ihr Schutzgeleit geben«, sagte der weibliche Kobold. Auch die beiden Angehörigen des Nachtvolkes verließen ihn jetzt.

Sie hatten ihm kein *Glück* zu seinem Unternehmen gewünscht. Warum nicht? Vielleicht lag das an ihrer Lebensweise. Möglicherweise waren sie alle Fatalisten. Glück bedeutete ihnen nichts.

Louis betrachtete den dunklen, von weißen Flecken unterbrochenen Himmel. Er war versucht, schon jetzt hinaufzufliegen. Aber er wollte doch lieber die Nacht abwarten. Er sprach in den Übersetzer: »Hinterster, hörst du mir zu?«

Offenbar tat das der Puppetier nicht.

Louis streckte sich unter der mächtigen Schieferplatte mit den Pilzen aus. Dicht über der Erde schien die Luft sauberer zu sein. Er nippte nachdenklich an der Nektarflasche, die Vala ihm überlassen hatte.

Was für Wesen waren diese Kobolde? Ihre Stellung in dieser

Ökologie schien unangreifbar zu sein. Wie war es ihnen gelungen, ihre Intelligenz zu bewahren? Warum brauchten sie überhaupt Intelligenz? Vielleicht mußten sie zuweilen um ihre Privilegien kämpfen. Oder um Anerkennung. Und vermutlich stellten die tausenderlei lokalen Religionen auch einen hohen Anspruch an ihr Sprachvermögen.

Doch jetzt wieder zur Sache: Wie konnten sie ihm helfen? Gab es irgendwo eine Enklave der Kobolde, wo man sich an die Quelle des Unsterblichkeits-Elexiers erinnerte? Das nach seiner Hypothese aus der Wurzel des Pak-Lebensbaumes hergestellt wurde . . .

Immer eines nach dem anderen. Zuerst kam die Stadt an die Reihe.

Die Lichtsäulen wurden dünner und verblaßten schließlich vollends. Andere Lichter erschienen am verbauten Himmel: Hunderte von beleuchteten Fenstern. Keines zeigte sich direkt über ihm. Wer wollte auch in einem Keller über einer Mistgrube wohnen? (Vielleicht jemand, der sich eine Beleuchtung nicht leisten konnte?)

Die Schatten-Farm schien verlassen. Louis hörte nur noch die Geräusche des Windes. Als er sich auf die Schieferplatte zwischen die Pilze stellte, sah er entfernte Fenster aufflackern, als würden Herdflammen dahinter brennen: das waren vermutlich die Behausungen der Farmer am Rand des Schattens.

Louis schaltete die Steigflug-Automatik an seinem Fluggeschirr ein und schwebte in die Höhe.

KAPITEL 19

DIE FLIEGENDE STADT

Über dreihundert Meter über dem Boden wurde die Luft erst wieder richtig frisch. Die fliegende Stadt umgab ihn. Er umringte die stumpfe Spitze eines umgedrehten Turms: vier Etagen mit dunklen Fenstern, darunter eine Garage. Das große Garagentor war verschlossen und verriegelt. Louis suchte nach einer zerbrochenen Fensterscheibe. Er fand keine.

Diese Fenster mußten schon elfhundert Jahre überdauert haben. Vermutlich konnte er eine Scheibe einschlagen, wenn er es versuchte. Aber er wollte nicht gern die Stadt als Einbrecher betreten.

Statt dessen schwebte er dicht neben einem Abwasserrohr nach oben. Er hoffte, daß er im Schatten des Rohres unentdeckt blieb. Er sah jetzt Rampen in seiner Nähe; doch nirgends eine Straßenbeleuchtung. Er steuerte auf einen Bürgersteig zu und ließ sich darauf nieder. Jetzt kam er sich weniger auffällig vor.

Niemand war in seiner Nähe. Das breite Band aus gegossenem Stein schlängelte sich durch viele Gebäude links und rechts, hinauf und hinunter, schickte offenbar beliebig Seitenstränge aus, die nirgends zu enden schienen. Kein Geländer schützte die Gehsteige, obwohl ein leerer Raum von dreihundert Metern darunter lag. Halrloprillalars Rasse mußte sich von ihren Stammvätern, den Armfüßlern, viel weniger entfernt haben als die Menschen auf der Erde. Louis schlenderte auf ein paar Lichter zu und hielt sich dabei vorsichtig in der Mitte des Gehsteiges.

Wo blieben die Leute nur? Die Stadt machte einen insularen Eindruck, überlegte Louis. Es gab zwar Häuser in rauhen Mengen und Rampen, die ganze Häuserblocks miteinander verbanden; aber wo waren die Einkaufszentren, die Bars, die Theater, die Straßen zum Flanieren, die Parks, die Bürgersteig-Cafés? Nichts davon zeigte sich in seiner Nähe, nicht einmal durch Reklame. Alles schien sich hier hinter vier Wänden abzuspielen.

Entweder fand er jemanden auf der Straße, dem er sich vorstellen konnte, oder er mußte sich verstecken. Wie war das mit diesem Glasgebilde mit den dunklen Fenstern? Wenn er von oben her eindrang, konnte er ziemlich sicher sein, daß es sich um ein verlassenes Gebäude handelte.

Jemand kam auf der abschüssigen Rampe auf ihn zu. Louis rief: »Können Sie mich verstehen?« und hörte seine Worte in die Sprache der Maschinen-Leute übersetzt.

Der Fremde antwortete ihm in der gleichen Sprache: »Sie sollten nicht im Dunklen durch die Stadt gehen. Sie könnten abstürzen.« Er war jetzt viel dichter heran. Seine Augen waren riesig; er gehörte nicht zur Rasse der Städtebauer. Er trug einen schlanken Stab mit sich. Das er das Licht im Rücken hatte, konnte Louis nicht mehr von ihm erkennen. »Zeigen Sie mir Ihren Arm«, sagte der Fremde.

Louis entblößte den linken Arm. Selbstverständlich trug er keine Tätowierungen. Er sagte, was er sich von Anfang an zurechtgelegt hatte: »Ich kann eure Wasserkondensierer reparieren.«

Der Stab schlug nach ihm. Der Stock traf Louis wuchtig auf den Kopf und warf ihn nach hinten. Er überschlug sich und stand geduckt wieder auf den Beinen. Seine trainierten Reflexe arbeiteten ausgezeichnet. Doch seine Arme kamen eine Idee zu spät nach oben, um den Stock abzuwehren. Diesmal traf er ihn an der Schläfe. Lichter sprühten hinter seinen Augen auf und erloschen.

*

Er befand sich in freiem Fall. Der Wind brüllte an ihm vorbei. Selbst für einen Mann, der fast bewußtlos war, war der Zusammenhang deutlich. Louis schlug, von Panik ergriffen, im Dunklen um sich. *Kurzschluß in einem Raumfahrzeug! Wo bin ich? Wo sind die Meteor-Dichtungen? Wo ist mein Druckanzug? Der Alarmschalter?*

Schalter – jetzt erinnerte er sich zum Teil wieder. Seine Hände flogen an seine Brust, fanden die Kontrolleinrichtungen des Fluggeschirrs, drehten den Hebeknopf hart nach links.

Das Fluggeschirr reagierte ebenfalls mit voller Kraft, schwang ihn herum, daß die Füße wieder nach unten zeigten. Louis versuchte, den Nebel aus seinem Kopf zu verdrängen. Er sah nach oben. Durch eine Lücke in der Dunkelheit entdeckte er die Korona der Sonne hinter einer Schattenblende; er sah harte Dunkelheit rasch auf ihn zukommen, um ihn zu vernichten. Er drehte wieder den Hebeknopf, um seinen rasenden Aufstieg zu verzögern.

Alles wieder in Ordnung.

Sein Magen rebellierte, und in seinem Kopf drehte sich ein Karussell. Er brauchte Zeit, um nachzudenken. Offensichtlich hatte er den falschen Einstieg in der Stadt gewählt. Aber wenn der Wächter ihn vom Bürgersteig gerollt hatte . . . Louis klopfte seine Taschen ab. Alles war noch da. Warum hatte der Wächter ihn nicht zuerst beraubt?

Louis erinnerte sich auch vage an die Antwort auf seine Frage: er hatte ihn angesprungen, den Wächter verfehlt und sich dann überschlagen. Dann war er mitten im Sturz ohnmächtig geworden. Das ließ die Angelegenheit in einem anderen Licht erscheinen. Vielleicht wäre es besser gewesen, noch zu warten. Doch dafür war es jetzt zu spät.

Er mußte einen anderen Zugang zur Stadt wählen.

Er schwamm unter der Stadt hindurch zur Gemeindegrenze. Sie war nicht zu weit entfernt. Aber am Rande der Stadt waren viel zu viele Lichter. Im Mittelpunkt entdeckte er einen Doppelkegel, in dem überhaupt keine Lichter brannten. Die untere Spitze war grob: eine Tiefgarage mit einer Rampe aus gegossenem Stein. Louis schwebte die Rampe hinauf.

Er stellte den Restlichtverstärker in seiner Schutzbrille ein. Zu peinlich, daß er das nicht schon früher getan hatte. Hatte der Schlag gegen den Kopf sein Denkvermögen beeinträchtigt?

Prills Artgenossen, die Städtebauer, hatten Flugräder besessen, erinnerte er sich. Aber hier vermochte er keinen Wagen oder Krad zu entdecken. Er sah nur ein paar verrostete Metallschienen auf dem Boden und einen primitiven Stuhl ohne Armlehnen am anderen Ende. Und eine Art von Chorgestühl: drei Reihen von übereinander angeordneten Bänken zu beiden Seiten der Schienen. Das Holz war grau verwittert, das Metall zerbröckelte zu Rost.

Er mußte den Sessel näher untersuchen, ehe er begriff. Er war so gebaut, daß er die Schienen hinunterrollen und am Ende nach vorn kippen konnte. Louis hatte eine Hinrichtungskammer entdeckt – für eine Hinrichtung, zu der Zuschauer gehörten.

Würde er darüber einen Gerichtssaal finden? Und ein Gefängnis? Louis hatte bereits beschlossen, sein Glück woanders zu versuchen, als eine frostige Stimme ihn aus dem Dunklen ansprach – in einer Sprache, die er seit dreiundzwanzig Jahren nicht mehr gehört hatte: »Eindringling, zeige deinen Arm. Bewege dich ganz langsam.«

Wieder sagte Louis: »Ich kann eure Wasserkondensierer reparieren«, und diesmal hörte er seinen Übersetzer in der Sprache von Halrloprillalar reden. Er mußte bereits diesen Satz im Computerspeicher vorbereitet haben.

Der andere stand unter einer Tür am Kopfende einer Treppe. Er hatte ungefähr die Größe von Louis, und seine Augen glühten im Dunklen. Er trug eine Waffe, wie sie Valavirgillin getragen hatte. »Dein Arm ist ohne Markierung. Wie bist du hierhergekommen? Du mußt geflogen sein.«

»Ja.«

»Beeindruckend. Ist das eine Waffe?« Er mußte den Handscheinwerfer-Laser meinen.

»Ja. Du siehst sehr gut im Dunklen. Was bist du?«

»Ich bin Mar Korssil, eine Frau von den Nachtjägern. Lege deine Waffe auf den Boden.«

»Nein.«

»Ich töte dich nur ungern. Deine Behauptung mag wahr sein . . .«

»Das ist sie.«

»Ich möchte auch nicht gerne meinen Meister wecken, und ich werde dich nicht durch diese Tür gehen lassen. Lege deine Waffe auf den Boden.«

»Nein. Ich bin schon einmal heute nacht angegriffen worden. Kannst du nicht diese Tür versperren, so daß keiner von uns sie öffnen kann?«

Mar Korssil warf etwas durch die Tür; es klirrte, als es auf den Boden prallte. Sie schloß die Tür hinter sich. »Fliege für mich«, sagte sie. Ihre Stimme war immer noch ein barscher Baß.

Louis erhob sich zwei Meter über den Boden und ließ sich dann wieder auf den gegossenen Stein nieder.

»Eindrucksvoll.« Mar Korssil kam die Treppe herunter, die Waffe schußbereit an der Schulter. »Wir haben viel Zeit, können uns unterhalten bis zum Morgengrauen, wenn man uns hier entdeckt. Was bietest du mir, und was verlangst du?«

»War meine Vermutung richtig, daß euer Wasserkondensierer nicht mehr arbeitet? Versagte er nicht mit dem Fall der Städte?«

»Meines Wissens nach hat er nie funktioniert. Wer bist du?«

»Ich bin Louis Wu. Männlich. Nenne meine Rasse ›das Volk der Sterne‹. Ich komme von dem Universum außerhalb dieser Welt, von einem Stern, der viel zu klein ist, als das du ihn sehen könntest. Ich habe etwas bei mir, mit dem ich wenigstens einen Teil der Wasserkondensierer in dieser Stadt reparieren kann. Und ich habe noch mehr von diesem Material versteckt. Vielleicht kann ich euch auch ein besseres Licht verschaffen.«

Mar Korssil betrachtete ihn mit blauen Augen, die so groß waren wie seine Schutzbrille. Sie hatte schrecklich lange Krallen an ihren Fingern und Eckzähne wie eine Axtschneide. Was war sie? Ein Nager-jagender Fleischfresser? Sie sagte: »Wenn du unsere Maschinen reparieren kannst, ist das gut. Was das Reparieren der Maschinen anderer Gebäude betrifft, so muß das erst mein Meister entscheiden. Was verlangst du von uns?«

»Wissen. Sehr viel Wissen. Zutritt zu allen Einrichtungen aufgestauten Wissens in dieser Stadt – zu Karten, Büchern, Geschichten, Gerüchten . . .«

»Erwarte nicht von uns, daß wir dich zur Bibliothek schicken. Wenn deine Behauptung der Wahrheit entspricht, bist du dafür zu kostbar. Unser Gebäude ist nicht sehr reich, aber wir können Wissen von der Bibliothek kaufen, wenn du ganz spezielle Wünsche an sie richtest.«

Louis wurde es klar: Die fliegende Stadt war genausowenig eine Gemeinde wie das Griechenland zur Zeit von Perikles eine Nation gewesen war. Jedes Gebäude war eine unabhängige Einheit, und er befand sich im falschen Gebäude. »In welchem Haus ist die Bibliothek untergebracht?« fragte er.

»An der Grenze zwischen Backbord und spinnwärts – ein Kegel, der mit der Spitze nach unten zeigt . . . Warum fragst du mich danach?«

Louis berührte den Schalter an seiner Brust, stieg in die Höhe und bewegte sich auf die Nacht vor der Rampe zu.

Mar Korssil schoß. Louis stürzte zu Boden. Flammen züngelten über seiner Brust. Er schrie und riß sich das Fluggeschirr vom Leib. Die Kontrolleinrichtung des Fluggeschirrs brannte – eine rauchende gelbe Flamme mit blau-weißen Blitzen in der Mitte.

Louis zog den Laser und zielte damit auf Mar Korssil. Der Nachtjäger schien nicht auf seinen Laser zu achten. »Fordere mich nicht zum zweitenmal heraus«, sagte sie. »Bist du verwundet?«

Diese Worte retteten ihr das Leben; aber Louis mußte etwas töten, um sie einzuschüchtern. »Laß die Waffe fallen, oder ich zerschneide dich in zwei Hälften«, sagte er, »so zum Beispiel.« Er fuhr mit dem Laserstrahl durch den Hinrichtungsstuhl; er flammte auf und zerfiel in zwei Teile.

Mar Korssil bewegte sich nicht.

»Ich wollte nur dieses Gebäude verlassen«, sagte Louis. »Jetzt bin ich hier gestrandet. Du mußt mich aus dem Gebäude lassen, oder ich werde es auf der ersten Rampe verlassen, auf die ich stoße. Laß deine Waffe fallen, oder stirb!«

Eine Frauenstimme sprach von der Treppe her: »Laß deine Waffe fallen, Mar Korssil.«

Der Nachtjäger gehorchte.

Die Frau kam jetzt die Treppe herunter. Sie war größer als Louis und so schlank wie er. Ihre Nase war winzig, ihre Lippen fast unsichtbar dünn. Ihr Kopf war kahl, aber üppiges weißes Haar fiel auf ihre Schulter hinunter und reichte bis zu einer Linie hinauf, die hinter ihren Ohren begann und über den Nacken verlief. Louis vermutete, daß das weiße Haar ein Zeichen fortgeschrittenen Alters war. Sie schien keine Angst vor ihm zu haben. Er fragte sie: »Herrschen Sie hier?«

»Ich und mein registrierter Partner beherrschen dieses Gebäude. Ich bin Laliskareerlyar. Und du nennst dich Luweewu?«

»So ähnlich.«

Sie lächelte. »Da ist ein Guckloch. Mar Korssil gab mir aus der Garage ein Signal: ein ungewöhnlicher Vorgang. Ich kam die

Treppe herunter, um zu lauschen und zu beobachten. Es tut mir leid um dein Fluggerät. Es gibt in der ganzen Stadt kein solches Gerät mehr.«

»Wenn ich Ihren Wasserkondensierer repariere, werden Sie mich dann wieder freilassen? Und ich brauche auch einen Rat.«

»Betrachten wir mal deine Verhandlungsposition. Kannst du meinen Wachen widerstehen, die draußen warten?«

Louis hatte sich schon damit abgefunden, daß er sich den Weg freischießen mußte. Er machte noch einen Versuch, auch diese Dame zur Vernunft zu bringen. Der Boden schien aus dem üblichen gegossenen Steinmaterial zu bestehen. Er bewegte den Laser in einem langsamen Kreis, und ein wagenradgroßes Stück des Bodens mit ungefähr einem Meter Durchmesser löste sich und stürzte in die Tiefe. Das Lächeln auf Laliskareerlyars Gesicht erlosch. »Vermutlich kannst du das. Es soll geschehen, was du von mir verlangst. Mar Korssil, begleite uns. Halte jeden zurück, der versucht, den Fremden am Betreten des Gebäudes zu hindern. Und laß deine Waffe dort liegen, wo du sie auf den Boden geworfen hast.«

*

Sie kletterten eine spiralförmige Rolltreppe hinauf, die nicht mehr funktionierte. Louis zählte vierzehn Schleifen, vierzehn Stockwerke. Er fragte sich, ob er sich in Laliskareerlyars Alter nicht getäuscht hatte. Die Städtebauer-Frau kletterte so rasch, daß ihm kein Atem mehr für ein Gespräch übrig blieb. Aber ihre Hände und ihr Gesicht waren so voller Falten, als hätte sie ihre Haut zu lange getragen.

Ein beunruhigender Anblick. Louis war nicht mehr daran gewöhnt. Mit seiner Vernunft wußte er, was das bedeutete: das Zeichen des Alters, das Indiz ihrer Ahnherrn, des Pak-Protektors.

Sie erklommen die Treppe mit dem Licht aus Louis Handscheinwerfer-Laser. Leute erschienen unter den Türen; Mar Korssil warnte sie, sich nicht einzumischen. Die meisten dieser Leute schienen Städtebauer zu sein; aber Louis sah auch noch andere Rassen, die ebenfalls in diesem schwebenden Wolkenkratzer wohnten.

Diese Leute hatten der Familie schon seit vielen Generationen gedient, erklärte ihm Laliskareerlyar. Die Mar-Familie der Nachtwächter waren Polizisten gewesen, als ihre Familien noch als Richter in dem Gebäude fungierten. Die Köche, die von den Maschinen-Leuten abstammten, hatten ihrer Familie fast ebenso lange gedient. Die Dienerschaft und Herren aus dem Geschlecht der Städtebauer betrachteten sich als eine einzige Familie, die durch uralte Treueschwüre und durch periodischen *Rishathra* miteinander verbunden war. Insgesamt wohnten in dem Gebäude der Lyar-Familie rund tausend Leute, die Hälfte von ihnen verwandte Artgenossen der Städtebauer.

Louis hielt an, um durch ein Fenster in halber Höhe des Treppenhauses zu blicken. Ein Fenster, das durch die Mitte eines Gebäudes verlief? Es war ein Hologramm, den Blick über eine riesige Ausdehnung der Ringwelt-Landschaft, wie man ihn nur von der Ringmauer aus genießen konnte. Einer der letzten Schätze, die dieses Gebäude noch beherbergte, erklärte ihm Laliskareerlyar voller Stolz und Bedauern zugleich. Alle anderen Hologramme und Schätze waren seit Hunderten von *Falans* verkauft worden, damit sie die Wassergebühren bezahlen konnten.

Louis ertappte sich dabei, daß er ebenfalls redete wie ein Wasserfall. Er war vorsichtig, wütend über den Verlust seines Fluggeschirrs und erschöpft; aber da war etwas an dieser alten Dame, das ihn zum Reden verleitete. Sie wußte über die Planeten Bescheid. Sie zweifelte nicht an seiner Glaubwürdigkeit. Sie hörte ihm aufmerksam zu. Sie sah Halrloprillalar so sehr ähnlich, daß Louis sogar von dieser alten Liebe zu ihr sprach; von dieser uralten, unsterblichen Schiffshure, die als eine halbverrückte Göttin in ihrem schwebenden Gebäude gelebt hatte, bis Louis Wu und seine seltsame Raumschiffbesatzung in ihre Wohnung eindrang. Wie Halrloprillalar ihnen geholfen, ihre entmachtete Zivilisation ihretwegen aufgegeben und mit ihnen zusammen die Ringwelt verlassen hatte. Und wie sie gestorben war.

Laliskareerlyar fragte: »Ist das der Grund gewesen, warum du Mar Korssil nicht tötetest?«

Die Frau der Nachtjäger blickte ihn mit ihren großen blauen Augen an.

Louis lachte: »Vielleicht.« Er erzählte von seinem Kampf und Sieg über die Sonnenblumen. Aber er sparte das gefährlichste Thema aus, denn er sah keinen Vorteil darin, wenn er Laliskareerlyar berichtete, daß ihre Welt in nicht sehr ferner Zeit mit ihrer Sonne zusammenstoßen würde. »Ich möchte diese Welt in dem Bewußtsein verlassen, daß ich keinen Schaden angerichtet habe. Ich habe auch noch ein Tuch, das dieser Stadt von großem Nutzen sein wird, unweit der Stadt vergraben . . . Tanj! Jetzt habe ich keine Möglichkeit mehr, dieses Versteck zu erreichen!«

Sie hatten endlich den Gipfel der Spiraltreppe erreicht, Louis war ganz außer Atem von der langen Kletterei. Mar Korssil sperrte eine Tür auf; dahinter lag eine zweite Treppe. Laliskareerlyar fragte: »Gehörst du zu den Lebewesen, die nachts aktiv sind?«

»Wie bitte? Nein.«

»Dann warten wir am besten den Tag ab. Mar Korssil, besorge uns ein Frühstück. Und schicke Whil mit Werkzeugen herauf. Dann leg dich zum Schlafen nieder.«

Als Mar Korssil gehorsam wieder die Treppe hinuntertrottete, ließ sich die alte Frau mit gekreuzten Beinen auf einem uralten Teppich nieder. »Ich vermute, daß wir im Freien arbeiten müssen«, sagte sie. »Aber ich begreife nicht, warum du dich einer so großen Gefahr unterzogst. Du sagtest vorhin, um dein Wissen zu bereichern. Was willst du hier in der Stadt erfahren?«

Es war nicht einfach, diese Frau zu belügen; aber vielleicht hörte der Hinterste ihrem Gespräch zu. »Wissen Sie etwas von einer Maschine, mit der man einen Stoff in einen anderen verwandeln kann, zum Beispiel Luft in Lehm oder Blei in Gold?«

Sie hörte interessiert zu. »Zauberer aus grauer Vorzeit sollen Glas in Diamanten verwandelt haben. Aber das sind natürlich Geschichten aus dem Märchenbuch für Kinder.«

Soviel zu dem Thema Materieumwandler. »Und wie steht es mit dem Reparaturzentrum für diese Welt? Gibt es auch Märchen, die davon berichten? Die vielleicht sogar ihren Ort angeben?«

Sie starrte ihn an. »Als ob diese Welt nichts anderes wäre als ein künstliches Gebilde, eine etwas größere Version dieser Stadt?«

Louis lachte.

»Eine viel größere Version als diese Stadt. Viel, viel größer. Gibt es so ein Reparaturzentrum?«

»Nein.«

»Und wie steht es mit dem Unsterblichkeits-Elixier? Ich weiß, daß es dieses Elixier gibt. Halrloprillalar hatte eine Flasche davon.«

»Natürlich gibt es so ein Elixier. Leider ist davon nichts mehr in dieser Stadt vorhanden. Ich wüßte auch nicht, wo man sonst danach suchen könnte. Diese Geschichte ist das Lieblingsthema von« . . . der Übersetzer benützte einen Begriff aus dem Interworld-Vokabular . . . »von Schwindlern und Betrügern.«

»Weiß die Sage von dem Lebenselixier auch zu berichten, wo es ursprünglich herkam?«

Eine junge Frau von der Rasse der Städtebauer kam keuchend die Treppe herauf und stellte zwischen ihnen ein flache Schale auf den Boden. Louis' Angst vor vergifteten Speisen verflüchtigte sich sofort. Das Zeug war lauwarm und erinnerte ihn an Haferbrei. Sie aßen zu zweit mit den Händen aus dieser einen Schüssel.

»Das Lebenselixier kam von spinnwärts hierher in diese Stadt«, berichtete die alte Dame. »Aber ich weiß nicht, wie weit der Ursprung dieses Elixiers von hier entfernt ist. Ist das eines der Geheimnisse, weswegen du hierher in die Stadt gekommen bist?«

»Eines von mehreren Geheimnissen. Die Aufklärung dieses Rätsels wäre für mich ein wertvoller Schatz.« Ganz bestimmt gab es noch Lebensbaum-Pflanzen im Reparaturzentrum, überlegte Louis. Ich frage mich nur, was sie mit dem Lebensbaum anfangen. Selbstverständlich würde kein menschliches Wesen sich gerne in einen Protektor verwandeln, nicht wahr? Aber es konnten menschenähnliche Wesen sein, denen danach verlangte . . . Nun, es war nicht das wichtigste Rätsel, das er aufzuklären versuchte.

Whil war ein stämmiger Hominider mit einem Affengesicht, in ein Laken gewickelt, das seine ursprüngliche Farbe längst verloren hatte. Es sah jetzt aus wie ein aus den Fugen gegangener Regenbogen. Whil redete nicht viel. Seine Arme waren kurz und dick und sahen sehr kräftig aus. Er führte sie, die Werkzeugkiste unter dem Arm, die letzten paar Stufen zur Turmplattform hinauf. Draußen brach die Morgendämmerung herein.

Sie befanden sich auf dem Rand eines Trichters, auf dem Dach des Kegels, der die obere Hälfte des Gebäudes bildete. Der Rand des abgestumpften Kegels war nur dreißig Zentimeter breit. Louis stockte der Atem in der Kehle. Ohne sein Fluggeschirr litt er an Höhenangst. Der Wind bauschte Whils Laken zu einer vielfarbigen Flagge auf.

Laliskareerlyar fragte: »Nun? Kannst du den Wasserkondensator reparieren?«

»Nicht von hier aus. Dort unten hinter der Trichterwand muß sich noch eine Maschine befinden.«

Das war der Fall; aber die Maschine konnte man nicht so leicht erreichen. Da war ein Schneckengang, der nicht viel breiter war als Louis Wu. Whil kroch vor ihm her und öffnete Klappen und Schieber, auf die Louis Wu deutete.

Der Kriechgang war so angelegt wie die Windungen eines Schneckengehäuses. Zweifellos führte er um die Maschine herum, die den Trichter umgab. Vermutlich sollte sich das Wasser auf der Oberfläche des Trichters niederschlagen. Aber wie funktionierte das Ding? Durch eine Kühlvorrichtung? Oder hatten sie etwas Raffinierteres für das Kondensieren für Wasser erfunden?

Die Anlage, die sich unter den Gehäuseplatten versteckte, war außerordentlich kompakt, aber für Louis Wu ein vollkommenes Rätsel. Nichts, was er an Maschinen kannte, ließ sich damit vergleichen. Die Anlage war blitzsauber. Bis auf . . . ja. Er hielt den Atem an und beugte sich tief über die Anlage. Eine drahtdünne Wurmspur aus Staub war auf dem blanken Metall zu erkennen. Louis versuchte herauszufinden, wo dieser zersetzte Draht ursprünglich befestigt gewesen sein mußte. Er ging von der Annahme aus, daß der Rest der Anlage immer noch betriebsfähig war.

Er kroch wieder aus der Inspektionsluke. Er hatte sich von Whil dicke Handschuhe und eine Rundzange mit nadelfeinen Spitzen geben lassen. Er schnitt ein Stück vom Rand des schwarzen Tuches ab, das er in seiner Westentasche bei sich führte, und drehte es zusammen. Er spannte es zwischen zwei Kontakten aus und befestigte es dort.

Aber nichts Auffälliges geschah. Er setzte den Weg durch den Schneckengang fort, kroch dicht hinter Whil her. Alles in allem fand er sechs wurmförmige Staubspuren. Er befestigte sechs zusammengedrehte Streifen von seinem Superleiter-Tuch an Stellen, wo sie seiner Ansicht nach hingehörten.

Endlich kam er wieder aus dem Schneckengang heraus. »Es könnte natürlich sein, daß die Energiezufuhr vor vielen Jahren ausgefallen ist«, sagte er.

»Wir werden es erleben«, erwiderte die alte Dame. Sie stieg die Treppe bis zum Dach und dem Trichterrand hinauf. Louis und Whil folgten ihr.

Die glatte Oberfläche des Trichters schien sich mit einem leichten Niederschlag überzogen zu haben. Louis kniete sich auf den Trichterrand und berührte die Metallwand. Sie war naß. Das Wasser war warm. Schon bildeten sich große Tropfen, die abperlten und an dem Trichter hinunterrollten bis zu einem Sieb über einer Rohranlage. Louis nickte nachdenklich. Er hatte wieder eine gute Tat vollbracht, die in fünfzehn *Falans* bedeutungslos sein würde.

KAPITEL 20

DER CLAN DER FAMILIEN

Knapp unterhalb der breiten Hüfte des Doppelkegels befand sich ein Raum in dem Lyar-Gebäude, der eine Kombination aus

Empfangshalle und Schlafzimmer darstellte. Ein riesiges kreisrundes Bett mit einem Betthimmel, Sofas und Sessel waren um große kreisrunde Tische gruppiert. Eine Fensterwand schaute auf die Schattenfarm hinunter; eine Bar zog sich an einer anderen Wand hin, groß genug, um den Gästen eine riesige Auswahl von Getränken zu bieten. Aber die Auswahl gehörte der Vergangenheit an. Laliskareerlyar goß aus einer Kristallkaraffe etwas in ein Trinkgefäß mit zwei Henkeln, nippte an dem Gefäß und reichte es dann Louis weiter.

Er fragte: »Werden hier Audienzen abgehalten?«

Sie lächelte. »So könnte man es nennen. Familientreffen.«

Orgien? Sehr wahrscheinlich, falls *Rishathra* die wichtigste Einrichtung war, um die Lyar-Familie zusammenzuhalten. Eine Familie, über die eine schwere Zeit gekommen war. Louis nippte an dem Trinkgefäß. Es war der gleiche Nektar, den er von Vala erhalten hatte. Die Sitte, aus einem Gefäß zu trinken und zu essen – stand die Furcht vor einem Gift dahinter? Aber sie benahm sich so natürlich und ungezwungen, als sie ihm das Gefäß reichte. Und schließlich gab es ja keine Krankheiten auf der Ringwelt.

»Was du für uns getan hast, wird unser Prestige und unser Vermögen mehren«, sagte Laliskareerlyar. »Nun sage, was du dafür haben möchtest.«

»Ich muß die Bibliothek erreichen, sie betreten und die Leute, die die Bibliothek beherrschen, dazu überreden, daß ich frei darüber verfügen kann.«

»Das wird sehr teuer für uns werden.«

»Aber es ist nicht unmöglich, nicht wahr? Das ist gut.«

Sie lächelte. »Viel zu teuer für uns. Die Beziehungen zwischen den verschiedenen Gebäuden sind sehr verwickelt. Der Zehner-Klub beherrscht den Tourismus . . .«

»Zehner-Klub?«

»Zehn große Gebäude, Louis Wu, die mächtigsten der Stadt. Neun von ihnen haben immer noch Beleuchtungsanlagen und Wasserkondensatoren. Sie haben die Brücke auf den Himmelshügel erbaut. Deshalb beherrschen sie auch das Touristik-Gewerbe, bezahlen Gebühren an die geringeren Gebäude, um sie für die Unterbringung von fremden Gästen zu entschädigen, die Gebühren zu bezahlen, wenn die Gäste öffentliche Gebäude besuchen und die Kosten zu bestreiten, wenn in privaten Gebäuden Sonderveranstaltungen für fremde Gäste abgehalten werden. Dafür haben sie das Recht, alle Verträge mit anderen Rassen abzuschließen; zum Beispiel mit den Maschinen-Leuten, die uns mit Wasser versorgen. Wir müsen dem Zehner-Klub dafür Wassergebühren bezahlen und Abgaben für Sonderkonzessionen. Deine Bitte fällt unter diese Sonderkonzession . . . obwohl wir bereits Gebühren an die Bibliothek abführen – eine Ausbildungssteuer.«

»Die Bibliothek gehört zum Zehner-Klub?«

»Ja, Luweewu, wir haben nicht soviel Geld, um diese Sonderkonzession bezahlen zu können. Gibt es eine Möglichkeit, daß du der Bibliothek einen Dienst erweisen kannst? Vielleicht sind die Nachforschungen, die du in der Bibliothek anstellst, für den Zehner-Klub wertvoll.«

»Das wäre möglich.«

»Sie würden uns einen Teil der Konzessionsgebühren zurückerstatten, wenn du ihnen einen Dienst leistest. Vielleicht können sie dir mehr geben als wir. Aber wir haben das Geld nicht, um dir eine Sonderkonzession zu erwirken. Könntest du ihnen deine Licht-Waffe verkaufen oder die Maschine, die für dich redet?«

»Ich glaube, beides sollte ich lieber behalten.«

»Oder kannst du noch andere Wasserkondensierer reparieren?«

»Vielleicht. Sagten Sie nicht eben, daß ein Gebäude vom Zehner-Klub einen defekten Wasserkondensierer besitze? Warum gehört es dann noch dem Zehner-Klub an?«

»Das Orlry-Gebäude gehört seit dem Fall der Städte zu diesem Klub. Kraft Traditionsrecht gehört es immer noch dazu.«

»Was für eine Funktion erfüllte das Gebäude, als die Städte zerfielen?«

»Es war eine militärische Anlage, ein Lagerhaus für Waffen.« Sie ignorierte Louis' Lachen. »Sie haben eine Schwäche für Waffen. Dein Licht-Werfer . . .«

»Den möchte ich ihnen lieber nicht anvertrauen. Aber vielleicht sind sie schon damit zufrieden, wenn ich ihnen den Wasserkondensierer instandsetze.«

»Ich werde mich erkundigen, welche Gebühren sie verlangen, damit du das Orlry-Gebäude betreten kannst.«

»Soll das ein Witz sein?«

»Nein. Wächter müssen dich begleiten, damit du keine Waffen aus dem Gebäude stiehlst. Du mußt eine Eintrittsgebühr bezahlen, damit du die alten Waffen überhaupt sehen darfst, und diese Gebühr verdoppelt sich, falls die Waffen vorgeführt werden sollen. Wenn du Zutritt zu den technischen Anlagen erhältst, könntest du vielleicht ihre Schwächen auskundschaften. Ich muß mich erst erkundigen, was es kostet.«

Sie erhob sich aus einem Sessel. »Sollen wir jetzt das *Rishathra* vollziehen?«

Louis hatte diese Frage eigentlich schon früher erwartet, und es lag nicht an Laliskareerlyars seltsamer Erscheinung, daß er zögerte, sondern an der Angst, seinen Panzeranzug und seine Werkzeuge abzulegen. Er erinnerte sich an ein altes Bild von einem König, der auf seinem Thron saß und vor sich hinbrütete. *Ich bin paranoid. Aber bin ich auch paranoid genug?*

Aber reif für das Bett war er schon lange. Er mußte den Lyars blindlings vertrauen. »Gut«, sagte er und begann sich seines Schutzanzuges zu entledigen.

Das Alter hatte eine seltsame Verwandlung mit Laliskareerlyar vorgenommen. Louis kannte noch Bilder und Schilderungen aus der Literatur und Theaterstücken, die vor der Erfindung der Verjüngungsdroge verfaßt worden waren. Das Alter war eine die Menschen verkrüppelnde Krankheit . . . aber die Frau war nicht verkrüppelt. Zwar hing die Haut nur lose an ihrem Körper, und ihre Glieder waren nicht so biegsam wie bei Louis. Aber sie besaß eine schier endlose Neugierde, was die Liebe betraf und die ihr ungewohnten Reaktionen von Louis' Körper.

Es dauerte sehr lange, ehe er einschlafen durfte. Er hatte ihre Neugierde nicht befriedigt, als sie ihn fragte, was die Plastikscheibe unter seinem Zopf bedeutete. Er wünschte, sie hätte ihn nicht daran erinnert. Der Hinterste hatte noch einen funktionierenden Wonnestecker . . . und er verdammte sich dafür, daß er sich danach sehnte.

*

Erst gegen Abend wachte er wieder auf. Das Bett bewegte sich zweimal unter ihm, und er blinzelte und rollte sich auf den Rükken. Er sah Laliskareerlyar und einen Mann von der Städtebauer-Rasse neben sich stehen, der ebenfalls schon vom Alter gezeichnet war.

Laliskareerlyar stellte ihn als Fortaralisplyar vor, ihren rechtmäßigen Ehepartner und Louis' Gastgeber. Er bedankte sich bei Louis für die Reparaturarbeit an der alten Maschine auf dem Dach. Das Abendessen stand bereits auf dem Tisch, und Louis wurde eingeladen, es mit dem Ehepaar zu teilen: eine große Schüssel voller Eintopf, eine zu simple Kost für Louis' Gaumen. Er aß ohne viel Appetit.

»Orlrys Gebäude verlangt mehr, als wir besitzen«, sagte Fortaralisplyar zu Louis, »aber wir haben für dich das Recht erkauft, drei unserer Nachbargebäude zu betreten. Wenn es dir gelingt, auch nur einen von ihren Wasserkondensatoren zu reparieren, können wir dir den Zutritt zum Orlry-Gebäude verschaffen. Bist du damit zufrieden?«

»Ausgezeichnet. Ich brauche Maschinen, die seit elfhundert Jahren nicht mehr arbeiten und an denen in der Zwischenzeit nicht herumgepfuscht wurde.«

»So sagte es mir meine Partnerin.«

Louis überließ sie mit hereinbrechender Dunkelheit ihrem Schlaf. Sie hatten ihn eingeladen, sich gemeinsam mit ihnen in das Ehebett zu legen. Das Bett war groß genug dafür; aber Louis war ausgeschlafen und voller Tatendrang.

Der Wolkenkratzer war so still wie ein Grabmal. Von den oberen Stockwerken blickte Louis auf ein verwirrendes Labyrinth von Brücken herunter. Sie waren wie ausgestorben. Nur hin und wieder bemerkte er einen Nachtjäger mit seinen Riesenaugen. Nun ja. Wenn die Städtebauer daran gewohnt waren, zehn Stunden ihres Dreißig-Stunden-Tages zu verschlafen, konnten sie das ebensogut während der Dunkelheit erledigen. Fragte sich, ob in den beleuchteten Wolkenkratzern auch alle Bewohner schliefen.

»Ich rufe den Hintersten«, sagte er.

»Ja, Louis. Müssen wir übersetzen?«

»Nicht nötig. Wir sind allein. Ich befinde mich in der fliegenden Stadt. Es wird einen oder zwei Tage dauern, bis ich in die Bibliothek vordringen kann. Ich glaube, ich sitze hier fest. Mein Fluggeschirr ist kaputt.«

»Chmeee will immer noch nicht auf meine Rufe antworten.«

Louis seufzte. »Was gitbt es sonst noch Neues?«

»In zwei Tagen hat meine erste Sonde einmal die Ringmauer umrundet. Ich kann sie anschließend zur fliegenden Stadt dirigieren. Möchtest du, daß ich direkt mit den Einwohnern verhandle? Wir sind erfahrene Vermittler. Wenigstens könnte ich dafür sorgen, daß man deinen Erzählungen Glauben schenkt.«

»Ich werde es dich wissen lassen. Wie steht es mit den Steuerdüsen der Ringwelt? Sind inzwischen noch mehr von diesen Apparaten auf der Ringmauer montiert worden?«

»Nein. Zu den einundzwanzig sind nicht mehr dazugekommen. Doch diese arbeiten einwandfrei. Kannst du sie von deinem Standort aus sehen?«

»Nein, nicht von hier aus. Hinterster? Könntest du etwas über die physikalischen Eigenschaften des *Scrith*, des Ringweltboden-Materials, erfahren? Seine Stärke, seine Elastizität und seine magnetischen Eigenschaften?«

»Ich bin gerade dabei, die Daten zu erarbeiten. Die Ringmauer liegt im Bereich meiner Instrumente. *Scrith* ist viel dichter als Blei. Der *Scrith*-Boden der Ringwelt ist wahrscheinlich nicht einmal dreißig Meter dick. Ich werde dir meine Daten zeigen, wenn du zurückkommst.«

»Gut.«

»Louis, ich kann dir ein Transportmittel zur Verfügung stellen, wenn du dich in einer Notlage befindest. Es wäre einfacher für mich, wenn ich dir Chmeee schicken könnte.«

»Großartig! Was für eine Art von Transportmittel?«

»Du wirst auf meine Sonde warten müssen. Ich werde dir dann weitere Instruktionen übermitteln.«

Er beobachtete die verwaiste Stadt noch eine Weile lang, nachdem der Hinterste wieder abgeschaltet hatte. Er fühlte sich niedergeschlagen. Alleine in einem heruntergekommenen Wolkenkratzer in einer heruntergekommenen Stadt. Jetzt hätte er doch gerne den Ersatz-Wonnestecker . . .

Eine Stimme hinter seiner Schulter sagte: »Du sagtest zu meiner Herrin, daß du nicht zu den Nachtwesen gehörst.«

»Hallo, Mar Korssil. Wir benützen bei uns elektrisches Licht. Viele von uns machen dann die Nacht zum Tag. Abgesehen davon bin ich an kürzere Tage gewöhnt.« Louis drehte sich um.

Das großäugige menschenähnliche Wesen zielte wieder mit ihrer Waffe auf Louis. Sie sagte: »In den letzten *Falans* hat der Tag seinen Rhythmus verändert. Das bedrückt uns.«

»Ja.«

»Mit wem hast du soeben gesprochen?«

»Mit einem zweiköpfigen Monster.«

Mar Korssil ließ ihn am Fenster stehen. Vielleicht hatte er sie beleidigt. Louis Wu ging in Gedanken ein langes und ereignisreiches Leben durch. Er hatte die Hoffnung aufgegeben, in das bekannte Universum zurückzukehren. Er hatte den Wonnestecker aufgegeben. Vielleicht war auch der Zeitpunkt gegeben, noch mehr aufzugeben . . .

*

Das Chkar-Gebäude war ein aus Stein gegossener Vierkant, der mit Balkonen behängt war. Auf einer Seite war das Gebäude mit Schußnarben bedeckt, die an mehreren Stellen das Metallskelett freigelegt hatten. Der Wasserkondensator auf dem Dach war ein leicht verkanteter Trog. Ein uralter Explosionsgeschoß-Einschlag hatte kleine Metalltropfen im Getriebe der Maschinen-Anlage hinterlassen. Louis war sehr skeptisch, daß seine Reparaturarbeiten diese Anlage wieder in Betrieb setzen würden. Seine Ahnungen trogen nicht.

»Es ist allein meine Schuld«, versicherte ihm Laliskareerlyar.

»Ich hatte vollkommen vergessen, daß vor zweitausend *Falans* das Chkar-Gebäude einen Krieg mit dem Orlry-Wolkenkratzer austrug.«

Das Panth-Gebäude glich einer Zwiebel, die auf ihrer Spitze stand. Louis vermutete, daß dieses Haus ursprünglich ein riesiger Sauna-Klub gewesen sein mußte. Er sah Schwitzkabinen, Schwimmbecken, Massagetische, eine Trimm-dich-Halle und ein Solarium. Das Gebäude schien über reiche Wasservorräte zu verfügen. Und ein schwacher, ihm halb vertrauter Duft rief Erinnerungen an jüngste Ereignisse wach . . .

Das Panth-Gebäude hatte ebenfalls einen Krieg mit Orlry ausgefochten. Alte Krater legten Zeugnis davon ab. Ein kahlköpfiger junger Mann namens Arrivercompanth schwor, daß der Wasserkondensator unter den Kriegsereignissen nicht gelitten hatte. Louis entdeckte die Staubspuren in der Maschinenanlage und darüber die Kontakte. Als er seine Reparaturarbeiten erledigt hatte, bildeten sich Wassertropfen auf der Dachmulde, vereinigten sich zu einem Rinnsal und verschwanden in einem Ablauf.

Aber dann, als es ans Bezahlen ging, gab es Schwierigkeiten. Arrivercompanth und seine Leute hatten nur Versprechungen und *Rishathra* als Gegenleistung bieten wollen. (Und *da* erkannte Louis diesen Geruch wieder, der ihn in der Nase und im Kleingehirn kitzelte. Er befand sich in einem Hause des Lasters, und irgendwo waren in diesem Wolkenkratzer Vampire versteckt.) Laliskareelyar wollte den ausgehandelten Preis sofort in bar ausbezahlt haben. Louis versuchte, dem erregten Wortwechsel zu folgen. Er verstand soviel, daß der Zehner-Klub sehr unglücklich sein würde, wenn Panth aufhörte, Wasser von ihm zu beziehen. Und dann wäre er nur zu bereit, die Panth-Familie wegen Betruges mit einer Geldbuße zu belegen. Arrivercompanth war danach bereit, die ausgehandelte Summe zu bezahlen.

Gisk war so etwas wie ein Kondominium gewesen, als die Herrschaft der Städte zu Ende ging. Das Gisk-Gebäude war ein Würfel mit einem Lichthof in der Mitte. Der Wolkenkratzer wurde nur noch zur Hälfte bewohnt. Nach dem Geruch zu urteilen, den das Gebäude verströmte, hatte die Familie ihren Wasserverbrauch zu sehr eingeschränkt. Inzwischen war Louis schon recht vertraut mit der Anlage des Wasserkondensators. In wenigen Minuten hatte er seine Reparaturarbeiten erledigt, und der Kondensator arbeitete wieder. Die Gisk-Familie bezahlte prompt. Sie fielen vor Laliskareerlyar auf die Knie, um sich überschwenglich bei ihr zu bedanken. Aber ihren Diener, der die Reparatur durchgeführt hatte, würdigten sie keines Blickes. Auch gut.

Fortaralisplyar war entzückt. Er stopfte zwei Hände voll Metallmünzen in Louis' Westentaschen und erklärte ihm die verwickelte Etikette der Bestechung. Die Ausdrucksweise, mit der man dabei sein Gesicht wahren mußte, überstieg fast die Möglichkeit des Übersetzers. »Wenn du im Zweifel bist, tu es nicht«, erklärte ihm Fortaralisplyar. »Ich werde dich morgen zum Orlry-Gebäude begleiten. Überlasse das Feilschen mir.«

*

Das Orlry-Gebäude lag auf der Backbordseite der Stadt. Louis und Fortaralisplyar ließen sich viel Zeit, betrachteten erst einmal das Gebäude von außen und benützten die höchste Rampe, um sich einen besseren Überblick verschaffen zu können. Fortaralisplyar war sehr stolz auf seine Stadt. »Selbst nach dem Fall der Städte erhielt sich ein Rest ihrer Zivilisation«, erklärte er. Er deutete auf ein Gebäude, das früher einmal das Schloß eines Kaisers gewesen war. Es war in einem schönen Stil erbaut, wenn auch von vielen Narben entstellt. Der Kaiser hatte versucht, sich zum Herrscher der Stadt aufzuschwingen, als sich das Orlry-Gebäude dem Stadtverband anschloß. Eine kannelierte Säule, die an den dorischen Stil des antiken Griechenlands erinnerte, trug nichts als sich selbst. Das war der Chank-Wolkenkratzer, der einmal ein Kaufhaus gewesen war. Wenn Chank nicht mit so vielen Vorräten beladen gewesen wäre, als der Wolkenkratzer in die Stadt kam – Vorräte an Nahrungsmitteln, an Delikatessen, an Kleidungsstücken, an Decken und Teppichen, ja sogar an Spielzeugen –, die man zum Tauschhandel mit den Maschinen-Leuten benützen konnte, wäre diese Stadt schon längst zu Grunde gerichtet gewesen. Von dem Keller des Chank-Gebäudes aus verlief die Himmelsstraße in Spiralen hinunter zum Himmels-Hügel.

Orlrys Wolkenkratzer war eine Scheibe, die eine Dicke von ungefähr fünfzehn Metern besaß und mindestens zehnmal so breit war. Der Wolkenkratzer erinnerte an eine Torte. Der massive Turm an der Peripherie, der mit Schießscharten und Waffenständen, mit brüstungsbewehrten Glacis und einem Kran versehen war, erinnerte Louis an die Brücke eines großen Schiffes – eines Schlachtschiffes. Der Gehsteig, der zu Orlrys Gebäude führte, war breit, aber es gab nur diesen einen Gehsteig und einen einzigen Zugang. Ab oberen Rand des Portales bemerkte Louis Hunderte von kleinen Vorsprüngen. Louis vermutete, daß sich früher darin Kameras oder andere Sensoren befunden hatten, die inzwischen längst ihren Geist aufgegeben hatten. Fenster waren statt dessen in die Seitenwände geschlagen worden, nachdem das Gebäude sich der schwebenden Stadt angeschlossen hatte. Louis sah, daß die Glasfenster sehr schlecht eingepaßt waren.

Fortaralisplyar war in gelbe und scharlachrote Roben gekleidet, die offensichtlich aus Pflanzenfasern bestanden: ein recht grobes Gewebe nach den Qualitätsansprüchen, die Louis an Kleider stellte, aber recht pompös, wenn man sie aus der Ferne betrachtete. Louis folgte ihm in das Orlry-Gebäude hinein, in einen großen Empfangssaal, wo Licht brannte, wenn auch mit schwankender Stärke. Alkohollampen brannten dutzendweise dicht unter der Decke.

Elf Städtebauer beiderlei Geschlechtes erwarteten sie dort. Sie waren fast identisch gekleidet – trugen weite Pumphosen und leuchtend bunt gefärbte Capes mit engen Manschetten. Die Säume der Capes waren asymmetrisch und kunstreich gekerbt. Waren das Rangabzeichen? Der weißhaarige Mann, der lächelnd auf sie zukam, um sie zu begrüßen, trug das am Rand am meisten gezackte Cape und eine Handwaffe unter der Achsel.

Er richtete das Wort an Fortaralisplyar: »Ich mußte ihn mit

meinen eigenen Augen sehen – dieses Wesen, das uns Wasser aus Maschinen zaubern kann, die schon seit fünftausend *Falans* tot sind.«

Die Waffe an seinem abgewetzten Plastik-Schulterholster war klein, aber ohne Schnörkel, ganz auf Zweckmäßigkeit und Leistung getrimmt. Doch selbst mit einer Kanone hätte Filistranorlry nicht wie ein Krieger ausgesehen. Sein kleines Gesicht zeigte vergnügte Neugierde, als er Louis Wu von Kopf bis Fuß betrachtete. »Er scheint ein recht ausgefallenes Wesen zu sein, aber . . . Gut. Sie haben für ihn bezahlt. Wir werden sehen.« Er machte eine Handbewegung zu seinen Soldaten hin.

Sie durchsuchten Fortaralisplyar und anschließend Louis. Sie fanden seinen Handscheinwerfer, probierten ihn aus und gaben ihn an Louis zurück. Sie studierten stirnrunzelnd seinen Übersetzer, bis Louis sagte: »Dieses Gerät spricht für mich.«

Filistranorlry zuckte zusammen. »In der Tat! Wirst du mir dieses Gerät verkaufen?« Er richtete das Wort an Fortaralisplyar, der erwiderte: »Es gehört mir nicht.«

Louis sagte: »Ohne dieses Gerät würde ich stumm sein.« Orlrys Meister schien diese Antwort zu akzeptieren.

*

Der Wasserkondensator war eine kleine Versenkung im Zentrum von Orlrys kreisrundem Dach. Die Wartungsgänge unter dieser kleinen Kuhle waren viel zu klein für Louis. Selbst wenn er seinen Panzeranzug auszöge, hätte er diesen Gang nicht betreten können, und er hatte nicht vor, seinen Anzug abzulegen. »Was verwenden Sie zur Reparatur Ihrer Maschinen? Mäuse?«

»Hängende Leute«, erwiderte Filistranorlry. »Wir müssen sie für Reparaturarbeiten mieten. Das Gebäude von Chilb hätte sie schon längst hierher schicken sollen. Siehst du noch andere Probleme?«

»Ja.« Inzwischen war er schon sehr vertraut mit dem Typ dieser Anlage. Louis hatte bisher drei Gebäude repariert und bei dem vierten eine Niete gezogen, weil bereits an der Anlage herumgepfuscht worden war. Er konnte zwar zwei Einzelteile unterscheiden, die Kontakte darstellen mußten. Aber als er den Staub darunter suchte, war er nicht da. »Hat man schon früher versucht, die Maschine zu reparieren?«

»Ich vermute, ja. Aber woher soll ich das wissen, nach fünftausend *Falans?*«

»Wir werden auf die Reparaturmänner warten. Ich hoffe, sie können meine Befehle befolgen.« Tanj! Irgendein Vertreter der Familie, der bereits lange beerdigt war, hatte die Dinge dadurch kompliziert, daß er die verräterischen Staubspuren entfernte. Aber Louis war überzeugt, daß er wußte, wo die Superleitern befestigt werden mußten . . .

»Hättest du Lust dazu, unser Museum zu besichtigen?« unterbrach Filistranorlry seinen Gedankengang. »Schließlich hast du für dieses Recht bezahlt.«

Louis war nie ein Waffennarr gewesen. Er erkannte jedoch die Prinzipien oder die formalen Zusammenhänge der Mordinstrumente, die hinter dicken Glaswänden ausgestellt waren. Die meisten dieser Waffen benützten chemisch angetriebene Projektile oder Sprengstoffe oder beides. Einige von ihnen verstreuten winzige Kugeln, die wie kleine Knallfrösche im Fleisch des Gegners explodierten. Die wenigen Laser, die er in der Ausstellung sah, waren sehr massiv gebaut und sperrig. Sie mußten früher einmal auf Traktoren oder Fluggeräten montiert gewesen sein; aber die hatte man wohl längst ausgeschlachtet und anderwärtig verwendet.

Ein Städtebauer traf inzwischen mit einem halben Dutzend Arbeiter im Gebäude ein. Die Angehörigen des Hänge-Volkes reichten mit ihrem Scheitel gerade an die unterste Rippe von Louis' Brustkasten. Ihre Köpfe schienen für ihre Körper viel zu groß zu sein; ihre Zehen waren lang und sehr beweglich, und mit ihren Fingern schabten sie fast über den Boden hin. »Alles nur vergeudete Zeit«, sagte einer von ihnen.

»Arbeiten Sie ordentlich, und Sie werden dafür bezahlt«, wies ihn Louis zurecht. Der kleine Mann grinste nur höhnisch.

Sie trugen ärmellose Gewänder, die mit Taschen förmlich überladen waren, und die wiederum mit Werkzeugen. Als die Soldaten sie filzen wollten, legten sie schnell ihre Gewänder ab und ließen die Soldaten diese durchsuchen. Wahrscheinlich mochten sie es nicht, wenn man sie anfaßte.

So zierliche Leute. Louis flüsterte Fortaralisplyar zu: »Treibt ihr auch *Rishathra* mit diesen Wichten?«

Der Städtebauer gab mit einem gluckernden Lachen zurück: »Ja, aber sehr vorsichtig.«

Die Hängenden Leute drängten sich hinter Louis Wu Rücken zusammen und schielten ihm über die Schulter, als er die Inspektionsplatte von dem Maschinengehäuse abnahm. Er trug die isolierten Handschuhe, die er sich von Mar Korssil ausgeborgt hatte. »Diese Dinger da – so sehen die Kontakte aus. Ihr müßt nur noch einen Streifen von diesem Tuch hier und dort befestigen. Insgesamt werdet ihr sechs Kontaktpaare in der Anlage finden. Vielleicht sind sie auch noch durch wurmförmige Staubspuren kenntlich gemacht.«

Nachdem die Hängenden Leute mit ihren Werkzeugen im Schneckengang verschwunden waren, sagte Louis zu den Meistern von Orlry und Lyar: »Ich habe natürlich keine Ahnung, ob sie sich an meine Anweisungen halten. Ich wünschte mir, ich könnte ihre Arbeit selbst überprüfen.« Aber er erwähnte nichts von seinen anderen Besorgnissen.

In wenigen Minuten tauchten die Hängenden Leute wieder aus dem Schneckengang auf. Dann marschierten sie alle gemeinsam auf das Dach: die Arbeiter, die Soldaten, die Meister und Louis Wu. Dort schauten sie zu, wie sich Nebel bildete, kondensierte und schließlich Wasser in den Gulli der Zisterne rann.

Und sechs Hängende Leute wußten jetzt, wie man einen Wasserkondensator mit einem Stück schwarzen Tuches reparieren konnte.

»Ich möchte dieses schwarze Tuch kaufen«, sagte Filistranorlry.

Die Hänge-Leute und ihr Meister, der zu den Städtebauern gehörte, verschwanden schon wieder im Treppenhaus. Filistranorlry und zehn Soldaten hinderten Louis und Fortaralisplyar daran, die gleiche Rückzugsroute zu benutzen.

»Ich habe nicht vor, zu verkaufen«, sagte Louis.

Der silberhaarige Soldat sagte: »Ich hoffe, Sie hierzubehalten, bis ich Sie zum Verkauf überreden kann. Falls nötig, werde ich auch darauf bestehen, daß Sie mir Ihre sprechende Schachtel als Bonus dazulegen.«

Louis war auf so etwas gefaßt gewesen. »Fortaralisplyar – würde der Orlry-Clan Sie mit Gewalt hierbehalten?«

Lyars Meister blickte dem Meister des Orlry-Clans in die Augen, als er erwiderte: »Nein, Louis. Die Folgen wären für Orlry unangenehm. Die geringeren Clans würden sich zusammenschließen, um mich zu befreien. Der Zehner-Klub würde lieber zu einem Neuner-Klub werden, als den Boykott der Touristen hinzunehmen.«

Filistranorlry lachte: »Die geringeren Clans würden durstig werden . . .« und sein Lächeln erlosch, während Fortaralisplyars Grinsen zunahm. Der Lyar-Clan hatte jetzt soviel Wasser, daß er es sogar verschenken konnte.

»Du könntest mich nicht festhalten. Die Touristen würden von den Rampen gestoßen werden. Die Dramen im Chkar-Gebäude und die Wonnen des Panth-Clans wären dir verschlossen . . .«

»Dann geh!«

»Ich nehme Louis mit.«

»Das tust du nicht.«

Louis sagte: »Nehmen Sie das Geld und gehen Sie. Das vereinfacht die Angelegenheit für alle Beteiligten.« Seine Hand steckte in seiner Tasche und fingerte mit dem Handscheinwerfer-Laser.

Filistranorlry hielt Fortaralisplyar einen Beutel hin. Dieser nahm ihn entgegen und zählte die Münzen. Dann ging er durch das Spalier der Soldaten und stieg die Treppe hinunter. Als er außer Sichtweite war, zog Louis die Kapuze seines Schutzanzuges über den Kopf.

»Ich biete einen hohen Preis. Zwölf . . .« Es folgte etwas Unübersetzbares. »Wir würden dich nicht betrügen«, fuhr Filistranorlry fort. Inzwischen ging Louis rückwärts auf den Rand des Daches zu. Er sah, wie Filistranorlry seinen Soldaten ein Zeichen gab, schwang herum und rannte los.

Die Brüstung des Daches war ein brusthoher Zaun: Eisenstangen, im Zickzackmuster, so geschmiedet, daß sie Ellenbogen-Wurzeln glichen. Die Schatten-Farm lag tief unter ihm. Louis rannte am Zaun entlang auf den Gehsteig zu. Die Soldaten folgten dichtauf, aber Filistranorlry blieb zurück und feuerte seine Pistole ab. Der Donner der Detonation war schrecklich, sogar furchterregend. Eine Kugel schlug in Louis Fußknöchel ein. Der Anzug wurde sofort hart, und er rollte wie eine gestürzte Statue über das Dach, rappelte sich wieder auf und rannte weiter. Als sich zwei Soldaten auf ihn warfen, schwang er sich über den Zaun und ließ sich fallen.

Fortaralisplyar ging gerade den Gehsteig hinunter. Er drehte sich erschrocken um.

Louis landete flach auf dem Gesicht. Der Schutzanzug war beim Aufprall so hart wie Stahl geworden. Der seiner Gestalt angepaßte Sarg hielt ihn aufrecht, aber Louis war von der harten Landung wie betäubt. Hände halfen ihm wieder auf die Füße, eher er eigentlich aufstehen wollte. Fortaralisplyar stemmte seine Schulter unter Louis' Achsel und unterstützte ihn beim Gehen.

»Lassen Sie mich lieber los. Vielleicht schießen sie auf Sie«, sagte Louis keuchend.

»Das würden sie nicht wagen. Sind Sie verletzt? Ihre Nase blutet ja!«

»Das war es wert.«

KAPITEL 21

DIE BIBLIOTHEK

Sie betraten die Bibliothek durch eine kleine Vorhalle in der stumpfen Spitze des Kegels, also von unten.

Hinter einem breiten, massiven Schreibtisch arbeiteten zwei Bibliothekarinnen an den Leseschirmen: sperrige Dinger, die aussahen wie Kisten verschiedener Größe, die man zusammengeleimt hatte. Sie benützten Bücher-Mikrobänder, die durch ein

Lesegerät geschoben wurden. Die Bibliothekarinnen sahen wie Hohepriesterinnen aus in ihren blauen Roben mit gezackten steifen Krägen. Es dauerte ein paar Minuten, ehe eine der beiden Bibliothekarinnen aufsah.

Ihre Haare waren pures frisches Weiß. Vielleicht war sie schon mit weißen Haaren auf die Welt gekommen, dachte Louis, denn sie sah nicht alt aus. Eine Frau auf der Erde würde an ihrer Stelle jetzt vielleicht an die erste Dosis ihrer Verjüngungsdroge gedacht haben. Sie war groß und schlank, sogar hübsch, dachte Louis. Selbstverständlich flachbrüstig, aber sonst appetitlich gerundet. Halrloprillalar hatte Louis dazu erzogen, einen Kahlkopf und einen gutgeformten Schädel für sexy zu halten. Wenn sie nur lächeln würde; aber selbst Fortaralisplyar gegenüber war sie grob und anmaßend: »Ja?«

»Ich bin Fortaralisplyar. Haben sie meinen Vertrag erhalten?«

Sie drückte auf die Tabulatur der Lesemaschine. »Ja. Ist es dieser da?«

»Er ist es.«

Erst jetzt betrachtete sie Louis. »Luweewu, können Sie mich verstehen?«

»Das kann ich, mit Hilfe dieses Gerätes.«

Als der Übersetzer zu sprechen anfing, bekam ihre ruhige Anmaßung Sprünge, aber nur einen Moment lang. Dann sagte sie: »Ich bin Harkabeeparolyn. Ihr Meister hat sich das Recht erkauft, daß Sie drei Tage lang unbegrenzt Nachforschungen anstellen können. Mit einer Option, Ihnen noch drei weitere Tage dieses Privileg zu erkaufen. Sie können sich ungehindert in der Bibliothek bewegen, wobei allerdings die Privaträume der Bibliothek von diesem Privileg ausgenommen sind. Die Privaträume sind mit Goldschrift markiert. Sie dürfen auch alle Maschinen benutzen, bis auf jene, die folgendermaßen gekennzeichnet sind.« Sie zeigte ihm, was sie meinte. Ein Muster aus orangefarbenen Krähenfüßen. »Wenn Sie so eine Maschine benützen wollen, brauchen Sie Hilfe. Dann kommen Sie zu mir oder zu einem anderen Beamten, dessen Kragen so geschnitten ist wie meiner. Sie dürfen auch den Speisesaal benützen. Wenn Sie schlafen oder baden wollen, müssen Sie in das Lyar-Gebäude zurückkehren.«

»Gut.«

Die Bibliothekarin sah ihn verwirrt an. Louis war selbst ein wenig erschrocken. Warum hatte er dieses Wort mit solcher Vehemenz ausgesprochen? Es kam ihm jetzt, daß das Gebäude des Lyar-Clans ihm vertrauter erschien als jede Wohnung, die er sich in Canyon genommen hatte.

Fortaralisplyar legte eine Reihe von Silbermünzen auf den Schreibtisch, verbeugte sich vor Louis und verschwand. Die Bibliothekarin wandte sich wieder ihrem Leseschirm zu. (Harkabeeparolyn. Er war es nämlich satt, sich sechssilbige Namen zu merken, aber diesen sollte er doch einmal auswendig lernen.) Harkabeeparolyn blickte sich um, als Louis sagte: »Es gibt einen bestimmten Ort, den ich gerne aufsuchen möchte.«

»Hier in der Bibliothek?«

»Hoffentlich. Vor einigen Jahren sah ich so einen Raum, den ich Ihnen jetzt beschreibe: Ich stand im Mittelpunkt eines Kreises, und der Kreis war diese Welt. Der Schirm im Mittelpunkt drehte sich, und man konnte jeden Teil dieser Welt in der Vergrößerung betrachten . . .«

»Wir haben einen Kartenraum. Gehen Sie die Treppe ganz nach oben.« Sie wandte sich wieder ab.

*

Eine enge Wendeltreppe aus Metell wand sich um die Mittelachse der Bibliothek. Da die Treppe nur am unteren und oberen Ende befestigt war, bog sie sich kräftig unter seinem Gewicht durch, als er sie erkletterte. Er kam an Türen vorbei, die mit Goldbuchstaben versehen waren. Sie waren alle verschlossen. In den oberen Stockwerken führten Torbogen zu langen Reihen von Leseschirmen, vor denen Stühle standen. Louis zählte sechsundvierzig Städtebauer, die vor den Lesegeräten saßen, und zwei ältliche Vertreter des Maschinen-Volkes, dazu noch ein untersetztes, sehr haariges Männchen unbestimmter Rasse und eine Koboldfrau, die ganz alleine in einem Leseraum saß.

Das oberste Stockwerk wurde von dem Kartenzimmer eingenommen. Er wußte sofort Bescheid, als er das Zimmer betrat.

*

Sie hatten das erste Kartenzimmer in einem verlassenen fliegenden Palast entdeckt. Die Wand des Kartenzimmers war ein Ring aus blauer Farbe, der mit weißen Punkten gesprenkelt war. Da waren auch Globen gewesen von zehn Welten mit Sauerstoffatmosphäre und ein Schirm, der vergrößerte Ausschnitte der Ringwelt zeigte. Aber die Szenen, die dort abgebildet wurden, waren schon mehrere tausend Jahre alt. Sie hatten ihm eine vitale Ringwelt-Zivilisation vorgegaukelt: Städte mit hellerleuchteten Gebäuden; Magnetfahrzeuge, die durch Ringschlaufen auf der Mauerkrone rasten; Flugzeuge von der Größe dieser Bibliothek; Raumschiffe, die mindestens zehnmal so groß waren.

Damals hatten sie nicht nach einem Reparaturzentrum gesucht. Sie hatten nur nach einem Fluchtweg von der Ringwelt Ausschau gehalten. Dazu hatten sich diese uralten Bänder natürlich nicht geeignet.

Zudem hatten sie es viel zu eilig gehabt. Also: dreiundzwanzig Jahre später versuchen wir es noch einmal in einer anderen Notlage . . .

Louis Wu trat aus dem Treppenhaus in den Mittelpunkt der Ringwelt hinein, die an der kreisrunden Wand schimmerte. Wo normalerweise die Sonne ihren Platz hatte, war jetzt Louis Wus Kopf. Die Karte der Ringwelt war sechzig Zentimeter groß und besaß einen Durchmesser von ungefähr hundertzwanzig Metern. Die Sonnenblenden hatten dieselbe Höhe, waren aber dem Zentrum viel näher, schwebten als Rechtecke von der Fläche von mehr als tausend Quadratfuß über einem pechschwarzen Fußboden, der mit Tausenden von Sternen gesprenkelt war. Auch die Decke war pechschwarz und zeigte Abertausende von Sternen.

Louis ging auf eine der Sonnenblenden zu und dann durch dieses Quadrat hindurch. Selbstverständlich waren das Hologramme. Auch die Sonnenblenden in dem Kartenraum, den er vor dreiundzwanzig Jahren betreten hatte, waren Hologramme gewesen. Aber in diesem Raum gab es keine Globen von erdähnlichen Welten.

Er drehte sich um, um sich den Rücken der Schattenblenden anzusehen. Er konnte keine Einzelheiten unterscheiden. Da war nichts als ein leicht nach innen gewölbtes pechschwarzes Rechteck.

Der Vergrößerungsschirm war besetzt.

Das war ein rechteckiger Schirm, der neunzig mal sechzig Zentimeter maß, mit Schaltern unter dem Rahmen und einem Laufgestell, das sich auf einer kreisrunden Schiene bewegen ließ, die zwischen den Sonnenblenden und der Ringwelt angeordnet war. Ein Junge stand vor dem Schirm, auf dem die vergrößerte Ansicht einer Bussard-Rammdüse abgebildet war. Die Bussard-Steuerdüse war in Betrieb, erglühte am Heck in einem gleißenden bläulichen Licht. Der Junge versuchte offenbar zu erkennen, was sich hinter dieser Steuerdüse befand.

Er mußte gerade erst mannbar geworden sein. Sehr dünnes, flaumiges braunes Haar bedeckte seinen Kopf, verdichtete sich erst über dem Nacken zu einer Mähne. Er trug die blaue Robe eines Bibliothekars. Sein Kragen war sehr breit, rechteckig geschnitten und wies eine einzige Kerbe auf. Louis fragte:

»Darf ich Ihnen über die Schulter sehen?«

Der junge Mann drehte sich um. Seine Gesichtszüge waren sehr schwach ausgeprägt, fast unlesbar, ein Rassemerkmal fast aller Städtebauer. Aber diese schwachgeprägten Züge ließen ihn älter erscheinen. »Steht Ihnen ein solches Wissen zu?«

»Der Lyar-Clan hat mir alle Privilegien dieser Bücherei erkauft.«

»Oh.« Der Junge drehte sich wieder dem Schirm zu. »Auch Sie werden auf dem Schirm nichts erkennen können. Und in zwei Tagen schalten sie die Flammen wieder ab.«

»Was wollen Sie denn beobachten?«

»Die Reparaturmannschaft.«

Louis blinzelte in das grelle Licht der Steuerdüsen. Ein blauweißer Lichtsturm wehte über den Schirm hin, der in seinem

Mittelpunkt ein schwarzes Loch aufwies. Die Steuerdüse selbst war ein schwacher rosiger Punkt im Mittelpunkt des schwarzen Loches.

Elektromagnetische Kraftlinien fingen den heißen Wasserstoff der Sonnenwinde ein, leiteten ihn in eine bestimmte Richtung und komprimierten ihn bis zur Fusionstemperatur. Und dann stießen sie die durch die Kernverschmelzung entstandene Energie wieder in Richtung der Sonne aus. Maschinen bemühten sich in starrsinniger Sisyphusarbeit, die Ringwelt im unwiderstehlichen Sog der Schwerkraft ihrer Sonne festzuhalten. Aber auf dem Schirm sah man nur ein blau-weißes Licht und einen rosafarbenen Punkt auf der schwarzen Linie der Ringwelt-Mauer.

»Sie sind fast fertig damit«, sagte der Junge. »Wir dachten, sie würden uns zu Hilfe rufen, aber sie ließen sich nicht bei uns sehen.« Die Stimme des Jungen klang nachdenklich.

»Vielleicht verfügt ihr hier nicht über die Werkzeuge, um ihre Stimmen zu empfangen.« Louis versuchte, seine Stimme ruhig zu halten. *Eine Reparaturmannschaft!* »Zudem gibt es dort nichts mehr zu tun. Sie haben keine Motoren mehr.«

»Nein. Sehen Sie.« Der Junge setzte den Beobachtungsschirm in Bewegung. Das Okular raste an der Mauerkrone entlang und hielt plötzlich an der Stelle an, die ein gutes Stück von den blauen Flammen entfernt war. Louis sah Metallstücke, die von der Mauerkrone herunterfielen.

Er betrachtete den Vorgang, bis er sich sicher war. Diese Metallstücke, ein großer, wie eine Spindel geformter Zylinder – das waren die zerlegten Bestandteile, die er bereits durch das Teleskop der *Heißen Nadel* betrachtet hatte. Das war das Gerüst, mit dessen Hilfe die Steuerdüsen wieder in die Halterungen am Rand der Ringwelt-Mauer eingehängt wurden.

Die Reparaturmannschaft mußte diese Ausrüstung verzögert haben, bis es die solare Umlaufgeschwindigkeit erreicht hatte. Dazu hatten sie einen Teil des Magnetring-Transportsystems benützt. Aber wie wollten sie diesen Prozeß umkehren? Die Maschine mußte am Ziel wieder auf die Rotationsgeschwindigkeit der Ringwelt beschleunigt werden.

Erreichten sie das durch Reibung mit der Atmosphäre? Diese Materialien konnten vielleicht genau so widerstandsfähig sein wie *Scrith*. Falls ja, würde ihnen die Reibungshitze nichts anhaben.

»Und hier.« Der Schirm bewegte sich wieder, diesmal spinnwärts auf die Raumhafen-Rampe auf der Ringmauer zu. Auf dem Schirm tauchten die vier großen Raumschiffe der Städtebauer auf. *Heiße Nadel* war ein kleiner heller Fleck daneben. Louis hätte ihn selbst in der Vergrößerung übersehen, wenn er nicht gewußt hätte, wo er das Raumschiff suchen mußte: eine Meile von dem Raumschiff entfernt, das immer noch eine Bussard-Rammdüse auf seiner Außenhaut trug.

»Sehen Sie das?« Der Junge deutete auf die kupferfarbenen Windungen der Toroide. »Das ist der letzte Motor, den sie noch ausbauen können. Wenn die Reparaturmannschaft ihn an der Ringmauer aufgehängt hat, wird sie arbeitslos.«

Inzwischen fielen Megatonnen von Baumaterial durch die Magnetschleifen der Ringwelt auf die Stelle zu, wo *Heiße Nadel* auf der Raumhafen-Rampe parkte. Zweifellos waren diese gewaltigen Mengen von Baumaterial auch von einem Heer von Monteuren begleitet. Das alles kam, auf einem magnetischen Kraftfeld schwimmend, auf den Hintersten zu.

Der Puppetier war ganz bestimmt nicht erfreut über diesen Besuch.

»Sie werden ihre Arbeit getan haben. Das ist richtig«, erwiderte Louis. »Aber es wird nicht reichen.«

»Wozu wird es nicht reichen?«

»Darüber möchte ich nicht reden. Wie lange arbeitet diese Reparaturmannschaft schon auf der Ringmauer? Und wo kommt sie her?«

»Keiner will mir etwas sagen«, erwiderte der junge Mann schmollend. »*Flup*. Stinkender *Flup*. Warum sind sie alle so nervös? Warum frage ich Sie überhaupt? Sie wissen ja auch nichts.«

Louis ging nicht darauf ein. »Wer sind diese Leute? Woher wußten sie von der Gefahr?«

»Niemand weiß das. Wir hatten keine Ahnung von diesen

Reparaturen, bis sie anfingen, die Maschinen in die Halterungen zu hängen.«

»Wie lange ist das her?«

»Acht *Falans.*«

Rasche Arbeit, dachte Louis. Vor anderthalb Jahren fingen sie also mit der eigentlichen Arbeit an, und man mußte noch ein paar Monate Vorbereitungszeit hinzurechnen. Wer waren diese Leute? Jedenfalls intelligent, entschlußfreudig, rasch zur Stelle, nicht zaghaft, große Projekte mit entsprechendem Aufwand anzupacken. Man konnte fast glauben, es handelte sich hier um . . . aber die Projektoren waren schon lange ausgestorben. Sie mußten ausgestorben sein.

»Haben sie auch noch andere Reparaturarbeiten durchgeführt?«

»Lehrer Wilp glaubt, daß sie die Lenzpumpen wieder in Gang gesetzt haben. Wir haben Nebelerscheinungen bei einigen Schüttbergen entdeckt. Ist das nicht eine große Sache, so eine Lenzpumpe wieder in Gang zu setzen?«

Louis dachte darüber nach. »Eine große Sache ganz bestimmt. Wenn man die Bagger auf dem Meeresboden wieder in Betrieb setzen konnte . . . muß man immer noch die Röhren anheizen. Sie verlaufen unter dieser Welt. Der Schlamm vom Meeresboden würde in einem verstopften Rohr einfrieren, wenn man dieses nicht aufheizt.«

»*Flup*«, sagte der Junge.

»Wie bitte?«

»Das braune Zeug, das aus der Lenzpumpe herausfließt, wird *Flup* genannt.«

»Aha.«

»Wo kommen Sie her?«

Louis grinste: »Ich kam von den Sternen, *darin.*« Er langte über die Schulter des Jungen, um auf den winzigen, glitzernden Fleck zu zeigen, der auf dem Schirm die *Heiße Nadel* darstellte. Die Augen des Jungen wurden ganz groß.

Viel ungeschickter als der Junge lenkte Louis jetzt den Schirm auf die Route, die das Landungsboot von der Mauerkrone der Ringwelt aus genommen hatte. Er entdeckte eine weiße Wolke von der Größe eines Kontinents. Darunter mußte das Feld der Sonnenblumen liegen. Weiter drüben auf Backbord war ein großer grüner Sumpf, dann ein Fluß, der sich ein neues Bett gegraben hatte, während das alte sich als eine gewundene braune Ader im gelben Sand der Wüste abzeichnete. Er folgte dem ausgetrockneten Flußbett. Dann zeigte er dem Jungen die Stadt der Vampire. Der Junge nickte.

Der Junge verlangte danach, zu glauben. *Menschen von den Sternen sind gekommen, um uns zu helfen!* Aber er fürchtete sich davor, einen vertrauensseligen Eindruck zu machen. Louis grinste ihn an und fuhr fort, seinen Weg auf dem Schirm zu zeigen.

Das Land wurde wieder grün. Der Straße der Maschinen-Leute vermochte er mühelos zu folgen. Die Landschaft links und rechts der Straße hatte einen ganz anderen Charakter. Dann kurvte der Fluß nach Backbord, um wieder in sein altes Bett zu münden. Er stellte die Vergrößerung höher und blickte jetzt auf die fliegende Stadt hinunter. »Wir«, sagte er.

»Dieser Anblick ist mit vertraut. Erzählen Sie mir lieber von den Vampiren.«

Louis zögerte. Aber schließlich waren die Artgenossen des Jungen die Experten der Ringwelt im Geschlechtsverkehr mit anderen Gattungen. »Sie können dich dazu zwingen, *Rishathra* mit ihnen zu treiben. Wenn du das tust, beißen sie dich in den Hals.« Er zeigte dem Jungen die bereits verheilte Bißwunde im Nacken. »Chmeee töteten den Vampir, der . . . mich angriff.«

»Warum haben die Vampire ihn nicht betört?«

»Chmeee läßt sich mit nichts auf dieser Welt vergleichen. Er läßt sich eher von einer Leberwurst-Pflanze verführen.«

»Wir stellen Parfüm aus dem Vampirsekret her«, sagte der Junge.

»Wie bitte?« War etwas mit dem Übersetzer nicht in Ordnung?

Der Junge lächelte ein bißchen altklug. »Eines Tages werden Sie das selbst erleben. Ich muß jetzt gehen. Werden Sie sich noch eine Weile hier aufhalten?«

Louis nickte.

»Wie heißen Sie eigentlich? Mich nennt man Kawaresksenjajok.«

»Luweewu.«

Der Junge ging in das Treppenhaus hinaus. Louis blickte stirnrunzelnd auf den Schirm hinunter.

Parfüm? Der Geruch nach Vampiren im Panth-Gebäude . . . und nun entsann sich Louis wieder der Nacht, als Halrloprillalar in sein Bett gekommen war, vor dreiundzwanzig Jahren. Sie hatte versucht, ihm ihren Willen aufzuzwingen. Sie hatte es wenigstens gesagt. Hatte sie auch den Duft der Vampire bei ihm verwendet?

Das spielte nun keine Rolle mehr. »Ich rufe den Hintersten«, sagte er. »Ich rufe den Hintersten.«

Nichts.

Der Schirm ließ sich nicht so bewegen wie ein Kreiselkompaß. Er zeigte immer nach außen, weg von den Sonnenblenden. Etwas enttäuschend, aber auch informativ: es konnte bedeuten, daß die Schirmbilder direkt von den Schattenblenden ausgestrahlt wurden.

Er verringerte den Maßstab auf dem Schirm. Er schickte den Fokus mit unglaublicher Geschwindigkeit spinnwärts, bis er auf eine Wasserwelt hinunterblickte. Er stürzte hinein wie ein Engel, der einen Kopfsprung vom Himmel herunter macht. Das machte Spaß. Die optischen Einrichtungen der Bibliothek waren erheblich besser als das Teleskop der *Heißen Nadel*.

Die Landkarte der Erde war uralt. Eine halbe Million Jahre hatte die Anordnungen der Kontinente verändert. Oder war die Karte noch viel älter? Eine Million Jahre? Zwei Millionen Jahre? Ein Geologe würde das gewußt haben.

Louis bewegte sich von antispinnwärts nach Steuerbord, bis die Landkarte von Kzin den Schirm ausfüllte: Inseln drängten sich um eine Platte aus schimmerndem Eis. Und wie alt war die Topographie dieser Landkarte? Das konnte wiederum nur Chmeee wissen.

Louis dehnte den Blickwinkel aus. Er summte leise vor sich hin, während er über einen gelb-orangefarbenen Dschungel hinhuschte. Sein Blickpunkt kreuzte ein breites Silberband. Es folgte dem Fluß bis zum Meer. Wo die Flüsse sich vereinigten, mußten sich Städte befinden.

Fast wäre er darüber hinweggehuscht. Ein Delta, wo zwei Flüsse sich vereinigten; ein blasses Gittermuster, das sich über die Dschungelfarben legte. Manche menschlichen Städte hatten »Grüngürtel«, aber in dieser Stadt der Kzinti mußten diese Grünflächen viel größer sein als die Gebäude. Als Louis die höchste Vergrößerung einstellte, konnte er gerade noch das Muster der Straßen ausmachen.

Die Kzinti hatten nie eine Vorliebe für große Städte entwikkelt. Dafür war ihr Geruchssinn zu fein entwickelt. Diese Stadt war fast so groß wie der Regierungssitz des Patriarchats auf der echten Welt von Kzin.

Sie hatten Städte. Was hatten sie noch? Falls sie eine Industrie entwickelt hatten, brauchten sie . . . Seehäfen? Bergwerksstädte? Er mußte weiter suchen.

Hier war der Dschungel nur noch ein gelichteter Buschwald. Das Gelb-Braun der nackten Erde schimmerte zwischen den Bäumen in einem Muster, das keinesfalls eine Stadt sein konnte. Es glich einer Armbrust-Zielscheibe, die sich bei zu großer Hitze etwas verworfen hatte. Möglicherweise handelte es sich dabei um eine sehr alte und sehr große Tagebau-Mine.

Vor einer halben Million Jahren oder zu einer noch weiter zurückliegenden Zeit hatte man hier ein paar Kzinti als Muster ausgesetzt. Louis rechnete nicht damit, eine Bergwerksstadt zu finden. Sie konnten froh sein, wenn es dort überhaupt noch etwas abzubauen gab. Eine halbe Million Jahre waren sie auf eine einzige Welt beschränkt gewesen – eine Welt, deren Oberfläche schon nach dreißig oder vierzig Metern zu Ende war. Aber offenbar hatten die Kzinti auf dieser Welt ihre Zivilisation bewahren können.

Diese Katzenwesen waren keine Dummköpfe. Sie hatten eine eindrucksvolle interstellare Zivilisation beherrscht. Tanj, es waren die Kzinti gewesen, die den Menschen den Gebrauch von Schwerkraft-Generatoren lehrten. Und Chmeee mußte schon vor Stunden die Landkarte der Kzin erreicht haben auf der Suche nach Bundesgenossen gegen den Hintersten.

Louis war dem Fluß bis zum Meer gefolgt. Nun huschte er mit seinem »Gottesauge« nach »Süden«, an der Küste des größten Kontinents der Kzin-Karte entlang. Er erwartete, dort Häfen zu entdecken, obgleich die Kzinti sich nicht gerne Schiffen anvertrauten. Sie mochten das Meer nicht. Ihre Seehäfen waren eher Industriezentren. Keiner von den Kzinti wohnte zu seinem Vergnügen an der Küste.

Aber das galt auch für das echte Imperium der Kzinti, wo man Schwerkraftgeneratoren schon seit Jahrtausenden verwendete. Louis blickte jetzt durch sein »Gottesauge« auf einen Hafen hinunter, der durchaus mit New York konkurrieren konnte. Da schlugen die Wellen an die Molen, von Schiffen erzeugt, die man gerade noch zu erkennen vermochte. Das Hafenbecken war so rund wie ein Meteorkrater.

Louis ging mit der Vergrößerung wieder hinunter, rückte den Blickpunkt höher in den Himmel hinauf, um eine bessere Übersicht zu erhalten.

Seine Augenlider zuckten. Hatte sein Unvermögen, Entfernungen zu schätzen, ihm wieder einen Streich gespielt? Oder hatte er die Hebel falsch bedient?

Da war ein Schiff, das quer im Hafenbecken vertäut lag. Im Vergleich zur Größe des Schiffes sah das Hafenbecken aus wie eine Badewanne.

Aber die Bugwellen der kleineren Schiffe waren immer noch zu erkennen. Das Schiff war also echt. Er sah auf einen Ozeandampfer hinunter, der so groß war wie eine Stadt. Mit diesem Schiff konnte man die Mündung dieses Naturhafens vollkommen versperren.

Sie würden diesen Dampfer nicht oft bewegen, dachte Louis. Die Schiffsschrauben mußten den Schlamm vom Meeresboden aufwirbeln. Wenn das Schiff den Hafen verließ, mußte sich auch das Wellenmuster im Hafenbecken verändern. Und wie wollten die Kzinti so ein riesiges Seefahrzeug mit Treibstoff versorgen? Hatten sie überhaupt den Treibstoff für so ein gewaltiges Schiff? Und woher hatten sie das Metall für diesen Giganten genommen?

Weshalb hatten sie das Ding überhaupt gebaut?

Louis hatte sich bisher keine ernsthaften Gedanken darüber gemacht, ob Chmeee auf der Landkarte von Kzin finden würde, was er suchte. Doch jetzt glaubte er fast daran.

Er drehte wieder an den Bedienungseinrichtungen der Optik. Sein Blickpunkt wich hinter die Atmosphäre bis ins All zurück, daß die Landkarte von Kzin nur noch ein Muster kleiner Punkte auf einer riesigen blauen Fläche war. Andere Weltkarten tauchten am Rande des Schirmes auf.

Die Weltkarte, die der Topographie von Kzin am nächsten lag, stellte sich als runder rosiger Punkt dar. Das war die Weltkarte des Mars . . . und sie war von der Weltkarte der Kzin genauso weit entfernt wie der Mond von der Erde.

Wie konnte man solche Entfernungen überhaupt bewältigen? Selbst mit einem Teleskop konnte man höchstens zweihunderttausend Meilen Atmosphäre optisch bewältigen. Wenn man sich vorstellte, daß man diese Entfernung mit einem Schiff zurücklegen wollte – selbst mit einem Schiff von der Größe einer Kleinstadt – tanj!

»Ich rufe den Hintersten. Louis Wu ruft den Hintersten.« Die Zeit brannte Louis Wu auf den Nägeln, während ein Heer von Monteuren sich auf die *Heiße Nadel* zubewegte und Chmeee die Weltkarte von Kzin nach Kriegern absuchte. Louis hatte nicht vor, den Hintersten über diese Vorgänge zu unterrichten. Damit würde er den Puppetier nur aufregen.

Aber was lenkte den Hintersten so sehr ab, daß er nicht einmal einen Funkruf beantworten konnte?

Doch was wußte ein Mensch schon davon, was ein Puppetier trieb, wenn er sich unbeobachtet fühlte.

Also setze deine Beobachtungen fort.

Louis schraubte den Maßstab so weit herunter, bis er beide Ringmauern zugleich sehen konnte. Er suchte nach der »Faust Gottes« in der Nähe der Mittellinie der Ringwelt, die sich auf der Backbordseite des großen Ozeans befand. Er vermochte den Berg nicht zu entdecken. Er vergrößerte den Maßstab. Eine Wüste, deren Fläche größer war als die Erde, gehörte auf diesem Planeten immer noch zu den kleinen topografischen Erscheinungen. Aber da war sie – rötlich und kahl. Und der Fleck in der

Mitte war . . . die »Faust Gottes«, tausend Meilen hoch, der Gipfel ein Krater, von nacktem *Scrith* umgeben.

Er suchte die Backbordseite des riesigen Berges ab, entdeckte die Schleifspur, die bei der Notlandung der *Liar* entstanden war. Und dann erreichte er wieder die Küste, ein weit vorgeschobener Seitenarm des Großen Ozeans. Damals hatten sie an der Küste der Bucht gestanden. Louis suchte nun nach dem Orkanauge unter der »Faust Gottes«.

Aber die Wolke, die zu diesem Wirbelsturm gehörte, war verschwunden.

»Ich rufe den Hintersten! Im Namen von Kdapt und Finagle und Allah rufe ich den Hintersten! Tanj, ich rufe . . .«

»Ich bin hier, Louis.«

»Okay! Ich befinde mich in einer Bibliothek in der fliegenden Stadt. Sie haben hier ein Kartenzimmer. Ich verweise auf die Aufzeichnungen von Nessus, die sich auf das Kartenzimmer beziehen, welches wir . . .«

»Ich kenne die Aufzeichnungen«, unterbrach ihn der Puppetier kalt.

»Okay. Das Kartenzimmer, das wir damals besuchten, hatte nur alte Videobänder. Aber dieses hier zeigt die Welt der Gegenwart!«

»Bist du dort sicher?«

»Sicher? Oh, verhältnißmäßig. Ich benützte das Superleitertuch, um mir Freunde und einen gewissen Einfluß zu verschaffen. Aber ich bin jetzt in der fliegenden Stadt gefangen. Selbst wenn ich mir durch Bestechungsgeschenke den Weg aus der Stadt freikaufe, muß ich noch an der Station der Maschinen-Leute auf dem Himmelshügel vorbei. Ich möchte mir nicht gerne den Fluchtweg freischießen.«

»Sehr klug.«

»Was gibt es Neues bei dir?«

»Zweierlei. Erstens habe ich Hologramme von den beiden anderen Raumhäfen erhalten. Alle elf Schiffe sind ausgeschlachtet.«

»Das bedeutet, alle Bussard-Rammdüsen wurden entfernt, nicht wahr?«

»Ja, alle.«

»Und zweitens?«

»Du kannst keine Hilfe von Chmeee erwarten. Das Landungsboot ist auf der Weltkarte von Kzin im Großen Ozean niedergegangen«, berichtete der Puppetier. »Ich hätte das sofort wissen müssen. Der Kzin ist desertiert und hat das Landungsboot mitgenommen.«

Louis fluchte leise. Er hätte diesen kühlen, leidenschaftslosen Ton sofort durchschauen müssen. Der Puppetier war schrecklich aufgeregt. Er hatte keine Kontrolle mehr über die feinen Nuancen der menschlichen Sprache. »Wo befindet er sich jetzt? Was tut er im Augenblich?«

»Ich beobachtete ihn durch die Kameras des Landungsbootes, als er die Weltkarte von Kzin umkreiste. Er fand dort ein geräumiges, seetüchtiges Schiff . . .«

»Ich fand das ebenfalls.«

»Und deine Schlüsse?«

»Sie versuchten, die anderen Weltkarten zu erforschen oder zu kolonisieren.«

»Ja. Im bekannten Weltall haben die Kzinti schließlich auch andere stellare Systeme erobert. Auf der Weltkarte von Kzin müssen sie neugierig geworden sein, was am anderen Ende des Ozeans liegt. Natürlich halte ich es nicht für wahrscheinlich, daß sie auch hier die Raumfahrt entwickelten.«

»Nein.« Der erste Schritt auf dem Weg zur Raumfahrt ist der Versuch, ein Objekt in eine Umlaufbahn zu bringen. Auf der Welt von Kzin betrug die niedrigste Umlaufgeschwindigkeit ungefähr sechs Meilen pro Sekunde. Auf der Weltkarte des Kzin hätte man für eine Umlaufgeschwindigkeit den Gegenstand auf siebenhundertsiebzig Meilen pro Sekunde beschleunigen müssen. »Sie können auch nicht sehr viele von diesen Riesenschiffen gebaut haben. Woher wollten sie die Metalle für diese Wasserfahrzeuge hernehmen? Und eine Seereise mit so einem Schiff dauerte im besten Fall Jahrzehnte. Ich frage mich sogar, woher sie wissen konnten, daß es noch andere Weltkarten auf diesem Ozean gibt.«

»Vielleicht schossen sie teleskopische Kameras mit Raketen in den Weltraum. Die Kameras mußten aber sehr rasch arbeiten. Eine ballistische Rakete erreicht keinen Orbit. Sie steigt in die Stratosphäre und fällt dann wieder herunter.«

»Ich frage mich, ob sie sogar bis zur Weltkarte der Erde vorgestoßen sind? Immerhin liegt sie noch hunderttausend Meilen jenseits des Mars . . . und Mars eignet sich nur sehr schlecht als Aufmarschgebiet für eine große Invasion.« Was würden die Kzinti auf der Weltkarte der Erde gefunden haben? Nur einen *Homo habilis* oder etwa auch Pak-Protektoren? »Ich entdeckte auch eine Weltkarte von Down auf Steuerbord, aber ich kenne die Welt nicht, die antispinnwärts liegt.«

»Wir kennen sie. Die Eingeborenen sind kommunale Intelligenzen. Wir erwarten, daß sie niemals die Entwicklungsstufe der Raumfahrt erreichen. Ihre Schiffe müßten einen ganzen Bienenstaat transportieren.«

»Gastfreundlich?«

»Nein. Sie würden sich heftig gegen die Kzinti gewehrt haben. Und die Kzinti haben eindeutig den Versuch aufgegeben, den Großen Ozean zu erobern. Sie scheinen dieses Riesenschiff nur noch zur Blockade ihres Hafens zu benützen.«

»Ja. Ich vermute, dort befindet sich auch der Regierungssitz. Du hattest aber anfangs von Chmeee gesprochen.«

»Zunächst kreiste er über der Weltkarte von Kzin, um die Lage zu erkunden. Dann schwebte er über dem großen Schiff. Flugzeuge stiegen auf und griffen ihn mit Explosiv-Raketen an. Chmeee ließ das zu, und die Raketen konnten ihm auch nichts anhaben. Dann zerstörte Chmeee vier Flugzeuge. Die übrigen setzten ihre Angriffe fort, bis ihr Waffen- und Treibstoffvorrat erschöpft war. Als sie zu dem großen Schiff zurückkehrten, folgte Chmeee ihnen zum Landedeck. Das Landungsboot befindet sich im Augenblick auf dem Landedeck des Riesenschiffes. Dort werden die Angriffe gegen Chmeees Landungsboot fortgesetzt. Louis, sucht er Verbündete gegen mich?«

»Falls es dich beruhigen kann – er wird auf der Weltkarte von Kzin nichts finden, das einer General-Product-Zelle etwas anhaben könnte. Diese Burschen können ja nicht einmal das Landungsboot knacken.«

Es folgte eine lange Pause. Dann: »Vermutlich hast du recht. Die Flugzeuge verwendeten mit Wasserstoff angetriebene Düsen und Raketen, die von chemischen Exposivstoffen angetrieben werden. Jedenfalls muß ich dich jetzt selbst retten. Du mußt dich darauf vorbereiten, daß die Sonde mit Einbruch der Abenddämmerung dich abholt.«

»Und was dann? Da liegt immer noch die Ringmauer dazwischen. Du sagtest mir, die Transportscheiben könnten das *Scrith*-Material nicht durchdringen.«

»Ich habe die zweite Sonde mit Transportscheiben ausgerüstet. Sie wartet auf der Ringmauer als Relaisstation.«

»Wenn du es sagst, wird es so sein. Ich befinde mich in einem Gebäude an der Backbord-Spinnwärts-Peripherie der Stadt. Das Dach ist geformt wie ein stumpfer Kegel. Stelle die Sonde so ein, daß sie über dem Gebäude schwebt, bis wir uns einig sind, was mir ihr geschehen soll. Ich bin nicht sicher, daß ich bereits heute abend wieder abreisen möchte.«

»Das mußt du aber.«

»Aber alle Antworten, die wir brauchen, könnten sich direkt vor meiner Nase hier in der Bibliothek befinden!«

»Und hast du bereits etwas gefunden?«

»Bisher nur Bruchstücke. Aber alles, was Halrloprillalars Artgenossen erforscht und erfunden haben, ist irgendwo in diesem Gebäude versteckt. Ich möchte auch die Kobolde ausfragen. Sie sind die Müll- und Aasbeseitiger, und sie scheinen überall auf dieser Welt zu sein.«

»Bisher hast du nur gelernt, noch mehr Fragen zu stellen. Also gut, Louis. Du hast mehrere Stunden Zeit für deine Nachforschungen. Und mit dem Einbruch der Abenddämmerung kommt die Sonde zu dir.«

KAPITEL 22

DER DIEBSTAHL

Die Kantine befand sich in der Mitte des Gebäudes. Louis bedankte sich für eine kleine Glückssträhne: die Städtebauer waren Allesesser. Das Eintopfgericht, das aus Fleisch und Pilzen bestand, hätte etwas mehr Salz vertragen; doch es füllte wenigstens das Vakuum in seinem Magen.

Niemand hatte hier wohl Bedürfnis nach Salz. Und alle Meere auf dieser Welt bestanden aus Süßwasser, wenn man von den beiden Großen Ozeanen einmal absah.

Vielleicht war er der einzige Hominide auf der Ringwelt, der Salz benötigte, und ohne dieses Mineral konnte er auf die Dauer nicht auskommen.

Er aß rasch. Die Zeit saß ihm im Nacken. Der Puppetier war schon ganz hippelig. Es war fast schon ein Wunder, daß er noch nicht geflohen und Louis, den abtrünnigen Chmeee und die Ringwelt ihrem Schicksal überlassen hatte. Louis empfand sogar einen gewissen Respekt vor dem Puppetier, daß er seine artspezifische Angst unterdrückte, um sein gekidnapptes Besatzungsmitglied zu retten.

Doch der Puppetier konnte rasch seinen Mut verlieren, wenn er die Reparaturmannschaft auf sich zukommen sah. Louis beabsichtigte, auf die *Heiße Nadel* zurückzukehren, ehe der Hinterste sein Teleskop in diese Richtug drehte.

Er kehrte in die oberen Räume der Bibliothek zurück.

Die Leseschirme, die er ausprobierte, zeigten ihm nur unverständliche Texte ohne Bilder und Stimme. Schließlich entdeckte er vor einer Schirmbildwand eine ihm vertraute Robe mit einem gekerbten Kragen.

»Harkabeeparolyn?«

Die Bibliothekarin drehte sich um. Kleine flache Nase; Lippen, so dünn wie Messerrücken; kahler Scheitel und ein hübsch geformter Schädel; lange wellige weiße Haare . . . appetitlich gerundete Hüften und schöne Beine. Nach menschlichen Begriffen mußte sie ungefähr vierzig Jahre alt sein. Die Städtebauer alterten vielleicht langsamer als Menschen, vielleicht auch schneller; Louis wußte das nicht.

»Ja?«

Ihre Stimme klang ungehalten. Louis zuckte zusammen. Er sagte: »Ich brauche einen Schirm mit einem Stimmencomputer und ein Leseband, das mir die Eigenschaften des *Scrith* beschreibt.«

Sie runzelte die Stirn. »Ich weiß nicht, was Sie meinen. Einen Stimmen-Computer?«

»Ich möchte, daß das Leseband seinen Text laut vorliest.«

Harkabeeparolyn starrte ihn an, dann lachte sie. Sie versuchte, das Lachen noch zu ersticken, aber es gelang ihr nicht mehr. Dafür war es auch zu spät. Sie waren bereits im Mittelpunkt der allgemeinen Aufmerksamkeit. »So etwas haben wir nicht. So etwas hat es nie gegeben«, versuchte sie zu flüstern, aber das Kichern gewann wieder die Oberhand und formulierte den nächsten Satz mit unerwünschter Lautstärke: »Wieso, können Sie nicht lesen?«

Blutiger Tanj! Louis spürte, wie ihm das Blut in die Ohren und den Nacken stieg. Die Kenntnisse des Lesens und des Schreibens waren selbstverständlich für ein gebildetes Wesen, und früher oder später lernte jeder das Lesen, wenigstens Texte, die in Interworld abgefaßt waren. Aber diese Kenntnisse waren nicht lebenswichtig. Jede Welt hatte ihre Stimmen-Computer! Und ohne Stimmen-Computer hatte sein Übersetzer keine Möglichkeit, ihm den Text in seine Sprache umzuwandeln.

»Ich brauche mehr Hilfe, als ich gedacht hatte. Ich brauche jemanden, der mir die Lesebänder vorliest.«

»Sie brauchen mehr, als Ihnen zusteht. Sie haben dafür nicht bezahlt. Ihr Meister muß neu verhandeln.«

Louis wollte es nicht riskieren, diese aufgebrachte, ja feindselige Frau zu bestechen. »Können Sie mir wenigstens helfen, die Lesebänder zu finden, die ich brauche?«

»Dafür haben Sie bezahlt. Sie haben sogar das Recht eingekauft, mich von meinen eigenen Nachforschungen abzulenken. Sagen Sie nur, was Sie wünschen«, sagte sie energisch. Sie drückte auf ihre Tasten, und sonderbare Schriftzeichen erschienen auf ihrem Schirm. »Die charakteristischen Merkmale des *Scrith?* Hier ist ein physikalischer Text. Darin sind ein paar Kapitel enthalten über die Struktur und Dynamik der Welt mit einigen Passagen über *Scrith.* Vielleicht ist dieser Text zu hoch für Sie.«

»Ich möchte dieses Leseband und einen Text über die Grundbegriffe der Physik.«

Sie blickte ihn zweifelnd an. »Also gut.« Sie drückte noch ein paar Tasten nieder. »Hier ist ein altes Band für Ingenieur-Studenten über die Konstruktion des Ringtransportsystems auf der Ringwelt-Mauer. Heute ist es aber nur noch von historischem Interesse; aber vielleicht können Sie noch etwas daraus lernen.«

»Das Band möchte ich haben. Sind Ihre Leute auch schon mal *unter* dieser Welt gewesen?«

Harkabeeparolyn reckte sich. »Ich bin überzeugt, daß wir dort gewesen sind. Wir beherrschten diese Welt und die Sterne, und zwar mit Maschinen, vor denen die Maschinen-Leute in Ehrfurcht erstarren würden, wenn wir sie noch besäßen.« Sie drückte erneut auf die Tasten. »Aber leider gibt es keine schriftlichen Zeugnisse über den von Ihnen eben erwähnten Vorgang. Was wollen Sie mit allen diesen Bändern anfangen?«

»Das weiß ich jetzt noch nicht. Können Sie mir auch helfen, den Ursprung der alten Unsterblichkeits-Droge aufzuspüren?«

Diesmal lachte Harkabeeparolyn leise, fast angenehm. »Ich bezweifle, daß Sie so viele Buchspulen auf einmal tragen können. Die Erfinder des Lebenselixiers bewahrten ihr Geheimnis bis zum Tod. Alle, die darüber schrieben, haben das Elixier nie gefunden. Aber ich kann Ihnen religiöse Texte geben, Polizeiberichte, Erzählungen von Hochstaplern und Betrügern, die behaupteten, das Rezept des Lebenselixiers zu besitzen, und Berichte von Expeditionen, die die Welt nach dieser Droge absuchten. Hier ist zum Beispiel eine Geschichte von einem unsterblichen Vampir, der die grasessenden Riesen tausend *Falans* lang heimsuchte, mit den Jahren immer gerissener wurde, bis . . .«

»Nein.«

»Man fand nie seinen Schatz mit dem Lebenselixier. Also nicht. Dann wollen wir mal weitersehen . . . das Ktistek-Gebäude schloß sich dem Zehner-Klub an, weil den anderen Clans das Lebenselixier noch vor dem Ktistek-Clan ausging. Eine faszinierende Studie politischer Machenschaften . . .«

»Nein, lassen wir das Thema. Wissen Sie etwas von dem Großen Ozean!«

»Es gibt *zwei* Große Ozeane«, wies sie ihn zurecht. »Nachts kann man sie sehr leicht am Himmelsbogen erkennen. In ein paar alten Märchen wird behauptet, daß die Unsterblichkeitsdroge aus dem Ozean antispinnwärts käme.«

»Aha.«

Harkabeeparolyn lächelte ironisch. Der kleine Mund konnte sogar recht kokett aussehen. »Sie sind naiv. Man kann nur zwei topografische Details auf dem Himmelsbogen mit dem nackten Auge erkennen. Nun gab es einmal etwas Wertvolles, das aus weiter Ferne herantransportiert werden mußte und seit Jahrhunderten nicht mehr erhältlich ist – wen nimmt es Wunder, daß jemand das Märchen aufbringt, die Unsterblichkeitsdroge kam aus einem der Großen Ozeane? Wer kann das leugnen oder einen anderen Ursprung angeben?«

Louis seufzte. »Sie haben vermutlich recht.«

»Luweewu, wie können diese Fragen logischerweise miteinander verbunden sein?«

»Vielleicht sind sie es nicht.«

Sie brachte ihm die Lesespulen, die er verlangt hatte, und noch eine dazu: Ein Märchenbuch vom Großen Ozean für Kinder. »Ich kann mir nicht vorstellen, was Sie mit diesen Lesespulen anfangen wollen. Sie werden sie nicht stehlen können. Sie werden durchsucht, ehe Sie die Bibliothek wieder verlassen, und Sie können auch keine Lesemaschine mitnehmen.«

»Ich bedanke mir für Ihre Hilfe.«

*

Er brauchte einen Vorleser für die Bänder.

Er besaß nicht den Mut, irgendeinen Fremden anzusprechen. Vielleicht traf er einen Fremden, der ihm ein wenig vertraut war? In einem der Leseräume hatte ein Kobold gesessen. Wenn die Kobolde in der Schatten-Farm schon über Louis Wu Bescheid wußten, dann traf das vielleicht auch für diesen Kobold im Lesesaal zu.

Doch der Kobold war verschwunden und hatte nur seinen Duft zurückgelassen.

Louis ließ sich in einen Sessel vor dem Leseschirm fallen und schloß die Augen. Die für ihn wertlosen Spulen steckten in seinen Westentaschen. *Noch gebe ich mich nicht geschlagen,* dachte er. *Vielleicht finde ich den Jungen aus dem Kartenzimmer wieder. Vielleicht kann ich Fortaralisplyar doch noch überreden, mir die Texte laut vorzulesen. Oder mir wenigstens einen Gehilfen für diesen Zweck zu schicken. Das wird natürlich einiges kosten. Alles kostet hier etwas, und sobald es etwas kostet, dauert es auch länger.*

Die Lesemaschine war ein schwerer, unförmiger Kasten, der noch dazu mit einem Kabel an der Wand befestigt war. Die Hersteller dieser Maschine hatten den Superleiter-Draht nicht mehr gekannt. Louis fädelte eine Spule in den Apparat und starrte die für ihn sinnlosen Schriftzeichen an. Der Schirm zeigte nur den nackten Text. Er besaß weder einen Lautsprecher noch ein Mikrophon. Harkabeeparolyn hatte ihm die Wahrheit gesagt.

Ich darf meine Zeit nicht sinnlos verschwenden.

Louis stand auf. Ich blieb keine andere Wahl mehr.

*

Das Dach der Bibliothek war ein weitläufiger Garten. Die Gartenwege strahlten spiralförmig vom Mittelpunkt aus, wo die Wendeltreppe in den Dachgarten mündete. Riesige nektarerzeugende Blumen wuchsen in der fetten schwarzen Erde zwischen den Gehsteigen. Da gab es auch kleine dunkelgrüne Füllhörner mit winzigen blauen Blumen im Kelch, und ein Kissen von Zwergpflanzen, in dem die meisten »Leberwürste«-Knospen aufgebrochen waren und jetzt goldene Blütenblätter zeigten. Darüber Bäume, von denen grün-gelbe Girlanden herabhingen, die aussahen wie riesige Spaghetti.

Auf den weit verstreuten Bänken saßen Paare, die Louis sich selbst überließen. Bei den Besuchern überwogen den Bibliothekare und Bibliothekarinnen in ihren blauen Roben. Ein großgewachsener Bibliothekar begleitete eine lärmende Gruppe von Touristen, die der Rasse der Hängenden Leute angehörten. Keiner sah aus wie ein Wächter. Keine Rampen führten von dem Dach der Bibliothek nach unten. Hier gab es nichts zu bewachen, es sei denn, ein Dieb konnte fliegen.

Louis hatte vor, die Gastfreundschaft, die er genoß, mit Undank zu vergelten. Zugegeben, er hatte für diese Gastfreundschaft bezahlt . . . trotzdem peinigte ihn der Gedanke an sein Vorhaben.

Der Wasser-Kondensator erhob sich vom Dachrand wie eine Skulptur eines dreieckigen Segels. Von dort lief das Wasser in einen wie eine Mondsichel geformten Teich. In diesem Teich plantschten Kinder der Städtebauer. Louis hörte seinen Namen: »Luweewu!« und drehte sich gerade noch rechtzeitig um, um einen Ball auffangen zu können.

Der braunhaarige Junge, mit dem er im Kartenzimmer gesprochen hatte, schlug in die Hände und bat, daß er ihm den Ball zurückwerfen sollte.

Louis schwankte. Sollte er den Jungen mahnen, das Dach zu verlassen? Es würde bald zu einem heißen Pflaster werden. Aber der Junge war intelligent. Vielleicht intelligent genug, um die Konsequenz seiner Warnung zu begreifen und nach den Wächtern zu rufen.

Louis warf ihm den nassen Ball wieder zurück, winkte und entfernte sich.

Wenn ihm nur etwas eingefallen wäre, wie er das Dach von Hominiden räumen konnte!

Am Dachrand befanden sich keine Geländer. Louis bewegte sich sehr vorsichtig. Er umrundete eine kleine Baumgruppe, deren Stämme so verdreht aussahen wie ausgewrungene Wäschestücke.

Hier schien er ganz für sich zu sein. Hier konnte er auch seinen Übersetzer verwenden.

»Hinterster?«

»Zur Stelle. Chmeee wird immer noch angegriffen. Er hat einmal hart zurückgeschlagen und einen Raketenwerfer auf dem großen Schiff weggeschmolzen. Für mich sind seine Motive rätselhaft.«

»Vermutlich wollte er seinen Gegnern beweisen, wie mächtig seine eigenen Waffen sind. Dann wird er verhandeln.«

»Worüber wird er verhandeln?«

»Vielleicht weiß er das selbst noch nicht. Ich bezweifle, daß sie viel für ihn tun können. Vielleicht werden sie ihm ein paar Weibchen vorstellen. Hinterster, leider habe ich hier keine Möglichkeit, Nachforschungen anzustellen, weil ich die Lesebänder nicht entziffern kann. Zudem habe ich mir viel zuviel Lesestoff besorgt. Es würde eine Woche dauern, bis ich das alles durchgeackert habe.«

»Was könnte Chmeee alles in einer Woche anstellen? Ich möchte nicht so lange bleiben, um das herauszufinden.«

»Ja. Ich habe ein paar Lesespulen in der Tasche. Sie werden uns fast alles verraten, was wir wissen wollen, wenn wir sie nur lesen könnten. Und wie schaffen wir das? Hast du eine Idee?«

»Dazu bräuchten wir eine von ihren Lesemaschinen. Kannst du mir so einen Apparat besorgen? Dann könnte ich die Bänder durchlaufen lassen und sie vom Schirm abfotografieren für den Computer der *Heißen Nadel.*«

»Sie sind sehr schwer. Zudem hängen sie an einem dicken Kabel fest . . .«

»Schneide die Kabel durch.«

Louis seufzte. »Okay. Und was dann?«

»Ich sehe die schwebende Stadt bereits durch die Kamera der Sonde. Ich werde die Sonde zu dir fernsteuern. Du mußt den Deuterium-Filter entfernen, um die Transportscheibe freilegen zu können. Hast du ein Werkzeug bei dir?«

»Nicht einen Schraubenschlüssel. Das einzige Werkzeug, das ich besitze, ist der Handscheinwerfer-Laser. Du sagst mir, wo ich den Schneidbrenner ansetzen muß.«

»Hoffentlich lohnt es sich, daß ich die Hälfte meiner Kraftstoffreserve verliere. Also gut. Wenn du dir eine Lesemaschine verschaffen kannst und sie durch das Schoot geht und auf die Transportscheibe, okay. Und vergiß nicht die Tapes mitzubringen, wenn die Maschine auch nicht durch die Luke paßt. Vielleicht kann ich doch ein Mittel finden, sie zu entziffern.«

*

Louis stand am Ramd des Bibliotheksdaches und blickte an seinen Zehen vorbei senkrecht nach unten, in das dunkle Webmuster der Schatten-Farm. Am Rand der Farm herrschte Mittagslicht. Rechteckig gemustertes Ackerland dehnte sich hinter der Stadt aus. Der Schlangenfluß führte sein Wasser nach Backbord und verschwand zwischen niedrigen Hügeln. Hinter den Hügeln lagen Seen, Ebenen, ein kleiner Gebirgszug, noch kleinere Seen, alles mit wachsender Entfernung verblauend . . . und schließlich der Himmelsbogen, der schwindelerregend am Horizont in die Höhe stieg. Halb hypnotisiert wartete Louis unter dem hellen Himmel. Es gab nichts, was er hier noch tun konnte. Er war sich kaum der dahinfließenden Zeit bewußt.

Die Sonde kam auf einem blauen Flammenschweif vom Himmel herunter. Wo die kaum noch sichtbare Flamme das Dach berührte, verwandelten sich Pflanzen und Humus in ein orangefarbenes Inferno. Schmächtige Hänge-Leute und blau gekleidete Bibliothekare flüchteten zur Treppe. Nasse Kinder rannten schreiend hinter ihnen her.

Die Sonde setzte sich in ihr Flammenbett und kippte zur Seite, von Steuerdüsen abgebremst. Ein Kranz von winzigen Düsen war an ihrem oberen Rand befestigt, und dazu kam noch die Schubdüse am Heck. Die Sonde war sechs Meter lang und drei Meter dick, vollgestopft mit Kameras und anderen Instrumenten.

Louis wartete, bis das Feuer auf dem Dach fast ausgegangen war. Dann watete er durch Kohlen und Asche zur Sonde. Soweit er das übersehen konnte, war das Dach leer – zum Glück keine Toten.

Die Stimme des Übersetzers leitete ihn an, als er das dicke Molekularsieb in der Spitze der Sonde mit dem Laser beseitigte. Endlich hatte er eine Transportscheibe freigelegt. Er fragte: »Und was jetzt?«

»Ich habe die Transportscheibe in der anderen Sonde rückwärts geschaltet und den Filter entfernt. Kannst du dir eine Lesemaschine besorgen?«

»Ich werde es versuchen. Aber die Sache gefällt mir nicht.«

»In zwei Jahren spielt das alles keine Rolle mehr. Ich gebe dir dreißig Minuten Zeit. Dann mußt du mit allem, was du mitnehmen kannst, zur Sonde zurückkehren.«

*

Eine ganze Schar von blaugewandeten Bibliothekaren hatte sich fast so weit erholt, daß sie ihn mit Gewalt vom Dach holen wollten, als Louis auf der Treppe erschien. Er hatte sich die Kapuze über den Kopf gezogen. Die Kugeln aus schwerem Metall, mit denen sie auf ihn schossen, prallten von seinen Schutzanzug ab. Auf jeder zweiten Stufe hielten ihn die Geschosse auf.

Dann fielen nur noch vereinzelt Schüsse und hörten anschließend ganz auf. Sie wichen vor ihm zurück.

Als Louis weit genug in das Gebäude vorgedrungen war, schnitt er die Wendeltreppe unter sich durch. Die Spiralwindungen der Treppe waren nur im Erdgeschoß und unter dem Dach befestigt. Nun schob sie sich zusammen wie eine Feder und riß ein paar Rampen von den Türschwellen ab. Die Bibliothekare klammerten sich um das Geländer, um nicht abzustürzen. Louis hatte jetzt die oberen zwei Stockwerke für sich.

Als er sich in das ihm zunächst liegende Lesezimmer begeben wollte, versperrte ihm Harkabeeparolyn den Weg mit einer Axt.

»Ich brauche noch einmal Ihre Hilfe«, sagte Louis.

Sie holte mit der Axt aus. Louis fing sie ab, als sie von dem Anzug zwischen Hals und Schulter abprallte. Sie versuchte ihm ihre primitive Waffe wieder zu entreißen.

»Schauen Sie lieber dorthin«, sagte er und richtete den Laserstrahl auf das Kabel einer Lesemaschine. Das Kabel ging in Flammen auf und zerfiel funkensprühend in zwei Teile.

»Der Lyar-Clan wird dafür Ersatz leisten müssen!« schrie Harkabeeparolyn.

»Das kann ich nicht ändern. Ich möchte, daß Sie mir helfen,

eine Lesemaschine auf das Dach zu tragen. Ich dachte, ich müßte erst eine ganze Wand niederbrennen. Das ist eine bessere Lösung.«

»Ich werde Ihnen nicht helfen!«

Louis schnitt mit dem Laser durch eine Lesemaschine. Sie fiel auseinander und verbrannte. Der Gestank war entsetzlich. »Packen Sie mit an!«

»Vampir-Bumser!«

Die Maschine war verdammt schwer, und Louis wollte den Laser nicht loslassen. Er ging rückwärts die Treppe hinauf. Die Hauptlast ruhte auf Harkabeeparolyns Armen. Er sagte zu ihr: »Wenn Sie loslassen, müssen wir noch einmal umkehren und eine andere holen.«

»Idiot! . . . Sie haben bereits . . . das Kabel ruiniert!«

Er antwortete nicht.

»Was soll das ganze?«

»Ich versuche, diese Welt davor zu bewahren, daß sie mit ihrer Sonne zusammenstößt.«

Jetzt hätte sie die Maschine um ein Haar fallen lassen. »Aber – aber die Motoren! Sie hängen doch wieder alle an der Ringwelt-Mauer!«

»Also wußten Sie doch mehr, als Sie mir verraten wollten! Doch was auf der Ringmauer geschieht, ist zuwenig und zu spät. Die meisten Ihrer Raumschiffe kamen nicht mehr aus dem All zurück. Es sind nicht genügend Motoren vorhanden. Gehen Sie weiter!«

Als sie das Dach erreichten, erhob sich die Sonde ein Stück über dem Boden und ließ sich dann neben ihnen auf ihren Steuerdüsen nieder. Sie setzten die Maschine ab. Sie paßte nicht durch die Luke. Louis knirschte mit den Zähnen und schnitt den Schirm von der Maschine ab. Jetzt paßte sie.

Harkabeeparolyn schaute ihn nur an. Sie war zu erschöpft für weitere Kommentare.

Der Schirm berührte die leere Fläche, wo vorher der Molekularfilter gestanden hatte, und verschwand. Die zurückgebliebenen Eingeweide der Maschine waren viel schwerer. Louis schaffte es, wenigstens die eine Seite auf die leere Fläche zu heben, legte sich dann auf den Rücken und schob mit den Beinen nach, bis auch der Rest der Maschine verschwunden war.

»Der Lyar-Clan hat nichts damit zu tun«, klärte er die Bibliothekarin auf. »Sie wußten nicht, was ich vorhatte. Hier.« Er ließ ein Stück stumpfes schwarzes Tuch neben ihr zurück. »Der Lyar-Clan wird Ihnen sagen, wie Sie damit Wasserkondensatoren und andere alte Maschinen reparieren können. Damit können Sie die ganze Stadt von den Maschinen-Leuten unabhängig machen.«

Sie sah ihn mit entsetzten Augen an. Schwer zu sagen, ob sie ihm überhaupt zugehört hatte.

Mit den Füßen voran schob er sich in die Sonde.

Und mit dem Kopf voran tauchte er in der Ladebucht der *Heißen Nadel* auf.

DRITTER TEIL

KAPITEL 23

LETZTES ANGEBOT

Er befand sich in fast vollkommener Dunkelheit in einer großen hallenden Glasflasche. Durch die durchsichtigen Wände konnte er halb ausgeschlachtete Raumschiffe im Zwielicht erkennen. Die Sonde hing wieder an ihren Klammern an der Rückwand des Ladesraums, zwei Meter fünfzig über dem graugestrichenen Boden. Und Louis hing in der Sonde wie ein Ei in einem Eierbecher, in der Vertiefung, wo vorher der Deuterium-Filter befestigt gewesen war.

Louis schwang die Beine aus der Sonde, hielt sich mit beiden Händen fest und ließ sich fallen. Er war hundemüde. Nur noch eine letzte Komplikation, und dann konnte er sich ausruhen. Auf der anderen Seite der undurchdringlichen Wand konnte er die Schlafplatten erkennen . . .

»Gut.« Die Stimme des Hintersten kam von der Decke herunter. »Ist das der Leseschirm? Ich hätte nicht so etwas Sperriges erwartet. Mußtest du die Maschine in zwei Teile schneiden?«

»Ja.« Er hatte auch die Teile der Maschine hinunter auf den Boden geworfen. Zum Glück konnten Puppetiers ausgezeichnet mit Werkzeugen umgehen . . . »Ich hoffe, du hast auch noch eine Transportscheibe hier im Laderaum.«

»Richtig. Für Notfälle. Schau nach vorne links . . . *Louis!*«

Ein Stöhnen, das ein fast unirdisches Entsetzen verriet, drang aus dem Halbdunkel hinter seinem Rücken. Louis wirbelte herum.

Harkabeeparolyn kauerte in der Sonde an der Stelle, wo Louis vor Sekunden noch in hockender Stellung verharrt hatte. Ihre Hände krampften sich um den Kolben einer Schußwaffe. Ihre Lippen waren weit von den Zähnen zurückgezogen. Ihre Augen konnten keinen Ruhepunkt finden. Sie zuckten nach oben, nach links und nach rechts, und nirgends sah sie etwas Tröstliches.

Der Hinterste sprach mit monotoner Stimme: »Louis, wer ist dieses Wesen, das in mein Raumschiff eindringt? Ist es gefährlich?«

»Nein, du kannst beruhigt sein. Es ist nur eine verwirrte Bibliothekarin. Harkabeeparolyn, kehre in deine Bibliothek zurück.«

Ihr Stöhnen wurde lauter und höher. Plötzlich jammerte sie: »Ich kenne diesen Ort! Ich habe ihn im Kartenzimmer gesehen! Es ist der Raumschiffhafen, der sich außerhalb unserer Welt befindet. Luweewu, was bist du für ein Wesen?«

Louis deutete mit dem Handscheinwerfer-Laser auf sie. »Kehre in die Bibliothek zurück!«

»Nein! Du hast die Bibliothek bestohlen und ihr Eigentum zerstört. Aber wenn – wenn diese Welt vom Untergang bedroht ist, möchte ich helfen!«

»Wie willst du helfen, du verrücktes Ding? Hör zu. Du kehrst jetzt sofort wieder in die Bibliothek zurück. Stelle fest, woher die Unsterblichkeitsdroge kam, ehe die Städte auf die Erde stürzten. Das ist der Ort, den wir suchen. Wenn es eine Möglichkeit gibt, die Welt auch ohne die großen Motore wieder an die richtige Stelle zu rücken, werden wir sie nur dort finden.«

Sie schüttelte den Kopf. »Ich kann nicht . . . woher weißt du das alles?«

»Dort ist ihre Basis gewesen. Die Protekt . . . die Ringwelt-Ingenieure müssen in ihrer Nähe die Pflanzen kultiviert haben, die sie brauchten, um . . . tanj . . . es ist alles nur eine Vermutung. Reine Theorie. Tanj!« Louis griff sich mit beiden Händen an den Kopf. Er dröhnte wie eine große Trommel: »Ich habe das alles nicht gewollt! Ich wurde entführt!«

Harkabeeparolyn schwang sich aus der Sonde und ließ sich zu Boden fallen. Ihre blaue Robe war ganz naß vor Schweiß. Sie sah Halrloprillalar sehr ähnlich. »Ich kann dir helfen. Ich kann dir die Bänder vorlesen.«

»Dafür haben wir eine Maschine.«

Sie kam näher heran. Ihre Waffe zeigte zu Boden, als hätte sie vollkommen vergessen, was sie in der Hand hielt. »Wir sind selbst daran schuld, nicht wahr? Mein Volk baute die Steuermotoren dieser Welt aus und benützte sie für Sternenschiffe. Kann ich etwas tun, um dieses Unrecht wiedergutzumachen?«

Der Hinterste sagte: »Louis, die Frau kann nicht mehr in die Stadt zurück. Die Transportscheibe in der ersten Sonde ist immer noch ein Transmitter. Ist das, was sie in der Hand hält, eine Waffe?«

»Harkabeeparolyn, gib mir deine Waffe.«

Sie gehorchte. Louis hielt dieses seltsame Mordinstrument mit zwei Fingern vor sein Gesicht. Es schien ein Produkt der Maschinen-Leute zu sein.

Der Hinterste sagte:

»Trage die Waffe zur vorderen linken Ecke der Ladeducht. Dort befindet sich der Transmitter.«

»Ich kann ihn nicht sehen.«

»Ich habe ihn übermalt. Lege die Waffe in die Ecke, und kehre dann wieder in die Mitte des Laderaums zurück. Frau, du bleibst stehen, wo du bist!«

Louis tat, was der Hinterste ihm anschaffte. Die Waffe verschwand. Louis wäre um ein Haar die Bewegung entgangen, als die Waffe hinter dem Rumpf auf den Boden des Raumschiff-Hafens fiel. Der Hinterste hatte auch einen Transportscheiben-Empfänger außerhalb des Raumschiffes installiert.

Louis schüttelte den Kopf. Der Wahnsinn des Puppetiers hatte Dimensionen, die an die Gestalten der italienischen Renaissance erinnerten.

»Gut. Als nächstes . . . *Louis! Da ist noch einer!*«

Ein mit braunem Flaum bedeckter Schädel lugte aus der Sonde heraus. Es war der Junge aus dem Kartenzimmer, vollkommen nackt und noch naß von dem Bad im Wasserbecken auf dem Bibliotheksdach. Fast wäre er aus der Sonde gefallen, als er sich streckte, um sich neugierig umzusehen. Seine Augen waren groß wie Glasmurmeln. Er hatte genau das richtige Alter für Wundererscheinungen und Zauberei.

Louis brüllte: *»Hinterster! Schalte endlich die Transportscheiben ab!«*

»Das habe ich soeben getan. Ich hätte früher daran denken müssen. Wer ist das?«

»Ein Bibliothekars-Lehrling. Er hat einen sechssilbigen Namen, an den ich mich nicht mehr erinnern kann.«

»Kawaresksenjajok«, rief der Junge und lächelte. »Wo sind wir hier, Luweewu? Was tun wir hier?«

»Nur Finagle weiß das.«

»Louis! Ich möchte keine fremden Wesen in meinem Schiff haben!«

»Wenn du daran denkst, sie im Vakuum auszusetzen, schlag dir das aus den Köpfen. Ich werde das nicht zulassen.«

»Dann müssen sie im Laderaum bleiben. Du ebenfalls. Ich glaube, daß du das geplant hast – du und Chmeee. Ich hätte euch beiden nie trauen dürfen.«

»Das hast du auch nie getan.«

»Möchtest du das bitte wiederholen?«

»Wir werden hier verhungern.«

Es folgte eine längere Pause. Kawaresksenjajok ließ sich geschmeidig aus der Sonde auf den Boden hinunterfallen. Er und Harkabeeparolyn unterhielten sich jetzt im heftigen Flüsterton.

»Du darfst in deine Zelle zurückkehren«, meldete sich der Hinterste plötzlich. »Sie können hier im Laderaum bleiben. Ich lasse eine Transportscheiben-Verbindung offen, damit du sie mit Nahrungsmitteln versorgen kannst. Vielleicht hat die Sache auch eine gute Seite.«

»Wie bitte?«

»Louis, ich halte es für gut, daß wenigstens ein Paar von den Eingeborenen der Ringwelt überlebt.«

Die beiden Eingeborenen waren zu weit entfernt, um die Übersetzung mithören zu können. Louis sagte: »Du denkst doch hoffentlich nicht daran, aufzugeben, oder? Was auf diesen Lesebändern steht, könnte uns direkt zu dem geheimnisvollen Materieumwandlier bringen.«

»Ja, Louis. Und der Reichtum und die Zivilisation von mehreren Weltkarten im Großen Ozean befinden sich jetzt in der Gewalt von Chmeee. Vielleicht schützt uns noch die große Entfernung zwei oder drei Tage lang vor seiner Vergeltung. Aber nicht länger. Wir müssen bald von dieser Welt Abschied nehmen.«

Die beiden Eingeborenen blickten sich um, als Louis auf sie zuging. Er sagte: »Harkabeeparolyn, hilf mit noch einmal beim Tragen der Lesemaschine.«

Zehn Minuten später befanden sich die Spulen, die Konsole der Lesemaschine und der dazugehörige Schirm auf dem Flugdeck bei dem Puppetier. Harkabeeparolyn und Kawaresksenjajok warteten auf weitere Befehle.

»Ihr müßt beide noch eine Weile hierbleiben«, gab Louis den beiden Bescheid. »Ich weiß noch nicht genau, wie es weitergehen soll. Aber ich schicke euch Betten und etwas zu essen. Vertraut mir.« Er spürte die Blutwelle in seinem Gesicht, als er sich rasch abwandte und in die linke Ecke des Laderaumes trat. Gewissensbisse.

Einen Moment später war er wieder in seiner Zelle – mit seinem Schutzanzug, seiner Weste und allen anderen Habseligkeiten, die er bei sich trug.

Louis zog sich aus und bestellte sich einen ganz gewöhnlichen Schlafanzug mit der Wählscheibe. Schon fühte er sich besser. Er war müde, aber Harkabeeparolyn und Kawaresksenjajok mußten auch erst noch versorgt werden. Der Küchenapparat würde keine Decken für sie ausspucken. Er wählte vier große wattierte Ponchos mit Kapuzen und schickte sie mit der Transportscheibe in den Laderaum hinüber.

Dann kramte er in seinem Gedächtnis. Was hatte Halrloprillalar vor dreiundzwanzig Jahren gerne gegessen? Sie war ein Allesesser gewesen, hatte jedoch Frischwaren bevorzugt. Er stellte die Gerichte für die beiden zusammen. Durch die Zellenwand beobachtete er ihre skeptischen Gesichter, als sie die Speisen kosteten.

Er wählte für sich Walnüsse und einen erstklassigen Burgunder mit Stammbaum. Kauend und am Trinkgefäß nippend stellte er das Schlaffeld an, warf sich hinein und streckte sich im freien Fall aus, um nachzudenken.

Der Lyar-Clan würde für seinen Banditenstreich bezahlen müssen. Hatte Harkabeeparolyn das Superleiter-Tuch in der Bibliothek zurückgelassen, damit der Lyar-Clan den Schaden auch bezahlen konnte? Nicht einmal das wußte er.

Was mochte Valavirgillin in diesem Augenblick denken oder tun? Wahrscheinlich litt sie und bangte um das Schicksal ihrer Artgenossen, sorgte sich um die Zukunft dieser Welt und konnte nichts tun, um es abzuwenden. Sie litt, weil Louis Wu ihr die Augen geöffnet hatte. Die Frau und der Junge im Laderaum mußten inzwischen genauso verängstigt sein wie Valavirgillin . . . und wenn Louis Wu in den nächsten Stunden starb, würden sie ihn nicht lange überleben.

Das gehörte alles zu dem Preis, den sie bezahlen mußten. Sein eigenes Leben stand genauso auf dem Spiel wie ihres.

Schritt eins: Bringe den Scheinwerfer-Laser an Bord der *Heißen Nadel*. Das war geschehen.

Schritt zwei: Konnte die Ringwelt wieder in ihre richtige Lage gebracht werden? Die nächsten Stunden *mochten* den Beweis erbringen, daß das *nicht* möglich war. Alles hing von den magnetischen Eigenschaften des *Scrith* ab.

Wenn die Ringwelt aber gerettet werden konnte, dann mußt du fliehen.

Wenn die Ringwelt aber gerettet werden *konnte,* dann . . .

Schritt drei: Treffe eine Entscheidung. War es möglich, daß Chmeee und Louis Wu lebend in das bekannte Universum zurückkehren konnten? Falls nicht, dann . . .

Schritt vier: Meuterei.

Er hätte auch ein Stück von dem Superleiter-Tuch im Gebäude des Lyar-Clan zurücklassen müssen. Er hätte den Hintersten daran erinnern sollen, daß er rechtzeitig die Transportscheiben der Sonde abschalten mußte. Tatsächlich hatte Louis Wu sich in letzter Zeit sehr fahrlässig oder gedankenlos verhalten. Das wurmte ihn. Seine nächsten Schritte waren von geradezu universaler Bedeutung.

Aber jetzt wollte er sich von der kostbaren Zeit ein paar Stunden Schlaf stehlen . . . auf einen Diebstahl mehr oder weniger kam es ja jetzt nicht mehr an.

*

Stimmen, verschwommen und undeutlich. Louis bewegte sich unruhig, drehte sich im freien Fall und blickte um sich.

Hinter dem Heckschott führten Harkabeeparolyn und Kawaresksenjajok ein lebhaftes Gespräch mit der Raumschiffdecke. Für Louis klang das alles chinesisch. Er hatte seinen Übersetzer nicht bei sich. Doch die Städtebauer deuteten auf ein rechtwinkeliges Hologramm, das vor dem Rumpf des Raumschiffes schwebte und die Aussicht auf den Raumhafen blockierte.

Louis sah in diesem »Fensterausschnitt« den sonnenüberfluteten Burgfried eines aus Natursteinen errichteten Schlosses. Die Mauern waren klobig, aus grob zugehauenen Steinblöcken zusammengefügt. Das gab es viele Kanten und rechte Winkel. Die Fenster waren enge, senkrechte Schlitze. Ein Klettergewächs mit efeuartigen Blättern kroch an einer Burgwand hinauf. Die Blüten dieses Gewächses waren blaßgelb mit scharlachroten Adern.

Louis schob sich aus seinem Schlaffeld heraus.

Der Puppetier saß in seiner Pilotenbank auf dem Kommandodeck. Seine Mähne war heute ein rauchiges phosphoreszierendes Prachtgebilde. Er drehte einen Kopf zur Seite, als Louis sich der Schottwand näherte: »Louis, ich vermute, du hast dich einigermaßen erholt?«

»Ja, und das war auch dringend nötig. Gibt es Fortschritte?«

»Es ist mir gelungen, die Lesemaschine wieder instand zu setzen. Der Computer der *Heißen Nadel* ist jedoch noch nicht so tief in die Sprache der Städtebauer eingedrungen, daß er Lesebänder der Physik zu entziffern vermag. Ich hoffe, den Wortschatz des Computers zu vergrößern, indem ich mich mit den Eingeborenen unterhalte.«

»Wie lange wird das noch dauern? Ich muß ein paar grundsätzliche Fragen klären, die den Bauplan der Ringwelt betreffen.« Konnte der Boden der Ringwelt, dessen Fläche sechshundert Millionen mal Millionen Quadratmeilen betrug, dafür verwendet werden, die Position der Ringwelt elektromagnetisch zu beeinflussen? Wenn er das nur wüßte!

»Zehn bis zwanzig Stunden mußt du dich noch in Geduld fassen. Wir brauchen alle hin und wieder eine Ruhepause.«

Das dauert mir zu lange, dachte Louis, da ihnen die Reparaturmannschaft bereits auf den Pelz rückte. Zu schade. »Woher stammt das Hologramm? Aus dem Landungsboot?«

»Ja.«

»Können wir eine Botschaft an Chmeee durchgeben?«

»Nein.«

»Warum nicht? Er muß den Übersetzer bei sich tragen.«

»Ich beging den Fehler, aus disziplinarischen Gründen seinen Übersetzer abzuschalten. Er hat ihn jetzt nicht bei sich.«

»Was ist in ihn gefahren?« erkundigte sich Louis. *»Was sucht er denn in einer mittelalterlichen Burg?«*

Der Hinterste erwiderte: »Es ist zwanzig Stunden her, seit Chmeee die Weltkarte von Kzin erreichte. Ich sagte dir schon, daß er zunächst den Hafen erkundete und sich von den Flugzeugen der Kzinti unter Feuer nehmen ließ, ehe er auf dem großen Schiff landete und abwartete, bis den Angreifern die Munition ausging. Die Attacken dauerten sechs Stunden an, ehe Chmeee die Kampagne von sich aus abbrach und woanders hinflog. Ich wünschte nur, ich verstünde, was er damit zu gewinnen hofft, Louis.«

»Das weiß ich selbst nicht genau. Fahre fort.«

»Die Flugzeuge folgten ihm eine Weile, dann drehten sie wieder ab. Chmeee setzte seine Erkundungen fort. Er entdeckte gerodetes Land im Dschungelwald mit einer kleinen ummauerten Burg auf dem Gipfel eines Berges. Dort landete er im Burghof. Er wurde natürlich sofort angegriffen; aber die Verteidiger verfügten nur über Schwerter, Keulen, Pfeil und Bogen. Als sie sich alle um das Landungsboot versammelt hatten, schoß er sie mit der Betäubungskanone nieder. Und dann . . .«

»Moment mal!«

Ein Kzin tauchte in einem der Torbögen der Burgmauer auf, sprintete über graue Steinplatten und lief auf allen vieren auf das Hologramm-Fenster zu. Das mußte Chmeee sein. Er trug seinen Schutzpanzer. Ein Pfeil steckte in einem seiner Augen, ein langer hölzerner Schaft mit papierartigen Blättern als Stabilisatoren am Pfeilende.

Andere Kzinti verfolgten ihn, die Schwerter und Morgensterne über den Kopf schwangen. Aus einem schlitzartigen Fenster hagelten Pfeile herunter und prallten von seinem Panzer ab. Als Chmeee die Luftschleuse des Landungsbootes erreichte, schnitt ein Lichtfaden aus einem der Fenster. Der Laserstrahl schlug Flammen aus den Platten, mit denen der Hof gepflastert war. Dann richtete er sich auf das Landungsboot. Chmeee war bereits durch die Luftschleuse. Der Lichtstrahl zielte hartnäckig auf das Landungsboot und erlosch dann, als das geschlitzte Fenster in einer roten und weißen Flamme explodierte.

»Leichtsinnig«, murmelte der Hinterste, »so eine Waffe den Feinden zu überlassen!« Sein anderer Mund knabberte an den Schaltknöpfen. Er brachte jetzt die Bilder einer Bordkamera auf den Monitor. Louis sah, wie Chmeee die Luftschleuse dicht machte, dann zum Autodock taumelte, sich seinen Schutzpanzer vom Leib riß und auf den Boden warf. Das rechte Bein des Kzin hatte unter dem Panzer eine tiefe Fleischwunde. Chmeee stemmte den Deckel des Autodock hoch und ließ sich hineinfallen.

»Tanj! Er hat die Monitoren nicht eingeschaltet! Hinterster, wir müssen ihm helfen.«

»Aber wie, Louis? Wenn du versuchtest, ihn mit den Transportscheiben zu erreichen, würdest du auf mehrere Millionen Grad aufgeheizt. Zwischen deiner Geschwindigkeit und der des Landungsbootes . . .«

»Ja doch.« Der Große Ozean lag fünfunddreißig Grad hinter der Kurve der Ringwelt. Der Unterschied der kinetischen Energie reichte aus, um eine Stadt zu atomisieren. Es gab keine Möglichkeit, Chmeee zu helfen.

Chmeee lag blutend im Autodock.

Plötzlich schrie er auf und drehte sich auf die Seite. Seine dikken Finger drückten auf die Tasten des Autodock. Dann wälzte er sich auf den Rücken, griff nach oben und schloß den Deckel der Autodock-Box.

»Das ist immerhin etwas«, sagte Louis erleichtert. Der Pfeil war im spitzen Winkel in die Augenhöhle eingetreten. Möglicherweise konnte die Pfeilspitze doch noch das Gehirn beschädigt haben. »Er war verdammt leichtsinnig. Okay. Erzähle weiter.«

»Chmeee benützte die Betäubungskanone, um alle Bewohner

der Burg lahmzulegen. Dann verbrachte er drei Stunden damit, die bewußtlosen Kzinti auf die Repulsionsplatten zu legen und ins Freie zu schaffen. Er verriegelte die Tore. Dann ging er wieder in das Schloß hinein. Neun Stunden blieb er unsichtbar. Warum grinst du?«

»Brachte er auch betäubte Weibchen ins Freie?«

»Nein. Aha, ich verstehe jetzt.«

»Er hatte ein verdammtes Glück, daß er seinen Schutzanzug noch rasch genug anziehen konnte. Diese Fleischwunde am Bein beweist, daß er aus gewissen Gründen seinen Panzer ablegen mußte.«

»Mir scheint, daß Chmeee für mich keine Bedrohung bedeutet.«

Richtig. Er würde sich mindestens zwanzig bis vierzig Stunden im Autodock aufhalten müssen, überlegte Louis. Nun mußte Louis Wu seine Entscheidung ganz allein treffen. »Da gibt es ein paar Probleme, die wir mit ihm diskutieren sollten. Aber das ist ja jetzt nicht möglich. Hinterster, zeichne bitte unser folgendes Gespräch auf und schicke es auf Bandspeicher in das Landungsboot. Ich möchte, daß Chmeee unser Gespräch sofort überspielt wird, sobald er aufwacht.«

Der Puppetier griff hinter sich. Er schien die Kontrollkonsole anzuknabbern. »Erledigt. Was wolltest du mit mir diskutieren?«

»Chmeee und ich haben uns noch nicht zu dem Glauben durchringen können, daß du uns in das bekannte Universum zurückbringst oder daß du das überhaupt könntest.«

Der Puppetier betrachtete ihn aus zwei Richtungen. Seine flachen Köpfe waren so weit auseinandergegrätscht, daß er damit den optimalen binokularen Effekt erreichte. So konnte er seinen nicht ganz zuverlässigen Bundesgenossen oder gar seinen möglichen Gegner am besten studieren. Er fragte: »Warum sollte ich euch nicht in das bekannte Universum zurückbringen, Louis?«

»Erstens wissen wir zuviel. Zweitens hast du gar keinen Grund, zu einer Welt im bekannten Universum zurückzukehren. Mit oder ohne diesen märchenhaften Materieumwandler gibt es für dich nur einen Platz, wo du wirklich hin willst – die Flotte der Puppetier-Planeten.«

Im Hinterteil des Puppetiers zuckten die Muskeln ununterbrochen. (Das war das Bein, mit dem ein Puppetier kämpfte. Er drehte seinem Gegner den Rücken zu, zielte mit den beiden weit auseinanderliegenden Köpfen und – patsch!) Er sage: »Wäre das so schlimm für euch?«

»Es wäre immer noch besser, als hier auf der Ringwelt zurückzubleiben«, räumte Louis ein. »Aber *was* hast du wirklich vor?«

»Wir können euch das Leben so angenehm wie möglich machen. Du weißt, daß wir die Verjüngungsdroge für die Kzinti besitzen. Wir können dich auch mit der menschlichen Verjüngungsdroge versorgen. In der *Heißen Nadel* ist genug Platz für Hominiden und Kzinti-Weibchen. Tatsächlich haben wir bereits eine Frau an Bord, die zu der Rasse der Städtebauer gehört. Ihr würdet in dem Stasisfeld reisen, also ohne Platzprobleme. Und du könntest dich mit deinem Gefolge auf einem der vier Landwirtschaftsplaneten der Flotte niederlassen. Er würde dir praktisch gehören.«

»Und was passiert, wenn mir das Landleben zum Hals heraushängt?«

»Unsinn. Du hättest Zutritt zu den Bibliotheken deiner Heimatwelt. Zutritt zu den Kenntnissen, über die die Menschheit staunte, seit wir uns zum ersten Male ihnen offenbarten! Die Flotte bewegt sich fast mit Lichtgeschwindigkeit durch den Raum, um schließlich die Magellanschen Wolken zu erreichen. Mit uns wirst du dich vor der Explosion des galaktischen Kernes retten. Wahrscheinlich werden wir dich auch als Späher benötigen, der sich mit interessanten Territorien auf unserem Kurs beschäftigt.«

»Gefährlichen Territorien, wolltest du doch sagen.«

»Wenn dir dieser Ausdruck lieber ist?«

Louis reizte dieses Angebot mehr, als er sich eingestehen wollte. Wie würde Chmeee so eine Offerte aufnehmen? Seine Rache verschieben? Die Chance wahrnehmen, irgendwann in der Zukunft die Heimatwelt der Puppetiers zu schädigen? Oder deren angeborene Feigheit?

Er fragte:

»Ist dieses Angebot davon abhängig, daß wir diesen märchenhaften Materie-Umwandler finden?«

»Nein. Deine Talente werden so oder so gebraucht. Trotzdem . . . das Versprechen, das ich dir jetzt gebe, läßt sich natürlich unter dem Regime der Experimentalisten viel leichter erfüllen. Die Konservative Partei betrachtet deinen Wert möglicherweise in einem anderen Licht, von Chmeees Talenten einmal ganz abgesehen.«

Das war eine hübsche Umschreibung, dachte Louis. »Wenn wir schon von Chmeee reden . . .«

»Der Kzin ist ein Deserteur. Trotzdem gilt meine Offerte auch für ihn. Inzwischen hat er ein paar Kzinti-Weibchen gefunden, die wir vor dem Untergang retten können. Vielleicht kannst du ihn überreden, mein Angebot anzunehmen.«

»Hm – ja.«

»Und letztendlich wirst du deine Heimatwelten auf jeden Fall wiedersehen. In tausend Jahren wird das bekannte Universum die Puppetiers so gut wie vergessen haben. Inzwischen sind für dich nur Jahrzehnte vergangen, da du dich mit der Flotte der Puppetier-Welten fast mit Lichtgeschwindigkeit bewegst.«

»Ich brauche Bedenkzeit. Ich werde Chmeee deine Offerte übermitteln, wenn ich Gelegenheit dazu bekomme.« Louis blickte hinter sich. Die Städtebauer beobachteten ihn. Zu schade, daß er sich mit ihnen nicht beraten konnte, weil er auch ihr Schicksal besiegeln würde.

Aber er mußte sich entscheiden. »Was ich jetzt gerne täte«, fing Louis wieder an, »ist ein Sprung zum Großen Ozean. Wir könnten den Weg durch den Krater der ›Faust Gottes‹ nehmen und dann ganz langsam weiter . . .«

»Ich habe nicht die Absicht, die *Heiße Nudel* vom Fleck zu bewegen. Vermutlich gibt es auf der Ringwelt noch andere Gefahren als die Meteor-Abwehranlage. Schon sie reicht aus, um unsere Pläne zum Scheitern zu bringen!«

»Ich wette, ich kann dich umstimmen, Hinterster. Erinnerst du dich noch daran, daß du eine Hebevorrichtung auf der Ringmauer entdecktest, mit der man eine Bussard-Rammdüse bewegen kann? Schau dir diese Hebevorrichtung genauer an.«

Einen Moment lang war der Puppetier so starr, als hätte ihn der Schlag getroffen. Dann wirbelte er herum und verschwand hinter der undurchsichtigen Wand seiner Privatkabine.

Dort würde er vermutlich so lange bleiben, bis Louis seine Pläne verwirklicht hatte.

*

Louis konnte sich Zeit lassen. Er ging zu der Stelle, wo er gestern seine Kleider und seine Ausrüstung auf den Boden geworfen hatte. Er bückte sich und zog den Handscheinwerfer-Laser aus seiner Weste. Schade, daß sein Autodock sich im Landungsboot befand, hundert Millionen Meilen von ihm entfernt. Vielleicht brauchte er ihn bald.

Selbstverständlich war die Außenhaut des Rumpfes mit einer Schutzschicht gegen zu intensive Lichtquellen ausgestattet. Jedes Raumschiff hatte so eine Schutzschicht, vielleicht nicht überall, aber ganz bestimmt auf den Bullaugen und Fenstern. Wenn das Raumschiff mit einer zu hohen Lichtenergie überschüttet wurde, verwandelte sich die Schutzschicht in einen Spiegel und rettete dadurch das Sehvermögen des Piloten.

Diese Schutzschicht hielt solare Fackeln ab und auch Laserstrahlen. Wenn der Hinterste eine undurchdringliche Wand zwischen sich und seine gefangene Raumschiffbesatzung aufgerichtet hatte, hatte er sicherlich das gesamte Kommandodeck mit einer Strahlen-Schutzschicht überzogen.

Aber wie stand es mit dem Boden des Rumpfes?

Louis kniete sich nieder. Der Hyperdrive-Motor nahm die ganze Länge des Raumschiffes ein; er war bronzefarben, zeigte hier und da Kupfer- und Rumpfmetall-Abdeckungen. Es war eine Puppetier-Maschine ohne Ecken und scharfe Winkel, so daß sie einer halbgeschmolzenen Riesenkerze glich. Louis richtete den Handscheinwerfer-Laser auf die Maschine und schoß durch den durchsichtigen Boden.

Licht wurde gleißend von dem bronzefarbenen Gehäuse des Antriebes reflektiert. Metall löste sich in Dampf auf. Flüssige Metallbäche rannen über den Boden des Maschinenraumes.

Louis schnitt mit dem Laserstrahl tief in die Eingeweide des Antriebs hinein und bewegte dann den Strahl hin und her, um alles zu verbrennen oder zu zerschmelzen, das eine wichtige Funktion auszuüben schien. Schade, daß er sich niemals in seinem Leben mit Hyperraum-Aggregaten beschäftigt hatte.

Der Laser wurde heiß in seiner Hand. Er hatte ihn schon mehrere Minuten lang eingeschaltet. Er lenkte jetzt den Strahl auf eine der sechs Halterungen, die den Motor in seiner Vakuumkammer festhielten. Die Halterung schmolz nicht, sie wurde nur weich und zog sich auseinander. Er zielte jetzt mit dem Laser auf eine andere Halterung. Die schwere Masse des Motors sackte nach unten und verbog sich.

Der nadelscharfe Strahl flackerte und erlosch. Die Batterie war leer. Louis warf den Handscheinwerfer-Laser in eine Ecke. Er erinnerte sich daran, daß der Puppetier ihm sagte, er könne ihn in der Hand explodieren lassen.

Dann ging er zum Achterschott seines Käfigs. Der Puppetier war nicht in Sicht, aber alsbald hörte Louis das Geräusch einer Dampforgel, die offenbar in den letzten Zügen lag.

Und dann kam der Puppetier um die grüngestrichene Schutzwand herum und blickte ihn an. Alle Muskeln bewegten sich unter seiner Haut wie Gelatine.

»Komm«, sagte Louis Wu, »wir wollen jetzt tacheles miteinander reden.«

Der Puppetier steckte beide Köpfe unter seine Vorderbeine und sank zusammen wie ein Klappstuhl.

KAPITEL 24

GEGENVORSCHLAG

Louis Wu wachte diesmal mit klarem Kopf und großem Appetit auf. Er blieb noch ein paar Minuten im freien Fall, streckte dann die Hand zum Schalter aus und löschte das Schlaffeld. Seine Uhr sagte ihm, daß er sieben Stunden geschlafen hatte.

Die Gäste der *Heißen Nadel* schliefen unter einer der gewaltigen Kammern, die das Landungsboot während des Raumfluges an der Wand festhielten. Die weißhaarige Frau wälzte sich ruhelos hin und her. Ein nackter Fuß schaute aus dem Poncho heraus, in den sie sich eingewickelt hatte. Der Junge mit dem braunen Haarflaum schlief wie ein Baby.

Es gab für Louis keine Möglichkeit, die beiden zu wecken, und das hätte auch keinen Sinn gehabt. Die Wand schluckte jeden Schall, und der Übersetzer war abgeschaltet. Die Transportscheiben-Verbindung trug nur eine Last von wenigen Pfunden. Hatte der Puppetier tatsächlich eine allgemeine Verschwörung erwartet? Louis lächelte. Seine Meuterei war so simpel gewesen wie nur etwas.

Er wählte sich einen Käsetoast und verzehrte ihn, während er auf nackten Füßen zum Achterschott seiner Zelle ging.

In Ruhestellung glich der Hinterste einem glatten Ei, das mit Haut überzogen war. Nur am dickeren Ende schaute ein Büschel weißer Haare heraus. Seine Beine und seine Köpfe waren unter ihm versteckt. Er hatte sich seit sieben Stunden nicht mehr von der Stelle bewegt.

Louis hatte Nessus auch in dieser Stellung kennengelernt. Es war die Antwort eines Puppetiers auf einen Schock: dann steckte er die Köpfe in seinen Nabel und ließ das ganze Universum verschwinden. Gut und schön, aber neun Stunden waren die äußerste Grenze für so einen Zustand. Wenn der Puppetier durch Louis' Schockbehandlung in Katatonie versetzt worden war, konnte das für sie alle das Ende bedeuten.

Die Ohren des Puppetiers befanden sich in seinen Köpfen. Louis Worte mußten durch einen Berg von Fleisch und Knochen hindurch. Er schrie: »Ich möchte ein paar Anregungen zum Nachdenken geben!«

Der Puppetier bewegte sich nicht. Louis hob die Stimme zu einem schrillen Diskant: »Diese Welt stürzt ihrer Sonne entgegen. Wir könnten etwas dagegen unternehmen, aber solange du deinen Bauchnabel bespiegelst, ist das unmöglich. Niemand außer dir kann die Instrumente der *Heißen Nadel* bedienen – die Sensoren, die Antriebe et cetera. Das war auch deine Absicht gewesen. Wenn du also noch länger einen Klappstuhl kopieren willst, dann wirst du, ich und Chmeee mit jeder Minute näher an eine Katastrophe herankommen, die sich kein Astrophysiker entgehen lassen würde.«

Er schlang den Rest seines Toasts hinunter und wartete. Puppetiers waren hervorragende Linguisten und Meister in fast allen Fremdsprachen. Würde ein Puppetier den sprachlichen Köder annehmen, den Louis ihm hinwarf?

Tatsächlich brachte der Hinterste einen Kopf lange genug zum Vorschein, um zu fragen: »Was für eine Gelegenheit würde sich ein Astrophysiker nicht entgehen lassen?«

»Die Chance, Sonnenflecken von unten zu betrachten.«

Der Kopf verschwand wieder unter dem Bauch des Puppetiers.

Louis brüllte: »Der Reparaturtrupp kommt auf uns zu!«

Ein Kopf und ein Hals kamen wieder zum Vorschein und brüllten als Antwort zurück: »Was hast du uns angetan? Was hast du mir, dir selbst, den beiden Eingeborenen angetan, die sich vor dem Untergang ins All hätten retten können! Hattest du einen vernünftigen Gedanken außer der Absicht, aus blinder Zerstörungswut den Antrieb zu ruinieren?«

»Du hast es vor einiger Zeit selbst ausgesprochen. Eines Tages müssen wir uns entscheiden, wer diese Expedition leitet. Heute ist dieser Tag gekommen«, erwiderte Louis Wu. »Ich möchte dir jetzt erklären, warum du meine Befehle entgegennehmen sollst.«

»Ich hatte nie geahnt, daß ein Wonnestrom-Süchtiger auch Machtgelüste entwickelt.«

»Punkt eins, weshalb ich die Befehlsgewalt haben soll. Meine Vermutungen sind besser als deine.«

»Weiter.«

»Wir verlassen die Ringwelt nicht. Sogar die Flotte der Puppetier-Welten ist jetzt für uns unerreichbar, auch wenn sie langsamer als das Licht fliegt. Wenn die Ringwelt untergeht, gehen wir ebenfalls zugrunde. Wir müssen sie deshalb wieder in ihre richtige Lage bringen.

Drittens: Die Ringwelt-Ingenieure sind seit mindestens zweihundertfünfzigtausend Jahren tot«, fuhr Louis bedächtig fort.

»Chmeee nimmt sogar an, sie wären schon vor ein paar Millionen Jahren ausgestorben. Die Hominiden hätten sich nie entwickeln können, wenn die Ringwelt-Ingenieure noch am Leben wären. Auch Mutationen hätten sie niemals zugelassen. Die Ringwelt-Ingenieure waren Pak-Protekoren.«

Louis hatte eigentlich Schrecken, Entsetzen oder Überraschung bei dem Puppetier erwartet. Doch der Puppetier gab nur mit resignierter Stimme zurück: »Fremdenhasser, brutal, tükkisch, tapfer und sehr intelligent.«

Er mußte es also bereits vermutet haben.

»Meine Vorfahren«, erwiderte Louis, »sie bauten die Ringwelt und auch alle Systeme, die diesen Artefakten in seiner richtigen Lage erhalten sollten. Wer von uns beiden hat nun eine bessere Chance, so zu denken wie ein Pak-Protektor? Einer von uns muß diesen Versuch wagen.«

»Deine Argumente bedeuteten gar nichts, wenn du uns die Chance zur Flucht gelassen hättest. Louis, ich vertraute dir.«

»Ich möchte nicht glauben, daß du so dumm sein konntest. Wir haben uns nicht freiwillig für diese Expedition gemeldet. Kzinti und Menschen eignen sich nicht zu Sklaven.«

»Hast du noch ein Argument?«

Louis schnitt eine Grimasse. »Chmeee ist von mir enttäuscht. Er wollte dich zwingen, seinem Willen zu gehorchen. Wenn ich ihm sage, daß du meine Befehle entgegennimmst, wird das Eindruck auf ihn machen. Und wir brauchen ihn.«

»Ja, das stimmt. Vielleicht ist seine Art zu denken jener eines Pak-Protektors sogar ähnlicher als deine.«

»Nun?«

»Deine Befehle?«

Louis sagte jetzt dem Hintersten, was er tun sollte.

*

Harkabeeparolyn hatte sich auf den Bauch gewälzt und stand auf beiden Beinen, ehe sie Louis aus der Ecke des Laderaumes herauskommen sah. Dann duckte sie sich, gab einen entsetzten Laut von sich und verschwand wieder unter den Ponchos.

Was für ein seltsames Betragen. Städtebauer, für die der nackte Körper tabu war? Hätte Louis sich lieber etwas anziehen sollen? Er tat, was er für taktvoll hielt: er drehte ihr den Rücken zu und ging zu dem Jungen.

Der Junge saß an der Wand des Laderaumes und blickte hinauf auf das große, ausgeschlachtete Sternenschiff. Der Poncho, den er trug, war viel zu groß für ihn. »Luweewu«, fragte er, »wurden die Schiffe dort draußen von uns gebaut?«

»Ja.«

Der Junge lächelte: »Haben deine Leute auch so große Schiffe gebaut?«

Louis versuchte sich zu erinnern. »Unsere langsamen Frachter hatten fast die gleiche Größe. Wir brauchten so große Schiffe, ehe wir die Barriere der Lichtgeschwindigkeit überwanden.«

»Ist das Schiff, in dem wir uns befinden, dein Eigentum? Kann es schneller fliegen als das Licht?«

»Das konnte es. Jetzt nicht mehr. Ich glaube, daß die General-Products-Zellen Mark vier sogar noch größer waren als eure Schiffe. Aber wir haben nie solche Raumschiffe gebaut. Das waren die Erfindungen der Puppetiers.«

»War das ein Puppetier, mit dem wir gestern sprachen? Er erkundigte sich nach dir. Wir konnten ihm nicht viel von dir sagen.«

Harkabeeparolyn trat jetzt ebenfalls hinzu. Offenbar hatte sie mit ihrer blauen Bibliothekarsrobe ihre Fassung wiedergewonnen. Sie fragte: »Hat sich unser Status geändert, Luweewu? Gestern sagte man uns, daß du uns nicht besuchen dürftest.« Es kostete sie einige Mühe, ihm offen ins Gesicht zu sehen.

»Ich habe das Kommando übernommen«, sagte Louis.

»Einfach so?«

»Ich bezahlte einen Preis dafür.«

Die Stimme des Jungen mischte sich jetzt im Lautsprecher ein: »Luweewu? Wir fliegen!«

»Das ist schon okay.«

»Könntest du das Licht hier abstellen?«

Louis schaltete das Licht mit den Schallwellen seiner Stimme ab. Auch er fühlte sich jetzt wohler. Die Dunkelheit verdeckte seine Nacktheit. Harkabeeparolyns Verhalten war ansteckend.

Die *Heiße Nadel* erhob sich drei Meter über die Raumhafenrampe. Rasch, fast verstohlen, ohne Lichterscheinungen trieb das Raumschiff über den Rand der Welt und hinunter.

»Wo fliegen wir hin?« forschte die Frau.

»Unter die Welt. Wir werden unter den Großen Ozean fliegen.«

Aber sie schienen im Vakuum stehenzubleiben, während die Rampe mit dem Raumhafen lautlos nach oben fiel. Der Hinterste ließ das Schiff mehrere Meilen tief in das Vakuum stürzen, ehe er die Steuerdüsen einschaltete: die *Heiße Nadel* verzögerte und schob sich dann an der Unterseite der Ringwelt entlang.

Die Außenschale des Artefakten schob sich vor ihre Sichtluken und wurde zum Himmel. Unter ihnen lag ein Meer von Sternen, die viel heller waren, als die Eingeborenen der Ringwelt sie durch die Schichten ihrer Atmosphäre und dem Licht des Himmelsbogens hatten sehen können. Doch der Himmel über ihnen war absolute Dunkelheit. Die Außenschicht der Ringwelt, die aus geschäumtem *Scrith* bestand, reflektierte das Sternenlicht nicht.

Louis fühlte sich immer noch unbehaglich in seiner Nacktheit. »Ich gehe jetzt in meine Kabine zurück«, sagte er. »Warum kommt ihr nicht mit? Ich habe dort Kleider zum Wechseln, Essen in Hülle und Fülle und auch bessere Betten, wenn euch danach verlangt.«

*

Harkabeeparolyn kam als letzte mit der Transportscheibe in die Kabine und zuckte heftig zusammen. Louis lachte laut. Sie versuchte ihn wütend anzublicken, aber ihre Augen glitten zur Seite. *Nackt!*

Louis wählte sich einen Overall und bedeckte sich damit. »Ist es jetzt besser?«

»Ja, besser. Glaubst du vielleicht, ich sei übertrieben prüde?«

»Nein, ich glaube, daß ihr auf eurer Welt keine Klima-Steueranlage besitzt. Ihr könnt euch nicht überall im Freien nackt bewegen, also seid ihr nicht an den Anblick eines nackten Körpers gewohnt. Aber ich kann mich auch irren.«

»Du könntest recht haben«, erwiderte sie überrascht.

»Ihr habt gestern beide auf dem harten Boden geschlafen. Probiert mal das Wasserbett. Es ist groß genug für euch beide, und Chmeee benötigt es im Augenblick nicht.«

Kawaresksenjajok warf sich auf das mit Fellen überzogene Wasserbett. Er hüpfte darauf auf und ab, und die Wellen flossen unter dem Pelz nach außen. »Luweewu, das ist großartig! Als ob ich schwimmen würde, aber auf dem Trockenen!«

Harkabeeparolyn setzte sich mißtraurisch mit steifem Rücken auf das schwankende Bett. Mit fragendem Unterton sagte sie: »Chmeee?«

»Zwei Meter fünfzig groß und mit orangefarbenem Fell bedeckt. Er befindet sich im Augenblick auf einer . . . Mission im Großen Ozean. Wir holen ihn jetzt dort ab. Du könntest ihn dazu überreden, das Bett mit dir zu teilen.«

Der Junge lachte. Die Frau sagte: »Dein Freund muß sich einen anderen Spielgenossen suchen. Ich übe die Sitte des *Rishathra* nicht aus.«

Louis kicherte. (Aber im Hinterstübchen seines Verstandes dachte er: *tanj!*) »Chmeee ist fremdartiger, als du dir vielleicht vorstellst. Jedenfalls findet er genau so wenig Geschmack daran, mit dir *Rishathra* auszuüben wie an einer frischen Salatplatte. Wenn du bei ihm schläfst, bist du vollkommen sicher, außer er braucht das ganze Bett für sich, was durchaus möglich sein könnte. Du mußt nur aufpassen, daß du ihn nicht wachrüttelst. Oder du kannst auch die Schlafplatten benützen.«

»Schläfst du zwischen diesen Platten?«

»Ja.« Er erriet an dem zweifelnden Ton ihrer Stimme, was sie dachte. »Das Schlaffeld kann so eingestellt werden, daß zwei Körper sich nicht berühren.« (*Tanj!* Hemmte sie vielleicht die Gegenwart des Jungen?)

Sie sagte: »Luweewu. Es tut uns leid, daß wir dich mitten in einer wichtigen Mission gestört haben. Bist du nur in unsere Stadt gekommen, um unser Wissen zu stehlen?«

Die korrekte Antwort hätte *ja* lauten müssen. Louis' Erwiderung war keine Lüge: »Wir sind hier, um die Ringwelt zu retten.«

Nachdenklich sagte sie: »Aber wie kann ich . . .?« Und dann starrte sie auf eine Stelle hinter Louis' Rücken.

Der Hinterste wartete hinter dem Achterschott. Er sah hinreißend aus. Seine Klauen waren mit Silber überzogen, und seine Mähne bestand aus geflochtenen Gold- und Silbersträhnen. Das kurze blasse Haar, das seine übrigen Körperpartien bedeckte, war so sorgfältig gebürstet, daß es schimmerte wie Seide. »Harkabeeparolyn, Kawaresksenjajok, seid willkommen an Bord«, sang der Hinterste. »Wir benötigen dringend eure Hilfe. Wir sind von sehr weit hergekommen in der Hoffnung, eure Brüder und Schwestern und eure Welt vor einem feurigen Tod zu retten.«

Louis schluckte seinen Lachreiz hinunter. Glücklicherweise hatten seine Gäste nur Augen für den Pierson-Puppetier.

»Wo kommst du denn her?« fragte der Junge erstaunt. »Wie sieht deine Welt aus?«

Der Puppetier versuchte, ihm seine Welt zu erklären. Er sprach von Planeten, die fast mit Lichtgeschwindigkeit durch den Raum rasten – fünf Welten, die in einem Fünfeck angeordnet waren, als Kemplerer-Rosette. Künstliche Sonnen umkreisten vier dieser Welten, damit dort die Nahrungsmittel wuchsen für die Puppetiers, die den fünften Planeten bewohnten. Die fünfte Welt wurde nur von dem Licht ihrer Straßen und Gebäude erhellt. Die Kontinente strahlten in einem gelb-weißen Glanz, während die Meere als dunkle Masse die Zwischenräume ausfüllten. Isolierte gleißend helle Sterne, die von Nebelschwaden umgeben waren, waren schwimmende Fabriken, deren überschüssige Wärme das Wasser zum Kochen brachte. Die überschüssige Wärme der Industrieabwässer bewahrte die Welt vor der Kältestarre.

Der Junge vergaß beim Zuhören das Atmen. Nur die Bibliothekarin sagte leise zu sich selbst: »Er *muß* von den Sternen gekommen sein. Er gleicht keinem uns bekannten lebenden Wesen.«

Der Puppetier sprach von gigantischen Gebäuden, überfüllten Straßen und von Parkanlagen, der letzten Zuflucht der heimischen Tierwelt. Er sprach von dem Tansportscheiben-Verkehrssystem, mit dem man in wenigen Minuten um die ganze Welt gehen konnte.

Harkabeeparolyn schüttelte den Kopf. Ihre Stimme klang fast heftig: »Bitte, wir haben jetzt dafür keine Zeit. Es tut mir leid, Kawa! Wir wollen wirklich mehr davon wissen, müssen das sogar – aber diese Welt und diese Sonne stehen auf dem Spiel! Louis, ich hätte nie an dir zweifeln sollen. Was können wir tun, um bei der Rettung zu helfen?«

Der Hinterste sagte: »Du kannst mir vorlesen.«

*

Kawaresksenjajok lag auf dem Rücken und beobachtete die Rückseite seiner Welt, die über ihm vorbeirollte. Die *Heiße Nadel* flog unter einem konturlosen schwarzen Dach, in das der Hinterste zwei Hologramm-»Fenster« eingerichtet hatte. Das eine breite Rechteck zeigte einen leicht vergrößerten Ausschnitt; das andere Fenster untersuchte die Unterseite der Ringwelt mit infrarotem Licht. Im Infra zeigte sich die Unterseite des Tages immer noch heller als das vom Schatten der Nacht bedeckte Land. Und die Flüsse und Meere waren dunkel am Tag und hell in der Nacht.

»Wie die Rückseite einer Maske, verstehst du?« Louis sprach mit leiser Stimme, um Harkabeeparolyn beim Vorlesen nicht zu stören. »Siehst du dort die sich verzweigenden Nebenflüsse, wie sie hervorstehen wie Adern? Und die Meere zeigen sich hier als Kuppen oder Beulen. Dort haben wir eine Reihe von Vertiefungen – das ist eine Gebirgskette.«

»Sehen deine Welten auch so aus?«

»Oh, nein. Auf meinen Welten würde alles auf der Unterseite aus festem Material bestehen, und die Oberseite verdankt ihre Form dem Zufall. Hier wurde die Welt wie ein Relief gemeißelt. Hier haben die Meere alle die gleiche Tiefe, und sie sind so verteilt, daß es überall auf der Welt genügend Wasser gibt.«

»Diese Welt ist ein versenktes Relief?«

»Ja. Ich könnte sie mit nichts anderem vergleichen.«

»Luweewu, das klingt unheimlich. Wie muß man sich die Schöpfer dieser Welt vorstellen?«

»Sie dachten in großartigen Dimensionen, und sie liebten ihre Kinder. Ihre Gestalt glich einer Panzerrüstung.« Louis gab mit Absicht eine vage Beschreibung der Protektoren. Mehr wollte er nicht über sie sagen.

Der Junge deutete auf die durchsichtige Rumpfwand: »Was ist das?«

»Ich weiß nicht.« Es war eine Delle auf der Unterseite der Ringwelt, die mit Nebel gefüllt war. »Ich glaube, hier hat ein Meteor die Außenhaut durchschlagen. Auf der anderen Seite bildet sich ein Wirbelsturm.«

Der Leseschirm stand auf dem Kommandodeck, die Schirmseite war Harkabeeparolyn zugewandt. Der Hinterste hatte den Schaden repariert und ein geflochtenes Kabel an der Maschine befestigt, das mit seiner Steuerkonsole verbunden war. Harkabeeparolyn stand vor dem Schott und las laut vor. Der Schiffscomputer las gleichzeitig das Band ab, verglich es mit ihrer Stimme und seinem gespeicherten Wissen von Halrloprillalars Sprache. Diese Sprache mußte sich im Verlauf der Jahrhunderte gewandelt haben, aber nicht zu sehr, nicht in einer gebildeten Gesellschaft. Es stand zu hoffen, daß der Computer bald die Lesebänder selbst übersetzen konnte.

Was den Hintersten betraf, so hatte er sich in seine versteckte Privatkabine zurückgezogen. Das fremde Wesen hatte mehrere Schocks hintereinander erlebt. Louis gönnte ihm die Erholungspause für seine hysterischen Anfälle.

Die *Heiße Nadel* beschleunigte jetzt stetig. Die in das Bodenmaterial eingeprägte Landschaft glitt nun so rasch über dem Schiff dahin, daß man keine Einzelheiten mehr zu erkennen vermochte. Und Harkabeeparolyns Stimme klang etwas gepreßt. Höchste Zeit für eine Mittagspause, dachte Louis.

Dabei tauchte ein neues Problem auf. Louis wählte Filets Mignons, Bratkartoffeln, Briekäse und Französisches Weißbrot. Der Junge starrte das Menü entsetzt an. Auch die Frau machte entsetzte Augen, die allerdings auf Louis Wu gerichtet waren.

»Entschuldigung. Ich vergaß rechtzeitig daran zu denken, daß ihr Allesesser seid.«

»Allesesser, ja. Wir essen pflanzliche und tierische Produkte«, erwiderte die Bibliothekarin. »Aber wir essen kein verwestes Fleisch oder verdorbene Nahrungsmittel!«

»Regt euch nicht auf. Die Nahrungsmittel sind nicht mit Bakterien verseucht.« Ein abgehangenes Steak und Milch, die Schimmelpilzen ausgesetzt war . . . Louis warf die Teller mit dem Menü in die Toilette und wählte erneut. Früchte, *crudités*, dazu eine Schüssel mit Sauercreme, die ebenfalls wieder in die Toilette wanderte. Als Hauptgericht Meeresfrüchte, zu denen auch *sashimi* gehörten. Seine Gäste hatten noch nie in ihrem Leben einen Salzwasserfisch gegessen. Er schmeckte ihnen, aber er machte sie auch durstig.

Und daß sie Louis beim Essen zusehen mußten, machte sie unglücklich. Aber sollte er ihretwegen vielleicht hungern?

Doch es konnte geschehen, daß *sie* hungern mußten. Woher wollte er das frische rohe Fleisch für sie nehmen? Nun, natürlich aus der Seite des Nahrungsspenders, der für Chmeee reserviert war. Dann konnte er das Fleisch mit dem Laser braten, wenn er einen weiten Kegel mit hoher Intensität einstellte. Er mußte dem Hintersten befehlen, den Laser nachzuladen. Vielleicht würde sich der Puppetier zuerst weigern, dieser Aufforderung nachzukommen, wenn er daran dachte, wie Louis den Laser beim letzten Mal verwendet hatte.

Noch ein Problem: die Gäste nahmen vielleicht zuviel Salz mit der Nahrung auf. Louis wußte nicht, wie er dieses Problem lösen sollte. Vielleicht konnte der Hinterste die Mechanik des Nahrungsmittelspenders anderes einstellen.

Nach dem Essen kehrte Harkabeeparolyn wieder zu ihrem Platz vor dem Leseschirm zurück. Inzwischen raste die Schale der Ringwelt so rasch über ihnen dahin, daß sie nur noch einem schwarzen Tuch glich. Kawaresksenjajok bewegte sich mit der Transportscheibe ruhelos zwischen der Kabine und dem Laderaum hin und her. Auch Louis kam nicht zur Ruhe. Eigentlich hätte er studieren sollen: die Aufzeichnungen ihrer ersten Reise oder die Hologramme von Chmeees abenteuerlicher Erkundungsfahrt auf der Weltkarte von Kzin. Doch der Hinterste hatte sich in seinen Privatgemächern versteckt. Ohne ihn kam er an die Aufzeichnungen nicht heran.

Und dann entdeckte er noch einen Grund, weshalb er sich nicht zu konzentrieren vermochte.

Er war scharf auf die Bibliothekarin.

Er liebte ihre Stimme. Sie hatte stundenlang vorgelesen, und ihr Tonfall war noch genauso melodiös wie am Anfang. Sie sagte ihm, daß sie manchmal blinden Kindern vorlas: Kindern ohne Augenlicht. Louis wurde es ganz übel bei dem Gedanken an so ein Gebrechen. Er fühlte sich von ihrer Würde und ihrem Mut angezogen. Ihm gefiel die Art, wie sich ihr Körper unter ihrer Robe abzeichnete, und er suchte einen Blick auf ihre Nacktheit zu erhaschen.

Es war schon ein paar Jahre her, daß Louis sich in eine reinblütige menschliche Frau verliebt hatte. Harkabeeparolyn kam einer menschlichen Frau sehr nahe. Als der Puppetier endlich wieder auf dem Kommandodeck erschien, war Louis froh über diese Ablenkung.

*

Sie unterhielten sich leise auf Interworld, während Harkabeeparolyn mit lauter Stimme dem Computer die Lesebänder vorlas.

»Wo stammen sie nur her, diese Amateur-Mechaniker?« dachte Louis laut nach. »Wer könnte auf der Ringwelt die umfassenden wissenschaftlichen Kenntnisse besitzen, daß er in der Lage ist, die Steuerdüsen wieder einzuhängen? Es scheint ihnen aber trotzdem nicht klar zu sein, daß ihre Anstrengungen nicht ausreichen.«

»Laß sie in Ruhe«, sagte der Hinterste.

»Vielleicht *wissen* sie, daß die Düsen nicht ausreichen? Vielleicht ist es eine Verzweiflungstat dieser armen Tröpfe, weil ihnen nichts Besseres einfällt. Bleibt aber noch die Frage, woher sie sich ihre Ausrüstung besorgten. Sie könnte aus dem Reparaturzentrum stammen.«

»Wir haben schon genug Probleme, Louis. Laß diese Leute in Ruhe.«

»Diesmal glaube ich sogar, daß deine Empfehlung richtig ist. Aber ich kann meine Gedanken nicht daran hindern, sich mit diesem Problem zu beschäftigen. Teela Brown war im menschlichen Universum zur Schule gegangen. Technische Großbauwerke, die im All errichtet wurden, sind für sie nichts Neues gewesen. Sie mußte wissen, was es bedeutete, als die Sonne plötzlich ihren Standort veränderte.«

»Könnte Teela Brown so eine große technische Anstrengung überhaupt organisieren?«

»Möglicherweise nicht. Aber Sucher war damals ihr ständiger Begleiter. Vermutlich kennst du diesen Mann aus den Aufzeichnungen, die Nessus von der Expedition nach Hause brachte. Sucher war ein Eingeborener der Ringwelt und vermutlich unsterblich. Teela traf mit ihm zusammen. Dieser Eingeborene war zwar ein bißchen verrückt, aber durchaus befähigt, Arbeiten im großen Stil zu organisieren. Angeblich war er schon ein paarmal zum König gewählt worden, berichtet er uns.«

»Teela Brown war ein gescheitertes Experiment. Wir versuchten, ein glückliches menschliches Wesen heranzuzüchten in dem Glauben, daß ein Puppetier in ihrer Begleitung von ihrem Glück profitieren müsse. Vielleicht war Teela tatsächlich glücklich, doch dann hatte sich ihr Glück nicht als ansteckend erwiesen. Wir wollten nicht mehr mit Teela Brown zusammentreffen.«

Louis schüttelte sich. »Nein, gewiß nicht.«

»Dann müssen wir es auch vermeiden, die Aufmerksamkeit der Reparaturmannschaft auf uns zu lenken.«

»Füge folgendes Postscriptum dem Band hinzu, das du Chmeee überspielen wirst«, sagte Louis. »›Louis Wu wies mein Angebot zurück, sich als Asylant auf der Flotte der Puppetier-Welten niederzulassen. Louis Wu hat inzwischen das Kommando über die *Heiße Nadel* übernommen und den Hyperdrive-Antrieb zerstört.‹ Dieser Nachsatz wird ihm in die Knochen fahren.«

»Mich traf das bis ins Mark. Louis, meine Sensoren können das *Scrith*-Material nicht durchdringen. Du mußt noch eine Weile warten, bis ich ihm die Bootschaft schicken kann.«

»Wie lange wird es dauern, bis wir ihn erreichen?«

»Ungefähr vierzig Stunden. Ich habe bis auf tausend Meilen pro Sekunde beschleunigt. Bei dieser Geschwindigkeit benötigen wir mehr als fünf g, damit wir den Kurs halten können.«

»Wir können bis zu dreißig g vertragen. Du bist wieder einmal übervorsichtig.«

»Ich nehme deine Meinung zur Kenntnis.«

»Aber meine Befehle scheinst du kaum zur Kenntnis nehmen zu wollen«, erwiderte Louis heftig.

KAPITEL 25

DIE SAAT DES IMPERIUMS

Über der gewölbten Kabinendecke raste die Unterseite der Ringwelt vorbei.

Das war kein großartiger Anblick, nicht aus einer Entfernung von dreißigtausend Meilen und bei einer Geschwindigkeit von tausend Meilen pro Sekunde, zumal die Unterseite der Ringwelt mit einer Schaum-Schutzschicht überzogen war. Der Junge schlief schließlich auf dem orangefarbenen Fell des Wasserbettes ein. Louis starrte zur Unterseite der Ringwelt hinauf. Er hätte sonst zwischen seinen Schlafplatten schweben und sich das Hirn zermartern müssen, ob er sie nicht alle zum Untergang verurteilt hatte.

Endlich sagte der Hinterste zu der Städtebauer-Bibliothekarin: »Es reicht.«

Louis wandte den Blick von der geschäumten Unterseite der Ringwelt ab.

Harkabeeparolyn massierte sich den Hals. Sie sah zu, wie der Hinterste vier gestohlene Lesespulen durch die Lesemaschine jagte.

Diesmal dauerte es nur ein paar Minuten. »Jetzt ist es nur noch ein reines Computerproblem«, erklärte der Puppetier. »Ich habe die Fragen einprogrammiert. Wenn der Computer die Antworten in den Lesebändern findet, erfahren wir sie spätestens in zwei Stunden. Louis, was ist, wenn uns die Antworten nicht gefallen?«

»Ich möchte erst die Fragen hören.«

»Gibt es historische Nachweise von Reparaturarbeiten auf der Ringwelt? Falls ja, stammten die Maschinen für die Reparaturarbeiten aus einer einzigen Quelle? Fallen die Reparaturarbeiten an bestimmten Orten häufiger an? Ist ein bestimmter Bereich der Ringwelt besser erhalten als die übrigen Bereiche des Artefakten? Ziehe alle Textstellen heraus, die sich auf Pak-Protektoren oder ähnliche Wesen beziehen. Ändert sich Stil und Aussehen von Rüstungen mit der Entfernung von einem zentralen Punkt? Welche magnetischen Eigenschaften hat der Ringweltboden und das *Scrith*-Material im allgemeinen?«

»Gut.«

»Habe ich etwas ausgelasen?«

». . . Ja. Wir wollen den vermutlichen Ursprung der Unsterblichkeitsdroge finden. Wahrscheinlich ist es der Große Ozean, aber fragen wir trotzdem den Computer.«

»Okay. Warum der Große Ozean?«

»Oh, zum einen, weil er so auffällig ist. Und zweitens, weil wir nur ein einziges überlebendes Resultat der Unsterblichkeitsdroge fanden, nämlich Halrloprillalar. Wir fanden sie in der Nachbarschaft des Großen Ozeans.« *Und drittens, weil wir dort notlandeten,* dachte Louis. *Das Glück von Teela Brown beeinflußt die Gesetze der Wahrscheinlichkeit. Teelas Glück kann uns schon beim erstenmal direkt zum Reparaturzentrum gebracht haben, nur wußten wir das nicht.* »Harkabeeparolyn? Meinst du, daß wir etwas vergessen haben?«

Ihre Stimme klang heiser: »Ich begreife überhaupt nicht, was ihr beide miteinander besprecht.«

Wie sollte er ihr das erklären? »Unsere Maschine kann alles im Gedächtnis behalten, was auf deinen Lesebändern steht. Wir befehlen ihr, in ihrem Gedächtnis die Antworten auf bestimmte Fragen zu suchen.«

»Fragt die Maschine, wie wir die Ringwelt retten können.«

»So allgemein dürfen wir diese Frage nicht stellen. Die Maschine kann sich zwar erinnern, vergleichen und zusammenrechnen; aber sie kann nicht selbständig denken. Dafür ist sie nicht groß genug.«

Die Bibliothekarin schüttelte den Kopf.

»Und wenn die Antworten, die wir bekommen, falsch sind?« sagte der Hinterste. »Wir können nicht mehr von dieser Welt fliehen.«

»Dann werden wir einen anderen Ausweg suchen.«

»Ich habe darüber nachgedacht. Wir müssen in eine polare Umlaufbahn um die Sonne fliegen, um das Risiko, von einem Fragment der explodierenden Ringwelt getroffen zu werden, auf ein Minimum zu beschränken. Ich werde die *Heiße Nadel* im Stasisfeld einbetten und dann auf Rettung warten. Die Möglichkeit, daß wir gerettet werden, ist natürlich außerordentlich gering. Aber immerhin ist diese Chance besser als das, was uns jetzt droht.«

Es konnte sein, daß sie diese Anregung des Hintersten aufgreifen mußten, dachte Louis. »Schön. Wir haben immerhin noch zwei Jahre Zeit, etwas Besseres zu finden.«

»Weniger als das. Wenn . . .«

»Halt deine Schnäbel.«

*

Die erschöpfte Bibliothekarin ließ sich auf das Wasserbett fallen. Das imitierte Kzin-Fell bewegte sich wellenartig unter ihr. Sie blieb einen Moment ganz steif liegen und bewegte sich dann vorsichtig auf den Rücken. Das Fell begann wieder zu schwanken. Endlich gab sie ihren Widerstand auf und ließ sich von den Wellen des Wasserbettes tragen. Kawaresksenjajok murmelte etwas im Halbschlaf und drehte sich dann auf die andere Seite.

Die Bibliothekarin sah außerordentlich attraktiv aus. Louis unterdrückte den Impuls, sich zu ihr auf das Wasserbett zu legen. »Wie fühlst du dich?«

»Furchtbar müde. Und niedergeschlagen. Werde ich in meinem Leben noch einmal meine Heimat sehen? Wenn das Ende kommt – wenn es kommt – würde ich es gerne auf dem Dach der Bibliothek erwarten. Aber die Blumen werden bis dahin längst verbrannt sein, nicht wahr? Entweder verbrannt oder erfroren.«

»Ja.« Louis war gerührt. Ganz bestimmt würde er seine Heimat nie wiedersehen. »Ich werde versuchen, dich in die Stadt zurückzubringen. Aber jetzt brauchst du unbedingt deinen Schlaf. Und eine Rückenmassage.«

»Nein.«

Seltsam. Gehörte Harkabeeparolyn nicht zu den Städtebauern, zu Halrloprillalars Artgenossen, die vor allem mit ihrem Sex-Appeal die Ringwelt beherrscht hatten? Manchmal war es nicht einfach, sich daran zu erinnern, daß die Individuen einer fremden Rasse auch so verschieden ausfallen konnten wie bei den Menschen.

Er sagte: »Mir scheint, daß die Angehörigen des Bibliotheks-Clans sich eher wie Priester, denn als Wissenschaftler gebärdeten. Habt ihr ein Gelübde der Enthaltsamkeit abgelegt?«?

»Während wir in der Bibliothek arbeiten, gilt für uns das Gebot der Enthaltsamkeit. Aber ich habe mich freiwillig für die Enthaltsamkeit entschlossen.« Sie stemmte sich auf einem Ellenbogen hoch, um ihn ansehen zu können. »Wir lernen in der Schule, daß alle anderen Spezies sich darum reißen, *Rishathra* mit den Städtebauern zu treiben. Gilt das auch für dich?«

Er gab es zu.

»Ich hoffe, du kannst dich beherrschen.«

Er seufzte. »Oh, tanj, ja. Ich bin tausend *Falans* alt. Ich hatte genug Zeit, zu lernen, wie ich mich von solchen Dingen ablenken kann.«

»Wie?«

»In der Regel suche ich mir eine andere Frau.«

Die Bibliothekarin lachte nicht über seine Antwort. »Und wenn eine andere Frau nicht verfügbar ist?«

»Oh . . . dann treibe ich Leibesübungen bis zur Erschöpfung. Ich betrinke mich mit dem Zeug, das ihr ›Treibstoff‹ nennt. Gehe auf eine Sabbats-Reise, fliege in einem Ein-Mann-Raumschiff in den interstellaren Raum. Oder ich suche mir irgendein anderes Vergnügen, das mich zerstreut. So ein Vergnügen kann sogar die Arbeit sein.«

»Du solltest dich nicht betrinken«, sagte sie, und damit hatte sie vollkommen recht. »Was für eine Zerstreuung stünde dir sonst noch offen?«

Der Wonnestrom-Stecker! Ein kleiner Stromstoß, und es würde ihm egal sein, ob sich Harkabeeparolyn vor seinen Augen in grünen Schleim verwandelte. Warum sollte es ihn jetzt stören, wenn das geschah? Er bewunderte sie nicht . . . nun, vielleicht doch, eine winzige Kleinigkeit. Aber sie hatte ihre Heldenrolle bereits ausgespielt. Er konnte die Ringwelt retten oder untergehen sehen, ohne daß es ihrer weiteren Hilfe bedurfte.

»Trotzdem wirst du deine Massage bekommen«, sagte er. Er machte absichtlich einen weiten Bogen um sie herum, ehe er einen Hebel an der Schalttafel des Wasserbettes umlegte. Harkabeeparolyn sah ihn überrascht an, lächelte dann und legte sich entspannt zurück, als die sonaren Vibrationen in ihrer wassergefüllten Unterlage sich auf ihren Körper übertrugen. In ein paar Minuten war sie eingeschlafen. Er stellte die Zeituhr so ein, daß die Massage in zwanzig Minuten aufhörte.

Dann brütete er vor sich hin.

Wenn er nicht ein Jahr mit Halrloprillalar verbracht hätte, würde er Harkabeeparolyn mit ihrem Kahlkopf, der platten kleinen Nase und den Messerrücken-Lippen bestimmt nicht attraktiv gefunden haben. Ganz im Gegenteil. Aber er hatte nun einmal ein Jahr mit Halrloprillalar zusammengelebt . . .

Er hatte dort Haare, wo kein Städtebauer behaart war. Lag es daran? Oder an dem Geruch seiner Mahlzeiten und seines Atems? Oder an einem sozialen Signal, von dem er keine Kenntnis hatte?

Ein Mann, der ein Puppetier-Raumschiff in seine Gewalt gebracht hatte, sein Leben auf die Chance setzte, daß er Billiarden andere Lebewesen retten konnte, der das non plus ultra aller Drogensüchte überwunden hatte, sollte sich doch nicht von so einer Lächerlichkeit aus dem Konzept bringen lassen, daß er auf eine attraktive Zimmergenossin scharf war. Er brauchte sich doch nur ein paar Minuten an den Wonnestrom zu hängen, um zu erkennen, wie lächerlich seine Leidenschaft für dieses Wesen war.

Ja.

Louis ging bis zur Wand, die ihn vom Kommandostand trennte: »Hinterster!«

Der Puppetier trottete aus seiner Kabine ins Blickfeld.

»Ich möchte alle Aufzeichnungen über die Pak-Protektoren haben. Die Interviews und medizinischen Gutachten von Jack Brennan, die Forschungsberichte von der Obduktion des Pak-Leichnams – alles, was du an Unterlagen hast.«

Er würde es mit der Arbeit versuchen.

*

Louis Wu verharrte im schwebenden Zustand zwischen den Schlafplatten in der Lotusstellung. Sein Gewand bauschte sich schwerelos um seinen Körper. Auf dem Schirm, der bewegungslos vor dem durchsichtigen Rumpf der *Heißen Nadel* verharrte, hielt ein längst verstorbener Mann eine Vorlesung über die Ursprünge der Menschheit.

»Protektoren verfügen über einen sehr kleinen Spielraum des freien Willens«, erklärte er gerade. »Wir sind zu intelligent, um nicht auf Anhieb die richtigen Lösungen zu erkennen. Außerdem gibt es ja noch Instinkte. Wenn ein Pak-Protektor keine lebenden Nachkommen hat, stirbt er in der Regel. Er hört einfach auf zu essen. Manche Protektoren können sich auf ein Ideal einstellen und finden dann einen Weg, ihrer ganzen Rasse einen Dienst zu leisten. Und das erhält sie am Leben. Ich glaube, das fiel mir leichter als Phssthpok.«

»Welches Ideal haben Sie gefunden? Was für einen Grund hatten Sie, die Nahrung nicht zu verweigern?«

»Ich wollte Sie vor den Pak-Protektoren warnen.«

Louis nickte zustimmend. Er erinnerte sich an die Autopsiedaten der Protektoren-Leiche. Phsthpoks Gehirn war viel größer gewesen als das eines Menschen, aber die Schwellungen hatten nicht die vorderen Gehirnlappen eingeschlossen. Jack Brennans Schädel sah aus, als wäre er in der Mitte eingedrückt, weil sich die Stirn beim Menschen anders entwickelte und der hintere Teil der Schädelpartie sich nach oben wölbte wie ein Ballon.

Brennans Haut hatte eine stark gefurchte lederartige Konsistenz angenommen. Seine Gelenke waren abnorm geschwollen. Seine Lippen und Gaumen hatten sich zu einem harten Schnabel vereinigt. Doch das alles schien den so dramatisch veränderten Minenunternehmer kaum zu stören.

»Alle Symptome des Alterungsprozesses gehören zu den Resterscheinungen der Metamorphose vom Brüter zum Protektor«, berichtete er einem schon lange toten ARM-Untersuchungsrichter. »Die Haut wird dicker und wirft Falten. Sie muß sich so verwandeln, damit sie hart wird wie ein Panzer, von dem ein Messer abprallt. Man verliert auch die Zähne, damit Platz wird für den Härtungsprozeß des Gaumens. Das Herz kann in seiner Leistung nachlassen, denn bei der Metamorphose wächst ja ein zweites Zwei-Kammern-Herz in der Lendengegend nach.«

Brennans Stimme klang wie eine Raspel: »Die Gelenke dehnen sich aus, um eine größere Fläche für die Muskeln zu bieten und die Glieder mit größerer Hebekraft auszustatten. Damit wächst auch die physische Kraft des Protektors. Aber das alles funktioniert nicht reibungslos ohne die Lebensbaum-Pflanze, und seit drei Millionen Jahren ist auf der Erde kein Lebensbaum mehr gewachsen . . .«

Louis zuckte zusammen, als ihn etwas am Ärmel zupfte. »Luweewu? Ich habe Hunger.«

»Okay.« Das Studieren der Bänder hatte ihn sowieso schon ermüdet. Zudem kamen keine neuen Erkenntnisse heraus.

Harkabeeparolyn schlief noch. Der Geruch des unter dem Laserkegel kochenden Fleisches weckte sie. Louis wählte ein paar Früchte und gekochtes Gemüse für die beiden und zeigte ihnen dann, wo sie die Speisen, die sie nicht mochten, wieder hineinwerfen mußten.

Er nahm seine Mahlzeit hinüber in dem Laderaum.

Ihm war es unangenehm, daß das Schicksal anderer von ihm abhing, obwohl die Abhängigkeit seine Schuld war. Aber er konnte ihnen nicht einmal beibringen, sich selbst ihr Essen zu wählen. Die Tasten waren in Interworld und der Sprache des Kzin beschriftet.

Gab es wenigstens eine Beschäftigungstherapie für die beiden?

Morgen. Bis dahin würde ihm etwas einfallen.

*

Inzwischen wurde auch der Computer produktiv und spuckte die Antworten auf die gestellten Fragen aus. Der Hinterste war mit der Auswertung beschäftigt. Als Louis den Puppetier einen Moment von der Arbeit ablenken konnte, bat er ihn um die Aufzeichnung von Chmeees Invasion in der Burg.

Die Burg lag auf der Spitze eines Felsens. Herden schweineähnlicher Tiere, die gelb und orange gestreift waren, weideten das fahle Gras im Tal unter dem Felsen ab. Das Landungsboot umkreiste die Burg und landete dann in einem Schauer von Pfeilen im Burghof.

Ein paar Minuten lang geschah gar nichts.

Dann schossen orangefarbene Blitze aus den gewölbten Torwegen der Burg heraus. Sie bewegten sich viel zu schnell, als daß man zu erkennen vermochte, wie sie aussahen.

Dann lagen sie flach wie Teppiche unter dem Rumpf des Landungsbootes, primitive Waffen in ihren Pranken. Das waren Kzinti, aber sie schienen irgendwie verzerrt zu sein. In einer Viertelmillion Jahre hatten sie sich ganz anders entwickelt.

Harkabeeparolyn sagte hinter Louis' Schulter: »Sind das die Artgenossen deines Freundes?«

»Sie sind ihm sehr ähnlich. Nur scheinen sie etwas kleiner und ein wenig dunkler gefärbt zu sein. Auch der Unterkiefer kommt mir kräftiger vor.«

»Er ließ dich im Stich. Warum zahlst du ihm das nicht mit gleicher Münze heim?«

Louis lachte. »Weshalb? Damit du ein eigenes Bett hast? Wir befanden uns in Lebensgefahr, als ich mich von einem Vampir verführen ließ. Das war für ihn eine schreckliche Enttäuschung. Chmeee ist der Auffassung, daß *ich ihn* im Stich gelassen habe.«

»Kein Mann und keine Frau können einem Vampir widerstehen.«

»Chmeee ist kein Mensch. Er würde weder mit einem Vampir noch mit einem menschenähnlichen Wesen *Rishathra* treiben.«

Noch mehr Tigerwesen kamen jetzt aus der Burg heraus, um sich unter dem Landungsboot auf die Lauer zu legen. Zwei von ihnen trugen einen mit Rost überzogenen Metallzylinder. Ein Dutzend Katzen krochen zum Eck des Landungsbootes.

Der Zylinder löste sich in einer gelbweißen Stichflamme auf. Das Landungsboot glitt zwei Meter zur Seite. Die Kzinti warteten und krochen dann zu der Stelle zurück, wo der Zylinder gestanden hatte, um das Ergebnis nachzuprüfen.

Harkabeeparolyn schauerte zusammen. »Diese Wesen sehen aus, als hätten sie Lust auf mein Fleisch, nicht auf *Rishathra*.«

Louis erwiderte gereizt: »Möglich. Aber ich kann mich noch an eine Zeit erinnern, als Chmeee fast starb vor Hunger, und er versuchte nie, mich anzurühren. Hattet ihr denn keine Fleischfresser in eurer Stadt?«

»Ja, die hatten wir.«

»Und in der Bibliothek?«

Zunächst dachte er, sie wollte ihm nicht antworten. (Mit Pelz bedeckte Gesichter zeigten sich an vielen Fensterschlitzen. Die Explosion hatte dem Landungsboot keinen sichtbaren Schaden zugefügt.) Dann sagte sie: »Ich war eine Weile lang ein Mitglied des Panth-Clans.« Sie wich seinem Blick aus.

Einen Moment lang verstand er nicht. Dann fiel es ihm wieder ein: Das Panth-Gebäude. Gebaut wie eine Zwiebel, deren Spitze nach unten wies. Die Reparaturarbeiten am Wasserkondensator. Der Anführer des Clans wollte ihm den Lohn mit Sex bezahlen. Geruch von Vampiren in den Korridoren.

»Hattest du *Rishathra* mit Fleischessern?«

»Mit Hirten, dem Gras-Volk, den Hängeleuten und dem Nacht-Volk. Das vergißt man nicht so rasch.«

Louis schwieg eine Weile. »Auch mit den Nacht-Wesen? Kobolden?«

»Die Nacht-Wesen sind für uns sehr wichtig. Sie sind Meldegänger für die Stadt und für die Maschinen-Leute. Sie halten den Rest der Zivilisation zusammen, und deshalb müssen wir uns mit ihnen gut stellen.«

»Aha.«

»Aber dann . . . Luweewu, die Nachtjäger haben einen sehr empfindlichen Geruchssinn. Sie flüchten sofort, wenn sie einen Vampir wittern. Man befahl mir, mit einem Nachtjäger *Rishathra* zu treiben. Aber ich durfte mich nicht mit dem Vampir-Parfüm bestäuben. Also bat ich um meine Versetzung in die Bibliothek.«

Louis dachte an seine Begegnung mit Mar Korssil. »Sie wirkten nicht abstoßend auf mich.«

»Aber wenn man *Rishathra* mit ihnen treibt, ist das eine andere Sache. Wer keine Eltern hat, muß eine Gesellschaftssteuer bezahlen, ehe er sich paaren und einen Haushalt errichten kann. Ich verlor mein Steuerguthaben, als ich mich versetzen ließ. Und die Versetzung ließ auch eine Weile auf sich warten.« Sie sah ihm jetzt wieder in die Augen. »Es war nicht sehr angenehm. Doch andere Begegnungen waren auch nicht besser. Sobald die Wirkung des Vampir-Parfüms nachläßt, wird die Erinnerung zu einem Alptraum. Die Gerüche, das Blut an den Lippen eines Nachtjägers, der Aasgeruch der Nachtwesen – all das bleibt im Gedächtnis haften.«

»Aber du bist jetzt weit entfernt vom Gebäude des Panth-Clans«, sagte Louis.

Die Tigerwesen unter dem Landungsboot versuchten aufzustehen. Sie taumelten. Dann lagen sie alle schlafend auf der Erde. Zehn Minuten später öffnete sich die Luftschleuse. Chmeee stieg das Fallreep hinunter, um die Burg seinem Willen zu unterwerfen.

*

Es dauerte sehr lange, bis der Hinterste wieder auf dem Flugdeck erschien. Er sah müde und ungekämmt aus. »Offenbar hattest du mit deiner Vermutung recht«, sagte er. »Der *Scrith* enthält nicht nur ein magnetisches Feld, sondern die gesamte Ringwelt-Struktur ist mit Superleiter-Kabeln durchzogen.«

»Das ist eine gute Nachricht«, erwiderte Louis. Ihm schien ein Stein vom Herzen zu fallen. »Das ist großartig! Aber woher konnten die Städtebauer das wissen? Ich traue ihnen nicht zu, daß sie das *Scrith*-Material aufbohrten, um nach Superleitern zu suchen.«

»Nein. Sie stellten Magnete für Kompasse her. Damit spürten sie das Netzwerk der Superleiter im Ringweltboden auf, das in einem hexagonalen Muster verlegt ist, dessen Durchmesser fünfzigtausend Meilen beträgt. Das half ihnen, Karten der Ringwelt herzustellen. Aber Jahrhunderte vergingen, ehe die Städtebauer so viel Physik beherrschten, um die Ursache dieser Magnetlinien zu erkennen. Diese Erkenntnis führte dann bei ihnen zur Entwicklung eigener Superleiter.«

»Die Bakterien, die ihr auf dem Artefakten ausgesät habt . . .«

»Sie können nicht an das Superleiter-Netz heran, das im *Scrith* vergraben ist. Ich weiß natürlich, daß der Boden der Ringwelt nicht immun ist gegen Meteoriten bestimmter Größe. Wir können nur hoffen, daß die Meteoreinschläge das Superleiter-Netz nicht zerstörten.«

»Die Chance, daß das Netz heil geblieben ist, besteht durchaus.«

Der Puppetier dachte eine Weile nach und sagte dann: »Louis, suchen wir immer noch das Geheimnis der Materie-Umwandlung?«

»Nein.«

»Aber das wäre die Lösung für alle unsere Probleme«, erwiderte der Hinterste. »Der Materie-Umwandler muß gigantische Ausmaße gehabt haben. Es ist viel leichter, Materie in Energie zu verwandeln, als Materie in andere Materie. Nehmen wir an, wir feuern unter der Ringwelt an einem Punkt, der am weitesten von ihrer Sonne entfernt ist, eine Materie-Umwandlungs-Kanone ab, wie ich das Gerät bezeichnen möchte. Die Reaktion dieser Entladung würde die Ringwelt wieder in ihre ursprüngliche Lage versetzen. Selbstverständlich würde das nicht ganz problemlos ablaufen. Die Schockwelle würde viele Eingeborene töten, aber viele würden auch am Leben bleiben. Die Schutzschicht aus *Scrith*-Schaum, die dabei verbrennen würde, könnte später wieder aufgetragen werden. Warum lachst du?«

»Du bist ein brillanter Denker. Nur hat das Ganze einen Haken. Wir haben keinen Grund anzunehmen, daß eine Materie-Umwandlungskanone jemals auf der Ringwelt existierte.«

»Ich kann dir nicht ganz folgen.«

»Halrloprillalar hat Nessus einen Bären aufgebunden. Sie beichtete uns das später. Und woher wollte sie denn wissen, auf welche Weise die Ringwelt entstanden war? Ihre Vorfahren waren noch primitive Affen, als der Artefakt erschaffen wurde.« Louis sah, wie der Puppetier seine Köpfe einzog und rief: »Ich möchte jetzt keine hysterischen Anwandlungen erleben! Dafür haben wir keine Zeit.«

»Aye, aye.«

»Was hast du noch herausgefunden?«

»Wenig genug. Die Analyse des *Scrith* ist noch nicht vollständig. Und mit dem Märchen von dem Großen Ozean kann ich nichts anfangen. Damit mußt du dich befassen.«

»Morgen.«

*

Geräusche, die zu leise waren, um einen Sinn zu ergeben, hielten ihn wach. Louis drehte sich im Dunkeln und im freien Fall um.

Das Licht reichte aus, daß er das Wasserbett sehen konnte. Kawaresksenjajok und Harkabeeparolyn lagen sich in den Armen und flüsterten sich gegenseitig etwas ins Ohr. Louis' Übersetzer vermochte das Flüstern nicht aufzufangen. Aber für ihn klang es wie Liebesgestammel. Als Louis einen jähen Stich von Eifersucht verspürte, mußte er über sich selbst lächeln. Er hatte geglaubt, der Junge wäre noch zu jung dazu. Er hatte geglaubt, die Frau hätte dem Sex abgeschworen. Aber *Rishathra* war Sex nicht gleichzusetzen. Und sie gehörten der gleichen Rasse an.

Louis drehte ihnen den Rücken zu und schloß die Augen. Er erwartete, eine rhythmische Wellentätigkeit zu vernehmen. Doch so ein Geräusch kam nicht. Und endlich schlief er ein.

Er träumte, er befand sich auf einem Sabbat-Flug.

Er stürzte, stürzte zwischen die Sterne. Wenn die Welt ihm zu bunt wurde, zu bedrückend, nicht mehr zu verkraften, weil sie ihn zu überwältigen drohte, war die Zeit gekommen, alle Welten hinter sich zu lassen. Louis hatte das schon mehrmals getan. Allein in einem kleinen Raumschiff war er in die unerforschten Lücken zwischen den bekannten Universen vorgestoßen, um zu schauen, was es dort zu sehen gab, und um zu erforschen, ob er sich noch selbst liebte. Nun schwebte Louis zwischen den Schlafplatten und träumte von dem Glücksgefühl, zwischen die Sterne zu fallen. Er hatte keine Verpflichtungen und keine Abhängigen, für die er sorgen mußte.

Und dann schrie eine Frau in panischem Entsetzen direkt neben seinem Ohr. Eine Ferse traf ihn heftig unter den losen Rippen, und Louis knickte mit einem hauchenden Schrei zusammen. Wild geschwungene Arme trafen ihn und schlossen sich dann mit einem Würgegriff um seinen Hals. Das Schreien hielt an.

Louis löste die Finger von seinem Hals. Er rief: »Schlaffeld aus!«

Die Schwerkraft kam wieder. Louis und sein Angreifer sanken auf die untere Platte hinunter. Harkabeeparolyn hörte auf zu schreien. Sie wehrte sich auch nicht, als er ihre Arme von seinen Schultern schob.

Der junge Karwaresksenjajok kniete neben ihr, erschrocken und verwirrt zugleich. Er redete in der Sprache der Städtebauer beschwörend auf sie ein. Die Frau fauchte ihn an.

Der Junge bestürmte sie mit Fragen. Endlich gab ihm Harkabeeparolyn Antwort. Der Junge nickte widerstrebend. Was sie ihm auch gesagt haben mochte, es gefiel ihm nicht. Er trat in eine Ecke, schickte Louis noch einen Blick zu, den er nicht zu deuten wußte, und verschwand im Laderaum.

Louis schaltete sein Übersetzerkästchen ein: »Okay? Was ist hier eigentlich los?«

»Ich stürzte!« sagte sie schluchzend.

»Das ist kein Grund, ängstlich zu sein oder sich aufzuregen«, sagte Louis. »Es ist ein Zustand, in dem viele von uns gerne schlafen.«

Sie sah ihm ins Gesicht: »Schlafen im Fallen?«

»Ja.«

Ihr Gesichtsausdruck ließ sich jetzt mühelos deuten. Verrückt. *Vollkommen verrückt* . . . und dann ein Achselzucken. Sie nahm sich zusammen, als sie sagte: »Es ist mir bewußt, daß ich nun nicht mehr von Nutzen sein kann, weil deine Maschine viel schneller lesen kann als ich. Es gibt nur noch eine Möglichkeit, dir deine Mission zu erleichtern, indem ich dir den Schmerz über den Verzicht auf geschlechtliche Befriedigung beseitige.«

»Das ist aber eine große Erleichterung«, erwiderte Louis. Es sollte sarkastisch klingen; aber würde sie das aus der Übersetzung heraushören? Louis hätte sich lieber auf die Zunge gebissen, als diese Art von Wohltätigkeit anzunehmen.

»Wenn du dich badest und gründlich deinen Mund säuberst . . .«

»Spar dir deinen Atem. Daß du dein Wohlbefinden höheren Zwecken opfern willst, ist anerkennenswert; aber es wäre ein Zeichen von schlechter Erziehung, wenn ich dieses Opfer annehmen würde.«

Sie sah verwirrt aus. »Luweewu? Möchtest du nicht *Rishathra* mit mir treiben?«

»Vielen Dank, nein. Schlaffeld an.« Louis schwebte von ihr weg. Aus Erfahrung hatte er Anlaß zu befürchten, es würde jetzt zu einer Schimpfkanonade kommen, aber das ließ sich nicht ändern. Falls sie Gewalt anwendete, würde sie sich im freien Fall befinden.

Aber sie überraschte ihn, indem sie sagte: »Luweewu, es wäre schrecklich für mich, wenn ich jetzt ein Kind empfänge.«

Er blickte auf ihr Gesicht hinunter: es war nicht wütend, sondern sehr ernst. Sie sagte: »Wenn ich mich jetzt mit Kawaresksenjajok verbände, brächte ein Baby zur Welt, das im Inferno einer verglühenden Sonne sterben muß.«

»Dann empfange eben kein Kind. Er ist sowieso viel zu jung dazu.«

»Nein, das ist er nicht.«

»Oh! Nun. Hast du denn keine . . . nein, das würdest du nicht haben. Verhütungsmittel, meine ich. Nun, kannst du denn nicht deine empfangsbereiten Tage ausrechnen und in diesen Tagen jeden Geschlechtsverkehr meiden?«

»Ich verstehe dich nicht. Nein, warte, ich verstehe dich doch. Luweewu, unsere Rasse beherrschte den größten Teil dieser Welt, weil wir alle Variationen und Nuancen von *Rishathra* beherrschten. Aber weißt du auch, warum wir uns so gründlich mit *Rishathra* auseinandersetzten?«

»Es machte vermutlich Spaß, oder etwa nicht?«

»Luweewu, manche Spezies sind einfach viel fruchtbarer als andere.«

»Aha.«

»Schon in vorgeschichtlichen Zeiten erkannten wir, daß *Rishathra* eine Methode ist, Nachkommenschaft zu vermeiden. Wenn wir uns paaren, kommt vier *Falans* später promt ein Kind zur Welt. Luweewu, kann diese Welt gerettet werden? *Weißt* du, daß diese Welt gerettet werden kann?«

Oh, am liebsten wäre er jetzt auf einem Sabbat-Flug gewesen, allein in einem Ein-Mann-Raumschiff, Lichtjahre von allen Verpflichtungen entfernt, nur mit Louis Wu beschäftigt. Oh, wie schön wäre jetzt ein Wonnestrom-Stecker gewesen . . . »Ich kann für nichts garantieren.«

»Dann treibe bitte *Rishathra* mit mir, damit ich nicht an Kawaresksenjajok denken muß!«

Das war nicht gerade ein schmeichelhafter Antrag für Louis Wus noch junges Leben. Er fragte: »Wie können wir denn *seine* Gedanken ablenken?«

»Ich weiß es nicht. Wohl kaum. Der arme Junge, er muß leiden.«

Dann könnt ihr beide leiden, dachte Louis. Aber er brachte den Satz nicht über die Lippen. Die Frau spielte ihm kein Theater vor. Sie meinte es todernst. Sie litt, und sie hatte recht. Jetzt war nicht der richtige Zeitpunkt, ein Städtebauer-Baby auf die Welt zu bringen.

Und er begehrte sie.

Er kletterte aus seinem freien Fall und nahm sie auf dem Wasserbett. Er war froh darüber, daß Kawaresksenjajok sich in den Laderaum zurückgezogen hatte. Was wollte er dem Jungen am nächsten Morgen sagen?

KAPITEL 26

UNTER DEM MEER

Louis erwachte im Zustand der Schwerkraft, mit einem Lächeln auf dem Gesicht, einem angenehmen Schwächegefühl in jedem Muskel und schwarzen Ringen unter den Augen. Er hatte in der vergangenen Nacht kaum geschlafen. Harkabeeparolyn hatte ihre Nöte nicht übertrieben. Er hatte nicht gewußt (obwohl er ein Jahr mit Halrloprillalar zusammengelebt hatte), daß Städtebauer-Frauen regelrechte Brunftzeiten hatten.

Er drehte sich zur Seite, und das breite Bett begann unter ihm zu schwanken. Ein Körper rollte geegn seine Hüfte: Kawaresksenjajok, der leise schnarchte und Arme und Beine von sich streckte wie ein Seestern.

Harkabeeparolyn hatte sich am Fuß des Bettes in orangefarbenen Pelz eingewickelt, bewegte sich jetzt und setzte sich auf. Sie sagte, als müßte sie sich dafür entschuldigen, daß sie ihn allein gelassen hatte: »Ich wachte immer wieder auf und wußte nicht, wo ich war. Das Bett schaukelte so heftig unter mir.«

Kulturschock, dachte er. Er erinnerte sich wieder daran, daß Halrloprillalar die Schlafplatten bevorzugte – aber nicht zum Schlafen. »Der Boden ist breit genug. Wie geht es dir heute?«

»Viel besser. Im Augenblick wenigstens. Vielen Dank.«

»Ich danke *dir*. Hast du Hunger?«

»Noch nicht.«

Er turnte. Seine Muskeln waren immer noch hart. Er war eben aus der Übung. Die Städtebauer sahen ihm mit ratlosem Gesicht bei seinen Freiübungen zu. Anschließend wählte er sein Frühstück: Wassermelone, Crêpes Suzette mit Grand Marnier, Brötchen und Kaffee. Seine Gäste wiesen, wie zu erwarten, den Kaffee zurück und auch die Brötchen.

Als der Hinterste aus seinem Quartier erschien, sah er zerknittert und erschöpft aus. »Die Formeln, die wir suchten, sind in den Unterlagen der fliegenden Stadt nicht zu finden«, sagte er. »Alle Rassen der Ringwelt bauten sich Rüstungen in der Form eines Pak-Protektors. Die Rüstungen sind nicht überall gleich; aber im Stil halten sie sich im allgemeinen an das Grundmuster. Vielleicht ist die Verbreitung der Städtebauer-Kultur über die ganze Ringwelt daran schuld. In ihrem Imperium wurden alle Ideen und Erfindungen so miteinander vermischt, daß wir sie jetzt nicht mehr bis zu ihrem Ursprung zurückverfolgen können.«

»Und wie steht es mit der Unsterblichkeitsdroge?«

»Da hattest du recht. Der Große Ozean wird als Quelle aller Schrecken, Wunder und Freude betrachtet, wozu auch die Unsterblichkeit gehört. Das Geschenk der Unsterblichkeit erscheint nicht immer als Droge. Manchmal ist es sogar ein unerwünschtes Geschenk, das launische Götter den Sterblichen aufdrängen. Louis, diese Märchen ergeben für mich, einem nichtmenschlichen Wesen, keinen Sinn.«

»Dann stelle den Computer so um, daß ich das Leseband auswerten kann. Ich werde auch unsere Gäste einladen, die Computerauswertungen zu beobachten. Vielleicht können sie eine Erklärung für offene Fragen finden, wenn ich nicht weiter weiß.«

»Aye, aye.«

»Und wie steht es mit den Reparaturen?«

»Seit den ersten geschichtlichen Aufzeichnungen der Ringwelt haben keine Reparaturen mehr stattgefunden.«

»Das ist doch unmöglich!«

»Aber wie groß ist der Bereich, der in den Unterlagen der Städte belegt ist? Wie weit reicht ihre Geschichte zurück? Das Gebiet ist klein, die Zeit sehr kurz. Zudem habe ich auch die Verhör-Protokolle von Jack Brennan studiert. Daraus schloß ich, daß Protektoren sehr lange leben und auch nach langer Vorbereitungszeit sehr spät eingreifen. Sie verließen sich lieber auf ihre eigenen Initiative statt auf Automaten, die nach einem starren Programm ablaufen. Zum Beispiel fand man an Bord von Phssthpoks Raumschiff keinen Autopiloten.«

»Das ist nicht typisch. Schließlich ist das Baggersystem auf dem Meeresboden auch automatisch.«

»Aber das ist eine sehr primitive Automatik. Wir wissen nicht, weshalb die Protektoren ausstarben oder die Ringwelt verließen. Vermutlich wußten sie aber von ihrem Schicksal, und hatten vielleicht noch Zeit, das Baggersystem mit einer primitiven Automatik zu versehen. Louis, wir müssen das doch nicht alles aufklären.«

»Wirklich nicht? Auch das Meteor-Abwehrsystem ist vermutlich automatisch. Möchtest du denn nicht mehr über das Meteor-Abwehrsystem erfahren?«

»Das schon.«

»Und die Steuerdüsen waren automatisch. Vielleicht gab es daneben noch eine Handsteuerung, die nur von der Automatik für den Notfall ergänzt werden sollte. Aber tausend menschenähnliche Rassen haben sich seit dem Verschwinden der Pak-Protektoren auf der Ringwelt entwickelt, und die automatischen Einrichtungen funktionieren immer noch. Entweder waren die Protektoren von vorneherein entschlossen, ihre Welt zu verlassen . . . was ich nicht glauben kann . . .«

»Oder es dauerte sehr lange, bis sie starben«, setzte der Hinterste den Satz für ihn fort. »Dazu habe ich meine eigenen Theorien entwickelt.« Aber er wollte nicht mehr verraten.

*

Louis hatte einen unterhaltsamen Vormittag. Die Märchen vom Großen Ozean waren spannend. Die handelnden Personen waren Helden, Könige, Zauberer und furchtbare Ungeheuer. Die Geschichten handelten von wunderbaren Entdeckungen und großartigen Verwandlungen, und ihre Atmosphäre unterschied sich erheblich von den Märchenerzählungen der menschlichen Kultur. Liebe war in diesen Geschichten kein ewiger Zustand. Das Gefolge der Helden (oder Heldinnen) des Städtebauer-Sagenkreises gehörten stets dem anderen Geschlecht an. Der Bund, auf den sich ihr Treueverhältnis stützte, war ein märchenhaft beschriebener Vorgang des *Rishathra,* und die seltsamen Kräfte, die ihnen verliehen waren oder dank derer sie das *Rishathra* ausüben konnten, wurden als selbstverständlich vorausgesetzt. Zauberer waren nicht automatisch böse Wesen, sondern sporadisch auftretende Gefahren, denen man auswich, sie nicht bekämpfte.

Louis fand hier den kleinsten allgemeinen Nenner, nach dem er suchte. Der Hintergrund dieser Märchen war immer die Unendlichkeit des Meeres, der Schrecken der Stürme und die Ungeheuer, die dem Meer entstiegen.

Manche von ihnen waren Haifische, Killer-Wale, Gummidgy-Zerstörer, Wunderland-Schattenfische oder Fangtang-Dschungel. Manche dieser Wesen waren intelligent. Da gab es Seeschlangen, die viele Meilen lang waren, mit Nasenlöchern, aus denen Dampfwolken quollen (was auf Lungen hindeutete?). Ihre riesigen Mäuler waren mit scharfen Zähnen bestückt. Es gab ein Land, das jedes Schiff verbrannte, das sich seinem Gestade näherte, wobei stets ein Überlebender mit heiler Haut der tödlichen Gefahr entrann. (Echtes Märchen oder Sonnenblumen?) Da war von Inseln die Rede, die in Wirklichkeit Seeungeheuer von seßhafter Lebensweise darstellten, so daß sich eine ganze Ökologie auf dem Rücken dieser Monster entwickeln konnte, bis eine Schiffsladung von Matrosen das Monster aus der Ruhe brachte. Dann tauchte es gewöhnlich im Meer unter. Louis hätte dieses Märchen geglaubt, wenn er nicht schon als Kind in den Märchensammlungen der Erde ähnliche Geschichten gelesen hätte.

Er glaubte fest an die Mörderstürme. Über so gewaltige Entfernungen hin, wie man sie auf der Ringwelt vorfand, konnten sich schreckliche Stürme aufbauen, auch ohne den Corioliseffekt, der auf einer normalen Welt einen Hurrikan entstehen läßt. Auf der Weltkarte von Kzin hatte er ein Schiff entdeckt, das so groß war wie eine ganze Stadt. Vermutlich mußte man so ein großes Schiff bauen, wenn man den Stürmen auf dem Großen Ozean trotzen wollte.

Auch den mythologischen Figuren der Zauberer wollte er nicht ganz den Wahrheitscharakter absprechen. Sie entstammten offenbar (in den drei Märchen) der Rasse der Städtebauer. Doch im Unterschied zu den Zauberern der irdischen Märchen waren die Städtebauer-Zauberer mächtige Krieger. Und sie traten alle drei in Rüstungen auf.

»Kawaresksenjajok? Sind alle Zauberer gepanzerte Krieger?«

Der Junge sah ihn betroffen an. »Sprichst du jetzt von den

Zauberern in unseren Märchen? Nein. Aber ich glaube, daß sie immer Rüstungen tragen, wenn sie sich in der Nähe des Großen Ozeans aufhalten. Warum?«

»Sind Zauberer immer zum Kampf bereit? Vollbringen sie kriegerische Heldentaten«

»Das haben sie nicht nötig.« Die Frage schien den Jungen verlegen zu machen.

Harkabeeparolyn mischte sich ein: »Luweewu, vielleicht weiß ich besser über Kindermärchen Bescheid als Kawa. Worüber sollen dir die Märchen Aufklärung geben?«

»Ich suche nach der Heimat der Ringwelt-Ingenieure. Diese gepanzerten Zauberer können Ringwelt-Ingenieure gewesen sein, wenn die zeitliche Komponente stimmte. Aber die Märchen sind viel später entstanden.«

»Dann können es nicht Ringwelt-Ingenieure gewesen sein.«

»Aber was hat diese Märchen ausgelöst? Statuen? Mumien, die man im Wüstensand fand? Artspezifische Erinnerungen?«

Sie dachte über seine Fragen nach. »Zauberer gehören gewöhnlich der Gattung an, die das Märchen verfaßt hat. Die Beschreibungen der Zauberer sind unterschiedlich, was deren Größe, Gewicht und Nahrung anbelangt. Doch einen Zug haben sie alle gemeinsam. Sie sind furchtbare Krieger. Sie beziehen keinen festen moralischen Standpunkt. Sie sind unbesiegbar, und deshalb muß man ihnen ausweichen, statt sie herauszufordern.«

*

Wie ein Unterseeboot unter dem Polareis, so kreuzte die *Heiße Nadel* jetzt unter dem Großen Ozean.

Der Hinterste hatte die Geschwindigkeit des Schiffes stark herabgesetzt. Sie konnten das lange, reich geschwungene Band des Kontinentalblockes genau erkennen, dessen Küste jetzt hinter ihnen zurückblieb. Der Boden des Großen Ozeans, der sich darunter ausdehnte, war genauso reich gegliedert wie das Land: Berge, die hoch genug waren, daß sie über die Wasseroberfläche hinausragten; Tiefseegräben, die sich als Riffe von fünf oder sechs Meilen Höhe auf der Ringunterseite abhoben.

Was sich jetzt über ihnen befand – ein gekörntes Dach, selbst bei Licht und schwacher Vergrößerung noch stockdunkel, beängstigend nahe, obwohl es sich in Wirklichkeit noch dreitausend Meilen über dem Raumschiff befand – mußte die Weltkarte von Kzin sein. Der Computer behauptete, es wäre so. Kzin mußte noch tektonisch aktiv gewesen sein, als die Weltkarte hier in den Ringweltboden geschnitten worden war. Die Becken der Meere wölbten sich kräftig nach unten. Die Gebirgsketten waren scharfe, tiefe Kerben.

Louis vermochte von der Unterseite her nichts zu unterscheiden. Mit Schaumstoff verwischte Konturen sagten ihm nichts. Er mußte das Muster von Licht und Schatten vor sich haben und den gelb-orangefarbenen Dschungel. »Laßt die Kameras laufen. Bekommst du ein Signal vom Landungsboot?«

Der Hinterste, der auf seiner Bank vor der Instrumentenkonsole saß, drehte einen Kopf nach hinten. »Nein, Louis, der *Scrith* blockiert alle Signale. Siehst du dort die fast kreisrunde Bucht, wo der breite Fluß im Meer mündet? Das Riesenschiff ist vor der Mündung dieser Bucht festgezurrt. Wenn man von dort aus in einer Diagonalen über die Weltkarte bis zu dem Y vorstößt, wo die beiden Flüsse sich vereinigen – dort ist das Schloß, wo das Landungsboot jetzt abgestellt ist.«

»Okay. Laß das Raumschiff ein paar tausend Meilen von der Ringwelt wegfallen. Und gib mir einen Überblick . . . oder einen Unterblick.«

Die *Heiße Nadel* entfernte sich von ihrem Dachrelief. Der Hinterste sagte: »Bist du nicht auch in der *Lying Bastard* auf der gleichen Route geflogen? Glaubst du, daß sich inzwischen hier etwas verändert hat?«

»Nein. Wirst du ungeduldig?«

»Natürlich nicht, Louis.«

»Ich weiß inzwischen mehr als damals. Vielleicht fallen mir diesmal Einzelheiten auf, die wir vor zwei Jahrzehnten nicht beachteten. Zum Beispiel – was ist das, was in der Nähe des Südpoles aus dem Ringboden herausragt?«

Der Hinterste gab ihm einen vergrößerten Ausschnitt des Daches. Ein langes, schmales, vollkommen schwarzes Dreieck mit gemusterter Oberfläche ragte senkrecht aus dem Zentrum der Weltkarte des Kzin heraus. »Eine Kühlrippe«, erklärte der Puppetier. »Die Antarktis mußte selbstverständlich gekühlt werden.«

Die beiden Ringwelt-Gäste vermochten mit der übersetzten Erklärung nichts anzufangen. »Ich versteh das nicht«, sagte Harkabeeparolyn. »Ich dachte, ich wäre wissenschaftlich nicht ganz unbeschlagen, aber . . . was *ist* das?«

»Zu kompliziert. Hinterster . . .«

»Luweewu, ich bin weder ein Kind noch ein Idiot!«

Sie konnte nicht viel älter als vierzig sein, dachte Louis. »Also gut. Der Sinn des Ganzen besteht darin, eine Imitation eines Planeten herzustellen. Eines rotierenden Globus, verstehst du? Ein Ball, der sich dreht. Das Sonnenlicht fällt fast waagerecht auf die Pole eines rotierenden Balles, und deshalb sind diese Pole kalt. Folglich muß diese Imitation einer echten Welt an den Polen gekühlt werden. Hinterster, wir brauchen eine stärkere Vergrößerung von der Kühlrippe!«

Die Oberfläche der Rippe entpuppte sich jetzt als eine Ansammlung von unzähligen verstellbaren waagerechten Klappen, silberfarben auf der Oberfläche, schwarz an der Unterseite. Sommer und Winter, dachte er, und dabei sagte er zu sich selbst: »Ich kann es kaum glauben.«

»Luweewu?«

Er spreizte hilflos die Finger beider Hände. »Immer wieder komme ich ins Staunen. Ich weiß, ich habe es kapiert, mir mit allen Konsequenzen überlegt. Und dann ist es plötzlich viel zu groß für meinen Verstand. Viel, viel zu groß.«

Harkabeeparolyns Augen füllten sich mit Tränen. »Ich bin jetzt überzeugt. Meine Welt ist eine Imitation einer echten Welt.«

Louis legte seinen Arm um ihre Schultern. »Es ist eine echte Welt. Fühlst du das? Du bist genauso echt wie ich. Stampfe mit deinem Fuß auf. Die Welt ist so echt wie dieses Schiff. Nur viel größer. Unglaublich viel größer.«

Der Hinterste sagte: »Louis?«

Ein Rundblick mit dem Teleskop führte zur Entdeckung von

noch mehr Kühlrippen, jedoch nicht so groß wie jene der Antarktis, an der Peripherie der Weltkarte. »Selbstverständlich müssen auch die arktischen Gebiete gekühlt werden.«

»Ja. Ich stehe in einer Minute wieder voll zur Verfügung. Fliege mit uns durch den Krater der ›Faust Gottes‹, aber lasse dir Zeit damit. Kann der Computer die genaue Lage orten?«

»Ja. Aber könnte der Krater inzwischen nicht blockiert sein? Du sagtest, du hättest das Orkanauge nicht mehr entdecken können.«

»Es wäre gewiß nicht leicht, den Krater der ›Faust Gottes‹ zu verstopfen. Das Loch ist größer als Australien und hoch über der Atmosphäre.« Er rieb sich heftig die Augen.

Ich kann *mir das nicht erlauben,* dachte er. *Was geschieht, ist Wirklichkeit. Was wirklich ist, kann ich nicht mit meinem Gehirn manipulieren. Tanj, ich hätte nie Wonnestrom-süchtig werden dürfen. Damit habe ich mir meinen Wirklichkeitssinn verdorben. Aber ... Kühlrippen unter den Polen?*

Sie glitten jetzt unter der Weltkarte von Kzin hervor. Tiefenradar-Bilder zeigten keine Rohre unter dem erhabenen Relief des Meeresbodens, was darauf hinwies, daß die Meteor-Schutzschicht aus geschäumten *Scrith* bestand. Denn die Dränage-Rohre mußten im Meeresboden eingebaut sein, oder *Flup* hätte inzwischen alle Meere eingeebnet und in Sümpfe verwandelt.

Diese tiefen Kerben auf der Unterseite der Ringwelt – diese langen unglaublich tiefen Tiefseegräben: man brauchte doch nur in den tiefsten Meeresschluchten einen Bagger einzubauen mit einem Abfluß an einem Ende. So konnte man den ganzen Ozean vom Schlamm freihalten.

»Ändere ein wenig den Kurs, Hinterster. Führe uns zuerst unter die Weltkarte des Mars und anschließend unter die Weltkarte der Erde. Ich glaube, das ist kein großer Umweg.«

»Fast zwei Stunden.«

»Wir riskieren es.«

*

Zwei Stunden. Louis döste im Schlaffeld. Er wußte, daß ein Abenteurer sich immer eine Mütze voll Schlaf holen sollte, wenn die Zeit es gestattete. Er erwachte noch lange vor der verabredeten Zeit, als der Meeresboden immer noch über der Rumpfdecke der *Heißen Nadel* dahinglitt. Er sah, wie die Decke langsamer wurde und dann stillstand.

Der Hinterste sagte: »Der Mars fehlt!«

Louis schüttelte heftig den Kopf. *Wache auf!* »Wie bitte?«

»Der Mars ist ein kalter, trockener, fast luftloser Planet, nicht wahr? Die gesamte Weltkarte des Mars müßte auf der Unterseite gekühlt werden und auf eine gewisse Weise auch ausgetrocknet. Zudem müßte er sich fast bis über die Atmosphäre hinaufwölben.«

»Ja. Das ist alles richtig.«

»Dann schaue mal hinauf auf die Ringweltunterseite. Wir müßten uns jetzt genau unter der Weltkarte des Mars befinden. Siehst du vielleicht eine Kühlflosse, deren Ausmaße viel größer sein müßten als jene unter der Weltkarte von Kzin? Siehst du vielleicht eine fast kreisrunde Höhlung, die sich zwanzig Meilen nach innen wölbt?«

Da war nichts über ihren Köpfen außer dem erhabenen Relief des Meeresbodens.

»Louis, das ist beunruhigend. Wenn der Gedächtnisspeicher unseres Computers aussetzt . . .« Die Beine des Hintersten knickten zusammen. Seine Köpfe senkten sich nach unten und bewegten sich auf seinen Bauchnabel zu.

»Der Gedächtnisspeicher des Computers ist okay«, sagte Louis. »Bitte keine Panik. Der Computer arbeitet einwandfrei. Stelle fest, ob die Meerestemperatur über uns höher ist.«

Der Hinterste zögerte, immer noch in einer halben Fötus-Position verharrend. Dann sagte er: »Aye, aye.« Der Puppetier beschäftigte sich mit seiner Schaltkonsole.

Harkabeeparolyn fragte: »Habe ich das richtig verstanden? Eine deiner Welten fehlt auf der Meereskarte?«

»Eine von den geringeren Welten. Pure Gedankenlosigkeit, meine Liebe.«

»Das sind aber keine Bälle«, sagte sie nachdenklich.

»Nein. Hier sind sie Schalen von einer runden Frucht, die anschließend breitgedrückt wurden.«

Der Hinterste rief: »Die Temperaturen in diesem Bereich sind unterschiedlich. Wenn ich die Regionen um die Kühlflossen weglasse, messe ich Temperaturen zwischen vierzig bis achtzig Grad Fahrenheit.«

»Das Meer, das sich um die Weltkarte des Mars ausbreitet, sollte wärmer sein.«

»Die Weltkarte des Mars erscheint nicht auf dem Schirm, und das Wasser ist nicht wärmer.«

»Wie . . . wie bitte? Aber das ist ja geradezu *unglaublich!*«

»Wenn ich dich richtig begreife – ja, das ist tatsächlich ein Problem.« Die Hälse des Puppetiers wölbten sich nach außen und drehten sich nach innen, bis er sich selbst in die Augen sah. Louis hatte das auch bei Nessus beobachtet und sich gefragt, ob das die Mimik der Puppetiers war, wenn sie lachten. Es konnte aber auch Konzentration bedeuten. Harkabeeparolyn wurde ganz blaß, als sie den Puppetier in der Betrachtung von sich selbst vertieft sah; aber sie konnte offenbar den Blick nicht von ihm abwenden.

Louis ging in der Kabine auf und ab. Mars *mußte* auf irgendeine Weise gekühlt werden. Aber wo blieb dann . . .?

Der Puppetier gab einen seltsam melodischen Pfeifton von sich. »Das Gitternetz?«

Louis hielt mitten im Schritt an. »Das Gitternetz! Richtig! Das würde bedeuten . . . tanj! So einfach?«

»Ich glaube, wir machen Fortschritte. Und wohin jetzt?«

Sie hatten eine Menge aus der Betrachtung der Rückseite dieses Artefakten gelernt. Also . . . »Bring uns unter die Weltkarte der Erde. In das Kellergeschoß, bitte.«

»Aye, aye«, erwiderte der Hinterste. Die *Heiße Nadel* setzte ihren Weg nach spinnwärts fort.

So viel Ozean, dachte Louis. So wenig Land. Warum hatten die Ringwelt-Ingenieure so viel Salzwasser auf nur zwei Gefäße verteilen wollen? Zwei waren natürlich für das Gleichgewicht der Welt nötig. Aber warum mußten sie so riesig sein?

Als Wasserreservoire? Auch das. Zum Schutz zur Erhaltung

der Meerestiere eines aufgegebenen Pak-Planeten? Ein Umweltschützer würde so ein Projekt gelobt und befürwortet haben. Aber die Ringwelt-Ingenieure waren Pak-Protektoren. Alles, was sie taten, unternahmen sie nur zum Schutz ihrer eigenen Person und ihrer leiblichen Nachkommen.

Diese Weltkarten, dachte Louis, waren ein Musterbeispiel für Irreführung und Tarnung.

Trotz der reich gegliederten Unterseite des Meeresbodens ließ sich die Weltkarte der Erde sehr leicht unterscheiden. Louis deutete auf die flachen Kurven der Kontinentalblöcke, als sie unter Afrika, Australien, den beiden Amerikas und Grönland hinwegglitten . . . Kühlrippen unter der Antarktis und dem Eismeer . . . die beiden Ringwelt-Eingeborenen blickten durch die durchsichtige Kabinendecke nach oben und nickten höflich. Was ging es sie an? Es war nicht ihre Welt.

Ja, er würde sein Möglichstes tun, um Harkabeeparolyn und Kawaresksenjajok wieder nach Hause zu bringen, wenn er sonst nichts für sie tun konnte. Aber Louis Wu war jetzt der Erde so nahe, wie er es in Zukunft wahrscheinlich nie mehr sein würde.

Dann dehnte sich wieder der Meeresboden über ihnen aus.

Eine weitere Küstenlinie kam in Sicht: eine flache Kurve eines Kontinentalblockes, reich gegliedert durch die Eingriffe von Meeresbuchten und vorspringende Halbinseln und Flußdeltas und abgesprengte Inseln. Eine Vielzahl von Einzelheiten prägten die Küsten, die viel zu klein waren, als daß man sie mit dem nackten menschlichen Auge hätte erkennen können. Die *Heiße Nadel* drehte nun auf Backbord spinnwärts. Sie flogen unter hohlen Bergketten und flachen Seen dahin. Eine dünne, wie mit dem Lineal gezogene Linie verlief direkt nach spinnwärts, und dort, wo sie anfing, glitzerte etwas . . .

Die »Faust Gottes«.

Etwas Gigantisches war vor langer Zeit mit der Ringwelt zusammengestoßen. Der gewaltige glühende Meteor hatte den Boden der Ringwelt nach innen gestoßen, ihn zu einem Kegel aufgestülpt, dann die Spitze des Kegels durchbrochen. Und von diesem großen Trichter, der durch den Meteor geformt worden war, lief die Spur eines viel späteren Meteoriten weg: die Spur eines verkrüppelten General-Products-Raumschiffes, dessen Passagiere im Stasis-Tiefschlaf lagen. Das verkrüppelte Schiff war mit einer Horizontal-Geschwindigkeit von siebenhundertsiebzig Meilen pro Sekunde auf der Ringweltt notgelandet. Tanj, sie hatten damals sogar dem *Scrith* eine Schramme versetzt!

Die *Heiße Nadel* stieg jetzt in einem Scheinwerferkegel nach oben: rohes Sonnenlicht, das senkrecht durch den Krater im Berg nach unten fiel. Gezackte, fast durchsichtige, hauchdünn überdehnte Teile von *Scrith* standen wie kleine Berggipfel um den Vulkankegel herum, wo der uralte feurige Riesenmeteor durchgebrochen war. Das Schiff glitt aus dem Krater heraus.

Wüste dehnte sich unter und vor uns aus. Der Einschlag, der den Berg »Faust Gottes« erzeugt hatte, hatte alles Leben in der Nähe durch sein Feuer vernichtet. Die verwüstete Region mußte erheblich größer sein als die Oberfläche der Erde. Weit, weit weg – hunderttausend Meilen von ihnen entfernt – wurde das Blau des Horizonts zu einem Meeresblau; und nur die Flughöhe der *Heißen Nadel,* die tausend Meilen betrug, gestattete ihnen eine so große Fernsicht.

»Und jetzt geht es auf der Oberfläche der Ringwelt weiter«, sagte Louis. »Schalte auf die Kameras des Landungsbootes um, damit wir sehen können, wie es Chmeee geht.«

»Aye, aye.«

KAPITEL 27

DER GROSSE OZEAN

Sechs rechtwinklige Fenster schwebten in gleicher Höhe mit dem Schiffsrumpf. Sechs Kameras zeigten das Kommandodeck des Landungsbootes, das Unterdeck und einen Blick in vier Himmelsrichtungen auf das Vorfeld.

Das Kommandodeck war leer. Louis suchte auf der Schaltkonsole nach Alarmlichtern. Er vermochte keines zu entdecken.

Der Autodock war immer noch ein großer geschlossener Sarg.

Irgend etwas war nicht in Ordnung mit den Außenbordkameras. Das Blickfeld waberte, war verzerrt und überzogen mit goldenen Lichtern. Louis konnte endlich den Burghof erkennen, die engen Schießscharten und mehrere Tigerwesen, die in Lederkollern Wache standen. Andere Kzinti sprinteten auf allen Vieren hin und her: verschwommene orangefarbene Blitze.

Flammen! Die Verteidiger hatten einen Scheiterhaufen um das Landungsboot errichtet und angezündet!

»Hinterster? Kannst du das Landungsboot von hier aus starten? Du sagtest, du verfügtest über eine Fernsteuerung.«

»Ich könnte es vom Boden abheben lassen«, erwiderte der Hinterste, »aber das wäre ein gefährliches Manöver. Wir sind . . . zwölf Bogenminuten auf spinnwärts und ein kleines Stück Backbord von der Weltkarte von Kzin entfernt – das bedeutet ein Drittel von einer Million Meilen. Verlangst du von mir, daß ich das Landungsboot mit einer Lichtgeschwindigkeitsverzögerung von dreieinhalb Sekunden steuern soll? Alle lebensnotwendigen Systeme an Bord des Landungsbootes arbeiten einwandfrei.«

Vier Kzinti spritzten über den Burghof und öffneten die eisenbeschlagenen Flügel des Burgtores. Ein mit Rädern versehenes Fahrzeug rollte in den Hof und hielt dort an. Es war größer als der Kastenwagen, mit dem die Frau des Maschinenvolkes Louis zur fliegenden Stadt brachte. Auf den vier Kotflügeln des Fahrzeuges ware Projektil-Waffen montiert. Kzinti tauchten aus dem Fahrzeug auf und studierten das Landungsboot.

Hatte der Burgherr einen Nachbarn zu Hilfe gerufen? Oder war ein Nachbar in die Burg gekommen, um sein Besitzrecht auf eine uneinnehmbare fliegende Festung anzumelden?

Die Kanonen des Fahrzeugs drehten sich den Kameras zu und spukten Flammen aus. Die Kamera schwankte. Die großen orangefarbenen Katzen duckten sich und standen dann wieder auf, um das Ergebnis dieser Kriegshandlung festzustellen.

Keine Notlampen flammten auf der Instrumentenkontrolle des Kommandodecks auf.

»Diese Wilden verfügen nicht über die Mittel, um das Landungsboot beschädigen zu können«, sagte der Hinterste.

Explosivgeschosse hämmerten auf den Rumpf des Landungsbootes ein.

»Mir bleibt nichts anderes übrig, als mich auf dein Wort zu verlassen«, sagte Louis. »Behalte die Bilder der Kameras auf den Schirmen. Sind wir schon dicht genug heran, daß ich das Landungsboot mit den Transportscheiben erreichen kann?«

Der Puppetier blickte sich wieder in die Augen. Er behielt diese Pose mehrere Sekunden bei. Dann sagte er: »Wir befinden uns zweihunderttausend Meilen spinnwärts von der Weltkarte des Kzin, und einhundertzwanzigtausend Meilen backbord von Kzin. Die Entfernung nach Backbord ist ohne Belang. Die Entfernung nach spinnwärts wäre tödlich. Sie gibt der *Heißen Nadel* und dem Landungsboot eine relative Geschwindigkeitsdifferenz von eine Achtzehntel Meile pro Sekunde.«

»Ist das zuviel?«

»Unsere Technologie kann keine Wunder vollbringen, Louis! Die Transportscheiben können eine kinetische Energie bis zu zweihundert Fuß pro Sekunde absorbieren, aber nicht mehr.«

Die Explosionen der Projektile hatten den brennenden Scheiterhaufen über den Burghof verstreut. Bewaffnete Kzinti-Wächter bauten den Scheiterhaufen neu.

Louis verschluckte einen Fluch. »Also gut. Am schnellsten kann ich das Landungsboot erreichen, wenn wir jetzt direkt Kurs nach antispinnwärts nehmen, bis ich die Transportscheiben benützen kann. Dann können wir uns Zeit nehmen, die Abdrift nach Steuerbord zu korrigieren.«

»Aye, aye. Welche Geschwindigkeit?«

Louis öffnete den Mund und ließ ihn offen stehen, während er nachdachte. »Das scheint mir eine faszinierende Frage zu sein«, sagte er. »Woran erkennt die Ringwelt-Meteor-Verteidigungsanlage einen den Artefakten bedrohenden Himmelskörper? Oder ein den Kunstplaneten bedrohendes Raumschiff?«

Der Puppetier langte hinter sich und knabberte an seinen Instrumenten. »Ich habe unsere Beschleunigung herabgesetzt. Wir sollten erst darüber sprechen. Louis, ich begreife nicht, worauf die Städtebauer ihre Zuversicht stützen, daß sie auf der Mauerkrone der Ringwelt ein Transportsystem errichten konnten. Sie hatten recht, aber woher wußten sie, daß dieses System dort sicher war?«

Louis schüttelte den Kopf. Er konnte durchaus verstehen, warum die Ringwelt-Protektoren ihre Meteor-Verteidigungswaffen so programmiert hatten, daß sie nicht auf die Mauerkrone der Ringwelt schossen. Sie brauchten einen sicheren Korridor für ihre eigenen Schiffe – oder vielleicht fürchteten sie, daß der Computer auf die Steuerdüsen schoß, sobald die Steuerdüsen eine Hochgeschwindigkeits-Gaswolke ausstießen. »Ich würde sagen, die Städtebauer fingen mit kleinen Schiffen an und lernten aus Erfahrung. Allmählich bauten sie immer größere Schiffe, die dort ungestört starten und landen konnten.«

»Wahnsinn. Viel zu gefährlich.«

»Aber wir haben bereits eine Reihe von Beweisen, daß sie ihre Zivilisation auf solche Weise entwickelten.«

»Du hast meine Meinung gehört. Ich warte auf deinen Befehl, Louis: mit welcher Geschwindigkeit?«

Die Wüste, die sich um den Bergkegel ausbreitete, fiel sachte nach unten: ein gebackenes, lebloses Land, eine vernichtete Ökologie, die vor Tausenden von *Falans* bis zur Rotglut erhitzt wurde. Was war damals auf die Unterseite der Ringwelt eingeschlagen? Ein Komet war in der Regel nicht so groß. Es gab keine Asteroiden, keine Planeten in der Nähe dieses Artefakten. Sie waren aus dem System entfernt worden, als die Ringwelt gebaut wurde.

Die Geschwindigkeit der *Heißen Nadel* war recht beachtlich. Das Land vor ihnen wurde schon wieder grün. Die Flüsse zogen sich wie silberne Fäden durch die Landschaft.

»Bei unserer ersten Expedition flogen wir mit doppelter Schallgeschwindigkeit. Mit Flugrädern«, erklärte Louis. »Damit würden wir acht Tage brauchen, ehe ich die Transportscheiben benützen könnte. Zu tanj lang. Ich vermute, daß die Meteor-Verteidigungsanlage auf Objekte schießt, die sich relativ zu der Oberfläche der Ringwelt sehr schnell bewegen. Aber wie schnell ist sehr schnell?«

»Das findet man am einfachsten heraus, wenn man so lange beschleunigt, bis etwas passiert.«

»Ich kann nicht *glauben*, daß ein Pierson-Puppetier so etwas laut aussprechen würde.«

»Du solltest mehr Zutrauen zu der Ingenieurkunst der Puppetiers haben, Louis. Das Stasisfeld wird funktionieren. Keine Waffe kann uns im Stasisfeld etwas anhaben. Im schlimmsten Fall kehren wir in den normalen Zustand zurück, nachdem wir auf der Ringoberfläche aufschlagen, und dann setzen wir unsere Reise eben mit einer langsameren Geschwindigkeit fort. Es gibt eine Hierarchie von Risiken, Louis. Das Schlimmste, was wir in den nächsten zwei Jahren tun können, ist Versteck spielen.«

»Ich tue es nicht – um auch Chmeee zu zitieren; aber ein Pierson-Puppetier . . . ich muß das erst verdauen.« Louis schloß die Augen und versuchte nachzudenken. Dann: »Mal sehen, wie das klingt. Zuerst holen wir die beschädigte Sonde zurück, die wir auf dem Bibliotheksdach zurückließen . . .«

»Ich bewegte sie bereits.«

»Wohin?«

»Auf den uns am nächsten liegenden hohen Berg, dessen Gipfel aus freigelegtem *Scrith*-Material besteht. Das ist der sicherste Standort für die Sonde. Jedenfalls fiel mir kein besserer ein. Die Sonde ist immer noch von Wert, obgleich sie jetzt keinen Treibstoff mehr zu produzieren vermag.«

»Das ist ein guter Standort, ja. Aber bewege sie nicht von der Stelle. Schalte nur alle Sensoren an Bord der Sonde, der *Heißen Nadel* und des Landungsbootes ein. Richte die meisten von ihnen auf die Schattenblenden. Wo sonst könnten sich noch Kanonen der Meteor-Verteidigungsanlage befinden? Wir müssen von der Überlegung ausgehen, daß offenbar keine dieser Kanonen in der Lage ist, unter den Boden der Ringwelt zu schießen.«

»Sicher. Trotzdem wüßte ich nicht, wo die Dinger sonst noch stehen könnten.«

»Okay. Wir richten alle Kameras auf den Ringweltboden. Kameras auf die Sonnenblenden. Kameras auf die Sonne. Kameras auf die Weltkarte von Kzin und von Mars.«

»Gut.«

»Wir bleiben auf einer Flughöhe von tausend Meilen. Sollen wir die Sonde aus dem Laderaum katapultieren und sie mit automatischer Steuerung dem Raumschiff folgen lassen?«

»Unsere einzige Kraftstoffreserve? Nein.«

»Dann beschleunige das Raumschiff, bis etwas passiert. Wie klingt das?«

»Aye, aye«, sagte der Hinterste und wandte sich wieder seiner Konsole zu. Und Louis, der sich gerne noch länger mit ihm unterhalten hätte, um seine Nerven zu beruhigen, schwieg still.

*

Die Kameras fingen es ein, aber keiner von den Passagieren der *Heißen Nadel* bemerkte es. Auch wenn sie nach oben gesehen hätten, würden sie es nicht bemerkt haben. Sie hätten nur gleißend weiße Sterne und das gemusterte blaue Band der Ringwelt vor dem schwarzen Universum gesehen, und ein schwarzer Kreis am Gipfel des Ringweltbogens, wo der Schutzanstrich der *Heißen Nadel* den Lichteinfall der nackten Sonne wie ein Spiegel reflektierte.

Aber sie blickten nicht einen Moment hinauf zur Decke der Raumschiffkabine.

Unter ihnen, teilweise verdeckt durch das Wrack des Hyperdrive-Motors, war das Land ein lebendiges Grün. Dschungel, Sümpfe und unkultivierte Grünflächen überwogen. Hin und wieder entdeckten sie ein unregelmäßiges, wirres Steppmuster im Urwald, wo ein Farmer das Land unter den Pflug genommen hatte. Bisher hatten sie unter den Hominiden der Ringwelt nicht sehr viele Bauern angetroffen.

Sie sahen kleine Flottillen von Booten auf flachen Seen. Einmal überflogen sie ein Spinnennetz von Straßen, eine halbe Stunde im Durchmesser, was ungefähr siebentausend Meilen bedeutete. Das Teleskop zeigte ihnen Ochsen, die als Reittiere verwendet wurden oder kleine Karren zogen. Nicht ein Fahrzeug wurde von einem Motor angetrieben. Hier war nach dem Untergang der Städtebauerkultur keine neue Technik entstanden.

»Ich komme mir vor wie eine Göttin«, sagte Harkabeeparolyn. »Niemand sonst auf dieser Welt hat so einen gewaltigen Ausblick.«

»Ich kannte eine Göttin«, sagte Louis. »Wenigstens glaubte sie, eine Göttin zu sein. Auch sie gehörte zu den Städtebauern. Früher war sie ein Besatzungsmitglied auf einem Raumschiff gewesen; von ihrem Raumschiff aus sah sie, was du jetzt siehst.«

»Ah.«

»Laß es dir nicht zu Kopf steigen.«

Der Berg »Faust Gottes« schrumpfte allmählich zusammen. Der irdische Mond hätte in diesem gewaltigen Kegel Platz gefunden. Man mußte diesen Berg aus so großer Entfernung sehen, vor einer Landschaftskulisse, die größer war als die bewohnbare Oberfläche aller Welten des bekannten Universums, um seine Größe richtig einschätzen zu können. Louis fühlte sich nicht wie ein Gott. Eher wie ein Zwerg. Schrecklich verletzlich.

Der Deckel des Autodock an Bord des Landungsbootes hatte sich noch nicht bewegt. Louis fragte: »Hinterster, könnte Chmeee noch andere Verletzungen erlitten haben?«

Der Puppetier befand sich nicht im Blickfeld, doch seine Stimme klang klar und deutlich: »Möglich.«

»Dann könnte er in dieser Kiste sterben.«

»Nein. Louis, ich bin beschäftigt. Störe mich jetzt nicht!«

Das Teleskopbild sah verwaschen aus. Das sonnenbeglänzte Land, das tausend Meilen unter ihnen lag, schien sich zu bewegen. Die Geschwindigkeit der *Heißen Nadel* hatte fünf Meilen pro Sekunde überschritten. Das war die Umlaufgeschwindigkeit der Erde.

Wolkendecken schimmerten so hell, daß die Augen schmerzten. Achteraus löste sich das Schachbrettmuster einer Ackerbauprovinz in grünen Schlieren auf. Direkt unter ihnen neigte sich das Land nach unten, ging dann in eine gerade Fläche über, wurde zu einer flachen, Hunderte von Meilen breiten Prärie. Soweit das Auge reichte, konnte man nur eine baumlose Grasvegetation erkennen. Flüsse, die sich in diese Prärie ergossen, wurden zu Sümpfen und nahmen grüne Farbe an.

In der Ferne tauchten jetzt die geschwungenen oder gezackten Linien von Meereszungen, Buchten, Halbinseln und Inseln auf: Die Markierung der Meeresküste, reich gegliedert, damit sich Häfen und die Schiffahrt entwickeln konnten. Aber das war die Küste, die nach spinnwärts zeigte. Unter ihnen lag nun eine flache, salzvergiftete Landschaft. Hunderte von Meilen dahinter eine blaue Linie, die Wassergrenze des Ozeans. Louis spürte, wie sich die Haare in seinem Nacken senkrecht stellten, als er sich den Meteoreinschlag vorstellte, dem die »Faust Gottes« ihre Entstehung verdankte. Sie waren inzwischen ein beträchtliches Stück von diesem Berg entfernt, doch die Wirkung des Einschlages hatte auch den Großen Ozean beeinflußt. Er hatte die Küstenlinie angehoben, so daß das Meer sieben- oder achthundert Meilen von seiner ursprünglichen Wasserlinie zurückgewichen war.

Louis rieb sich seine geblendeten Augen. Es war viel zu hell dort unten. Da waren violette Blitzlichter . . .

Dann Tintenschwärze.

Louis schloß seine Augen ganz fest. Als er sie wieder öffnete, war ihm, als hätte er sie nie geschlossen: es war so schwarz wie im Bauch eines Walfisches.

Harkabeeparolyn schrie. Kawaresksenjojak schlug um sich. Er traf Louis an der Schulter. Dann klammerte sich der Junge mit beiden Händen an Louis' rechten Arm. Der Schrei der Frau riß plötzlich ab. Dann sagte sie mit klappernden Zähnen: »Luweewu, wo sind wir?«

Louis erwiderte: »Da kann ich nur eine Vermutung aussprechen. Ich würde sagen, wir befinden uns auf dem Grund des Großen Ozeans.«

»Du hast recht«, mischte sich die Altstimme des Hintersten ein. »Ich habe eine recht gute Sicht auf meinem Tiefenradarschirm. Soll ich die Scheinwerfer einstellen?«

»Natürlich.«

Das Wasser war schlammig. Die *Heiße Nadel* lag so tief unter dem Wasser, wie es nur irgend ging. Fische glotzten neugierig durch die durchsichtige Zellenwand. In der Nähe bewegten sich die Zweige eines Seetang-Waldes.

Der Junge ließ Louis' Arm wieder los und drückte sich die Nase an der Rumpfwand platt. Auch Harkabeeparolyn starrte nach draußen, aber sie flog noch am ganzen Körper. Sie fragte: »Luweewu, kannst du mir erklären, was passiert ist? Gibt es dafür eine logische Ursache?«

»Wir werden versuchen, eine zu finden«, erwiderte Louis. »Hinterster, heb uns wieder aus dem Wasser. Bring uns wieder auf eine Flughöhe von tausend Meilen.«

»Aye, aye.«

»Wie lange befanden wir uns im Stasisfeld?«

»Das kann ich dir noch nicht sagen. Alle Uhren an Bord blieben natürlich stehen. Ich werde die Sonde per Funk auffordern, uns Daten zu übermitteln. Aber die Lichtgeschwindigkeit-Verzögerung beträgt jetzt sechzehn Minuten.«

»Wie schnell flogen wir?«

»Fünf Komma einundachtzig Meilen pro Sekunde.«

»Dann beschleunigst du das Raumschiff auf fünf Meilen pro Sekunde und behältst diese Geschwindigkeit bei, während wir feststellen, was passiert ist.«

Die Signale des Landungsbootes erschienen wieder auf den Monitoren, als die *Heiße Nadel* sich der Wasseroberfläche näherte. Immer noch waberten die Flammen um das Landungsboot. Auch der Deckel des Autodock war noch geschlossen. Inzwischen hätte Chmeee eigentlich geheilt sein können, dachte Louis.

Lichtes Blau umgab sie jetzt. Die *Heiße Nadel* durchbrach die Wasseroberfläche und stieg über den Ozean ins Sonnenlicht hinauf. Das Deck zitterte leicht, als der Ozean bei einer Beschleunigung von zwanzig g unter ihnen zurückblieb.

*

Der Blick nach achtern war sehr instruktiv.

Vierzig oder fünfzig Meilen hinter ihnen wälzten sich riesige Brecher auf den flachen Strand zu, der sich unter dem Wasser zu einem Kontinentalblock auswuchs. Eine rillenförmige Linie lief von der Küste zurück ins Meer. Die *Heiße Nadel* war dort nicht auf das Wasser aufgeschlagen. Der Feuerball war auf das Land gefallen und weitergerollt.

Ein Stück weiter nach achtern ging die Küste in ein Grasland über. Noch ein paarhundert Meilen dahinter begann der Wald. Das alles brannte lichterloh. Tausende von Quadratmeilen standen in Flammen. Der Feuersturm raste von allen Seiten auf einen Mittelpunkt zu wie der Wasserdampf, der im Sog der Windströmung sich über dem Sonnenblumenfeld gesammelt hatte. *Heiße Nadels* Aufschlag auf dem Meer konnte so einen riesigen Brand unmöglich hervorgerufen haben.

»Jetzt wissen wir Bescheid«, sagte der Hinterste. »Die Meteor-Verteidigungsanlage ist so programmiert, daß sie auch auf bewohntes Land schießen kann. Louis, das versetzt sogar mich in Staunen. Die Kraft, die hier aufgewendet wurde, läßt sich nur mit dem Projekt vergleichen, mit dem wir unsere Planetenflotte in Gang setzten. Doch die Automatik kann diese gewaltigen Kräfte mehrmals mobilisieren.«

»Wir wissen bereits, daß die Pak nur in großen Dimensionen dachten. Aber wie wurde der Feuerball ausgelöst?«

»Laß mich eine Weile rechnen. Ich werde dir dann Bescheid sagen.«

Der Hinterste verschwand hinter der grüngestrichenen Wand.

Das war unbefriedigend. Der Puppetier verfügte über alle Instrumente. Vielleicht steckte er die Köpfe in den Bauchnabel und kümmerte sich nicht mehr um seine Daten. Woher konnte Louis das wissen? Er war und blieb auf die Nerven oder die Mitarbeit des Puppetiers angewiesen . . .

Harkabeeparolyn zupfte ihn am Ärmel. Er knurrte: »Was ist los?«

»Louis, ich möchte dich nicht mit überflüssigen Fragen belästigen. Aber ich habe Angst, ich verliere noch meinen Verstand. Kräfte stürmen auf mich ein, von denen ich nichts verstehe. Bitte, was ist mit unserem Schiff passiert?«

Louis seufzte. »Dann muß ich weit ausholen. Ich muß dir die Stasisfelder erklären und die Meteor-Verteidigungsanlage der Ringwelt. Außerdem die Pierson-Puppetiers und die General-

Products-Raumschiffzellen. Und schließlich auch noch die Pak-Protektoren.«

»Ich bin bereit, dir zuzuhören.«

Und er redete und erklärte, und sie nickte und stellte Fragen. Er war sich nicht sicher, wieviel sie verstand, und selbstverständlich wußte er selbst bei weitem nicht so viel, wie er sich das gewünscht hätte. Und deshalb legte er besonders Wert darauf, ihr zu versichern, daß Louis Wu ganz genau wußte, wovon er redete. Und als sie davon überzeugt war, wurde sie ruhiger, und das war schließlich seine Absicht gewesen.

Als er geendet hatte, nahm sie ihn bei der Hand und führte ihn zum Wasserbett. Es schien ihr gleichgültig, daß Kawaresksenjajok als Zeuge zugegen war und sie über die Schulter hinweg angrinste – nur einmal –, um sich dann wieder in die Beobachtung des Großen Ozeans zu vertiefen.

Rishathra gab ihnen die Ruhe und das Selbstbewußtsein zurück. Vielleicht nur ein trügerisches Selbstbewußtsein. Immerhin besser als nichts.

*

Da gab es ja wahrhaftig eine Menge Wasser zu sehen.

Aus einer Höhe von tausend Meilen hatte man eine weite Übersicht, ehe die Atmosphäre sich wie eine Decke über den Horizont legte. Und während sich der Blick in dieser unglaublich großen Wasserwüste verlor, fand er nicht eine einzige Insel als Ruhe. Aus dieser Höhe vermochten sie die Konturen des Meeresbodens zu erkennen. An manchen Stellen war das Wasser ziemlich flach. Doch die wenigen Inseln, die sie bisher entdeckt hatten, waren weit hinter ihnen zurückgeblieben. Vermutlich waren das Untiefen oder Riffe gewesen, ehe der Meteor, der die »Faust Gottes« formte, den Seeboden angehoben hatte.

Und sie sahen Stürme unter sich. Doch sie suchten vergebens nach den Spiralmustern, die für Hurrikans und Taifune typisch waren. Dafür gab es Wolkenformationen, die wie Himmelsflüsse aussahen. Die Wolkengebilde bewegten sich, wenn man sie mit dem nackten Auge betrachtete: Obwohl sie die Wolken aus einer Höhe von tausend Meilen betrachteten, bewegten sie sich noch.

Kzinti, die sich auf ein so unglaublich großes Meer hinauswagten, waren bestimmt keine Feiglinge. Und wer von so einer Reise zurückkam, mußte über große Geistesgegenwart verfügen. Das Muster der Inselgruppe am Steuerbordhorizont – man mußte ein paarmal blinzeln, um sich zu überzeugen, daß diese Inseln tatsächlich existierten – symbolisierte die Weltkarte der Erde. Und diese Inselgruppe sah wie verloren aus in dieser blauen Fläche.

Eine kühle, gemessene Altstimme unterbrach seinen Gedankengang: »Louis? Ich habe unsere Geschwindigkeit auf vier Meilen pro Sekunde reduziert.«

»Okay.« Vier oder fünf Meilen – was machte das hier für einen Unterschied?

»Louis, wo befindet sich deiner Meinung nach die Meteor-Verteidigungsanlage?«

Da war ein seltsamer Unterton in der Stimme des Puppetiers . . . »Ich kann mich nicht mehr erinnern.«

»Auf den Sonnenblenden, hattest du behauptet. So ist es auf den Bändern festgehalten. Die Verteidigungsanlage müsse sich auf den Schattenblenden befinden, wenn sie die Außenhaut der Ringwelt nicht gegen Meteore verteidigen kann.«

Keine Obertöne diesmal. Die Stimme klang leidenschaftslos. »Willst du sagen, ich habe mich getäuscht?«

»Hör mir gut zu, Louis. Als wir eine Geschwindigkeit von vier Komma vier Meilen pro Sekunde überschritten, entstand eine Sonnenfackel. Ich habe hier eine Bandaufzeichnung davon. Wir sahen die Fackel nicht, weil die Schutzschicht auf dem Rumpf das Licht ausblendete. Die Sonne hat einen Plasmastrahl ausgestoßen, der ein paar Millionen Meilen lang ist. Es war sehr schwierig, den Plasmastrahl zu beobachten, weil er direkt auf uns zukam. Er verlief nicht in einer Kurve, wie das eigentlich bei Sonnenfackeln der Fall zu sein pflegt, weil er von dem Magnetfeld der Sonne beeinflußt wird.«

»Dann war es auch keine Sonnenfackel, die uns traf.«

»Die Fackel dehnte sich im Zeitraum von zwanzig Minuten mehrere Millionen Meilen weit aus. Dann wurde sie zu einem violetten Laser.«

»O mein Gott!«

»Also ein Gaslaser von unglaublicher Größe. Die Erde glüht immer noch an der Stelle, wo der Laserstrahl hinfiel. Ich schätze, er hatte eine Breite von zehn Kilometern: kein besonders scharf gebündelter Strahl, aber das mußte er unter normalen Umständen auch nicht sein. Eine Fackel von dieser Größe würde selbst mit mäßiger Wirkungskraft einen Gaslaserstrahl mit der Energie von drei mal zehn hoch siebenundzwanzig Ergs pro Sekunde eine Stunde lang versorgen.«

Schweigen.

»Louis?«

»Laß mir eine Minute Zeit. Hinterster, das ist eine sehr eindrucksvolle Waffe.« Jetzt sah er es, worin das Geheimnis der Ringwelt-Ingenieure bestand. »*Deshalb* fühlten sie sich so sicher. Deshalb konnten sie eine Ringwelt bauen. Sie konnten jede Art von Invasion von ihrem Artefakten fernhalten. Sie hatten eine Laserwaffe, die größer war als jeder Planet im Universum, größer als das Erd-Mond-System, größer als . . . Hinterster? Die Vorstellung ist so schwindelerregend, daß ich in Ohnmacht fallen könnte.«

»Louis, dafür haben wir jetzt keine Zeit.«

»Was war die Ursache? Irgend etwas muß den Plasmastrahl der Sonne ausgelöst haben. Ein magnetischer Auslöser. Es muß ein magnetischer Auslöser gewesen sein. Könnte das zu den Funktionen der Schattenblenden gehören?«

»Das bezweifle ich. Die Kameraaufzeichnung zeigt, daß der Ring der Schattenblenden sich zusammenschob und eine Lücke freigab, damit der Strahl passieren konnte. Wir können nicht davon ausgehen, daß derselbe Schattenblendenring gleichzeitig die Photosphäre magnetisch manipulierte. Ein intelligenter Ingenieur würde zwei voneinander getrennte Systeme dafür konstruieren.«

»Du hast recht. Absolut recht. Prüf es trotzdem nach, hörst du? Wir haben doch mit unseren Sensoren alle möglichen magnetischen Wirkungen aus drei verschiedenen Beobachtungswinkeln registriert. Stelle fest, was die Sonne zum Fackeln brachte.« Allah, Kdapt, Brahma, Finagle, hoffentlich waren es die Schattenblenden! »Hinterster? Egal, was du für ein Ergebnis bekommst – stecke deine Köpfe nur nicht in deinen Bauchnabel!«

Es folgte eine seltsame Pause. Dann: »Unter diesen Umständen würde das den Untergang für uns alle bedeuten. Ich würde mir einen hysterischen Anfall nur erlauben, wenn wir alle Hoffnungen aufgeben müßten. Woran denkst du gerade?«

»Es gibt immer noch eine Hoffnung. Denke daran!«

*

Endlich kam die Weltkarte des Mars in Sicht. Sie lag weiter entfernt als die nachgebaute Erdkarte – hunderttausend Meilen genau an Steuerbord –, aber im Unterschied zur Weltkarte der Erde bestand sie aus einer kompakten Masse. Von der Position des Raumschiffes aus betrachtet, hob er sich als schwarze Linie vom Wasser ab: zwanzig Meilen über der Meeresoberfläche, wie der Hinterste prophezeit hatte.

Ein rotes Licht blinkte auf der Instrumentenkonsole des Landungsbootes. Temperatur: einhundertzehn Grad Fahrenheit, gerade richtig für ein Bad. Keine Lichter blinkten auf dem großen Sarg, in dem Chmeee lag. Der Autodock hatte seine eigene Temperaturregelung.

Die Kzinti, die ihre Burg verteidigten, schienen ihre Sprengstoffvorräte erschöpft zu haben. Aber der Vorrat an Brennholz schien unerschöpflich zu sein.

Immer noch zwanzigtausend Meilen, die sie mit einer Geschwindigkeit von vier Meilen pro Sekunde zurücklegen mußten.

»Louis?«

Louis schob sich aus seinem Schlaffeld heraus. Der Hinterste, dachte er, sah heute schrecklich zerzaust aus. Seine Mähne war zerdrückt, die Granatsteine, mit denen er sich geschmückt hatte, fehlten auf der linken Seite, als hätte er sie dort abgescheuert. Er schwankte, als wären seine Knie aus Weichholz.

»Es wird uns schon noch etwas einfallen«, sagte Louis zum Hintersten. Am liebsten hätte er den Arm durch die Wand gestreckt und die Mähne des Puppetier gestreichelt, damit er wieder Mut schöpfen konnte. »Vielleicht gibt es eine Bibliothek in dieser Burg. Vielleicht weiß Chmeee bereits etwas, was uns verborgen blieb. Tanj, vielleicht weiß der Reparaturtrupp bereits die Lösung für unser Problem.«

»Wir wissen die Antwort. Als Beweis brauchen wir nur eine Chance, die Sonnenflecken auf der Rückseite zu studieren.« Die Stimme des Puppetiers klang kalt wie Eis. Es war die Stimme eines Computers. »Du hattest es längst vermutet, nicht wahr? Hexagonale Muster von Superleitern, die im Boden der Ringwelt eingebettet sind. Das *Scrith*-Material kann so magnetisiert werden, daß es Plasmaströme in der solaren Photosphäre auslöst.«

»Jawohl.«

»Vielleicht war das die Ursache, die die Ringwelt aus dem Gleichgewicht brachte. Ein Plasmastrahl bildete sich, um einen Meteoriden, einen verirrten Kometen oder sogar eine Raumflotte der Erde oder der Kzinti zu vernichten. Und dann schlug die Plasmafontäne auf der Ringwelt ein. Da waren keine Steuerdüsen mehr, die den Artefakten wieder in seine Ausgangslage zurückschieben konnten. Wäre der Plasmastrahl nicht gewesen, hätte auch der Meteor genügt, um die Ringwelt aus ihrer Rotationsebene zu schieben. Die Reparaturmannschaft kam viel später. Sie kam zu spät.«

»Hoffentlich nicht.«

»Das Superleiter-Muster ist kein System, das die Steuerdüsen ersetzen könnte.«

»Nein. Ist mit dir alles okay?«

»Nein.«

»Was willst du jetzt tun?«

»Ich werde deine Befehle befolgen.«

»Gut.«

»Wenn ich immer noch der Hinterste dieser Expedition wäre, würde ich jetzt aufgeben.«

»Das glaube ich dir gern.«

»Bist du dir schon über alle Konsequenzen im klaren? Die Sonne kann meiner Berechnung nach vermutlich bewegt werden. Die Sonne kann so manipuliert werden, daß sie Plasmafontänen auswirft, und das Plasma kann in einen Gaslaser verwandelt werden, der sich auch als Photonenantrieb für die Sonne benützen läßt. Die Ringwelt würde durch die Schwerkraft der Sonne mitgezogen. Selbst wenn die Sonne ihren äußersten Schub entwickeln würde, reichte das bei weitem nicht aus, wäre er viel zu gering, um uns zu helfen. Bei einem Beschleunigungswert, der zweimal zehn hoch minus vier der Schwerkraft übersteigt, würde die Ringwelt ohne Sonne im Raum zurückbleiben. Außerdem würde dabei so viel Strahlung durch den Plasmastrahl erzeugt, daß die gesamte Ökologie des Artefakten vernichtet würde. Louis, lachst du mich aus?«

Louis lachte tatsächlich. »Ich hatte nie daran gedacht, die Sonne zu bewegen. Das wäre mir nie eingefallen. Hast du für dieses Manöver tatsächlich die mathematischen Grundlagen ausgearbeitet?«

Im unterkühlten, mechanisch-scheppernden Ton gab der Hinterste zurück: »Ich habe es berechnet. Es ist die Lösung. Was bleibt uns noch?«

»Befolge meine Befehle. Behalte die Geschwindigkeit von vier Meilen pro Sekunde bei und fliege antispinnwärts. Gib mir Bescheid, sobald ich mit den Transportscheiben auf das Landungsboot übersetzen kann.«

»Aye, aye.« Der Puppetier wandte sich ab.

»Hinterster?

Ein Kopf krümmte sich nach hinten.

»Manchmal hat es keinen Zweck, aufzugeben.«

KAPITEL 28

DIE WELTKARTE VON KZIN

Alle Lichter brannten grün. Zweifellos war der Autodock Herr der medizinischen Lage. Chmeee lebte also – lag als lebendiges Wesen in seinem medizinischen Sarg. Vielleicht war er bereits geheilt.

Aber das Thermometer auf dem Kommandodeck zeigte eine Temperatur von hundertzechzig Grad Fahrenheit.

Der Hinterste sagte: »Louis, bist du bereit, auf das Landungsboot überzusetzen?«

Die Weltkarte des Mars war ein schwarzer Strich unter der Linie der Hologramm-»Fenster« und befand sich jetzt direkt an Steuerbord. Die Weltkarte von Kzin war viel schwerer auszumachen. Einige Winkelgrade vor dem Mars und fünfzigtausend Meilen vom Raumschiff entfernt entdeckte Louis eine blaugrau gestrichene Linie vor dem blau-grauen Hintergrund des Meeres.

»Wir liegen aber noch nicht auf gleicher Höhe mit dem Landungsboot.«

»Nein. Die Drehung der Ringwelt verursacht immer noch eine Geschwindigkeitsdifferenz zwischen der *Heißen Nadel* und dem Landungsboot. Aber der Vektor ist genau senkrecht. Wir können die Geschwindigkeitsdifferenz lange genug ausgleichen.«

Louis brauchte eine Sekunde, um diese Bemerkung in ein Diagramm umzusetzen. Dann sagte er: »Stürzt du dich aus einer Höhe von tausend Meilen auf die Ebene des Ozeans hinunter?«

»Jawohl. Nach deinem wahnsinnigen Zerstörungsakt erscheint jedes andere Risiko vernünftig.«

Louis brach in ein Gelächter aus (ein Puppetier, der Louis Wu eine Lektion in Tapferkeit erteilen wollte?), doch sogleich wurde er wieder nüchtern. War das nicht eine Möglichkeit für den Ex-Hintersten, einen Teil seiner Befehlsgewalt zurückzuerobern? Er sagte: »Also gut. Beginne mit dem Sturzflug.«

Er drehte die Wählscheibe und zog sich dann hölzerne Pantoffeln an. Er zog seinen Overall aus und wickelte ihn um den Schutzanzug und die Gerätekiste, behielt den Handscheinwerfer-Laser in der Hand. Die leere Meeresfläche dehnte sich rasend schnell aus.

»Fertig.«

»Los.«

Louis überquerte einhundertundzwanzigtausend Meilen mit einem einzigen Riesenschritt.

*

Kzin vor zwanzig Jahren:

Louis Wu räkelte sich auf einer abgenützten Stein-*Fooch* und war sehr mit sich zufrieden.

Diese seltsam geformten Steine, die sich *Foochesth* nannten, waren in den Jagd-Parkanlagen von Kzin genauso häufig anzutreffen wie Parkbänke auf der Erde. Sie ähnelten in ihrer Form einer Niere, damit ein männlicher Kzin sich mit angezogenen Beinen darauflegen konnte. Die Jagd-Parkanlagen der Kzinti waren zu fünfzig Prozent Wildnis und sowohl mit Jägern wie auch Speisetieren bestückt: ein orange- und gelbfarbener Dschungel, dem die *Foochesth* einen Hauch von Zivilisation verliehen. Die Bevölkerung der Kzin-Welt betrug mehrere hundert Millionen, war also nach der Meinung der Eingeborenen viel zu dicht besiedelt. Auch in den Parkanlagen wimmelte es von Kzinti.

Louis hatte seit dem frühen Morgen den Dschungel erforscht. Jetzt war er müde. Mit baumelnden Beinen beobachtete er das Gehen und Kommen der Einheimischen.

Im Dschungel war ein orangefarbener Kzin fast unsichtbar. Eben noch war da nichts gewesen; im nächsten Augenblick tauchte eine Vierteltonne eines intelligenten Fleischessers auf, der die Spur eines schnellen, von Panik ergriffenen Beutetiers verfolgte. Der männliche Kzin blieb mit einem Ruck stehen und starrte – auf Louis, der mit zusammengepreßten Lippen lächelte (weil ein Kzin immer die Zähne zeigt, wenn er einen Gegner herausfordert) und das Abzeichen auf seiner Schulter etwas weiter nach vorne schob, das ihm den Schutz des Patriarchen zusicherte (Louis hatte es dort befestigt, damit man es auch gut sehen konnte). Der Kzin kam zu dem Ergebnis, daß Louis nicht zu den für die Jagd freigegebenen Beutetieren gehörte, und zog sich wieder zurück.

Eigenartig, daß so ein gewaltiger Jäger sich in diesem gekräuselten gelben Laubwerk so gut zu verstecken vermochte, daß man seine Gegenwart nur spürte. Irgendwo in seiner Nähe waren mordgierige Augen auf ihn gerichtet.

Und dann kamen ein riesiges erwachsenes Männchen und ein noch mit kindlichem Flaum bedeckter Halbwüchsiger in sein Blickfeld.

Louis besaß ein paar Grundkenntnisse der Heldensprache. Er verstand den kleinen Kzin, der zu seinem Vater hochschaute und fragte: »Kann man das essen?«

Der Blick des erwachsenen Kzin kreuzte sich mit Louis' Blick. Louis' Lächeln wurde breiter, so daß seine Zähne sichtbar wurden.

Der erwachsene Kzin sagte: »Nein.«

Im Vertrauen auf vier Menschheits-Kzin-Kriege zuzüglich einiger »Zwischenfälle« – die alle schon Jahrhunderte zurücklagen, jedoch alle von den Menschen gewonnen wurden – grinste Louis und nickte. *Sag es ihm ruhig, Daddy! Es bekommt dir immer noch besser, weißes Arsenik zu essen statt Menschenfleisch!*

*

Die Ringwelt, zwanzig Jahre später:

Die heißen Wände trieben ihm den Schweiß aus den Poren. Das störte ihn nicht. Er hatte regelmäßig die Sauna besucht. Einhundertundsechzig Grad Fahrenheit ist nicht sehr heiß für eine Sauna.

Die aufgezeichnete Stimme des Hintersten fauchte und spuckte in der Heldensprache und bot Asyl auf der Flotte der Welten an. »Unterbreche die Sendung!« befahl Louis, und der Lautsprecher verstummte.

Lodernde Flammen blockierten den Blick aus den Bullaugen. Das mit Kanonen ausgerüstete Fahrzeug war wieder abgezogen. Ein paar verzerrte Kzinti sprinteten über den Burghof, legten einen Kanister unter das Landungsboot und rannten zurück in den Torbogen.

Es war nicht die richtige Ausgabe von Kzinti: nicht so zivilisierte wie Chmeee. Wenn sie mit ihren Krallen an Louis Wu herankamen – aber im Landungsboot war er relativ sicher.

Louis blinzelte durch das Bullauge in die Flammen. Er entdeckte sechs von diesen Kanistern, die unter dem Landungsboot verteilt lagen. Zweifellos waren das Bomben. Sie würden jeden Moment explodieren, ehe das Feuer sie einzeln in die Luft gehen ließ.

Louis grinste. Seine Hände hingen aktionsbereit über den Schaltern und Hebeln der Konsole, während er mit einer Versuchung kämpfte. Dann tastete er in rascher Folge die Befehle ein. Die Knöpfe waren unangenehm heiß. Er grätschte die Beine und hielt sich an den Sessellehnen fest. Die Hände hatte er mit dem Stoff seines Overalls umwickelt

Das Landungsboot hob sich aus den Flammen. Ein Ring greller Explosionen zuckte unter ihm auf, und dann war das Schloß nur noch ein winziges Spielzeug. Louis grinste immer noch. Er fühlte sich wie ein tugendhafter Held. Er hatte die Versuchung überwunden. Wenn er den Fusionsantrieb statt der Repulsionsdüsen verwendet hätte, wären den Kzinti die Augen aus dem Kopf gefallen vor Staunen, wie heftig ihre Bomben explodierten.

Hagel prasselte auf den Rumpf und die Fenster. Louis blickte überrascht hoch, auf ein Dutzend geflügelte Spielzeuge, die sich aus dem Himmel auf ihn herabstürzten. Dann blieben die Flugzeuge schon unter ihm zurück. Louis bleckte die Zähne. Er stellte den Autopilot so ein, daß er auf fünf Meilen Höhe den Aufstieg beendete. Vielleicht sollte er diese Flugzeuge nicht ganz aus dem Auge verlieren.

Dann stand er auf und wandte sich dem Niedergang zu.

*

Louis schnaubte, als er die Skalen ablas. Er rief den Hintersten: »Chmeee ist vollkommen geheilt und schläft friedlich in seinem Autodock. Der Autodock weckt ihn natürlich nicht und will ihn nicht herauslassen, weil die Lebensbedingungen außerhalb des Autodock nicht sehr gesund sind.«

»Nicht gesund?«

»Es ist zu heiß im Landungsboot. Der Autodock ist nicht so präpariert, daß er einen Patienten in einen brennenden Scheiterhaufen steigen läßt. Die Geräte müssen erst abkühlen, nachdem wir dem Feuer entronnen sind.« Louis fuhr sich mit der Hand über die Stirn. Der Schweiß lief ihm bis zu den Ellbogen hinunter. »Wenn Chmeee aus dem Autodock steigt, wirst du ihm dann die Situation erklären? Ich brauche jetzt eine kalte Dusche.« Er stand unter dem kalten Wasserstrahl, als der Boden sich plötzlich unter ihm neigte. Louis wickelte sich rasch ein Handtuch um den Bauch und lief den Niedergang hinauf zum Kontrolldeck. Er hörte, wie der Hagel wieder auf den Rumpf prasselte.

Langsam und vorsichtig, als täten ihm noch alle Knochen weh, drehte sich Chmeee auf seinem Stuhl vor der Instrumentenkonsole um. Er blinzelte, als habe er ein Sandkorn im Auge. Die Haare waren am linken Auge abrasiert. Frische Haut bedeckte einen unrasierten Streifen, der von der Hüfte bis zu den Lenden hinunterlief. Er sagte: »Hallo, Louis! Wie ich sehe, hast du überlebt.«

»Ja. Was treibst du denn jetzt auf dem Kommandodeck?«

»Ich ließ trächtige Weibchen in der Burg zurück.«

»Werden sie denn in diesem Moment umgebracht? Oder können wir vielleicht ein paar Minuten über der Burg im Schwebeflug verharren?«

»Haben wir etwas zu besprechen? Ich dachte, du wüßtest es besser und würdest dich nicht einmischen.«

»So wie die Dinge jetzt stehen, würden deine Weibchen in zwei Jahren tot sein.«

»Sie können im Stasisfeld mit der *Heißen Nadel* mit mir nach Hause fliegen. Ich hoffe immer noch, den Hintersten zu überreden . . .«

»Da mußt du schon mich überreden. Ich habe das Kommando über die *Heiße Nadel* übernommen.«

Chmeees Hände krallten sich um die Lehnen. Der Boden schwankte entsetzlich. Louis packte die Rückenlehne des Co-Pilotensitzes und pendelte die Schwingungen aus. Ein Blick auf die Instrumententafel zeigte ihm, daß das Landungsboot wieder starr in der Luft verharrte. Auch der Geschoßhagel hatte aufgehört, obwohl immer noch ein Dutzend Flugzeuge um das kleine Landungsboot herumkreisten. Die Burg lag eine halbe Meile unter ihnen.

Chmeee fragte: »Wie hast du das geschafft?«

»Ich verwandelte den Hyperdrive-Motor in Schrott.«

Der Kzin bewegte sich unglaublich schnell. Ehe Louis auch nur einen Finger krumm machen konnte, zog der Kzin ihn schon an seine Brust und hielt ihm die ausgefahrenen Krallen vor das Gesicht.

»Sehr intelligent«, sagte Louis. »Geradezu genial. Und was willst du jetzt machen?«

Der Kzin bewegte sich nicht. Blut perlte über Louis' Augen. Er hatte das Gefühl, als müßte jeden Moment seine Wirbelsäule brechen. »Mir scheint, daß ich dich wieder einmal retten muß.«

Der Kzin ließ ihn los und wich einen Schritt zurück, als fürchtete er, sein Temperament könnte noch einmal mit ihm durchbrennen. Er fragte: »Hast du uns alle zum Untergang verurteilt? Oder trägst du dich mit dem Gedanken, die ganze Ringwelt wieder in ihre richtige Lage zu rücken?«

»Letzteres.«

»Wie?«

»Vor ein paar Stunden noch hätte ich es dir sagen können. Nun müssen wir eine andere Lösung finden.«

»Warum hast du das getan?«

»Ich wollte die Ringwelt retten. Es gab nur eine Möglichkeit, uns der Mitarbeit des Hintersten zu versichern. Ich mußte ihn in Lebensgefahr bringen. Und wie gewinne ich jetzt dich als Mitarbeiter?«

»Du Idiot! Ich bin fest entschlossen, einen Weg zu finden, um die Ringwelt wieder in die richtige Lage zu schieben, wenn ich damit nur meine Kinder rette. Es ist dein Problem, mich davon zu überzeugen, daß ich *dich* dazu brauche.«

»Die Pak, die diese Welt erbauten, waren meine Vorfahren. Wir versuchen, uns in ihre Vorstellungen und Gedankenwelt zu versetzen, nicht wahr? Welche Vorrichtungen haben sie in diesen Artefakten eingebaut, damit er immer stabil bleibt? Zudem habe ich zwei Städtebauer-Bibliotheksangestellte an Bord, die sich mit der Geschichte der Ringwelt recht gut auskennen. Sie würden nicht mit dir zusammenarbeiten. Sie sehen jetzt schon in dir ein Ungeheuer, obwohl du mich noch gar nicht umgebracht hast.«

Chmeee blickte Louis nachdenklich an. »Wenn sie mich fürchten, werden sie mir auch gehorchen. Diese Welt ist in einer tödlichen Gefahr. Und ihre Vorfahren waren ebenfalls Pak.«

Inzwischen war die Temperatur des Landungsbootes für einen nackten Mann ein wenig zu kalt geworden. Aber Louis schwitzte immer noch. »Ich habe bereits das Reparaturzentrum entdeckt.«

»Wo ist es?«

Louis überlegte, ob er ihm diese Information vorenthalten sollte. Aber nur kurz: »Es ist die Weltkarte des Mars.«

Chmeee setzte sich wieder auf den Pilotensitz. »Das ist eine außerordentlich interessante Nachricht. Die deportierten Kzinti erfuhren in ihrem Zeitalter der Welterforschung eine Menge über die Weltkarte des Mars; aber *das* blieb ihnen offenbar verborgen.«

»Ich möchte wetten, daß in der Nähe der Weltkarte des Mars eine Menge Schiffe untergingen.«

»Ein Flugzeugpilot sagte mir, daß viele Schiffe auf dem Mars verschwanden, aber nichts Wertvolles auf dem Mars erbeutet wurde. Die Welterforscher brachten beträchtliche Beute von einer Weltkarte nach Hause, die weiter nach spinnwärts liegt; aber die Beute deckte nie die Entstehungs- und Betriebskosten für ihre Schiffe. Brauchst du einen Autodock?«

Louis wischte sich mit dem Overall das Blut aus dem Gesicht. »Noch nicht. Diese Weltkarte spinnwärts – das scheint sich um die Erde zu handeln. Also wurde sie nie verteidigt.«

»Offenbar nicht. Aber da ist auch eine Weltkarte an Backbord, und die Schiffe, die dorthin fuhren, kamen nie mehr nach Hause. Könnte sich das Reparaturzentrum nicht dort befinden?«

»Nein, das ist die Weltkarte von Down. Wahrscheinlich sind sie dort mit Grogs zusammengestoßen.« Louis wischte sich wieder das Gesicht ab. Die Klauen des Kzin waren nicht sehr tief eingedrungen, aber eine Schramme im Gesicht blutet immer heftig. »Laß uns mal überlegen, was wir für deine trächtigen Weibchen tun können. Wie viele sind es?«

»Ich weiß nicht. Sechs befanden sich gerade in der Brunft.«

»Nun, für so viele Weibchen haben wir nicht Platz. Sie müssen also in der Burg bleiben. Es sei denn, du bist der Meinung, der Burgherr wird sie umbringen.«

»Nein, aber es besteht die Möglichkeit, daß er meine männlichen Nachkommen umbringen läßt. Noch keine Gefahr . . . Nun, damit könnte ich fertig werden.« Chmeee beschäftigte sich mit der Instrumentenkonsole. »Die mächtigste Zivilisation hat sich in der Nachbarschaft eines der alten Forschungsschiffe entwickelt, das *Behemoth* heißt. Wenn sie mich hier orten, werden sie die Burg mit Krieg überziehen.«

Die Flugzeuge brannten wie Fackeln, als sie zu Boden stürzten. Chmeee suchte den Himmel mit Radar ab, dann mit Tiefenradar und schließlich mit Infrarot-Suchern. Der Himmel war leer. »Louis, waren noch mehr Flugzeuge in der Nähe? Sind einige gelandet?«

»Ich glaube nicht. Falls ja, hatten sie keinen Treibstoff mehr, und hier gibt es auch keine Startbahnen . . . Die Straßen? Suche die Straßen ab. Sie dürfen sich nicht über Funk mit dem Riesenschiff in Verbindung setzen.«

Radiowellen dehnten sich wie Lichtwellen aus, und die Ringweltatmosphäre hatte vermutlich eine Heaviside-Schicht.

Da war eine Straße in der Nähe der Burg, die sich kaum als Rollbahn eignete, weil sie mit Schlaglöchern übersät war. Da gab es auch flache Wiesen oder Felder in der Nähe . . . und es dauerte einige Minuten, ehe Chmeee sich beruhigt zurücklehnte. Alle Flugzeuge waren tote Ruinen.

»Der nächste Schritt«, sagte Louis. »Du kannst ja nicht alle männlichen Kzinti in der Burg umbringen. Hast du mir nicht erzählt, daß Kzinti-Weibchen nicht für sich selbst sorgen können?«

»Nein, das können . . . Louis, das ist ja das Eigenartige. Die Weibchen in der Burg sind weitaus intelligenter als die weiblichen Kzinti in unserem Patriarchat.«

»So intelligent wie du?«

»Nein! Aber sie verfügen wenigstens über einen gewissen Wortschatz.«

»Ist das möglich, daß deine Artgenossen auf den Welten des Patriarchats sich willenlose oder friedliche Weibchen herangezüchtet haben? Wäre es möglich, daß ihr euch ein paar hunderttausend Jahre lang weigertet, die intelligenten Weibchen zu decken? Schließlich züchtet ihr doch so gerne Sklaven.«

Chmeee bewegte sich unbehaglich. »Du magst recht haben. Auch die Männer sind hier anders. Ich versuchte, mit den Herrschern des Forschungsschiffes zu verhandeln. Ich zeigte ihnen meine Macht und wartete dann auf ein Verhandlungsangebot. Aber sie versuchten gar nicht erst zu verhandeln. Sie verhielten sich, als gäbe es nur zwei Möglichkeiten: jeder kämpft oder siegt, bis er tot umfällt. Ich mußte Chjarrl verspotten, seinen Ahnenstolz verletzen, ehe er mir etwas von der Geschichte dieser Welt erzählte.«

Aber Puppetiers hatten diese Kzinti nie genetisch manipuliert, damit sie sich zu einer friedfertigen Rasse entwickelten, dachte Louis. »Wenn du also die Weibchen nicht mitnehmen und die Männchen nicht töten kannst, dann mußt du es eben auf eine andere Weise versuchen. Wir müssen wieder einmal Götter spielen.«

»Vielleicht ist das eine Lösung. Probieren wir es erst einmal auf folgende Weise . . .«

*

Knapp außerhalb der Reichweite der Kanone auf dem Fahrzeug des Kzinti-Alliierten, jedoch viel höher, als man mit einem Pfeil zu schießen vermochte, schwebte das Landungsboot über der Burg. Sein Schatten fiel auf die Asche des Scheiterhaufens im

Burghof. Louis hörte die Stimmen im Übersetzungskästchen von Chmeee und wartete auf dessen Signal.

Chmeee forderte die Bogenschützen auf, auf ihn zu schießen. Chmeee drohte, versprach und drohte erneut. Dann folgte ein donnerndes Salvenfeuer aus dem Handscheinwerfer-Laser, der einen Felsen zerschnitt, der krachend zu Boden stürzte. Es zischelte, fauchte und spuckte.

Kein Wort von Chmeees viel gefährlicherem Meister.

Vier Stunden blieb er unten in der Burg. Dann kroch Chmeee aus einem Söllerfenster heraus und schwebte nach oben. Louis wartete, bis er an Bord kam, und startete die Düsen.

Chmeee trat eine Weile später zu ihm, nachdem er sein Fluggeschirr und den Schutzpanzer abgelegt hatte. Louis sagte: »Du hast mir kein einziges Mal das Zeichen gegeben, daß ich als Gott erscheinen soll.«

»Bist du deswegen beleidigt?«

»Nein, natürlich nicht.«

»Es hätte wohl auch nicht viel genützt. Und . . . ich brachte es einfach nicht fertig. Das ist meine eigene Rasse. Ich konnte ihnen nicht mit einem Menschen drohen.«

»Okay.«

»Kathakt wird meine Kinder zu Helden erziehen. Er wird sie im Gebrauch der Waffen unterrichten und sie, wenn sie alt genug sind, mit einer eigenen Rüstung versehen, damit sie sich ihr eigenes Land erobern können. Sie würden keine Bedrohung für seine eigene Herrschaft darstellen, verstehst du? Sie hätten eine gute Chance, zu überleben, wenn ich nicht mehr zurückkehre. Ich machte Kathakt meinen Handscheinwerfer-Laser zum Geschenk.«

»In Ordnung.«

»Hoffentlich.«

»Bist du jetzt fertig mit der Weltkarte von Kzin?«

Chmeee dachte einen Moment nach. »Ich nahm einen Flugzeugpiloten gefangen. Sie gehören alle zur Aristokratenkaste, besitzen eigene Heldennamen und eine umfassende Bildung. Chjarrl berichtete mir von dem Zeitalter der Welterforschung, nachdem ich die Taten seiner Vorfahren verspottete. Wir dürfen von der Annahme ausgehen, daß eine reichhaltige historische Bibliothek auf *Behemoth* existiert. Sollen wir das Riesenschiff einnehmen?«

»Sag mir nur, was Chjarrl dir berichtete. Wie weit sind sie auf der Weltkarte des Mars vorgedrungen?«

»Sie fanden eine Wand aus stürzendem Wasser. Spätere Generationen erfanden dann die Druckanzüge und hochfliegende Flugzeuge. Sie erkundeten die Randgebiete des Mars, und ein Forschungsteam erreichte sogar das Zentrum des Mars, wo er mit einer dicken Eiskappe bedeckt ist.«

»Ich denke, wir können uns die Bibliothek von *Behemoth* ersparen. Sie drangen nie bis in das Innere des Mars vor. Hinterster, hörst du zu?«

Eine Mikrophonstimme sagte: »Jawohl, Louis.«

»Wir steuern jetzt die Weltkarte des Mars an. Du kommst mit dem Raumschiff ebenfalls dorthin, aber bleibe immer auf der Backbordseite des Landungsbootes, falls wir mit den Transportscheiben rasch übersetzen müssen.«

»Aye, aye. Gibt es sonst noch etwas zu berichten?«

»Chmeee ließ sich von den Einheimischen erzählen, daß die Kzinti die Oberfläche der Weltkarte des Mars erforschten, dort aber nichts fanden, was nicht typisch für den Mars wäre. So wissen wir immer noch nicht, wie wir uns Zutritt zur Unterwelt des Mars beschaffen können.«

»Vielleicht ist der Eingang unter der Weltkarte.«

»Ja, das könnte sein. Das wäre sehr ärgerlich. Wie geht es unseren Gästen?«

»Du solltest bald wieder an Bord kommen.«

»Sobald ich kann. Schaue mal, ob du Daten über den Mars im Computer der *Heißen Nadel* findest. Vielleicht auch Daten über Marsbewohner, Ende.« Louis drehte sich um. »Chmeee, willst du jetzt das Boot steuern? Überschreite aber nicht eine Geschwindigkeit von vier Meilen pro Sekunde.«

Das Landungsboot stieg rasch höher und ging dann in den Horizontalflug über, als der Kzin das Steuer übernahm. Sie durchbrachen eine graue Wolkendecke, und dann war nur noch der blaue Himmel über ihnen, der sich rasch verdunkelte, als sie noch weiter hinaufkletterten. Die Weltkarte von Kzin glitt wie ein Teppich unter ihnen hin und blieb zurück.

Chmeee sagte: »Der Puppetier scheint sich mit deinem Kommando abgefunden zu haben.«

»Ja.«

»Und du scheinst dir sehr sicher zu sein, was die Weltkarte des Mars betrifft.«

»Ja.« Louis grinste. »Es ist eine recht geschickte Tarnung, aber perfekt ist sie nicht. Das war unmöglich. Sie mußten ein zu großes Volumen unterbringen. Auf dem Flug hierher wählten wir die Route auf der Unterseite der Ringwelt. Rate mal, was wir fanden, als wir die Unterseite des Mars passierten?«

»Mach es nicht so spannend.«

»Nichts. Nichts außer dem Relief des Meeresbodens. Nicht einmal Kühlrippen. Fast alle anderen Weltkarten sind mit Kühlrippen ausgestattet, um Eis an den Polen zu erzeugen. Ein sogenanntes passives Kühlsystem. Dieses System hätte auch an der Unterseite der Weltkarte des Mars eingebaut sein müssen. Wohin geht die überschüssige Wärme? Zuerst glaubte ich, sie würde in das Meer abgeleitet, aber das war nicht der Fall. Also kamen wir zu dem Schluß, daß die Hitze direkt in das Superleiter-Netz gepumpt wird, das den Ringweltboden durchzieht.«

»Ein Superleiter-Netz?«

»Ein gewaltiges Netz von Superleitern, das die magnetischen Kräfte im Fundament der Ringwelt steuert. Gleichzeitig werden damit die Fusionen der Sonne und deren Eruptionen gesteuert. Wenn die Weltkarte des Mars an das Gitternetz angeschlossen ist, muß es auch das Kontrollzentrum der Ringwelt darstellen.«

Chmeee dachte über Louis' Worte nach. Dann sagte er: Sie hätten die Hitze nicht in das Meer ableiten können. Dann wären warme, feuchte Luftmassen über dem Mars entstanden und gewaltige Wolkengebilde würden aus großer Entfernung angezogen und wieder von dem Mars in größerer Höhe abgestoßen. Vom Weltraum aus gesehen, würde die Weltkarte des Mars als eine große Zielscheibe erscheinen. Könntest du dir vorstellen, daß Pak-Protektoren so einen groben Schnitzer machten?«

»Nein.« Obwohl Louis so einen Fehler gemacht hätte.

»Ich besitze keine konkreten Vorstellungen vom Mars. Der Planet war nie besonders wichtig für deine Rasse, nicht wahr, Er hatte eine mehr spirituelle Bedeutung, war der Ursprung von Märchen und Legenden. Ich weiß nur, daß die Weltkarte des Mars zwanzig Meilen hoch ist, um die dünne Luft des Originals zu kopieren.«

»Zwanzig Meilen hoch, bei einer Gesamtfläche von sechsundfünfzig Millionen Quadratmeilen. Das ergibt einen Innenraum von einer Milliarde einhundertzwanzig Millionen Kubikmeilen. Darin kann man eine Menge verstecken.«

»Rrrr«, erwiderte Chmeee. »Ich glaube, du hast recht. Die Weltkarte des Mars ist das Reparaturzentrum, und die Pak taten ihr Bestes, um es zu tarnen. Chjarrl erzählte mir von den Ungeheuern, den Stürmen und den gewaltigen Entfernungen des Großen Ozeans. Sie eigneten sich gut als passive Wächter. Eine Flotte von Invasoren würde vermutlich niemals dieses Geheimnis erraten.«

Louis rieb sich geistesabwesend die vier juckenden Wundmale über seiner Augenbraue. »Eins Komma zwölf mal zehn hoch neun Kubikmeilen. Ich muß zugeben, diese Zahl versetzt mich ins Staunen. Was bewahrten sie nur in dieser riesigen Höhle auf? Pfropfen, die groß genug sind, damit man damit den Krater der ›Faust Gottes‹ verschließen kann? Maschinen, die groß genug sind, um diese Pfropfen zu transportieren, einzusetzen und dann festzuschweißen? Stammten die Winden und Kräne, die wir auf der Mauerkrone der Ringwelt entdeckten, ebenfalls aus dieser Werkstatt? Lagern vielleicht noch Steuerdüsen unter dem Eis des Pseudo-Mars? Ersatz-Steuerdüsen? Tanj, ich würde diese Ersatzdüsen nur zu gerne finden. Aber dann bleibt immer noch genügend Raum für andere Geräte.«

»Für Kriegsflotten.«

»Ja. Wir wissen ja bereits von ihrer *größten* Waffe, aber – Kriegsflotten, natürlich! Und Schiffe, um Flüchtlinge wegzubringen. Vielleicht ist die Weltkarte des Mars ein einziges großes Rettungsschiff. Es müßte groß genug sein, die Ringwelt zu evakuieren, ehe die Bevölkerung jede Nische in der Ökologie auszufüllen beginnt.«

»Ein Raumschiff? Vielleicht ein Raumschiff, das groß genug ist, daß man damit die Ringwelt wieder in ihre richtige Lage ziehen könnte? Es fällt mir schwer, in solchen Dimensionen zu denken, Louis.«

»Mir ebenfalls. Aber ich glaube, auch ein Raumschiff dieser Größe würde nicht ausreichen als Schleppper für die Ringwelt.«

»Was hattest du dir dann gedacht, als du den Hyperdrive-Motor zerstörtest?« Plötzlich fauchte ihm der Kzin ins Gesicht.

Louis zog es vor, nicht zurückzuzucken. »Ich glaubte, die Ringwelt könnte so programmiert werden, daß sie sich mit magnetischen Kräften nach der Sonne ausrichtet. Ich lag mit meiner Annahme fast richtig. Leider gibt es da eine Schwierigkeit, die . . .«

Die Stimme des Hintersten plärrte aus dem Lautsprecher: »Louis, Chmeee! Schaltet das Landungsboot auf Eigensteuerung und kommt zu mir an Bord!«

KAPITEL 29

DIE WELTKARTE DES MARS

Chmeee erreichte noch vor Louis in einem gewaltigen Satz die Transportscheibe. Auch der Kzin konnte also Befehle entgegennehmen, dachte Louis. Er hütete sich, diese Tatsache laut zu bestätigen.

Die Städtebauer blickten durch die Wand der Raumschiffzelle. Sie interessierten sich nicht für die Landschaft – da war nur eine unendliche blaue Fläche und der blaue, mit Wolken betupfte Himmel, der sich am Horizont mit dem Meer vereinigte. Sie beobachteten ein Hologramm von der Dimension einer Filmleinwand. Als Chmeee auf der Scheibe des Transportempfängers erschien, drehten sie sich um und versuchten, sich ihre Angst nicht anmerken zu lassen.

Louis sagte: »Chmeee, das sind Harkabeeparolyn und Kawaresksenjajok, Bibliotheksangestellte der fliegenden Stadt. Sie waren uns als Informanten eine große Hilfe.«

Der Kzin sagte: »Gut. Hinterster, was gibt es für Probleme?«

Louis zupfte den Kzin am Fell und deutete.

»Ja«, sagte der Puppetier, »das Problem ist die Sonne.«

Die Sonne erschien im Hologramm-Rechteck als ein sanft glühendes, stark vergrößertes Gebilde. Ein heller Fleck in der Mitte dieses Gebildes bewegte sich kreiselnd und veränderte ständig seine Gestalt.

Chmeee sagte: »Haben wir nicht eine ähnliche Erscheinung in der Sonne beobachtet, als wir auf der Raumhafen-Rampe landen wollten?«

»Richtig. Was du jetzt siehst, ist die Ringwelt-Meteor-Verteidigungsanlage. Hinterster, was machen wir jetzt? Wir können die Geschwindigkeit herabsetzen, aber ich sehe keinen Weg, das Landungsboot zu retten.«

»Mein erster Gedanke war, unser wertvolles Selbst zu retten«, erwiderte der Puppetier.

Das Meer reflektierte ein grelles Licht, das sich direkt unter der *Heißen Nadel* befinden mußte. Nun schien es noch greller zu werden und nahm eine violette Färbung an. Plötzlich, einen Augenblick lang, wurde es zu einem unerträglich hellen Gleißen. Dann war es ein schwarzer Punkt auf dem Rumpf unter ihren Füßen.

Und ein pechschwarzer Faden mit einer violett-weißen Korona stand über dem Horizont spinnwärts. Eine senkrechte Säule, die vom Boden bis zum Himmel reichte. Über der Atmosphäre war sie unsichtbar.

Der Kzin sagte etwas in der Heldensprache.

»Alles sehr schön«, sagte der Hinterste auf Interworld, »aber worauf schießt es? Ich dachte, wir wären das Ziel.«

Louis sagte: »Liegt nicht die Weltkarte der Erde in dieser Richtung?«

»Ja. Auch eine Menge Wasser und ein beträchtlicher Teil der Ringwelt-Landschaft.«

Als der Strahl die Ringweltoberfläche traf, glühte der Horizont im weißem Licht. Chmeee flüsterte in der Heldensprache, aber Louis verstand durchaus den Sinn. »Mit so einer Waffe könnte ich die Erde in Dampf verwandeln.«

»Halt den Schnabel.«

»Das war eine ganz natürliche Überlegung, Louis.«

»Ja.«

Der Strahl brach plötzlich ab. Dann schlug er wieder auf der Ringwelt ein, ein paar Grad weiter nach Backbord.

»Tanj dammit! Okay, Hinterster, bring uns höher hinauf. Fliege so hoch, daß wir das Teleskop verwenden können.«

*

Da war ein glühender gelb-weißer Punkt auf der Weltkarte der Erde, als wärc dort soeben ein größerer Asteroid eingeschlagen.

Etwas weiter entfernt entdeckten sie eine ähnliche Lichterscheinung. Dort mußte sich bereits die Küste des Großen Ozeans befinden.

Die Sonnenfackel wurde schwächer und verlor ihren Zusammenhang.

Chmeee fragte: »Befanden sich Flugzeuge oder ein Raumschiff in dieser Richtung? Schnellfliegende Objekte?«

»Das hätten mir meine Instrumente anzeigen müssen«, erwiderte der Hinterste.

»Überprüf die Instrumente. Und bringe uns auf eine Höhe von einer Meile. Ich denke, wir sollten uns der Weltkarte des Mars von der Seite nähern.«

»Louis?«

»Tue, was er sagt.«

Chmeee fragte: »Hast du eine Ahnung, wie dieser Laserstrahl zustande kam?«

»Louis kann dir das erklären«, erwiderte der Puppetier. »Ich bin beschäftigt.«

*

Die *Heiße Nadel* und das Landungsboot näherten sich jetzt der Weltkarte des Mars aus zwei Richtungen. Der Hinterste hielt die beiden Raumschiffe auf Parallelkurs, damit man mit den Transportscheiben rasch zwischen ihnen hin- und herpendeln konnte.

Lois und Chmeee setzten zum Mittagessen auf das Landungsboot über. Chmeee war hungrig. Er verschlang mehrere Pfunde rohes Fleisch, eine Forelle, und trank vier Liter Wasser. Louis' Appetit ließ zu wünschen übrig. Er war froh, daß seine Gäste ihrer Mahlzeit nicht zusehen mußten.

»Ich begreife nicht, weshalb du diese Passagiere an Bord nahmst«, sagte Chmeee. »Es sei denn, du möchtest dich mit der Frau paaren. Aber warum der Junge?«

»Es sind Städtebauer«, erwiderte Louis. »Ihre Gattung beherrschte einmal fast die ganze Ringwelt. Und ich habe die beiden in ihrer Bibliothek aufgelesen. Du solltest dich mit ihnen näher bekanntmachen, Chmeee, ihnen Fragen stellen.«

»Sie haben Angst vor mir.«

»Du bist ein gewandter Diplomat. Solltest du das vergessen haben? Ich werde den Jungen einladen, sich das Landungsboot anzusehen. Du erzählst ihm Geschichten von Kzin, den Jagd-Parkanlagen und dem Haus des Patriarchen. Sage ihm auch, wie die Kzinti sich paaren.«

Louis setzte wieder auf die *Heiße Nadel* über, redete mit Kawaresksenjajok und war mit dem Jungen schon wieder an Bord des Landungsbootes, ehe Harkabeeparolyn begriff, was da vor sich ging.

Chmeee zeigte dem Jungen, wie er das Landungsboot steuern konnte. Das kleine Raumschiff ging in den Sturzflug über, überschlug sich und stieg dann wieder wie ein Pfeil zum Himmel hinauf. Der Junge war ganz begeistert von diesen Manövern. Chmeee erklärte ihm auch, wie die binokularen Schutzbrillen funktionierten, das Superleiter-Tuch und der Schutzpanzer.

Der Junge fragte ihn jetzt nach dem Geschlechtsverhalten der Kzinti.

Chmeee hatte sich mit einem Weibchen gepaart, das sogar reden konnte! Das hatte ihm ganz neue Aspekte vermittelt. Er beantwortete die Fragen des Jungen und erläuterte ihm die Paarungspraxis der Tigerwesen, was Louis für einen ziemlich langweiligen Vortrag hielt. Dann animierte er den Jungen, über das gleiche Thema zu sprechen und ihm alles über *Rishathra* zu erzählen.

Kawaresksenjajok hatte wenig Erfahrung mit der Praxis, war aber theoretisch sehr beschlagen:

»Wir legen Archive über eine Gattung an, die mit uns *Rishathra* treiben will. Einige Gattungen üben statt *Rishathra* irgendeine Ersatzhandlung aus oder sie schauen lieber dabei zu oder reden darüber. Einige paaren sich nur in einer Stellung, andere nur in einer Jahreszeit, und es gibt dafür auch eine Vielzahl von Hilfsmitteln. Alle Praktiken von *Rishathra* haben Einfluß auf unsere Handelsbeziehungen. Hat Luweewu dir schon von dem Vampir-Parfüm erzählt?«

Sie merkten gar nicht, daß Louis sich fortstahl, um alleine auf die *Heiße Nadel* zurückzukehren.

Harkabeeparolyn war ziemlich erregt: »Luweewu, er könnte Kawa etwas antun!«

»Die beiden kommen prächtig miteinander zurecht«, beruhigte Louis sie. »Chmeee ist als Besatzungsmitglied mein Partner, und er mag Kinder, ganz gleich, welcher Rasse sie angehören. Der Junge ist gut bei ihm aufgehoben. Wenn du dich mit ihm anfreunden willst, brauchst du ihn nur hinter den Ohren zu kraulen.«

»Wie kam die Wunde auf deiner Stirn zustande?«

»Ich war unvorsichtig. Und ich weiß, wie ich dich wieder zur Ruhe bringen kann.«

Sie liebten sich – trieben *Rishathra* – auf dem Wasserbett bei angestellter Massage-Mechanik. Die Frau mochte einen Haß auf den Panth-Clan haben, aber sie hatte dort auch eine Menge gelernt. Zwei Stunden später, als Louis sicher war, er könne kein Glied mehr bewegen, streichelte Harkabeeparolyn seine Wange und sagte: »Morgen ist meine Paarungszeit zu Ende. Dann kannst du dich wieder erholen.«

»Ich glaube, ich müßte das sogar bedauern«, erwiderte er mit einem leisen Lachen.

»Luweewu, ich würde mich besser fühlen, wenn du dich jetzt wieder Chmeee und Kawa anschließt.«

»Okay. Schau nur, ich kann kaum noch gerade gehen. Siehst du mich auf der Transportscheibe? Gleich löse ich mich in Luft auf.«

»Luweewu . . .«

»Oh, schon gut.«

*

Die Weltkarte des Mars war eine dunkle Linie, die stetig anwuchs, bis sie zu einer Mauer aufragte, die sich ihnen quer in den Weg stellte. Als Chmeee das Tempo verzögerte, fingen die Mikrophone, die im Rumpf des Landungsbootes eingebaut waren, ein flüsterndes Geräusch auf, das lauter war als der Flugwind.

Sie näherten sich einer Wand stürzenden Wassers.

Aus einer Entfernung von einer Meile schien sie senkrecht und unglaublich hoch zu sein. Der Scheitel des Wasserfalles befand sich zwanzig Meilen über ihren Köpfen. Der untere Teil des Wasserfalles war von Nebelschwaden verhüllt. Das Wasser donnerte in ihren Ohren, bis Chmeee die Außenbordmikrophone abschalten mußte. Aber auch dann noch konnte man das Dröhnen des Wassers vernehmen.

»Das sieht aus wie unsere Wasserkondensatoren in der Stadt«, bemerkte der Junge. »Hier mußten meine Leute das Prinzip des Kondensators gelernt haben. Chmeee, habe ich dir schon von diesen Maschinen erzählt?«

»Ja. Wenn die Städtebauer bis zum Mars vorgedrungen sind, muß man sich ja fragen, ob sie den Eingang zur Unterwelt dieser Kuppel fanden. Wird in deinen Märchen auch von einer Unterwelt erzählt?«

»Nein.«

Louis sagte: »Ihre Zauberer waren anatomisch gebaut wie die Pak-Protektoren.«

Der Junge fragte: »Luweewu, dieser große Wasserfall – warum ist er so riesig?«

»Er muß sich um die ganze Oberseite der Weltkarte herumziehen. Damit verhindert er eine Nebelbildung, weil die Kuppel des Mars trocken bleiben muß«, erwiderte Louis. »Hinterster, hörst du zu?«

»Ja. Deine Befehle?«

»Wir werden mit dem Landungsboot die Kuppel umkreisen und den Tiefenradar und die anderen Instrumente einstellen. Vielleicht finden wir einen Zugang unter dem Wasserfall. Mit der *Heißen Nadel* erforschen wir den Scheitel der Kuppe. Wie steht es mit deinem Treibstoffvorat?«

»Ausreichend, falls wir nicht nach Hause fliegen müssen.«

»Okay. Wir werden auch die Sonde aussetzen und sie so einstellen, daß sie der *Heißen Nadel* mit zehn Meilen Abstand und in einer Flughöhe dicht über dem Boden folgt. Halte die Transportscheiben-Verbindungen offen und stelle die Mikrophone ein. Chmeee, möchtest du das Landungsboot steuern?«

»Aye, aye«, erwiderte der Kzin.

»Okay. Komm mit, Kawa.«

»Ich möchte aber hier beim Kzin bleiben«, sagte der Junge.

»Harkabeeparolyn würde mich umbringen. Also komm schon.«

*

Die *Heiße Nadel* erhob sich zwanzig Meilen über die Weltkarten-Oberfläche, und der rote Mars dehnte sich vor ihnen aus.

Kawaresksenjajok sagte: »Er sieht schrecklich aus.«

Louis ignorierte seine Bemerkung. »Wenigstens wissen wir, wonach wir suchen müssen, nach etwas Großem. Stellen wir uns eine Sicherung vor, die groß genug ist, um den Krater in der ›Faust Gottes‹ zu verstopfen. Weiterhin brauchen wir eine Luke, die groß genug ist, diese Sicherung durchzulassen und das Flugzeug, das so ein Ding tragen kann. Wo würde man so etwas auf der Weltkarte des Mars vermuten? Hinterster?«

»Unter dem Wasserfall«, erwiderte der Hinterste. »Wer würde dort suchen? Der Ozean ist leer. Der Wasserfall würde den Einstieg verdecken.«

»Ja. Das klingt logisch. Aber Chmeee sucht dort bereits. Wo noch?«

»Ich müßte die Umrißlinien einer gewaltigen Luke in einer für den Mars typischen Landschaft verstecken. Vermutlich eine Luke mit unregelmäßigen Konturen, deren Angeln sich in einem langen, geraden Canyon befinden. Vielleicht würde ich den Lukendeckel unter Eis verstecken und die Eiskappe auf dem Nordpol immer abschmelzen und sich neu bilden lassen, damit die Spuren meines Kommens und Gehens verwischt werden.«

»Gibt es irgendwo einen Canyon, der sich dafür eignet?«

»Ja. Ich habe schließlich meine Hausaufgaben gemacht. Louis, die Pole scheinen mir am besten als Tarnung geeignet. Die Marsianer versuchten niemals, sich ihren Polen zu nähern. Wasser war für sie tödlich.«

Die Weltkarte des Mars war eine Polarprojektion; der Südpol befand sich an ihrem äußeren Rand. »Okay. Wenn wir dort nichts finden, werden wir von dort aus spiralförmig den Mars absuchen. Wir bleiben in großer Höhe und schalten alle Instrumente ein. Wir kümmern uns noch nicht darum, ob wir beschossen werden. Chmeee, hörst du zu?«

»Ja.«

»Berichte uns laufend deine Beobachtungen. Vermutlich stehen deine Chancen, das Gesuchte zu finden, am besten. Und versuche nicht auf eigene Faust zu handeln.« Ob er dieser Anweisung auch gehorchte? »Wir wollen nicht mit dem Landungsboot eine Invasion versuchen. Wir sind Diebe. Lieber lassen wir uns in einem General-Products-Raumschiff unter Feuer nehmen.«

*

Das Tiefenradar drang nur bis zum *Scrith*-Boden vor. Die Berge und Täler über dem *Scrith* erschienen als durchsichtige Formationen. Sie entdeckten mit Marsstaub gefüllte Meere, der so fein war, daß er Wellen schlug wie Öl. Unter dem Staub entdeckten sie Siedlungen, die man als Städte bezeichnen konnte: Steingebäude mit runden Wänden und gerundeten Kanten und sehr vielen Öffnungen. Die Städtebauer staunten nicht weniger als Louis Wu. Marsianer waren im menschlichen Universum schon vor Hunderten von Jahren ausgestorben.

Die Luft war so klar wie Vakuum. Drüben auf Steuerbord, weit hinter dem Horizont, zeigte sich ein Berg, der höher war als jedes Gebirge auf der Erde. Das konnte natürlich nur Mons Olympus sein. Und ein weißer Flitter schwebte über dem Krater.

Die *Heiße Nadel* ging in Sturzflug über und hob sich gerade noch über den Dünnenscheiteln ab. Dieser Splitter war immer noch sichtbar, schwebte fünfzig oder sechzig Meter über dem Gipfel. Und die *Heiße Nadel* mußte von den Bewohnern dieses Splitters längst entdeckt worden sein.

»Chmeee?«

»Ich höre.«

Louis kämpfte den Impuls nieder, im Flüsterton zu sprechen: »Wir haben einen fliegenden Wolkenkratzer entdeckt. Vielleicht dreißig Stockwerke hoch, mit Balkonfenstern und einer Landefläche für Flugwagen. Gebaut wie ein Doppelkegel. Es hat eine große Ähnlichkeit mit dem Gebäude, das wir bei unserer ersten Expedition in Besitz nahmen, das brave Schiff *Improbable.*«

»Ist es das gleiche Gebäude?«

»Nicht ganz, kommt ihm aber sehr nahe. Und es schwebt über dem höchsten Berg des Mars wie ein gottverdammter Wegweiser.«

»Es scheint sich aber nicht um ein Signal zu handeln, das uns gilt. Soll ich übersetzen?«

»Noch nicht. Hast du inzwischen was entdeckt?«

»Ich glaube, ich habe die Linien eines gewaltigen Lukendekkels hinter dem Wasserfall auf dem Tiefenradar. Die Luke ist so breit, daß sie eine ganze Kriegsflotte oder einen Pfropfen passieren lassen könnte, der den Krater in der ›Faust Gottes‹ ausfüllte. Vielleicht läßt sich die Luke mit einem bestimmten Signal öffnen. Ich habe es noch nicht versucht.«

»Tu es nicht. Warte weitere Anweisungen ab. Hinterster?«

»Ich habe die Strahlungs- und die Tiefenradar-Sonden eingeschaltet. Das Gebäude gibt nur eine geringe Energiestrahlung ab. Aber ein magnetischer Schwebezustand benötigt ja nicht viel Energie.«

»Was befindet sich im Gebäude?«

»Hier.« Der Hinterste schaltete den Monitor ein. Das Tiefenradar-Bild des Gebäudes war ein durchsichtiges Grau. Offenbar war das fliegende Gebäude für Reisezwecke umgebaut worden , und besaß Treibstofftanks und einen Sauerstoffgenerator im fünfzehnten Stockwerk. Der Puppetier sagte: »Eine sehr feste Konstruktion: Die Wände bestehen aus Beton oder ähnlich dichtem Material. In der Tiefgarage befinden sich keine Fahr- oder Flugzeuge. Im Dachgeschoß und im Keller sind Teleskope oder andere Sonden eingebaut. Ich kann dir nicht sagen, ob das Gebäude von einer Mannschaft besetzt ist.«

»Das ist allerdings unser Problem. Ich möchte unser Vorgehen kurz skizzieren, und du sagst mir dann, wie sich das anhört. Erstens: wir fliegen so rasch wie möglich genau über den Gipfel.«

»Dort bilden wir eine perfekte Zielscheibe.«

»Wir sind jetzt schon eine gute Zielscheibe.«

»Aber nicht für Waffen, die sich im Mons Olympus befinden.«

»Und wenn schon – wir sind mit einem General-Products-Rumpf gepanzert. Wenn wir nicht beschossen werden, beginnen wir mit dem nächsten Schritt: wir erforschen den Krater mit Tiefenradar. Wenn wir nicht auf einen soliden *Scrith*-Boden stoßen, beginnen wir mit Phase drei: wir verdampfen das Gebäude. Können wir diese drei Manöver ausführen? In sehr kurzer Zeit?«

»Das können wir. Aber wir haben nicht genügend Energievorräte, um das Manöver zweimal durchzuführen. Wie sieht der nächste Schritt aus?«

»Dann dringen wir so rasch wie möglich in das Innere des Kraters vor. Chmeee bleibt in Wartestellung, um uns zu Hilfe zu kommen, wenn etwas schiefgeht. Nun möchte ich gern wissen, ob du mittendrin die Nerven verlierst und deine Köpfe in den Bauchnabel steckst.«

»Das würde ich nicht wagen.«

»Dann warte noch einen Moment.« Louis hatte auch daran gedacht, daß die beiden eingeborenen Gäste bei ihrer Operation Todesängste ausstehen mußten. Deshalb sagte er zu Harkabeeparolyn: »Wenn es einen Ort auf dieser Welt gibt, wo dieser Planet gerettet werden kann, dann liegt dieser Ort jetzt unter uns.

Wir glauben, daß wir den Eingang zur Rettungsstation gefunden haben. Aber außer uns hat ihn noch jemand entdeckt. Wir wissen nicht, wer uns zuvorgekommen ist. Verstehst du das?«

Die Frau antwortete: »Ich habe Angst.«

»Ich ebenfalls. Kannst du den Jungen bei der Stange halten?«

»Kannst du *mich* denn bei der Stange halten?« Sie lachte rauh: »Ich werde versuchen, ihn zu beruhigen.«

»Hinterster, jetzt!«

Die *Heiße Nadel* sprang mit einer Beschleunigung von zwanzig g in den Himmel hinauf und drehte sich. Dann hielt sie mit der Oberseite nach unten, fast auf Tuchfühlung mit dem schwebenden Wolkenkratzer. Auch Louis' Magen drehte sich. Die beiden Städtebauer schrien. Kawaresksenjajok klammerte sich an Louis' rechtem Arm fest.

Man konnte mit bloßem Auge erkennen, daß der Krater mit alter Lava verstopft war. Louis betrachtete den Monitor des Tiefenradars.

Dort war es! Ein Loch im *Scrith,* ein umgedrehter Trichter, der durch den Krater des Mons Olympus nach unten führte. Der Trichter war viel zu klein für einen Pfropfen, mit dem man die ›Faust Gottes‹ hätte reparieren können. Das war nur ein Notausstieg, ein Fluchtweg, aber er war groß genug für die *Heiße Nadel.*

»Feuer«, befahl Louis.

Der Hinterste hatte zuletzt seinen Strahler als Scheinwerfer benutzt. Auf diese kurze Entfernung wirkte er verheerend. Das fliegende Gebäude wurde zur glühenden Säule mit einem kometartigen Kopf aus kochendem Beton. Dann war es nur noch eine glitzernde Staubwolke.

Louis befahl: »Tauchen.«

»Louis?«

»Wir sind hier oben eine Zielscheibe. Wir haben keine Zeit zu verlieren. Tauchen! Mit zwanzig g. Wir brechen die Tür ein.«

Die ockerbraune Landschaft war jetzt ein Dach über ihren Köpfen. Das Tiefenradar-Bild zeigte ein Loch im *Scrith,* das ihnen entgegenfiel und sie verschlang. Doch alle anderen Sinne zeigten nur einen festen Lavakrater im Mons Olympus, der am

Rumpf mit schwindelerregender Geschwindigkeit nach oben stieg, um sie zu zerschmettern.

Kawarsksenjajoks Fingernägel gruben sich so tief in Louis' Arm, daß er zu bluten begann. Harkabeeparolyn schien vor Schreck wie versteinert. Louis bereitete sich auf den Aufprall vor.

Dunkelheit. Da waren formlose, milchige Lichter auf dem Tiefenradarschirm. Irgendwo dahinter glühte etwas: grüne, rote und orangefarbene Sterne. Das mußten die Instrumente auf dem Flugdeck sein.

»Hinterster!«

Keine Antwort.

»Hinterster, wir brauchen Licht! Schalte den Scheinwerfer ein! Wir müssen sehen können, was uns bedroht!«

»Was ist passiert?« fragte Harkabeeparolyn mit gequälter Stimme. Louis' Augen gewöhnten sich allmählich an die Dunkelheit; er konnte sie als grauen Schatten sehen. Sie kauerte auf der Erde und umschlang mit den Armen die Knie.

Das Licht in der Kabine ging wieder an. Der Hinterste drehte sich auf seiner Pilotenbank um. Er sah klein und verschrumpelt aus, als habe er sich schon halb zusammengerollt. »Ich bringe das nicht noch einmal fertig, Louis.«

»Wir können im Augenblick die Steuereinrichtungen sowieso nicht verwenden. Du weißt das. Schalte den Scheinwerfer ein, damit wir unsere Umgebung sehen können.«

Der Puppetier betätigte einen Knopf. Ein weißes diffuses Licht erhellte den Rumpf vor dem Kommandodeck.

»Wir sind in etwas eingegossen.« Der eine Kopf blickte nach unten, der andere sagte: »Lava. Die Außenhaut des Rumpfes hat eine Temperatur von siebenhundert Grad. Wir wurden mit Lava übergossen, während wir uns in Stasis befanden. Die Lava kühlt jetzt ab.«

»Das hört sich an, als habe uns jemand hier erwartet. Zeigt das Schiff immer noch mit dem Boden nach oben?«

»Ja.«

»Dann können wir nicht aufwärts beschleunigen, nur abwärts.«

»Ja.«

»Möchtest du es einmal versuchen?«

»Was verlangst du noch? Ich würde am liebsten dort wieder anfangen, wo du dich anschicktest, den Hyperdrive-Motor zu verbrennen . . .«

»Das hat doch keinen Sinn jetzt.«

». . . oder noch lieber dort, ehe ich beschloß, einen Menschen und einen Kzin zu entführen. Das war vermutlich mein größter Fehler.«

»Ich sagte doch, wir vergeuden kostbare Zeit.«

»Es gibt keine Möglichkeit, die überschüssige Wärme der *Heißen Nadel* abzustrahlen. Wenn wir die Schubdüsen einschalten, bringt uns das nur eine oder zwei Stunden näher an den Moment heran, wo wir in den Stasis-Zustand übergehen und die weiteren Entwicklungen abwarten müssen.«

»Dann halten wir uns mit dem Zünden der Düsen noch zurück. Was zeigen uns die Tiefenradar-Instrumente?«

»Noch glühendes Gestein in allen vier Richtungen, das beim Abkühlen Sprünge bekommt. Ich werde das Sichtfeld etwas weiter ausdehnen. Louis . . .? Der *Scrith*-Boden befindet sich ungefähr sechs Meilen unter uns, unter dem Dach der Heißen Nadel. Eine viel dünnere *Scrith*-Decke befindet sich vierzehn Meilen über uns.«

Louis wurde von Panikgefühlen ergriffen. »Chmeee, hörst du das alles mit?«

Die Antwort erfolgte auf unerwartete Weise.

Louis hörte einen Schrei, der unmenschliche Schmerzen und Wut verriet, als Chmeee auf der Transportscheibe materialisierte und quer durch die Kabinen lief, sich mit beiden Armen das Gesicht verdeckend. Harkabeeparolyn konnte mit knapper Not dem Kzin ausweichen. Er stieß mit den Knien gegen das Wasserbett, fiel um und rollte auf den Boden.

Louis war sofort zur Duschkabine gelaufen. Er stellte die Düse auf volle Kraft, sprang auf das Wasserbett, stemmte seine Schulter in die Achselgrube des Chmeee und hob ihn hoch. Chmeees Fleisch fühlte sich unter dem Pelz sehr heiß an.

Der Kzin stand auf und streckte sich dem kalten Wasserstrahl entgegen. Er drehte sich, bis ihm das Wasser über die Achseln, den Rücken und die Brust rann. Dann, als das kalte Wasser ihn überall abgekühlt hatte, hielt er das Gesicht in den Wasserstrahl. Dann sagte er: »Woher wußtest du, was passiert ist?«

»Man konnte es riechen«, erwiderte Louis. »Versengtes Fell. Wie konnte das geschehen?«

»Plötzlich brannte ich. Ein Dutzend roter Lichter glühten auf der Instrumententafel. Ich machte einen Satz auf die Transportscheibe. Das Landungsboot ist auf Selbststeuerung geschaltet, wenn es inzwischen nicht zerstört wurde.«

»Das werden wir später herausfinden müssen. Die *Heiße Nadel* ist in heißer Lava eingeschlossen. Hinterster?« Louis wandte sich dem Kommmandodeck zu.

Der Puppetier war zu einer Kugel zusammengerollt und steckte seine Köpfe in den Bauchnabel.

Er hatte einen Schock zuviel erlitten. Ein Wunder war es nicht.

Ein Monitor auf dem Kommandodeck zeigte ihnen ein Gesicht, das ihnen nicht ganz unvertraut war.

Das gleiche Gesicht, nur vergrößert, füllte nun das Rechteck aus, das vorher noch eine Tiefenradar-Projektion gewesen war. Eine Maske von einem Gesicht, menschenähnlich, nur wie aus altem Leder gemacht. Das Gesicht war haarlos. Die Kiefer waren zu harten zahnlosen Schnabelenden geworden. Unter der weit vorspringenden Stirn blickten die Augen Louis Wu nachdenklich an.

KAPITEL 30

DIE RÄDER IM GETRIEBE

»Mir scheint, du hast deinen Piloten verloren«, sagte der ledergesichtige Eindringling. Er schwebte vor dem Schiffsrumpf: der mißgestaltete Kopf mit den wie eine Melone geformten Schultern eines Protektors – ein Geist in dem schwarzen Gestein, das sie gefangen hielt.

Louis konnte nur nicken. Die Schocks waren zu rasch aufeinander gefolgt und kamen aus den falschen Richtungen. Er spürte, daß Chmeee tropfnaß neben ihm stand und schweigend einen möglichen Feind betrachtete. Die Städtebauer waren stumm. Wenn Louis ihren Gesichtsausdruck richtig deutete, überwog die Ehrfurcht ihre Angst.

Der Protektor sagte: »Damit seid ihr endgültig gefangen. Bald müßt ihr euch in den Zustand der Stasis begeben, und wir brauchen nicht darüber zu reden, was dann passiert. Ich bin erleichtert. Ich fragte mich schon, ob ich es fertigbrächte, euch selbst zu töten.«

Louis sagte: »Wir glaubten, ihr wäret alle tot.«

»Die Pak starben vor zweihundertfünfzigtausend Jahren aus.« Die zu einem Schnabel vereinigten und gehärteten Lippen und Gaumen verzerrten zwar die Konsonanten, aber er sprach ein verständliches Interworld. Warum ausgerechnet Interworld? »Eine Seuche raffte sie hinweg. Deine Annahme, daß alle Protektoren tot seinen, war richtig. Aber der Lebensbaum gedeiht immer noch unter der Weltkarte des Mars. Manchmal entdeckt jemand den Zugang zu dieser Wunderpflanze. Ich vermute, daß die Unsterblichkeitsdroge hier destilliert wurde, wenn ein Protektor irgendein Projekt finanzieren wollte.«

»Wo hast du Interworld gelernt?«

»Ich bin mit dieser Sprache aufgewachsen. Louis, erkennst du denn mich nicht wieder?«

Es war wie ein Dolchstoß in den Magen. »Teela! Wie konntest du dich so verwandeln?«

Ihr Gesicht war hart wie eine Maske. Wie hätten sich darauf Gefühle spiegeln können? Sie sagte: »Wissen ist Macht. Du kennst das Sprichwort? Sucher hielt Ausschau nach dem Fuß des Himmelsbogens. Ich breitete meine höhere Bildung vor ihm aus. Ich sagte ihm, daß der Himmelsbogen kein Fundament besitzt, sondern diese Welt ein Ring sei. Das war eine Weisheit, die ihn zutiefst erschütterte. Ich sagte ihm, wenn er nach dem Ort suche, von dem aus er die Welt regieren könnte, müßte er die Werkstatt suchen.«

»Das Reparaturzentrum«, sagte Louis. Ein Seitenblick auf das

Flugdeck zeigte ihm den Hintersten als einen verlängerten Dreifuß, der mit roten und blauen Steinen geschmückt war.

»Selbstverständlich mußte aus der Werkstatt inzwischen ein Reparaturzentrum geworden sein. Auch eine Zentrale der Macht«, erwiderte der Protektor. »Sucher erinnerte sich wieder an die Märchen vom Großen Ozean. Der Große Ozean schien uns der richtige Ort für so eine Zentrale zu sein, weil er durch die natürlichen Hindernisse der Entfernung, der gewaltigen Stürme und einem Dutzend räuberische Ekologien geschützt wurde. Astronomen hatten den Großen Ozean von verschiedenen Standorten auf der Ringwelt aus vermessen und studiert. Sucher war bei seinen Wanderungen mit ihnen zusammengetroffen und hatte dabei so viele Kenntnisse gesammelt, daß er uns Karten vom Großen Ozean anfertigen konnte.

Wir waren sechzehn Jahre auf dem Großen Ozean unterwegs. Die Erlebnisse unserer Reise würden ausreichen für zahllose neue Legenden. Wußtest du, daß die Weltkarten des Ozeans mit Lebewesen bestückt sind? Die Kzinti haben die Weltkarte der Erde kolonisiert. Wir hätten die Seereise nie bewältigen können, wenn wir nicht ein Kolonialschiff der Kzinti erbeutet hätten. Es gibt Inseln im Großen Ozean, die riesige Lebensformen darstellen. Ihre Rücken sind bewachsen; aber diese Geschöpfe tauchen unter, wenn ein Seefahrer es am wenigsten erwartet . . .«

»Teela! Wie konntest du dich in so eine Gestalt verwandeln?«

»Ich ahnte vieles, wußte aber nicht alles, Louis. So kam ich nie darauf, wer die Ringwelt gebaut haben konnte, bis es zu spät war.«

»Aber du hattest doch immer *Glück!*«

Der Protektor nickte. »Ich war für das Glück herangezüchtet worden, von Pierson-Puppetiers, die die Fruchtbarkeitsgesetze der Erde manipulierten und die Geburtsrecht-Lotterien ins Leben riefen. Du warst davon überzeugt gewesen, daß diese Manipulation von Erfolg gekrönt war. Ich hielt das immer für einen Unsinn. Louis, willst du wirklich glauben, daß sechs Generationen von Geburtsrechts-Lotteriegewinnern ein menschliches Wesen zeugen mußten, daß immer Glück hat?«

Louis antwortete nicht darauf.

»Nur ein einziges Wesen dieser Art?« Sie schien ihn auszulachen. »Denke doch an das Glück aller Nachkommen aller Menschen, die die Geburtsrecht-Lotterie gewonnen haben. In zwanzigtausend Jahren sind diese Glücklichen bestimmt schon längst auf der Flucht vor der Explosion des galaktischen Kerns. Warum nicht an Bord der Ringwelt? Sie bietet drei Millionen mal soviel Wohnfläche wie die Erde, und die Ringwelt kann bewegt werden, Louis. Die Ringwelt ist ein Glückstreffer für alle jene noch ungeborenen Nachkommen der Leute, die für das Glück herangezüchtet wurden. Wenn ich die Ringwelt retten kann, dann ist es für diese Nachkommenschaft ein Glück, daß ich vor dreiundzwanzig Jahren hierher gekommen bin, und es war für sie auch ein Glück, daß Sucher und ich den Eingang der Ringwelt-Zentrale im Mons Olympus fanden. Es war deren Glück, aber nicht meines!«

»Hat auch er sich verwandelt?«

»Sucher starb natürlich. Wir beide wurden fast wahnsinnig vor Hunger nach der Lebensbaum-Wurzel. Aber Sucher war tausend Jahre zu alt dafür. Der Lebensbaum tötete ihn.«

»Ich hätte dich niemals hier zurücklassen dürfen«, sagte Louis.

»Ich ließ dir gar keine Wahl. Ich hatte selbst keine – wenn du an das Glück glaubst. Auch jetzt habe ich kaum eine Alternative. Die Instinkte sind sehr stark in einem Protektor.«

»Glaubst du an das Glück?«

Sie sagte: »Nein. Ich wünschte, ich könnte daran glauben.«

Louis bewegte die Arme – eine Geste der Hilflosigkeit – und wandte sich ab. Hatte er nicht längst gewußt, daß er Teela Brown wiedertreffen würde? Aber nicht in dieser Gestalt! Er stellte das Schlaffeld an und schwebte im freien Fall.

Der Hinterste hatte den richtigen Einfall gehabt. Man mußte sich in seinen eigenen Bauchnabel verkriechen.

Aber die Menschen können leider nicht ihre Ohren verschließen. Louis schwebte halb zusammengerollt nach oben, die Arme vor dem Gesicht. Aber er hörte:

»Dolmetscher, ich beglückwünsche dich dazu, daß du deine Jugend zurückgewonnen hast.«

»Mein Name ist Chmeee.«

»Ich bitte um Entschuldigung«, erwiderte der Protektor. »Chmeee, wie bist du hierher gekommen?«

Der Kzin erwiderte: »Ich bin ein dreifach gefangenes Wesen. Zuerst wurde ich von dem Hintersten entführt, dann von Louis daran gehindert, der Ringwelt zu entrinnen, und jetzt werde ich noch von Teela Brown unter dem Mars festgehalten. Das ist eine Unglückskette, die ich durchbrechen muß. Willst du mit mir kämpfen, Teela?«

»Nicht eher, bist du mich erreichen kannst, Chmeee.«

Der Kzin wandte sich ebenfalls von ihr ab.

»Was verlangst du von uns?« Das war Kawaresksenjajok, der sich schüchtern in der Sprache der Städtebauer meldete. Seine Frage kam als Interworld-Echo aus dem Übersetzer.

»Nichts«, gab Teela in der Sprache der Städtebauer zurück.

»Weshalb sind wir dann hier?«

»Um nichts zu tun. Ich habe dafür gesorgt, daß ihr nichts unternehmen könnt.«

»Das verstehe ich nicht.« Der Junge war den Tränen nahe. »Warum willst du uns hier lebendig begraben?«

»Kind, ich tue, was ich tun muß. Ich muß eins Komma fünf mal zehn hoch zwölf Mordfälle verhindern.«

Louis öffnete jetzt wieder die Augen.

Harkabeeparolyn widersprach mit leidenschaftlicher Stimme: »Aber wir sind doch hierhergekommen, *um* den Tod so vieler Wesen zu verhindern! Weißt du denn nicht, daß die Welt aus den Fugen geraten ist und in ihre Sonne hineinrutscht?«

»Das weiß ich. Ich stellte den Reparaturtrupp zusammen, der die Steuerdüsen wieder in ihre Halterungen an der Mauerkrone der Ringwelt befestigte, aus denen deine Vorfahren sie gestohlen haben, um den Schaden, den ihr angerichtet habt, wieder auszubessern.«

»Luweewu behauptet, die Steuerdüsen reichten nicht aus!«

»Das ist richtig.«

Louis Wu hörte ihnen jetzt gespannt zu.

Die Bibliothekarin schüttelte den Kopf. »Dann verstehe ich dich nicht.«

»Mit den wenigen Steuerdüsen, die jetzt wieder arbeiten, können wir die Lebensspanne der Ringwelt um ein Jahr verlängern. Ein zusätzliches Lebensjahr für drei mal zehn hoch dreizehn intelligente Wesen entspricht zusätzlich tausend Lebensjahren für jeden Bewohner der Erde. Die Tat lohnte sich also. Meine Mitarbeiter stimmten mir zu, sogar jene, die nicht zu den Protektoren gehören.«

Louis konnte die Linien von Teela Browns Gesicht in der Ledermaske des Protektoren wiedererkennen. Die Gelenke an den Scharnieren der Kiefer waren verdeckt, der Schädel angeschwollen, um das größere Gehirn aufnehmen zu können . . . aber er erkannte Teela wieder, und das schmerzte ihn tief. *Warum geht sie nicht fort?*

Eingefahrene Gewohnheiten lassen sich nicht so rasch ausmerzen, und Louis hatte einen analytischen Verstand. Er dachte: *Warum geht sie nicht fort? Ein sterbender Protektor auf einer zum Untergang verurteilten Kunstwelt! Sie hat doch keine Minute zu vergeuden, um mit einer Gruppe von zeugungsfähigen Wesen zu sprechen, die in einer Falle sitzen. Was denkt sie sich dabei?*

Er wandte sich ihr wieder zu: »Du hast also den Reparaturtrupp zusammengestellt. Woraus besteht er?«

»Die meisten hominiden Wesen hören mir wenigstens zu. Mein Aussehen half mir. Ich stellte einen Trupp von mehreren hunderttausend Mitgliedern der verschiedensten Rassen zusammen. Drei von ihnen brachte ich hierher, damit sie sich in Protektoren verwandelten: einen Vertreter des Schüttberg-Volkes, des Nacht-Volkes und der Vampire. Ich hoffte, daß sie vielleicht einen Ausweg fänden, der mir verborgen geblieben ist. Sie entstammten verschiedenartig mutierten Rassen, und deshalb mußten sie auch einen anderen Standpunkt einnehmen als ich. Der Vampir war vor seiner Verwandlung noch ein nur halb intelligentes Wesen.

Aber sie enttäuschten mich«, fuhr Teela fort. *Sie verhielt sich wahrhaftig so, als hättte sie Zeit. Zeit, um sich mit gefangenen fremden Wesen und fortpflanzungsfähigen Hominiden zu unterhalten, bis die Ringwelt mit den Sonnenblenden zusammenstieß!* »Sie fanden keine bessere Lösung. Und deshalb hängten wir die noch vorhandenen Bussard-Rammdüsen an die Mauer der Ringwelt. Wir haben sie inzwischen bis auf eine wieder in Betrieb gesetzt. Unter der Leitung des letzten noch lebenden Protektors wird meine Reparaturmannschaft das letzte noch intakte Raumschiff wieder in Dienst stellen und damit zu einem benachbarten Stern fliegen. Ein paar Bewohner der Ringwelt werden die Katastrophe überleben.«

»Kehren wir zu der Frage zurück, die ich anfangs stellte«, sagte Louis. »Deine Mannschaft ist fieberhaft bei der Arbeit, ein Raumschiff für die Flucht vorzubereiten. Aber du bist hier. Weshalb?« *Ich habe recht! Sie will uns etwas mitteilen!*

»Ich kam hierher, um den Mord an fünfzehnhunderttausend Millionen intelligenten menschlichen Wesen zu verhindern. Ich ortete die Neutrino-Auspuffgase aus Schübdüsen, die nur im menschlichen Universum gebaut werden, und daher eilte ich zu der Stelle zurück, die allein als Tatort in Frage kommt. Ich wartete. Und jetzt seid ihr hier.«

»Wir sind hier«, gab Louis zu. »Aber du weißt verdammt genau, daß wir nicht herkamen, um einen Massenmord zu begehen.«

»Du wärst auch zum Massenmörder geworden.«

»Wieso?«

»Das kann ich dir nicht sagen.«

Sie zeigte auch keine Neigung, das Gespräch zu beenden. Das war schon ein einzigartiges Spiel, das Teela mit ihnen trieb. Sie mußten die Spielregeln selbst erraten. Louis fragte: »Nehmen wir an, du könntest die Ringwelt retten, indem du eineinhalb Billiarden Bewohner der Ringwelt in den Tod schickst. Anderthalb Billiarden von dreißig Billiarden, die diesen Planeten bewohnen. Einem Protektor würde diese Entscheidung doch nicht schwerfallen, nicht wahr? Fünf Prozent zu opfern, um fünfundneunzig Prozent zu retten. Es scheint mir ein . . . ein gutes Ergebnis zu sein.«

»Kannst du mit so vielen denkenden Wesen mitfühlen, Louis? Oder kannst du immer nur das Schicksal eines einziges

Menschen nachvollziehen, der den Tod erleidet, während du die Rolle des Hauptdarstellers spielst?«

Er gab darauf keine Antwort.

»Dreißig Milliarden Menschen bewohnen das menschliche Universum. Stelle sie dir alle tot vor. Stelle dir fünfzig mal so viel Menschen vor, die an, sagen wir mal, Strahlenvergiftung sterben. Kannst du ihre Schmerzen, ihre Verzweiflung, ihr Mitgefühl für ihre Leidensgenossen nachempfinden? Von einer so riesigen Menge? Diese Zahlen übersteigen dein Fassungsvermögen. Dein Bewußtsein kann sie gar nicht aufnehmen. Aber meines kann das.«

»Oh!«

»Ich bringe das nicht fertig. Ich kann es nicht zulassen. Ich wußte, daß ich dir in die Arme fallen mußte.«

»Teela. Stell dir vor, wie eine Sonnenblende mit einer Geschwindigkeit von siebenhundert Meilen pro Sekunde über die Oberfläche der Ringwelt schleift. Stell dir vor, daß tausend mal so viel Wesen, wie im menschlichen Universum leben, sterben müssen, weil die Ringwelt zerbricht.«

»Ich bin mir dessen bewußt.«

Louis nickte. Teile von einem Puzzlespiel. Teela würde ihnen so viele Teile überlassen, wir ihr das möglich war. Aber sie brachte es nicht über sich, ihnen das fertige Bild auszuhändigen. Also mußte er selbst die Teile zusammensuchen. »Du sprachst von einem zweiten noch lebenden Protektor. Ursprünglich waren es vier, sagtest du am Anfang, und jetzt sind es nur noch einer plus noch einem? Was geschah mit den anderen beiden?«

»Zwei Protektoren verließen gleichzeitig mit mir die Reparaturmannschaft. Vielleicht entdeckten sie Indizien, die eure Ankunft meldeten. Ich hielt es für nötig, sie zu verfolgen und an der Ausübung ihrer Pläne zu hindern.«

»Tatsächlich? Wenn es Protektoren waren, konnten sie genauso wenig anderthalb Billiarden denkende Hominiden töten wie du.«

»Sie hätten es irgendwie einrichten können, daß dieser Massenmord geschah.«

»Irgendwie.« Du mußt jetzt sehr vorsichtig mit den Worten umgehen. Louis war froh, daß niemand versuchte, dieses Gespräch zu unterbrechen. Nicht einmal Chmeee, der geschmeidige Diplomat. »Sorge irgendwie dafür, daß fortpflanzungsfähige menschliche Wesen den einzigen Ort auf der Ringwelt erreichen, wo dieses Verbrechen begangen werden kann. Wäre das ihre Strategie gewesen, wenn du sie nicht daran gehindert hättest?«

»Vielleicht.«

»Sorge dafür, daß diese sorgfältig ausgewählten fortpflanzungsfähigen Wesen irgendwie davor bewahrt werden, den Duft des Lebensbaumes einzuatmen.« *Druckanzüge! Deswegen hatte Teela nach einem interstellaren Raumschiff Ausschau gehalten.* »Sorge dafür, daß sie sich irgendwie der gefährlichen Situation bewußt werden. Und irgendwie muß ein Protektor sich mit seinen Hintergedanken ja einen Ausweg suchen, wie er sie nicht tötet, ehe sie die Lösung erkennen und sie in die Tat umsetzen, dabei astronomische Zahlen von zeugungsfähigen Wesen töten, um eine viel größere Zahl von ihnen zu retten. Ist es das, was du glaubst, verhütet zu haben?«

»Ja.«

»Und wir befinden uns am richtigen Ort?«

»Wo würde ich dich sonst erwartet haben?«

»Es ist immer noch ein Protektor übrig. Wird er hierher kommen, um dir das Leben zu nehmen?«

»Nein. Der Protektor des Nacht-Volkes weiß, daß nur noch er übrig ist, um die Evakuierung zu überwachen. Wenn er versucht, mich zu töten, und ich statt dessen ihn töte, ist die Gefahr groß, daß fortpflanzungsfähige menschliche Wesen auf dem Weg zu einer neuen Heimat sterben.«

»Dir scheint das Töten ja nicht schwerzufallen«, erwiderte Louis bitter.

»Nein, es fällt mir schwer. Ich bringe es nicht fertig, fünf Prozent der Ringwelt-Bevölkerung sterben zu lassen, und ich weiß nicht einmal, ob ich dich töten kann, Louis. Du bist ein zeugungsfähiges Wesen meiner Rasse. Auf der Ringwelt bist du sogar der einzige zeugungsfähige Mann deiner Art.«

»Ich habe mir verschiedene Möglichkeiten überlegt, die Ringwelt zu retten«, antwortete Louis Wu. »Wenn du Kenntnis hast von der Existenz eines gigantischen Materie-Umwandlers, wüßten wir mit ihm umzugehen.«

»Die Pak verfügten nicht über ein solches Gerät. Diese Überlegung war keine Meisterleistung, Louis.«

»Wenn wir ein Loch in den Meeresboden des Großen Ozeans bohren könnten und den Abfluß dosieren, könnten wir die Reaktionskräfte dazu benützen, die Ringwelt wieder ins Gleichgewicht zu bringen.«

»Sehr klug. Aber du kannst kein Loch in den Meeresboden bohren, noch viel weniger es verstopfen. Zudem gibt es eine Lösung, die weniger Schaden anrichtet. Trotzdem ist es ein zu großer Schaden, den ich nicht zulassen kann.«

»Wie könntest du die Ringwelt retten?«

Der Protektor erwiderte:

»Ich kann es nicht.«

»Wo sind wir? Was geschah in diesem Teil des Reparaturzentrums?«

Eine lange Pause verstrich. Dann sagte der Protektor: »Ich darf dir nicht mehr sagen, als du bereits weißt. Ich sehe nicht, wie du deinem Gefängnis entrinnen könntest, aber ich muß mit der Möglichkeit rechnen.«

»Ich gebe es auf«, sagte Louis Wu. »Ich gebe mich geschlagen. Tanj mit deinem verrückten Puzzlespiel.«

»Schön, Louis. Wenistens wirst du niemals sterben.«

Louis schloß die Augen und rollte sich im freien Fall zusammen. *Frommes Aas,* dachte er.

»Ich werde euch Gesellschaft leisten, wenn ihr euch in das Stasis-Feld rettet«, sagte Teela. »Mehr kann ich nicht für eure Bequemlichkeit tun. Du da – wie heißt du, und woher kommst du? Du gehörst doch zur Rasse der Hominiden, die die Ringwelt und die Sterne eroberte.«

Dummes Geschwätz. Warum wurden Menschen nicht mit Scheuklappen geboren, die sie über die Ohren legen konnten? Gab es eine menschenähliche Art auf der Ringwelt, die diese Eigenschaft genetisch entwickelte?

Kawaresksenjajok fragte: »Welche Einstellungen hat ein Zauberer zu *Rishathra?*«

»*Rishathra* ist für dich wichtig, wenn du eine neue Gattung kennenlernen willst, nicht wahr, Kind? *Rishathra* ist etwas für zeugungsfähige Wesen. Das ist meine Einstellung dazu. Aber auch wir empfinden Liebe.«

Der Junge hielt sich großartig. Seine Begeisterungsfähigkeit für wunderbare Geschichten schien grenzenlos zu sein. Teela erzählte ihm von ihrer großen Wanderung. Die Gruppe von Forschungsreisenden, der sie angehörte, wurde von den Grogs auf der Weltkarte von Down gefangengenommen und dann von den seltsamen Bewohnern dieser Weltkarte wieder befreit. Auf Kzin wurden hominide Tiere, die vor langer Zeit von der Weltkarte der Erde eingeführt worden waren, für besondere Aufgaben gezüchtet, bis sie sich so sehr voneinander unterschieden wie die Hunderassen im menschlichen Universum. Teelas Crew hatte sich zwischen diesen Tieren versteckt. Sie hatten ein Kolonialschiff der Kzinti gestohlen und eines von den krill-fressenden Inselungeheuern getötet, um sich vor dem Hungertod zu retten. Sie hatten das Fleisch in einem leeren Tank für flüssigen Wasserstoff eingefroren. Davon hatten sie dann monatelang gelebt.

Er hörte noch, wie sie sagte: »Auch ich muß jetz etwas essen. Aber ich werde bald wiederkommen.« Und dann senkte sich Schweigen über die Kabine.

*

Das Schweigen endete damit, daß sich ein paar stumpfe Zähne sacht über Louis' Handgelenk schlossen. »Louis, wach auf. Wir haben keine Zeit, auf deine Launen Rücksicht zu nehmen.«

Louis drehte sich um und schaltete das Schlaffeld ab. Einen Moment lang genoß er den interessanten Anblick eines Puppetiers, Schulter an Schulter mit einem Tigerwesen in der Blüte seiner Jahre. »Ich dachte, du hättest dich aus der Mannschaft verabschiedet.«

»Eine Illusion, die der Wahrheit sehr nahe kam. Ich war versucht, die Ereignisse treiben zu lassen«, erwiderte der Puppetier. »Teela Brown sagte die Wahrheit, als sie dir versicherte, wir würden nicht sterben. Die Bruchstücke der Ringwelt werden weit in das Weltall verstreut werden. Eines Tages würde man uns dort vielleicht sogar entdecken.«

»Ich denke auch schon in dieser Kategorie. Ich bin bereit, aufzugeben.«

»Die Protektoren müssen schon seit zweihundertfünfzigtausend Jahren tot sein. Wer sagte das nur?«

»Wenn du noch einen Funken Verstand besitzt, solltest du es aufgeben, auf mich zu hören.«

»Pardon, dazu bin ich noch nicht bereit. Ich hatte den Eindruck, als wollte der Protektor uns etwas sagen. Die Pak waren deine Vorfahren, und Teela entstammt deiner eigenen Kultur. Wir verlangen Aufklärung.«

»Sie will, daß wir die schmutzige Arbeit für sie tun«, sagte Louis. »Alles, was sie tut, ist doppelsinnig. Futz, ihr habt die Protokolle studiert, als Brennan nach seiner Verwandlung zum Protektor verhört wurde. Protektoren haben sehr starke Instinkte und verfügen über eine übermenschliche Intelligenz. Diese beiden Veranlagungen müssen miteinander in Konflikt kommen.«

»Ich begreife nicht, was für eine schmutzige Arbeit sie von uns verlangt.«

»Sie weiß, wie die Ringwelt gerettet werden kann. Alle vier Protektoren wußten das. Töte fünf Prozent, rette die übrigen fünfundneunzig Prozent. Aber sie können diese Tat nicht selbst ausführen. Sie können nicht einmal zulassen, daß ein anderer für sie die Rettungstat vollbringt; aber sie *müssen* einen anderen dazu zwingen, das Notwendige zu tun. Das ist ihre Doppelsinnigkeit, die Ironie ihres Denkens.«

»Was bedeutet das konkret?«

Die Zahlen, die Teela genannt hatte, tickten wie eine Zeitbombe in Louis' Unterbewußtsein. Warum? . . . Tanj damit! »Teela suchte sich diesen Wolkenkratzer aus, weil er genauso aussah, wie Halrloprillalars fliegendes Gefängnis, das wir während der ersten Expedition erbeuteten. Sie suchte es aus, um unsere Aufmerksamkeit zu erregen. Sie brachte es dorthin, wo sie uns haben wollte. Ich habe keine Ahnung, was für eine Funktion dieser Teil des Reparaturzentrums erfüllt, aber es ist die richtige Stelle in einer Schachtel von der Größe einer Milliarde Kubikmeilen. Alles anderen müssen wir selbst herausfinden.«

»Und was dann? Ist sie nicht davon überzeugt, daß wir in der Falle sitzen?«

»Was wir auch unternehmen – sie wird versuchen, uns daran zu hindern. Wir werden sie töten müssen. Das ist es, was sie uns mitteilen wollte. Wir haben nur einen Vorteil. Sie kämpft, um zu verlieren.«

»Das ist mir zu hoch«, erwiderte der Puppetier.

»Sie will, daß die Ringwelt überlebt. Sie will, daß wir sie töten. Und sie erzählte uns so viel, wie sie durfte. Aber selbst wenn wir die übrigen Stücke des Puzzlespieles finden, können wir es verantworten, so viele intelligente Wesen zu töten?«

Chmeee sagte: »Teela tut mir leid.«

»Ja.«

»Und wie können wir sie töten? Wenn du recht hast, muß sie sich doch irgend etwas ausgedacht haben.«

»Das bezweifle ich. Meiner Vermutung nach hat sie ihr Möglichstes getan, nicht daran zu denken, was wir gegen sie unternehmen könnten. Denn dann müßte sie das blockieren. Wir sind auf uns selbst angewiesen. Und sie wird, von ihrem Instinkt geleitet, jedes fremde Lebewesen ermorden. Bei mir könnte sie vielleicht eine halbe, alles entscheidende Sekunde lang zögern.«

»Also gut«, sagte der Kzin. »Alle unsere wirksamen Waffen befinden sich auf dem Landungsboot. Und wir sind in Lava eingeschlossen. Ist die Transportscheiben-Verbindung zum Landungsboot noch offen?«

Der Hinterste kehrte auf das Flugdeck zurück, um das nachzuprüfen. Er berichtete: »Die Verbindung ist offen. Die Weltkarte des Mars besteht aus *Scrith,* doch die Schicht ist nur ein paar Zentimeter dick. Sie muß nicht die schreckliche Belastung aushalten wie das Fundament der Ringwelt. Meine Instrumente können diese Schicht durchdringen, und das gleiche gilt für die

Transportscheiben. Das ist die erste positive Entdeckung am heutigen Tag.«

»Gut. Louis, begleitest du mich?«

»Selbstverständlich. Wie hoch ist die Temperatur an Bord des Landungsbootes?«

»Eine Reihe von Sensoren sind durchgebrannt. Ich kann es dir nicht sagen«, erwiderte der Hinterste. »Wenn ihr das Landungsboot noch benützen könnt, dann tut es. Sonst rafft ihr nur alles zusammen, was ihr benötigt und kehrt sofort wieder in das Raumschiff zurück. Wenn die Bedingungen unerträglich sind, kehrt ihr auf der Stelle wieder um. Wir müssen wissen, über welche Mittel wir verfügen.«

»Der logische nächste Schritt«, stimmte Chmeee dem Puppetier zu. »Und was geschieht, wenn das Landungsboot sich nicht mehr manövrieren läßt?«

»Dann bliebe uns immer noch ein Weg offen«, antwortete Louis, »aber wir müssen uns Druckanzüge beschaffen. Hinterster, warte nicht auf uns. Aber behalte uns mit deinen Ortungsgeräten im Auge. Und suche nach Teela. Sie muß sich in einem offenen Raum befinden, eine Art von Gewächshaus, das groß genug ist für ein Getreidefeld.«

»Aye, aye. Ich vermute, daß wir uns irgendwo unter dem Mons Olympus befinden.«

»Darauf würde ich mich nicht verlassen. Vielleicht nahm sie die *Heiße Nadel* mit einem schweren Lasergeschütz unter Feuer, damit das Stasisfeld so lange andauerte, bis sie uns an eine Stelle schleppen konnte, wo sie glühende Magma für uns bereithielt. Und diese Stelle ist vermutlich auch der Tatort.«

»Louis, hast du eine Ahnung, was sie von uns erwartet?«

»Nicht einen Schimmer. Also lassen wir das vorläufig auf sich beruhen.« Louis forderte mit der Wählscheibe ein paar Badetücher an und warf Chmeee eines davon zu. Dann schlüpfte er in seine Holzpantoffeln. »Bist du bereit?« fragte er den Kzin.
Chmeee sprang auf die Transportscheibe. Louis folgte ihm dicht auf.

KAPITEL 31

DAS REPARATURZENTRUM

Es war, als wären sie in einem Backofen materialisiert. Louis hatte wenigstens Holzpantoffeln an den Füßen, aber Chmeees Sohlen wurden nur durch den dünnen Bodenbelag geschützt. Der Kzin lief den Niedergang zur Kabine hinunter und fauchte, als er mit Metall in Berührung kam.

Louis hielt die Luft an. Hoffentlich tat Chmeee das auch. Die Luft war so heiß, daß man sich damit die Lungen verbrennen konnte. Der Boden neigte sich vier oder fünf Grad zur Seite. Louis beging den Fehler, durch eines der Bullaugen zu blicken: er erstarrte ein paar Schrecksekunden lang. Was war das da draußen in dem schlammigen Zwielicht: ein neugieriger Sandhai? Lag das Landungsboot im Wasser?

Er hatte drei Sekunden verloren, als er die Treppe zur Kabine hinunterging. Er trat viel vorsichtiger auf als Chmeee, kämpfte gegen die Regung an, tief einzuatmen, stieß die verbrauchte Luft durch die Nase aus, um diese furchtbare Hitze nicht so rasch in seinen Körper eindringen zu lassen. Es roch nach verschmortem Fleisch, nach Rauch, Hitze und verbrauchter Luft.

Chmeee versuchte, seine verbrannten Hände abzukühlen; der Pelz stand ihm wie ein Kragen um den Hals. Die Griffe der Wandschränke bestanden aus Metall. Louis wickelte Handtücher um seine Hände und fing an, die Schranktüren zu öffnen. Chmeee verwendete sein Taschentuch dazu, die Schränke zu entleeren: Druckanzüge, Fluggeschirre, Zerstäuber, Superleiter-Tuch. Louis stürzte sich sofort auf den Helm seines Druckanzuges und stellte die Luftzufuhr an, wickelte sich ein Handtuch um den Hals und stülpte dann den Helm über den Kopf. Der Wind, der jetzt sein Gesicht fächelte, war nur warm. Er öffnete den Mund weit und sog seine Lungen voll.

Chmeees Anzug hatte keinen abnehmbaren Helm. Er mußte ihn mit den übrigen Teilen seines Schutzanzuges verschrauben. Sein hechelnder Atem hörte sich in Louis' Ohrstöpseln schrecklich an.

»Wir befinden uns unter Wasser«, sagte Louis keuchend. »Warum ist es so verdammt heiß im Landungsboot?«

»Frag mich später. Hilf mir beim Tragen.« Chmeee hob sein Fluggeschirr auf, seinen Schutzanzug, seine Spule mit Superleiter-Draht und eine gehörige Portion Superleiter-Tuch. Obenauf legte er noch den Zerstäuber, auch Slaver-Doppelflinte genannt. Dann lief er zurück zur Treppe, die zum Flugdeck führte. Louis folgte ihm, schwankend unter seiner Last von Prills Fluggeschirr, dem Handscheinwerfer-Laser, den beiden Druckanzügen und dem Schutzpanzer. Seine Haut war krebsrot. Er hatte das Gefühl, als begänne sein Fleisch zu kochen.

Chmeee hielt vor der Instrumentenkonsole auf dem Flugdeck an. Blasiges dunkelgrünes Wasser zeigte sich vor den Bullaugen. Kleine Fische suchten sich ihren Weg in einem Wald aus Seetang. Der Kzin keuchte: »Da, die Instrumentenskalen . . . geben dir Antwort. Teela überschüttete mich mit Hitze in Gestalt von Mikrowellen. Das Not-Rettungssystem versagte. Die *Scrith*-Repulsionsdüsen versagten. Das Landungsboot versank im Meer. Das Wasser hielt . . . die Mikrowellen auf. Das Landungsboot blieb heiß, weil die Hitzepumpen zuerst ausbrannten und die Isolierung zu gut ist. Wir können das Landungsboot nicht mehr verwenden.«

»Zum Teufel damit.« Louis stellte sich auf die Transportscheibe.

Er ließ seine Last fallen. Der Schweiß lief ihm in die Augen und den Mund. Er zog den heißen Schutzhelm aus und schnappte gierig nach kalter Luft. Harkabeeparolyn stemmte ihre Schulter unter seine Achsel und half ihm, sich zum Bett zu schleppen, murmelte etwas Beruhigendes in der Sprache der Städtebauer.

Chmeee war nicht ins Raumschiff zurückgekehrt.

Louis riß sich von Harkabeeparolyn los. Er stülpte den Schutzhelm wieder über den Kopf und ging schwankend zurück zur Transportscheibe.

Chmeee bediente ein paar Instrumente im Leitstand. Er warf Louis seine Ausrüstung zu. »Nimm das so lange. Ich komme gleich nach.«

»Aye, aye.«

*

Louis hatte seinen Druckanzug zur Hälfte angelegt, als der Kzin in die *Heiße Nadel* zurückkam. Der Kzin zog seinen Druckanzug aus. »Es eilt nicht. Louis. Hinterster, das Landungsboot ist nicht mehr zu gebrauchen. Ich habe den Leitstand so programmiert, daß es mit seinen Fusionsmotoren startet und zum Mons Olympus fliegt. Das soll ein Ablenkungsmanöver für Teela werden. Vielleicht verliert sie ein paar wertvolle Sekunden damit, das Landungsboot zu vernichten.«

Das Mikrophon antwortete: »Gut. Ich bin auch nicht ganz faul gewesen, aber ich kann euch das Ergebnis nicht mitteilen. Wir wissen bereits, daß Teela auf allen Leitungen mithören kann.«

»Und?«

Der Hinterste setzte mit der Transportscheibe in die Kabine über. Nun konnte er auch ohne mechanische Hilfsmittel sprechen: »Die meisten meiner Instrumente sind natürlich in dieser Lage nicht zu verwenden. Aber ich weiß unseren relativen Standort. Ungefähr zweihundert Meilen backbord von spinnwärts befindet sich eine sehr starke Neutrino-Emissionsquelle, vermutlich ein Fusions-Kraftwerk. Die Tiefenradar-Bilder zeigen, daß wir von Höhlen umgeben sind. Die meisten davon sind nicht größer als ein Zimmer. Manche haben jedoch gewaltige Ausmaße, und darin stehen schwere Maschinen. Ich glaube, daß ich auch die Höhle orten konnte, wo die Hebewerkzeuge und Gerüste aufbewahrt wurden, mit deren Hilfe die Reparaturmannschaft die Steuerdüsen an der Ringweltmauer einhängte. Zudem entdeckte ich eine massive konkave Tür in der Außenwand des Mars, die vom Wasserfall verdeckt wird. Ich entdeckte Lagerräume, in denen *Scrith*-Ersatzstücke aufbewahrt werden. Vermutlich dienen sie zur Reparatur von größeren Meteoreinschlägen. Zu diesen Lagerräumen gehört wieder eine Luke in der Außenwand. Daneben entdeckte ich kleine Raumschiffe, vermutlich Raum-Abfangjäger – und wieder ein Schott.

Alles in allem befinden sich sechs Luken unter dem Wasserfall. Es gelang mir . . .

»Hinterster, du solltest Teela Brown für uns suchen!«

»Hattest du nicht vor einiger Zeit Louis gebeten, Geduld zu haben?«

»Louis Wu ist ein Mensch. Er weiß, was Geduld ist. Aber du, du blätterfressendes Untier, besitzt zuviel von dieser Eigenschaft. Bei dir ist Geduld ein Laster.«

»Du machtest den Vorschlag, die menschliche Variante eines Pak-Protektors zu ermorden? Ich hoffe, du stellst dir das nicht wie ein Duell vor, indem du dich mit einem Schrei auf Teela stürzt und sie mit bloßen Händen angreifst! Wir müssen Teela mit unserem Verstand bekämpfen. Das verlangt Geduld, Kzin! Bedenke, was auf dem Spiel steht!«

»Berichte weiter.«

»Es gelang mir, auch die Lage von Mons Olympus zu orten. Er befindet sich achthundert Meilen antispinnwärts von Backbord. Ich vermute, daß Teela mit einem schweren Laser oder einem ähnlichen Gerät die *Heiße Nadel* unter Feuer nahm, damit wir im Stasisfeld blieben, während sie uns achthundert Meilen weit schleppte. Ich habe keine Ahnung, warum sie sich diese Mühe machte.«

Louis sagte: »Sie schleppte uns bis zu einer Stelle, wo sie geschmolzenes Gestein für uns bereithielt. Dieser Ort wird sich als Stätte des hypothetischen Massenmordes entpuppen. Wir müssen nur noch dahinterkommen, wieso hier die richtige Stelle ist. Tanj, vielleicht hat sie unsere Intelligenz sogar überschätzt!«

»Da kannst du nur für dich selbst sprechen, Louis. Vielleicht befindet sich die Stelle unter uns.« Ein Puppetier-Kopf wölbte sich nach oben. »Vielleicht auch über uns. Dort befindet sich ein Komplex von Räumen mit sehr starker elektrischer Aktivität, ganz zu schweigen von einer Reihe von pulsierenden Neutrino-Quellen. Vermutlich handelt es sich dabei um Tiefenradar-Geräte.

Ich fand auch einen halbkugelförmigen Raum mit einer weiteren Neutrino-Quelle in halber Höhe der Wand. Eine bewegliche Quelle. Der Neutrino-Ausstoß ist unregelmäßig wie in einem

Fusions-Kraftwerk. In den fünf Minuten, die ihr von Bord gewesen seid, hat sich die Quelle nicht weit bewegt; aber meiner Berechnung nach wird sie einen halben Kreisbogen von einhundertachtzig Grad in fünfzehn Stunden plus oder minus drei Minuten durchwandert haben. Fleischfresser, Kzin-Krieger, sagt dir das etwas?«

»Es könnte sich um eine künstliche Sonne handeln. Für eine Ackerkultur. Wo befindet sie sich?«

»Zweitausendfünfhundert Meilen in Richtung Steuerbordseite der Weltkarte. Aber da ihr vermutlich durch den Mons Olympus in die Unterwelt eindringt, müßt ihr die Sonne zwölf Grad antispinnwärts von Steuerbord suchen. Vermutlich müßt ihr ein paar Wände durchbrechen, um zu dieser künstlichen Sonne vorzudringen. Habt ihr denn den Zerstäuber mitgebracht?«

»Da ich nicht ganz aufs Hirn gefallen bin, habe ich ihn mitgebracht. Hinterster, sobald das Landungsboot den Mons Olympus erreicht, können wir die Transportscheiben benützen und dann durch die Ladebucht das Landungsboot verlassen. Aber Teela wird uns zuvorkommen, sie wird es abschießen.«

»Warum sollte sie das tun? Wir befinden uns doch nicht an Bord. Sie verfügt über Tiefenradar. Sie wird wissen, daß das Landungsboot nicht besetzt ist.«

»Mag sein. Aber dann wird sie das Landungsboot mit dem Zielradar verfolgen und warten, bis wir dort erscheinen. Dann wird sie uns mit dem Landungsboot vernichten. Ist das die Weisheit, die deiner Rasse helfen soll, die Ringwelt zu retten?«

»Ja. Denn du wirst den Mons Olympus ein paar Stunden vor dem Landungsboot betreten. Ich habe den Autopiloten der Sonde so programmiert, daß sie uns folgte. In der Sonde befindet sich ein Transportscheiben-Empfänger. Selbstverständlich könnt ihr von der Sonde nicht auf die *Heiße Nadel* überwechseln.«

»Hmm. Das könnte gehen.«

»Was für Ausrüstungsgegenstände wollt ihr mitnehmen?«

»Druckanzüge, Fluggeschirre, Handscheinwerfer-Laser und die Slaver-Doppelflinte. Auch das habe ich mitgebracht.« Chmeee deutete auf das Superleiter-Tuch. »Teela weiß davon nichts. Das könnte uns helfen. Wir werden es in die Kleider einnähen, mit denen wir unsere Druckanzüge bedecken. Harkabeeparolyn, kannst du nähen?«

»Nein.«

Louis sagte: »Ich kann es.«

»Ich ebenfalls«, sagte der Junge. »Ihr müßt mir nur zeigen, wo ich es annähen soll.«

»Es muß nicht elegant aussehen. Ich gehe von der Annahme aus, daß Teela uns mit Laserwaffen beschießen wird, nicht mit Bleikugeln oder mit Pfeilen. Unsere Panzeranzüge passen nämlich nicht über die Druckanzüge.«

»Das stimmt nicht ganz«, widersprach ihm Louis. »Zum Beispiel würde dein Panzeranzug sehr wohl über meinen Druckanzug passen, Chmeee.«

»Wenn du dich so mit Kleidern behängst, kannst du dich nicht rasch genug bewegen.«

»Vielleicht nicht. Harkabeeparolyn, wie steht es mit dir?«

»Ich bin verwirrt, Louis. Kämpft ihr nun mit oder gegen den Protektor?«

»Sie kämpft gegen uns, aber sie hofft, den Kampf zu verlieren«, erwiderte Louis mit sanfter Stimme. »Sie kann es uns nur nicht sagen. Die Regeln, nach denen sie verfährt, sind ihr in das Gehirn und die Drüsen eingepflanzt. Kannst du das nachvollziehen?«

Harkabeeparolyn zögerte mit der Antwort. Dann sagte sie: »Der Protektor verhielt sich wie – als ob er Angst hatte, er würde bei allem, was er sagte und tat, überwacht. Ich fühlte mich an meine Ausbildungszeit im Panth-Gebäude erinnert. Da war es auch so.«

»Ich glaube, dein Eindruck war zutreffend. Es ist Teela selbst, die sich überwacht. Kannst du mit einem Protektor kämpfen, wenn du weißt, daß die ganze Welt zugrunde geht, falls du verlierst?«

»Ich denke ja. Wenigstens könnte ich ihn ablenken, falls ich ihm nicht gewachsen bin.«

»Okay. Wir nehmen dich mit. Wir haben eine Ausrüstung mitgenommen, die für eine andere Städtebauer-Frau gedacht war. Ich werde dir erklären, wie du damit umgehen mußt und was du damit ausrichten kannst. Chmeee, sie wird deinen Schutzanzug zwischen ihrem Druckanzug und dem Superleiter-Tuch tragen.«

»Sie kann sich auch Halrloprillalars Scheinwerfer-Laser nehmen. Ich habe meinen durch Unachtsamkeit verloren. Ich werde mich mit der Slaver-Doppelflinte bewaffnen. Ich weiß auch, wie man die Ersatzbatterien so einstellen kann, daß die Doppelflinte ihre Energie in einer Millisekunde abstrahlt.«

»Diese Batterien sind Produkte meines Volkes. Wir entwickelten sie, um Leben zu retten, nicht zu zerstören«, erwiderte der Hinterste voller Zweifel.

»Zeig sie mit trotzdem. Dann mußt du alle Fernmeldekanäle verstopfen. Wir müssen damit rechnen, daß Teela nach ihrer Mahlzeit zurückkehrt, ehe wir mit unseren Vorbereitungen fertig sind. Ich wünschte, wir hätten mehr Zeit. Louis, zeige Kawaresksenjajok, wie er unsere Tarnkleidung nähen muß. Benütze den Superleiter-Draht als Faden.«

»Ja, daran dachte ich auch schon. Tanj, ich wünschte, wir hätten mehr Zeit!«

*

In Anzügen und Tarnkleidern, mit der Ausrüstung beladen, sprangen sie auf die Transportscheiben.

Harkabeeparolyn sah in ihren Anzügen aus wie eine formlose Puppe. Ihr Gesicht im Helm war eine starre, konzentrierte Maske. Druckanzug, Fluggeschirr, Laser – sie mochte von Glück sagen, wenn sie sich noch zu erinnern vermochte, wie das alles funktionierte, was sie am Körper trug; daß sie damit noch kämpfen konnte, durfte man kaum von ihr erwarten. Aus einiger Entfernung konnte man sie in ihren vielen Anzügen für Louis Wu halten. Teela mochte dieser Täuschung erliegen und zögern. Jeder Pluspunkt zählte.

Sie verschwand aus der Kabine. Louis folgte ihr, während er noch sein Fluggeschirr befestigte.

Chmeee, Harkabeeparolyn, Louis Wu: Sie schwebten wie

Bälle aus schwarzem Seidenpapier über den rostfarbenen Hängen des Mons Olympus. Die Sonde schwebte nicht mehr. Vermutlich hatte sie so lange durchgehalten, bis ihr der Treibstoff ausging. Dann war sie auf den Abhang des Kraters gefallen und hatte sich überschlagen. Sie sah sehr mitgenommen aus, aber die Transportscheiben hatten den Absturz überlebt.

Die Skalen unter Louis' Kinn verrieten ihm, daß die Luft sehr dünn war, sehr trocken und reich an Kohlendioxyd. Es war eine recht gute Imitation der Mars-Atmosphäre, aber die Schwerkraft kam der der Erde sehr nahe. Wie hatten die Marsianer hier überlebt? Sie mußten sich diesen Verhältnissen angepaßt haben, indem sie die Schwerkraft durch den Auftrieb in den Staubmeeren wieder ausglichen, wo sie lebten. Sie waren zäher als ihre bereits ausgestorbenen Vettern . . . *Keine Ablenkungen, bitte!*

Der Rand des Kraters befand sich vierzig Meilen hangaufwärts. Sie brauchten eine Viertelstunde dazu, die Entfernung zu überwinden. Harkabeeparolyn bildete die Nachhut. Ihr Flug war sprunghaft, unregelmäßig. Wahrscheinlich spielte sie ständig mit ihren Kontrollhebeln.

Die Luke am Boden des Kraters war aus rostfarbenem Fels geformt und besaß eine rauhe Oberfläche. Sie war aufgesprengt und nach innen gefallen.

Sie schwebten in das dunkle Loch hinein.

Ihr Fluggeschirr hielt sie im schwebenden Zustand. Eigentlich hätte es hier gar nicht funktionieren dürfen. Die Repulsionseinheiten reagierten auf die flachen, elektronenabweisenden *Scrith*-Platten über ihnen und unter ihnen. Aber die *Scrith*-Dekke war nicht elektrisch geladen. Sie war viel dünner als der Ringweltboden unter ihnen.

Louis schaltete den Infrarot-Sucher ein (er hoffte, Harkabeeparolyn würde sich an seine Anweisungen erinnern, sonst würde sie erblinden). Hitze strahlte von unten her – ein kleiner, sehr heller Kreis. Ihre unmittelbare Umgebung war riesig, aber undeutlich. Scheiben, die zu Säulen aufgetürmt waren, schmale Steigleitern an drei Wänden. Und in der Mitte dieses riesigen Raumes erhob sich ein schiefer Turm aus Toroiden. Sie fielen an diesen Ringen entlang nach unten. Ein linearer Beschleuniger, dessen Mittelachse durch den Mons Olympus verlief? Dann konnten diese Scheiben startbereite Kampfbühnen für einen Protektor sein, mit dem sie in den Himmel hinaufgeschossen werden konnten.

Ein Loch war durch den Boden gestanzt worden. Sie ließen sich hindurchfallen. Harkabeeparolyn hatte zum Glück den Anschluß nicht verloren. Die Wärmequelle lag noch unter ihnen, dehnte sich stetig aus.

Zwölf Stockwerke, dicht aneinander, jedes mit einem Loch im Boden. Die *Heiße Nadel* hatte eine beachtliche Schneise geschlagen. Auch das letzte Loch hatte noch einen beachtlichen Umfang . . . und ein infrarotes Licht breitete sich darunter aus. Die Kammer unter ihnen war sehr heiß, fast rotglühend. Chmeee segelte vor Louis durch das Loch hinunter, kam eine Sekunde später zurück und ließ sich auf dem Stockwerk über Louis nieder.

Sie hatten Funkstille vereinbart. Louis ahmte das Manöver des Kzin nach: er ließ sich durch die letzte Bresche fallen und war von gleißendem infraroten Licht umgeben. Eine gewaltige Energie war hier freigesetzt worden. Und der Tunnel, der von dieser Stelle wegführte, glühte noch viel heller.

Louis schwebte wieder nach oben und landete neben Chmeee. Er gab Harkabeeparolyn ein Zeichen mit der Hand, und sie plumpste neben ihm zu Boden.

Ja. Die *Heiße Nadel* war durch diesen Tunnel geschleppt worden. Dabei wurde sie mit soviel Wärme überschüttet, daß das Stasisfeld ausgelöst wurde. Sie hätten dem Tunnel leicht folgen können, aber es war noch so heiß darin, daß ihr Blut gekocht hätte. Was nun?

Dem Chmeee folgen, der mit großer Geschwindigkeit davonschwebte. Was hatte er vor? Wenn sie sich doch nur hätten verständigen können!

Sie bewegten sich durch einen Wohnbezirk. Unangenehm eng für Leute, die versuchten, mit großer Geschwindigkeit durch die Korridore zu fliegen. Kabuffs ohne Türen, oder wenn mal eine Tür, war sie so dick und massiv wie an einem Safe.

Nirgends ein Vorhang, hinter dem man wenigstens unbeobachtet bleiben konnte. Wie lebten die Pak-Protektoren? Ein Blick in diese zellenartigen Räume verriet spartanische Schlichtheit. Auf dem Boden eines Kabuffs lag ein Skelett mit verdickten Gliedern und einem kammartigen Aufsatz auf dem Schädel. In einem großen Saal entdeckten sie Gegenstände, die aussahen wie Turngeräte. Dahinter ein Kletterturm, der mindestens eine Meile hoch sein mußte.

Stundenlang flogen sie durch diesen unterirdischen Bezirk. Zuweilen trafen sie auf meilenlange schnurgerade Korridore. Sie durchquerten sie mit hoher Geschwindigkeit, und dann kamen sie wieder nur schrittweise und mühsam voran.

Türen blockierten ihren Weg. Chmeee öffnete sie immer auf die gleiche Weise. Er richtete seine Slaver-Doppelflinte darauf, und die Tür löste sich in eine Wolke aus monoatomarem Staub auf.

Als Chmeee den Zerstäuber auf eine besonders große Tür richtete, stäubte es ebenfalls, aber das war nur die oberste Schicht. Eine blanke Fläche blieb zurück, die aus *Scrith* bestehen mußte.

Chmeee führte sie nach links, umging den Korridor, der von dieser Tür bewacht wurde. Louis ließ Harkabeeparolyn vorangehen und flog ein Stück zurück, um abzuwarten, ob Teela Brown ihnen zu folgen versuchte. Aber die große Tür blieb verschlossen. Wenn Teela Brown sich dahinter versteckte, konnte sie die drei Eindringlinge nicht bemerkt haben. Die *Scrith*-Tür verhinderte jede Ortung. Selbst Protektoren hatten ihre Grenzen.

Sie hätten dem Tunnel bis zur *Heißen Nadel* folgen können, indem sie das Stockwerk darüber benützten. Aber sie taten das nicht. Chmeee führte sie ungefähr zwölf Grad nach antispinnwärts von Steuerbord, indem er die *Heiße Nadel* als Bezugspunkt verwendete. Er führte sie also zu der halbkugelförmigen Höhle, in der sich eine Neutrino-Quelle in halber Höhe der Wand bewegte. Louis konnte das nur recht sein.

*

Sie wählten den nächsten Korridor, der nach rechts führte. Sie kamen an einer zweiten *Scrith*-Tür vorbei, aber diesmal blokkierte sie nicht ihren Weg. Die Höhle, die sie umrundet hatten, war sehr groß. Vielleicht eine Steuerzentrale für Notfälle? Sie mußten sich diese Tür merken. Vielleicht mußten sie später hierher zurückfinden.

Vierzehn Stunden waren inzwischen vergangen, und sie hatten fast tausend Meilen zurückgelegt, ehe sie eine Ruhepause einlegten. Sie schliefen in einem hüfthohen Metallgefäß, das einem Pfannkuchen glich und sich in der Mitte einer riesigen Fläche befand. Was für einen Zweck dieses Gerät erfüllte, wußten sie nicht; aber hier konnte sie niemand im Schlaf überraschen. Louis bekam einen heftigen Appetit auf eine andere Diät als ihren Nähr-Sirup. Er fragte sich, ob Teela inzwischen ebenfalls gegessen, ihre Vorbereitung getroffen und wieder Hunger bekommen hatte?

Sie flogen weiter. Der Wohnbezirk blieb hinter ihnen zurück, obwohl sie hier und dort noch auf Zellen trafen mit leeren Vorratstruhen für Nahrungsmittel, allen lebensnotwendigen Installationen und einem hübschen flachen Boden für einen kurzen Mittagsschlaf. Aber diese Kabuffs befanden sich in den Seitenwänden riesiger Säle, die alles Mögliche enthalten konnten oder auch gar nichts.

Sie flogen an dem Gehäuse eines Gerätes vorbei, das eine gewaltige Pumpe beherbergen mußte, dem Dröhnen nach zu urteilen, das auf ihre Trommelfelle einstürmte. Chmeee führte sie nach links, sprengte eine Wand, und dahinter gelangten sie in einen Kartensaal, der so riesig war, daß Louis vor Ehrfurcht fast im Boden versank. Als Chmeee eine Bresche in die gegenüberliegende Wand schlug, brach das riesige Hologramm mit einem Blitz in sich zusammen. Sie flogen weiter.

Ein Korridor, dahinter ein Licht und ein Wind, der ihnen in den Rücken blies.

Sie traten unter das Licht.

Die Sonne hatte gerade an einem fast wolkenlosen Himmel den Zenit überschritten. Eine endlose sonnenüberflutete Landschaft dehnte sich vor ihnen aus: Teiche, Haine, Getreidefelder,

Reihen von dunkelgrünen Gemüsepflanzen. Louis kam sich wie eine Zielscheibe vor. Eine Schleife aus schwarzem Draht war an seiner Schulter befestigt. Er zog sie jetzt aus dem Stoff und warf sie fort. Das andere Ende war noch mit seinem Anzug verbunden. Der Draht würde die Hitze ableiten, wenn sie jetzt auf ihn schoß.

Wo war Teela Brown?

Offenbar nicht hier.

Chmeee führte sie über eine Hügelgruppe. Er hielt dann auf einen Weiher mit stehendem Wasser zu. Louis folgte ihm. Harkabeeparolyn hielt sich dicht hinter ihm. Der Kzin öffnete seinen Raumanzug. Als Louis sich neben ihm niederließ, drehte Chmeee beide Handflächen nach außen und bewegte sie dann rasch wieder aufeinander zu. Er deutete mit dieser Pantomime an, daß der Anzug hermetisch geschlossen bleiben mußte.

Man hatte ihr schon das Raumschiff erklärt, aber Louis beobachtete sie scharf, bis er überzeugt war, sie würde ihren Anzug nicht öffnen.

Was nun?

Das Land war zu flach. Es eignete sich nicht gut als Versteck – hier ein paar Bäume, dort ein paar sanft gewellte Hügel. Als Versteck viel zu auffällig. Aber vielleicht verbarg sie sich in so einem Teich? Louis rollte den Draht wieder ein, den er weggeworfen hatte. Vermutlich hatten sie ein paar Stunden Zeit, sich auf den Kampf vorzubereiten. Doch wenn Teela kam, würde sie über sie herfallen wie ein Blitz.

Chmeee hatte sich nackt ausgezogen. Nun legte er den Anzug aus Superleiter-Tuch wieder an. Er ging zu Harkabeeparolyn und half ihr, seinen Schutzanzug auszuziehen. Er legte ihn dann selbst an. Damit war sie einer Schutzschicht entkleidet. Louis mischte sich nicht ein.

Ob sie sich hinter der Sonne versteckte? Die kleine fusionsgespeiste, Neutrino aussendende Sonne – dort würde man sie nicht so rasch vermuten. Konnte man sie überhaupt als Versteck verwenden? Wenn er den Superleiter-Draht mit einem Teich verband, konnte er sich nur bis zum Siedepunkt des Wassers erhitzen. Tanj, das wäre ein raffiniertes Versteck für ihn gewesen, wenn die Sonne sich näher an der Oberfläche des Mars befunden hätte, wo das Wasser schon bei einer erträglichen Temperatur zum Kochen kam. Aber sie befanden sich hier nicht über dem Ringwelt-Boden, wo der Luftdruck fast so hoch war wie auf Meereshöhe.

Vielleicht mußten sie hier tagelang auf Teela warten. Das Wasser in ihren Druckanzügen würde ausreichen, auch der Zuckersirup und vermutlich Louis Wus Geduld ebenfalls. Chmeee hatte sich seinen Anzug bereits ausgezogen. Vielleicht gab es hier Tiere, die er jagen konnte.

Und wie stand es mit Harkabeeparolyn? Wenn sie ihren Druckanzug öffnete, würde sie den Geruch des Lebensbaumes in die Nase bekommen.

Chmeee hatte seinen Druckanzug wieder aufgepumpt. Nun steckte er ihn in sein Fluggeschirr. Er legte einen Stein auf jeden Zeh und bediente das Steuergerät am Gürtel, bis der Anzug senkrecht stand. Das war ein verdammt guter Einfall. Wenn er die Steine zur Seite stieß und die Düsen einschaltete, würde ein leerer Druckanzug wie ein Angreifer in den Himmel hinaufsteigen.

Louis war etwas Vergleichbares noch nicht eingefallen.

Vielleicht kam Teela nur selten hierher, alle paar Wochen einmal. Vielleicht bewahrte sie die Lebensbaumwurzeln woanders auf.

Wie sahen diese Lebensbäume überhaupt aus? Waren es diese dunkelgrünen, glänzenden Pflanzen? Louis zog eine davon auf den Boden. Fette Wurzeln hingen daran, die ihn an Yams oder süße Kartoffeln erinnerten. Er hatte diese Pflanze noch nie gesehen, aber das galt auch für die übrigen Gewächse, die hier unter der künstlichen Sonne lebten. Die meisten Lebewesen der Ringwelt und alle unter der Kuppel des Mars gezogenen Pflanzen mußten vom galaktischen Kern importiert worden sein.

Teela lachte in Louis' Ohr.

KAPITEL 32

DER PROTEKTOR

Louis zuckte nicht nur zusammen. Er schrie in seinem Helm.

Teelas Stimme war voller Lachen. Sie verschluckte die Konsonanten. Das konnte sie nicht verhindern: Lippen und Gaumen hatten sich zu einem harten Schnabel vereinigt. »Ich möchte nie mehr mit einem Pierson-Puppetier kämpfen! Chmeee, du hältst dich doch für ein gefährliches Wesen, nicht wahr? Dieser Puppetier hätte mich um ein Haar besiegt.«

Irgendwie war es ihr gelungen, ihre Ohrenstöpsel wieder zu aktivieren. Konnte sie auf diese Weise ihren Standpunkt erkennen? Dann waren sie so gut wie tot. Also ging Louis lieber von der Annahme aus, daß sie auf diese Weise ihre Feinde nicht zu orten vermochte.

»Ich empfing keine Signale mehr von eurem Schiff. Alle Fernmeldeinstrumente waren abgeschaltet. Aber ich mußte wissen, was in dem Schiff vorging. Deshalb mußte ich eine Vorrichtung zusammenbasteln, mit der ich mich in die Transportscheiben einschalten konnte. Ich kann euch sagen, das war gar nicht einfach. Zuerst mußte ich von der Annahme ausgehen, daß ein Puppetier Transportscheiben von seinem Heimatplaneten mitbrachte, dann stellte sich das Problem, wie sie funktionierten, und dann mußte ich sie nachbauen . . . und als ich sie einhängte und ich an Bord eures Raumschiffes materialisierte, griff der Puppetier gerade nach dem Schalter für das Stasisfeld! Ich mußte erraten, wo sich die Scheibe des Transportsenders befand, und das verflucht schnell! Aber ich kam gerade noch mit knapper Not hinaus, und euer Schiff muß sich jetzt im Stasisfeld befinden, wo euch keiner zu Hilfe kommen kann. Aber ich komme jetzt zu euch«, sagte Teela, und Louis hörte das Bedauern in ihrer Stimme.

Jetzt konnten sie nur noch warten. Das Hinterste war mit den ganzen Geräten an Bord der *Heißen Nadel* ausgefallen. Ihnen blieb nur noch das, was sie in den Händen hielten.

Es hatte sich so angehört, als würde es noch eine Weile dauern, bis sie hierherkam – falls sie nicht gelogen hatte. Louis schwebte an seinem Fluggeschirr in die Höhe.

Eine Meile, zwei Meilen, und das Dach dieses Kuppelraumes lag noch weit über ihm. Teiche, Flüsse, sanfte Hügelkuppen: tausend Quadratmeilen Boden in diesem Gewächshaus hatten sich in eine Wildnis verwandelt. Kugelförmige Bäume mit maschenartigen Blättern bildeten einen Dschungel auf Backbord. Hunderte von Quadratmeilen waren spinnwärts und an Steuerbord mit gelben Büschen bewachsen. Man konnte hier und da noch die Reihen erkennen, in denen sie angepflanzt worden waren.

Louis ließ sich wieder hinunterfallen und schwebte dicht über einem Hügel. Sie mußten sich nach allen vier Himmelsrichtungen verteidigen können. Wenn er vielleicht eine Mulde in der Nähe entdeckte . . . dort, ein Fluß, gesäumt von niedrigen Hügeln. Warum sollten sie nicht mitten im Fluß Stellung beziehen? Er betrachtete ihn von oben mit dem Gefühl, daß er etwas sehr Wichtiges übersehen hatte.

Ja.

Louis schwirrte zu der Stelle zurück, wo Chmeee in Deckung gegangen war.

Er schüttelte Chmeee am Arm und deutete.

Chmeee nickte. Er lief auf den Korridor zu, durch den sie diese unterirdische Welt betreten hatten, und zog seinen Druckanzug wie einen Ballon hinter sich her. Louis schwebte an seinem Fluggeschirr nach oben und gab Harkabeeparolyn das Zeichen, ihnen zu folgen.

Eine sägeblattähnliche niedrige Hügelkuppe mit einem Teich dahinter. Die Stelle eignete sich für einen Hinterhalt. Louis ließ sich auf der Kuppe nieder. Dann streckte er sich flach auf dem Bauch aus und beobachtete den Eingang. Er drehte nur einen Moment den Kopf zur Seite, als er den aufgewickelten Superleiter-Draht zum Teich hinunterwarf. Er mußte sich vergewissern, daß der Draht auch das Wasser erreichte.

Es gab jetzt nur noch einen Ausgang aus dem Raumschiff »Heiße Nadel«. *Die Transportscheibe, die Teela in letzter Sekunde erreichte, führte zu einer Sonde, die auf dem Abhang des Mons Olympus lag.*

Teela mußte die gleiche Route benützen, die sie hierher in dieses riesige Gewächshaus gebracht hatte.

Dreimal saugte er an dem Zucker-Sirup-Spender. Vier Schlucke Wasser hinterher. Versuche, dich zu entspannen. Louis konnte Chmeee nicht mehr sehen. Er hatte keine Ahnung, wo der Kzin sich versteckt hielt. Harkabeeparolyn sah zu ihm herüber. Louis deutete auf den Korridor und scheuchte sie dann mit der Hand fort. Sie verstand seine Geste, verschwand in einer Bodenwelle und versteckte sich hinter einem anderen Hügel. Louis war allein.

Diese Hügel waren viel zu flach. Die hüfthohen, dunklen, glänzend grünen Gewächse boten einem liegenden Mann ein gutes Versteck. Aber wenn er sich rasch bewegen mußte, waren sie ein Hindernis.

Die Zeit verfloß. Louis benützte die sanitären Einrichtungen in seinem Anzug, fühlte sich hilflos und gedemütigt. Zurück zu seinem Posten. *Sei auf der Hut. Sie kennt alle Möglichkeiten des unterirdischen Transportsystems im Reparaturzentrum. Sie wird kommen wie der Blitz. Entweder erst nach Stunden, oder jetzt . . .*

Jetzt! Teela kam wie eine ferngelenkte Rakete dicht unter dem Dach des Tunnels hervor. Louis erhaschte nur einen Blick, als er sich schon zur Seite rollte, um zu feuern. Sie stand aufrecht auf einer Scheibe, die fast zwei Meter Durchmesser hatte, hielt sich an einer aufrechten Steuersäule fest.

Louis schoß. Chmeee schoß ebenfalls aus seinem Versteck, wo immer sich das befinden mochte. Zwei rubinrote Lichtfäden trafen das gleiche Ziel. Teela hockte jetzt hinter der Brüstung der Scheibe. Sie hatte gesehen, was sie wissen wollte, ihre Positionen auf den Zentimeter genau geortet.

Doch die Flugscheibe stand in rubinroten Flammen und kippte nach unten. Louis erhaschte noch einmal einen Blick auf Teela, ehe sie sich hinter diesen seltsamen Gewächsen mit den Rüschenblättern versteckte.

Sie hatte sich auf einem winzigen Paragleiter ausgestreckt.

Also mußte er annehmen, daß sie lebte und ohne Verletzung davongekommen war. Mit ihrem Fluginstrument konnte sie sich sehr rasch bewegen. Louis stieg auf die Hügelkuppe und beobachtete die

Stelle, wo sie verschwunden war, von der Flanke. Sein Superleiter-Draht war immer noch mit dem Wasser des Weihers geerdet.

Wo steckte sie jetzt?

Etwas sprang hinter der Kuppe des Nachbarhügels in die Luft. Grünes Licht durchbohrte das himmelwärts schießende Objekt und hielt es so lange fest, bis es verbrannte und starb. Damit konnte man Chmeees Raumanzug abhaken. Aber ein Bündel handgroßer Raketen flog dorthin, wo der grüne Laserstrahl seinen Ursprung nahm. Ein halbes Dutzend weißer Blitze sprühte hinter der Kuppe auf und – *päng!* – eine Detonation bezeugte, daß es Chmeee gelungen war, aus Puppetier-Batterien Bomben herzustellen.

Teela war ihnen sehr nahe, und sie benützte wieder einen Laser. Wenn sie gleich hinter der Hügelkuppe jetzt den Teich umrundete . . . Louis wechselte entsprechend seine Position.

Chmeees verbrannter Raumanzug war zu langsam zu Boden gefallen. Ein Protektor mußte daran erkennen, daß er leer gewesen war. Cthulhu und Allah! Wie konnte man einen für das Glück geborenen Protektor im Kampf besiegen?

Teela kam plötzlich zum Vorschein, über einem ganz anderen, viel niedrigeren Hügel, als Louis angenommen hatte. Ehe Louis auch nur einen Daumen bewegen konnte, wurde er von einer Lanze aus grünem Licht durchbohrt. Louis blinzelte. Die Schutzschicht auf seinem Helm hatte sein Augenlicht gerettet. Teela war wieder verschwunden. Trotz ihrer Instinkte als Protektor war Teela offenbar entschlossen, Louis Wu zu töten.

Wieder kam sie an einer anderen Stelle zum Vorschein. Grünes Licht starb auf schwarzem Tuch. Diemal schoß Louis zurück. Sie war wieder verschwunden. Er wußte nicht, ob er sie getroffen hatte. Aber er hatte ihren geschmeidigen Lederpanzer gesehen, der an manchen Stellen klaffte. Ihre Gelenke waren riesenhaft angeschwollen. An den Fingern waren die Scharniere zwischen den einzelnen Gliedern so groß wie Walnüsse, die Knie und die Ellenbogen glichen Honigmelonen. Sie trug gar keinen Panzer. Was er für einen Lederkoller gehalten hatte, war ihre eigene Haut.

Louis rollte sich zur Seite und dann den Hügel hinunter. Er kroch rasch weiter. Das Kriechen war eine harte Arbeit. Wo würde sie jetzt auftauchen? Dieses Spiel hatte er nie geübt. In seinen zweihundert Lebensjahren war er nie Soldat gewesen.

Zwei Dampfsäulen schwebten über dem Teich.

Links von ihm stand Harkabeeparolyn plötzlich auf und schoß. Wo war Teela? Ihr Laser antwortete nicht. Harkabeeparolyn stand auf der Kuppe wie ein schwarz maskiertes Ziel. Dann duckte sie sich und rannte den Hügel hinunter. Sie stürzte und kroch dann rasch nach links.

Der Felsblock kam von links. Wie hatte Teela so rasch ihre Stellung wechseln können? Der Block traf Harkabeeparolyns Arm, brach den Knochen und riß den Ärmel auf. Die Städtebauer-Frau stand schreiend auf, und Louis wartete darauf, daß Teela ihr jetzt den Fangschuß gab. *Futzfutzfutz! Achte auf den Laserstrahl . . .*

Kein Strahl flammte auf. Und er sollte nicht beobachten, sondern handeln. Er hatte doch gesehen, wo der Felsblock herkam. Da war eine Lücke zwischen zwei Hügeln, und er kroch so rasch darauf zu, wie es unter diesen Umständen geraten schien, um eine Hügelwand zwischen sich und Teela zu legen. Dann kroch er auf der anderen Seite des Hügels weiter . . . Tanj, wo steckte denn Chmeee? Louis riskierte einen Blick über den Hügelkamm.

Harkabeeparolyn hatte aufgehört zu schreien. Sie sog die Luft durch die Nasenlöcher. Sie warf ihr Fluggeschirr weg und riß an dem schwarzen Tuch. Sie konnte nur einen Arm benützen. Ihr anderer Arm hing locker und gebrochen an der Schulter. Sie begann ihren Schutzanzug auszuziehen.

Teela war eben noch dort gewesen. Wohin bewegte sie sich jetzt? Jedenfalls achtete sie nicht auf Harkabeeparolyn.

Harkabeeparolyns Schutzhelm wollte sich nicht lösen lassen. Harkabeeparolyn rollte den Hügel hinunter, riß mit einer Hand an dem Stoff und hämmerte dann mit der Gesichtsplatte des Helms gegen einen Stein.

Inzwischen war viel zuviel Zeit vergangen. Inzwischen konnte Teela überall sein. Louis bewegte sich wieder, diesmal in einer Rinne, die früher ein Bach gewesen sein mußte. Wenn er über den Hügelkamm kroch, mußte sie das sofort sehen.

Konnte sie tatsächlich jede seiner Reaktionen voraussehen? Protektor! Wo steckte sie jetzt?

Vielleicht *hinter mir?* Louis spürte Spinnenbeine in seinem Nacken. Er schwang herum, obwohl er gar keinen Anlaß dazu hatte, und schoß auf Teela, als ein kleines Metallwerkzeug an seinen Rippen entlangschnitt. Das Geschoß zerriß seinen Anzug und sein Fleisch, verschob seine Visierlinie. Er drückte seinen linken Arm auf den klaffenden Stoff seines Schutzanzuges, während er den Laserstrahl über die Stelle wandern ließ, wo Teela zuletzt gestanden hatte. Dann schoß sie hoch und war schon wieder woanders, ehe der Strahl sie zu erfassen vermochte. Ein dicker Metallball schlug Splitter von seinem Helm.

Er rollte den Hügel hinunter und hielt immer noch mit dem linken Arm den Riß an seinem Anzug zu. Durch die gesprungene Gesichtsplatte sah er, wie Teela auf ihn herunterschoß wie eine große schwarze Fledermaus. Ehe sie ausweichen konnte, hatte er sie mit einem Laserstrahl erfaßt.

Tanj, dammit, sie brauchte ihm nicht auszuweichen! Denn Teela Brown trug jetzt den Anzug aus schwarzem Superleiter-Tuch, den sie für Harkabeeparolyn genäht hatten. Er hielt mit beiden Händen die Laserwaffe fest. Es würde ihr in ihrem Anzug wärmer werden, als ihr lieb war, ehe sie ihn tötete. Der gepanzerte Dämon stürzte auf ihn herunter, während das schwarze Tuch sich in Fetzen auflöste wie nasses Papier.

In Fetzen auflöste? Weshalb? Und *woher kam dieser Geruch?*

Sie glitt zur Seite und warf den Laser wie einen Stein auf Chmeee. Die Slaver-Doppelflinte und der Handscheinwerfer-Laser flogen Chmeee aus der Hand. Dann prallten sie aufeinander.

Der Geruch des Lebensbaumes erfüllte Louis' Nase und sein Gehirn. Der Geruch war nicht mit dem Wonnestrom vergleichbar. Der Wonnestrom genügte sich selbst, war ein Erlebnis, das keinen Wunsch mehr offenließ, von absoluter Perfektion. Der Geruch des Lebensbaumes war Ekstase, doch er löste einen Heißhunger aus. Louis wußte nun, wie der Lebensbaum aussah. Er hatte glänzende dunkelgrüne Blätter und Wurzeln wie Süßkartoffeln. Er war von Lebensbaumpflanzen umgeben, und der Geschmack . . . irgend etwas in seinem Gehirn erinnerte ihn an den Geruch und Geschmack des Paradieses.

Er stand mitten in einer Plantage von Lebensbaum-Gewächsen und konnte nicht davon essen. Er konnte es nicht. Er konnte es nicht, weil sein Helm ihn daran hinderte, und er löste gewaltsam seine Hände wieder von den Klammern, die seinen Helm freigeben würden, weil er den Lebensbaum nicht essen konnte; denn die menschliche Variante eines Pak-Protektors brachte Chmeee um.

Er stabilisierte den Laser mit beiden Händen, als hätte die Waffe einen Rückstoß. Der Kzin und der Protektor bildeten ein unentwirrbares Knäuel, das hügelabwärts rollte und Fetzen von schwarzem Superleiter-Tuch hinter sich ließ. Er folgte ihnen mit einem Faden rubinroten Lichtes. Zuerst schießen, dann zielen. *Du hast gar keinen echten Hunger nach der Lebensbaumpflanze. Sie würde dich töten. Du bist schon zu alt für die Metamorphose zum Protektor. Das Zeug bringt dich um!*

Tanj, dieser Geruch! Sein Gehirn schien sich mit allen seinen Fasern und Zellen danach zu sehnen. Die Anstrengungen, diesem Geruch zu widerstehen, waren entsetzlich. Sie waren genauso schlimm wie der Kampf mit der Versuchung an jedem Abend in den vergangenen achtzehn Jahren seines Lebens, die Schaltautomatik in seinem Wonnestecker abzustellen. Eine schier übermenschliche Anstrengung, dieser Versuchung zu widerstehen! Louis hielt die Strahlenwaffe fest und wartete.

Teela wich einem Tritt aus, der sie ausgeweidet hätte, wenn er sie getroffen hätte. Einen Augenblick lang streckte sie ein Bein nach hinten.

Der rote Faden traf es, und Teelas Schienbein glühte in einem gleißenden Rot.

Er sah noch einen rubinroten Strahl, der erlosch, als er selbst feuerte. Ein Teil von Chmeees nacktem fleischfarbenen Schwanz glühte auf und fiel dann ab, krümmte sich wie ein verletzter Wurm. Chmeee schien gar nicht darauf zu achten. Aber Teela wußte jetzt, woher der andere Laserstrahl kam. Sie versuchte Chmeee in diese rote Lanze hineinzustoßen. Louis bewegte den Strahl zur Seite und wartete.

Chmeee war verletzt; er blutete an mehreren Stellen. Aber er lag jetzt auf dem Protektor, benützte sein Gewicht, um ihn niederzuhalten. Louis entdeckte einen scharfkantigen Stein neben den Kämpfenden. Er sah aus wie ein sorgfältig bearbeiteter Faustkeil, scharf genug, um Chmeees Schädel zu spalten. Er gab den Abzug frei und zielte mit dem Laser jetzt auf den scharfkantigen Stein. Teelas Hand zuckte danach und ging in Flammen auf.

Eine Überraschung, nicht wahr, Teela?

Verflucht, dieser Geruch! Allein der Duft des Lebensbaumes ist Grund genug, um dich zu töten!

Sie hatte eine Hand verloren und ein Bein bis zum Knie. Das sollte ein Handicap für Teela sein; aber wie schlimm hatte es Chmeee getroffen? Offenbar ermüdete er bereits, denn Louis sah jetzt ganz deutlich, daß Teela ihren harten Schnabel in Chmeees dicken Hals bohrte. Chmeee schüttelte sich, und einen Moment lang zeichnete sich hinter Teelas mißgestaltetem Schädel nichts anderes ab als der blaue Himmel. Louis bewegte den Laser und lenkte das rubinrote Licht mitten in ihr Gehirn.

*

Louis und Chmeee mußten sich beide gegen die Schnabelspitzen stemmen, um Teelas Kiefer zu öffnen, die sich in Chmeees Hals verbissen hatten. »Sie ließ sich bei ihrem Kampf von ihren Instinkten leiten«, sagte Chmeee keuchend. »Sie kämpfte nicht mit ihrem Verstand. Du hattest recht. Sie kämpfte, um zu verlieren. Aber wehe mir, wenn sie gekämpft hätte, um zu gewinnen!«

Und dann war es vorbei, bis auf das Blut, das aus Chmeees Pelz tropfte. Bis auf Louis' verletzte und vermutlich gebrochene Rippen. Der Schmerz war so groß, daß er ganz krumm ging, damit der Brustkorb sich auf einer Seite ja nicht bewegte. Bis auf den Geruch, diesen Geruch des Lebensbaumes, den nichts zu vertreiben vermochte. Bis auf Harkabeeparolyn, die jetzt bis zu den Knien im Wasser stand, mit Wahnsinn in den Augen und Schaum vor dem Mund, weil sie immer noch vergeblich versuchte, mit hämmernden Stößen die Gesichtsplatte ihres Helms zu sprengen.

Sie packten sie beim Arm und führten sie weg. Sie kämpfte verzweifelt gegen ihre Griffe. Auch Louis kämpfte: Er kämpfte um jeden Schritt, der ihn wieder ein Stück von diesen langen Reihen der Lebensbaumpflanzen wegbrachte.

Chmeee hielt im Korridor an. Er löste die Knebel an Louis' Schutzhelm und klappe ihn nach hinten. »Jetzt darfst du wieder atmen, Louis. Der Wind bläst auf das Gewächshaus zu.«

Louis holte tief Luft. Der Geruch war zum Glück nicht mehr in diesem Wind, der sein Gesicht umfächelte. Sie nahmen jetzt auch Harkabeeparolyn den Helm ab, damit der Wind den Geruch des Lebensbaumes aus ihrem Anzug entfernte. Aber es schien wenig zu bewirken. Ihre Augen waren immer noch voller Wahnsinn, starrten ins Leere. Louis wischte ihr den Schaum vom Mund.

Der Kzin fragte:

»Kannst du wieder stehen? Kannst du sie daran hindern, in das Gewächshaus zurückzukehren? Und kannst du dich selbst bezwingen?«

»Ja. Niemand hätte dem Geruch widerstehen können. Nur ein entwöhnter Wonnestrom-Süchtiger.«

»Urrr?«

»Du kannst das nicht nachvollziehen. Du kannst es nicht wissen.«

»Nein, zum Glück nicht. Gib mir dein Fluggeschirr.«

Die Gurte saßen sehr straff. Sie mußten ihm weh tun, da sie in seine Wunden einschnitten. Chmeee blieb nur ein paar Minuten weg. Er kehrte mit Harkabeeparolyns Fluggeschirr, der Slaver-Doppelflinte und zwei Scheinwerfer-Lasern zurück.

Harkabeeparolyn war etwas ruhiger geworden. Vermutlich war ihre Erschöpfung der Grund dafür. Louis kämpfte gegen eine schreckliche Depression an. Er hörte kaum zu, als Chmeee sagte: »Wir scheinen eine Schlacht gewonnen, aber den Krieg verloren zu haben. Was sollen wir jetzt tun? Deine Frau und ich müssen behandelt werden. Das geht nur, wenn wir das Landungsboot erreichen.«

»Wir werden uns durch die *Heiße Nadel* dorthin transportieren lassen. Aber warum sollen wir den Krieg verloren haben?«

»Du hast doch gehört, was Teela sagte. Die *Heiße Nadel* befindet sich im Stasisfeld, und wir haben nichts mehr außer unseren Händen. Wie sollen wir wissen, wie die Maschinen der Protektoren funktionieren, wenn wir nicht die Instrumente der *Heißen Nadel* zur Verfügung haben?«

»Wir haben gewonnen.« Louis' Depression war schon schlimm genug, auch ohne den Pessimismus des Kzin. »Teela ist nicht unfehlbar. Sie ist tot, oder etwa nicht? Woher wußte sie, ob der Hinterste überhaupt nach dem Schalter des Stasis-Feldes griff? Und warum sollte er das tun?«

»Er hatte einen Protektor in seinem Schiff, der nur durch eine Wand von ihm getrennt war.«

»Hatte er nicht einen Kzin in der gleichen Kabine gefangengehalten? Die Zwischenwand besteht aus einer General-Products-Zelle. Ich würde sagen, der Hinterste versuchte die Transportscheiben-Anlage abzuschalten. Er war nur ein bißchen zu langsam.«

Chmeee dachte darüber nach. »Noch besitzen wir den Zerstäuber.«

»Aber nur zwei Fluggeschirre. Überlegen wir mal, wie weit wir von der *Heißen Nadel* entfernt sind. Ungefähr zweitausend Meilen. Futz.«

»Was unternehmen die Menschen gegen einen gebrochenen Arm?«

»Sie schienen ihn.« Louis stand auf. Es war nicht leicht, sich zu bewegen. Er entdeckte ein Stück von einer Aluminiumschiene und mußte sich erst daran erinnern, wofür er sie benötigte. Als Verband stand ihnen nur das Superleiter-Tuch zur Verfügung. Harkabeeparolyns Arm schwoll beängstigend an. Louis schiente ihr den Arm. Er verwendete den schwarzen Draht, um Chmeees schlimmste Wunden zu vernähen.

Ohne Behandlung konnten sie beide sterben. Das war eine erste Hilfe, aber keine Behandlung. Und Louis hätte sich am liebsten niedergesetzt und wäre gestorben, so elend war ihm zumute. *Bewegen, bewegen! Futz, es tut auch nicht weniger weh, wenn du nicht gehst. Du mußt irgendwann darüber hinwegkommen. Warum nicht jetzt?*

»Ich muß eine Trage zwischen den Fluggeschirren befestigen. Was können wir dazu verwenden? Das Superleiter-Tuch ist nicht kräftig genug.«

»Wir müssen eben etwas finden, Louis. Aber ich bin zu schwer verwundet, um danach zu suchen.«

»Das ist nicht nötig. Hilf mir, Harkabeeparolyn diesen Anzug auszuziehen.«

Er verwendete den Laser dazu. Er schnitt mit dem Strahl den Anzug der Länge nach in zwei Teile. Dann zerschnitt er den losen Stoff in Streifen. Er stanzte Löcher in den Rand der einen Anzugshälfte und fädelte Streifen aus gummiertem Stoff durch die Löcher. Das andere Ende der Bänder befestigte er an den Gurten seines Fluggeschirrs.

Aus dem Anzug war eine Trage mit den Körperformen von Harkabeeparolyn geworden. Sie legten die verletzte Städtebauer-Frau hinein. Sie leistete keinen Widerstand mehr; aber sie redete kein Wort mit ihnen.

Chmeee sagte: »Raffiniert.«

»Vielen Dank. Kannst du fliegen?«

»Ich weiß nicht.«

»Versuche es. Wenn du nicht mehr weiter kannst, dich später aber wieder erholst, hast du ja immer noch ein Fluggeschirr. Vielleicht finden wir irgend etwas Auffälliges, wo ich dich zurücklassen kann und dich später wieder finde, wenn ich nach dir suche.«

Sie flogen durch den Tunnel, der sie zum Gewächshaus gebracht hatte. Chmeees Wunden bluteten wieder, und Louis wußte, daß er schreckliche Schmerzen litt. Sie waren drei Minuten unterwegs, als sie auf einen schwebenden Gegenstand trafen – eine Scheibe von fast zwei Metern Durchmesser, beladen mit allerlei Geräten und Werkzeugen. Sie hielten neben der Scheibe an, die ungefähr dreißig Zentimeter über dem Boden schwebte.

»Wir hätten es wissen müssen. Teelas Transportscheibe. Wieder einer von diesen interessanten Zufällen«, sagte Louis.

»Gehört das auch zu ihrem Spiel?«

»Ja. Wenn wir überlebten, mußten wir sie finden.« Alles auf dieser Scheibe erschien ihm seltsam und fremdartig, bis auf eine schwere Metallkiste, deren Haltebolzen abgeschweißt worden waren. »Kannst du dich an diese Kiste erinnern? Es ist das Erste-Hilfe-Paket auf Teelas Flugrad.«

»Es würde einem Kzin nicht helfen. Und die Medizin, die sich darin befindet, ist dreiundzwanzig irdische Jahre alt.«

»Für sie ist es besser als nichts. Du hast ja deine Allergiepillen, und hier gibt es nichts, womit du dich infizieren könntest. Wir sind nicht nahe genug bei der Weltkarte des Kzin, um deine artspezifischen Bakterien einzufangen.«

Der Kzin sah schlecht aus. Er hätte nicht mehr stehen dürfen. Er fragte: »Wirst du dich mit der Steuereinrichtung zurechtfinden? Ich traue es mir nicht mehr zu, sie selbst auszuprobieren.«

Louis schüttelte den Kopf. »Warum sollen wir uns damit abmühen? Du und Harkabeeparolyn – ihr steigt auf die Scheibe. Sie schwebt ja bereits. Ich werde sie schleppen. Ihr schlaft.«

»In Ordnung.«

»Schließe sie zuerst an das Erste-Hilfe-Gerät an. Und binde dich an der Steuersäule fest. Bindet euch beide fest.«

KAPITEL 33

1,5 MAL 10 HOCH 12

Die beiden verschliefen die nächsten dreißig Stunden, während Louis die Schwebescheibe schleppte. Seine Rippen auf der rechten Seite des Brustkorbes waren eine einzige große rote Wunde.

Er hielt an, als er bemerkte, daß Harkabeeparolyn wach war.

Sie phantasierte von dem schrecklichen Zwang, der sie überwältigt hatte, von dem Entsetzen und dem Entzücken dieses betörenden Bösen, das im Lebensbaum steckte. Louis hatte versucht, nicht daran zu denken. Sie drückte sich verdammt poetisch aus, und sie konnte nicht aufhören, davon zu reden, und Louis wollte sie auch nicht zum Schweigen bringen. Sie mußte einfach davon reden.

Sie verlangte, daß Louis seine Arme um sie legte, um sie zu trösten. Soviel konnte er noch für sie tun.

Er hängte sich auch eine Stunde lang an Teelas alten Erste-Hilfe-Apparat. Als der Schmerz in seinen Rippen ein wenig nachließ und er sich nicht mehr ganz so elend fühlte, gab er ihr das Instrument zurück. Er hatte immer noch so viel Schmerzen, daß er von dem Geruch abgelenkt wurde, der ihn vollkommen ausfüllte. Vielleicht hatte sein Fluggeschirr an einem Lebensbaum gescheuert. Oder . . . vermutlich haftete der Geruch in seinem Gehirn. Für immer.

Chmeee hatte hohes Fieber. Louis konnte Harkabeeparolyn dazu überreden, Chmeees Schutzanzug zu tragen. Teela hatte ihn zwar bei dem Zweikampf mit Chmeee aufgeschlitzt, aber er bot einer Frau besseren Schutz als ihre nackte Haut, wenn sie sich neben einem phantasierenden Kzin zum Schlafen niederlegen mußte.

Wenigstens einmal rettete der Anzug Harkabeeparolyn das Leben, als Chmeee mit den Krallen nach ihr schlug, weil sie in seinem Fieberwahn Teela zu ähnlich sah. Sie hingegen pflegte den Kzin so gut sie konnte, flößte ihm Wasser und Nährflüssigkeit aus ihrem Druckanzug-Helm ein. Am vierten Tag war Chmeee wieder im Besitz seines Denkvermögens, aber er war immer noch schrecklich schwach . . . und furchtbar hungrig. Der Sirup in einem menschlichen Druckanzug reichte ihm als Nahrung nicht hin.

Sie brauchten alle vier Tage, um eine Position in gleicher Höhe mit der *Heißen Nadel* zu erreichen. Sie benötigten noch einen Tag, sich durch die Wände hindurchzugraben, bis sie einen Steinblock aus gegossenem Basalt fanden.

Eine Woche war vergangen, seit das flüssige Gestein sich verfestigte. Der Basaltblock war immer noch warm. Louis ließ die schwebende Scheibe mit den beiden Passagieren in dem Tunnel zurück, durch den Teela die *Heiße Nadel* geschleppt hatte. Er setzte den Schutzhelm seines Druckanzuges auf, der ihn mit frischer kalter Luft versorgte, ehe er die Slaver-Doppelflinte mit beiden Händen hochhob und auf den Auslöser drückte.

Ein Hurrikan von Staub hüllte ihn ein. Vor ihm bildete sich ein Tunnel, in den er langsam vorrückte.

Er sah nichts, hörte nur das heulende Geräusch des berstenden Basalts, der in einem Staubsturm an ihm vorbeiwehte und sich irgendwo hinter ihm blitzartig entzündete, wenn die Elektronenladung wieder ihr Vorrecht beanspruchte. Wieviel Lava hatte Teela auf das Raumschiff gegossen? Offenbar hatte sie Stunden mit dem Gießen verbracht.

Dann stieß er auf etwas.

Ja. Er blickte durch ein Fenster auf einen seltsamen Innenraum. Ein Wohnzimmer mit Couchen und einem schwebenden Kaffeetisch. Alles hatte ein merkwürdig sanftes Aussehen. Nirgends eine scharfe Ecke oder eine harte Kante – nichts, an das ein lebendes Wesen mit einem Knie anstoßen konnte. Durch ein zweites Fenster konnte er riesige Gebäude erkennen und einen Schimmer von einem schwarzen Himmel dazwischen. Pierson-Puppetiers bevölkerten die Straßen. Alles stand auf dem Kopf.

Das, was er für eine Couch gehalten hatte, mußte etwas anderes sein. Louis stellte den Handscheinwerfer-Laser auf schwache Energie ein. Er schaltete ihn ein und aus. Eine gute Minute lang passierte nichts. Dann erschien ein flachgedrückter weißer Kopf mit einem langen Hals, um aus einer flachen Schale zu trinken, und zuckte erschrocken zurück, um sich wieder im Bauchnabel zu verstecken.

Louis wartete.

Der Puppetier stand auf. Er führte Louis an der Wand des Schiffes entlang – langsam, weil Louis sich den Weg mit dem Zerstäuber freischaufeln mußte – bis zu der Stelle, wo er einen Transportscheiben-Sender an der Außenseite des Rumpfes angebracht hatte. Louis nickte. Er ging zurück zu der Stelle, wo er seine Begleiter zurückgelassen hatte.

Zehn Minuten später befand er sich im Raumschiff. Elf Minuten später fielen Harkabeeparolyn und er über eine Schüssel her wie die Kzinti. Chmeees Hunger war unbeschreiblich. Kawaresksenjajok sah ihnen ehrfürchtig beim Essen zu. Harkabeeparolyn merkte gar nicht, was der Kzin verschlang.

*

Der Morgen brach an Bord eines Raumschiffes an, das zehn Meilen unter dem Sonnenlicht in erstarrter Lava begraben war.

»Unsere medizinischen Einrichtungen haben schwer gelitten«, sagte der Hinterste. »Chmeee und Harkabeeparolyn müssen zusehen, daß ihre Wunden auf natürliche Weise heilen.«

Der Hinterste stand auf dem Kommandodeck und redete zu ihnen auf der Sprechanlage. Das konnte ein gutes Zeichen sein, konnte es andererseits aber auch nicht sein. Teela war tot, und die Ringwelt hatte vielleicht eine Überlebenschance. Der Puppetier mußte plötzlich eine lange, sehr lange Lebenserwartung verteidigen. Da war es nicht ratsam, sich mit fremden Wesen wieder in einem Raum zusammenzufinden.

»Ich habe den Kontakt mit dem Landungsfahrzeug und einer Sonde verloren«, fuhr der Puppetier fort. »Die Meteor-Verteidigungsanlage flammte ungefähr zur selben Zeit auf, als das Landungsboot seine Signale einstellte. Die Signale von der beschädigten Sonde rissen ab, als Teela Brown versuchte, in die *Heiße Nadel* einzudringen.

Chmeee hatte geschlafen (ganz allein auf dem Wasserbett) und gegessen. Sein verjüngter Pelz würde wieder einige recht interessante Narben tragen. Aber seine Wunden heilten ab. Er sagte: »Teela muß die Sonde zerstört haben, sobald sie deren Existenz bemerkte. Sie ertrug es nicht, daß ihr ein gefährlicher Feind in den Rücken fallen konnte.«

»In den Rücken? Wer denn?«

»Hinterster, sie sagte, du wärst gefährlicher als ein Kzin. Offenbar war das ein taktischer Schachzug, um uns beide zu beleidigen. Zweifellos.«

»Das hat sie wirklich gesagt?« Zwei flache Köpfe blickten sich einen Moment lang in die Augen. »Nun. Unsere Hilfsquellen sind bis auf eine Sonde und das Raumschiff dahingeschmolzen. Wir ließen die zweite Sonde zurück. Die Sonde hat noch funktionstüchtige Spürgeräte, falls wir sie benötigen sollten. In sechs Tagen Ortszeit wird sie hier sein.

In der Zwischenzeit sind wir wieder mit unserem ursprünglichen Problem konfrontiert, das sich noch um einige Indizien, aber auch Komplikationen erweitert hat. Wie können wir der Ringwelt ihre alte Stabilität zurückgeben? Wir können davon ausgehen, daß wir glauben, wir befinden uns an der Stelle, wo wir die Lösung für dieses Problem finden können«, sagte der Hinterste. »Das stimmt doch? Teelas Verhalten, das sich nicht verträgt mit der Handlungsweise eines Wesens von anerkannter Intelligenz . . .«

Louis Wu widersprach ihm nicht. Louis war sehr still.

Kawaresksenjajok und Harkabeeparolyn saßen im Schneidersitz an einer Wand so dicht nebeneinander, daß sich ihre Arme berührten. Harkabeeparolyns Arm war in Stoffbahnen eingepreßt und lag in einer Schlinge. Von Zeit zu Zeit warf ihr der Junge einen Blick zu. Ihr Verhalten beunruhigte ihn, gab ihm Rätsel auf. Die schmerzstillenden Tabletten gingen zu Ende; aber das war keine hinreichende Erklärung für ihre Gedankenabwesenheit. Louis wußte, daß er mit dem Jungen reden mußte . . . wenn er nur gewußt hätte, was er ihm sagen sollte.

Die Städtebauer hatten im Laderaum geschlafen. Die Angst, sie könnte zu Boden stürzen, verbot von vorneherein, daß Harkabeeparolyn das Schlaffeld benützte. Sie hatte ihm *Rishathra* angeboten, ohne Nachdruck, fast widerwillig, als Louis sich beim Frühstück zu ihnen gesellte. »Aber gib acht auf meinen Arm, Luweewu.«

Es gehörte viel Taktgefühl dazu in Louis' Kulturkreis, das Angebot des Geschlechtsaktes auszuschlagen. Er hatte geantwortet, er fürchtete, an ihren Arm zu stoßen, und das war keine Lüge. Auch konnte er irgendwie kein Interesse für die Sache aufbringen, was er jedoch verschwieg. Er fragte sich, ob der Lebensbaum ihn so sehr verändert hatte. Aber er verspürte auch keine Lust nach den gelben Wurzeln oder nach einem Wonnestrom-Stecker.

An diesem Morgen schien er überhaupt keine Gelüste zu haben.

Fünfzehnhundert Milliarden Leute . . .

Der Hinterste sagte: »Akzeptieren wir Louis' Urteil über Teela Brown. Teela brachte uns hierher. Sie wollte das gleiche wie wir. Sie gab uns so viele Anhaltspunkte, wie sie konnte. Aber was für Anhaltspunkte? Sie kämpfte an beiden Seiten der Front. War es denn so wichtig für sie, noch drei Protektoren zu erschaffen und dann zwei von ihnen wieder zu töten? Louis?«

Louis, der sich mit ganz anderen Gedanken beschäftigte, spürte vier scharfe Nadelspitzen an der Haut über der Halsschlagader. Er sagte: »Wie war das?«

Der Hinterste schickte sich an, seine letzte Ausführung zu wiederholen. Louis schüttelte heftig den Kopf. »Sie tötete zwei von ihnen mit der Meteor-Verteidigungsanlage. Zweimal schoß sie auf Ziele, an denen sich keiner von uns befand, die wir offenbar für das Überleben der Ringwelt von so entscheidender Bedeutung sind. Wir waren zweimal eingeladen, dieses Manöver zu beobachten, ohne uns in den Zustand der Stasis zu begeben. Auch das sollte eine Botschaft für uns sein.«

Chmeee fragte: »Willst du damit andeuten, sie hätte auch andere Waffen für diesen Zweck verwenden können?«

»Andere Waffen, andere Zeiten, andere Umstände, eine größere Zahl von handlungsfähigen Protektoren – die Wahl stand ihr doch offen.«

»Versuchst *du* nun, mit uns ein Spiel zu treiben, Louis? Wenn du etwas weißt – warum sagst du es uns nicht?«

Louis warf einen schuldbewußten Blick auf die Städtebauer. Harkabeeparolyn strengte sich an, wachzubleiben. Kawaresksenjajok hörte aufmerksam zu. Ein Paar Eingeborene, die sich selbst zum Helden gewählt hatten und auf ihre Chance warteten, bei der Rettung der Ringwelt zu helfen. *Tanj*. Er sagte: »Eins Komma fünf Billiarden Leute.«

»Um achtundzwanzig Komma fünf Billiarden und uns selbst zu retten.«

»Du hast sie nicht näher kennengelernt, Chmeee. Nicht so viele jedenfalls. Ich hoffte, jemand von euch würde auch daran denken. Ich schlage mich schon tagelang mit diesem Problem herum, versuche, irgendeinen anderen Ausweg . . .«

»Wen hätte ich näher kennenlernen sollen?«

»Valavirgillin. Ginjerofer. Den König der Grasriesen. Mar Korssil. Laliskareerlyar und Fotaralispliar. Die Hirten, die Riesen, die Amphibien-Menschen, die Hängenden Leute, die Nachtwesen, den Nachtjäger . . . Uns ist es aufgetragen, fünf Prozent zu töten, um fünfundneunzig zu retten. Klingen euch diese Zahlen nicht vertraut?«

Es war der Puppetier, der ihm antwortete: »Das Ringwelt-Steuersystem ist nur zu fünf Prozent einsatzfähig. Teelas Reparaturmannschaft hängte die noch vorhandenen Steuerdüsen an fünf Prozent der Ringmauer-Peripherie in den alten Halterungen ein. Sind das die Leute, die sterben müssen, Louis? Alle Wesen, die sich auf den fünf Bogengraden befinden, wo die Steuerdüsen eingehängt sind?«

Harkabeeparolyn und Kawaresksenjajok starrten Louis ungläubig an. Louis breitete mit einer hilflosen Geste die Arme aus und sagte: »Es tut mir leid.«

Der Junge schrie: »Luweewu! Warum?«

»Ich versprach es«, erwiderte Louis. »Wenn ich es nicht versprochen hätte, wäre es eine Entscheidung, die ich treffen müßte. Ich versprach Valavirgillin, daß ich die Ringwelt retten würde, ganz gleich, wieviel es kostete. Ich versprach, auch sie zu retten, wenn ich könnte. Aber ich kann es nicht. Wir haben nicht die Zeit, nach ihr zu suchen. Je länger wir warten, um so größer wird die Kraft, die die Ringwelt aus ihrer richtigen Lage verdrängt. Also befindet sie sich auf dem Bogen, hinter dem die Steuerdüsen brennen. Auf diesem Abschnitt befindet sich auch die schwebende Stadt, das Imperium der Maschinen-Leute, die kleinen rothäutigen Fleischesser und die grasessenden Riesen. Auch sie müssen sterben.«

Harkabeeparolyn schlug ihre Handballen gegeneinander. »Aber das sind doch alle, die wir auf dieser Welt kennen! Wenn auch nur vom Hörensagen!«

»Das gilt auch für mich.«

»Bei diesem Gedanken bleibt einem jedes Wort in der Kehle stecken! Warum müssen sie sterben? Und wie?«

»Tod ist Tod«, erwiderte Louis. Dann: »An Strahlenvergiftung. Fünfzehnhundert Milliarden menschenähnliche Wesen aus zwanzig oder sogar dreißig Gattungen. Aber auch nur dann, wenn wir alles richtig machen. Zuerst müssen wir feststellen, wo wir uns befinden.«

Der Puppetier stellte eine logische Frage: »Wo sollen wir sein?«

»An zwei Stellen. An den Stellen, die die Meteor-Verteidigungsanlage steuern. Wir müssen in der Lage sein, die Plasmastrahlen, die Solarfackeln, auf eine bestimmte Stelle zu lenken. Wir müssen das Subsystem von der Meteor-Verteidungsanlage abkoppeln, mit dem der Plasmastrahl zu einem Laser gebündelt wird.«

»Ich habe diese beiden Stellen bereits gefunden«, erwiderte der Hinterste. »Während ihr unterwegs wart, feuerte das Meteor-Verteidigungssystem. Wahrscheinlich sollte es das Landungsboot zerstören. Magnetstöße brachten fast die Hälfte meiner Spürgeräte durcheinander. Trotzdem war ich in der Lage, den Ursprung diese Impulse zu orten. Die gewaltigen Ströme im Boden der Ringwelt, mit denen die Solarfackeln erzeugt und manipuliert werden, kommen von einem Punkt unter dem Nordpol der Weltkarte des Mars.«

Chmeee sagte: »Vielleicht muß diese Anlage gekühlt werden . . .«

»Futz damit! Wie steht es mit dem Lasereffekt?«

»Diese Ströme kamen erst Stunden danach: kleinere elektrische Impulse, die nach einem gewissen Muster verliefen. Ich habe euch bereits deren Ursprung genannt. Er befindet sich genau über unseren Köpfen, wenn ich den Ortungen des Raumschiffes vertrauen darf.«

»Du sagtest, wir müssen dieses System abkoppeln«, fauchte Chmeee.

Louis schnaubte:

»Das ist leicht. Ich könnte das mit einem Scheinwerfer-Laser, einer Bombe oder der Slaver-Doppelflinte erledigen. Die Steueranlage wurde bestimmt nicht für Idioten gebaut, und wir haben nicht mehr viel Zeit zu verlieren.«

»Und was ist dann?«

»Dann richten wir die Lötlampe auf bewohntes Ringwelt-Land.«

»Louis! Gib uns Einzelheiten!«

Er sprach jetzt das Todesurteil über ein paar Dutzend Gattungen der Ringwelt.

Kawaresksenjajok wandte sein Gesicht ab. Harkabeeparolyns Gesicht war hart wie Stein. Sie sagte: »Tue, was du tun mußt.«

Er sagte ihnen, was er tun mußte: »Das Steuersystem der Ringwelt ist nur noch zu 5 Prozent einsatzfähig.«

Chmeee wartete.

»Der Betriebsstoff für die Steuerdüsen sind heiße Protonenströme, die von der Sonne stammen. Die sogenannten Sonnenwinde.«

Der Puppetier sagte: »Ah! Wir fackeln die Sonne an, um die Betriebsstoffversorgung um den Faktor zwanzig zu erhöhen. Die Lebensformen unter der Fackel sterben oder erfahren eine drastische Mutation. Der Schub verstärkt sich um den gleichen Faktor. Die Steuerdüsen schieben uns entweder in die Sicherheit zurück oder sie explodieren.«

»Ich habe wirklich nicht mehr die Zeit dazu, die Schubdüsen umzubauen, Hinterster.«

Chmeee sagte: »Das hätte auch gar keinen Wert, falls Louis sich nicht total irren sollte. Teela prüfte ja diese Motoren, als sie an der Ringmauer eingehängt wurden.«

»Ja. Wenn sie nicht mehr stark genug waren, überredete sie sich dazu, sie noch mit einer Sicherung zu versehen, mit einem Sicherheitsfaktor für den Fall, daß die Sonnenfackel zu üppig werden sollte. Sie wußte, daß dieser Fall eintreten könnte. Die typische Doppelsinnigkeit ihres Denkens. Ironie des Protektors.«

»Es wäre nicht nötig für uns, die Sonnenfackel zu steuern, nur eine Maßnahme, um es doppelt abzusichern«, fuhr der Kzin fort. »Koppeln wir zunächst das Laser-Generatorensystem von der Meteor-Verteidigungsanlage ab. Dann können wir nötigenfalls die *Heiße Nadel* dort plazieren, wohin wir die Sonnenfackel richten wollen. Wir benützen sie als Ziel für das Meteor-Verteidigungssystem, beschleunigen sie so lange, bis die Anlage die

Sonnenfackel auslöst. Der *Heißen Nadel* kann nichts passieren. Sie ist unverletzbar.«

Louis nickte nachdenklich. »Nicht übel. Aber es wäre mir lieber, wenn wir die Verteidigungsanlage noch präziser ausrichten könnten. Wenn wir die Sache noch schneller erledigen könnten, damit weniger Leute sterben müssen. Aber . . . ja. Wir können alle Bedingungen erfüllen. Wir können es schaffen.«

Der Hinterste begleitete sie, um die Aggregate der Meteor-Verteidigungsanlage zu besichtigen. Niemand hatte ihn dazu überredet. Aber die Meßinstrumente, die sie aus der *Heißen Nadel* ausbauten, mußten von den Lippen und der Zunge eines Puppetiers bedient werden. Als er vorschlug, Louis in der Bedienung der Instrumente zu unterweisen, wofür er eine Pinzette und einen Zahnstocher benötigte, lachte Louis ihm in beide Gesichter.

Der Hinterste verbrachte anschließend ein paar Stunden in seinen von allen Blicken abgeschirmten Privatgemächern der *Heißen Nadel.* Dann folgte er ihnen durch den Tunnel. Er hatte seine Mähne in hundert leuchtende Farben verwandelt und anschließend sorgfältig onduliert. Louis dachte: *Jeder möchte bei seiner eigenen Beerdigung gut aussehen,* und fragte sich, was der Grund war, weshalb der Puppetier sich so herausgeputzt hatte.

Es war nicht notwendig, mit einem Laser oder einer Bombe das System auszuschalten. Allerdings benötigte der Hinterste einen vollen Tag, den Hauptschalter zu finden. Er verwendete dazu die ganze Sammlung seiner Meßinstrumente, die er auf einer Schwebeplatte mitgebracht hatte. Aber es gab einen Hauptschalter, mit dem man die Anlage vom Netz trennen konnte.

Das Netz der Superleiter-Kabel lief in einem Knoten im *Scrith* zwanzig Meilen unter dem Nordpol der Weltkarte des Mars zusammen. Sie fanden eine zentrale Säule von zwanzig Meilen Höhe, ein Gehäuse aus *Scrith,* das die Kühlpumpen des Mars umschloß. Der Komplex am Fuß der Säule mußte das Kontrollzentrum sein, entschieden sie. Sie fanden ein Labyrinth von riesigen Luftschleusen, und ehe man nicht ein mechanisches Bilderrätsel gelöst hatte, konnte man keine von ihnen passieren. Der Hinterste erledigte das für sie.

Dann gingen sie durch die letzte Schleuse. Dahinter lag eine hell erleuchtete Kuppel, darunter ein sehr trocken aussehender Boden mit einem Podium in der Mitte und einem Geruch, der Louis veranlaßte, sich auf dem Absatz zu drehen und um sein Leben zu rennen, wobei er einen verwirrten Kawaresksenjajok an seinem dünnen Handgelenk hinter sich herzog. Die Luftschleuse schloß sich bereits wieder hinter ihnen, ehe der Junge anfing, Widerstand zu leisten. Louis schlug ihm auf den Kopf und lief weiter. Sie hatten mindestens schon drei Luftschleusen passiert, ehe er wieder anzuhalten wagte.

Kurz darauf kam Chmeee ebenfalls zu ihnen zurück. »Der Weg führte durch einen kleinen Garten unter künstlichem Sonnenlicht. Die automatischen Gartengeräte haben ihren Betrieb schon lange eingestellt, aber ein paar Pflanzen wachsen immer noch. Ich erkannte sie wieder.«

»Ich ebenfalls«, erwiderte Louis ernst.

»Ich erkannte sie an dem Geruch. Ein etwas unangenehmes Aroma.«

Der Junge schrie: »Ich roch überhaupt nichts! Warum schubst du mich so herum? Warum schlugst du mich auf den Kopf?«

»Flup«, erwiderte Louis. Erst jetzt hatte er begriffen, daß Kawaresksenjajok noch viel zu jung war. In seinem Alter bedeutete ihm der Geruch des Lebensbaumes überhaupt nichts.

Deshalb durfte der Städtebauer-Junge auch bei den fremden Wesen bleiben. Nur Louis Wu konnte nicht Zeuge sein, was sie im Kontrollzentrum machten. Er kehrte allein zur *Heißen Nadel* zurück.

*

Die Sonde befand sich noch ein gutes Stück von ihnen entfernt auf dem anderen Halbkreis der Ringwelt, Lichtminuten von ihnen entfernt. Ein Hologramm-Fenster, das im schwarzen Basalt-Block vor der Zellenwand der *Heißen Nadel* leuchtete, vermittelte ihnen den Blick durch die Kamera der Sonde: ein dunstverschleierter teleskopischer Blick auf eine Sonne, die nicht ganz so aktiv war wie Sol im irdischen System. Der Hinterste mußte das Hologramm eingestellt haben, ehe er das Raumschiff verließ.

Der Knochen in Harkabeeparolyns Arm wuchs etwa schief zusammen. Teelas alte Erste-Hilfe-Automatik hatte ihn nicht perfekt einrichten können. Aber der Bruch heilte ab. Louis' Sorge galt vor allem ihrem seelischen Zustand.

Nichts umgab sie, was zu ihrer vertrauten Welt gehörte, und bald würde eine Flamme alles vernichten, an das sie sich erinnerte – man konnte es als Kulturschock bezeichnen. Er fand sie auf dem Wasserbett, in der Betrachtung der vergrößerten Sonne versunken. Sie nickte nur, als er sie begrüßte. Stunden später hatte sie sich noch immer nicht bewegt.

Louis versuchte sie zum Reden zu bringen. Es half nichts. Sie versuchte ihre Vergangenheit zu vergessen. Alles, was dazu gehörte.

Sie reagierte ein wenig, als er ihr die physikalische Situation schilderte. Immerhin hatte sie eine Ahnung von Physik. Er hatte keinen Zugang zum Computer des Raumschiffes und zu den Hologramm-Geräten, und deshalb mußte er sich mit primitiven Zeichnungen an der Kabinenwand begnügen. Was er nicht skizzieren konnte, ergänzte er mit vielen Armbewegungen. Sie schien ihn zu verstehen.

In der zweiten Nacht nach seiner Rückkehr wachte er auf und sah sie mit gekreuzten Beinen auf dem Wasserbett sitzen. Sie betrachtete ihn nachdenklich, hielt einen Handscheinwerfer-Laser in ihrem Schoß. Er blinzelte in die Glasmündung der Waffe, schwang seinen Arm in großen Kreisen herum, um sich auf die andere Seite zu wälzen und schlief in seinem Schlaffeld weiter. Am nächsten Morgen wachte er gesund und heil wieder auf. Also warum sollte er sich im Nachhinein noch Gedanken darüber machen, tanj!

An diesem Nachmittag beobachteten Harkabeeparolyn und er, wie eine Flamme aus der Sonne hochschoß und sich dann wie eine Zunge nach dem Ring der Kunstwelt ausstreckte. Sie sprachen kaum ein Wort miteinander.

EPILOG

Einen *Falan* später: zehn Ringwelt-Umdrehungen.

Hoch oben auf dem Bogen der Ringwelt glühten einundzwanzig Kerzenflammen so hell wie die Korona der hyperaktiven Sonne, die sich als heller Saum um die Ränder einer Schattenblende ausbreitete.

Die *Heiße Nadel* war immer noch in ihrem Basaltbett unter der Weltkarte des Mars eingeschlossen. Die Besatzung des Raumschiffes beobachtete den Vorgang durch das Hologramm-Fenster, das sie den Kameras der Sonde verdankten. Die Sonde ruhte jetzt auf einer Klippe am Rand der Weltkarte des Mars, von einem Schneefeld aus Karbon-Dioxid umgeben, wo sich die Marsbewohner ganz bestimmt nicht an ihr vergreifen würden.

Alles, was sich zwischen diesen Kerzenflammen und der Sonne auf dem Reifen der Ringwelt befand, würde sterben – Pflanzen, Tiere und Menschen. In so großer Anzahl starben sie, daß im menschlichen Universum kein Leben mehr übrig geblieben wäre, wenn dieser Vorgang sich dort ereignet hätte. Die Pflanzen würden verdorren oder sich auf eine seltsam verdrehte Art entwickeln. Insekten und Tiere würden zwar brüten und Eier legen, aber die Brut würde vollkommen aus der Art schlagen. Valavirgillin würde sich wundern, warum ihr Vater gestorben war und weshalb sie sich so oft erbrechen mußte. War das ein Symptom des allgemeinen Untergangs? Und was unternahm der Mann von den Sternen dagegen?«

Nichts von all dem konnte man aus einer Entfernung von siebenundfünfzig Millionen Meilen erkennen. Sie sahen nur die Flammen der Bussard-Rammdüsen, die mit angereichertem Treibstoff versorgt wurden.

»Es ist mir eine Freude, euch mitzuteilen«, sagte der Hinterste, »daß sich der Schwerpunkt der Ringwelt wieder auf die Sonne zu bewegt. Noch sechs oder sieben Umdrehungen, und wir können die Meteor-Verteidigungsanlage wieder auf das Programm umschalten, wie wir sie vorfanden, nämlich auf die automatische Abwehr von Meteoren. Fünf Prozent der Ringmauer-Steuerdüsen reichen in Zukunft aus, um die Ringwelt auf ihrem richtigen Kurs zu halten.«

Chmeee fauchte zufrieden. Louis und die Städtebauer starrten nur auf das Hologramm, das draußen im schwarzen Basalt glühte.

»Wir haben gewonnen«, sagte der Hinterste. »Louis, du hast mich für eine Aufgabe eingespannt, deren Größe sich nur mit dem Bau dieser Welt vergleichen läßt. Dafür hast du mein Leben aufs Spiel gesetzt. Ich kann jetzt, da wir gewonnen haben, deine Arroganz akzeptieren, aber selbst meiner Toleranz sind Grenzen gesetzt. Ich erwarte jetzt, daß du mir gratulierst, oder ich schneide dir die Luftzufuhr ab.«

»Ich gratuliere«, sagte Louis Wu.

Die Frau und der Junge neben ihm begannen zu weinen.

Chmeee schnaubte: »Es ist das Recht des Siegers zu triumphieren. Belasten dich die Toten und die Sterbenden? Denn jene, die deinen Respekt verdienten, hätten sich freiwillig gemeldet.«

»Ich habe ihnen dazu keine Chance gegeben. Zudem verlange ich nicht, daß *du* deswegen Gewissensbisse empfindest . . .«

»Warum sollte ich auch? Ich will dich nicht beleidigen, aber die Toten und Sterbenden sind alles hominide Wesen. Sie gehören nicht zu deiner Gattung, Louis, und schon gar nicht zu meiner oder der des Hintersten. Ich bin ein Held. Ich habe die Bevölkerung von vergleichsweise zwei Planeten gerettet, und diese Bevölkerung gehört zu *meiner* Gattung, oder ist ihr zumindest außerordentlich ähnlich.«

»Schon gut. Ich verstehe ja deinen Standpunkt.«

»Und jetzt, mit Hilfe meiner überlegenen Technologie, beabsichtige ich, hier auf dieser geretteten Welt ein Imperium zu erschaffen.«

Louis mußte jetzt doch lächeln. »Sicher, warum nicht? Auf der Weltkarte der Kzin?«

»Ich hatte daran gedacht, aber ich glaube, ich ziehe die Weltkarte der Erde vor. Teela erzählte uns, daß die Kzinti-Forschungsreisenden jetzt über die Weltkarte der Erde herrschen. In geistiger Beziehung stehen mir diese Welteroberer der Kzinti viel näher als die dekadenten Einwohner der Weltkarte von Kzin.«

»Du hast vermutlich recht.«

»Zudem haben jene, die über die Weltkarte der Erde herrschen, einen uralten Tagtraum meiner Rasse in die Tat umgesetzt.«

»Oh?«

»Indem sie die Erde eroberten, du Idiot.«

Es waren schon viele Tage vergangen, seit Louis Wu zuletzt gelacht hatte. Sie hatten eine Welt voll Affen erobert! *»Sic transit gloria mundi.* Aber wie willst du zur Weltkarte der Erde gelangen?«

»Es wäre keine große Heldentat, die *Heiße Nadel* von ihrem Basalt-Panzer zu befreien und sie zurückzulenken auf den Mons Olympus . . .«

»Mein Schiff«, sagte der Hinterste mit sanfter Stimme. Trotzdem schien sie irgendwie lauter als die von Chmeee zu sein: »Meine Steuereinrichtungen. Die *Heiße Nadel* fliegt dorthin, wo ich will.«

Die Stimme von Chmeee hatte einen gereizten Unterton: »Und wo, wenn ich fragen darf, soll das sein?«

»Nirgendwohin. Ich habe nicht das dringende Bedürfnis, mich zu rechtfertigen«, erwiderte der Hinterste. »Ihr gehört nicht zu meiner Gattung, und wie wollt ihr mir schaden? Wollt ihr vielleicht meinen Hyperdrive-Motor noch einmal verbrennen? Trotzdem seid ihr meine Verbündeten. Ich werde es euch erklären.«

Chmeee stand an der Trennwand und starrte den Puppetier mit ausgefahrenen Krallen und gesträubtem Fell um den Hals an. Erklärlich.

»Ich habe gegen die Tradition verstoßen«, sagte der Hinterste. »Ich habe nicht aufgehört zu funktionieren, als mich der Tod jede Sekunde ereilen konnte. Mein Leben stand fast zwanzig Jahre lang auf dem Spiel, wobei das Risiko fast asymmetrisch zunahm. Das Risiko ist nun vorüber. Ich bin im Exil, aber ich lebe. Ich möchte mich ausruhen. Könnt ihr vielleicht nachempfinden, wie nötig ich eine lange Ruhepause habe? In der

Heißen Nadel habe ich fast so viel Komfort wie zu Hause, wenn ich mein Zuhause jemals wiedersehen werde, heißt das. Mein Schiff ist sicher ein einem Felsen eingebettet zwischen zwei Schichten von *Scrith*, deren Widerstandsfähigkeit sich nur mit dem Rumpf der *Heißen Nadel* vergleichen läßt. Hier habe ich meine Ruhe und die nötige Sicherheit. Wenn ich später das Bedürfnis empfinden sollte, auf Forschungsreisen zu gehen – nun, eine Milliarde Kubikmeilen des Ringwelt-Reparaturzentrums warten direkt vor meiner Haustür. Ich bin genau dort, wo ich sein will, und dort werde ich auch bleiben.«

Louis und Harkabeeparolyn trieben in dieser Nacht *Rishathra* (Nein: sie liebten sich). Das hatten sie schon seit geraumer Zeit nicht mehr getan. Louis hatte schon gefürchtet, daß ihm dazu jedes Bedürfnis verlorengegangen war. Danach sagte sie es ihm:

»Ich habe mich mit Kawaresksenjajok gepaart.«

Das hatte er bereits bemerkt. Aber sie meinte, daß sie sich auf die Dauer mit ihm gepaart hatte, nicht wahr? »Meine Gratulation.«

»Das ist nicht der geeignete Ort, ein Kind großzuziehen.« Sie hatte sich die Mühe gegeben, ihn aufzuklären, daß sie schwanger war. Natürlich war sie schwanger.

»Es muß überall auf der Ringwelt Städtebauer geben. Du kannst dich überall niederlassen. Tatsächlich würde ich gerne mit dir kommen«, sagte Louis. »Wir retteten die Welt. Wir werden alle Helden sein, vorausgesetzt, alle glauben uns, was wir ihnen erzählen.«

»Aber Louis, wir können diesen Ort doch nicht *verlassen!* Wir können nicht einmal atmen, wenn wir die Oberfläche des Mars betreten! Unsere Druckanzüge sind in Fetzen, und wir befinden uns in der Mitte des *Großen Ozeans!*«

»Kein Grund, zu verzweifeln«, erwiderte Louis. »Du redest so, als wären wir zwischen den Magellanschen Wolken nackt ausgesetzt. Die *Heiße Nadel* ist nicht unser einziges Transportmittel. Hier gibt es Tausende von diesen Flugscheiben. Und wir haben ein Raumschiff gefunden, das so groß ist, daß der Hinterste nur mit dem Tiefenradar die Einzelheiten zu erkennen vermag. Wir werden uns irgend etwas heraussuchen, was zwischen einer Transportscheibe und diesem Raumschiff liegt.«

»Wird unser zweiköpfiger alliierter Bundesgenosse versuchen, uns zurückzuhalten?«

»Ganz im Gegenteil. Hinterster, hörst du uns zu?«

Die Decke sagte: »Ja«, und Harkabeeparolyn zuckte zusammen.

Louis sagte: »Du befindest dich auf dem sichersten Ort, den man sich auf der Ringwelt vorstellen kann. Das hast du selbst gesagt. Die größte, nicht vorhersehbare Bedrohung, der du dich jetzt noch gegenübersiehst, sind die fremden Wesen an Bord deines eigenen Schiffes. Wie gefiele dir das, wenn du sie loswürdest?«

»Es gefiele mir. Ich habe Vorschläge zu machen. Soll ich Chmeee wecken?«

»Nein, wir werden morgen darüber reden.«

*

Es war knapp vor dem Rand der Klippe, wo das Wasser sich zu kondensieren begann. Von dort strömte es bergab. Es wurde zu einem senkrechten Fluß, einem zwanzig Meilen hohen Wasserfall. Am Fuße dieses Wasserfalles war ein Nebelmeer, das Hunderte von Meilen auf den Ozean hinausreichte.

Die Kamera der Sonde, die auf diese Seite der Weltkarte des Mars gerichtet war, zeigte ihnen nichts außer stürzendem Wasser und weißem Nebel.

»Aber das infrarote Lichtbild sieht ganz anders aus«, sagte der Hinterste. »Schaut mal . . .«

Der Nebel verbarg ein Schiff. Ein schmales Dreieck von einem Schiff. Ein eigenartiges Design. Keine Maste. Moment mal, dachte Louis. Zwanzig Meilen tiefer . . . »Das Ding muß fast eine Meile lang sein!«

»Fast«, stimmte der Hinterste zu. »Teela verriet uns, sie habe ein Kolonialschiff der Kzinti gestohlen.«

»Okay.« Louis hatte sich bereits entschlossen. So rasch.

»Ich baute einen intakten Deuterium-Filter aus der Sonde aus, die Teela später zerstörte«, fuhr der Hinterste fort. »Ich kann damit dieses Schiff mit Treibstoff versorgen. Teelas Seereise war eine schreckliche Strapaze. Deine muß es nicht sein. Du kannst dir Transportscheiben für Forschungsreisen mitnehmen und als Handelsgut, wenn du an einer Küste landest.«

»Eine gute Idee.«

»Willst du auch einen noch intakten Wonnestecker haben?«

»Stelle mir nie mehr diese Frage, okay?«

»Okay. Aber deine Antwort ist ausweichend.«

»Richtig. Kannst du ein paar Transportscheiben aus der *Heißen Nadel* ausbauen und sie auf diesem Schiff installieren? Das wäre ein Rettungsanker, wenn wir ernsthaft in Schwierigkeiten kämen.« Er sah, wie sich der Puppetier selbst in die Augen schaute, und fügte hinzu: »Das könnte auch *dein* Leben retten. Schließlich befindet sich immer noch ein Protektor auf der Ringwelt, dank unserer Bemühung muß er jetzt die Ringwelt nicht mehr verlassen.

»Ich könnte es so einrichten, wie du es verlangst«, erwiderte der Hinterste. »Nun, ist das nicht das richtige Transportmittel für die Reise zum Festland?«

Chmeee sagte: »Ja. Es ist eine lange Reise . . . hunderttausend Meilen weit. Louis, deine Rasse ist doch der Meinung, daß eine Seereise der Erholung dient.«

»Auf diesem gewaltigen Meer wird sie wohl eher zu einem Abenteuer. Wir müssen direkt nach spinnwärts fahren. Antispinnwärts gibt es noch eine Weltkarte eines uns unbekannten Planeten, und bis dahin ist es nicht einmal doppelt so weit.« Louis blickte die Städtebauer lächelnd an. »Kawaresksenjajok, Harkabeeparolyn – sollen wir nicht ein paar Märchen und Sagen auf den Grund gehen? Vielleicht können wir den alten Mythen ein paar neue hinzufügen . . .«

ENDE

24 001 Robert A. Heinlein
STERNENKRIEGER

Robert Heinleins umstrittendster Roman – die dritte Auflage in einem Jahr.

24 003 Larry Niven
RINGWELT

Es gibt keinen Roman, der so „jung" schon zum Klassiker geworden ist – Larry Niven begründete mit „Ringwelt" seinen Ruf.

24 028 Larry Niven
RINGWELT-INGENIEURE

10 Jahre warteten die Fans auf diesen Roman – Larry Niven liefert verblüffende Antworten auf die offenen Fragen der Ringwelt.

24 013 Jerry Pournelle
DIE ENTFÜHRTE ARMEE

Die blutvolle Geschichte einer mißbrauchten Armee.

24 017 Lübbes Auswahlband
ABENTEUER WELTRAUM

Die besten Abenteuer-Geschichten von Asimov, Aldiss, Anderson, Heinlein, Niven, Card, Clarke, Sheckley, Smith u. a.

24 022 Poul Anderson
DAS AVATAR

Andersons Meisterwerk von der langen Reise durch unzählige Universen.

25 001 Edmond Hamilton
DIE LEBENDE LEGENDE

Der erste Band über die Abenteuer des Captain Future.

Visionäre Science Fiction

22 004 A. E. van Vogt
DAS GEDANKENFENSTER

Ein Klassiker von A. E. van Vogt.

22 018 Philip K. Dick
DER DUNKLE SCHIRM

Philip K. Dicks bester Roman.

22 020 Naomi Mitchlson
MEMOIREN EINER RAUMFAHRERIN

Ein Ausflug in fremde Gefühlswelten und eine fremde Sexualität.

22 021 Philip K. Dick
DAS ORAKEL VOM BERGE

Ein Was-wäre-wenn-Roman: Deutschland hat den Krieg gewonnen.

22 026 Orson Scott Card
DER SPENDER-PLANET

Orson Scott Cards Apokalypse der Organmedizin.

22 029 Thomas M. Disch
DIE LETZTEN BLUMEN

Grüne SF-Stories